CW00739501

UN PUR ESPION

Magnus Pym et sa femme Mary donnent un dîner à leur résidence viennoise. Officiellement conseiller auprès de l'Ambassade britannique à Vienne, Magnus Pym travaille en réalité depuis toujours pour les services secrets – de son pays en principe. Bien que les Américains le soupçonnent de livrer des informations à l'Est, et brûlent de le coincer.

C'est alors que, pendant le dîner, Magnus reçoit un coup de téléphone de Londres. Celui dont la personnalité l'a marqué pour toujours, son père Rick Pym, mythomane et escroc d'envergure, vient de mourir dans les bras de deux prostituées. Se sentant enfin libre, Magnus rompt les amarres. Il disparaît en emportant ses secrets avec lui et se réfugie dans une pension de famille du Devon.

Tandis que penché sur son passé, confronté au plus redoutable adversaire – lui-même –, il nous révèle peu à peu l'univers intérieur d'un espion avec ses mobiles secrets, ses démons, ses fêlures, tous les services secrets, de Prague à Londres, de Vienne à Washington se lancent à sa recherche, remontant peu à peu une filière complexe où la duplicité règne. Et pourtant la plupart de ses proches – alliés ou ennemis – ne pourront cesser d'aimer et de vouloir protéger cet homme attachant, énigmatique qui, de manière exaspérante, demeure intact à leurs yeux.

John le Carré est né en 1931. Après des études universitaires à Berne et à Oxford, il enseigne à Eton, puis travaille pendant cinq ans pour le Foreign Office. Son troisième roman, L'Espion qui venait du froid, *lui vaut la célébrité. La consécration vient avec la trilogie de Karla :* La Taupe, Comme un collégien *et* Les Gens de Smiley. *À son roman le plus autobiographique,* Un pur espion, *succèdent* La Maison Russie, Le Voyageur secret, Le Directeur de nuit, Notre jeu *et* Le Tailleur de Panama. *Son dernier roman,* La Constance du jardinier, *est paru en 2001 aux éditions du Seuil. John le Carré vit en Cornouailles.*

John le Carré

UN PUR ESPION

ROMAN

*Traduit de l'anglais
par Nathalie Zimmermann*

Éditions du Seuil

La première édition de cet ouvrage a paru
aux éditions Robert Laffont, en 1986.

TEXTE INTÉGRAL

TITRE ORIGINAL
A Perfect Spy
ÉDITEUR ORIGNAL
Hodder & Stoughton, Londres

ISBN original : 0-340-38784-X
© original : David Cornwell, 1986

ISBN 2-02-047992-3
(ISBN 2-02-047241-4, 1ʳᵉ publication)

© Éditions Robert Laffont, 1986, pour la traduction française.
© Éditions du Seuil, novembre 2001, pour la présente édition.

www.seuil.com

A l'exception peut-être de *La Constance du jardinier*, œuvre bien plus tardive, *Un pur espion* reste le préféré de tous mes romans, celui sur lequel j'ai sué sang et eau et donc, au bout du compte, le plus gratifiant.

Jusqu'alors, j'avais vécu toute ma vie d'écrivain sans exploiter les souvenirs d'une enfance extraordinaire, rendue difficile – mais parfois agréable – par un père extraordinaire dont l'existence en zigzag trouve écho dans le personnage de Rick Pym, père de mon héros Magnus. Les membres de ma vraie famille qui l'ont connu et ont lu le roman ont été avant tout amusés et soulagés par le portrait que j'en ai brossé, quoique tous conscients de son côté obscur, auquel je me borne à faire allusion dans le livre et qui me hante encore à ce jour.

Il y a quelque temps, avant même la conception de *La Constance du jardinier*, je nourrissais un projet qui s'est avéré irréalisable : publier une autobiographie expérimentale. Sur la page de gauche, j'écrirais mes mémoires, avec les dérobades et disculpations inhérentes aux souvenirs de tout un chacun, moi compris ; sur celle de droite, je reproduirais les documents d'archives accessibles, car mon père avait laissé quelques traces bien visibles dans son sillage, du casier judiciaire et des articles de presse rendant compte de sa première condamnation au pénal, jusqu'aux fichiers de police et de prison dans des contrées exotiques telles que Singapour, l'Indonésie, Hong Kong, la Suisse et l'Autriche. En outre figureraient si possible les témoignages de ceux qui l'avaient côtoyé et l'avaient aimé, pour beaucoup, ou s'étaient fait rouler par lui, pour beaucoup aussi –

c'étaient bien souvent les mêmes, car tous s'accorderaient sans doute à dire que Ronnie Cornwell était un escroc des plus séduisants et persuasifs.

A cette fin, je suis allé jusqu'à engager deux détectives privés qui m'avaient été chaudement recommandés et me semblaient mieux qualifiés que moi pour mettre la main sur des documents non encore divulgués, peut-être en instance de destruction mais, du moins le souhaitais-je, suspendus entre la vie et la mort dans un poussiéreux casier d'archives officielles oubliées.

Quant aux souvenirs vécus, j'avais tout lieu de croire que des trésors m'attendaient. Au début des années 80, sur le champ de courses de Happy Valley à Hong Kong, où j'étais invité dans la loge réservée à la société Jardine Matheson, un grand gaillard de gentleman anglais aux allures de fonctionnaire me tira timidement par la manche pour me confier dans un murmure avoir été le geôlier de mon père quand celui-ci avait été en instance d'extradition. Jamais de sa vie il n'avait rencontré un monsieur, *a fortiori* un prisonnier, plus distingué et fascinant. « Je pars bientôt à la retraite, me dit-il. Et quand je rentrerai au pays, votre père va m'aider à me lancer dans les affaires. » Ai-je conseillé à ce pauvre bougre de se méfier ? J'en doute. Mon père réprouvait tout scepticisme, et ses disciples aussi car, en leur for intérieur, ils participaient au processus de leur propre duperie. Où est le gardien de prison aujourd'hui ? Si j'ai noté son nom ce jour-là, j'ai depuis longtemps perdu le bout de papier. Mais je me disais que mes détectives privés pourraient sûrement contacter la police de Hong Kong et retrouver sa trace.

En une autre occasion, je séjournais à l'hôtel de Copenhague qui s'appelait alors « Le Royal », quand le directeur me convoqua dans son bureau, où deux inspecteurs des renseignements généraux danois me firent subir un interrogatoire. Ils m'annoncèrent que mon père était entré illégalement sur le territoire avec la complicité de deux pilotes chevronnés de la compagnie Scandinavian Airlines System, avant de s'évaporer dans la nature. Ils me demandèrent si je savais où le trouver. Je répondis que non, mais ils semblaient peu disposés à me croire. Il s'avérait que Ronnie avait entrepris les deux malheureux pilotes de la SAS dans un bar new-yorkais et leur avait pris beaucoup d'argent au poker. Plutôt que de réclamer paiement de cette dette, il leur avait proposé de l'emmener en avion à Copenhague, ce qu'ils avaient eu la bêtise d'accepter. Entre-temps, la police danoise avait découvert qu'il était également recherché pour escroquerie à New York, sans parler de son entrée clandestine au Danemark, outre une demi-douzaine d'autres délits allant de la corruption à la contrebande et j'en passe. Assurément, là encore, mes détectives privés pourraient retrouver les documents danois, voire les pauvres pilotes – du moins voulais-je m'en convaincre.

Il y eut aussi la fois où je me promenais à Chicago dans le cadre de la « semaine britannique », quand un télégramme urgent arriva de notre ambassadeur en Indonésie, un certain Gilchrist, qui demandait à notre consul général, un certain Haley, si je serais disposé à allonger quelques centaines de dollars pour faire sortir mon père de prison à Djakarta, où il s'était fait arrêter pour trafic de devises après son expulsion de Singapour. Quelques centaines de dollars ? Seulement des centaines ? Ronnie ?

Ou encore la fois où, peu avant sa mort, Ronnie me téléphona en PCV de la prison centrale de Zurich pour me dire d'une voix brisée : « Je ne supporte plus la prison, mon fils. » Heureusement, mon agent littéraire aujourd'hui décédé, Rainer Heumann, était sur place à l'époque et réussit à faire sortir Ronnie en quelques heures grâce à son chéquier. Quel était le problème ? *Hotelschwindel*, grivèlerie, autant dire un crime passible de pendaison en Suisse. « Mais c'était il y a des années, mon fils ! C'est de l'histoire ancienne. » Sur la fin de sa vie, Ronnie avait un côté vieux fossile : il n'avait pas saisi à quel point les communications s'étaient accélérées depuis son premier forfait.

Et les dossiers de la police suisse seraient irréprochables, raisonnais-je une fois de plus. Cette affaire-là, ce serait du tout cuit pour mes détectives privés. Sauf que non, mille fois non. Dans mon impatience, je leur avais attribué des pouvoirs qu'ils ne détenaient pas et ne détiendraient jamais.

Ronnie était aussi insaisissable pour eux que pour moi. Le temps avait joué en sa faveur ; le coût de l'enquête serait astronomique, et même si on en arrivait là – où que ce *là* fût – nous avions peu de chances de découvrir les trésors dont j'avais pu rêver.

Même chose pour son dossier militaire. Alors qu'il était apte et en âge, Ronnie se débrouilla pour échapper en beauté à la mobilisation pendant toute la guerre de 39-45 – ou presque. Il fut certes appelé à plusieurs reprises pour faire ses classes dans les transmissions à Bradford, mais chaque fois il réussit à déjouer les projets que l'armée nourrissait pour lui. Il argua dans un premier temps de son difficile statut de père célibataire – statut bien réel, puisque ma mère avait eu la sagesse de sortir de nos vies sans laisser d'adresse, mais qui n'entraînait aucune difficulté pour Ronnie lui-même. Au contraire, ma mère fut maintes fois remplacée et, au premier nuage à l'horizon, Ronnie nous expédiait mon frère et moi chez des amis ou en colonie de vacances jusqu'à ce que l'alerte soit passée.

Quand ces raisons familiales cessèrent d'attendrir l'armée, Ronnie eut l'ingéniosité de se porter candidat à une élection législative partielle, forçant ainsi les autorités à le démobiliser pour lui permettre de jouir de ses droits civiques. Faute de se faire élire député progressiste indépendant à Chelmsford (en toute logique puisqu'il n'avait pas mené campagne), il retourna à Bradford avec son barda pour recommencer ses classes depuis le début, car ainsi fonctionnent les armées. Mais notre vénérable Parlement continua d'exercer son attrait sur lui, et il récidiva aux législatives de 1950 en tant que candidat libéral à Great Yarmouth. Le présent roman relate cette campagne, mais en prenant quelques distances avec la réalité. Craignant que Ronnie ne provoque une triangulaire, le directeur de campagne conservateur fouilla dans son passé chargé et lui dicta un ultimatum : retirez-vous ou nous révélons tout. Ronnie ne se retira pas, les conservateurs révélèrent tout, et il y eut quand même une triangulaire.

Sur ses vieux jours, Ronnie n'avait qu'une obsession : un terrain près de Londres, dans une zone dite « verte » proscrite à tout promoteur. Par des moyens que nous ne pouvons qu'imaginer, Ronnie obtint pourtant un permis de construire des autorités locales, puis négocia un énorme accord avec l'une des plus grosses entreprises de BTP du pays, l'autorisant à bâtir Dieu sait combien de logements privés sur un terrain voué à demeurer public. La somme en jeu était colossale, et je suis certain que Ronnie contracta des dettes en proportion par anticipation, selon sa politique de dépenser aujourd'hui ce que l'on espère gagner demain.

Mais il y eut un hic : des groupes locaux d'opposants donnèrent de la voix. Conscientes d'être en terrain glissant, les autorités locales retirèrent leur permis de construire, suite à quoi l'entreprise de BTP refusa de payer la somme astronomique qui avait été négociée. Au cours des années qui suivirent, Ronnie essaya plusieurs fois de me persuader d'avancer les fonds nécessaires à une action en justice, mais, comme toujours quand il me demandait de financer ses projets, je refusai, proposant seulement de l'entretenir et de le loger. Une offre qu'il ne pouvait que refuser. « Tu me paies pour que je reste assis sur mon cul », protestait-il à juste titre. Pourtant, il réussit à rassembler la somme et à porter l'affaire devant la justice, sans doute en promettant aux avocats une commission sur les gains éventuels, ce qui à l'époque était illégal. Il gagna, mais mourut avant de pouvoir savourer son triomphe, qui s'avéra d'ailleurs éphémère. La cour n'avait pas plus tôt donné raison à Ronnie qu'un avocat jusque-là muet se leva et, agissant au nom du fisc, récupéra jusqu'au dernier sou des dommages et intérêts.

J'ai mille fois cité Graham Greene : l'enfance est le fonds de commerce du romancier. Ronnie aimait à se vanter qu'il n'avait jamais lu un livre de sa vie, y compris les miens, mais la formule de Greene lui aurait quand même plu. Ronnie a toujours prétendu que sans lui je ne serais rien. Et sans doute, par des aspects que je préfère ne pas imaginer, avait-il raison.

John LE CARRÉ
Londres, novembre 2000

Traduit de l'anglais par Isabelle Perrin

Pour R.,
qui a fait partie du voyage, qui m'a prêté son chien
et m'a balancé quelques fragments de sa vie.

L'auteur exprime sa gratitude à Al Alvarez pour les précieux conseils qu'il lui a donnés au cours des deux lectures qu'il a faites du manuscrit en préparation ; à Susan Dawson, Philip Durban et Moritz Macazek qui l'ont aidé dans ses recherches ; à Peter Braestrup et son équipe du *Wilson Quarterly* à Washington ; et à David et J.B. Greenway qui lui ont fourni le paysage bostonien.

« Qui a deux femmes perd son âme.
Qui a deux maisons perd la raison. »

Proverbe

1

Aux premières heures d'un matin d'octobre venteux, dans
une petite ville côtière du sud du Devon qui semblait avoir
été désertée par ses habitants, Magnus Pym descendit d'un
vieux taxi de campagne puis, ayant réglé le chauffeur et
attendu que le véhicule disparaisse, traversa la place de
l'église. Il se dirigea vers une rangée de pensions de famille
victoriennes mal éclairées du genre Bel-a-Vista, The Com-
modore ou Eureka. Pym était d'assez forte carrure mais plein
de classe, comme s'il incarnait Dieu sait quelle autorité. Il
avançait d'une démarche souple, le corps incliné en avant
dans la meilleure tradition de la classe administrative anglo-
saxonne. C'est dans cette même attitude que, immobiles ou
en mouvement, nombre d'Anglais ont hissé leur drapeau au-
dessus de lointaines colonies, découvert la source de grands
fleuves ou sombré avec leur navire, debout sur le pont. Cela
faisait seize heures qu'il voyageait par divers moyens de
transport, mais il ne portait ni pardessus ni chapeau. Il tenait
d'une main une mallette noire et rebondie de type officiel, et
de l'autre un sac vert de chez Harrods. Un vent marin violent
cinglait son costume de ville, une pluie salée lui piquait les
yeux et des flocons d'écume lui filaient sous les pieds. Pym
ne les sentait pas. Arrivé devant le perron d'une maison qui
affichait la pancarte « Complet », il appuya sur le bouton de
la sonnette et attendit, d'abord que la lumière extérieure
s'allume, puis que l'on déverrouille les chaînes à l'intérieur.
Tandis qu'il patientait, l'horloge de l'église sonna cinq heures. Semblant répondre à cette injonction, Pym fit volte-face
et contempla la place. La flèche sans grâce de l'église baptiste qui se découpait contre les nuages pressés. Les arauca-

rias noueux dont s'enorgueillissait le jardin public. Le kiosque à musique vide. L'Abribus. Les taches noires formées par les rues latérales. Les portes d'entrée, une par une.

« Comment, Mr. Canterbury, c'est vous ? protesta sèchement une voix de vieille dame tandis que la porte s'ouvrait derrière lui. Quel vilain vous faites. Je vois que vous avez encore pris le train de nuit. Mais pourquoi ne pas avoir téléphoné ?

– Bonjour, Miss Dubber, déclara Pym. Comment allez-vous ?

– Ne vous occupez pas de ça, Mr. Canterbury. Dépêchez-vous d'entrer. Vous allez attraper la mort. »

Mais la méchante place balayée par les vents paraissait avoir ensorcelé Pym. « Je croyais que Sea View était à vendre, Miss D. », fit-il remarquer cependant qu'elle essayait de le tirer dans la maison. « Vous m'aviez dit que Mr. Cook avait déménagé après la mort de sa femme et qu'il ne voulait plus y remettre les pieds ?

– Bien sûr qu'il ne veut plus. Il y était devenu allergique. Entrez tout de suite, Mr. Canterbury, et séchez-vous les pieds pendant que je vous prépare du thé.

– Alors pourquoi la lumière de sa chambre est-elle allumée, en haut ? », s'enquit Pym qui se laissa tirer jusqu'au palier.

Comme beaucoup de tyrans, Miss Dubber était toute petite. C'était aussi une vieille dame bancale et fragile d'apparence, dont le dos voûté formait une bosse sous sa robe de chambre et donnait à tout ce qui l'entourait un aspect également déséquilibré.

« Mr. Cook a loué l'appartement du dessus à Celia Venn qui l'a pris pour y peindre. C'est vous tout craché, ça. » Elle fit coulisser un verrou. « Vous disparaissez pendant trois mois puis vous revenez au plein milieu de la nuit pour vous inquiéter d'une lumière à la fenêtre d'à côté. » Elle en fit glisser un second. « Vous ne changerez jamais, Mr. Canterbury. Je me demande pourquoi je m'en fais.

– Mais qui donc est Celia Venn ?

– La fille du docteur Venn, voyons. Elle veut voir la mer pour la peindre. » Le ton de sa voix changea brusquement.

« Oh, Mr. Canterbury, comment osez-vous ? Retirez cela tout de suite. »

Une fois le dernier verrou en place, Miss Dubber s'était redressée autant qu'elle le pouvait et se préparait maintenant à une embrassade réticente. Mais au lieu de sa mine renfrognée habituelle, à laquelle personne ne croyait un instant, son petit visage étroit s'était tordu en une expression de crainte.

« Mr. Canterbury, quelle affreuse cravate noire ! Je ne veux pas de la mort à la maison et je ne vous permets pas de l'apporter ici. C'est pour qui ? »

Pym était bel homme, un peu poupin mais distingué. Ayant juste dépassé la cinquantaine, il était dans la force de l'âge et faisait montre d'un zèle et d'un empressement inconnus en cet endroit. Mais ce que Miss Dubber préférait encore en lui était son adorable sourire, si chaud, si sincère et qui la réconfortait tant.

« Un simple collègue de Whitehall, Miss D. Pas de quoi fouetter un chat. Personne de très proche.

– A mon âge, tout le monde paraît proche, Mr. Canterbury. Comment s'appelait-il ?

– Je le connaissais à peine, répondait Pym tout en dénouant sa cravate pour la fourrer dans sa poche. Et je ne vais certainement pas vous dire son nom pour que vous alliez ensuite fouiller toutes les chroniques nécrologiques, voilà. » Comme il prononçait ces paroles ses yeux tombèrent sur le registre qui était ouvert sur la table de l'entrée, sous la veilleuse orangée qu'il avait lui-même fixée au plafond lors de sa dernière visite. « Rien à signaler, Miss D. ? questionna-t-il en examinant la liste. Pas de couple fugitif, de princesse mystérieuse ? Que sont devenus ces deux jeunes homosexuels qui étaient là à Pâques ?

– Ce n'était pas du tout des homosexuels, le corrigea Miss Dubber avec sévérité tout en boitillant en direction de la cuisine. Ils avaient pris des chambres séparées et passaient leurs soirées à regarder le football à la télévision. Vous disiez, Mr. Canterbury ? »

Mais Pym n'avait rien dit. Ses élans de communication évoquaient parfois des appels téléphoniques coupés avant la fin par quelque censure intérieure. Il tourna la page précédente du registre, puis celle d'avant encore.

« Je crois que je vais arrêter de faire la clientèle de passage, lança Miss Dubber par la porte ouverte de la cuisine tout en allumant le réchaud à gaz. Il y a des fois où on sonne à la porte quand je suis assise ici avec Toby, et je dis à Toby d'aller répondre. Mais il n'en fait rien, bien sûr. Un chat tacheté n'a jamais su aller ouvrir une porte à des visiteurs. Alors nous ne bougeons ni l'un ni l'autre. Nous restons assis là à attendre que les pas s'éloignent. » Elle lui jeta un regard espiègle. « Tu ne penses pas que notre Mr. Canterbury soit amoureux, n'est-ce pas, Toby ? demanda-t-elle malicieusement à son chat. Nous sommes bien *pimpant* ce matin. Bien *fringant*. On dirait que Mr. Canterbury a rajeuni de dix ans. » Comme il ne lui répondait toujours pas, Miss Dubber choisit de s'adresser à son canari. « De toute façon, il ne nous en toucherait pas un mot, n'est-ce pas Dickie ? Nous serions les derniers informés. Tzouktzouk ? Tzouktzouk ?

– John et Sylvia Illisible de Wimbledon, lut Pym toujours plongé dans le registre.

– John installe des ordinateurs, Sylvia les programme et ils s'en vont demain, répondit-elle à contrecœur. » Miss Dubber avait en effet horreur d'admettre que son univers ne se limitait pas à son Mr. Canterbury bien-aimé. « Mais qu'est-ce que vous avez encore fait ? s'exclama-t-elle alors sur le ton de la colère. Je n'en veux pas. Reprenez-le. »

Mais Miss Dubber n'était pas en colère, elle l'accepterait volontiers et Pym ne le reprendrait pas : il s'agissait d'un épais châle de cachemire blanc et or tricoté qui reposait, toujours enveloppé dans son papier de soie Harrods d'origine, dans sa boîte Harrods que la vieille dame sembla apprécier tout autant que son contenu. Ayant déballé le châle, elle lissa en effet d'abord le papier et le replia en suivant les marques avant de le remettre dans la boîte qu'elle rangea à son tour dans un placard sur l'étagère réservée à ses trésors les plus précieux. Alors seulement, elle laissa Pym lui mettre le châle autour des épaules puis l'embrasser tandis qu'elle le grondait pour ses extravagances.

Pym prit son thé avec Miss Dubber, Pym la calma, Pym

goûta à son *shortbread* et cria au sublime quoi qu'elle lui assurât qu'il était brûlé.

Pym promit de lui réparer la bonde de l'évier et de déboucher le tuyau d'écoulement avant de jeter un coup d'œil sur la citerne pendant qu'il y serait. Pym se montra vif, extrêmement attentif, et la vitalité que la vieille demoiselle avait judicieusement remarquée ne le quittait pas. Il hissa Toby sur ses genoux et le caressa, ce qui ne lui était jamais arrivé auparavant et ne procura à Toby aucun plaisir apparent. Il écouta les dernières nouvelles de la vieille tante Al de Miss Dubber, alors que la moindre allusion à la tante Al suffisait d'habitude à l'envoyer se coucher. Il lui demanda, comme il le faisait toujours, tous les derniers potins depuis sa visite précédente et écouta d'un air approbateur la liste des récriminations de Miss Dubber. Et tout en hochant la tête à ce qu'il entendait, il réagit bien souvent soit par un sourire incompréhensible, soit en ayant l'air de s'assoupir et en étouffant des bâillements. Enfin, il reposa brusquement sa tasse de thé et se leva comme s'il avait encore un train à prendre.

« Cette fois-ci, je vais rester un bon moment si cela ne vous dérange pas, Miss D. J'ai pas mal de choses à écrire.

– C'est ce que vous dites toujours. La dernière fois, vous deviez vous installer ici définitivement. Et puis au premier signe, vous êtes retourné à Whitehall sans demander votre reste.

– Je vais peut-être rester deux semaines complètes. J'ai pris un congé pour pouvoir travailler en paix. »

Miss Dubber feignit l'épouvante. « Mais que va devenir notre pays ? Qui va veiller sur Toby et moi si Mr. Canterbury n'est plus à la barre pour nous diriger ?

– Et quels sont les projets de Miss D. ? s'enquit-il d'un ton engageant en s'emparant de sa mallette qui, vu l'effort qu'il dut fournir pour la soulever, paraissait lourde comme du plomb.

– Les projets ? répéta Miss Dubber qui, dans sa stupéfaction, laissa échapper un assez beau sourire. A mon âge, on ne fait plus de projets, Mr. Canterbury. Je laisse Dieu s'en charger pour moi. Il sait bien mieux s'y prendre que moi, n'est-ce pas, Toby ? Mieux vaut lui faire confiance.

– Et cette croisière dont vous parliez toujours ? Il est temps de se décider.

– Vous divaguez. Il y a des années de ça. L'envie m'est passée maintenant.

– Je suis toujours d'accord pour payer.

– Je sais bien et je vous en remercie.

– Je me charge des coups de fil à donner, si vous voulez. Nous irons ensemble à l'agence de voyage. En fait, j'ai déjà repéré quelque chose qui vous conviendrait. L'*Orient Explorer* quitte Southampton dans une semaine exactement. Ils ont eu une annulation. Je me suis renseigné.

– Essayeriez-vous de vous débarrasser de moi, Mr. Canterbury ? » Pym prit le temps de rire. « L'aide de Dieu ne me suffirait pas pour vous déloger, Miss D. », répliqua-t-il.

Miss Dubber le regarda depuis le hall grimper l'escalier étroit, et elle admira la souplesse juvénile de son pas malgré le poids de la mallette. Il se rend à une conférence de haut niveau. Une conférence très importante. Elle l'écouta avancer légèrement dans le couloir jusqu'à la chambre 8, qui donnait sur la place et représentait en durée la plus longue location qu'elle eût jamais faite de toute sa longue vie. Son deuil ne l'a pas affecté, se dit-elle, soulagée, alors qu'elle l'entendait ouvrir la porte puis la refermer discrètement derrière lui. Un vieux collègue du ministère, rien de plus. Personne de trop proche. Elle voulait que rien ne vienne jamais le déranger. Il fallait qu'il reste le parfait gentleman qui avait débarqué chez elle douze ans plus tôt, en quête de ce qu'il avait appelé un sanctuaire sans téléphone. Et depuis, il lui avait toujours réglé six mois d'avance, rubis sur l'ongle, sans reçu. Il avait aussi fait construire le muret de pierre qui longeait l'allée du jardin, le tout en un après-midi afin de lui en faire la surprise pour son anniversaire, houspillant maçon et manœuvres. Après l'orage du mois de mars, il avait remis de ses propres mains les ardoises arrachées au toit. Il lui avait aussi envoyé des fleurs, des fruits, des chocolats et des souvenirs de contrées incroyablement exotiques sans jamais expliquer véritablement ce qu'il faisait là-bas. Il l'avait aidée à préparer les petits déjeuners les jours où elle avait eu trop de clients, et il avait écouté ses histoires de neveu qui avait tout dans les mains pour réussir mais ne parvenait jamais à rien ; sa dernière idée était de monter une salle de jeux à Exeter et il courait après les fonds nécessaires à son établissement. Il ne recevait ni courrier ni visiteurs, ne jouait d'aucun instrument sinon de la radio en une langue étrangère et ne se servait jamais du téléphone sinon pour appeler des commerçants locaux. Il ne lui disait jamais rien le concernant sauf qu'il vivait à Londres, travaillait à Whitehall mais voyageait énormément et s'appelait Canterbury, comme la ville mais précédé de *Mister*. Parents, épouses, enfants, petites amies... pas une âme sur terre qu'il eût jamais déclarée sienne sinon sa seule et unique Miss D.

« Il pourrait aussi bien avoir été fait chevalier pour ce qu'on en sait, dit-elle à voix haute à l'adresse de Toby tout en portant le châle à ses narines afin d'en humer le parfum laineux. Il serait Premier ministre que nous ne l'apprendrions que par la télévision. »

Par-dessus le vacarme du vent, Miss Dubber perçut très faiblement le son d'un fredonnement. Une voix masculine, peu musicale mais plaisante. Elle songea d'abord qu'il s'agissait de *Greensleeves*, depuis le jardin, puis elle se dit que ce devait être *Jerusalem*, sur la place, et elle se dirigeait déjà vers la fenêtre, prête à vitupérer, quand elle comprit enfin que cela venait d'en haut, de Mr. Canterbury. Elle en fut tellement étonnée que lorsqu'elle ouvrit sa porte pour le rappeler à l'ordre, elle s'immobilisa pour écouter. Le chant s'arrêta de lui-même. Miss Dubber sourit. Maintenant, c'est *lui* qui m'écoute, pensa-t-elle. Je retrouve bien là mon Mr. Canterbury.

Trois heures plus tôt, à Vienne, l'épouse de Magnus, Mary Pym, se tenait près de la fenêtre de sa chambre à coucher et contemplait le monde qui s'étendait devant elle, ce monde qui, au contraire de celui qu'avait choisi son mari, constituait une merveille de sérénité. Elle n'avait pas fermé les rideaux ni allumé la lumière. Habillée pour recevoir, comme aurait dit sa mère, cela faisait une heure qu'elle demeurait ainsi ; dans son twin-set bleu, à attendre l'arrivée de la voiture, à attendre la sonnette de la porte d'entrée, à attendre le cliquetis discret de la clé de son mari tournant dans la serrure. Une course peu équitable se déroulait maintenant dans sa tête entre Magnus et Jack Brotherhood pour savoir lequel des deux arriverait le premier. Une couche de neige précoce recouvrait la colline, éclairée par une pleine lune qui emplissait la pièce de stries blanches et noires. Dans les villas élégantes qui bordaient l'avenue, les derniers feux de réjouissances diplomatiques s'éteignaient un à un. Frau Minister Meierhof avait donné une soirée dansante afin de fêter les négociations pour la limitation des forces sur fond de quartette. Mary aurait dû en être. Les Van Leyman avaient organisé un buffet pour les anciens de Prague, les deux sexes confondus et sans protocole. Elle aurait dû y aller, ils auraient dû s'y rendre tous les deux et rassembler tous les traînards pour un dernier whisky-soda. Ils auraient mis des disques et dansé jusqu'à maintenant, ou même plus tard – ces Pym, diplomates dans le vent, si populaires –, tout comme ils l'avaient fait avec tant de succès à Washington, quand Magnus était chef d'antenne adjoint et que tout allait parfaitement bien. Mary aurait préparé des œufs au bacon pendant que Magnus aurait plaisanté, tiré les vers du nez à certaines personnes et noué de nouvelles amitiés, ce que Magnus savait faire avec un inlassable talent. C'était en effet la haute saison, à Vienne, et les gens qui s'étaient tus toute l'année s'entretenaient maintenant avec excitation de Noël, de l'opéra, et laissaient les indiscrétions s'empiler comme du linge sale.

Mais cela se passait voilà plus de mille ans. Cela n'avait duré que jusqu'à mercredi dernier. La seule chose qui comptait à présent était que Magnus aurait dû remonter l'avenue à bord de la petite Metro qu'il avait laissée à l'aéroport, pour battre Jack Brotherhood d'une longueur à la porte d'entrée.

Le téléphone sonnait. Près du lit. De son côté. Ne cours pas, idiote, tu vas tomber. Dépêche-toi quand même ou il va raccrocher. Magnus, mon chéri, oh ! mon Dieu, pourvu que ce soit toi. Tu as eu un moment d'égarement, mais c'est fini maintenant, je ne te poserai même pas de question et je ne douterai plus jamais de toi. Elle s'empara du combiné et, sans savoir pourquoi, s'assit, plonk, sur une bosse du duvet en saisissant de sa main libre crayon et bloc-notes pour le cas où il lui faudrait écrire un numéro de téléphone, des adresses, des heures, des instructions. Elle ne laissa pas échapper de « Magnus ? » parce que cela aurait montré à quel point elle s'inquiétait pour lui. Elle ne dit pas « Allô ! » car elle n'était pas certaine de pouvoir maîtriser l'excitation de sa voix. Elle annonça donc leur numéro de téléphone en allemand de sorte que Magnus pût savoir que c'était elle, qu'elle se trouvait dans son état normal, qu'elle allait bien et n'était pas fâchée contre lui, que tout se passait bien et qu'il n'avait plus qu'à rentrer. Pas d'énervement, pas de problèmes, je suis ici et je t'attends comme je l'ai toujours fait.

« C'est moi », fit une voix masculine.

Mais ce n'était pas moi. C'était Jack Brotherhood.

« Pas de nouvelle de notre colis, je suppose ? demanda Brotherhood dans cet anglais riche et assuré qui caractérise la classe militaire.

– Pas de nouvelle de qui que ce soit. Où es-tu ?

– Je serai là dans une demi-heure environ, moins si c'est possible. Attends-moi, veux-tu ? »

Le feu, songea-t-elle soudain. Mince, le feu. Elle se précipita en bas, incapable pour le moment de faire la différence entre les catastrophes et les désagréments. Elle avait donné congé à la bonne pour la nuit et avait oublié d'alimenter le feu du salon. Il avait sûrement dû s'éteindre. Mais non, il brûlait joyeusement et elle n'eut qu'à y ajouter une bûche pour rendre le petit matin un peu moins funèbre. Elle fit ensuite le tour de la pièce en remettant les choses en place – les fleurs, les cendriers, le plateau avec le whisky de Jack – pour que tout ce qui l'entourait soit parfait puisque rien en elle ne l'était. Elle alluma une cigarette et tira dessus en baisers coléreux sans même avaler la fumée. Puis elle se servit un grand verre de whisky car c'était en fait pour cela qu'elle était descendue au rez-de-chaussée. Après tout, si nous étions en train de danser, j'en aurais déjà pris plusieurs.

Comme Pym, Mary était indubitablement anglaise. Blonde, la mâchoire forte, elle avait un visage franc. Son unique maniérisme hérité de sa mère, c'était la pose un brin comique qu'elle prenait pour s'adresser au monde, et aux étrangers en particulier. La vie de Mary semblait une succession de belles morts. Son grand-père avait péri à Paschendael ; son seul frère, Sam, plus récemment à Belfast, et Mary avait eu l'impression pendant plus d'un mois que la bombe qui venait de faire sauter la Jeep de son frère avait en même temps assassiné son âme à elle, mais c'était son père et non Mary qui avait fini par succomber d'un arrêt cardiaque. Tous les hommes de sa vie avaient été soldats. Ils lui avaient à eux trois laissé un héritage coquet, une âme de patriote fervente et un petit manoir dans le Dorset. Mary était tout aussi ambitieuse qu'intelligente, elle savait rêver, convoiter, désirer. Cependant, les règles de son existence avaient été posées avant même qu'elle vienne au monde, et chacune de ces morts les avait encore renforcées dans la famille de Mary, les hommes faisaient campagne tandis que les femmes soulageaient les survivants, pleuraient les disparus et assuraient la continuité. Sa dignité, ses soirées mondaines, sa vie avec Pym, tout cela avait été construit sur ce même principe bien ancré.

Jusqu'en juillet dernier. Jusqu'à nos vacances à Lesbos. Magnus, reviens. Je suis désolée d'avoir déclenché tout ce cirque quand j'ai vu que tu n'étais pas à l'aéroport. Je suis désolée d'avoir gueulé comme ça après l'employé de la British Airways et d'avoir brandi partout mon passe diplomatique. Et je suis désolée – terriblement désolée – d'avoir appelé Jack pour lui demander où mon mari avait bien pu passer. Alors je t'en prie, reviens à la maison et dis-moi ce qu'il faut faire, c'est tout. Rien d'autre ne compte. Sois seulement près de moi. Maintenant.

Elle se retrouva debout devant la double porte conduisant à la salle à manger, alors elle l'ouvrit en grand, alluma les chandeliers et, son whisky toujours à la main, examina la longue table vide qui brillait comme un lac. Acajou. Reproduction du XVIIIe siècle. Niveau conseiller, goût impersonnel. Quatorze personnes assises à l'aise, seize si l'on en mettait une à chaque bout arrondi. Sale tache de brûlé, j'ai tout essayé. Souviens-toi, se dit-elle. Force-toi à te remémorer les choses. Range bien tes idées dans ta petite tête stupide avant que Jack Brotherhood ne sonne à cette porte. Fais un effort pour te voir depuis l'extérieur. *Maintenant.* C'est une nuit comme celle-ci, vibrante, électrique. Nous sommes mercredi et c'est notre jour de détente. La lune est pareille à celle de cette nuit sinon qu'il lui manque un morceau d'un côté. Dans la chambre à coucher, cette imbécile de Mary Pym qui a décroché une mention Très Bien à son bac et n'est jamais allée à l'université se tient debout, jambes un peu trop écartées, et enfile le collier de perles familial pendant que son mari, le brillant Magnus, sorti deuxième d'Oxford et déjà habillé pour le dîner, lui embrasse la nuque et lui fait le numéro du gigolo des Balkans pour essayer de la mettre de bonne humeur pour le dîner. Magnus, lui, est évidemment juste de l'humeur qu'il faut.

« Mais bon sang, s'exclame Mary, plus durement qu'elle ne l'aurait voulu. Arrête de faire l'idiot et attache-moi ce putain de fermoir ! »

Il arrive que mes antécédents militaires transparaissent très nettement dans mon vocabulaire.

Et Magnus s'exécute. Magnus s'exécute toujours. Magnus répare, installe et porte et vous débarrasse mieux qu'un maître d'hôtel. Et lorsqu'il s'est exécuté, il pose ses mains sur ma poitrine et souffle son haleine chaude dans mon cou dénudé.

« Che d'en brie, mon amour ; afons-nous le demps pour moment apsolument exquis et tifin ? – Non ? – Oui ? »

Mais, comme d'habitude, Mary se sent trop nerveuse ne serait-ce que pour sourire, et elle l'envoie en bas pour vérifier que Herr Wenzel a bien été chercher la glace et pour qu'il la resserve de scotch par la même occasion. Et Magnus y va. Magnus y va toujours. Même s'il serait parfois plus sage de flanquer sur les joues de Mary une bonne gifle bien sentie, Magnus y va toujours.

Mary s'interrompit pour lever la tête et tendre l'oreille. Un moteur de voiture. Avec cette neige, ils vous tombent dessus comme de mauvais souvenirs. Mais à la différence des mauvais souvenirs, ce bruit-là s'éloigna.

Le dîner est servi. C'est le moment heureux de la vie diplomatique. C'est aussi réussi qu'à Georgetown, au temps où Magnus était un chef d'antenne adjoint en pleine ascension ayant en point de mire le poste de chef de service, et tout va mieux entre Mary et Magnus à l'exception d'un seul nuage noir qui obscurcit jour et nuit le cœur de Mary, même quand elle n'y pense pas : et ce nuage s'appelle Lesbos, une île grecque de la mer Égée entourée de souvenirs affreux, Mary Pym, épouse de Magnus Pym, conseiller pour certaines questions taboues auprès de l'ambassade britannique à Vienne – et en vérité chef d'antenne ici comme le savent toutes les personnalités taboues –, contemple fièrement son mari qui lui fait face par-dessus ses candélabres d'argent tandis que les serviteurs présentent le gibier qu'elle a préparé selon une recette de sa mère aux douze personnalités taboues mais éminentes de la communauté locale des renseignements.

« Et vous avez aussi une fille, fait Mary d'un ton assuré et dans son allemand impeccable à l'adresse d'un certain Oberregierungsrat Dinkel, du ministère de la Défense autrichien. Elle s'appelle Ursula, je me trompe ? La dernière fois que j'ai entendu parler d'elle, elle étudiait le piano au Conservatorium. Parlez-moi donc d'elle. » Puis, discrètement, à l'adresse de la domestique au moment où celle-ci passe à côté : « Frau Wenzel. Mr. Lederer, le deuxième en partant d'ici, n'a pas de sauce aux airelles. Allez. »

C'était une soirée réussie, avait décidé Mary tout en écoutant la litanie des malheurs de la famille de l'Oberregierungsrat. Le genre de soirée qu'elle cherchait à obtenir, qu'elle avait toujours voulu obtenir tout au long de sa vie d'épouse, à Prague et à Washington quand ils étaient le couple qui montait, et maintenant qu'ils étaient arrivés à une étape. Elle se sentait heureuse, elle tenait le flambeau, le nuage noir de Lesbos semblait loin pour l'instant. Tom travaillait bien à la pension et n'allait pas tarder à rentrer pour les vacances de Noël. Magnus avait loué un chalet à Lech pour y faire du ski et les Lederer avaient dit qu'ils les rejoindraient. Magnus bouillonnait tellement d'idées ces derniers temps, se montrait si prévenant avec elle malgré la maladie de son père. Avant d'aller à Lech, il l'emmènerait même à Salzbourg voir *Parsifal* et, si elle insistait un peu, au bal de l'opéra car, comme on le disait volontiers dans la famille de Mary, les filles, ça aime guincher. Et, avec un peu de chance, les Lederer pourraient là encore les accompagner – les enfants passeraient la soirée ensemble et partageraient la même baby-sitter – puisqu'il semblait que Magnus eût besoin de voir des gens ces temps-ci. Croisant le regard de Pym derrière le candélabre, elle lui décocha un sourire alors qu'il se lançait dans une conversation avec une sourde-muette assise à sa gauche. Pardonne-moi d'avoir été si énervée, tout à l'heure, lui disait-elle. C'est oublié, lui répondait-il. Quand ils seront tous partis, nous ferons l'amour, lui promettait-elle. Nous n'allons pas trop boire, nous ferons l'amour et tout ira très bien. C'est alors qu'elle entendit la sonnerie du téléphone. Juste à ce moment-là. A l'instant où elle envoyait à Magnus ces pensées chargées d'amour qui la remplissaient littéralement de bonheur, elle l'entendit sonner deux fois, trois fois et allait se fâcher quand, à son soulagement, elle perçut la voix de Herr Wenzel, le serviteur, qui répondait. Herr Pym vous rappellera plus tard, à moins que cela ne soit urgent, répéta-t-elle dans sa tête. Herr Pym ne veut être dérangé que pour des questions de première importance. Herr Pym est bien trop occupé à raconter une histoire drôle dans son allemand si parfait qu'il trouble l'ambassade et surprend les Autrichiens. Herr Pym peut même vous faire l'accent autrichien à la demande ou, plus amusant encore, l'accent suisse, grâce aux années scolaires qu'il a passées là-bas. Herr Pym peut aussi vous aligner toute une rangée de bouteilles puis les heurter avec un couteau de table pour les faire sonner comme les cloches des vieux trains suisses tout en psalmodiant les noms des gares situées entre Interlaken et la Jungfraujoch sur le ton des chefs de gare locaux, pendant que son public fond en larmes de gaieté nostalgique.

Mary leva les yeux vers l'autre bout de la table déserte. Et Magnus... que faisait-il alors, à part flirter avec Mary ?

Il faisait un tabac, tout simplement. Il avait à sa droite l'épouvantable Frau Oberregierungsrat Dinkel, si vulgaire et si laide, même par rapport à la moyenne des épouses de diplomates, que certains des piliers les plus endurcis de l'ambassade s'étaient retrouvés devant elle réduits à un silence hébété. Magnus l'avait pourtant attirée comme le soleil attire les fleurs et elle ne s'en rassasiait plus. Parfois, quand elle l'observait dans ce rôle-là, Mary se sentait gagnée par une pitié involontaire devant un dévouement aussi absolu. Elle souhaitait alors le voir se décontracter, ne fût-ce que pour un instant. Elle aurait voulu qu'il sache qu'il avait mérité de prendre du repos chaque fois qu'il en avait envie au lieu de devoir donner, toujours donner. S'il avait fait une véritable carrière diplomatique, il serait facilement devenu ambassadeur, se dit-elle. Grant Lederer lui avait assuré en privé que Magnus avait exercé à Washington une influence plus grande que celle de son chef d'antenne ou du parfaitement odieux ambassadeur. Vienne – quoiqu'il y jouît d'un respect immense et d'une influence tout aussi considérable – constituait visiblement une chute, ou du moins devait passer pour telle, mais une fois que la poussière serait un peu retombée, Magnus reviendrait sur le circuit et il suffisait pour le moment de faire preuve de patience. Mary regrettait d'être trop jeune pour lui. Il lui arrive de devoir se rabaisser à mon niveau, songea-t-elle. A la gauche de Magnus, Frau Oberst Mohr, dont le mari allemand travaillait pour le Bureau des transmissions de Wiener Neustadt, était pareillement hypnotisée. Mais, comme toujours, la véritable conquête de Magnus était Grant Lederer III, « l'homme à la petite barbe noire, aux petits yeux noirs et aux petites pensées noires » comme l'appelait Magnus. Il s'occupait depuis six mois du service juridique de l'ambassade américaine, ce qui sous-entendait bien sûr des activités plutôt lourdes car Grant était en fait la nouvelle recrue de l'Agence, quoiqu'il fût un vieil ami datant de Washington.

« Grant est un fouteur de merde, se plaisait à critiquer Magnus comme il aimait à critiquer tous ses amis. Il nous réunit autour d'une grande table une fois par semaine et il invente des mots pour des choses qu'on fait parfaitement depuis vingt ans sans eux.

– Mais il est amusant, mon chéri, lui rappelait alors Mary. Et Bee est *terriblement* séduisante. »

« Grant est un grand alpiniste, déclara une autre fois Magnus. Il nous empile bien proprement les uns sur les autres afin de pouvoir nous monter sur le dos. Attends, tu verras.

– En tout cas il est brillant, mon chéri. Au moins vous êtes sur la même longueur d'onde, toi et lui, non ? »

C'est qu'en vérité, bien sûr, et vu les limites des amitiés diplomatiques, les Pym et les Lederer formaient une fine équipe, et cela correspondait exactement à la manière perverse qu'avait Magnus d'aimer les gens et de les malmener, de leur taper dessus et de crier bien fort qu'il ne leur adresserait plus jamais la parole. La fille des Lederer, Becky, avait le même âge que Tom et ces deux-là étaient déjà quasi amoureux l'un de l'autre ; Bee et Mary s'accordaient parfaitement bien. Quant à Bee et Magnus... A vrai dire, Mary se demandait parfois s'ils ne s'entendaient pas un tout petit peu trop bien. Mais d'un autre côté, elle avait remarqué que, dans les amitiés à quatre, il existait toujours une relation croisée plus forte, même si cela ne conduisait jamais à rien. Et si cela finissait par aboutir à quelque chose entre eux, Mary devait, pour être tout à fait honnête, reconnaître qu'il ne lui déplairait pas de prendre sa revanche avec Grant dont l'énergie contenue la séduisait de plus en plus.

« A la tienne, Mary. Quelle bonne soirée. Nous nous amusons énormément. »

C'était Bee qui, comme toujours, flattait tout le monde. Elle portait des boucles d'oreilles de jais et un décolleté que Mary avait lorgné toute la soirée. Trois enfants et une poitrine pareille : c'était sacrément injuste. Mary leva son verre pour lui répondre. Elle remarqua que Bee avait des doigts de dactylo, crochus au bout.

« Allez, Grant, ça va maintenant mon vieux, disait Magnus d'un ton mi-railleur, mi-sérieux. Lâche-nous un peu, tu veux ? Si tout ce que ton valeureux Président nous raconte au sujet des communistes était vrai, comment pourrions-nous jamais traiter avec un seul d'entre eux ? »

Mary aperçut du coin de l'œil le sourire cocasse de Grant s'étirer au point de craquer, tant son admiration pour l'esprit de Pym semblait le démanger.

« Magnus, si ça ne tenait qu'à moi, tu aurais déjà droit au grand tapis rouge de l'ambassade avec un shaker plein de cocktail bien tassé dans une main et un passeport américain dans l'autre, et tu serais renvoyé directo à Washington en prenant au passage le ticket démocrate. Je n'ai jamais entendu de propos séditieux aussi bien présentés.

– Magnus prochain candidat à la présidence ? ronronna Bee qui se tenait très droite et faisait gonfler sa poitrine comme si on venait de lui offrir un chocolat. Oh, chic, chic !

C'est alors que Herr Wenzel, dont les services étaient loués pour la soirée, apparut et se pencha au-dessus de Magnus pour lui couler dans l'oreille gauche qu'on le demandait de toute urgence – pardonnez-moi, Votre Excellence – au téléphone, de Londres : excusez-moi, Herr conseiller.

Et Magnus excusa. Magnus excuse toujours tout le monde. Il se fraya élégamment un chemin entre des obstacles imaginaires jusqu'à la porte, tout en souriant et en distribuant des phrases de sympathie tandis que Mary animait encore la conversation afin de faire diversion. Mais alors que la porte se refermait derrière lui, il se passa quelque chose d'imprévu. Grant Lederer lança un regard à Bee qui le lui rendit aussitôt. Mary surprit cet échange complice et sentit son sang se figer dans ses veines.

Pourquoi ? Qu'avaient signifié ces coups d'œil imprudents ? Magnus couchait-il réellement avec Bee et celle-ci l'avait-elle dit à Grant ? Le couple s'était-il momentanément réuni dans l'admiration embarrassée qu'ils portaient tous deux à leur hôte ? Dans toute la période troublée qui avait suivi, Mary n'avait pas avancé d'un pouce dans ses interrogations. Il ne s'agissait ni de sexe ni d'amour, ni de jalousie ni d'amitié. C'était plutôt un regard de conspiration. Mary n'était pas du genre à délirer. Mais elle avait vu et elle savait. Ils lui avaient fait l'effet de deux meurtriers se disant : « Bientôt », et ce bientôt concernait Magnus. Ils l'auraient bientôt. On va lui faire bientôt ravaler sa fierté et notre honneur sera lavé. Je les ai vus le haïr, se dit Mary. C'est ce qu'elle avait pensé sur le moment et elle le pensait toujours.

« Grant est un Cassius qui court après son César, lui avait assuré Magnus. S'il ne trouve pas très vite de dos à poignarder, l'Agence ne tardera pas à confier son couteau à quelqu'un d'autre. »

Cependant, dans la diplomatie, rien ne dure, rien n'est jamais définitif, et une conspiration criminelle ne suffit pas à compromettre le flot des conversations. Tout en bavardant activement – principal sujet : les enfants et les courses –, tout en cherchant frénétiquement une explication aux regards néfastes des Lederer, et surtout en attendant que Magnus reprenne sa place au bout de la table pour à nouveau enjôler ses voisines en deux langues à la fois, Mary trouva encore le temps de se demander si ce coup de fil urgent de Londres pouvait être celui que son époux espérait depuis tant de semaines. Elle savait depuis quelque temps déjà que quelque chose d'important se préparait, et elle priait pour qu'il s'agisse de la rentrée en grâce promise.

Et c'est à ce moment précis, se rappela Mary, alors qu'elle bavardait et priait toujours pour que la chance de son mari tourne, qu'elle avait senti le bout des doigts de Magnus courir savamment sur ses épaules nues, avant qu'il ne retourne à sa place, à l'autre extrémité de la table. Elle n'avait pas même entendu la porte bien qu'elle en eût guetté le bruit.

« Tout va bien, chéri ? », lui lança-t-elle par-dessus le candélabre. Les Pym formaient un mariage si terriblement heureux qu'il fallait bien jouer le jeu.

« Sa Majesté est en bonne forme, Magnus ? entendit-elle Grant s'enquérir de sa voix traînante et insinuante. Rachitisme ? Croup ? Rien du tout ? »

Le sourire de Pym était radieux et détendu, mais cela ne signifiait pas grand-chose, Mary le savait bien. « Juste un de ces petits remous typiques de Whitehall, Grant, répondit-il avec une superbe décontraction. Je suis sûr qu'ils ont ici un espion qui leur indique les jours où je donne des soirées. Chérie, il ne reste plus de vin ? C'était un peu juste, non ? »

Oh ! Magnus, avait-elle pensé, tout excitée : veinard.

Il était temps de conduire les femmes à l'étage pour qu'elles aillent se refaire une beauté avant de prendre le café. La Frau Oberregierungsrat, qui se voulait moderne, fut tentée de résister, mais un méchant coup d'œil de son époux suffit à la faire lever. Quant à Bee Lederer qui, à cette heure de la soirée, avait tendance à jouer la grande féministe américaine – Bee suivit comme un mouton, obéissant à l'ordre implicite de son petit mari sexy.

« Puis viennent les cocktails, dit Jack Brotherhood dans l'imagination de Mary.

– Il n'y a pas de cocktails.

– Alors pourquoi s'agiter comme ça, ma chère ? fait Brotherhood.

– Je ne m'agite pas. Je me sers simplement un petit verre en attendant que tu arrives. Tu sais bien que je m'agite toujours.

– Tu me serviras le mien sec, s'il te plaît, comme pour toi. Donne-moi ça juste comme ça se présente. Sans glace ni eau gazeuse ou autre connerie. »

Très bien, prends ça dans les gencives.

La soirée se termine aussi parfaitement qu'elle a commencé. Dans le hall, Mary et Magnus aident leurs invités à enfiler leurs manteaux, et Mary ne peut s'empêcher de remarquer la façon dont Magnus, qui passe sa vie à se dévouer pour les autres, raidit les bras et arrondit les doigts à chaque manche habilement maîtrisée. Magnus a proposé aux Lederer de rester un peu mais Mary s'est arrangée pour s'y opposer discrètement en disant à Bee avec un glousse-ment que Magnus a besoin de se coucher tôt. L'entrée se vide. En bons diplomates, les Pym, bravant le froid – ils sont anglais après tout –, restent vaillamment plantés sur le pas de leur porte à lancer des signes d'adieu. Mary a passé un bras autour de la taille de Pym et elle glisse furtivement le pouce sous la ceinture du pantalon, lui chatouillant le bas du dos à la naissance des fesses. Magnus ne lui résiste pas. Magnus ne résiste jamais. Je ne vais pas le forcer à me dire quoi que ce soit, décide-t-elle. Il a horreur que je le presse de questions. Elle appuie amoureusement la tête sur son épaule et lui murmure de doux petits riens à l'oreille même par laquelle Herr Wenzel lui a appris qu'on le réclamait au téléphone, en espérant que Bee remarquera leur tendre manège. Sous la lumière du porche – Mary, jeune et radieuse dans sa robe longue bleue, Magnus, si distingué dans sa veste de soirée –, nous devions donner l'image même du mariage harmonieux. Les Lederer partent les derniers et se montrent les plus démonstratifs. « Bon sang, Magnus, je ne me rappelle pas avoir déjà passé un aussi bon moment », assure Grant avec cette note d'indignation cocasse et légèrement efféminée qui lui est coutumière. Leur garde du corps les escorte dans une seconde voiture. Côte à côte, les deux Anglais que sont les Pym partagent un instant le même mépris pour les usages américains.

« Bee et Grant sont vraiment très marrants, commente Mary. Mais toi, prendrais-tu un garde du corps si Jack t'en proposait un ? » Sa question dépasse la simple curiosité. La jeune femme s'interroge depuis quelque temps à propos de gens qui semblent traîner autour de la maison sans raison particulière.

« Sûrement pas..., répond Pym avec un frisson. A moins qu'il ne me promette de me protéger de Grant. »

Mary retire son pouce et ils font demi-tour pour rentrer sans se presser, bras dessus bras dessous. « Tout va comme tu veux ? », s'enquiert-elle en se disant que cela suffira peut-être à le faire parler. « Tout va parfaitement bien », lui répond-il. « J'ai envie de toi », chuchote hardiment Mary en esquissant une caresse en travers de ses cuisses. Pym hoche la tête en souriant et tire sur sa cravate pour la desserrer en un mouvement chargé de promesses. Dans la cuisine, les Wenzel attendent de pouvoir s'en aller. Mary décèle une odeur de tabac mais choisit de ne rien dire car ils ont beaucoup travaillé. Sur son lit de mort, elle se souviendra qu'elle a pris délibérément la décision d'ignorer leur fumée de cigarette : que sa vie était à ce moment-là si détendue, Lesbos si loin et son sens du travail accompli si grand qu'elle était capable de penser à des détails d'une telle trivialité. Pym a préparé une enveloppe pour les Wenzel : ce qu'il leur doit, plus un généreux pourboire. Magnus ferait cadeau de son dernier billet, songe Mary avec indulgence. Elle a appris à aimer sa prodigalité même si son éducation bourgeoise et plus mesquine lui indique qu'il exagère un peu : Magnus se montre si rarement vulgaire. Mary se demande même parfois s'il ne dépense pas trop et si elle ne devrait pas lui proposer une partie de ses revenus personnels. Les Wenzel s'en vont demain soir, ils feront le service d'un autre dîner, dans une autre maison. Les Pym se dirigent d'un même pas vers le salon, leurs mains se liant puis se déliant pour préparer librement un dernier petit verre rituel à prendre tout en bavardant pour enterrer définitivement la soirée. Pym sert deux scotches mais, contrairement à son habitude, ne retire pas sa veste. Mary lui prodigue des caresses plus précises. Il leur arrive parfois, en de telles occasions, de ne pas réussir à monter jusqu'au premier.

« Super ton gibier, Mabs », commente Pym. C'est ce qu'il fait toujours en premier : la féliciter. Magnus félicite tout le monde tout le temps.

« Ils ont tous cru que c'était Frau Wenzel qui l'avait préparé, dit Mary en cherchant le haut de sa fermeture éclair.

– Qu'ils aillent se faire voir », fait alors galamment Pym qui, d'un mouvement du bras, balaie pour elle l'ensemble de ce monde imbécile de la diplomatie. Mary craint un instant que Magnus n'ait prit un verre de trop. Elle espère que non car elle ne lui joue pas la comédie : après toutes les inquiétudes et les stupidités de la soirée, elle a vraiment très envie de lui. Magnus tend un verre à Mary et lève le sien en un hommage silencieux avant de le boire : bravo, ma vieille. Il lui sourit franchement et ses genoux, qui effleurent presque ceux de sa femme, ne tremblent pas. Troublée par la tension qu'elle perçoit en lui, Mary sent son désir devenir plus urgent, elle le veut sur-le-champ et le lui montre clairement en s'aidant de ses mains.

« Si Grant Lederer est le troisième du nom, remarque-t-elle en songeant de nouveau à ce regard meurtrier, je me demande bien à quoi pouvaient ressembler les deux premiers ?

– Je suis libre », déclare Pym.

Mary ne comprend pas. Elle se dit que ce doit être une façon à lui de renchérir sur sa plaisanterie.

« Je ne pige pas », avoue-t-elle d'un air un peu honteux. Je suis si lente pour lui, mon pauvre amour. Puis soudain, une pensée horrible. « Tu ne veux pas dire qu'ils t'ont foutu à la porte ? »

Magnus fait non de la tête. « Rick est mort, explique-t-il.

– Qui ? » De quel Rick parle-t-il ? Rick de Berlin ? Rick de Langley ? Quel peut être le Rick qui, une fois mort, libère Magnus et, qui sait, lui laisse le champ libre pour sa promotion ?

Magnus recommence. Tout à fait raisonnable. La pauvre fille n'a visiblement pas compris. Cette longue soirée l'a fatiguée. Elle a un petit coup dans l'aile. « Rick, mon père, est mort. Il est mort d'une crise cardiaque ce soir, à six heures, pendant que nous prenions notre bain. On le croyait sorti d'affaire depuis sa dernière attaque, mais on s'était de toute évidence trompé. Jack Brotherhood appelait de Londres. Nous n'aurons sans doute jamais l'honneur de savoir pourquoi les types du personnel ont chargé Jack de me l'apprendre au lieu de me l'annoncer eux-mêmes. Mais c'est comme ça. »

Et Mary continue de ne pas bien saisir.

« Qu'entends-tu par... libre ? crie-t-elle brusquement, abandonnant toute retenue. Libre de quoi ? » Puis, pleine d'à-propos, elle éclate en sanglots. Assez fort pour eux deux. Assez fort pour couvrir les terribles questions qu'elle ne cesse de se poser depuis Lesbos.

Maintenant, elle est à deux doigts de se mettre à pleurer pour Jack Brotherhood, tandis que la sonnette de la porte d'entrée résonne par toute la maison comme un appel de clairon, les trois petits coups habituels.

Pym tira les rideaux d'un coup sec et alluma la lumière. Il avait arrêté de chanter. Il se sentait gourd. Après avoir posé sa mallette avec un petit grognement, il jeta autour de lui un regard reconnaissant, laissant chaque chose l'accueillir en son temps. La tête de lit de cuivre : Bonjour. La broderie juste au-dessus qui l'exhorte à aimer Jésus : J'ai essayé mais Rick s'est toujours interposé. Le bureau à cylindre. Le poste de TSF en bakélite qui avait retransmis ce bon vieux Winston Churchill. Pym s'était refusé à imprimer sa marque sur cette chambre. Il était là en tant qu'invité, pas comme colonisateur. Qu'est-ce qui l'avait attiré ici, en ces sombres années d'il y avait déjà bien des vies ? Même maintenant, alors que tant de choses lui paraissaient si claires, une sorte de somnolence l'envahissait dès qu'il essayait de se souvenir. Tant de voyages solitaires et de marches sans but dans des villes étrangères m'ont conduit ici, tant de périodes esseulées et stériles. Il n'avait cessé d'attraper des trains, de chercher un endroit, d'en fuir d'autres. Mary se trouvait à Berlin... non, elle se trouvait à Prague où ils avaient été envoyés deux mois plus tôt et on lui avait clairement fait comprendre que s'il se tenait à carreau à Prague, la prochaine affectation serait à Washington. Tom... mon Dieu, Tom n'était pas encore né. Quant à Pym, il séjournait à Londres pour une conférence... non, pas du tout, il suivait trois jours de cours sur les dernières méthodes de communication clandestine dans un infect petit centre de formation tout près de Smith Square. Une fois les cours terminés, il avait pris un taxi jusqu'à Paddington. Sans réfléchir, guidé par son instinct. La tête toujours farcie d'informations inutiles à propos d'anodes et de transmissions condensées. Il sauta dans un train qui s'apprêtait à partir, descendit à Exeter, traversa le quai et prit une autre ligne. Comment imaginer plus grande liberté que celle de ne pas savoir où l'on va ni pourquoi ? Se retrouvant dans un coin véritablement perdu, il repéra un bus qui avait une destination vaguement familière et monta dedans. C'était là un pays de grands-mères. De plus, c'était dimanche, le jour où toutes les bonnes dames se rendaient à l'église en ayant glissé quelques pièces de collection dans leur gant. Depuis son vaisseau spatial, sur l'impériale de l'autobus, Pym embrassait tendrement du regard les cheminées, les églises, les dunes et les toits d'ardoise qui avaient l'air d'attendre d'être hissés jusqu'au paradis par leur épi de faîtage. Le bus s'arrêta, le chauffeur annonça : « Terminus, tout le monde descend », et Pym s'exécuta avec le curieux sentiment d'avoir accompli sa tâche. J'y suis, pensa-t-il. Je l'ai enfin trouvé alors que je ne le cherchais même pas. Précisément ce village, précisément cette plage, tels que je les ai laissés voici maintenant quarante ans. Le soleil illuminait les rues désertes. Ce devait être l'heure du déjeuner. Il avait perdu la notion du temps. Mais il était bien sûr que les marches du perron de Miss Dubber rutilaient tellement de propreté qu'il paraissait honteux de poser le pied dessus, et qu'il émanait de sa maison des sons de cantique ainsi qu'une odeur de poulet rôti, de bleu de lessive, de savon phéniqué et aussi de sainteté.

« Allez-vous-en ! cria une voix fluette. Je suis sur la plus haute marche et je n'arrive pas à atteindre les fusibles. Et si je me tends encore un peu plus, je vais sauter. »

Cinq minutes plus tard, cette chambre devenait sienne. Son sanctuaire. Son refuge entre tous ses autres refuges. « Canterbury. Mon nom est Canterbury », s'entendit-il dire alors qu'il la forçait à accepter une avance maintenant que les fusibles étaient réparés. Une ville qui vient de trouver un foyer.

Pym s'approcha du bureau et en fit coulisser le couvercle cylindrique avant de vider le contenu de ses poches sur la surface en similicuir. Comme s'il faisait un inventaire préalable à un changement de personnalité et de données. Comme s'il faisait l'examen rétrospectif des événements de la journée jusqu'à maintenant. Un passeport libellé au nom de Mr. Magnus Richard Pym, couleur des yeux : verts, cheveux châtain clair, travaillant à l'étranger dans les services diplomatiques de Sa Majesté la Reine, né voici bien trop longtemps. Cela faisait toujours un peu bizarre, après toute une vie de symboles et de noms de code, de voir son propre nom s'étaler, nu, tel quel, sur un document de voyage. Un portefeuille en box, cadeau de Noël de Mary. Le volet gauche renfermait les cartes de crédit cependant que la partie droite contenait deux mille schillings autrichiens et trois cents livres anglaises en petites coupures usagées, argent soigneusement réuni en vue de son évasion et qui allait s'ajouter à ce qui l'attendait déjà dans le bureau. Les clés de la Metro. Elle en a un autre jeu. Une photo de famille prise à Lesbos, chacun y paraissant à son avantage. L'adresse griffonnée d'une fille qu'il avait dû rencontrer quelque part puis oublier aussitôt. Il mit le portefeuille de côté puis, poursuivant son inventaire, tira de la même poche une carte d'embarquement d'aéroport verte, valable pour le vol à destination de Vienne de la British Airways de la veille au soir. De voir et toucher cette carte intrigua Pym. Elle marquait le moment où il avait voté avec ses pieds, se dit-il. C'était peut-être de toute son existence le premier geste véritablement égoïste qu'il eût jamais commis, exception faite, et non des moindres, de la location de cette chambre où il venait justement de s'installer. La première fois où il avait dit « je veux » plutôt que « je dois ».

Lors de la crémation, dans une banlieue tranquille, il avait soupçonné le cortège funèbre, pourtant extrêmement réduit, d'être artificiellement gonflé par de mystérieux observateurs. Il ne pouvait rien prouver. Il lui eût été difficile, tout en conduisant le deuil, de demeurer à la porte de la chapelle pour prier chacun de ses neuf invités de décliner sa profession. C'est que la voie erratique choisie par Rick tout au long de sa vie avait attiré des masses de gens que Pym ne connaissait pas même de vue et qu'il n'avait aucune envie de connaître. Quoi qu'il en soit, ses soupçons ne le quittèrent pas et même s'intensifièrent tandis qu'il roulait en direction de l'aéroport, puis se muèrent en véritables certitudes lorsqu'il rendit la voiture à la compagnie de location : les deux hommes en gris passaient en effet beaucoup trop de temps à remplir leur fiche. Impassible, il fit enregistrer sa valise à destination de Vienne puis, tenant cette même carte d'embarquement verte à la main, traversa les services d'immigration pour aller s'asseoir dans la salle d'attente malsaine, le nez plongé dans le *Times*. A l'annonce d'un retard sur son vol, il parvint presque à cacher son irritation, s'efforçant pourtant de la rendre la plus manifeste possible. Quand on appela enfin les passagers, il prit sagement sa place dans la foule qui se précipitait vers les portes d'embarquement, image même de l'usager obéissant. Et s'il ne pouvait les voir, il put pratiquement sentir les deux hommes battre en retraite pour retrouver leur thé et leur ping-pong à la base : bon débarras, les mecs de Vienne n'auront qu'à le récupérer, se disaient-ils. Pym tourna à un coin et se dirigea vers un tapis roulant qu'il négligea. Il adopta alors une démarche tranquille, jeta un coup d'œil appuyé en arrière, comme s'il cherchait quelqu'un des yeux, puis, imperceptiblement, se laissa entraîner par le flot des passagers arrivant en sens contraire. Quelques instants plus tard, il présentait son passeport au bureau des arrivées et avait droit au discret : « Bon retour au pays, monsieur », réservé à ceux qui jouissent de numéros d'une série bien spécifique. Enfin, et pour prendre naturellement une dernière précaution, il se rendit au guichet des lignes intérieures et se renseigna d'une manière vague et hésitante, destinée à agacer l'employé submergé, sur les vols à destination de l'Écosse. Non, pas Glasgow, merci. Juste Édimbourg. Oh, attendez, donnez-moi donc aussi les heures pour Glasgow pendant que vous y êtes. Ah, formidable, une liste des horaires. Merci, merci beaucoup. Et c'est à vous qu'il faut s'adresser si je veux acheter un billet ? Oh ! là-bas, je vois ; très bien, merci encore.

Pym déchira la carte d'embarquement en menus morceaux qu'il déposa dans le cendrier. Qu'est-ce qui était prémédité et qu'est-ce qui était spontané ? Cela importait peu. Je suis ici pour agir, pas pour ressasser. Une place Heathrow-Reading. Il avait plu tout le temps. Une couchette Reading-Exeter achetée à bord du train. Il avait mis un béret et pris soin de garder son visage dans l'ombre tandis qu'il réglait le contrôleur ivre. Pym réduisit ces papiers-là aussi en mille morceaux et les ajouta aux autres, dans le cendrier, puis, par habitude ou par agressivité, il y mit le feu et contempla les flammes d'un regard fixe, sans ciller mais avec un certain respect. Il fut sur le point de brûler également son passeport mais un dernier scrupule le retint, ce qu'il trouva curieux venant de lui-même, et plutôt sympathique. J'ai tout prémédité jusqu'au moindre détail – moi qui n'ai jamais pris une décision consciente de toute ma vie. J'ai tout imaginé le jour où je suis entré à la Firme, dans un petit coin de ma tête que j'ignorais totalement jusqu'à la mort de Rick. J'ai tout prémédité excepté la croisière de Miss Dubber.

Les flammes moururent et il écrasa les cendres avant d'ôter son manteau pour le suspendre au dossier de la chaise. Il tira d'une commode un vieux cardigan tricoté à la main par Miss Dubber et l'enfila.

Je lui en reparlerai, songea-t-il. Il faut que je trouve une idée qui la tente davantage. Je choisirai mieux mon moment. Il est absolument nécessaire qu'elle change un peu d'air, se dit-il. Qu'elle soit quelque part où rien ne viendra l'inquiéter.

Éprouvant soudain le besoin de faire quelque chose, il éteignit les lumières, se glissa promptement jusqu'à la fenêtre, ouvrit les rideaux et entreprit de passer la petite place en revue, vie par vie, fenêtre par fenêtre, tout en cherchant des signes révélateurs de filature dans le matin qui se levait. Dans la cuisine du presbytère, la femme du pasteur baptiste, en robe de chambre, décroche la tenue de football de son fils du fil à linge afin qu'elle soit prête pour le match du jour. Pym recule brusquement. Il vient de saisir un éclat métallique dans l'ombre du portail du presbytère. Mais il ne s'agit que de la bicyclette que le pasteur a attachée au tronc d'un araucaria pour se prémunir durant la nuit contre une convoitise bien peu chrétienne. Dans la salle de bains de Sea View, la vitre dépolie laisse apparaître une femme en jupon gris qui se tient penchée au-dessus du lavabo pour se laver la tête. Celia Venn, la fille du docteur, celle qui veut peindre la mer, attend visiblement de la visite aujourd'hui. Dans la maison d'à côté, au numéro huit, Mr. Barlow, l'entrepreneur, et sa femme regardent les programmes du matin à la télévision. Le regard de Pym continue méthodiquement son chemin jusqu'à ce qu'une camionnette garée attire son attention. La porte côté passager s'ouvre, une silhouette féminine traverse prestement le jardin public jusqu'au presbytère et disparaît. Ella, la fille de l'entrepreneur, découvre la vie. Il referma les rideaux et ralluma la lumière. Je vais créer mon jour et ma nuit. La mallette reposait toujours là où il l'avait laissée, curieusement rigide à cause de son armature d'acier. Tout le monde se trimballe des valises, songea-t-il. Celle de Rick était en peau de porc. Celle de Lippsie en carton, celle de Poppy était une pauvre chose grise frappée de petites taches pour ressembler à de la peau de bête. Quant à Jack – cher Jack – tu as toujours ton superbe vieil attaché-case, aussi fidèle que le chien que tu as dû abattre.

Tu vois, Tom, il y a des gens qui lèguent leur corps à une faculté de médecine. Les mains vont à telle classe, le cœur à telle autre, les yeux à telle autre encore, chacune reçoit quelque chose et elles sont toutes reconnaissantes. Ton père, lui, n'a que ses secrets à léguer. Ils sont sa source et sa malédiction.

Il se laissa tomber lourdement sur la chaise, devant le bureau.

Pour dire les choses telles quelles, se répéta-t-il. La vérité, rien que la vérité. Pas d'échappatoires, pas d'inventions, pas de trucs. Juste la libération d'un moi par trop promis.

Pour ne les dire à personne en particulier et les dire à tout le monde à la fois. Pour les dire à tous ceux à qui j'appartiens, à qui je me suis donné avec une prodigalité irréfléchie. A mes maîtres et payeurs. A Mary et à toutes les autres Mary. A quiconque a reçu un fragment de moi, a espéré davantage et s'est retrouvé profondément déçu. Et à ce qui peut subsister de moi-même après le grand partage de Pym.

A tous mes créanciers et copropriétaires anonymes, voici une fois pour toutes le règlement de tous les arriérés qui obsédaient tant Rick et seront enfin réglés par son seul fils reconnu. Quoi que Pym ait été pour vous, qui que vous soyez ou ayez été, voici la dernière des multiples versions du Pym que vous pensiez connaître.

Pym prit une profonde inspiration et expira bien à fond.

Fais-le directement. Rien qu'une fois dans ta vie et ce sera terminé. Pas de réécriture, pas de peaufinage, pas de digressions. Pas de « ne serait-ce pas mieux comme ça ? » Tu es le mâle de la ruche. Tu œuvres une fois puis tu meurs.

Il prit un stylo puis une seule feuille de papier. Il griffonna quelques lignes, ce qui lui passait par la tête. Trop de travail et pas assez de fantaisie font de Jack un espion ennuyeux. Poppy, Poppy au mur. Miss Dubber doit partir en croisière. Mange ton pain blanc, le pauvre Rickie est mort. Sa main courait régulièrement, sans faire de ratures. Il nous faut parfois accomplir quelque chose afin d'en trouver la raison, Tom. Nos actes sont parfois des questions, non des réponses.

2

Journée sombre et venteuse, Tom, comme le sont la plupart des dimanches dans cette région ; j'en ai vu défiler d'innombrables dans mon enfance, mais je ne me rappelle pas un seul dimanche ensoleillé. D'ailleurs, je me souviens peu d'être allé dehors, sinon lorsque l'on me conduisait furtivement, comme si j'avais été un criminel, jusqu'au temple. Mais je vais trop vite, car Pym, ce jour-là, n'existait pas encore. Cela se passait six mois avant la naissance de ton père, dans un village du bord de mer, pas très éloigné de celui-ci, un village moins plat, doté d'un clocher plus massif. Mais celui-ci fera très bien l'affaire. Un matin détrempé, balayé par un vent funeste, tu peux me croire, et moi, pauvre spectre encore à naître toujours là, dans l'église, moi qu'on n'a pas commandé, pas livré et certainement pas payé : moi pareil à un microphone sourd, si tu veux, placé déjà mais inactif, sinon du point de vue biologique. De vieilles feuilles, de vieilles aiguilles de pin et de vieux confettis s'accrochent aux marches mouillées du temple, que gravit l'humble procession de fidèles qui vient chercher sa dose hebdomadaire de salut ou de perdition, quoique je n'aie jamais vraiment su faire la différence entre les deux. Et moi, pauvre espion encore à naître, moi qui accomplis déjà ma première mission en un endroit normalement dépourvu d'objectifs.

Mais aujourd'hui, il se passe quelque chose. Il y a comme un fourmillement général et il a pour nom Rick. Leur piété se teinte aujourd'hui d'un éclat mauvais qu'ils ne parviennent pas à adoucir et qui provient d'eux-mêmes, du tréfonds incandescent de leurs petites sphères obscures même si Rick en est le possesseur, l'origine et l'instigateur. Cela se lit partout : dans le dandinement sinistre du marguillier au costume brun, dans les soupirs et la fébrilité des dames chapeautées qui arrivent en courant de peur d'être en retard puis s'assoient en rougissant sous leur couche de poudre blême parce qu'elles sont en avance. Tous sont en émoi ; tous bouillent d'impatience et c'est une assemblée de première, comme l'aurait fait remarquer fièrement Rick, et comme il l'a sûrement fait car il adorait l'affluence, fût-ce pour sa propre exécution. Certains d'entre nous sont venus en voiture – dans ces merveilles de l'époque qu'étaient les Lanchester ou les Singer –, d'autres en trolleybus et d'autres encore à pied ; et la pluie saline du Seigneur nous fait des barbes glacées sous nos étoles de mauvais renard tandis que le vent marin du Seigneur traverse l'étoffe usée de nos habits du dimanche. Pas un seul d'entre nous pourtant, et ce quel que soit son moyen de transport, qui ne brave la tempête quelques secondes de plus pour lorgner le panneau et vérifier ainsi de ses propres yeux ce qu'il a appris depuis quelques jours déjà par le bouche à oreille. Deux affichettes y sont fixées, toutes deux trempées par la pluie et toutes deux aussi avenantes, pour le simple passant, qu'une tasse de thé froid. Mais pour qui connaît le code, elles sont porteuses d'un message proprement exaltant. La feuille orangée annonce qu'un appel vient d'être lancé afin de réunir les cinq mille livres nécessaires au réaménagement de la salle paroissiale de la Brinkley Mothers' Union et à la création d'une salle de lecture : même si nous savons tous pertinemment qu'aucun livre n'y sera jamais ouvert et qu'elle servira à exposer des gâteaux maison et des photographies de petits Congolais victimes de la sous-nutrition. Un thermomètre de contre-plaqué accroché à la clôture indique que mille livres ont déjà été réunies. Le deuxième feuillet, vert, annonce que le prêche d'aujourd'hui sera prononcé par le pasteur – tous sont les bienvenus. Mais cette information a été corrigée. Par-dessus, on a punaisé un carton entièrement dactylographié à la façon d'un avis officiel, avec cet excès comique de majuscules qui est souvent mauvais signe, par ici :

Pour Cause de Circonstances imprévues, Sir Makepeace Watermaster, Juge de Paix et Député Libéral de notre Circonscription auprès du Parlement, prononcera le Prêche d'aujourd'hui. Prière au Comité de rester ensuite pour une Réunion Extraordinaire.

Makepeace Watermaster en personne ! Et nous savons bien pourquoi ! Ailleurs dans le monde, Hitler se prépare à mettre l'univers à feu et à sang, les misères de la Crise se répandent en Amérique et en Europe comme une épidémie impossible à enrayer cependant que les prédécesseurs de Jack Brotherhood s'en font ou non les propagateurs selon les doctrines fallacieuses qui ont cours dans les ramifications secrètes de Whitehall à l'étranger. Quoi qu'il en soit, notre congrégation ne prétend pas avoir d'opinion concernant ces aspects impénétrables des desseins de Dieu. Contentons-nous de notre église dissidente et de notre suzerain du moment, Sir Makepeace Watermaster, plus grand prédicateur et Libéral jamais né et l'un des Seigneurs de ce Pays, qui n'a pas hésité à nous doter lui-même des murs de ce temple. Enfin, bien sûr, ce n'était pas lui. C'était son père, Goodman, qui avait payé pour ce temple, mais Makepeace, depuis qu'il a réussi dans la région, a une façon bien à lui d'oublier jusqu'à l'existence de son père. Le vieux Goodman était gallois ; c'était un misérable potier, prédicateur, chanteur et veuf, père de deux enfants nés à vingt-cinq ans d'intervalle dont Makepeace est l'aîné. Quand Goodman arriva ici, il essaya la glaise, respira l'air marin et construisit un atelier de poterie. Deux ans plus tard, il en construisait deux autres et faisait venir de la main-d'œuvre bon marché pour les faire tourner, d'abord des Gallois du Sud, comme lui-même, puis des Irlandais du Sud qui revenaient encore moins cher. Goodman les allécha avec ses maisons ouvrières, les affama avec ses salaires de misère et leur inculqua la terreur de l'Enfer, du haut de sa chaire, avant d'être lui-même emporté au Paradis comme en témoignait le modeste monument de six mille pieds de haut qui s'élevait devant la fabrique il y a quelques années encore, jusqu'au moment où, bon débarras, tout fut abattu pour céder la place à un lotissement.

Et voici qu'aujourd'hui, *Pour Cause de Circonstances imprévues*, ce même Makepeace, unique fils de Goodman, daigne descendre de ses hautes sphères – lesdites circonstances ne se révélant en réalité imprévues que pour lui, ces mêmes circonstances étant aussi palpables que les bancs sur lesquels nous sommes assis, aussi inamovibles que les dalles auxquelles sont fixés les bancs, aussi fatidiques que la cloche grinçante en son beffroi, qui siffle et râle entre chaque note comme une truie à l'agonie luttant pour repousser l'instant fatal. Imagine la tristesse de tout cela... ce dénigrement de la jeunesse pour mieux en précipiter la déchéance, cette façon d'interdire aux jeunes tout ce qui pourrait leur paraître intéressant, excitant : des journaux du dimanche au papisme, de la psychologie à l'art, de la lingerie fine à la gaieté et même au cafard, de l'amour au rire et inversement, je ne crois pas qu'il y eût un seul recoin de la nature humaine qui ne fût par ce monde-là condamné. Car si tu n'en comprends pas la tristesse, tu ne comprendras pas quel univers fuyait Rick ni après quel univers il courait, ni quel plaisir pervers chatouille et agace telle une puce importune chacune de ces humbles poitrines en ce sombre dimanche, tandis que le dernier carillon se fond dans le martèlement de la pluie et que commence le premier grand procès de la jeune vie de Rick. « Rick Pym va enfin connaître le goût de la corde », se dit-on. Et comment trouver bourreau plus terrible que Makepeace lui-même, Seigneur de ce Pays, juge de paix et député libéral auprès du Parlement, pour lui passer le nœud autour du cou ?

Les accords de l'orgue s'éteignent avec le son de la cloche. La congrégation retient son souffle et commence à compter jusqu'à cent tout en repérant ses visages et ses protagonistes favoris. Les deux dames Watermaster sont arrivées tôt. Elles sont assises épaule contre épaule sur le banc des notables, juste au-dessous de la chaire. En tout autre dimanche ou presque, Makepeace aurait juché son mètre quatre-vingt-dix-huit entre elles deux et, sa longue tête inclinée de côté, aurait prêté une petite oreille rose et moite à la musique de l'orgue. Mais pas aujourd'hui car aujourd'hui est un jour exceptionnel, et Makepeace se trouve dans l'une des ailes du temple, à s'entretenir avec notre pasteur et avec certains membres inquiets du comité pour la collecte.

Mme Makepeace, plus connue sous le nom de Lady Nell, n'a pas encore atteint cinquante ans mais paraît aussi voûtée et ratatinée qu'une petite vieille et est affligée d'un tic qui lui fait secouer sa tête grisonnante sans prévenir, comme pour chasser une volée de mouches. Perchée à côté d'elle – statue minuscule et grave auprès des tics et de la stupidité de Nell –, Dorothy, surnommée le plus souvent Dot, fait figure de petit bout de femme immaculée, assez jeune pour être la fille de Nell même si elle est en fait la sœur de Makepeace... et elle prie, elle prie le Créateur, elle presse ses petits poings serrés sur ses yeux tout en Lui remettant sa vie et sa mort et espérant qu'Il l'entendra et fera au mieux. Les baptistes ne s'agenouillent pas devant Dieu, Tom. Ils s'accroupissent. Mais ce jour-là ma Dorothy se serait volontiers étendue sur le dallage des Watermaster pour baiser le gros orteil du pape si seulement Dieu l'avait tirée de ce mauvais pas.

Je possède une photo d'elle et il y a eu une époque – ce n'est plus le cas, je le jure, elle est bien morte pour moi – où j'aurais donné mon âme pour en avoir ne fût-ce qu'une autre. J'ai trouvé celle-là dans une vieille bible fatiguée alors que j'avais l'âge de Tom, dans une belle maison de banlieue que nous étions en train de quitter précipitamment. « Pour Dorothy, avec mon affection toute particulière, Makepeace », pouvait-on lire sur la page de garde. Une seule et unique photographie tachetée, d'un brun sépia et prise comme en plein vol alors qu'elle descendait d'un taxi – le numéro d'immatriculation n'apparaît pas dans le cadrage –, sa main étreignant un petit bouquet de fleurs apparemment sauvages et ses grands yeux exprimant trop de choses pour ne pas nous troubler. Se rend-elle à un mariage ? Au sien ? Passe-t-elle voir un parent malade – Nell ? Où se trouve-t-elle ? Où s'enfuit-elle cette fois-ci ?

Elle tient les fleurs près de son menton, les coudes rapprochés l'un de l'autre. Ses avant-bras dessinent une ligne verticale de la taille jusqu'au cou. Longues manches resserrées aux poignets. Des gants de mousseline, donc aucune bague apparente mais je soupçonne un léger renflement au majeur de la main gauche. Un chapeau cloche dissimule ses cheveux et projette une ombre en forme de loup sur ses yeux inquiétants. Les épaules sont penchées, comme si elle était sur le point de perdre l'équilibre, et un tout petit pied s'est écarté de côté pour la retenir. Les bas clairs ont le lustre zigzagant de la soie et les souliers sont de cuir véritable, pointus et boutonnés. Et je sens qu'ils lui font mal, qu'ils ont été achetés à la hâte comme le reste de sa tenue, dans une boutique où on ne la connaît pas et où elle ne veut pas être connue. Le bas de son visage, très pâle, évoque une plante qui a poussé dans l'obscurité – pense aux Glades, la maison où elle a grandi enfant unique, comme moi, cela se voit au premier coup d'œil – même si elle a en réalité un frère de plus de vingt ans son aîné.

Veux-tu que je te raconte ce que j'ai trouvé un jour, dans le grand verger obscur de la maison estivale des Watermaster alors qu'enfant, comme elle, je m'y promenais ? L'album à colorier qu'elle avait gagné au catéchisme : la vie de Notre Sauveur en images. Et sais-tu ce que ma Dot chérie en avait fait ? Elle avait couvert chacun de ces saints visages de traits de crayon sauvages. Je me suis d'abord senti choqué, puis j'ai compris. Ces visages représentaient les figures tant redoutées du monde réel auquel elle n'appartenait pas. Ces personnages jouissaient de toute l'amitié et de tous les sourires qu'elle n'avait jamais eus. Elle les avait donc effacés. Pas dans un accès de rage. Pas par haine ni même par jalousie. Mais parce que leur tranquillité d'esprit lui paraissait inaccessible. Regarde bien cette photographie. La mâchoire. La mâchoire sévère qui se refuse à sourire et se ferme à toute expression. La petite bouche serrée, coins baissés, pour ne laisser échapper aucun secret. Ce visage ne sait pas oublier le moindre mauvais souvenir, la moindre expérience pénible parce qu'il n'a personne avec qui les partager. Il est condamné à les accumuler tous jusqu'au jour où il craquera sous leur nombre.

Assez. Je brûle les étapes. Dot, plus connue sous le nom de Dorothy, nom de famille Watermaster. Aucun lien avec aucune autre raison sociale. Une abstraction. La mienne. Une femme vide et irréelle, à tout jamais saisie en plein vol. Si elle m'avait tourné le dos au lieu de me présenter son visage, je n'aurais pu la connaître moins ni l'aimer davantage.

Et derrière les dames Watermaster, loin derrière, aussi loin en vérité que le permettent les longues ailes imposantes du temple, tout au fond de l'édifice, sur leur banc de prédilection, soit juste à côté des portes fermées, se tient la fine fleur de notre Jeunesse masculine, la cravate bien serrée sous le col raide et les cheveux lissés, partagés par une raie droite comme un coup de rasoir. Ce sont les Garçons des Cours du Soir, comme on les appelle gentiment, les apôtres du temple de demain, nos espoirs de lumière, nos futurs pasteurs, nos docteurs, nos missionnaires, nos philanthropes, nos futurs Seigneurs du Pays, ceux qui partiront un jour de par le monde et le sauveront comme il n'a jamais été sauvé. Ce sont eux qui, grâce à leur zèle, se sont vu confier des tâches généralement réservées aux plus vieux : la distribution des missels et des agenouilloirs, la quête, le rangement des manteaux et la sonnerie de la grande cloche. Ce sont eux qui, à bicyclette, à motocyclette ou grâce à la voiture aimablement prêtée par leurs parents, distribuent notre journal paroissial à toutes les portes d'entrée, renfermant la crainte de Dieu, y compris celle de Sir Makepeace Watermaster lui-même, dont le cuisinier a toujours l'ordre de garder une part de gâteau et un verre d'orgeat citronné pour le porteur eux qui collectent les quelques shillings de loyer des pauvres pavillons du temple, eux qui pilotent les bateaux d'agrément sur le lac de Brinkley lors des sorties enfantines et eux qui coltinent le sapin jusque devant l'église au moment de Noël. Et c'est encore eux qui ont accepté, comme sur demande expresse de Jésus, de se charger de la Collecte de la Mothers Union, qui vise les cinq mille livres à une époque où deux cents livres suffiraient à faire vivre toute une famille pendant un an. Pas une porte à laquelle ils n'aient frappé durant leur pèlerinage, pas une fenêtre qu'ils n'aient proposé de laver, pas un parterre qu'ils n'aient offert de désherber et de bêcher. Jour après jour, les jeunes troupes ont arpenté la ville pour ne revenir, exhalant un parfum de pastille de menthe, que bien après que leurs parents s'étaient couchés. Sir Makepeace a souvent chanté leurs louanges, de même que notre pasteur. La cérémonie dominicale paraîtrait en effet incomplète sans un rappel à Notre Père de leur entière dévotion. Ainsi, bravement, la ligne rouge du thermomètre de contreplaqué fixé à la clôture du temple a franchi le cap des cinquante livres, puis des cent, pour enfin arriver au premier millier où elle stagne maintenant depuis quelque temps malgré tous leurs efforts. Non que les garçons aient perdu de leur zèle, loin de là. Il ne leur vient pas à l'esprit qu'ils pourraient échouer. Makepeace Watermaster n'a en vérité nul besoin de leur rappeler l'histoire de Bruce et de son araignée, même s'il la leur répète souvent. Les Garçons des Cours du Soir sont, de l'avis de tous, de véritables cracks. Les Garçons des Cours du Soir sont l'avant-garde personnelle du Christ et seront un jour les Seigneurs de ce Pays.

Cinq d'entre eux sont présents, et Rick se tient au milieu. Il est le fondateur du groupe, l'organisateur, le guide spirituel et le trésorier. Rick, officiellement Richard Thomas comme son père, ce cher vieux TP qui s'était battu dans les tranchées avant de devenir maire de notre ville puis de mourir voici sept ans déjà et il nous semble que c'était hier. Quel fameux prédicateur il faisait, lui, avant que son Créateur ne le rappelle auprès de Lui ! Rick, ton grand-père en titre seulement, Tom, car je ne t'aurais jamais laissé le rencontrer.

J'ai deux versions du prêche de Makepeace, toutes deux incomplètes, toutes deux amputées de la date ou du lieu d'origine : des coupures de presse jaunies, visiblement découpées aux ciseaux à ongles dans les pages ecclésiastiques des journaux locaux, qui, à l'époque, rapportaient les faits et gestes de nos prédicateurs avec la même exactitude que les exploits de nos footballeurs aujourd'hui. J'ai découvert ces articles dans cette même Bible de Dorothy, avec la photographie. Makepeace n'accusait personne directement. Makepeace ne formulait aucune plainte. Nous sommes ici au royaume des sous-entendus ; le discours brutal est réservé aux pécheurs. « M.P. lance un avertissement sévère contre la cupidité et l'avidité de la jeunesse », proclame le premier. « Les dangers de l'ambition chez les jeunes magnifiquement mis en relief. » « La personnalité imposante de Makepeace réunit, assure le journaliste anonyme, la grâce des poètes celtes, l'éloquence de l'homme d'État et le sens inébranlable de la justice de l'homme de loi. » La congrégation était hypnotisée et ce « jusqu'au plus doux de ses membres » – mais personne ne l'est autant que Rick, qui paraît véritablement transporté et agite sa large tête au rythme de la rhétorique de Makepeace, même si chacun des accents gallois de celui-ci (c'est du moins ce qu'il semble aux yeux et aux oreilles excités qui l'entourent) est dirigé personnellement contre lui, tout au bout de l'allée, et lui est enfoncé dans le crâne par l'index que Watermaster pointe lugubrement dans le vide.

La seconde version prend un ton moins apocalyptique. Le Seigneur de ce Pays ne fustigeait plus notre jeunesse pécheresse. Loin s'en fallait. Il offrait au contraire son aide aux jeunes défaillants. Il exaltait les idéaux de la jeunesse et les comparait à des étoiles. A en croire d'ailleurs cette seconde version, Makepeace semblait s'être pris d'une véritable passion pour les étoiles. Il n'arrivait pas à s'en détacher, et le journaliste non plus. Les étoiles figurant notre destin. Les étoiles qui guident les sages au travers des déserts pour les conduire jusqu'au berceau même de la Vérité. Les étoiles qui illuminent les ténèbres de notre désespoir, même au plus profond du péché. Des étoiles de toutes formes et pour toutes les occasions. Des étoiles qui brillent au-dessus de nous comme la lumière même de Dieu. Il fallait que le rédacteur de l'article appartînt corps et âme à Makepeace Watermaster, en admettant qu'il ne s'agissait pas de lui-même – personne d'autre n'aurait pu adoucir ainsi cette vision terrible et menaçante du prédicateur en chaire. Bien que mes yeux ne fussent pas encore ouverts à ce monde, je le vois alors aussi clairement que je le vis, quelques années plus tard, en chair et en os, et que je le verrai toujours : aussi haut qu'une des cheminées de ses usines et tout aussi mince. Caoutchouteux, avec des épaules étroites et chétives et une taille ample et proéminente. Un bras fait d'un seul bloc et tendu vers nous comme un signal de chemin de fer, avec une main flasque qui flotte à son extrémité. Puis la petite bouche élastique et humide, féminine, trop petite même pour le nourrir et qui s'étire et se contracte afin d'émettre laborieusement ses voyelles indignées. Et quand, enfin, il estime avoir prononcé suffisamment de ses terribles avertissements et décrit avec assez de détails le châtiment des pécheurs – « Et tu connaîtras des supplices que jamais tu n'as connus auparavant » –, je le vois se raidir, se redresser et se mouiller les lèvres pour le baiser d'adieu que nous, les enfants, implorions depuis quarante minutes tout en croisant les jambes pour nous retenir de faire pipi, même si nous y étions allés juste avant de partir. L'un des articles cite *in extenso* ce passage insensé, et ce n'est pas mon souvenir que je vais livrer à présent, mais leur version de cette tirade sans laquelle aucun des sermons de Watermaster que j'ai pu entendre par la suite n'eût été complet, de cette tirade qui accompagna Rick tout au long de sa vie – et par conséquent m'accompagna moi, tout au long de la mienne – au point de faire partie intégrante de lui-même, de cette tirade qui, j'en suis sûr, le veilla à l'heure de sa mort puis l'escorta tandis qu'il s'avançait vers son Créateur, compagnons enfin réunis.

« Les idéaux, mes jeunes frères.... » Je vois là Makepeace interrompre, décocher un autre regard à Rick puis recommencer :

« Les idéaux, mes frères bien-aimés, se doivent comparer à ces étoiles splendides qui brillent au-dessus de nos têtes. » Je le vois lever ses yeux tristes et ternes vers le plafond de bois. « Nous ne pouvons les atteindre..., nous en sommes séparés par des milliers de kilomètres. » Je le vois tendre ses bras pendants comme pour se saisir d'un pécheur défaillant. « Mais, oh ! mes frères, nous jouissons tant de leur présence. »

Rappelle-toi ces mots, Tom. Toi, Jack, tu vas me croire fou, mais ces étoiles, aussi vaines qu'elles soient, constituent une pièce maîtresse d'intelligence opérationnelle dans la mesure où elles ont fourni la première image de la foi inaltérable qu'avait Rick en sa destinée, et où leur influence ne s'arrête pas là car qu'est en fait un fils de prophète sinon une prophétie, même si personne sur terre ne doit jamais découvrir ce que l'un ou l'autre sont en train de prédire ? Makepeace, comme tous les grands prédicateurs, doit savoir se passer de rideau final et d'applaudissements. Pourtant – certains témoins sont prêts à en jurer –, on entend Rick murmurer par deux fois dans le silence général : « Magnifique, magnifique. » Makepeace Watermaster l'entend lui aussi – il fait glisser ses grands pieds et s'immobilise sur les marches de la chaire, regardant autour de lui comme si l'on venait de l'insulter. Makepeace s'assoit enfin, l'orgue attaque « Un grand dessein brûle dans mon cœur », et Makepeace se relève, ne sachant, comme d'habitude, où caler son postérieur ridiculement inexistant. Les Garçons des Cours du Soir, avec, à leur tête, un Rick conquis par les étoiles, remontent l'allée du temple pour prendre leur poste en un mouvement d'éventail parfaitement au point. Rick qui, comme tous les dimanches, s'est mis sur son trente et un, présente le plateau de la quête aux dames Watermaster, ses yeux bleus brillant d'une divine intelligence. Lady Nell tout d'abord, qui le fait attendre pendant qu'elle fouille dans son sac à main en ronchonnant, mais Rick n'est qu'infinie patience, amour et étoiles radieuses et, quel que soit son âge ou sa beauté, il n'est pas une femme qui n'ait droit à son sourire vibrant et angélique. Mais alors que cette écervelée de Nell lui adresse ses minauderies, tente d'ébouriffer ses cheveux bien lissés et essaye même de les lui faire retomber sur ses larges sourcils de chrétien, ma petite Dot ne quitte pas le sol du regard et prie, continue même de prier tandis qu'elle se lève, et il faut véritablement que Rick lui effleure le bras pour qu'elle prenne conscience de sa divine présence. Je perçois à présent le toucher de sa main sur mon propre bras et me sens traversé par une décharge curative de dévotion et de dégoût incertain. Les Garçons s'alignent devant la sainte table, le pasteur accepte les offrandes, prononce une bénédiction de pure forme puis commande à tous ceux qui ne font pas partie du Comité de se retirer en silence car il n'y aura pas de communion aujourd'hui. Les circonstances imprévues sont sur le point de survenir, et avec elles le premier grand procès de Richard T. Pym – le premier, il est vrai, d'une longue série, mais malgré tout celui qui aiguisa vraiment son goût pour les jugements.

Je l'ai bien revu cent fois, debout ce matin-là. Un Rick solitaire et concentré au seuil d'une salle bondée. Un Rick au visage de saint soucieux, réplique de son père et gloire du grand héritage qui lui plisse le front. Un Rick qui attend, tel Napoléon avant la bataille, que la destinée fasse sonner les trompettes de l'attaque. Jamais de toute sa vie il ne négligea une entrée, jamais il ne rata le bon moment ni ne manqua son effet. Quelle que pût être votre préoccupation du moment, vous l'oubliiez aussitôt : le point de mire de la journée venait de faire son apparition. Cela se passe donc dans le temple, par ce dimanche pluvieux, tandis que le vent de Dieu mugit tout en haut, dans les chevrons de bois, que la grosse cloche du jugement s'agite impatiemment dans son beffroi et qu'une petite assemblée d'humanité inconsolée attend, mal à l'aise sur les bancs des premiers rangs, l'arrivée de Rick. Mais les étoiles, nous le savons tous, sont comme les idéaux insaisissables. Les cous se dévissent, les sièges craquent. Toujours pas de Rick. Les Garçons des Cours du Soir, qui ont déjà pris place sur le banc des accusés, se passent la langue sur les lèvres et tripotent nerveusement leur cravate. Rickie s'est fait la malle. Rickie a eu les foies. Le marguillier au costume brun boitille, curieusement troublé, vers la sacristie où Rick a pu se dissimuler. Puis un coup sourd retentit. Les têtes se tournent toutes d'un même mouvement vers la source du bruit, soit au fond de l'allée, vers la porte ouest qu'une main mystérieuse vient d'ouvrir depuis l'extérieur. Se découpant contre les nuages gris de l'adversité, Rick T. Pym, jusqu'à maintenant héritier naturel de David Livingstone, en admettant qu'il en ait eu un, s'incline gravement devant ses juges et son Créateur, referme la grande porte derrière lui et disparaît à nouveau, fondu dans l'ombre de celle-ci.

« Mr. Philpott, un message pour vous de la part de la vieille Mrs. Harmann. » Philpott est le nom du pasteur. La voix est celle de Rick et, comme toujours, chacun est frappé par sa beauté, chacun se sent subjugué, séduit, à la fois effrayé et attiré par son assurance impassible.

« Ah bon, vraiment ? », balbutie Philpott, très inquiet d'entendre Rick lui adresser la parole d'aussi loin avec une telle tranquillité. Philpott est lui aussi gallois.

« Elle aimerait bien qu'on la conduise à l'hôpital d'Exeter pour aller voir son mari avant l'opération de demain, Mr. Philpott, annonce Rick avec une imperceptible nuance de reproche. Elle a l'air de croire qu'il ne s'en tirera pas. Mais si cela vous embête, je suis certain que l'un d'entre nous se chargera volontiers de la conduire, n'est-ce pas, Syd ? »

Syd Lemon est cockney. Son père s'est établi récemment dans le Sud à cause de son arthrose mais, Syd en est sûr, va bientôt finir par mourir d'ennui à la place. Syd est le lieutenant préféré de Rick. Petit bagarreur effronté, gamin des villes vif et débrouillard, pour moi Syd restera toujours Syd et, aujourd'hui encore, il demeure le seul confesseur à qui je me sois jamais adressé, exception faite de Poppy.

« On restera avec elle toute la nuit, s'il le faut, assure Syd, généreux et zélé. Et le jour d'après aussi, pas vrai, Rick ?

– Ça suffit », grogne Makepeace Watermaster. Mais il ne s'adresse pas à Rick, qui est en train de verrouiller les portes du temple. Nous parvenons à peine à le discerner dans la pénombre et les lueurs de l'avant-corps de la chapelle. Rick se met sur la pointe des pieds pour atteindre le premier verrou, qui résonne par tout le bâtiment. Puis il se baisse pour faire retentir le second. Enfin, au soulagement visible des plus crispés, il se décide à entreprendre sa longue marche jusqu'à l'échafaud. C'est que les plus faibles d'entre nous ne vibrent déjà plus que pour lui. Nous implorons du fond du cœur un de ses sourires, à ce fils du vieux TP, nous lui envoyons des messages pour l'assurer que nous ne lui en voulons pas personnellement, lui demandant des nouvelles de sa pauvre mère, cette chère femme – car la malheureuse, comme chacun sait, ne se sent plus très bien ces temps-ci, et personne n'arrive à la faire bouger. Elle se cloître chez elle, Airdale Road, dans sa condition de veuve : derrière ses rideaux tirés sous la photographie agrandie et teintée de TP en grande tenue de maire, elle pleure et prie afin qu'on lui rende son défunt mari pour, la minute d'après, demander qu'il reste exactement où il est et ne connaisse jamais la disgrâce, et, la suivante, encourager Rick en vieille joueuse qu'elle est en secret – « Mets-leur-en plein la vue, mon fils. Écrase-les avant qu'ils ne t'écrasent. Fais comme ton Père et même davantage. » Les moins entraînés des membres de notre cour improvisée sont d'ores et déjà conquis, sinon littéralement corrompus par Rick. Et comme pour saper un peu plus leur autorité, Welsh Philpott a, dans son innocence, commis l'erreur de placer Rick à côté du lutrin, à l'endroit même où il nous a lu tant de fois, par le passé, l'Évangile du jour avec un brio et une force de persuasion inégalables. Pis encore, Welsh Philpott conduit le jeune homme à sa place, et va même jusqu'à lui avancer un siège. Mais Rick n'est pas si docile. Il reste debout, une main confortablement appuyée sur le dossier de la chaise, comme s'il avait décidé de l'adopter. Cependant, il adresse à Mr. Philpott quelques paroles aimables.

« J'ai vu qu'Arsenal s'est fait écraser, samedi ? », commente Rick sachant que ce club est, en de meilleurs temps, le second amour de Mr. Philpott dans la vie, comme c'était celui de TP.

« Ne t'occupe pas de cela pour l'instant, Rick, fait Mr. Philpott, tout en émoi. Tu sais que nous avons à parler affaires, je suppose ? »

L'air malheureux, le pasteur prend sa place auprès de Makepeace Watermaster. Mais le but de Rick est atteint. Il a créé un lien alors que Philpott n'en voulait aucun, il nous a donné d'emblée l'image d'un garçon sympathique et non celle du méchant. Rick sourit, conscient de son succès. Il nous sourit à tous à la fois : merci à vous tous d'être parmi nous aujourd'hui. Son sourire déferle sur nous ; loin d'être impertinent, il impressionne par la compassion qu'il témoigne pour la faillibilité incommensurable de l'homme, sans laquelle nous n'en serions pas à cet épisode fâcheux. Seuls Sir Makepeace lui-même et Perce Loft, grand avoué de Dawlish plus connu sous le nom de Perce la Paperasse, qui est assis à côté de lui avec tous les documents, conservent leur expression désapprobatrice. Mais Rick n'a pas peur d'eux. Il n'a pas peur de Makepeace et certainement pas de Perce, avec qui il entretient, depuis quelques mois, des relations tout à fait amicales, fondées, comme l'on dit, sur le respect et la compréhension mutuels. Perce voudrait que Rick fasse des études de droit. Celui-ci y pense sérieusement, mais en attendant, il demande des conseils à Perce pour certaines transactions qu'il envisage de faire, et Perce, altruiste s'il en est, les lui donne gratuitement.

« Votre sermon était vraiment formidable, Sir Makepeace, déclare Rick. Je n'ai jamais rien entendu d'aussi beau et je crois que j'entendrai encore vos phrases résonner dans ma tête telles les cloches du Paradis quand ma dernière heure sera arrivée. Bonjour, Mr. Loft. »

Perce Loft est trop homme de loi pour répondre. Quant à Sir Makepeace, ce n'est pas la première fois qu'il fait l'objet de telles flatteries, et il trouve cela normal.

« Asseyez-vous », commande le juge de paix et député libéral de notre circonscription.

Rick obéit aussitôt. Il n'est nullement ennemi de l'autorité. Il incarne au contraire l'autorité, comme nous, les indécis, le savons déjà – la puissance et la justice réunies.

« Qu'est devenu l'argent de la Collecte ? questionne tout de suite Makepeace Watermaster. Il y a eu près de quatre cents livres de donations pour le seul mois dernier. Trois cents le mois précédent et trois cents autres en août. Vos comptes pour cette période ne font état que de cent douze livres reçues. Rien en réserve, rien en liquide. Qu'avez-vous fait de cet argent, mon garçon ?

– J'ai acheté un autocar », répond Rick, et Syd – pour

reprendre ses propres termes –, assis sur son banc avec le reste de la troupe, a toutes les peines du monde à ne pas tomber raide mort.

Rick parla douze minutes d'affilée d'après la montre du père de Syd, et quand il eut fini, seul Makepeace Watermaster s'interposait encore entre lui et la victoire, Syd en est certain : « Le pasteur, ton père se l'était déjà mis dans la poche avant même d'avoir ouvert la bouche, Titch. Enfin, c'était pas étonnant, c'est lui qui avait fait monter TP pour la première fois en chaire. Le vieux Perce Loft... eh bien le vieux Perce, il avait déjà d'autres chats à fouetter. Rick l'avait requinqué. Pour le reste, ils arrêtaient pas de monter et descendre comme des culottes de pute, à attendre de voir de quel côté le grand seigneur Makepeace Watermaster allait pencher. »

Tout d'abord magnanime, Rick revendique toute la responsabilité de l'histoire. Le blâme, affirme Rick, si blâme il doit y avoir, ne doit peser que sur ses seules épaules. Les idéaux et leurs étoiles ne sont plus rien à côté de la métaphore qu'il n'hésite pas à employer : « S'il faut montrer quelqu'un du doigt, alors il faut que ce soit moi. Il se frappe la poitrine. Si quelqu'un doit payer, c'est ici qu'il faut s'adresser. Je suis là. Envoyez-moi l'addition. Et qu'ils sachent qui, par ses erreurs, les a entraînés dans cette ornière si ornière vraiment il y a », lance-t-il en manière de défi, soumettant la langue anglaise du tranchant de sa main replète. Les femmes ont aimé les mains de Rick jusqu'à sa mort. Elles tiraient des conclusions de la taille de ses doigts, qui ne s'écartaient jamais quand il faisait un geste.

« D'où tenait-il toute sa rhétorique ? demandai-je un jour à Syd dans mon admiration, alors que je buvais un petit coup avec lui et Meg, chez eux, à Surbiton. Quels ont été ses modèles, Makepeace mis à part ?

– Lloyd George, Hartley Shawcross, Avory, Marshall Hall, Norman Birkett et autres grands avocats de son temps, répondit Syd sans hésitation, comme s'il s'agissait des partants de la course de 4h30 à Newmarket. J'ai jamais connu d'homme qui avait plus le respect de la loi que ton père,

Titch. Il avait étudié le discours de tous ces gens-là et il connaissait leurs manières comme c'était pas permis. Ç'aurait été un grand juge si TP lui en avait donné l'occasion, pas vrai, Meg ?

– Il aurait fait au moins Premier ministre, assure Meg avec dévotion. Qui trouver d'autre, à part lui et Winston ? »

Rick passe ensuite à sa grande théorie de la propriété, que je l'ai entendu exposer maintes fois et de manières très différentes, mais dont je crois bien que c'était là l'inauguration. La théorie en question revient en substance à décréter que tout argent passant entre les mains de Rick est soumis à une redéfinition des lois de la propriété puisque, quelle que soit l'utilisation qu'il en fera, il le dépensera dans le but de servir l'humanité – dont il était, il est vrai, le principal représentant. En un mot, Rick ne prend pas, il donne, et ceux qui voient les choses autrement manquent de foi tout simplement. Le défi final arrive en un bombardement crescendo de phrases passionnées, à la grammaire troublante et d'inspiration biblique. « Et si un seul d'entre vous qui êtes là aujourd'hui... peut trouver la preuve du moindre avantage – du moindre profit – que ce soit passé ou bien mis en réserve pour l'avenir – que j'aie pu tirer de cette entreprise directement ou indirectement, et ce quelque ambitieuse qu'elle puisse être, qu'il ne fasse pas de détours et s'avance sans hésiter, le cœur léger, pour montrer du doigt ce qui doit l'être. »

Il n'y a plus à ce moment-là qu'un pas pour atteindre la vision sublime d'une Compagnie paroissiale d'autocars Pym Limited qui apporterait tout bénéfice à la piété, et de nombreux fidèles à notre temple bien-aimé.

Le coffre aux merveilles est ouvert. Rick en soulève brusquement le couvercle et fait miroiter une éblouissante confusion de promesses et de statistiques. « Le ticket de bus pour aller de Farleigh Abbott à notre temple est actuellement de deux pence. Il en coûte trois pence pour venir depuis Tambercombe en trolleybus, un taxi à quatre revient à six pence et un autocar Granville Hastings de trente-deux places assises et huit debout vaut neuf cent huit livres seulement quand on paye au comptant. Rien que le dimanche

61

– mes assistants ici présents ont procédé à une étude très approfondie –, plus de six cents personnes parcourent une somme de près de six mille cinq cents kilomètres pour venir à ce temple. » Parce qu'ils aiment tous cet endroit. Comme Rick l'aime lui aussi. Comme nous l'aimons tous, chaque homme, chaque femme aujourd'hui parmi nous – inutile de se le cacher. Parce qu'ils veulent tous se sentir *attirés de la circonférence vers le centre*, dans l'esprit de leur foi. Il s'agit là d'une des propres expressions de Makepeace Watermaster, et Syd avoue que ce n'était pas sans malice que Rick la lui renvoyait ainsi à la figure. « Durant trois autres jours de la semaine, messieurs – ceux de la chorale de l'Espoir, des Jeunesses chrétiennes et du Groupe d'études bibliques – plus de onze cents kilomètres sont encore couverts, ce qui laisse donc trois jours au trafic commercial normal. » Et si vous ne me croyez pas, regardez comme mon bras écarte les sceptiques de mon chemin en une série de coups de coude convulsifs sans que mes doigts joints ne s'écartent jamais. A la lumière de ces chiffres, une seule et unique conclusion s'impose :

« Messieurs, si nous ne faisons payer que la *moitié* du prix du ticket normal et si nous offrons des billets gratuits aux personnes âgées, aux handicapés et aux enfants au-dessous de huit ans, en prenant une assurance tous risques ; en suivant les règlements qui s'appliquent judicieusement aux véhicules de transport commerciaux en notre époque d'agitation croissante ; avec des chauffeurs véritablement professionnels et pleinement conscients de leurs responsabilités, des hommes animés par le respect de Dieu et recrutés au sein de notre communauté ; en tenant compte des dégradations, des frais de garage, d'entretien, de carburant, d'émission de tickets et autres et en supposant une capacité de cinquante pour cent pendant les trois jours d'exploitation commerciale, il y a un bénéfice net de quarante pour cent pour la Collecte et de la place pour tout le monde. »

Makepeace Watermaster a des questions à poser. Les autres sont soit trop vides, soit trop pleins pour arriver à proférer un mot.

« Et vous l'avez acheté ? s'enquiert Makepeace.

– Oui, monsieur.

– Vous n'avez pas l'âge, du moins pour la moitié d'entre vous.

– Nous avons utilisé les services d'un intermédiaire, monsieur. Un juriste de la région, un homme très bien. Mais sa modestie le contraint à conserver l'anonymat. »

La réponse de Rick tire un sourire des lèvres incroyablement fines de Sir Makepeace Watermaster : « Je n'ai jamais connu d'homme de loi qui veuille rester anonyme », dit-il.

Perce Loft se concentre distraitement sur le mur.

« Alors, où est-il, maintenant ? insiste Sir Makepeace.

– Où est quoi, monsieur ?

– L'autocar, mon garçon.

– On est en train de le peindre, assure Rick. En vert avec des lettres dorées.

– A quel moment et avec la permission de qui vous êtes-vous lancés dans ce projet ? questionne Watermaster.

– Nous allons demander à Miss Dorothy d'inaugurer notre autocar, Sir Makepeace. Nous avons déjà rédigé les invitations.

– Qui vous a donné la permission ? Mr. Philpott ici présent ? Les anciens ? Le Comité ? Moi ? Qui vous a permis de dépenser neuf cent huit livres tirées des fonds de la Collecte, l'argent de pauvres veuves, pour acheter un autocar ?

– Nous voulions jouer avec l'élément de surprise, Sir Makepeace. Nous espérions remporter un succès complet. Dès qu'on en parle avant, que la nouvelle fait le tour de la ville, vous lui enlevez toute sa substance. Notre Compagnie doit naître dans un monde qui ne se doute de rien. »

Makepeace entame maintenant ce que Syd appelle la partie de dés.

« Où sont les livres ?

– Les livres, monsieur ? Je ne connais qu'un seul livre...

– Vos dossiers, mon garçon. Vos chiffres. Nous avons entendu dire que vous seul teniez ces comptes ?

– Donnez-moi une semaine, Sir Makepeace. Je justifierai jusqu'au dernier penny dépensé.

– Cela ne s'appelle pas tenir des comptes, mais les maquiller. Votre père ne vous a donc rien appris, mon garçon ?

– La rectitude, monsieur.

– Combien avez-vous dépensé ?

– Pas dépensé, monsieur, investi.

– Combien ?

– Quinze cents livres, pour arrondir.

– Où se trouve le car en ce moment ?

– Je vous l'ai dit, monsieur. On est en train de le repeindre.

– Où ça ?

– Chez Balham, à Brinkley. Ce sont des carrossiers. Ils comptent au nombre des plus fidèles libéraux du comté.

– Je connais le garage Balham. TP leur a vendu du bois pendant plus de dix ans.

– Ils ne font pas payer la main-d'œuvre.

– Et vous disiez que vous avez l'intention de créer une ligne ouverte au public.

– Trois jours par semaine, monsieur.

– En vous servant des arrêts de bus déjà existants ?

– Certainement.

– Vous ne vous doutez pas de l'attitude de la Dawlish and Tambercombe Transport Corporation du Devon vis-à-vis d'une telle entreprise ?

– Devant une demande populaire comme celle-ci, ces gens-là ne pourront pas s'y opposer, Sir Makepeace. Nous avons Dieu de notre côté. Quand ils auront vu cette véritable marée, quand ils auront senti la puissance du mouvement, ils cesseront de s'interposer et nous laisseront le champ entièrement libre. Ils ne peuvent arrêter la marche du progrès, Sir Makepeace, et ils ne peuvent arrêter la marche du peuple chrétien non plus.

– Vraiment ? grommela Sir Makepeace en griffonnant des chiffres sur une feuille de papier posée devant lui. Il manque aussi huit cent cinquante livres de l'argent des locations, fait-il remarquer sans cesser d'écrire.

– Nous avons investi l'argent des locations également, monsieur.

– Cela fait donc plus que les quinze cents annoncées.

– En tout, nous arrivons à environ deux mille. Mais je pensais que vous ne me parliez que de l'argent de la Collecte.

– Et l'argent des quêtes ?

– Un peu.

– Si l'on compte l'argent toutes sources confondues, on arrive à un total de combien ? En gros ?

– Si l'on ajoute les investisseurs privés, Sir Makepeace.... »

Watermaster se redressa : « Alors nous avons aussi des investisseurs privés, c'est bien ça ? Mon Dieu, mon garçon, vous avez vraiment dépassé les bornes. Qui sont-ils ?

– Des clients privés.

– De qui ? »

On dirait que Perce Loft est sur le point de s'endormir tellement il s'ennuie. Ses paupières semblent terriblement lourdes et sa tête de bouc glisse en avant.

« Je ne suis pas libre de vous révéler cela, Sir Makepeace. La C.P.P. a promis à ses investisseurs le secret, aussi s'en tiendra-t-elle au secret. Nous avons l'intégrité pour mot d'ordre.

– La société a-t-elle été enregistrée ?

– Non, monsieur.

– Et pourquoi ?

– Par sécurité. Pour que tout ne soit pas dévoilé. Comme je vous l'ai déjà dit. »

Makepeace se remet à noter. Chacun attend de nouvelles questions. Elles ne viennent pas. Une expression désagréable de profonde satisfaction se peint sur les traits de Makepeace, et Rick s'en aperçoit plus vite que quiconque. « On aurait dit qu'on était chez un vieux toubib, Titch, me raconta Syd. Tu sais, quand il a trouvé de quoi tu es en train de crever mais qu'il doit faire son ordonnance avant de t'annoncer la bonne nouvelle. »

Rick reprend la parole. Sans y être invité. Syd n'oublierait jamais cette voix jusqu'à son dernier jour, et moi non plus. C'était la voix qu'il prenait quand il était acculé. Syd l'a entendue à ce moment-là et moi plus tard, par deux fois

65

seulement, mais à chaque fois elle était glacée à donner le frisson.

« En fait, je pourrais vous apporter ces comptes dès ce soir, Sir Makepeace. Ils sont en sûreté, vous comprenez ? Et il faut que j'aille les récupérer.

– Portez-les directement à la police, réplique Makepeace, qui écrit toujours. Nous sommes des gens d'Église, pas des détectives.

– Miss Dorothy pourrait pourtant voir les choses autrement, vous ne pensez pas, Sir Makepeace ?

– Miss Dorothy n'a rien à voir dans tout cela.

– Demandez-le-lui. »

Makepeace s'arrête alors d'écrire et, d'après Syd, relève la tête avec un brin de brusquerie. Ils se dévisagent, les petits yeux de bébé de Makepeace jetant une lueur indécise. Sur les traits de Rickie, tel un éclair sur une lame de couteau, passe une expression pas belle à voir du tout, Titch. Syd se refuse à approfondir comme je vais le faire car il préfère ne pas aborder le côté négatif. Moi, je n'hésiterai pas. C'est une expression qui émerge de lui comme un visage enfantin par les trous d'un masque, à la place des yeux. Elle renie tout ce que la personne de Rick défendait corps et âme une demi-seconde plus tôt. Elle est païenne. Elle est amorale. Elle déplore votre décision et votre condition de mortel. Mais elle est toute détermination parce qu'il n'est plus question de reculer.

« Voulez-vous dire que Miss Dorothy a investi dans ce projet ? demanda Makepeace.

– On peut investir davantage que de l'argent, Sir Makepeace », repartit Rick de loin, mais tout proche quand même.

Mais il faut dire, ajoute Syd plutôt précipitamment, que Makepeace n'aurait jamais dû le pousser à employer de tels arguments. Makepeace était un faible qui jouait les durs, et ce sont les pires, affirme encore Syd. Si Makepeace s'était montré raisonnable, s'il avait eu la même foi que le reste d'entre nous et s'il avait eu meilleure opinion du fils de ce pauvre TP au lieu de manquer ainsi de confiance et de saper celle que les autres avaient dans l'entreprise, les choses se seraient arrangées de manière amicale et positive et tout le monde serait reparti content, croyant en Rick et en son autocar comme il avait besoin qu'on croie en lui. Au point où en était la situation, Makepeace demeurait le dernier obstacle, et Rickie n'avait plus d'autre solution que de lui assener le coup de grâce. Alors, c'est ce qu'il a fait, non ? Il ne pouvait pas faire autrement, Titch, c'est normal.

Je force et me tends, Tom, je pousse avec chaque muscle de mon imagination aussi loin que je l'ose dans l'ombre dense de ma propre préhistoire. Je pose mon stylo et contemple le vilain clocher de l'autre côté de la place, et je perçois aussi clairement que le téléviseur de Miss Dubber au rez-de-chaussée les voix mal assorties de Rick et de Sir Makepeace Watermaster montées l'une contre l'autre. Je vois le salon obscur des Glades, où je fus si rarement admis, et je me représente les deux hommes cloîtrés là pour cette seule soirée, et ma pauvre Dorothy tremblant dans l'une des chambres sombres d'en haut, occupée à lire ces mêmes homélies brodées à la main qui ornent maintenant le palier de Miss Dubber pour tenter de tirer quelque réconfort des fleurs de Dieu, de l'amour de Dieu, de la volonté de Dieu. Et je crois que je saurai vous répéter, à une ou deux phrases près, ce que se sont dit Rick et Sir Makepeace, continuant en quelque sorte leur conversation de la matinée.

Rick a recouvré sa belle humeur, d'abord parce que le petit éclair métallique ne se montre jamais longtemps, ensuite parce qu'il vient d'obtenir un résultat qui est pour lui plus important que quoi que ce soit dans ses rapports avec les autres, même s'il ne le sait pas encore lui-même. Il a poussé Makepeace à avoir de lui deux opinions tout à fait divergentes, et peut-être même davantage. Il lui a montré les versions officielle et non officielle de son identité. Il lui a appris à le respecter dans sa complexité et à compter tout autant avec son univers secret qu'avec son monde de façade. C'était comme si, dans l'intimité de cette pièce, chaque joueur abattait les nombreuses cartes, vraies ou fausses, cela n'a pas d'importance, qu'il tenait en main : et ce fut Makepeace qui perdit sa chemise. Mais en réalité, les deux hommes sont morts à présent, Sir Makepeace le premier voici une trentaine d'années, et tous deux ont emporté leur secret dans la tombe. Et la seule personne qui pourrait encore savoir ne peut pas parler car, en admettant qu'elle existe encore, elle ne doit plus être qu'un fantôme qui hante sa propre vie et la mienne, un spectre tué voilà bien longtemps par les conséquences mêmes du dialogue fatidique que tinrent les deux hommes ce soir-là.

L'histoire fait mention de deux rencontres entre Rick et ma Dorothy avant ce fameux dimanche. La première se passa alors qu'elle rendait une visite royale au club des jeunes libéraux dont Rick était un membre élu ayant, je crois, fonction – Dieu leur vienne en aide – de trésorier. La seconde alors que Rick était capitaine de l'équipe de football du temple et qu'un certain Morrie Washington, Garçon des Cours du Soir et autre lieutenant de Rick, en était le gardien de but. Dorothy fut invitée, en qualité de sœur du député, à remettre la coupe. Morrie se souvient encore de la cérémonie, Dorothy marchant le long de l'équipe alignée et épinglant une médaille sur chaque poitrine victorieuse, en commençant par Rick lui-même puisqu'il était le capitaine. Il semble qu'elle eut du mal avec le fermoir, ou bien Rick fit comme si cela était le cas. Quoi qu'il en soit, il poussa un cri de douleur facétieux et tomba sur un genou en assurant qu'elle venait de le piquer jusqu'au cœur. Il s'agissait là d'un petit jeu osé et d'assez mauvais goût, aussi suis-je plutôt surpris qu'il l'ait poussé aussi loin. Même dans le burlesque, Rick se montrait en général très soucieux de sa dignité et, dans les bals masqués qui firent fureur jusqu'à la guerre, il préférait se contenter d'imiter Lloyd George plutôt que de risquer le ridicule. Cependant, Morrie s'en souvenait comme si cela s'était passé la veille, il avait bien mis un genou à terre, et Dorothy avait ri, ce que personne ne l'avait jamais vue faire jusqu'alors : rire. Nous ne saurons jamais quels rendez-vous suivirent cette rencontre, sinon que, selon Morrie, Rick se vanta un jour d'être accueilli par davantage que la part de gâteau et le verre d'orgeat citronné quand il allait porter le journal paroissial aux Glades.

Je suis certain que Syd en sait plus que Morrie. Syd a vu beaucoup de choses. En outre, les gens se confient à lui parce qu'il sait garder un secret. Je crois donc que Syd connaît les mystères les plus sombres qui hantaient cette maison de bois que Makepeace Watermaster nommait son foyer, et ce même s'il s'efforce avec l'âge de les enfouir à six pieds sous terre. Il sait pourquoi Lady Nell buvait, pourquoi Makepeace s'acceptait si mal, pourquoi ses petits yeux humides semblaient si tourmentés et sa bouche si peu adaptée à ses appétits, pourquoi il pouvait fustiger le péché avec une familiarité tellement passionnée. Pourquoi il parlait d'affection toute particulière lorsqu'il écrivit son nom scélérat dans la Bible de ma Dorothy. Pourquoi Dorothy s'était installée tout au bout de la maison pour dormir, aussi loin que possible des appartements de Lady Nell, et plus loin encore de ceux de Makepeace. Pourquoi Dorothy s'était si facilement laissé séduire par ce jeune et beau parleur de l'équipe de football qui lui fit croire qu'il pourrait lui faire connaître une autre vie et qu'il l'y conduirait avec son autocar. Mais Syd est un franc-maçon, et c'est un homme de cœur. Il aimait Rick et donna les meilleures années de sa vie tantôt à faire la fête avec lui, tantôt accroché à ses basques. Syd se mettrait à rire, il échafauderait une histoire qui ne risque pas de trop blesser qui que ce soit et se garderait bien d'aborder le côté obscur des événements.

L'histoire rapporte également que Rick ne prit aucun livre de comptes avec lui pour cette rencontre, bien que Mr. Muspole, comptable et autre représentant des Garçons des Cours du Soir, lui offrit de l'aider à remettre de l'ordre dans les chiffres et l'y aidât sans doute. Muspole avait le don de savoir fabriquer des comptes comme d'autres peuvent écrire des cartes postales pendant leurs vacances ou encore débiter des histoires amusantes devant un micro. On sait aussi que, pour se préparer, Rick fit une longue promenade, seul, jusqu'aux falaises de Brinkley, ce qui constitue, je crois, la première marche solitaire de cette sorte qu'on lui connaisse, quoique Rick ait toujours été – et en cela je tiens de lui – du genre à aller marcher avant de prendre une décision, en quête d'une voix, d'une inspiration. On sait qu'il revint des Glades avec de grands airs qui rappelaient ceux de Makepeace Watermaster lui-même, mais avec en plus un éclat naturel qui vient, nous dit-on, de la pureté intérieure. La question de la Collecte était désormais réglée, apprit-il à ses courtisans. Le problème de liquidité avait été résolu. Justice serait rendue à tout le monde. Comment ? le supplièrent-ils : comment, Rickie ? Mais Rick voulait rester leur magicien et il ne laissa personne regarder ce qu'il avait dans sa manche. C'est parce que je suis béni. Parce que je dirige les événements. Parce que je suis destiné à devenir l'un des Seigneurs de ce Pays.

Il ne dédaigna pas de leur apprendre l'autre bonne nouvelle. A savoir un chèque à tirer sur le compte personnel de Watermaster, un chèque de cinq cents livres destiné à l'aider à démarrer dans la vie – probablement en Australie, affirme Syd. Rick l'endossa, et Syd le toucha car le compte en banque de Rick, comme très souvent, était temporairement suspendu. Quelques jours plus tard, fort de ce généreux subside, Rick donna un banquet somptueux et solennel au *Brinkley Towers Hotel* où furent conviées toute la Cour telle qu'elle se présentait alors et quelques Beautés locales qui faisaient toujours partie du paysage. Syd se souvient qu'une atmosphère de changement historique alourdissait la fête bien que personne ne sût précisément ce qui se passait ou ce qui allait se produire. Il y eut des discours, la plupart tournant autour du thème de l'union, mais quand on porta un toast à Rick, celui-ci répondit avec une brièveté inaccoutumée et l'on murmura qu'il devait se trouver sous l'empire d'une forte émotion car on l'avait surpris en train de pleurer – ce qui lui arrivait fréquemment, même à l'époque. Perce Loft, le grand juriste, était de la partie, ce qui ne fut pas sans surprendre certains et, ce qui les surprit plus encore, il amena avec lui une jeune étudiante du conservatoire, aussi belle que déplacée en une telle assemblée, qui s'appelait Lippschwitz, prénom Annie, et écrasait totalement toutes les autres Beautés bien qu'elle n'eût visiblement pas grand-chose à se mettre sur le dos. On la surnomma Lippsie. C'était une réfugiée allemande qui s'était adressée à Perce au sujet de certaines questions d'immigration, et celui-ci, n'écoutant que son bon cœur, avait décidé de lui tendre une main secourable tout comme il l'avait fait pour Rick. Pour clore les festivités, Morrie Washington, le bouffon de la Cour, chanta une chanson, et Lippsie se joignit aux autres filles pour faire les chœurs quoiqu'elle chantât beaucoup trop bien. L'aube se levait déjà. Un taxi emmena tranquillement Rick, et personne ne le revit dans ces parages pendant de nombreuses années.

L'histoire nous apprend encore qu'un certain Richard Theodore Pym, célibataire, et Dorothy Godchild Watermaster, célibataire également, tous deux membres très temporaires de cette paroisse, se marièrent solennellement et discrètement le lendemain en la présence de deux témoins cooptés, dans un bureau d'état civil nouvellement ouvert tout près de la voie d'évitement ouest, juste avant de tourner à gauche pour gagner l'aéroport de Norholt. Et qu'un petit garçon baptisé Magnus Richard, ne rendant que très peu de kilos à la pesée, leur naquit à peine six mois plus tard, sous la protection du Seigneur. Le registre des sociétés, que j'ai également consulté, fait lui aussi mention de l'événement, quoique en termes très différents. Moins de quarante-huit heures après la naissance, Rick avait rendu publique la Magnus Star Equitable Insurance Company Limited au capital de deux mille livres sterling. Cette société avait pour but déclaré de proposer des polices d'assurance-vie aux nécessiteux, aux handicapés et aux personnes âgées. Elle avait pour comptable Mr. Muspole, pour conseiller juridique Perce Loft et pour secrétaire général Momie Washington. Quant à feu Alderman Thomas Pym, surnommé affectueusement TP, il en était le saint patron.

« Mais alors, cet autocar existait-il vraiment ou bien n'était-ce que du vent ? » Ma question s'adresse à Syd.

Syd se montre toujours très prudent dans ses réponses. « En fait, il aurait pu y avoir un car, vois-tu, Titch. Je ne dis pas qu'il n'y en avait pas. Je serais un vrai menteur si je te disais ça. Je peux seulement te dire que je n'avais jamais entendu parler d'un car avant que ton père n'en fasse mention ce matin-là, au temple. Disons-le comme ça.

– Alors, qu'avait-il fait de l'argent... s'il n'y avait pas de car ? »

71

Syd n'en sait vraiment rien. Tant de milliers de livres avaient filé sous les ponts depuis lors. Tant de grands projets avaient été échafaudés puis abandonnés. Peut être qu'il l'a donné, dit-il maladroitement. Ton père ne savait pas dire non, surtout pas aux Beautés. Il ne se sentait bien que quand il donnait. Il se l'est peut-être fait piquer par un escroc, ton père a toujours eu un faible pour les escrocs. Puis, à ma grande surprise, Syd rougit. Et je l'entends faiblement, mais distinctement, émettre du coin de la bouche le ratta-tat-tat qu'il me faisait quand j'étais enfant et lui demandais de m'imiter le bruit des sabots du cheval.

« Tu veux dire qu'il s'est servi de l'argent de la Collecte pour jouer ?

– Titch, je te dis simplement que son véhicule pouvait tout aussi bien être tiré par des chevaux. Je n'ai rien dit de plus, pas vrai, Meg ? »

Oh, mais si il y avait bien un car ! Et il n'était pas du tout tiré par des chevaux. Il s'agissait même de l'autocar le plus puissant et le plus splendide jamais construit. Les lettres d'or de la Compagnie paroissiale d'autocars Pym rutilaient sur ses flancs satinés comme les têtes de chapitre enluminées de toutes les Bibles de la jeunesse de Rick. Son vert était celui des champs de courses d'Angleterre. Sir Malcolm Campbell en personne allait en être le chauffeur. Les Seigneurs du Pays en seraient Passagers. Quand les gens de notre paroisse verraient cet autocar, ils tomberaient à genoux, joindraient leurs mains et remercieraient Dieu et Rick à proportions égales. Les foules reconnaissantes se rassembleraient devant la maison de Rick et l'appelleraient à son balcon jusque tard dans la nuit. Je l'ai moi-même vu s'exercer à faire des saluts des bras en prévision. Les deux mains levées, comme s'il me berçait au-dessus de sa tête, il rayonne et pleure pour un public invisible : « Je dois tout au vieux TP. » Et si, comme c'était sans aucun doute le cas, il se révélait que les carrossiers Balham de Brinkley, comptant parmi les plus fervents libéraux du comté, n'avaient jamais véritablement entendu parler de l'autocar de Rick et l'avaient encore moins repeint à prix coûtant par pure bonté d'âme, c'est qu'ils faisaient partie de cette même réalité provisoire qui caractérisait l'autocar de Rick. Ils attendaient que, d'un coup de sa baguette magique, Rick les fasse entrer en scène. Il fallait que des incroyants fouineurs du genre de Makepeace Watermaster aient du mal à accepter cet état de choses pour que Rick se retrouve avec une vraie guerre de religion sur les bras et, comme d'autres avant lui, se voie contraint de défendre sa foi en employant des moyens déplaisants. Tout ce qu'il demandait, c'était un amour sans restriction de la part des autres. Et le moins qu'on pouvait faire en retour était de le lui accorder aveuglément. Il suffisait ensuite d'attendre que ce banquier du Seigneur le fasse doubler en moins de six mois.

3

Mary s'était préparée à tout sauf à ceci. Sauf au caractère urgent et précipité de cette intrusion, sauf au nombre des intrus. Sauf à la complexité et à l'intensité mêmes de la colère de Jack Brotherhood, sauf à la stupéfaction de celui-ci, qui semblait dépasser encore la sienne. Sauf à l'horrible soulagement qu'elle éprouvait à le voir ici.

Une fois introduit dans le hall, il l'avait à peine regardée. « Avais-tu soupçonné quoi que ce soit auparavant ?

– Si j'avais eu des soupçons, je t'en aurais parlé, répondit-elle, ce qui ressemblait bien à une dispute avant même d'avoir commencé.

– Il a téléphoné ?

– Non.

– Pas d'autres appels ?

– Non.

– Pas de nouvelles de qui que ce soit ? Rien de nouveau ?

– Non.

– Je t'ai amené quelques invités. » Il pointa le pouce vers les deux ombres qui le suivaient. « Des parents de Londres qui viennent te consoler pendant l'attente. D'autres suivront. » Puis il l'abandonna comme un grand faucon fatigué se précipitant vers une autre proie, ne lui laissant qu'une impression figée de son visage marqué et ridé, coiffé de mèches blanches et hirsutes, tandis qu'il se précipitait vers le salon.

« Je suis Georgie, de la Centrale, se présenta la fille, encore sur le pas de la porte. Et voici Fergus. Nous sommes désolés, Mary. »

Ils avaient des bagages et Mary leur indiqua le bas de

l'escalier. Ils avaient l'air de connaître les lieux. Georgie était une grande fille anguleuse aux cheveux lisses et disciplinés. Fergus ne sortait pas vraiment du même milieu qu'elle, ce qui répondait aux nouvelles méthodes de la Centrale depuis quelque temps.

« Désolé pour tout ça, Mary, assura à son tour Fergus tout en suivant Georgie dans l'escalier. Cela ne vous fait rien si on jette un coup d'œil ? »

Brotherhood avait éteint les lumières du salon et ouvert en grand les rideaux.

« Il me faut une clé pour ce truc. Pour le verrou de sécurité. Je ne sais pas ce que c'est ici. »

Mary se hâta vers la cheminée et saisit la coupe à fleurs en argent dans laquelle elle conservait la clé.

« Où est-il ?

– Il peut se trouver en n'importe quel endroit de cette planète et peut-être même ailleurs encore. Il n'a pas oublié les ficelles du métier. Les nôtres. Il connaît quelqu'un à Édimbourg ?

– Personne. » La coupe était pleine de fleurs séchées qu'elle avait préparées avec Tom. Mais pas trace de clé.

« Ils pensent l'avoir repéré là-bas, dit Brotherhood. D'après eux, il aurait pris la navette de cinq heures à Heathrow. Un homme grand avec une lourde mallette, D'un autre côté, connaissant Magnus comme nous le connaissons, il pourrait tout aussi bien être à Tombouctou. »

En cherchant cette clé, elle avait l'impression de chercher Magnus. Elle ne savait par où commencer. Elle s'empara de la boîte à thé et la secoua. La panique lui donnait la nausée. Elle prit la coupe en argent que Tom avait gagnée à l'école et perçut un bruit métallique à l'intérieur. Elle lui apportait la clé quand elle se cogna si fort le tibia que ses yeux se brouillèrent. Saloperie de tabouret de piano.

« Les Lederer ont appelé ?

– Non. Je t'ai déjà dit que personne n'avait téléphoné. Je ne suis rentrée de l'aéroport que vers onze heures.

– Où sont les trous ? »

La jeune femme localisa la serrure du haut et guida la main de Brotherhood jusqu'au logement de la clé. J'aurais dû le faire moi-même pour ne pas avoir à le toucher. Ensuite, elle s'agenouilla et se mit à chercher la serrure du bas. Je suis pratiquement en train de lui baiser les pieds.

« Lui est-il déjà arrivé de disparaître sans que tu ne m'en aies rien dit ? questionna Brotherhood pendant qu'elle continuait à tâtonner.

– Non.

– Je veux que tout soit clair, Mary. J'ai tout Londres sur le dos. Bo en a des vapeurs et Nigel s'est cloîtré avec l'ambassadeur. Les mecs de l'aviation ne nous ont pas transportés ici en plein milieu de la nuit pour rien. »

Nigel est le bourreau à la solde de Bo, lui avait dit Magnus. Bo en raconte des tonnes à tout le monde et Nigel passe derrière lui pour couper les têtes.

« Non, jamais. Je te le jure, assura-t-elle.

– Avait-il une attirance pour un endroit en particulier ? Un petit coin tranquille où il parlait d'aller ?

– Un jour, il a parlé de l'Irlande. Il voulait acheter une petite ferme donnant sur la mer pour pouvoir écrire.

– Au Nord ou au Sud ?

– Je ne sais pas. Au Sud, sans doute. Tant qu'il y avait la mer. Et puis, tout d'un coup, il a mentionné les Bahamas. C'est plus récent.

– Qui connaît-il là-bas ?

– Personne. Enfin, pas que je sache.

– A-t-il jamais parlé de passer de l'autre côté ? D'une petite datcha sur les bords de la mer Noire ?

– Ne sois pas ridicule.

– Donc, l'Irlande, puis les Bahamas. Quand a-t-il fait allusion aux Bahamas ?

– Il n'y a jamais fait allusion. Il a simplement souligné des annonces immobilières dans le *Times* et les a laissées bien en évidence.

– C'était un signe ?

– C'était un reproche, une invite, l'indice qu'il aurait voulu se trouver ailleurs. Magnus a tout un tas de façons de s'exprimer.

– Il n'a jamais parlé d'en finir ? On te le demandera de

76

toute façon, Mary, alors autant que ce soit moi qui te pose cette question le premier.

– Non, non, pas que je sache.

– Tu n'en as pas l'air très sûre.

– Je ne suis sûre de rien, il faut que je réfléchisse.

– A-t-il déjà eu peur, physiquement, pour lui-même ?

– Je ne peux pas répondre à tout comme ça, Jack ! C'est quelqu'un de compliqué. Il faut que je réfléchisse, je te dis ! Elle reprit son calme. En principe, non. Non à toutes ces questions. Tout cela est tellement déroutant.

– Mais tu as quand même téléphoné tout de suite, de l'aéroport. Dès que tu as vu qu'il n'était pas dans l'avion, tu as appelé : "Jack, Jack, où est Magnus ?" Tu avais raison, il a bien disparu.

– Mais j'ai vu sa valise passer sur le tapis, non ? C'est donc qu'il avait franchi l'enregistrement ! Alors pourquoi ne se trouvait-il pas dans l'avion ?

– Côté bouteille, il en est où ?

– Il boit moins.

– Moins qu'à Lesbos ?

– Sans comparaison.

– Et ses maux de tête ?

– Envolés.

– Des femmes ?

– Je ne sais pas. Comment le saurais-je avec lui ? S'il me dit qu'il passe la nuit dehors, eh bien il passe la nuit dehors. Ce peut être pour une femme, ce peut être pour un Joe. Ce pourrait même être Bee Lederer. Elle n'arrête pas de lui courir après. Demande-le-lui.

– Je croyais qu'une femme s'en apercevait toujours », s'étonna Brotherhood.

Non, pas avec Magnus, c'est impossible, songea-t-elle, commençant à se mettre à son rythme.

« Est-ce qu'il lui arrive encore de rapporter des papiers, le soir, pour travailler ? interrogea Brotherhood, qui fouillait le jardin enneigé du regard.

– De temps en temps.

– Il y en a ici maintenant ?

– Pas que je sache.

« – Des documents américains ? Des papiers de liaison ?

– Mais je ne les lis pas, Jack, qu'est-ce que tu crois ? Je n'en sais rien.

– Où les range-t-il ?

– Il les apporte le soir et les remporte le matin. Comme tout le monde.

– Et il les met où, Mary ?

– Près du lit. Dans son bureau. Là où il travaille, ça dépend.

– Lederer n'a pas téléphoné ?

– Je t'ai déjà dit que non. » Brotherhood recula. Deux hommes, emmitouflés contre le froid nocturne, pénétrèrent dans la pièce. Elle reconnut Lumsden, le secrétaire privé de l'ambassadeur. Elle s'était récemment disputée avec sa femme, Caroline, pour savoir s'il fallait lancer une collecte de bouteilles vides devant l'ambassade, afin de montrer l'exemple aux Viennois. Mary trouvait cela primordial. Caroline Lumsden pensait que c'était mal venu, et elle le lui expliqua en un éclat de colère au cours d'une réunion de l'Association des épouses de diplomates. Mary, lui avait lancé Caroline, n'était pas une Épouse à proprement parler. Elle faisait partie des personnes taboues, et la seule raison pour laquelle on l'acceptait parmi le cercle des Épouses était qu'il fallait bien protéger la couverture déjà râpée de son mari.

Ils ont dû faire du zèle et prendre le sentier de l'école, se dit-elle. Faire tout le chemin dans cinquante centimètres de neige simplement pour se montrer discrets à cause de Magnus.

« Je vous salue, Mary », fit joyeusement Lumsden en prenant sa plus belle voix de chef scout. Il était catholique mais faisait toujours cette même plaisanterie, aussi respecta-t-il ce soir son habitude. Pour paraître naturel.

« A-t-il rapporté des documents à la maison le soir du dîner ? demanda Brotherhood en refermant les rideaux.

– Non. Elle alluma la lumière.

– Tu sais ce qu'il y a dans cette mallette noire qu'il trimballe ?

– Il ne l'avait pas ici. Il a donc dû la prendre à l'ambassade. D'ici, il n'a emporté que la valise qui se trouve à Schwechat.

– Qui se trouvait », corrigea Brotherhood.

L'autre homme était grand, avec un air maladif. Il portait un gros sac dans chacune de ses mains gantées. Arrivée de l'avorteur. Il y en avait un plein avion, songea Mary, hébétée : la Centrale devait avoir une équipe permanente de défection prête à intervenir vingt-quatre heures sur vingt-quatre.

« Je te présente Harry, annonça Brotherhood. Il va installer de drôles de petites boîtes sur ton téléphone. N'y fais pas attention. Sers-t'en sans penser à nous. Des objections ?

– Pour quoi faire ?

– Pour rien, tu as raison. J'essaye d'être poli, alors pourquoi n'en fais-tu pas autant ? Vous avez deux voitures. Où sont-elles ?

– La Rover est dehors. La Metro se trouve dans le parking de l'aéroport où elle attend qu'il la récupère.

– Pourquoi es-tu allée à l'aéroport s'il avait déjà une voiture là-bas ?

– J'ai juste pensé qu'il serait content de me trouver là, alors j'y suis allée en taxi.

– Où sont les clés de la Metro ?

– Sans doute dans sa poche.

– Tu as un double ? »

Elle fouilla dans son sac et finit par le trouver. Il le fourra dans sa poche.

« Je m'en charge, dit-il. Si on te demande quoi que ce soit, elle est au garage pour réparation. Je ne veux pas qu'elle traîne à l'aéroport. »

Elle entendit un coup sourd venant de l'étage.

Mary regarda Harry ôter ses bottes de caoutchouc et les ranger soigneusement sur le paillasson, près de la porte-fenêtre.

« Son père est mort mercredi. Que devait-il faire à Londres, à part aller l'enterrer ?

– Je supposais qu'il passerait à la Centrale.

– Il ne l'a pas fait. Il n'a pas appelé, il n'est pas passé.

– Il avait sans doute autre chose à faire.

– Avait-il prévu quoi que ce soit à Londres... il ne t'a rien dit ?

– Il m'a dit qu'il irait voir Tom à l'école.

– Oui, cela, il l'a fait. Il y est allé. Rien d'autre ? Des amis, des rendez-vous, des femmes ? »

Elle en avait soudain plus qu'assez de lui. « Il devait enterrer son père et s'occuper de toutes les formalités, Jack. Tout son séjour là-bas n'était qu'un interminable rendez-vous. Si tu avais eu un père et qu'il soit mort, tu saurais ce que c'est.

– Il t'a appelée de Londres ?

– Non.

– Du calme, Mary. Réfléchis un peu. Cela fait déjà cinq jours.

– Non, il n'a pas téléphoné. Bien sûr que non.

– Il appelle, d'habitude ?

– Quand il peut utiliser le téléphone de la Centrale, oui.

– Et quand c'est impossible ? »

Elle se concentra. Elle essaya vraiment. Cela faisait déjà si longtemps qu'elle réfléchissait. « Oui, concéda-t-elle, il téléphone quand même. Il aime être sûr que nous allons bien, tout le temps. C'est un inquiet. J'imagine que c'est pour cela que je me suis affolée si vite quand j'ai vu qu'il n'était pas là. J'étais déjà anxieuse. »

Lumsden faisait le tour de la pièce en chaussettes, feignant d'admirer les aquarelles de Grèce de Mary.

« Quel talent vous avez, s'émerveilla-t-il, la figure collée contre une vue de Plomari. Vous avez fait les beaux-arts ou bien c'est juste comme ça ? »

Elle l'ignora. Brotherhood en fit autant. Ce fut un lien tacite entre eux. Jack se plaisait à répéter que le seul diplomate digne de ce nom est un trappiste sourd-muet. Mary commençait à être du même avis.

« Où est la bonne ?

– Tu m'as dit de m'en débarrasser.

– Elle se doute de quelque chose ?

– Je ne crois pas.

– Il ne faut pas que ça transpire, Mary. Nous devons

garder ça secret aussi longtemps que possible. Tu sais cela, n'est-ce pas ?

– J'avais deviné.

– Et puis il faut aussi penser à ses Joe, il faut penser à tout. Beaucoup plus que tu ne peux t'en rendre compte maintenant. A Londres, ils sont durs à bouger avec toutes leurs théories et il leur faut du temps. Tu es vraiment sûre que Lederer n'a pas téléphoné ?

– Merde », répondit-elle.

Son regard tomba sur Harry, qui était en train de déballer ses drôles de petites boîtes. Elles étaient gris-vert et ne possédaient pas de manettes de contrôle apparentes. « Vous pourrez dire à la bonne qu'il s'agit de transformateurs, dit-il.

– *Umformer*, souffla aimablement Lumsden depuis son coin. Un transformateur se dit *Umformer*. "*Die kleinen Büchsen sind Umformer.*" »

Ils l'ignorèrent une fois encore. Jack parlait l'allemand presque aussi bien que Magnus et environ trois cents fois mieux que Lumsden.

« Quand doit-elle rentrer ? s'enquit Brotherhood.

– Qui ?

– Ta femme de ménage, évidemment.

– Demain midi.

– Sois gentille et vois si tu ne peux pas la garder loin d'ici deux jours de plus.

– A cette heure-ci ?

– On s'en fout, fais-le. »

Elle se rendit dans la cuisine et téléphona à Salzbourg, chez la mère de Frau Bauer. Herr Pym reste à Londres quelques jours de plus. Pourquoi ne profiteriez-vous pas de l'absence de Herr Pym pour vous reposer un peu ? Quand elle revint au salon, ce fut au tour de Lumsden de faire son petit speech. Elle comprit tout de suite où il voulait en venir et cessa alors délibérément de l'entendre. « C'est simplement pour combler quelques blancs embarrassants, Mary... Pour que nous puissions tous être branchés sur la même longueur d'ondes, Mary... Pendant que Nigel est encore coincé à l'ambassade... Au cas où, Dieu nous en préserve, la presse foutrait son nez là-dedans avant que tout ne soit éclairci, Mary... » Lumsden avait toujours un cliché pour toutes les occasions et la réputation d'avoir l'esprit vif. « Quoi qu'il en soit, c'est cette route-là que l'ambassadeur aimerait nous voir tous suivre, conclut-il. Enfin, seulement si on nous le demande. Mais si ça devait arriver, voilà. Et puis, Mary, il vous transmet toutes ses amitiés. Il est de tout cœur avec vous. Et avec Magnus aussi, naturellement. Toutes ses condoléances et tout ça.

– Et surtout rien aux Lederer, insista Brotherhood. Rien à personne mais pour l'amour de Dieu surtout rien aux Lederer. Il n'y a aucune disparition, absolument rien d'anormal. Il est retourné à Londres pour enterrer son père. Il prolonge son séjour là-bas parce qu'il a des trucs à discuter à la Centrale. Point final.

– C'est la route que je suis déjà depuis le début, répliqua Mary en s'adressant à Brotherhood, comme si Lumsden n'existait pas. L'ennui, c'est que Magnus soit parti sans attendre son autorisation de congé pour raisons de famille.

– D'accord, mais voilà exactement le genre de discours que l'ambassadeur veut que nous évitions, si ça ne vous dérange pas, lui rappela Lumsden d'un ton froid et cassant. Je crois donc que nous allons l'éviter, je vous remercie. »

Brotherhood vint se mettre bien en face de lui. Mary faisait partie de la famille. Personne n'avait le droit de l'embêter devant Brotherhood, et surtout pas un de ces laquais mielleux du Foreign Office.

« Vous avez fait votre boulot, déclara Brotherhood. Alors disparaissez, maintenant, d'accord ? »

Lumsden sortit par où il était entré, mais plus rapidement.

Brotherhood se retourna vers Mary. Ils se retrouvaient seuls. Il était aussi solide qu'un vieux blockhaus et, quand il le voulait, aussi rude. Ses mèches blanches lui retombaient sur les sourcils. Il posa ses mains sur les hanches de la jeune femme comme il en avait l'habitude et l'attira vers lui. « Bon Dieu, Mary, dit-il en l'étreignant. Magnus est mon meilleur élément. Qu'est-ce que tu lui as donc fait ? »

Venant d'en haut, elle perçut le grincement de roulettes, puis un nouveau coup sourd, plus puissant cette fois-ci. C'est la commode de style. Non. C'est le lit. Fergus et Georgie jettent un petit coup d'œil.

Le bureau se trouvait dans l'ancien office, près de la cuisine, sorte de vaste sous-sol, repaire d'araignées que l'on n'attribuait plus au personnel depuis bien quarante ans. Près de la fenêtre, au milieu de ses plantes vertes, Mary avait installé son chevalet et ses aquarelles. La vieille télévision noir et blanc était collée contre le mur, en face d'un sofa qui rendait l'âme. « Rien ne vaut un peu d'inconfort pour savoir si une émission mérite d'être regardée », disait toujours Magnus. Dans une alcôve, sous des mètres de tuyauterie, se dressait la table de ping-pong sur laquelle Mary faisait de la reliure ; elle était couverte de peaux, toiles, colles, fers à dorer, ficelles, papier marbré pour les gardes, scies diverses, briques enveloppées dans de vieilles chaussettes de Magnus que Mary utilisait au lieu de poids en plomb, et volumes dépenaillés qu'elle avait achetés pour quelques schillings au marché aux puces. Tout à côté, contre la défunte chaudière, trônait le bureau, ce grand bureau délirant de style Habsbourg obtenu pour une bouchée de pain lors d'une vente à Graz, scié afin de pouvoir passer par la porte puis recollé par les doigts experts de Magnus. Brotherhood tira un à un sur les tiroirs.

« La clé ?

– Magnus a dû l'emporter. »

Brotherhood leva la tête. « Harry ! »

Harry avait tous ses passes accrochés à une chaîne comme d'autres gardent leurs clés, et il retint son souffle pour mieux entendre tandis qu'il crochetait les serrures.

« Il fait tout son travail ici ou bien a-t-il un autre endroit ?

– Papa lui a laissé sa vieille table de campagne. Il s'en sert de temps en temps.

– Où ça ?

– En haut.

– Où, en haut ?

– Dans la chambre de Tom.

– Il conserve des papiers là-bas aussi, hein ? Des documents de la Firme ?

– Je ne crois pas. En tout cas, je ne sais pas où. »

Harry sortit en souriant, tête baissée. Brotherhood ouvrit un tiroir.

« Ça, c'est pour le livre qu'il est en train d'écrire », expliqua-t-elle alors qu'il en extirpait un maigre dossier. Magnus enferme toujours tout dans quelque chose. Tout doit toujours être déguisé pour paraître réel.

« Et de quoi ça parle ? » Il chaussait ses lunettes, une oreille rouge après l'autre. Pour le roman aussi, il sait, pensa-t-elle en l'observant. Il ne fait même pas semblant d'être étonné.

« C'est l'histoire d'une famille victorienne pendant la révolution industrielle, répondit-elle. Trois générations.

– Vraiment ?

– Vraiment. » Et tu peux remettre toute cette paperasse là où tu l'as trouvée, songea-t-elle. Elle n'aimait pas l'attitude froide, dure, qu'il venait de prendre.

« Alors il a arrêté le dessin ? Je croyais que vous en faisiez ensemble.

– Cela ne le satisfaisait plus. Il a décidé qu'il préférait l'écriture.

– Il n'a pas l'air d'avoir écrit beaucoup ici. Quand s'y est-il mis ?

– A Lesbos. Pendant les vacances. Mais il n'écrit pas encore vraiment. Il en est à la préparation.

- Oh. Il commença une autre page.

Il appelle ça une matrice.

Vraiment ? – Il lisait toujours – Il faudrait que je montre ça à Bo. C'est un littéraire.

– Et quand nous serons à la retraite – enfin, quand il y sera s'il la prend de bonne heure –, il écrira et moi je peindrai et ferai de la reliure. C'est le plan. »

Brotherhood tourna une page. « Dans le Dorset ?

– A Plush, oui.

– Eh bien, on peut dire qu'il a vraiment pris sa retraite très tôt, fit-il remarquer pas très gentiment tout en reprenant

84

sa lecture. Il n'avait pas été question de sculpture aussi, à un moment ?

– Ce n'était pas très pratique.

– Je m'en serais douté.

– Mais tu encourages ce genre de choses, Jack. La Firme voit toujours cela d'un bon œil. Vous n'arrêtez pas de nous dire que nous devrions avoir des hobbies, des passions.

– Écoute ça : "Quand les ténèbres les plus épouvantables furent sur la maisonnée ; quand Edward lui-même souffrit le martyre mais en se comportant aussi vaillamment qu'il savait le faire." Pas même un verbe principal d'après ce que je peux en lire.

– Il n'a pas écrit ça.

C'est pourtant son écriture, Mary.

– Ce doit être une citation. Quand il lit un livre, il souligne toujours des phrases au crayon. Puis, quand il l'a fini, il recopie celles qui lui plaisent le plus. »

Elle entendit à l'étage un bruit sec, semblable au craquement d'un morceau de bois ou à un coup de pistolet du temps où elle suivait un entraînement.

« C'est la chambre de Tom, dit-elle. Ils n'ont aucun besoin d'aller fouiller là-dedans.

– Je voudrais un sac, réclama Brotherhood. Un sac-poubelle fera parfaitement l'affaire. Tu veux bien m'en trouver un ? »

Elle se rendit dans la cuisine. Pourquoi me laisser faire comme ça ? Pourquoi le laisser entrer ainsi chez moi, dans mon mariage, mon esprit, le laisser se servir de tout ce qu'il n'aime pas ? D'habitude, Mary n'était pas du genre conciliante. Les fournisseurs ne la lui faisaient pas deux fois. Que ce soit à l'École anglaise, à l'Église anglaise ou à l'Association des épouses de diplomates dont elle n'était qu'un membre toléré, elle passait pour avoir un sacré caractère. Pourtant, un seul regard dur des yeux pâles de Jack Brotherhood, un seul grognement de sa voix riche et indifférente, suffisait à la faire ramper.

C'est parce qu'il ressemble tellement à Papa, décida-t-elle. Il aime l'idée que nous nous faisons de l'Angleterre, et le reste peut aller au diable.

C'est parce que j'ai travaillé pour Jack, à Berlin, quand je n'étais encore qu'une écolière écervelée un tout petit peu douée. Parce que Jack a été mon amant plus âgé quand j'ai cru que j'avais besoin d'en avoir un.

C'est parce qu'il a aidé Magnus à divorcer pour moi quand celui-ci ne savait plus comment s'en sortir, et qu'il me l'a donné « pour mon quatre heures », comme il disait.

C'est parce qu'il aime Magnus lui aussi.

Brotherhood était en train de feuilleter son agenda de bureau.

« Qui est P. ? s'enquit-il en tapotant une page. Le 25 septembre, à 18h30, P. Il y avait P. pour le 16 aussi, Mary. P., ça ne veut pas dire Pym, n'est-ce pas, ou bien est-ce que je deviens gâteux ? Qui est ce P. avec qui il a rendez-vous ? »

Elle commença à entendre le cri qui montait en elle, et il ne lui restait plus de whisky pour l'étouffer. Sur les dizaines et dizaines d'informations inscrites dans ce carnet, il fallait qu'il relève justement celle-ci.

« Je ne sais pas. Un Joe. Je ne sais pas.

– C'est pourtant toi qui as écrit ça, non ?

– Magnus me l'avait demandé. "Mets que j'ai rendez-vous avec P." Il n'a jamais eu d'agenda personnel. Il dit que c'est trop risqué.

– Et il te faisait écrire les informations à sa place ?

– Il m'a dit que si quelqu'un venait à regarder, on ne saurait pas quels seraient ses rendez-vous et les miens. Cela entrait dans le partage. » Elle sentit le regard de Brotherhood sur elle. Il est en train de me faire parler, pensa-t-elle. Il cherche à percevoir la faille dans ma voix.

« Le partage de quoi ?

– De son travail.

– Explique.

– Il ne pouvait pas me dire ce qu'il faisait mais il pouvait me montrer qu'il le faisait et quand.

– Il t'a dit cela ?

– Je l'ai senti.

– Tu as senti quoi ?

– Qu'il était fier ! Il voulait que je sache !

86

– Que tu saches quoi ? »

Brotherhood pouvait la rendre folle, même quand elle savait que c'était là ce qu'il cherchait.

« Qu'il menait une double vie ! Que c'était important. Qu'il était manipulé.

– Par nous ?

– Par toi, Jack. Par la Firme !... à quoi penses-tu ? Aux Américains ?

– Pourquoi dis-tu cela ? "Aux Américains ?" Il y avait quoi que ce soit sur ce sujet ?

– Pourquoi y aurait-il eu quelque chose ? Il a bossé à Washington.

– Ce n'est pas ça qui l'aurait arrêté. Ça l'aurait même encouragé. Vous connaissiez les Lederer, à Washington ?

– Oui, mais pas beaucoup.

– Cela s'est approfondi ici, non ? j'ai entendu dire que c'était un beau brin de fille. »

Il en était déjà aux jours encore à subir. A demain et après-demain. Au week-end qui béait devant elle comme un gouffre dans son univers effondré.

« Ça t'embête si je garde ça ? »

Cela l'embêtait même énormément. Elle ne possédait pas d'agenda de rechange et pas de vie de rechange non plus. Mary reprit le carnet d'un mouvement brusque et laissa Brotherhood attendre tandis qu'elle recopiait son avenir sur une feuille de papier : « Apéritif avec Lederer... dîner avec les Dinkel... fin du trimestre scolaire de Tom... Rendez-vous avec P. »

« Pourquoi ce tiroir est-il vide ? demanda-t-il.

– Je ne savais pas qu'il l'était.

– Qu'y avait-il dedans ?

– De vieilles photos. Des notes. En fait, rien.

– Depuis quand est-il vide ?

– Mais je n'en sais rien, Jack. Je ne sais pas ! Lâche-moi un peu, tu veux bien ?

– Il a mis des papiers dans sa valise ?

– Je ne l'ai pas regardé faire ses bagages.

– Tu l'as entendu descendre ici pendant qu'il rangeait sa valise ?

– Oui. »

Le téléphone sonna. La main de Mary se précipita vers le combiné mais Brotherhood lui avait déjà saisi le poignet. Sans la lâcher, il se pencha vers la porte et héla Harry tandis que la sonnerie continuait de retentir. Il était déjà près de quatre heures du matin. Qui pouvait appeler à une heure pareille sinon Magnus ? Mary priait si fort dans sa tête qu'elle entendit à peine le cri de Brotherhood. Le téléphone ne cessait de l'interpeller et elle savait maintenant avec certitude que plus rien n'importait sinon Magnus, sinon sa famille.

« Ce pourrait être Tom, hurla-t-elle en se débattant. Laisse-moi, sale con !

– Ce pourrait être Lederer aussi. »

Harry avait dû voler. Elle compta deux autres sonneries seulement avant qu'il n'apparaisse dans l'encadrement de la porte.

« Branchez-vous sur cet appel », ordonna Brotherhood, lentement et à intelligible voix. Harry disparut. Brotherhood relâcha la main de Mary. « Fais-le durer longtemps, très longtemps, Mary. Fais traîner au maximum. Tu sais comment on joue à ce jeu-là. Vas-y. »

Elle s'empara du combiné et annonça : « Mary Pym, j'écoute ? » Pas de réponse. Brotherhood la dirigeait de sa poigne puissante, l'incitant, l'obligeant à parler. Elle perçut un petit son métallique et appliqua sa main sur le micro. « C'est peut-être un code », souffla-t-elle. Elle leva un doigt pour marquer un son. Puis un deuxième, un troisième. Il s'agissait bien d'un code d'appel. Ils s'en étaient déjà servis à Berlin deux coups pour ceci, trois pour cela. Code privé et combiné à l'avance entre un agent et un officier traitant. Elle ouvrit des yeux interrogateurs en direction de Brotherhood : qu'est-ce que je fais ? Il secoua la tête pour montrer qu'il ne savait pas non plus.

« Parle », prononça-t-il.

Mary prit une profonde inspiration. « Allô ! Parlez plus fort, je vous prie. Elle se réfugia dans la langue allemande. Vous êtes ici chez Magnus Pym, conseiller auprès de l'ambassade britannique. Qui est à l'appareil ? Parlez, je vous prie. Mr. Pym est absent pour le moment. Si vous voulez laisser un message, je le lui transmettrai. Sinon, veuillez rappeler plus tard. Allô ! »

Brotherhood la pressait de continuer. Donne-moi encore un peu de temps. Elle récita donc son numéro de téléphone en allemand, puis en anglais. On n'avait toujours pas raccroché et elle pouvait entendre un bruit de fond semblable à celui de la circulation et un autre qui évoquait un disque crachotant passé à une vitesse trop lente, mais plus de petits coups métalliques. Elle répéta le numéro en anglais. « Parlez, s'il vous plaît. La ligne est épouvantable. Allô ! Vous m'entendez ? Qui est à l'appareil, s'il vous plaît ? Je – vous – demande – de – dire – quelque – chose. » Puis elle ne put se retenir plus longtemps. Ses yeux se fermèrent, et elle hurla « Magnus, pour l'amour de Dieu, dis-moi où tu es ! » Mais Brotherhood l'avait devancée de plusieurs kilomètres. Avec l'intuition d'un amoureux. Il avait senti l'éclat venir et avait abattu sa main sur le commutateur.

« Trop court, monsieur, se lamenta Harry sur le pas de la porte. Il m'aurait fallu encore une minute au moins.

– Ça venait de l'étranger ? questionna Brotherhood.

– Ça pouvait venir de l'étranger comme de la porte d'à côté, monsieur.

– Ce n'est pas bien, Mary. Ne recommence pas. Nous sommes embarqués sur le même bateau et n'oublie pas que c'est moi qui commande.

– On l'a enlevé, répliqua-t-elle. Je suis sûre qu'on l'a enlevé. »

Tout se pétrifia : elle-même, les yeux pâles de Brotherhood et même Harry dans l'embrasure de la porte. « Très bien, très bien, dit enfin Brotherhood. Tu te sentirais mieux, hein ? Un kidnapping ? Mais pourquoi dis-tu cela, mon chou ? Que peut-il y avoir de pire qu'un enlèvement, je me le demande ? »

Tout en s'efforçant de rencontrer son regard, Mary éprouva comme une violente torsion de sa perception du temps. Je ne sais rien. Je veux être à Plush. Rendez-moi le pays pour lequel Sam et mon père sont morts. Elle se revit en dernière année de scolarité, assise devant la conseillère d'orientation lors du tout dernier trimestre. Une autre femme est présente, une Londonienne très raide. « Cette dame est officier recruteur au service du Foreign Office, mon enfant », explique la conseillère d'orientation. « D'un département spécial du Foreign Office », précise la dame de Londres. « Elle a été extrêmement impressionnée par votre façon de *dessiner*, mon enfant, reprend la conseillère. Et elle admire tant votre art – comme nous tous ici, d'ailleurs – qu'elle se demande si cela ne vous intéresserait pas d'aller porter un carton de dessins à Londres pendant un jour ou deux afin de les montrer à certaines personnes. » « C'est pour votre pays, mademoiselle », souligne la dame raide d'un ton lourd de signification. Le père de Mary était mort en soldat six semaines auparavant. Elle se souvint de sa formation dans la maison d'East Anglia, des filles qui se trouvaient là comme elle, de sa classe. Elle se souvint de joyeuses leçons où l'on apprenait à copier, graver, colorier sur du papier, du carton, de la toile ou du fil, à faire des filigranes et à les altérer, à découper des tampons dans du caoutchouc, à vieillir du papier ou à lui rendre au contraire sa jeunesse, et elle essaya de se rappeler à quel moment exactement elle avait compris qu'on leur enseignait la fabrication de faux documents pour les espions britanniques. Puis elle se revit devant Jack Brotherhood, dans le petit bureau minable qu'il occupait à Berlin, à deux pas du Mur ; Jack sans Cœur, Jack l'Hermine, Jack le Noir et tous les autres Jack pour lesquels il passait. Jack qui s'occupait de l'antenne de Berlin et aimait à rencontrer tous les nouveaux venus personnellement, surtout lorsqu'il s'agissait de jolies filles de vingt ans. Elle se souvint de son regard délavé parcourant lentement toute sa silhouette juvénile. Cherchant à en deviner les formes, à en évaluer la valeur sexuelle, et elle se rappela aussi l'avoir aussitôt détesté, haï comme elle essayait de le faire maintenant, alors qu'il feuilletait un classeur de correspondance familiale.

« Tu as sûrement remarqué que la moitié de ces lettres sont de Tom, écrites en pension, protesta-t-elle.

– Pourquoi ne vous écrit-il pas à tous les deux ?

– Il nous écrit à tous les deux, Jack. J'entretiens une

correspondance avec Tom. Magnus et Tom en entretiennent une autre.

– Comme ça, pas d'autocensure ! », commenta Brotherhood du ton professoral qu'il employait autrefois pour la former, à Berlin. Il alluma l'une de ses grosses cigarettes jaunes et contempla la jeune femme avec insistance au travers de la flamme. Ils sont tous un peu comédiens, songea-t-elle. Magnus et Grant ý compris.

« C'est ridicule, répliqua-t-elle, à la fois nerveuse et en colère.

– C'est la situation qui est ridicule, et Nigel peut arriver à tout moment pour la rendre plus ridicule encore. Mais qui est responsable ? Il ouvrit un nouveau tiroir.

– Son père. Si l'on peut considérer qu'il s'agit bien là d'une situation.

– A qui est cet appareil ?

– A Tom. Mais nous nous en servons tous.

– Il y en a d'autres quelque part ?

– Non. Quand Magnus a besoin de faire des photos pour son travail, il en prend un à l'ambassade.

– Et il y a un appareil de l'ambassade ici, en ce moment ?

– Non.

– Son père est peut-être responsable, mais il peut y avoir beaucoup d'autres raisons. Une dispute conjugale, par exemple. »

Il examinait l'appareil photographique, le tournant et le retournant entre ses grandes mains comme s'il avait l'intention de l'acheter.

« Cela ne nous arrive jamais. »

Ses yeux inquisiteurs se levèrent sur Mary. « Comment faites-vous donc ?

– Il ne donne jamais prise à la moindre querelle, c'est tout.

– Oui, mais avec toi, ce n'est pas pareil. Tu peux être un vrai petit démon, quand tu t'y mets, Mary.

– Plus maintenant, répondit-elle en se méfiant du charme de Brotherhood.

– Tu n'as jamais connu son père, n'est-ce pas ? s'enquit-il en rembobinant la pellicule qui se trouvait dans l'appareil. Je crois me souvenir qu'il y avait quelque chose à son sujet.

– Ils étaient brouillés.

– Ah.

– Rien de dramatique. Ils s'étaient peu à peu éloignés l'un de l'autre. Enfin, tu vois le genre de famille.

– Quel genre ?

– Éparpillée. Le monde des affaires. Il m'a dit qu'il les avait laissés s'immiscer dans son premier mariage et que cela suffisait. Nous n'en parlions presque jamais.

– Tom n'en demande pas plus ?

– Tom n'est qu'un enfant.

– Tom est la dernière personne que Magnus a vu avant de disparaître, Mary. Mis à part le portier de son club.

– Eh bien, tu n'as qu'à l'arrêter », suggéra brutalement Mary. Brotherhood laissa tomber la pellicule dans le sac-poubelle puis s'empara de la petite radio de Magnus.

« C'est le nouveau modèle qu'on fait, avec toutes les ondes courtes ?

– Je crois, oui.

– Il l'emportait avec lui en vacances, non ?

– Oui, en effet.

– Et il l'écoutait régulièrement ?

– Étant donné, comme tu me l'as dit toi-même un jour, qu'il est tout seul à diriger la Tchécoslovaquie, ce serait plutôt surprenant qu'il ne l'ait pas fait. »

Il l'alluma. Une voix d'homme présentait le journal en tchèque. Brotherhood fixa le mur d'un regard inexpressif en écoutant la voix pendant ce qui sembla des heures interminables. Puis il éteignit le poste et le fourra lui aussi dans le sac. Ses yeux se posèrent sur la fenêtre sans rideaux et plusieurs minutes s'écoulèrent encore avant qu'il ne reprenne la parole. « Tu ne penses pas que nous faisons un peu trop de lumière pour cette heure de la nuit, Mary ? demanda-t-il distraitement. Il vaudrait mieux que les voisins ne se mettent pas à bavarder, non ?

– Ils savent que Rick est mort. Ils savent qu'il se passe quelque chose d'inhabituel.

– Tu peux répéter cela ? »

Je le hais. Je l'ai toujours haï. Même quand je suis tombée amoureuse de lui, même quand il me faisait connaître toutes les notes de la gamme et que je pleurais et le remerciais à la fois – même là, je le haïssais. Parle-moi de la nuit en question, disait-il. Il faisait allusion au soir où ils avaient appris la mort de Rick. Elle lui récita donc exactement ce qu'elle avait préparé.

Il avait trouvé le vestiaire et se tenait devant le duffle-coat usé qui pendait entre le loden de Tom et la peau de mouton de Mary. Il en fouillait les poches. Le vacarme d'en haut devenait monotone. Il sortit du vêtement un mouchoir sale et un rouleau de pastilles de menthe entamé à moitié.

« Tu te moques de moi, dit-il.

– D'accord, je me moque de toi.

– Deux heures à rester dans la neige dans ses petites godasses de soirée, Mary ? En plein milieu de la nuit ? Le frère Nigel va penser que j'invente. Qu'a-t-il fait exactement ?

– Il a marché.

– Jusqu'où, mon chou ?

– Il ne me l'a pas dit.

– Tu le lui as demandé ?

– Non, pas vraiment.

– Alors, comment sais-tu qu'il n'a pas pris de taxi ?

– Il n'avait pas d'argent. Son portefeuille et sa monnaie étaient restés en haut, dans le cabinet de toilette, avec ses clés. » Brotherhood remit le mouchoir et le paquet de pastilles dans la poche du manteau.

« Et il n'en avait pas ici ?

– Non.

– Comment le sais-tu ?

– C'est un maniaque pour ce genre de choses.

– Il a pu payer à l'arrivée.

– Non.

– Quelqu'un a pu passer le prendre.

– Non.

– Pourquoi pas ?

– Parce qu'il aime marcher et qu'il était en état de choc, voilà pourquoi. Son père venait de mourir, même s'il ne lui était pas particulièrement attaché. Quand il sent monter la tension, ou tout ce que tu voudras, il marche. » Et je l'ai embrassé lorsqu'il est rentré, pensa-t-elle. J'ai perçu le froid sur ses joues, le tremblement de sa poitrine et la transpiration brûlante qu'on devinait sous le manteau après ces heures de marche. Et je l'embrasserai à nouveau dès qu'il repassera le seuil de cette porte. « Je lui ai demandé de ne pas sortir. "Pas cette nuit. Bois. Nous allons nous saouler ensemble." Mais il est parti quand même. Il avait son air. » Elle regretta d'avoir prononcé cela, mais, pendant un instant, elle s'était sentie tout autant en colère contre Magnus que contre Brotherhood.

« De quel air parles-tu, Mary ? "Il avait son air." J'ai peur de ne pas très bien te suivre.

– Un air vide. Comme un acteur qui n'a pas de rôle.

– De *rôle* ? Son père refait surface pour *mourir* et Magnus n'aurait plus de rôle ? Qu'est-ce que ça peut bien vouloir dire ? »

Il essaye de me coincer, se dit-elle, résolue à ne pas répondre ; dans un instant, je vais sentir ses mains sûres d'elles sur moi et je vais capituler, attendre que ça se passe parce que je ne pourrai plus trouver d'autres excuses.

« Demande à Grant, répliqua-t-elle pour tenter de le blesser. C'est le grand psychologue de l'équipe. Il saura. »

Ils étaient retournés au salon. Il attendait quelque chose. Elle aussi. Nigel, Pym, le téléphone. Georgie et Fergus qui s'agitaient en haut.

« Tu ne forces pas un peu trop là-dessus, hein ? dit Brotherhood en lui servant un autre whisky.

– Bien sûr que non. Pratiquement jamais quand je suis seule.

– Eh bien continue. C'est vachement trop facile. Et rien quand le frère Nigel sera là. Tu mettras ça de côté complètement. Oui, Jack ?

– Oui, Jack. » Et tu n'es qu'un prêtre lubrique qui balaie la dernière des grâces divines, lui dit-elle en silence tout en observant ses mouvements lents et précis tandis qu'il se remplissait un verre. L'alcool d'abord, l'eau ensuite. Ferme donc les paupières, maintenant, et lève le calice pour adresser quelques paroles saintes à Celui qui t'envoie.

« Donc, il est libre, commenta-t-il. "Je suis libre." Rick est mort, Magnus est donc libre. Il fait partie de ces cas freudiens qui sont incapables de prononcer le mot "père".

— Ce qui est parfaitement normal à son âge. Je veux dire, d'appeler son père par son prénom. Et c'est encore plus naturel quand le père et le fils ne se sont pas vus pendant quinze ans.

— J'aime bien ta façon de le défendre, dit Brotherhood. J'admire ta loyauté. Elle ne manquera pas de les impressionner aussi. Tu ne m'as jamais trahi non plus. Je le sais. »

La loyauté, songea-t-elle. Fermer ma gueule avec les gens de l'antenne pour ne pas risquer que ta femme l'apprenne.

« Et tu as pleuré. Je ne savais pas que tu étais comme ça, du genre pleurnicharde, Mary. Donc, Mary pleure et Magnus la console. C'est curieux, ça, pour un observateur extérieur, si l'on considère que Rick était son père, pas le tien. Renversement complet des rôles : tu pleurais son mort. Mais pourquoi ces larmes, en fait ? Tu le sais ?

— Son père venait de mourir, Jack. Je ne me suis pas assise en me disant : "Maintenant, je vais pleurer pour Rick puis pour Magnus." J'ai pleuré, c'est tout.

— Je pensais que tu pleurais peut-être sur ton propre sort.

— Qu'est-ce que ça veut dire ?

— Que tu es la seule personne que tu n'aies pas mentionnée, rien de plus. Tu as l'air de te tenir sur la défensive.

— Mais pas du tout !

Elle l'avait dit trop fort. Elle le sut tout le suite, et cela n'échappa bien sûr pas à Brotherhood qui parut intéressé.

« Et dès que Magnus a terminé de consoler Mary, reprit-il en s'emparant d'un livre sur une table et en commençant à le feuilleter, il enfile son duffle-coat et sort pour aller se promener en souliers de soirée. Tu essaies de le retenir – tu le supplies, ce que j'ai du mal à imaginer malgré mes efforts – mais sans succès. Il part quand même. Pas de coups de fil avant qu'il ne sorte ?

— Non.

– Ni donnés ni reçus ?

– Puisque je te dis que non !

– Après tout, on pourrait penser qu'un homme qui vient de perdre son père voudrait parler du terrible événement avec les autres membres de sa famille.

– Je t'ai déjà expliqué que ce n'était pas le genre de cette famille-là.

– Mais il y a Tom, pour commencer. Lui, rien ?

– Il était beaucoup trop tard pour appeler Tom et Magnus préférait de toute façon le lui apprendre à Londres. »

Il examinait le livre. « Il a encore souligné une perle : "Les hommes, même les fous, ne se contentent pas d'inventer leur monde. Les matériaux qu'ils emploient pour le construire sont, dans l'ensemble, propriété publique." Très bien, très bien, voilà qui éclaire ma lanterne. Et toi ?

– Non, pas du tout.

– Moi non plus. Il est libre. » Il referma le livre et le posa sur la table. « Il n'a rien emporté avec lui, par hasard ? Une mallette ou quelque chose de ce genre ?

– Un journal. »

Tu deviens sourde, admets-le. Tu as peur que l'aide d'une oreille attentive ne trouble l'image que tu as de toi. Parle, mais parle donc !

Elle *l'avait dit*. Elle en avait conscience. Elle avait attendu toute la nuit pour le dire, l'avait préparé sous tous les angles possibles, s'était entraînée, avait répété puis l'avait nié, oublié, revécu. Et voilà que cela résonnait à présent dans sa tête comme une explosion alors qu'elle prenait une rasade effrayante de whisky. Pourtant, les yeux de Brotherhood, rivés sur son visage, attendaient toujours.

« Un journal, répéta-t-elle. Un simple journal. Qu'est-ce qu'il y a ?

– Quel journal ?

– *La Presse*.

– C'est un quotidien.

– Exact. *Die Presse* est un quotidien.

– Un quotidien local. Et Magnus l'a donc emporté avec lui. Pour lire dans le noir. Raconte.

– Mais c'est ce que je viens de faire, Jack.

– Non, pas du tout. Et il va falloir que tu t'y mettes, Mary, car une fois que les gros calibres seront là, tu vas avoir besoin de toute l'aide que je pourrai t'apporter. »

Elle se rappelait parfaitement. Magnus se tenait près de la porte à un mètre environ de l'endroit où était Brotherhood en ce moment. Il était pâle, inaccessible, le duffle-coat posé sur ses épaules et regardait autour de lui par phases saccadées : la cheminée, l'épouse, la pendule, les livres. Elle s'entendit lui dire tout ce qu'elle avait déjà raconté à Brotherhood et plus encore : Je t'en prie, Magnus, reste. Ne te laisse pas aller au cafard, reste. Ne recommence pas à broyer du noir. Reste. Fais-moi l'amour. Saoule-toi. Si tu veux de la compagnie je peux demander à Bee et à Grant de revenir ou bien nous pouvons passer chez eux. Elle le vit sourire de ce sourire lumineux de commande. Elle l'entendit prendre sa voix affreusement calme. Sa voix de Lesbos. Et elle s'entendit répéter mot pour mot ce qu'il lui avait dit, maintenant, à l'adresse de Brotherhood.

« Il m'a demandé : "Mabs, où est passé ce foutu journal, chérie ?" J'ai cru qu'il parlait du *Times* et qu'il voulait regarder le marché boursier, alors je lui ai répondu : "Là où tu l'as posé quand tu es rentré de l'ambassade."

– Mais il ne parlait pas du *Times*, commenta Brotherhood.

– Il est allé jusqu'au porte-revues, là-bas – elle le regarda mais ne le désigna pas du doigt de crainte d'accorder beaucoup trop d'importance à son geste –, et il s'est servi *Die Presse*. Là où on les range toujours. Jusqu'à la fin de la semaine. Il préfère que je ne les jette pas tout de suite. Et puis il est sorti, dit-elle en s'efforçant de faire comme si c'était tout à fait naturel, car, bien sûr ça l'était.

– L'a-t-il regardé en le prenant ?

– La date, c'est tout. Pour vérifier.

– Pourquoi crois-tu qu'il le voulait ?

– Peut-être qu'on passait un film très tard dans la nuit. » Magnus ne s'était jamais rendu à une dernière séance de cinéma de toute sa vie. « Peut-être qu'il voulait quelque chose à lire au café. » Sans avoir pris d'argent sur lui, pensa-t-elle tout en remplissant le vide du silence de Brotherhood. « Peut-être qu'il cherchait une distraction Comme nous pourrions tous le faire. Aurions pu. N'importe qui chercherait à penser à autre chose dans un moment de détresse.

– Ou de subite liberté », suggéra Brotherhood. Mais il ne l'aida pas davantage.

« Quoi qu'il en soit, il allait tellement mal qu'il s'est trompé de numéro. » Elle prononça cela d'un ton vif ; pour clore la question.

« Alors, tu as regardé ?

– Seulement quand j'ai jeté les vieux journaux de la semaine.

– C'est-à-dire quand ?

– Hier.

– Lequel avait-il pris ?

– Celui de lundi. Il était déjà vieux de trois jours. Tu vois donc dans quel état il pouvait se trouver.

– Je vois.

– D'accord, son père n'était pas vraiment le grand amour de sa vie. Mais il venait quand même de mourir. On n'est jamais très rationnel quand ce genre de choses vous arrive. Pas même Magnus.

– Qu'est-ce qu'il a fait ensuite ? Après avoir vérifié la date et pris le mauvais numéro ?

– Il est parti, comme je te l'ai dit. Parti marcher. Tu n'écoutes pas. Tu n'écoutes jamais.

– Il l'a plié ?

– Enfin, Jack ! Qu'est-ce que ça peut te faire, la façon dont on porte un journal ?

– Je t'en prie, oublie-toi un peu une minute et réponds-moi. Qu'en a-t-il fait ?

– Il l'a roulé.

– Ensuite ?

– Ensuite rien. Il l'a gardé. Dans sa main.

– L'a-t-il rapporté ?

– Ici, à la maison ? Non.

– Comment le sais-tu ?

– Je l'attendais dans l'entrée.

– Et tu as remarqué : plus de journal. Tu t'es dit qu'il n'y avait plus de journal roulé.

– Tout à fait incidemment, oui.

– Incidemment, tu parles, Mary. Tu as pensé à regarder. Tu savais qu'il était parti avec et tu as tout de suite repéré qu'il revenait sans. Cela n'a rien d'accidentel. Tu l'espionnais.

– Si ça peut te faire plaisir. »

Il était en colère. « Dans un moment, ce n'est plus à moi qu'il va falloir faire plaisir, Mary, lui dit-il d'une voix lente et forte. C'est au frère Nigel que tu vas devoir faire plaisir dans même pas cinq minutes. C'est la panique, Mary. Ils voient déjà le sol s'ouvrir une fois de plus devant leurs pieds et ils ne savent pas quoi faire. Ils ne savent littéralement pas quoi faire. » Sa colère s'évanouit. Jack était très fort pour ça. « Et ensuite – dès que tu en as eu l'occasion – tu as incidemment fouillé ses poches. Le journal n'y était pas non plus.

– Je ne le *cherchais* pas. J'ai simplement noté qu'il manquait. Et effectivement, il n'était pas là non plus.

– Sort-il souvent avec de vieux journaux ?

– Quand il a besoin de se tenir au courant... pour son travail – c'est un officier consciencieux – il emporte un journal avec lui.

– Roulé ?

– Des fois.

– Il lui arrive de les rapporter ?

– Pas que je me souvienne.

– Tu lui en as déjà fait la remarque ?

– Non.

– Et lui, il ne t'a rien dit ?

– Jack. C'est juste une habitude qu'il a. Écoute, je ne vais quand même pas avoir une scène de ménage avec toi !

– Nous ne sommes pas mariés.

– Il roule son journal et il sort avec sous le bras. Comme un gosse pourrait porter un bâton ou un truc de ce genre. Pour se rassurer, peut-être. Comme les pastilles de menthe. Là. Il avait des pastilles de menthe dans la poche. C'est la même chose.

– Toujours un exemplaire périmé ?

– Non, pas toujours – n'exagère pas comme ça !

– Et il le perd à chaque fois ?

– Jack, arrête. Ça suffit, maintenant. D'accord ?

– A-t-il des occasions spéciales pour faire ça ? La pleine lune ? Le dernier mercredi du mois ? Ou seulement quand son père meurt ? As-tu remarqué un schéma régulier ? Allons, Mary, je sais très bien que oui ! »

Bats-moi, se dit-elle. Secoue-moi. Tout plutôt que ce regard glacé.

« Ça lui arrive parfois quand il doit rencontrer P., admit-elle comme si elle voulait calmer un enfant gâté. Mais Jack, bon sang, il dirige des agents ; il mène cette vie-là, c'est toi qui l'as formé ! Je ne lui demande pas quels sont ses trucs ni ce qu'il fait ni avec qui. Moi aussi, j'ai été formée !

– Et quand il est rentré, il était comment ?

– Il était parfaitement bien. Calme, tout à fait calme. La marche avait chassé toutes ses angoisses, je le sentais. Il était vraiment très bien, rien à redire.

– Pas de coup de fil pendant son absence ?

– Non.

– Pas après son retour ?

– Si, un, mais nous n'avons pas répondu. Très tard. »

Elle n'avait pas souvent vu Jack surpris. Mais là, il l'était presque.

« Vous n'avez pas répondu ?

– Il fallait ?

– S'il fallait ? Mais c'est son boulot, comme tu le dis toi-même. Son père venait juste de mourir. Pourquoi ne pas avoir répondu au téléphone ?

– Magnus a dit de ne pas le faire.

– *Pourquoi* a-t-il dit de ne pas le faire ?

– Parce que nous faisions l'amour ! » lâcha-t-elle, et elle se fit l'impression d'être la plus vile des prostituées. Brotherhood, Magnus, son père : elle les avait tous trahis les uns comme les autres.

Harry se dessina à nouveau dans l'encadrement de la porte. Il portait des bleus de travail et avait le visage rougi par l'effort. Il tenait un long tournevis à la main et avait l'air honteusement joyeux.

« Ça vous dit de faire un tour là-haut, Mr. Brotherhood, rien qu'une seconde ? », proposa-t-il.

On dirait notre chambre juste avant la vente de charité organisée par les Épouses, songea-t-elle en voyant tous les vêtements éparpillés sur le lit. « Magnus, chéri, tu as vraiment besoin de trois cardigans usés ? » Des vêtements encore sur les sièges. Sur la coiffeuse et le porte-serviettes. Mon blazer d'été que je n'ai pas porté depuis Berlin. La veste de soirée de Magnus pendait de la psyché comme une peau en train de sécher. S'il n'y avait rien sur le sol, c'est parce qu'il n'y avait plus de sol. Fergus et Georgie avaient retiré la moquette puis s'étaient attaqués au plancher. Les lames du parquet s'empilaient maintenant sous les fenêtres et il ne restait plus que les traverses et les solives pour pouvoir avancer. Ils avaient entièrement démonté les lampes de chevet, les tables de chevet, le téléphone et même le réveil. Dans la salle de bains, ils s'en étaient pris aussi au plancher, au panneau qui encastrait la baignoire, à l'armoire à pharmacie, à la trappe inclinée qui menait au grenier en pente où Tom s'était dissimulé pendant toute une demi-heure, à Noël dernier, pour jouer – il avait failli mourir de peur affolé par sa propre témérité. Devant le lavabo, Georgie se démenait parmi les affaires de Mary. Sa crème de soin. Son diaphragme.

« Pour eux, ce qui est à toi est à lui, mon chou, et vice versa, déclara Brotherhood alors qu'ils s'immobilisaient dans l'embrasure maintenant dépourvue de porte. Il n'y a pas de différence entre ce qui est à toi et à lui, pas pour eux, ils ne peuvent pas se le permettre.

– Tu es pareil qu'eux », dit-elle.

La chambre de Tom se trouvait en face de la leur, de l'autre côté du couloir. Son Superman lumineux gisait sur le lit, avec ses trente et un schtroumpfs et ses trois robots. La table de campagne qui avait appartenu au père de Mary était pliée contre le mur. Le coffre à jouets avait été tiré jusqu'au milieu de la pièce, révélant la cheminée de marbre qui se trouvait derrière. C'était une belle cheminée. Le service Atelier avait voulu la condamner afin de réduire les courants d'air, mais Magnus s'y était opposé. Il avait préféré acheter ce vieux coffre qu'il avait rangé juste devant, ce qui laissait tout de même le manteau apparent au-dessus et donnait à Tom un vestige du Vienne d'autrefois. L'âtre était maintenant dégagé et la jeune Georgie, dans sa tunique de combattante pour la paix à cinquante guinées, se tenait respectueusement agenouillée sur la dalle de marbre. Par terre, devant elle, se trouvait une boîte à chaussures blanche dont le couvercle avait été ôté et qui contenait un paquet entouré de chiffon et plusieurs autres petits paquets disposés autour.

« Nous avons trouvé ça sur le rebord qui est au-dessus du foyer, monsieur, annonça Fergus, là où le conduit rejoint la cheminée principale.

– Pas un grain de poussière dessus, commenta Georgie.

– Il n'y avait qu'à tendre la main, ajouta Fergus. Très facile à attraper.

– Il n'y a pas même vraiment besoin d'écarter le coffre une fois qu'on a compris le truc, assura Georgie.

– Tu as déjà vu ça ? demanda Brotherhood.

– Cela appartient de toute évidence à Tom, répondit Mary. Les gosses cacheraient n'importe quoi.

– Tu l'as déjà vu ? insista Brotherhood.

– Non.

– Tu sais ce qu'il y a dedans ?

– Comment veux-tu que je le sache puisque je ne l'ai jamais vu ?

– Facile. »

Brotherhood ne se baissa pas et se contenta de tendre les bras. Georgie lui passa la boîte et il la porta jusqu'à la table sur laquelle Tom jouait avec son spirographe ou avec ses Lego, ou bien encore dessinait interminablement des séries d'avions allemands abattus dans le ciel de Plush illuminé par le couchant avec, en arrière-plan, la famille au complet, saine et sauve et faisant de grands gestes. Brotherhood s'empara d'abord du plus gros paquet et entreprit de le défaire sous le regard des autres, mais il changea d'avis.

« Tiens, dit-il en le tendant à Georgie. C'est pour des doigts de femme. »

C'est une de ses maîtresses, pensa soudain Mary. Elle se demanda comment elle avait pu ne pas s'en rendre compte plus tôt.

Georgie redressa élégamment son long corps, une jambe après l'autre, puis, après avoir ramené ses cheveux lisses derrière ses oreilles, mit ses doigts de femme au travail pour dérouler les bandes du drap de lit que Magnus avait réclamé – pour sa voiture, avait-il dit – et révéler enfin un petit appareil photographique apparemment très astucieux dans un étui d'acier qui ne l'était pas moins. Après l'appareil photo vint un objet qui ressemblait à un télescope avec un support qui, une fois entièrement déplié, formait un pied auquel on pouvait fixer l'appareil, objectif vers le bas et à une distance déterminée qui permettait de photographier des documents sur la table de campagne de votre beau-père.

Le télescope fut suivi par toute une série de pellicules, de lentilles, de filtres, de bagues et autres ustensiles qu'elle ne put identifier aussitôt. En dessous, ils découvrirent un bloc de papier ultrafin pris dans une épaisse couche de caoutchouc qui ne permettait de voir que la page du dessus couverte, en l'occurrence, de colonnes de chiffres. Mary connaissait ce type de papier. Elle avait travaillé dessus à Berlin. Il se racornissait dès qu'on l'approchait d'une flamme. Le bloc était à demi utilisé. Au fond du carton enfin, un vieux bloc-notes militaire à dos cartonné et marqué Propriété du MG – pour ministère de la Guerre –, dont les feuilles de mauvais papier rayé de temps de guerre étaient encore vierges. Brotherhood continua néanmoins ses recherches et trouva au milieu du carnet deux très vieilles fleurs rouges séchées, des coquelicots mais peut-être aussi des roses, elle n'en était pas certaine, et, de toute façon, elle était déjà en train de crier.

– C'est pour la Firme ! C'est pour toi qu'il garde ça !

– Mais bien sûr. C'est ce que je dirai à Nigel. Pas de problème.

– Ce n'est pas parce qu'il ne m'en a pas parlé que ce n'est pas normal ! C'est pour les fois où il se retrouve avec des documents à la maison ! Le week-end ! » Puis, se rendant compte de ce qu'elle venait de dire : « C'est pour ses Joe... quand *ils* lui apportent des documents, espèce d'imbécile ! Quand Grant lui file des papiers et qu'il doit les rendre au plus vite ! Je ne vois pas ce qu'il y a de bizarre là-dedans, merde ! »

Fergus tripotait le bloc entamé de moitié, le tournant et le retournant dans ses mains, l'inclinant sous la lampe articulée de Tom.

« Ça ressemble bien à du tchèque, monsieur, franchement, déclara Fergus qui continuait à examiner le bloc sous la lumière. Ça pourrait être russe, mais je pencherais plus pour du tchèque, franchement. Oui, conclut-il non sans plaisir comme son regard venait de dénicher quelque détail mystérieux du rebord caoutchouté. C'est bien ça, c'est tchèque. Enfin, ça veut seulement dire que c'est là qu'on les fabrique. Pour savoir qui s'en sert, c'est une autre paire de manches. Surtout ces derniers temps. »

Brotherhood semblait davantage intéressé par les fleurs séchées. Il les avait posées sur sa paume et les contemplait comme si elles allaient lui livrer l'avenir.

« Je pense que tu es une vilaine fille, Mary, lâcha-t-il délibérément. Je suis sûr que tu en sais beaucoup plus que tu ne m'en as dit. Je ne crois pas qu'il soit en Irlande ou je ne sais où aux Bahamas. Je crois que tout ça, c'était beaucoup de fumée. Je crois que c'est un méchant garçon et je me demande si vous êtes aussi méchants l'un que l'autre. »

Elle perdit toute retenue. Elle hurla : « Salaud », et voulut le gifler de sa main grande ouverte, mais il l'immobilisa. Il passa un bras autour d'elle et la souleva du sol comme s'il ne lui restait plus de jambes. Puis il la porta ainsi sur toute la longueur du couloir, jusqu'à la chambre de Frau Bauer, qui était la seule à n'avoir pas encore été mise en pièces. Il la laissa tomber sur le lit et lui retira ses chaussures, exactement comme il avait l'habitude de le faire dans l'appartement crasseux mais sûr où il venait baiser. Il la roula dans l'édredon, lui faisant ainsi une camisole de force improvisée. Enfin, il se coucha sur elle pour achever de la soumettre tandis que Georgie et Fergus le regardaient faire.

Cependant, aussi incroyable que cela puisse paraître, Jack Brotherhood n'avait, de toute cette tragi-comédie, pas lâché les deux coquelicots, et il les serrait toujours dans son poing gauche quand la sonnette de la porte retentit ; un long coup autoritaire.

« Rester au-dessus de la mêlée », écrivit Pym pour lui-même, sur une feuille de papier à part. « Un écrivain est un roi. Il se doit de considérer ses sujets avec amour, même quand ce sujet n'est autre que lui-même. »

La vie commença avec Lippsie, Tom, et Lippsie débarqua bien avant que tu n'arrives, bien avant que qui que ce soit n'arrive, bien avant que Pym ne soit, comme l'on dit à la Firme, en âge de se marier. Avant Lippsie, Pym ne se souvient que d'un voyage sans but passant par des maisons aux couleurs diverses, et de beaucoup de cris. Après elle, tout sembla converger dans une seule direction inévitable et il ne lui resta plus qu'à s'asseoir dans son bateau pour se laisser porter par le courant. De Lippsie à Poppy, de Rick à Jack, tout ne fut plus qu'un unique cours d'eau, avec ses méandres et ses ramifications. Et non seulement la vie, mais la mort aussi commença avec elle car ce fut en vérité le cadavre de Lippsie qui mit Pym en route, bien qu'il ne le vit jamais. D'autres le virent, et Pym aurait très bien pu faire comme eux car le corps gisait en fait dans la cour de la cloche et resta découvert incroyablement longtemps. Mais le petit gars traversait une période d'égocentrisme et de malaise, et il se dit à l'époque que s'il n'allait pas le voir, la jeune femme pourrait en fin de compte n'être pas vraiment morte mais seulement faire semblant. Ou bien il se dit que ce décès était en réalité son châtiment à lui pour avoir tué peu de temps auparavant un petit écureuil dans la piscine vide. Un fort en maths aux yeux vairons répondant au surnom de Corbo le Freux menait la chasse. Lorsque l'écureuil fut capturé, Corbo envoya trois garçons au fond de la piscine avec des crosses de hockey, et Pym faisait partie du lot : « Vas-y Pymmie ! Donnez-le-lui ! » cria Corbo. Pym regarda la malheureuse créature s'avancer vers lui en boitant. Effrayé par tant de douleur apparente, il lui asséna un grand coup de crosse, plus puissant qu'il ne l'aurait voulu. Il vit alors le petit corps voltiger jusqu'au joueur suivant pour s'écraser, inerte, sur le sol. « Bravo, Pymmie ! Beau coup ! »

Son autre pensée fut qu'il s'agissait d'une histoire montée de toutes pièces par la bande de Sefton Boyd pour le faire enrager, ce qui était toujours possible. Alors, pour compenser, Pym préféra rassembler toutes les descriptions et se former, dans la précipitation qui précéda le silence complet dans lequel l'école fut plongée, une image d'elle qui était sans doute aussi nette que celle des témoins oculaires.

Elle gisait en position de course, couchée de côté sur le dallage, la main extérieure tendue vers la ligne d'arrivée, le pied intérieur pointé dans la mauvaise direction. Sefton Boyd, qui aperçut le premier le cadavre et alerta le proviseur pendant l'heure du petit déjeuner, avait vraiment cru, dit-il, qu'elle courait, jusqu'à ce qu'il remarque le pied disloqué. Il pensa qu'elle s'exerçait sur le côté, qu'elle s'entraînait à quelque mouvement de bicyclette. Et il s'imagina que le sang dans lequel elle baignait était une sorte de cape ou de serviette sur laquelle elle reposait, jusqu'à ce qu'il se rende compte que les feuilles tombées du marronnier tout proche restaient collées dessus et refusaient de s'envoler plus loin. Il ne s'était pas approché parce que la cour de la cloche était interdite aux élèves, même aux élèves de première, à cause du toit peu sûr qui la surplombait. Et il n'avait pas vomi non plus, se vanta-t-il, simplement parce que nous, les Sefton Boyd, possédons des hectares et des hectares de terre et que je vais tout le temps à la chasse avec mon père et que j'ai l'habitude de voir plein de sang et d'entrailles. Mais il avait grimpé en courant l'escalier des premières jusqu'à la fenêtre de la tour d'où elle était, d'après le rapport de police, probablement tombée : elle avait dû se pencher pour faire quelque chose. Et il avait dû s'agir de quelque chose de particulièrement important et urgent parce qu'elle était en chemise de nuit et venait de parcourir à vélo, au plein milieu de la nuit, le kilomètre et demi qui séparait l'annexe du lycée. Sa bicyclette, à la selle recouverte de tartan, était toujours appuyée contre la remise aux poubelles, derrière les cuisines.

La théorie de Sefton Boyd, échafaudée non sans excitation par le jeune homme en se fondant sur le style de vie de son père, était que Lippsie devait avoir bu. Évidemment, il ne l'avait pas appelée Lippsie mais Slipchie, qui était le seul jeu de mots que sa bande avait trouvé sur Lippschitz. Mais, comme il le laissait déjà entendre depuis quelque temps, Slipchie aurait très bien pu être une espionne allemande qui se serait glissée dans la tour pour envoyer des messages après le couvre-feu, monsieur. C'est que, de la fenêtre de la tour, on pouvait voir jusqu'au Brace of Partridges, de l'autre côté de la vallée, monsieur, cela pouvait donc faire un endroit génial pour envoyer des signaux aux bombardiers allemands, monsieur. L'ennui, c'est qu'elle ne possédait aucune source lumineuse, le phare de sa bicyclette étant resté sagement fixé sous le guidon. Mais peut-être avait-elle dissimulé une lampe dans son vagin ; Sefton Boyd ne prétendait-il pas avoir tout vu, la chute ayant soulevé la chemise de nuit de la jeune femme.

Les histoires allèrent donc bon train ce matin-là, tandis que Pym se tenait sur le beau siège de bois des toilettes réservées au personnel dont il avait fait sa retraite le premier moment de frénésie passé, tandis qu'il retenait son souffle et rougissait et pâlissait alternativement devant le miroir en une série d'efforts désappointés pour prendre un visage adapté à son chagrin. Il avait utilisé le canif de l'armée suisse qu'il trimballait dans sa poche pour se couper quelques mèches de cheveux en une sorte de tribut inutile, puis il avait traîné en jouant avec les robinets et en espérant que tout le monde le cherchait : Où est Pym ? Pym s'est sauvé ! Pym est mort lui aussi ! Mais Pym ne s'était pas enfui, il n'était pas mort non plus, et, dans le chaos général dû à la présence du cadavre de Lippsie dans la cour du clocher et à l'arrivée de l'ambulance puis de la police, personne ne cherchait personne, et surtout pas dans les toilettes du personnel qui constituaient l'endroit interdit par excellence du lycée, tellement interdit que Sefton Boyd lui-même n'aurait pas osé s'y aventurer. Les cours furent annulés, et il ne resta plus à chacun, après l'agitation et les cris du début, qu'à retourner tranquillement dans sa salle d'étude pour réviser : à moins que l'on ne se trouvât, comme Pym, en classe de cinquième qui donnait sur la cour du clocher, auquel cas on devait émigrer dans la salle de dessin. Il s'agissait en fait de l'abri de tôle ondulée construit par les Canadiens où Lippsie enseignait la musique, la peinture et la comédie, et où elle faisait faire des exercices correctifs aux garçons affligés de pieds plats. C'était aussi là qu'elle tapait à la machine et remplissait tous les papiers qui incombaient à sa charge de larbin de l'école : encaisser les pensions scolaires, régler les factures à la place de l'économe, commander les taxis pour les gosses en âge de passer leur confirmation et, comme c'est toujours le rôle de ce genre de personnes, diriger l'établissement presque à elle toute seule sans jamais recevoir un mot de remerciement. Quoi qu'il en soit, Pym n'avait pas envie non plus d'aller dans la salle de dessin bien qu'il eût une maquette de Dornier en balsa à terminer au canif, et le projet encore flou de recopier quelques obscurs poèmes d'un vieux livre qui se trouvait là-bas pour prétendre ensuite qu'ils étaient de lui. Non, ce qu'il fallait absolument qu'il fasse, dès qu'il trouverait le courage et le temps nécessaires, c'était retourner à l'annexe où il avait habité jusque-là avec Lippsie et onze autres garçons. Tant qu'il ne serait pas retourné là-bas et qu'il n'aurait rien fait au sujet des lettres, il n'oserait se montrer nulle part parce que Rick serait certainement renvoyé en prison.

La manière dont il s'était mis dans cette situation et dont il avait acquis l'entraînement nécessaire afin d'agir à bon escient et de mener à bien cette première opération s'expliquait simplement par l'histoire de sa vie jusque-là, soit par dix ans d'existence et trois trimestres de pension.

Aujourd'hui encore, en essayant de retrouver Lippsie à travers la vie de Pym, on a l'impression de poursuivre une luciole dans un épais fourré. Pour Perce Loft, mort lui aussi depuis, on pouvait tout simplement la nier – il l'appelait « l'invention de Titch », entendant par là qu'elle sortait tout droit de mon imagination, qu'elle était mon œuvre, mon rien. Mais s'il en avait eu besoin, Perce Loft, le grand juriste, aurait fait de la tour Eiffel une pure invention après s'être cogné le nez dessus. C'était son travail. Et ce malgré les témoignages de Syd et des autres assurant que c'était Perce lui-même qui s'était servi d'elle le premier, Perce qui l'avait présentée à la Cour dans les années obscures d'avant la naissance de Pym. Mr. Muspole, ce magicien des livres de comptes, décédé lui aussi, soutenait évidemment la version de Perce. Il y avait intérêt. Il était lui-même mouillé jusqu'au cou dans toute cette histoire. Quant à Syd, seul survivant du lot, il ne se montre pas beaucoup plus coopératif. Elle était boche et youpine en même temps, me dit-il avec sa gouaille habituelle mais sans une once de méchanceté. Il pensait qu'elle venait de Munich, ou peut-être bien de Vienne. Elle était toute seule, Titch. Elle adorait les gosses. Elle t'adorait. Il ne dit pas qu'elle aimait Rick, mais pour la Cour, cela paraissait évident. Elle faisait partie des Beautés, et l'éthique de la Cour voulait que les Beautés fussent là pour cela : pour être vues aux côtés de Rick et pour se laisser inonder par sa gloire. Et Rick, avec sa grandeur d'âme, lui avait fait suivre une formation de secrétaire. Ta Dorothy, elle, ne jurait que par Lippsie et lui enseignait l'anglais, ce qui n'était pas innocent, ajouta Syd avant de se fermer comme une coquille d'huître, faisant simplement remarquer que c'était une honte, que nous devrions tous en tirer la leçon et que ton père la faisait peut-être un peu trop travailler. Bien sûr, admet-il, c'était un beau brin de fille. Et elle avait, pas la peine de se le cacher, Titch, un rien de classe dont les autres étaient le plus souvent dépourvues. En plus, elle aimait bien la rigolade jusqu'au moment où elle se mettait à penser à sa pauvre famille et à tout ce que les Chleuhs lui avaient fait subir.

La furtive enquête que j'ai menée ensuite ne m'a pas donné beaucoup d'éclaircissements. Me retrouvant chargé des registres lors d'une garde de nuit en tant qu'officier de service – il n'y a pas tant d'années que cela –, j'ai recherché la trace de Lippschitz, prénom Annie, dans l'index général, mais j'ai fait chou blanc en essayant pourtant toutes les orthographes. Le vieux Dinkel, de Vienne, qui s'occupe du département Personnel des services autrichiens, a mené récemment une enquête similaire sur ma demande – je lui avais monté toute une histoire. Son homologue allemand à Cologne avait déjà fait la même chose en une autre occasion. Mais aucun d'eux ne trouva trace de quoi que ce soit. Dans ma mémoire, pourtant, il paraît impossible qu'elle n'ait pas laissé de trace. C'est une grande fille saine aux cheveux souples, aux grands yeux apeurés, et dotée d'une sorte de vivacité dans la démarche. Et je me souviens – ce devait être au cours de vacances d'été, dans une maison où nous avions trouvé momentanément refuge –, je me souviens combien Pym brûlait de la voir nue et comme il consacrait toutes ses heures d'éveil à manigancer un moyen d'y arriver. Or, Lippsie avait dû plus ou moins le deviner car elle lui suggéra un après-midi de venir prendre un bain avec elle, pour économiser l'eau. Elle mesura même la hauteur du liquide avec sa main : les patriotes avaient droit à une douzaine de centimètres d'eau, et Lippsie ne pouvait jamais être prise en défaut de patriotisme. Elle s'inclina, nue, et me laissa la contempler à loisir pendant qu'elle replongeait sa main ouverte dans la baignoire, je suis sûr de cela, et la ressortit : « Tu vois, Magnus ! – me montrant sa main mouillée et tendue – « maintenant, nous sommes sûrs que nous n'aidons pas les Allemands. » C'est du moins ce que je crois avec ferveur, quoique, en dépit de tous mes efforts, je ne puisse toujours pas me rappeler à quoi elle ressemblait. Je sais aussi que dans cette même maison, ou dans une autre toute pareille, sa chambre se trouvait juste en face de celle de Pym et contenait sa valise de carton ainsi que les photographies de sœurs sévères et de frères barbus en chapeaux noirs ; les cadres d'argent se dressaient comme de minuscules tombes polies sur sa coiffeuse. Puis il y avait aussi la chambre où elle criait après Rick et lui assurait qu'elle préférait encore mourir plutôt que d'avoir à voler, et où Rick partait de son rire riche et grave, de celui

111

qui durait plus longtemps qu'il n'aurait fallu et qui arrangeait tout jusqu'à la fois d'après. Et, bien que je ne me rappelle pas la moindre leçon, Lippsie avait dû enseigner l'allemand à Pym car, des années plus tard, quand il en vint à apprendre cette langue de manière plus traditionnelle, il découvrit qu'il possédait en fait tout un répertoire d'informations la concernant : *Aaron war mein Bruder ; mein Vater war Architeckt* – toutes à ce même temps passé auquel elle appartenait déjà à ce moment-là. Plus tard encore au cours de sa vie, il comprit que, quand elle l'avait appelé son *Mönchlein*, elle avait voulu dire : son « petit moine », et faisait référence à la voie dure de Martin Luther – « Va ton chemin, petit moine » – alors qu'il avait cru à l'époque qu'elle le rejetait comme un pauvre moineau. Cette découverte rehaussa infiniment le respect qu'il se portait à lui-même jusqu'au jour où il saisit enfin qu'elle lui avait simplement dit de continuer sans elle.

Et je sais qu'elle était avec nous au Paradis parce que sans Lippsie il n'y eut plus de Paradis. Le Paradis consistait en une terre dorée située entre Gerrard's Cross et la mer, un lieu où Dorothy portait un pull angora pour faire son repassage et un ulster bleu pour aller faire ses courses. C'est au Paradis que Rick et Dorothy se réfugièrent après leur mariage de fuyards, dans cette terre accueillante de recommencements et de lendemains qui chantent, mais je ne me souviens pas d'un seul jour passé là-bas sans Lippsie s'agitant toujours dans un coin ou me disant ce qui était bien ou mal d'une voix à laquelle je ne prêtais pas attention. La ville se trouvait à une heure de Bentley en direction de l'est et, en ville, il y avait le West End où Rick travaillait ; dans son bureau trônait une immense photographie teintée de grand-père TP arborant ses attributs de maire, et c'était ce même bureau qui retenait parfois Rick très tard la nuit, pour le plus grand plaisir du petit Pym qui avait alors le droit de grimper dans le lit de Dorothy et de lui tenir chaud tant elle était minuscule et frileuse, même aux yeux d'un enfant. Il arrivait à Lippsie de s'attarder un peu avec nous, mais, d'autres fois, elle allait à Londres avec Rick parce qu'elle avait besoin de se perfectionner et, comme je le comprends aujourd'hui, de justifier sa propre survie à une époque où tant des siens avaient péri.

Le Paradis, c'était un chapelet de superbes chevaux de course que Syd qualifiait de tocards, et une suite de Bentley plus rutilantes encore qui, comme les maisons, s'usaient aussi vite que les crédits ayant permis de les acheter et devaient chaque fois être remplacées avec une rapidité effarante par des modèles toujours plus neufs, toujours plus chers. Les Bentley devenaient parfois tellement précieuses qu'il fallait les garer à l'abri, derrière la maison, de crainte qu'elles ne fussent ternies par le regard des incroyants. D'autres fois, Pym les conduisait à mille kilomètres à l'heure, assis sur les genoux de Rick, le long de routes sableuses et inachevées, bordées de bétonneuses. Et il klaxonnait généreusement les ouvriers pendant que Rick leur criait « Ça va, les gars ? » et les invitait tous à venir prendre un verre de champ à la maison. Lippsie restait assise à côté de nous, sur le siège du passager, raide comme la justice et tout aussi froide à moins que Rick ne décidât de discuter avec elle ou de raconter une blague. Son sourire resplendissait alors comme un soleil de vacances, et elle nous aimait tous les deux. Le Paradis, c'était aussi Saint-Moritz d'où venaient les canifs de l'armée suisse, quoique les Bentley et ces deux hivers d'avant-guerre passés en Suisse se confondent dans mon souvenir pour ne plus faire qu'un seul endroit. Aujourd'hui encore, il me suffit de renifler le cuir d'une automobile de luxe pour m'envoler avec délices dans les salons des grands hôtels de Saint-Moritz, entraîné par la passion démesurée qu'avait Rick pour la fête. Le *Kulm*, le *Suvretta House*, le *Grand Hôtel*, tous ne faisaient pour Pym qu'un seul et gigantesque palace pourvu de différentes équipes de serveurs mais toujours de la même Cour : l'habituelle suite de bouffons, de jongleurs, de conseillers et de jockeys qui accompagnait Rick presque partout. Dans la journée, des portiers italiens munis de longs balais faisaient tomber la neige de vos bottes chaque fois que vous franchissiez les portes battantes. Le soir, tandis que Rick et sa Cour festoyaient avec quelques Beautés locales et que Dorothy succombait à la fatigue, Pym s'aventurait dans les allées enneigées, étreignant d'un côté la main de Lippsie, et de l'autre le canif qui se trouvait au fond de sa poche, en se répétant qu'il était un prince russe et qu'il protégeait la jeune femme des railleries de quiconque la trouvait trop sérieuse. Enfin, le matin, il se levait de très bonne heure et se rendait seul, sur la pointe des pieds, jusqu'au palier d'où il surveillait entre les balustres son armée de serfs qui s'éreintait, au-dessous de lui, dans le grand hall. Il humait alors l'odeur âcre de la fumée des cigares et les relents de parfums féminins mêlés aux senteurs de la cire qui miroitait sur le parquet telle de la rosée tandis qu'on la frottait à coups amples de balais à franges. C'est exactement ce que sentaient les Bentley de Rick, même une fois la fête terminée : les Beautés, la cire d'abeille et la fumée de ses cigares de millionnaire. Restait enfin, à peine perceptible après les balades en traîneau dans les forêts gelées aux côtés de Lippsie, une odeur de froid intense et de crottin de cheval, souvenir des conversations qu'elle avait en allemand avec le cocher.

De retour au pays, le Paradis devenait des pyramides de mandarines luisantes dans du papier d'argent, des chandeliers roses dans la salle à manger et des virées bruyantes sur de lointains champs de courses pour exhiber nos insignes de propriétaires et regarder les tocards perdre. C'était aussi une toute petite télévision noir et blanc encastrée dans un immense coffre d'acajou, qui montrait des courses d'aviron derrière un voile de points blancs. D'ailleurs, quand nous regardions le Grand National, les chevaux semblaient tellement perdus dans la brume que Pym se demandait comment ils arrivaient à retrouver leur chemin, mais je crains maintenant que ceux de Rick n'y soient pas parvenus très souvent. C'était le cricket dans le jardin avec Syd, et il lui en coûtait six pence s'il n'arrivait pas à sortir Titch en six balles. C'était la boxe dans le salon avec Morne Washington, expert à la Cour pour tous les jeux de combat et véritable ministre des Arts : Morne avait parlé à Bud Flanagan, serré la main de Joe Louis, et avait joué le comparse du prestidigitateur dans *The Man with X-Ray Eyes*. C'était Mr. Muspole, le grand comptable, qui sortait des demicouronnes de vos oreilles, bien que Mr. Muspole ne fût jamais au nombre de mes favoris : il essayait trop de me faire rentrer son arithmétique dans la tête. C'était aussi regarder des morceaux de sucre se volatiliser sous le melon de juriste de Perce Loft : il les transformait sous mes yeux en pures illusions. C'était faire le tour du jardin assis sur les épaules de jockeys en gilet qui s'appelaient Billie, Jimmy, Gordon ou encore Charlie et qui étaient les magiciens les plus forts du monde, les elfes les plus gentils ; ils lisaient tous mes illustrés et me laissaient les leurs quand ils les avaient terminés.

Mais toujours, dans un petit coin de cette fête permanente, je retrouve Lippsie, tantôt mère, tantôt dactylo, musicienne, ou joueuse de cricket, mais toujours préceptrice morale du jeune Pym, se précipitant dans l'*outfield* pour rattraper une balle haute pendant que tout le monde lui criait « *Achtung !* » et houp-là, attention aux plates-bandes. C'est également au Paradis que Rick projeta un ballon de football flambant neuf en plein dans la figure du petit Pym, ce qui fit l'impression à ce dernier d'avoir été heurté par tout l'intérieur de toutes les Bentley en même temps, à cause de tout ce cuir lancé à un train d'enfer. Quand il reprit conscience, Dorothy était penchée au-dessus de lui, serrant un mouchoir entre ses dents et gémissant : « Oh mon Dieu, je Vous en prie, je Vous en supplie », parce qu'il y avait du sang partout. Le ballon n'avait en réalité atteint que le front, mais Dorothy soutenait que l'œil de Pym avait été profondément enfoncé dans sa tête et qu'il ne ressortirait jamais. Pauvre petite, elle avait bien trop peur pour essuyer le sang si bien que Lippsie dut le faire à sa place : Lippsie savait comment me soigner, comme elle savait soigner les animaux et les oiseaux blessés. Je n'ai jamais rencontré d'autre femme dotée de mains aussi apaisantes. Je crois d'ailleurs aujourd'hui que c'est ce que je représentais pour elle : quelque chose à soigner, à chérir et à protéger alors que tout le reste lui avait été retiré. J'étais sa lueur d'espoir et d'amour dans la prison dorée où Rick la retenait.

Au Paradis, quand Rick résidait là, la nuit n'existait plus et personne n'allait plus se coucher à part Dorothy, Belle au Bois Dormant attitrée de la Cour. Pym pouvait se joindre à la fête dès que l'envie l'en prenait, et les trouver tous là, Rick, Syd, Morne Washington, Perce Loft, Mr. Muspole, Lippsie et les jockeys, allongés sur le sol au milieu de tout un tas d'argent et occupés à regarder la petite bille de la roulette franchir les parois des cases métalliques sous l'œil royal de TP – il devait donc y avoir un portrait de lui dans les maisons aussi. Je nous vois également tous en train de danser au son du Gramophone et de raconter des histoires à propos d'un chimpanzé appelé Little Audrey [1] qui riait et riait encore à des blagues encore inaccessibles pour l'enfant qu'était Pym. Cependant il riait plus fort que les autres car il apprenait déjà à plaire et savait raconter des anecdotes, prendre des voix et des attitudes amusantes pour se rendre séduisant. Au Paradis, tout le monde aimait tout le monde ; Pym ne trouva-t-il pas un jour Lippsie assise sur les genoux de Rick, tandis qu'une autre fois il dansait joue contre joue avec elle, un cigare entre les dents et les paupières closes tout en fredonnant « *Underneath the Arches* » ? Il était vraiment dommage que Dorothy fût une fois encore trop fatiguée pour enfiler le peignoir ruché que Rick lui avait acheté – rose pour Dorothy, blanc pour Lippsie – et descendre s'amuser avec nous. Mais plus Rick lui criait fort de venir, plus Dorothy dormait profondément, comme Pym put lui-même s'en rendre compte quand Rick l'eut dépêché là-haut pour tenter de la convaincre. Il frappa à la porte mais ne reçut pas de réponse. Il s'avança sur la pointe des pieds jusqu'à l'énorme lit et essuya ce qu'il prit tout d'abord pour des toiles d'araignées dessinées sur les joues de Dorothy. Il lui murmura de venir, puis essaya de crier, mais sans résultat notable. Dorothy pleurait en dormant, raconta-t-il une fois redescendu. Le lendemain, heureusement, tout était rentré dans l'ordre puisqu'ils se retrouvèrent tous les trois dans le grand lit, Rick trônant au milieu, et que Pym fut autorisé à se faufiler tout près de Lippsie tandis que Dorothy descendait préparer les toasts. Lippsie le serra gravement

---

1. Little Audrey est une sorte de Bécassine américaine pour adultes, héroïne innocente de tout un tas de blagues coquines. *(NdT.)*

contre elle, et le gratifia de son froncement de sourcils troublé et moralisateur qui, je le suppose maintenant, correspondait à sa façon de me dire qu'elle avait honte de sa faiblesse et de ses amours, et qu'elle espérait se purifier en se préoccupant de moi.

Il est vrai qu'au Paradis il arrivait à Rick de crier, mais jamais contre Pym. Pas une seule fois il n'eut à élever la voix contre moi, sa volonté était assez forte sans cela, et son amour était plus fort encore. Il criait après Dorothy, la cajolait et la menaçait à propos de choses que Pym ne comprenait pas. Plus d'une fois, il l'obligea physiquement à décrocher le téléphone et à parler à des gens – à l'oncle Makepeace, à des commerçants et à d'autres encore qui nous voulaient du mal et que seule Dorothy pouvait apaiser car Lippsie s'y refusait, ayant de toute façon un accent qui ne s'y prêtait pas. Je crois maintenant que c'est lors d'une telle occasion que Pym entendit pour la première fois le nom de Wentworth ; je me souviens en effet de Dorothy m'étreignant la main pour se donner du courage tandis qu'elle expliquait à Mrs. Wentworth que la question d'argent serait déjà réglée si tout le monde voulait bien arrêter de les persécuter. Le nom de Wentworth sonna donc très tôt désagréablement aux oreilles de Pym. Il devint synonyme de peur et de bouleversements.

« Qui est Wentworth ? », demanda un jour Pym à Lippsie et ce fut la seule fois où elle lui ordonna de se taire.

Je me rappelle aussi que Dorothy connaissait toutes les standardistes du central par leurs prénoms, qu'elle savait ce que faisaient leurs maris et fiancés, et où leurs enfants allaient à l'école parce que, lorsqu'elle se retrouvait seule avec Pym, toute frissonnante dans son pull angora, elle décrochait le téléphone blanc et bavardait un bon moment avec elles, trouvant apparemment du réconfort dans ce monde de voix désincarnées. Rick criait aussi après Lippsie quand elle lui faisait front et je pense maintenant qu'elle se rebellait de plus en plus souvent à mesure que je grandissais. Et parfois, il criait après Dorothy et Lippsie en même temps, les faisant pleurer toutes les deux à la fois jusqu'au moment de la réconciliation générale, dans le grand lit blanc où il prenait son toast au petit déjeuner, maculant les draps roses de traînées de beurre. Mais jamais personne ne faisait de mal à Pym ni ne le faisait pleurer. J'imagine qu'à cette époque déjà Pym comprenait que Rick évaluait ses relations avec les femmes par rapport à ses relations avec son fils, et que les premières ne soutenaient vraiment pas la comparaison. Rick emmenait parfois Lippsie et Dorothy patiner. Il revêtait alors un frac et une cravate blanche tandis que les deux filles s'habillaient comme des mimes et le prenaient chacune par un bras en évitant de se regarder.

La Chute se produisit dans l'obscurité. Nous avions beaucoup déménagé ces derniers temps, connaissant ce qui avait dû être une ascension étourdissante dans le marché immobilier local, et notre palais du moment consistait en un petit château perché sur une colline. Cela se passait à l'époque de Noël, par un très sombre après-midi d'hiver. Pym avait confectionné des décorations de papier avec Lippsie toute la journée, et j'ai le sentiment que si je pouvais retrouver l'endroit – en admettant qu'il n'ait pas été transformé en lotissement – elles pendraient toujours exactement là où nous les avons laissées : étoiles de David et étoiles de Bethléem – elle m'expliqua précisément la différence – scintillant dans d'immenses pièces vides. Tout d'abord les lumières s'éteignirent dans la très grande nurserie de Pym, puis ce fût le chauffage électrique et enfin son tout nouveau train électrique Hornby « O » sur le circuit à dix voies. Lippsie émit alors une sorte de petit cri et disparut. Pym descendit au rez-de-chaussée et ouvrit le couvercle de noyer du luxueux bar que Rick venait d'acquérir. L'intérieur tapissé de miroirs refusa de s'allumer et ne voulut pas non plus jouer « Someone's in the Kitchen with Dinah ».

Soudain, les boules de cuivre de l'horloge barométrique perpétuelle flambant neuve devinrent les seuls objets de toute la maison à avoir conservé leur énergie. Pym courut à la cuisine. Pas de Cookie, la cuisinière, et pas non plus de Mr. Roley, le jardinier dont les enfants volaient les jouets de Pym mais ne pouvaient être grondés parce qu'ils étaient tellement défavorisés. Il retourna au pas de course au premier étage et, ayant soudain très froid, entreprit de passer précipitamment en revue tous les couloirs en criant : « Lippsie, Lippsie ! » mais en vain. Par la fenêtre arrondie en verre teinté du palier, il jeta un coup d'œil dans le jardin et repéra deux automobiles garées dans l'allée. Pas des Bentley, non, mais deux Wolseley de police avec à leur volant deux chauffeurs de la police en casquette à visière. D'autres hommes, en imperméable brun, parlaient, debout non loin des voitures, à Mr. Roley, tandis que Cookie tortillait son mouchoir et se tordait les mains comme la dame de la drôle de pantomime où Rick avait conduit toute la Cour moins d'une semaine auparavant. Les personnes assiégées, je le sais maintenant, ont tendance à gagner les hauteurs, ce qui explique peut-être pourquoi la réaction de Pym fut de grimper quatre à quatre l'étroit escalier conduisant au grenier. Là, il trouva Rick en grande agitation, avec des tas de papiers et de dossiers gisant par terre tout autour de lui : il fourrait de grandes brassées de documents dans un vieux cartonnier vert écaillé que Pym n'avait jamais repéré auparavant au cours de ses explorations.

« La lumière ne marche plus et Lippsie a peur et la police est là et elle est en train d'arrêter Mr. Roley dans le jardin », dit Pym tout d'une traite à l'adresse de Rick.

Il le répéta plusieurs fois, plus fort à chaque fois, à cause de l'importance primordiale de son message. Mais Rick ne voulait pas l'entendre. Il ne cessait de courir entre les piles de documents et le cartonnier dont il bourrait précipitamment les tiroirs. Pym finit donc par s'approcher de lui et lui frappa le bras très fort, aussi fort qu'il put, juste sur le gras du bras, au-dessus de la bande élastique en acier qui retenait la manche de sa chemise de soie. Rick fit alors volte-face, sa main prenant déjà son élan pour rendre le coup, son visage ressemblant à celui de Mr. Roley quand il s'apprêtait à assener un immense mais ultime coup de hache sur une bûche pour la fendre : tout rouge, crispé et trempé. Mais Rick s'accroupit aussitôt pour prendre les épaules de Pym dans ses grandes mains, et son visage inquiéta Pym bien plus que le coup de hache car ses yeux pleuraient et exprimaient la peur sans que le reste de sa figure le sache, et sa voix restait douce et pieuse.

« Ne recommence jamais à me frapper, fils. Quand mon tour viendra d'être jugé, comme nous le serons tous, Dieu me jugera sur la manière dont je t'ai traité, ne t'en fais pas.

– Pourquoi la police est là ? demanda Pym.

– Parce que ton vieux père a des problèmes de liquidités, en ce moment. Maintenant, essaye de dégager un chemin jusqu'à ce placard et sois gentil de nous ouvrir la porte. Vite. »

Le placard en question se trouvait dans un coin, dissimulé derrière une pile de vieux vêtements et tout un bric-à-brac de grenier. Pym arriva comme il put à se frayer un passage jusqu'à la porte qu'il réussit ensuite à ouvrir. Rick refermait brusquement les tiroirs du cartonnier. Il le verrouilla puis attrapa Pym par le bras pour enfoncer la clé tout au fond de la poche de son pantalon qui était toute molle et toute petite et ne pouvait contenir qu'une clé et un mouchoir.

« Tu donneras ça à Mr. Muspole, tu comprends, mon fils ? A personne d'autre qu'à Mr. Muspole. Et puis tu lui montreras où se trouve ce cartonnier. Tu l'amèneras ici et tu lui montreras. Personne d'autre. Tu aimes ton vieux père ?

– Oui.

– A la bonne heure. »

Fier comme une sentinelle, Pym lui tint la porte pendant que Rick poussait et faisait pivoter le cartonnier sur ses roulettes jusqu'au placard dans lequel il l'introduisit pour le faire disparaître dans le lambrissage foncé du fond. Puis il entassa tout un tas d'objets hétéroclites devant, le cachant ainsi complètement.

« Tu as bien vu où il est ?

– Oui.

– Referme la porte. »

Pym obéit avant de redescendre d'un pas pesant, la poitrine bombée, pour regarder encore les voitures de police. Dorothy était dans la cuisine, vêtue de son manteau de fourrure neuf et de ses nouveaux chaussons duveteux, et elle était en train d'ouvrir une boîte de velouté de tomate. Elle avait sur la bouche une de ces bulles qui vous viennent aux lèvres quand vous êtes trop choqué pour parler. Pym avait horreur du velouté de tomate, et Rick aussi.

« Rick est en train de réparer les tuyaux d'eau », annonça-t-il bien haut, afin de garder son secret intact. C'était, pensait-il, ce qui expliquait le mieux la référence qu'avait faite Rick aux liquidités. Criant plus fort encore à l'adresse de Lippsie, il fonça dans le couloir et tomba nez à nez avec deux policiers qui peinaient sous le poids du grand bureau sur lequel Rick travaillait quand il était à la maison.

« Mais, c'est à mon papa », fit-il sur un ton agressif en portant la main à la poche qui renfermait la clé.

Je ne me rappelle que le premier policier. Il paraissait gentil, avait une moustache blanche comme celle de TP et était au moins aussi grand que le bon Dieu.

« Oui, mais j'ai bien peur que ce ne soit à nous, à présent, mon garçon. Ouvre-nous cette porte, tu veux, et fais attention à tes doigts de pied. »

Pym, maintenant portier en titre, s'exécuta.

« Ton papa a-t-il d'autres bureaux ? demanda le grand policier.

– Non.

– Des placards ? Quelque part où il range ses papiers ?

– Ils sont tous là-dedans, répondit Pym en montrant sans ciller le bureau, l'autre main toujours collée à sa poche.

– Aurais-tu envie de faire pipi par hasard ?

– Non.

– Où pourrait-on trouver de la corde ?

– Je ne sais pas.

– Oh si, tu sais.

– Dans l'écurie. Accrochée à un gros crochet à selle, à côté de la nouvelle tondeuse. C'est une longe.

– Comment tu t'appelles ?

– Magnus. Où est Lippsie ?

– Qui est Lippsie ?

– Ma copine.

– Elle travaille pour ton papa ?

– Non.

121

« – Va donc chercher la corde pour nous, Magnus. Ça c'est un bon garçon. Mes amis et moi, on va mettre ton papa à l'ombre quelque temps et il nous faut ses papiers sinon personne ne pourra travailler. »

Pym fila au hangar qui se dressait de l'autre côté du parc, entre le pré aux poneys et le cottage de Mr. Roley. La boîte à thé verte dans laquelle Mr. Roley rangeait ses clous se trouvait bien sur l'étagère. Pym y cacha la clé en se disant : boîte verte, cartonnier vert. Le temps qu'il revienne avec la longe, Rick attendait, encadré par deux hommes en imperméable brun. Je vois encore la scène : Rick si blanc qu'un long séjour à l'ombre ne pourrait le rendre plus livide, Rick dont les yeux me commandaient la loyauté. Le grand policier qui laissa Pym essayer sa casquette plate et tirer la manette qui commandait la clochette d'argent fixée au toit de la Wolseley noire. Dorothy, qui avait l'air plus défaite encore que Rick mais ne suffoquait plus, et qui demeurait aussi immobile qu'une statue, les mains serrées contre les pans de son manteau de fourrure.

La mémoire est grande tentatrice, Tom. Imagine le tableau de tragédie. Le petit groupe, par une journée d'hiver, Noël flottant dans l'air. Le convoi de Wolseley s'éloignant en cahotant le long de l'allée que Pym avait tant de fois arpentée en tenant à la main son nouveau six-coups de chez Harrods. Le bureau de Rick attaché à la dernière voiture à l'aide de la longe prise dans l'écurie. Pétrifiés, ils regardent le petit cortège s'enfoncer dans le tunnel des arbres, emmenant avec lui Dieu sait où notre seul et unique pourvoyeur. Mrs. Roley qui pleure. La petite tête de Pym pressée contre le sein de sa mère. Un millier de violons qui jouent « *Will ye Nae Come Home Again ?* » – reviendras-tu un jour au foyer ?... Il n'y a pas de limite au pathétique que je pourrais extraire de ce citron si je continuais à le presser. Pourtant, quand je fais un effort pour me souvenir vraiment, la réalité est différente. Après le départ de Rick, Pym se sentit envahi par un grand calme. Il eut l'impression d'être revigoré et délivré d'un poids insoutenable. Il regarda les voitures partir, le bureau de Rick s'éloignant en dernier. Et s'il continua de jeter dans leur direction des coups d'œil inquiets, c'est simplement parce qu'il craignait que Rick ne leur dise de faire demi-tour. Il regardait encore quand Lippsie sortit des bois, son foulard serré sur la tête et traînant avec difficulté la valise en carton qui contenait les possessions de toute une vie. Cette vision le rendit plus furieux encore qu'il ne l'avait été en trouvant Dorothy en train de préparer de la soupe. Tu t'es cachée, accusa-t-il dans ce dialogue secret qu'il échangeait constamment avec elle. Tu as eu tellement peur que tu t'es cachée dans les bois et as tout raté. Bien sûr, j'ai compris maintenant, mais ne le pouvais pas à l'époque, que Lippsie avait déjà vu trop de gens se faire ainsi emmener : son frère, Aaron, et son père, l'architecte, pour ne citer que ces deux-là. Mais Pym, comme le reste du monde, se préoccupait bien peu des pogroms en ce temps-là, et il n'éprouvait qu'un vif ressentiment à l'encontre de l'amour de sa vie, qui avait manqué le rendez-vous d'un événement historique.

Muspole vint ce soir-là. Il arriva par la porte de service avec un poulet tout préparé, une tarte à la rhubarbe, de la crème pâtissière épaisse et une Thermos de thé brûlant, et il assura qu'il était en train de tout arranger pour nous et que tout irait bien dès le lendemain. Afin de le voir tout seul, Pym l'invita à venir admirer son train électrique, ce qui fit aussitôt pleurer Dorothy parce qu'il n'y avait plus de train électrique : les huissiers avaient mené une véritable bataille rangée contre les commerçants créanciers, et le train électrique avait été l'une des premières choses à partir. Mais Mr. Muspole se laissa quand même emmener par Pym qui le conduisit d'abord au hangar pour lui donner la clé, puis au grenier pour lui montrer son secret. Et ce furent cette fois-ci les efforts de Mr. Roley et de Mr. Muspole, chargeant le cartonnier sur la voiture de ce dernier, que regarda le petit groupe. Puis ce furent encore les mêmes gestes d'adieu tandis que Mr. Muspole, en chapeau, s'enfonçait dans la pénombre.

Après la Chute vint, comme il se doit, le Purgatoire, et au Purgatoire, il n'y avait pas de Lippsie – je suppose qu'elle essayait, ce ne serait pas la dernière fois, de se détacher de moi, profitant de l'absence de Rick pour se retirer. Le Purgatoire, c'était là où Dorothy et moi purgions notre peine, Tom, et, de là où je suis, le Purgatoire se trouve juste de l'autre côté de la colline, à quelques arrêts seulement du car de Rick le long de la côte – même si les nouveaux pavillons de vacances lui ont retiré beaucoup de piquant. Le Purgatoire, c'était cette même vallée boisée de crevasses, de ravins et de lauriers trempés où Pym avait été conçu, avec ses plages rouges balayées par les vents et pour lesquelles ce n'était jamais la saison, ses balançoires grinçantes et ses tas de sable mouillé où l'on n'avait pas le droit de jouer le dimanche et où, de toute façon, Pym n'avait jamais le droit de jouer. Le Purgatoire, c'était la grande et triste demeure de Makepeace Watermaster, les Glades, où Pym n'était pas autorisé à quitter le verger entouré de murs s'il faisait sec, ni à pénétrer dans les pièces principales quand il pleuvait. Le Purgatoire, c'était le temple et ses Garçons des Cours du Soir tout droit sortis des livres d'histoire ; les prêches effrayants de Makepeace Watermaster ; ceux de Mr. Philpott et enfin les sermons de tous les cousins, tantes et philosophes du voisinage dont les mésaventures de Rick excitaient le discours et qui voyaient en le jeune criminel l'interlocuteur idéal.

Au Purgatoire, il n'y avait ni bar à liqueurs ni poste de télévision, ni Bentley ni tocards, et l'on y servait du pain et de la margarine au lieu de toasts. Quand nous chantions, nous psalmodiions « *There is a Green Hill Far Away* », mais jamais « *Underneath the Arches* » ni aucun des lieder de Lippsie. Des photographies de l'époque montrent un enfant souriant de toutes ses grandes dents, un enfant plutôt bien bâti et assez mignon, mais légèrement voûté, comme à force de vivre sous des plafonds trop bas. Elles sont toutes un peu floues, comme prises à la sauvette, et je ne m'efforce de les aimer que parce que je crois qu'elles étaient l'œuvre de Dorothy, même si c'était Lippsie qui manquait à Pym. Sur deux d'entre elles, l'enfant tire sur le bras d'une de ces mères de passage chargées de s'occuper de lui, sans doute pour tenter de la persuader de s'enfuir avec lui. Sur une autre, Pym porte des gants blancs trop grands pour lui qui lui font des mains de marionnette, aussi j'imagine qu'il devait souffrir de quelque maladie de peau, à moins que Makepeace ne s'inquiétât d'éventuelles traces de doigts. Ou peut-être l'enfant avait-il l'intention de devenir serveur dans un restaurant. Les mères, toutes massives, toutes vêtues du même uniforme strict, ont tellement l'air de gardiennes de prison que je me demande sérieusement si Makepeace ne les engageait pas par les soins d'une agence spécialisée dans la surveillance des délinquants. L'une d'elles porte en médaille ce qui semble être une Croix de fer. Je ne veux pas insinuer qu'elles étaient toutes sans cœur. Leur sourire s'illumine d'un optimisme pieux. Mais quelque chose dans leur regard vous indique qu'elles guettent sans le moindre répit la perversité latente de leur protégé. Lippsie n'apparaît pas, et ma pauvre Dorothy, seule compagne d'emprisonnement de Pym dans cette aile sombre à l'arrière de la maison dans laquelle ils étaient tous deux confinés, se montrait encore plus incapable qu'auparavant. Quand Pym était fouetté, Dorothy pansait ses blessures mais ne remettait jamais en question le bien-fondé d'un tel châtiment. Quand on l'humiliait en lui mettant des couches pour le punir d'avoir mouillé son lit, Dorothy le pressait de ne pas boire de l'après-midi. Et si on le privait tout à fait de goûter, Dorothy lui réservait ses propres biscuits et les lui donnait dans le secret de leur chambre, les lui tendant un par un entre des barreaux invisibles. Au Paradis, les bons jours, Pym et Dorothy avaient réussi à s'amuser ensemble de certaines situations. Mais maintenant, le silence coupable de la maison engloutissait la jeune femme. Chaque jour la voyait s'enfoncer plus profondément en elle-même et, quoiqu'il lui racontât ses meilleures histoires et exécutât pour elle ses meilleurs numéros, quoiqu'il lui peignît les plus beaux tableaux qu'il connût, rien de ce qu'il pouvait faire n'éveillait bien longtemps son sourire. La nuit, elle gémissait et grinçait des dents et, quand elle finissait par rallumer la lumière, Pym était allongé près d'elle, réveillé, songeant à Lippsie et contemplant les yeux fixes de Dorothy rivés sur l'étoile parcheminée de Bethléem qui leur servait d'abat-jour.

Si Dorothy avait été mourante, Pym n'aurait jamais cessé de la soigner, cela ne fait aucun doute. Mais elle ne l'était pas, aussi lui en voulait-il terriblement. En fait, il commença bientôt à se lasser d'elle et à se demander si ce n'était pas le mauvais parent qui était parti à l'ombre, ou bien si Lippsie n'était pas sa vraie mère, et s'il n'avait pas commis une erreur épouvantable, de celles dont tout dépend. Quand la guerre éclata, Dorothy fut incapable de se réjouir de cette formidable nouvelle. Makepeace alluma le poste de TSF et Pym entendit un monsieur solennel affirmer qu'il avait tout fait pour l'empêcher. Mr. Philpott, qui était venu prendre le thé, demanda d'un ton lugubre où, mais où mon Dieu, serait le champ de bataille ? Makepeace, jamais en peine, répondit que Dieu en déciderait. Mais Pym, ne pouvant se retenir tant il était excité, eut pour une fois la présomption de le contredire.

« Pourtant, oncle Makepeace, si Dieu peut décider où sera le champ de bataille, pourquoi est-ce qu'il n'arrête pas plutôt la bataille ? C'est qu'Il n'en a pas envie. Il le pourrait s'Il le voulait, juste comme ça. Mais c'est qu'Il ne veut pas ! » Aujourd'hui encore, je ne sais pas quel fut le plus grand outrage : mettre en doute les paroles de Makepeace ou bien les actes du Seigneur. En tout cas, le remède était le même · mettre l'enfant au pain et à l'eau, comme son père.

Mais le pire monstre des Glades n'était pas le caoutchouteux oncle Makepeace aux petites oreilles roses, cet homme si grand et si terrible qu'il se voulait davantage dieu que simple mortel, mais tante Nell, la folle aux lunettes noires qui poursuivait Pym sans raison en brandissant sa canne et en l'appelant « mon petit canari » à cause du pullover jaune que Dorothy avait réussi à lui tricoter entre deux crises de larmes. Tante Nell possédait une canne blanche pour s'aider à voir, et une canne brune pour s'aider à marcher. Elle avait en réalité une vue parfaite, sauf quand elle portait sa canne blanche.

« C'est dans une bouteille que tante Nell prend tous ses tremblements, dit un jour Pym à Dorothy, pensant que cela

126

allait la faire sourire. Je l'ai vue. Elle a une bouteille cachée dans la serre. »

Dorothy ne sourit pas mais prit au contraire une mine effrayée, et lui fit jurer de ne jamais répéter une chose pareille. Tante Nell était malade, expliqua-t-elle. Mais sa maladie demeurait secrète et la pauvre devait prendre un médicament tout aussi secret. Il fallait absolument que personne ne l'apprenne sinon tante Nell en mourrait et le bon Dieu serait très en colère. Pym porta ensuite pendant des semaines ce merveilleux savoir, un peu comme il avait gardé brièvement le secret de Rick, sauf que celui-ci était beaucoup plus infâme et plus précieux. C'était comme le premier argent qu'il eût jamais gagné, sa première parcelle de pouvoir. Pour qui le dépenser ? se demanda-t-il. Avec qui le partager ? Est-ce que je vais laisser tante Nell vivre ou bien vais-je la tuer pour la punir de m'avoir appelé son petit canari ? Il opta pour Mrs. Banister, la cuisinière. « C'est dans une bouteille que tante Nell prend tous ses tremblements », informa-t-il Mrs. Banister, en prenant bien garde de répéter mot pour mot ce qui avait tant épouvanté Dorothy. Mais tante Nell n'en mourut pas et Mrs. Banister, qui était déjà au courant, lui donna une bonne gifle pour son insolence. Pis encore, elle dut aller répéter son histoire à oncle Makepeace qui, ce soir-là, fit une visite inaccoutumée dans l'aile prison de la demeure. Il oscillait et rugissait et transpirait et montrait Pym du doigt tout en parlant du diable qu'était Rick. Quand il fut parti, Pym se coucha en travers de la porte au cas où Makepeace déciderait de revenir crier après eux, mais cela se révéla inutile. Notre espion en herbe venait néanmoins d'apprendre une leçon essentielle du métier périlleux qu'est le renseignement : tout le monde parle.

Sa deuxième leçon ne fut pas moins instructive et toucha au problème de la communication en territoire occupé. Pym en était arrivé à écrire tous les jours à Lippsie, et il postait ses lettres dans une boîte située devant l'entrée de service de la maison. A ce qui serait sa grande honte, ces lettres contenaient des informations inestimables dont presque aucune n'était en code. Comment pénétrer dans les Glades la nuit. Ses heures de travail. Des plans. Le caractère de ses persécuteurs. L'argent qu'il avait mis de côté. L'emplacement exact des gardes allemands. Le chemin à suivre par l'arrière du jardin et la cache de la clé de la cuisine. « J'ai été enlevé et suis retenu prisonnier dans une maison dangereuse, dépêche-toi de me sortir de là, s'il te plaît », écrivit-il, et il joignit un dessin représentant tante Nell crachant des canaris pour lui donner une idée des menaces qui l'entouraient. Mais il y avait un os. Ne connaissant pas l'adresse de Lippsie, Pym ne pouvait qu'espérer qu'un des employés de la poste saurait où la trouver. Sa confiance le perdit. Un jour, le facteur remit le paquet de lettres top secrètes entre les mains mêmes de Makepeace, qui convoqua aussitôt la mère en titre, qui elle-même convoqua Pym et le mena comme le coupable qu'il était à Makepeace afin que celui-ci le châtiât malgré toutes ses flatteries, ses supplications et ses grimaces, car Pym, bien que cela soit un peu indigne, avait horreur du fouet et faisait rarement preuve de courage au moment de le recevoir. Après cet épisode, il se contenta de regarder passer les cars pour voir si Lippsie ne s'y trouvait pas, ou bien, dès qu'il le pouvait sans qu'on s'en aperçoive, il demandait à quiconque passait près du portail de service s'il ne l'avait pas vue. Il insistait plus particulièrement auprès des policiers à qui il adressait maintenant ses plus beaux sourires dès qu'il en rencontrait.

« Mon père a une vieille boîte verte où il garde plein de secrets, dit-il un jour à un agent, alors qu'il se promenait dans le jardin public avec une mère.

– C'est vrai, mon garçon ? Eh bien, merci de me l'avoir dit », répliqua l'agent en feignant d'inscrire l'information sur son bloc-notes.

Pym fut très content de s'être ainsi déchargé de cet encombrant secret.

Entre-temps, des nouvelles de Rick, sinon de Lippsie, parvinrent à Pym comme le murmure incomplet d'une radio lointaine. Ton père va bien. Ses vacances lui font du bien. Il a maigri mais il y a plein de bonnes choses à manger. Il n'y a pas à s'inquiéter, il fait de l'exercice, il étudie des livres de droit, il retourne à l'école. La source de ces miettes d'informations était l'Autre Maison, qui se trouvait dans une partie plus miséreuse du Purgatoire, non loin de la cokerie, et dont il ne devait jamais être fait mention devant oncle Makepeace car il s'agissait de la maison qui avait engendré Rick et apporté la disgrâce sur la grande famille des Watermaster sans parler de la mémoire de TP. Dorothy et Pym se rendirent là-bas, main dans la main, par une nuit d'encre, les vitres du trolleybus équipées de grillages poisseux à cause des bombardements, et l'intérieur du véhicule éclairé par une lueur bleue pour tromper les pilotes allemands. Dans l'Autre Maison, une vieille Irlandaise, petite femme inébranlable à la mâchoire d'acier, donna à Pym une demi-couronne qu'elle sortit d'un bock à bière et lui tâta les muscles des bras d'un air approbateur en l'appelant « fils », comme Rick. Au mur pendait la même photo teintée de TP, sauf que celle-ci n'était pas dans un cadre doré mais dans un cadre en sapin. Des tantes au visage avenant offrirent à Pym leur ration de sucre, l'embrassèrent et pleurèrent et traitèrent Dorothy comme la princesse qu'elle avait été. Elles hurlèrent quand Pym leur fit son numéro d'imitations et applaudirent quand il leur chanta « *Underneath the Arches* ». « Allez Magnus, fais-nous Sir Makepeace maintenant ! » Mais Pym n'osa pas, par crainte de la colère de Dieu qu'il savait être prompte et terrible depuis l'histoire de tante Nell.

« Dis-moi, Magnus, lui chuchota sa tante Bess tout en attirant la tête de l'enfant tout près de la sienne alors qu'ils se trouvaient seuls dans l'arrière-cuisine. C'est vrai que ton papa a eu un cheval de course qui s'appelait Prince Magnus, comme toi ?

– Non, ce n'est pas vrai, répondit Pym sans y réfléchir à deux fois, se souvenant pourtant de l'excitation qu'il avait ressentie quand, assis sur le lit avec Lippsie, il avait écouté le commentateur annoncer que Prince Magnus se faisait battre à plate couture. C'est un mensonge, une invention d'oncle Makepeace pour faire du mal à mon père. »

Tante Bess l'embrassa et le serra contre elle, tout en riant et pleurant de soulagement. « Ne dis pas que je t'ai posé la question. Promis ?

« – Promis, assura Pym. Sur le bon Dieu. »

Cette même tante Bess, par un soir mémorable, vint chercher subrepticement Pym aux Glades pour l'emmener au théâtre de Bournemouth Pier, où ils virent Max Miller et sa troupe de filles aux longues jambes nues rappelant celles de Lippsie. Dans le trolleybus du retour, Pym, débordant de gratitude, lui raconta tout ce qu'il savait au monde et inventa ce qu'il ne savait pas. Il lui dit qu'il avait écrit un livre de Shakespeare et qu'il se trouvait pour le moment dans une grande boîte verte dans une maison secrète. Il le retrouverait un jour, le ferait imprimer et gagnerait beaucoup d'argent. Il dit qu'il serait policier, acteur, jockey, et qu'il conduirait une Bentley comme celle de Rick, qu'il épouserait Lippsie et qu'il en aurait six enfants, tous baptisés TP, comme son grand-père. Tout cela plut énormément à Bess, à part la petite référence au métier de jockey, et elle retourna chez elle en proclamant que Magnus était un sacré phénomène, ce qui comblait exactement les désirs de l'enfant. Sa satisfaction fut néanmoins de courte durée. Cette fois-ci, Pym avait mis Dieu vraiment très en colère, et, comme à son habitude, Il ne fut pas long à réagir. Dès le lendemain, avant le petit déjeuner, la police vint emmener sa Dorothy pour toujours, bien que la mère de service affirmât qu'il ne s'agissait que d'une ambulance.

Et une fois encore – quoiqu'il pleurât comme il se devait la perte de Dorothy, quoiqu'il refusât pour elle de s'alimenter et martelât de ses petits poings les mères pleines d'indulgence – il ne put trouver que pleinement justifiée la décision des policiers. Les mères lui certifièrent qu'on la conduisait en un endroit où elle serait plus heureuse. Pym envia sa chance. Elle ne séjournerait pas au même endroit que Rick, non, mais dans un lieu plus beau et plus tranquille, avec des gens très gentils pour veiller sur elle. Pym projeta de la rejoindre. L'évasion, qui ne constituait jusqu'alors qu'une aimable fantaisie, devint son seul objectif. Au cours du dimanche, un épileptique confirmé lui expliqua tous les symptômes. Pym attendit une journée puis se précipita dans la cuisine, les yeux révulsés, pour s'effondrer tragiquement aux pieds de Mrs. Banister en se fourrant les mains dans la bouche et en se tortillant pour faire bonne mesure. Le médecin, qui devait être un imbécile fini, prescrivit un laxatif. Le lendemain, pour tenter à nouveau d'attirer l'attention, il se coupa les cheveux avec ses ciseaux à papier. Personne ne le remarqua. S'en remettant ensuite à l'improvisation, il libéra le cacatoès de Mrs. Banister de sa cage, parsema la cuisinière de paillettes de savon et boucha les toilettes avec un boa appartenant à tante Nell. Rien ne se passa. Il remuait de l'air. Ce qu'il lui fallait, c'était un acte véritablement criminel et tragique. Il attendit toute la nuit puis, au petit matin, quand son courage fut au plus haut, Pym, en chaussons et robe de chambre, traversa toute la maison jusqu'au bureau de Makepeace Watermaster, où il urina copieusement au plein milieu du tapis blanc. Terrifié, il se jeta ensuite sur la tache qu'il venait de faire en espérant la sécher par la seule chaleur de son corps. Une femme de ménage entra alors et hurla. Une mère fut aussitôt appelée et, depuis la position fœtale qu'il avait adoptée sur le tapis, Pym eut droit à un exemple très instructif de la manière dont l'histoire se répète en temps de crise. La mère lui toucha l'épaule. Il grogna. Elle lui demanda où il avait mal. Il lui montra la région du bas-ventre, cause indiscutable de ses angoisses. On fit chercher Makepeace Watermaster. Mais d'abord que faisiez-vous dans mon bureau ? C'était la douleur, monsieur, la douleur, je voulais vous dire que j'avais mal. Le médecin revint dans un crissement de freins, et tout le monde se souvint alors de tous les détails tandis qu'il se penchait au-dessus de Pym pour lui tâter l'estomac de ses doigts stupides. L'effondrement aux pieds de Mrs. Banister. Les gémissements nocturnes et la pâleur diurne. La folie de Dorothy évoquée à mi-voix. L'incontinence au lit fut elle-même mentionnée et ajoutée au compte de son infortune.

« Pauvre garçon, ça le prend lui aussi », soupira la mère tandis qu'on soulevait délicatement le patient jusqu'au sofa et qu'on envoyait la bonne chercher du désinfectant et une serpillière. On prit la température de Pym pour s'apercevoir sombrement qu'elle était normale. « Ça ne veut rien dire », décréta le médecin qui faisait maintenant tout pour ne pas condamner sa négligence première, et il ordonna à la mère de faire la valise du pauvre petit. Elle s'exécuta et dut, ce faisant, inévitablement tomber sur les multiples babioles que Pym avait subtilisées à la vie des autres afin d'améliorer la sienne : les boucles d'oreilles en jais de Nell, des lettres adressées à la cuisinière par son fils qui était au Canada, et un exemplaire de *Voyages avec mon âne dans les Cévennes*[1] appartenant à Makepeace Watermaster et que Pym avait choisi pour son titre – il n'avait pas lu plus avant. Mais dans l'affolement général, ces preuves mêmes de sa noire criminalité furent ignorées.

Le résultat de toute cette comédie fut beaucoup plus tangible que tout ce que Pym avait pu espérer. Moins d'une semaine plus tard, dans un hôpital qu'on venait d'aménager pour recevoir les victimes d'un Blitz maintenant imminent, Magnus Pym, âgé de huit ans et demi, sacrifia son appendice aux nécessités de la couverture opérationnelle. Quand il reprit conscience, la première chose qu'il vit fut un énorme ours en peluche jaune, plus gros que lui, assis au pied de son lit. La deuxième fut un panier de fruits plus gros encore que l'ours et qui évoquait un morceau de Saint-Moritz ayant atterri par erreur dans l'Angleterre du temps de guerre. La troisième fut Rick, mince et chic comme un marin se tenant au garde-à-vous, la main droite levée pour saluer. Et à côté de Rick, pareille à un fantôme effrayé tiré à contrecœur des ombres de l'univers chloroformé où se débattait encore Pym, venait Lippsie dont une neuve cape de fourrure voûtait légèrement les épaules et qui s'appuyait sur un Syd Lemon qu'on eût pris pour son propre frère cadet.

Lippsie s'agenouilla près de moi. Les deux hommes contemplèrent notre étreinte.

« A la bonne heure ! ne cessait de répéter Rick d'un ton approbateur. Embrasse-le bien, à l'anglaise. C'est ça. »

Tout doucement, comme une chienne récupérant son chiot, Lippsie me redressa, écarta mes cheveux et plongea gravement son regard dans le mien comme si elle craignait que de vilaines choses ne s'y soient glissées.

1. Récit de Robert Louis Stevenson. *(NdT.)*

Quelle fête on donna pour leur libération ! Dépouillés de tous leurs biens excepté ce qu'ils avaient sur le dos et le crédit qu'ils purent rassembler en chemin, les membres de la Cour reconstituée de Rick se mirent en route et devinrent les croisés de l'Angleterre en guerre. L'essence était rationnée, les Bentley avaient momentanément disparu et, par tout le pays, de grandes affiches demandaient : « Votre voyage est-il vraiment nécessaire ? » Chaque fois qu'ils en dépassaient une, ils ralentissaient pour hurler « Oui, absolument ! » en chœur par la vitre baissée de la voiture de louage. Les chauffeurs devenaient complices ou bien s'enfuyaient précipitamment. Un certain Mr. Humphries les abandonna tous dans une rue d'Aberdeen au bout d'une semaine, les traitant d'escrocs et s'en allant sans même avoir été payé pour ne plus jamais reparaître. Mais un Mr. Cudlove, que Rick avait rencontré à l'ombre – et qui obtint pour toute la Cour une semaine à l'œil à l'*Imperial* de Torquay grâce à une tante qui travaillait au service comptabilité –, ne les quitta plus, partageant leurs repas et fortunes tout en apprenant à Pym des tours avec des ficelles. Ils n'avaient parfois qu'un seul taxi, mais il arrivait aussi qu'Ollie, ami personnel de Mr. Cudlove, apportât sa Humber et qu'ils fassent d'interminables courses pour le seul plaisir de Pym tandis que Syd se penchait par la fenêtre arrière pour cravacher l'automobile. Ils ramassaient en route une quantité aussi étourdissante que variée de mères qui leur tombaient parfois dessus de façon si inattendue qu'elles n'avaient plus qu'à s'entasser à l'arrière de la voiture, Pym se retrouvant coincé entre des genoux inconnus et excitants. Il y eut une dame appelée Topsie qui sentait la rose et faisait danser Pym avec elle, en appuyant la tête contre sa poitrine ; il y eut Millie qui l'accueillit dans son lit, vêtue de sa simple combinaison, parce qu'il avait peur du placard noir de sa chambre d'hôtel, et qui le gratifia de caresses très directes alors qu'elle lui donnait son bain. Puis des Eileen, des Mabel, des Joan, une Violet qui fut prise de nausée en voiture après avoir bu du cidre et vomit dans l'étui de son masque à gaz et le reste sur Pym. Et quand elles se furent toutes évanouies dans les airs, Lippsie fit sa réapparition, debout, immobile dans l'affluence d'une gare, sa valise en carton pendant au bout de son bras mince. Pym l'aimait plus que jamais, mais la mélancolie croissante de la jeune femme lui pesait vraiment trop et, dans le tourbillon de la grande croisade, il était furieux d'en être l'objet.

« Cette bonne vieille Lippsie n'a pas le moral », disait gentiment Syd en remarquant la déception de Pym, et ils poussèrent ensemble un soupir de soulagement quand elle s'en alla.

« Cette bonne vieille Lippsie remet ça avec ses juifs, constata tristement Syd une autre fois. On n'arrête pas de lui dire qu'il y en a eu une autre fournée. »

Un autre jour encore : « Cette bonne vieille Lippsie s'en veut parce qu'elle n'est pas morte comme eux. »

Les questions que posa de temps à autre Pym au sujet de Dorothy ne le menèrent nulle part. Ta mère n'est pas dans son assiette, lui répondait Syd. Elle reviendra bientôt et le mieux que notre petit Magnus puisse faire, c'est de ne pas s'inquiéter pour elle, sinon elle le saura et elle ira encore plus mal. Rick prit une mine blessée.

« Il va falloir que tu te contentes de ton vieux père, pour le moment. Je croyais pourtant qu'on s'amusait bien. On ne s'amuse pas ?

– Oh si, on s'amuse tout plein ! » répliqua Pym.

Au sujet de sa longue absence, Rick se montrait aussi discret que le reste de la Cour, à tel point que Pym ne tarda pas à se demander s'il avait vraiment passé des vacances à l'ombre. Seules quelques allusions occasionnelles le convainquirent qu'ils avaient tous partagé une expérience qui avait encore cimenté leur amitié. Winchester avait été pire que Reading à cause de ces salauds de gitans qui venaient de la plaine de Salisbury, dit un jour Morrie Washington à Perce Loft, juste devant Pym. Syd renchérit : « Ces manouches de Winchester étaient vraiment durs à un point que t'imagines pas, dit-il avec un ressentiment visible. Et les matons n'étaient pas mieux. » Et Pym remarqua que leurs vacances avaient fait d'eux de gros mangeurs. « Allez, mange tes haricots, Magnus, le pressait Syd au milieu de cascades de rire. Il y a des hôtels pires que celui-ci, on peut te le dire ! »

Il fallut à Pym encore une année et même un peu plus pour que l'amélioration de son vocabulaire et de sa compréhension lui permette de saisir qu'ils parlaient de prison.

Mais leur chef ne se prêtait pas à ces plaisanteries et elles cessèrent abruptement car personne ne se serait aventuré à troubler la *gravitas* de Rick, et surtout pas ceux qui étaient chargés de la soutenir. La supériorité de Rick était évidente dans tout ce qu'il faisait. Dans la manière dont il s'habillait même quand nous étions fauchés, son linge et ses chaussures toujours impeccables. Dans les plats qu'il commandait et le style avec lequel il les dégustait. Dans les chambres qu'il prenait à l'hôtel. Dans le traditionnel brandy qu'il lui fallait absolument pour son billard et dans le silence qu'il imposait autour de lui quand il réfléchissait. Dans son souci pour les bonnes œuvres qui impliquait des visites dans les hôpitaux où s'entassaient les plus touchés et le devoir de veiller sur les vieilles gens dont les enfants étaient partis à la guerre.

« Tu veilleras aussi sur Lippsie quand la guerre sera finie ? demanda un jour Pym.

– Cette bonne vieille Lippsie est sensas », répliqua Rick.

Entre-temps, nous faisions du commerce. Commerce de quoi, Pym ne le sut jamais vraiment et je ne le sais toujours pas aujourd'hui. Il s'agissait parfois de denrées rares comme le jambon et le whisky, parfois de promesses que la Cour rassemblait sous le nom de foi. Ce n'était d'autres fois rien de plus que les horizons ensoleillés qui embrasaient devant nous les routes désertes du temps de guerre. A l'approche de Noël, quelqu'un rapporta des milliers de feuilles de papier crépon multicolores. Et pendant des jours et des nuits d'affilée, Pym et la Cour, augmentée de quelques mères supplémentaires recrutées pour l'effort de guerre, restèrent enfermés dans un wagon de chemin de fer vide de Didcot à confectionner des diablotins qui ne contenaient ni pétards ni surprises tout en se racontant des tas d'histoires délirantes et en se faisant des toasts sur le poêle à pétrole. Il est vrai que certains diablotins renfermaient quand même de petits soldats de bois, mais on les appelait alors échantillons et on les mettait à part. Le reste, expliqua Syd, servirait à la décoration, Titch. Pym avalait tout. C'était l'enfant ouvrier le plus coopératif du monde, tant que l'approbation des autres l'attendait au tournant. Une autre fois, ils rapportèrent toute une remorque remplie de caisses d'oranges que Pym refusa de goûter parce qu'il avait entendu Syd dire que gare, une marchandise pareille ça brûlait les doigts. Ils les vendirent à un pub sur la route de Birmingham. Un jour, ils récupérèrent une cargaison de poulets morts et Syd décréta qu'il faudrait attendre la nuit pour les transporter, quand il ferait plus frais – c'était peut-être ce qu'ils auraient dû faire avec les oranges. Ma mémoire conservera toujours l'image émouvante d'une colline pelée éclairée par la lune, en pleine lande, et de nos deux taxis remontant nerveusement, tous feux éteints, la route en lacets. Puis des silhouettes sombres qui nous attendaient tout en haut, debout à l'arrière de leur camion. Une lampe tamisée permit à Mr. Muspole, le grand comptable, de vérifier l'argent pendant que Syd déchargeait la remorque. Pym regarda la scène de loin parce qu'il avait horreur des plumes. Jamais par la suite je n'éprouvai plus grande excitation, même en traversant certaines frontières de nuit. Seules les promenades en traîneau à Saint-Moritz peuvent soutenir la comparaison.

« On peut envoyer de l'argent à Lippsie, maintenant ? demanda Pym. Elle n'en a plus.

– Et comment sais-tu cela, mon garçon ? »

Par les lettres qu'elle t'envoie, pensa Pym. Tu en as oublié une dans ta poche et je l'ai lue. Mais les yeux de Rick avaient pris leur lueur métallique et il préféra répondre : « J'ai inventé », avant de sourire.

Rick ne participait pas à nos aventures. Il se réservait. Pourquoi ? C'est là une question que personne ne lui posa jamais devant Pym, et celui-ci se garda bien de la poser lui-même. Rick se dévouait à ses bonnes œuvres, à ses vieilles gens et à ses visites à l'hôpital. « Ton costume, il a vraiment été repassé, fils ? », s'enquérait Rick quand, privilège rare, père et fils partaient ensemble pour l'une de ces randonnées. « Bon sang, Muspole, tu as vu la tenue du petit, c'est une honte ! Regarde-moi ces cheveux ! » Une mère était alors bien vite désignée pour repasser le costume, une autre pour cirer ses chaussures et vérifier la propreté de ses ongles ; une troisième pour lui peigner les cheveux jusqu'à ce qu'ils soient nets et disciplinés. Sa patience déjà très entamée, Mr. Cudlove martelait le toit de sa voiture avec ses clés tandis qu'on inspectait Pym une dernière fois, en quête d'un nouveau signe de négligence involontaire. Puis ils filaient vers le foyer ou le lit de quelque vieillard respectable, et Pym était alors fasciné par la facilité avec laquelle Rick modulait ses manières pour les adapter à celles de son interlocuteur, par le naturel avec lequel il savait prendre le rythme et le vernis qui mettaient le vieillard le plus à l'aise, par l'amour du Seigneur que reflétait soudain son bon visage dès qu'il se mettait à parler de libéralisme, de franc-maçonnerie, de son cher père défunt, Dieu ait son âme, et d'un taux de rendement de première, dix pour cent garantis plus les profits jusqu'à la fin de vos jours. Il apportait parfois avec lui un jambon et, l'ayant offert, devenait un ange tombé du ciel dans un monde sans jambon. C'étaient d'autres fois des bas de soie ou un cageot de brugnons car il fallait toujours que Rick soit celui qui donne au moment même où il prenait. Dès qu'il en fut capable, Pym dut lui aussi mettre son charme à contribution en récitant une prière qu'il avait inventée, en chantant « *Underneath the Arches* » ou en racontant une histoire drôle avec toute la panoplie d'accents régionaux qu'il avait glanés au cours de la croisade. « Les Allemands ont tué tous les juifs, déclara-t-il un jour à la surprise générale. J'ai une amie qui s'appelle Lippsie, et tous ses amis sont morts. » Quand on avait envie de voir son numéro, Rick le lui faisait savoir sans brutalité aucune. « Quand quelqu'un comme Mrs. Ardmore te demande si tu te souviens d'elle, mon gamin, ne te gratte pas la tête en faisant la grimace. Regarde-la bien en face, souris et réponds : "Oui". C'est comme ça qu'il faut parler aux vieilles gens pour faire honneur à ton père. Tu l'aimes, ton vieux père ?

– Bien sûr, que je l'aime.

« – A la bonne heure. Comment était ton steak hier soir ?

– Extra !

– Il n'y avait pas vingt petits garçons dans toute l'Angleterre qui mangeaient du steak hier soir, tu sais ça ?

– Je le sais.

– Alors, viens me faire une bise. »

Syd faisait moins de détours. « Si tu dois apprendre à tondre les gens, Magnus, disait-il avec force clins d'œil, il faut d'abord que tu apprennes à passer la pommade. »

Quelque part dans les environs d'Aberdeen, sans crier gare, la Cour ne s'intéressa soudain plus qu'aux pharmacies. Nous étions alors devenus une société anonyme, ce qui semblait à Pym une aussi grande garantie de sérieux que si son père avait été policier. Rick avait trouvé un banquier qui croyait en lui. Ollie, l'ami de Mr. Cudlove qui ne nous quittait plus, signait les chèques et fut nommé secrétaire général. Nous fabriquions une mixture à base de fruits secs que nous réduisions en pâte à l'aide d'une presse à main dans les cuisines d'une grande maison campagnarde qui appartenait à une nouvelle mère particulièrement fringante prénommée Cherry. C'était une grande demeure dotée de piliers blancs à la porte d'entrée et de statues blanches toutes semblables à Lippsie dans le jardin. Jamais, même au Paradis, la Cour n'avait séjourné en un endroit si grandiose. Nous faisions d'abord cuire les fruits, puis nous les passions dans la presse, ce qui était le plus amusant, et enfin nous y ajoutions de la gélatine afin de pouvoir découper la pâte en losanges que Pym roulait encore et encore dans le sucre de la société, léchant ses mains nues entre chaque fournée. Cherry abritait des chevaux et des évacués, et elle donnait des soirées pour les soldats américains qui venaient lui apporter des jerricans d'essence dans la grange à blé. Elle possédait des fermes et un grand parc avec des cerfs, et elle avait aussi un mari absent dans la marine, auquel Syd faisait toujours référence en l'appelant l'Amiral. Le soir, avant le dîner, un vieux garde-chasse faisait entrer à coups de fouet toute une meute de king-charles. Ceux-ci fondaient sur les sofas en aboyant jusqu'à ce qu'on les fasse ressortir de la même manière. Chez Cherry, pour la première

138

fois depuis Saint-Moritz, Pym vit des candélabres d'argent sur la table du dîner éclairer des épaules dénudées.

« Il y a une dame qui s'appelle Lippsie qui aime mon papa, et ils vont se marier pour avoir des bébés », apprit un soir Pym à Cherry alors qu'ils descendaient ensemble l'allée. Il fut très impressionné par le sérieux avec lequel Cherry accueillit la nouvelle, et par toutes les questions qu'elle lui posa ensuite sur les mérites et la beauté de Lippsie. « Je l'ai vue toute nue, et elle est très belle », assura Pym.

Quand ils partirent, quelques jours plus tard, Rick emporta un peu de la dignité du lieu avec lui, et aussi quelque chose de son propriétaire, car je me le rappelle descendant le grand escalier de pierre avec une valise de cuir blanc à chaque main – il a toujours aimé les bagages de belle qualité –, et arborant une magnifique tenue de campagne qu'aucun amiral ne voudrait porter en mer. Syd et Mr. Muspole suivaient tels des gnomes des villes, le cartonnier vert écaillé coincé entre eux deux qui se criaient : « Attention à ton bout, Deirdre ! » et « Va doucement sur les marches, Sibyl. »

« Ne reparle jamais de Lippsie à Cherry, fils, l'avertit Rick de son ton le plus moralisateur. Il est temps que tu apprennes qu'il n'est pas poli de parler d'une femme à une autre. Si tu n'apprends pas ça, tu gâcheras toujours toutes tes chances, retiens ça. »

Je soupçonne que Cherry fut également pour quelque chose dans la décision que prit Rick de faire de Pym un gentleman. Il n'avait jusque-là jamais été mis en doute que Pym appartînt déjà à l'aristocratie, mais Cherry, cette femme supérieure et énergique, mit dans la tête de Rick que le véritable privilège de la noblesse anglaise ne se pouvait obtenir que par l'épreuve, et que l'épreuve la plus adaptée ne pouvait se trouver que dans les pensions britanniques. Elle avait aussi un neveu inscrit à l'institution de Mr. Grimble sous le nom de Sefton Boyd, mais qu'elle appelait le plus souvent mon adorable Kenny. Un autre élément, beaucoup moins tendre, eut aussi une certaine influence, à savoir l'armée. Muspole fut sa première victime, puis ce fut au tour de Morne Washington et enfin de Syd. Avec un sourire lugubre qui exprimait l'échec, chacun faisait sa petite valise et disparaissait pour ne plus revenir que très rarement, les cheveux coupés ras. Et un jour, à son grand étonnement et à son humiliation, Rick fut lui aussi appelé sous les drapeaux. Sur la fin de sa vie, il considéra d'un œil plus tolérant la mesquinerie de la société confiée à ses soins, mais sur le coup, la vue de sa feuille de mobilisation posée sur la table du petit déjeuner provoqua une explosion de juste colère.

« Mais bon Dieu, Loft, je croyais qu'on avait fait attention à tout ça, cria-t-il à l'adresse de Perce qui, lui, était exempté de tout.

– Mais nous avons fait attention, protesta Perce en tendant un pouce dans ma direction. Un enfant de santé délicate, la mère dans une maison de dingues, normalement, c'est la compassion assurée.

– Eh bien, où est-elle passée leur compassion maintenant ? questionna Rick en brandissant le document militaire sous le nez de Perce. C'est une honte, Perce, voilà ce que c'est. Occupe-toi de ça. »

« Tu n'aurais jamais dû lui parler de Lippsie, reprocha ensuite Perce Loft à Pym. La vieille Cherry est allée dénoncer ton père tellement elle était vexée. »

Quoi qu'il en soit, l'armée refusa de se soumettre, et il ne resta plus à notre Cour appauvrie, réduite à Perce Loft, une poignée de mères, Ollie et Mr. Cudlove, qu'à s'installer dans un hôtel crasseux de Bradford, où Rick fut contraint de concilier l'ignominie du défilé militaire avec les soucis de la haute stratégie financière. En se servant du distributeur de monnaie de l'hôtel et du crédit de l'hôtel, en tapant à la machine et en constituant des dossiers dans les chambres mêmes de l'hôtel, en stockant enfin leurs mystérieuses marchandises dans le garage de l'hôtel, les membres de la Cour menèrent un courageux combat d'arrière-garde contre la dispersion, mais en vain. Cela se passa un dimanche soir à l'hôtel. Rick, en uniforme personnel repassé de frais, s'apprêtait à retourner à la caserne. Il avait coincé sous son bras une nouvelle cible de fléchettes destinée au mess car

Rick visait un poste à l'approvisionnement qui puisse lui permettre de nous empêcher de souffrir des restrictions.

« Mon fils. Il est temps que tu engages tes honorables pieds sur la voie difficile qui fera de toi un président de tribunal et fera honneur à ton père. Le laisser-aller règne un peu trop par ici en ce moment, et tu n'y échappes pas. Cudlove, regarde sa chemise. Personne n'a jamais réussi dans la vie avec une chemise sale. Regarde ses cheveux. Il va ressembler à une fillette avant qu'on ait le temps de dire ouf ! Pour toi, fils, c'est la pension maintenant, et que Dieu te bénisse et qu'il me bénisse aussi. »

Une dernière étreinte pataude, une dernière larme furtivement essuyée et une noble poignée de main pour les appareils photo absents avant que, cible de fléchettes bien assurée, le grand homme ne s'en aille à la guerre. Pym le regarda s'éloigner puis il monta l'escalier jusqu'aux appartements d'apparat du moment. La porte n'était pas fermée à clé. Il respira une odeur de femme et de talc. Le grand lit était en désordre. Il tira de dessous le sommier la mallette en peau de porc, en vida le contenu et demeura un instant perplexe, comme cela lui était souvent arrivé auparavant, devant des dossiers et une correspondance pour lui inintelligibles. La tenue de campagne de l'amiral, abandonnée depuis quelques heures seulement, pendait, encore tiède, dans la garde-robe. Il en fouilla les poches. Le cartonnier vert, plus écaillé que jamais, était tapi dans son obscurité habituelle. Pourquoi l'enferme-t-il toujours dans des placards ? Pym tira en vain sur les tiroirs verrouillés. Pourquoi le transporte-t-on toujours à part, comme s'il était contaminé par quelque maladie ?

« Alors, on cherche de l'argent, Titch ? », lui demanda une voix féminine venant de la salle de bains. Il s'agissait de Doris, bonne fille élue dactylo. « Pas la peine de te donner tant de mal, je peux te le dire. Ton papa a tout gardé sur lui. J'ai déjà vérifié.

— Il m'a dit qu'il m'avait laissé une tablette de chocolat dans sa chambre, répondit résolument Pym sans cesser de fouiller tandis qu'elle l'observait.

— Il y a trois grosses tablettes de chocolat au lait et aux

noisettes de l'armée dans le garage. Tu n'as qu'à te servir, lui conseilla Doris. Et il y a aussi des coupons d'essence, si tu as soif.

– Mais c'était une tablette spéciale », répliqua Pym.

Je n'ai jamais élucidé par quelles machinations Pym et Lippsie se retrouvèrent dans la même école. Furent-ils introduits séparément ou bien sous forme de lot, l'un pour apprendre, l'autre pour travailler en paiement ? Je soupçonne la seconde solution d'être la bonne mais n'en ai d'autre preuve que ma connaissance générale des méthodes de Rick. Rick a toute sa vie entretenu une équipe de femmes dévouées qu'il écartait et ranimait tour à tour. Quand elles n'étaient pas désirées à la Cour, il les envoyait travailler pour lui dans le grand monde, et elles facilitaient alors sa croisade en lui envoyant des fonds qu'elles ne pouvaient pas vraiment se permettre de lui donner en vendant pour lui leurs bijoux, en dilapidant leurs économies et en prêtant leurs noms à des comptes en banque où Rick n'avait plus le droit d'apposer le sien. Mais Lippsie n'avait ni bijoux ni crédit auprès des banques. Elle n'avait que son corps ravissant, sa musique, sa culpabilité envahissante, et un petit écolier anglais qui la rattachait au monde – je soupçonne maintenant Rick d'avoir reconnu les signes avertisseurs qui se manifestaient chez elle et de m'avoir en fait chargé de veiller sur elle. Notre association présentait en tout cas un avantage certain et Rick a toujours été un opportuniste confirmé. Si Pym pouvait se targuer de quelques connaissances avant d'entrer dans l'institution provinciale de Mr. Grimble réservée aux fils de familles, il les devait à Lippsie et à aucun de la douzaine de maternelles, cours de catéchisme et jardins d'enfants qui jalonnent la route conduisant de Bradford à Saint-Moritz. C'est Lippsie qui lui apprit à écrire et, aujourd'hui encore, je fais mes *t* à l'allemande et mets une barre à mes *z* minuscules. Elle lui enseigna l'orthographe, et l'une de leurs grandes plaisanteries était qu'ils ne se souvenaient jamais s'il fallait un *s* ou deux à la version anglaise d'« address » – je dois, même maintenant, écrire le mot en allemand d'abord pour en être

142

sûr. Tout ce que Pym savait, excepté quelques passages obscurs tirés des Écritures, se trouvait dans la valise de carton de la jeune femme, car elle ne venait jamais le voir où que ce soit sans le faire entrer bien vite dans sa chambre pour lui fourrer dans la tête un peu d'histoire ou de géographie, ou bien pour lui faire faire des gammes sur sa flûte.

« Tu vois, Magnus, sans instruction, nous ne sommes rien. Mais avec de l'instruction, on peut aller n'importe où dans le monde : on est comme les tortues, notre maison toujours sur notre dos. Si tu apprends à peindre, tu peux peindre n'importe où. Les sculpteurs, les musiciens, les peintres n'ont pas besoin de permis. Leur tête leur suffit. Il faut que notre monde soit à l'intérieur de notre tête. C'est la seule façon de n'avoir rien à craindre. Et maintenant, tu vas jouer quelque chose de joli à Lippsie. »

L'arrangement trouvé à l'institution de Mr. Grimble marqua le parfait épanouissement de leur relation. Leur monde se trouvait certes à l'intérieur de leur tête, mais il était également contenu dans la maison de jardinier de brique et de pierre qui se dressait tout au bout de l'allée conduisant à l'institution, dans cette bâtisse qu'on appelait l'annexe et qui abritait les garçons de l'annexe dont Pym était la dernière recrue. Et Lippsie, Lippsie l'amour de sa vie, Lippsie la meilleure et la plus attentive des mères. Ils surent tout de suite qu'ils étaient des parias. S'ils ne s'en étaient pas rendu compte tout seuls, les quatre-vingts pensionnaires de l'institution proprement dite le leur firent comprendre clairement. Il y avait là un fils d'épicier, un garçon blême au nom duquel il manquait un *h*, et, de toute façon, les commerçants étaient ridicules. Il y avait trois juifs dont le discours était émaillé de polonais, un bègue impénitent du nom de M-M-Marlin et un Indien aux genoux cagneux dont le père avait été tué lors de la prise de Singapour par les Japonais. Il y avait Pym qui avait des boutons et qui mouillait son lit. Pourtant, sous la coupe de Lippsie, ils trouvaient moyen de se glorifier de toutes ces tares. Si les garçons d'en haut formaient le régiment d'élite, les garçons de l'annexe étaient les irréguliers et n'en luttaient que plus courageusement pour obtenir leurs médailles. Mr. Grimble prenait comme personnel ce qu'il pouvait trouver, et il ne pouvait trouver que ce dont le pays n'avait pas besoin. Un Mr. O'Mally frappa un gosse si fort en travers de l'oreille qu'il l'envoya au tapis, un Mr. Farbourne tapait les têtes les unes contre les autres et finit par fracturer le crâne d'un élève. Un professeur de sciences naturelles prit des gamins du village en maraude pour des bolcheviks et tira à coups de fusil sur leurs derrières en fuite. A l'institution Grimble, on fouettait les enfants pour nonchalance, on les fouettait pour manque de soin, on les fouettait pour apathie, pour insolence et pour ne pas avoir tiré leçon des précédents coups de fouets. La fièvre de la guerre encourageait la brutalité, la culpabilité de nos réformés l'intensifiait encore, la complication du système hiérarchique britannique conférait un caractère ordinaire à l'exercice du sadisme. Leur Dieu devenait le protecteur des gentlemen de la province anglaise, et leur justice se résumait à punir les démunis et les mal-nés, et ce avec la collaboration des forts, dont Sefton Boyd était le représentant le plus fort et le plus séduisant. Voilà bien le plus tristement ironique de la mort de Lippsie telle qu'elle m'apparaît aujourd'hui : elle s'est tuée en fait au service d'un État fasciste.

Tous les jours de sortie, sur l'ordre exprès de Rick, Pym se rendait à l'entrée de l'école, au bout de l'allée, et attendait l'arrivée de Mr. Cudlove. Si personne ne venait, alors il se précipitait, soulagé, dans les bois, en quête de solitude et de fraises sauvages. Le soir tombé, il retournait à l'école en se vantant d'avoir passé une journée exaltante. De temps en temps seulement, le pire se produisait et une voiture bondée surgissait : Rick, Mr. Cudlove, Syd en uniforme de simple soldat et deux jockeys embarqués au dernier moment, tous rafraîchis par un arrêt au *Brace of Partridges*. Quand ils arrivaient au milieu d'un match scolaire, ils se mettaient à défendre bruyamment l'équipe de l'institution et à distribuer des oranges comme on n'en avait jamais vu, d'une caisse rangée dans le coffre de l'auto. S'ils n'en avaient pas, Syd et Morne Washington enrôlaient de force le premier garçon qui passait à bicyclette et organisaient une course à handicap autour du terrain de jeu, Syd vociférant ses commentaires entre ses mains en porte-voix. Rick, lui, vêtu du costume de l'Amiral, faisait partir la course d'un grand mouvement de mouchoir digne du maire de la ville, puis présentait lui-même au gagnant une extraordinaire boîte de chocolats tandis que les billets de banque changeaient de mains du côté de la Cour. La nuit venue, Rick ne manquait jamais de s'installer dans l'annexe, avec une bouteille de champ pour remonter un peu cette vieille Lippsie qui paraissait si sombre – « Qu'est-ce qu'elle a, fils ? » Et, pour la remonter, Rick la remontait car Pym, accroupi en robe de chambre derrière la porte, percevait des chocs sourds, des grincements et des cris et se demandait s'ils se battaient vraiment ou s'ils faisaient semblant. Il restait là jusqu'à l'aube. C'est de retour dans son lit qu'il entendait son père descendre l'escalier sur la pointe des pieds, même si Rick savait très bien se montrer aussi silencieux qu'un chat.

Jusqu'au matin où Rick ne s'éclipsa pas silencieusement du tout. Pas pour Pym, ni pour le reste des garçons de l'annexe, qui furent tout excités d'être réveillés par une telle clameur. Lippsie hurlait et Rick tentait de la calmer, mais plus il se faisait doux avec elle, moins elle se montrait raisonnable. « Tu as fait de moi une *foleuse*, criait-elle entre deux mouvements désordonnés, entre deux grandes goulées d'air. Tu as fait de moi une *foleuse* pour me punir. Tu étais un filain prêtre, Rickie Pym. Tu m'as fait *foler* des choses. J'étais une réfugiée mais une femme honnête. » Pourquoi parlait-elle de tout ceci comme si cela s'était passé l'année dernière ? « Mon père était un honnête homme. Mes frères aussi étaient honnêtes. C'étaient des gens bien, pas des méchants comme moi. Tu m'as contrainte à *foler* jusqu'à ce que je devienne criminelle comme toi. Dieu te punira peut-être un jour, Rickie Pym. Dieu te fera peut-être pleurer aussi. J'espère bien qu'Il le fera. J'espère, j'espère ! »

« Cette bonne vieille Lippsie n'a pas tellement le moral, fils, lui expliqua ensuite Rick en le trouvant dans l'escalier au moment où il allait s'éclipser. Tu ne veux pas monter pour voir si tu ne peux pas la faire rire avec une de tes histoires ? Et le vieux Grimble, là-haut, il te donne ce qu'il faut à manger ?

– C'est extra, répondit Pym.

– Ton vieux père s'en occupe, tu sais ? C'est l'école la plus saine de Grande-Bretagne. Tu peux demander au ministère. Tu veux une pièce ? A la bonne heure. »

Pour atteindre la bicyclette de Lippsie, Pym prit une démarche qu'il avait copiée sur Sefton Boyd. Il fallait croiser légèrement les mains dans le dos, tendre la tête en avant et fixer son regard sur un objet vaguement plaisant situé quelque part vers l'horizon. Il fallait marcher à grands pas dégagés, un léger sourire flottant sur les lèvres, comme si vous étiez à l'écoute de voix pour vous seul perceptibles, ce qui constitue pour la fleur d'entre nous la marque de l'autorité. Pym monta sur le vélo sans regarder autour de lui. La selle recouverte de tartan était trop haute pour lui, mais, comme Sefton Boyd se plaisait tant à le souligner, les vélos de fille ont un trou là où les vélos de garçon ont une barre, et Pym put donc osciller dans ce vide tandis que ses jambes appuyaient sur les pédales et que ses mains braquaient le guidon entre les nids de poules. Je suis le ramasseur de bicyclettes officiel. Je représente l'autorité. Je représente la classe. Il laissa à sa droite le jardin potager où Lippsie et lui avaient bêché pour la victoire, à droite les taillis où était tombée la bombe allemande qui avait projeté des débris noircis contre les vitres de la chambre qu'il partageait avec l'Indien et le fils de l'épicier. Cependant, dans son imagination terrifiée, il voyait derrière lui Sefton Boyd et sa troupe de licteurs donnant de la voix et imitant Lippsie parce qu'ils savaient à quel point il l'aimait : « Où fas-tu, *mein* pétit marché noir ? Qu'est-ce queu tu fais *mit* ton amour chéri, *mein* pétit marché noir, maintenant qu'elle est morte ? » Devant lui se dressait le portail auprès duquel il avait maintes fois attendu Mr. Cudlove, et, à gauche de ce portail, venait enfin l'annexe dont les grilles de fer avaient été sacrifiées à l'effort de guerre et à la place desquelles se tenait un policier.

« On m'a envoyé chercher mon livre de sciences naturelles », expliqua Pym au policier en le regardant droit dans les yeux tout en appuyant la bicyclette de Lippsie contre un pilier de brique. Pym avait déjà menti à des policiers auparavant et savait qu'il fallait prendre un air honnête.

« Ton livre de sciences naturelles dis-tu ? fit le policier. Comment tu t'appelles ?

– Pym, monsieur, et j'habite ici.

– Pym qui ?

– Magnus.

– Eh bien vas-y vite, Pym Magnus », lui dit le policier. Pym conserva pourtant son allure nonchalante, refusant de montrer le moindre signe d'impatience. Tous les membres de la famille de Lippsie s'alignaient, dans leurs cadres d'argent, sur la table de nuit, mais la grosse tête de Rick les dominait tous avec son air d'intelligence politique dans son cadre de cuir, ses yeux sages suivant Pym où qu'il allât. Le petit garçon ouvrit la penderie et huma l'odeur de Lippsie ; il écarta la robe de chambre blanche froufroutante, la cape de fourrure et le pardessus en poil de chameau orné d'une capuche de lutin que Rick avait offert à Lippsie à Saint-Moritz. Puis il sortit la valise en carton du fond du placard pour la poser par terre et l'ouvrir avec la clé que Lippsie cachait toujours dans le pot à bière, sur la cheminée de briquettes, juste à côté du petit chimpanzé tout doux qui s'appelait Little Audrey et qui riait, riait et riait encore. Il tira de la valise le livre qui ressemblait à une Bible et qui était écrit en petites lames d'épée noires, les livres de musique et les livres de lecture qu'il ne comprenait pas, le passeport avec la photo d'elle quand elle était jeune, le paquet de lettres en allemand de sa sœur Rachel – prononcé Ra-ha-el – qui ne lui écrivait plus, et, tout en dessous, les lettres de Rick, liées ensemble par de petits bouts de ficelle. Pym en connaissait certaines par cœur quoiqu'il éprouvât certaines difficultés à éclaircir les présages que dissimulait leur verbiage :

> Ce n'est pas une question de jours, ma chérie, mais de semaines, avant que les nuages qui nous étouffent en ce moment ne soient dispersés à tout jamais, que Loft ait pu obtenir ma démobilisation et que toi et moi puissions jouir d'une récompense bien méritée... Veille bien sur cet enfant

qui te considère comme sa mère et prends garde qu'il ne devienne pas une fillette...

Ta méfiance en ce qui concerne notre Crédit n'est absolument pas fondée... Tu ne devrais pas t'en faire autant, surtout que j'ai déjà assez de soucis comme ça à attendre d'être envoyé sur le front pour ne plus jamais revenir peut-être... Cette affaire pourra rapporter des bénéfices incommensurables à beaucoup, y compris Wentworth... et cesse de me parler de W. ou de sa femme, c'est une emmerdeuse professionnelle de la pire espèce...
Mes amitiés à Ted Grimble que je considère comme un grand pédagogue et un grand directeur. Dis-lui qu'il va bientôt recevoir encore cinquante kilos de pruneaux... et aussi qu'il doit préparer la cuisine pour deux grosses d'oranges fraîches. Loft a réussi à m'obtenir trois semaines de compassion, ce qui signifie que je devrai repartir de zéro si je suis rappelé. A propos de tout autre chose, Muspole demande de continuer à expédier la marchandise comme avant. Dépêche-toi, s'il te plaît, car un problème de liquidité tout à fait temporaire nous empêche de régler des gens aussi honorables que Wentworth...

Si tu ne m'envoies pas d'autres chèques pris sur les pensions immédiatement, tu peux tout aussi bien me renvoyer tout de suite en prison, et tous les garçons aussi, mis à part Perce bien sûr, et c'est un fait... c'est vraiment stupide de parler de te tuer alors qu'il y a tant de gens qui s'entre-tuent de par le monde avec cette guerre tragique et absurde...
Muspole dit que si tu envoies tout en exprès poste restante dès demain, il ira à la poste samedi, à l'ouverture, et fera aussitôt suivre à Wentworth...

Magnus, mon petit chéri,
Sois gentil, mon chéri, fais bien de la musique et sois un homme ; montre-toi fort pour ton père.

RICK.

Pym prit toutes les lettres ensemble, y compris la dernière, et les fourra dans son livre de sciences naturelles qu'il glissa dans sa ceinture. Il enfourcha le vélo et dépassa lentement le policier en sentant pourtant son dos lui brûler férocement. La chaudière de l'école consistait en un fourneau de brique construit dans le sous-sol et alimenté par un conduit donnant sur la cour de la cuisine. Quiconque approchait le conduit en question était passible du fouet, et brûler des documents constituait un acte de traîtrise si grave que des marins pouvaient être noyés pour ça. Une pluie violente provenait des dunes et les falaises calcaires se découpaient en vert olive sur les nuages d'orage. Debout devant l'ouverture béante du conduit, les épaules redressées au maximum, Pym jeta les lettres dedans et les regarda disparaître. Une douzaine de gens avaient dû le voir, des membres du personnel aussi bien que d'autres élèves dont sûrement certains devaient être des alliés de Sefton Boyd. Mais l'absence totale de discrétion avec laquelle il avait procédé les persuada qu'il obéissait à des ordres. En tout cas, cela suffit à en persuader Pym. Il jeta la dernière lettre, celle qui lui disait d'être un homme, et s'éloigna sans se retourner ne serait-ce qu'une fois pour vérifier que personne ne l'avait remarqué. Il avait à nouveau besoin des toilettes du personnel. Il avait besoin de ce Saint-Moritz secret et de son isolement lambrissé, il avait besoin de la majesté cachée de ses robinets de cuivre et de son miroir encadré d'acajou car Pym aimait le luxe comme seuls peuvent l'aimer ceux qui ont été privés d'amour. Il gagna l'escalier interdit menant à la salle des professeurs et s'arrêta à l'entresol.

La porte des toilettes était entrouverte. Il la poussa, se glissa dans la pièce et ferma le verrou derrière lui. Il était seul. Il examina son visage, le durcissant, puis l'adoucissant puis le durcissant à nouveau. Il ouvrit les robinets et se lava la figure à en avoir les joues luisantes. Sa brusque solitude ajoutée à la grandeur de ce qu'il venait d'accomplir le rendait unique à ses propres yeux. La tête lui tournait, il se sentait pris d'un véritable vertige. Il était Dieu. Il était Hitler. Il était Wentworth. Il était le roi du cartonnier vert, noble descendant de TP. Plus rien, donc, sur terre ne pouvait désormais se produire sans son intervention, Il sortit son canif, l'ouvrit et tint sa grande lame levée au-dessus de son visage devant le miroir pour faire un serment digne du roi Arthur. Par Excalibur, je jure. La cloche du déjeuner retentit mais on ne faisait pas l'appel au déjeuner et il n'avait pas faim. Il n'aurait plus jamais faim, il était devenu un chevalier immortel. Il songea bien à se trancher la gorge, mais sa mission était beaucoup trop importante. Il passa des noms en revue. Qui a la meilleure famille de l'école ? C'est moi. Les Pym sont tous des cracks et Prince Magnus est le cheval le plus rapide du monde. Il pressa sa joue contre le lambris qui sentait la batte de cricket et les forêts suisses. Le couteau se trouvait toujours dans sa main. Ses yeux lui brûlèrent et sa vue se brouilla, ses oreilles résonnaient. La voix divine qui était en lui lui commanda de regarder, et il découvrit les initiales K. S.-B. gravées très profondément sur le plus beau panneau de bois. Il se baissa, ramassa les éclats à ses pieds et les jeta dans la cuvette où ils s'accumulèrent à la surface de l'eau. Il tira la chasse mais les copeaux flottaient toujours. Il les laissa donc là et se rendit dans la salle de dessin où il termina son bombardier Dornier. Il attendit tout l'après-midi, certain qu'il ne s'était rien passé. Je n'ai rien fait. Si j'y retournais, ça n'y serait même pas. C'est Maggs, qui est en quatrième. C'est Jameson, il a un coutelas et je l'ai vu entrer. C'est un type du village qui l'a fait, je l'ai vu rôder du côté des terrains de jeux avec un poignard passé dans sa ceinture, et il s'appelle Wentworth. Pendant les vêpres, il pria pour qu'une bombe allemande détruise les toilettes des professeurs. Il n'en vint aucune. Le lendemain, il offrit à Sefton Boyd son trésor le plus cher, l'ours en peluche que Lippsie lui avait donné après son appendicite. Il profita d'une récréation pour aller enterrer – ou, comme il dirait aujourd'hui, pour planquer – son canif dans la terre meuble derrière le pavillon de cricket. Il fallut attendre la mise en rangs du soir pour que le nom complet de l'honorable Kenneth Sefton Boyd soit appelé par la voix fatidique du maître de service, le sadique O'Mally. Intrigué, le jeune noble fut conduit au bureau de Mr. Grimble. Intrigué lui aussi, Pym le regarda partir. Que pouvait-on bien vouloir à son ami, son meilleur ami, le possesseur de son ours en peluche ? La porte d'acajou se referma, quatre-vingts paires d'yeux, dont ceux de Pym, braqués sur ses magnifiques panneaux ouvragés. Pym entendit d'abord la voix de

Mr. Grimble, puis celle de Sefton Boyd qui protestait. Un grand silence s'ensuivit tandis que l'on administrait coup après coup la justice de Dieu. A mesure qu'il comptait, Pym se sentait purifié et lavé de tous soupçons. Ce n'était donc pas Maggs, ni Jameson ni moi non plus. C'est Sefton Boyd qui l'a fait, sinon, il n'aurait pas été fouetté pour ça. Pym commençait à apprendre que la justice n'est pas meilleure que ceux qui l'appliquent.

« Il y avait un trait d'union, lui dit Sefton Boyd le lendemain. Celui qui a fait ça a mis un trait d'union à notre nom alors qu'il n'y en a pas. Si jamais je trouve cet enculé, je le tue.

– Moi aussi », promit Pym, plein de loyauté et sans la moindre duplicité. Comme Rick, il apprenait à vivre sur plusieurs plans à la fois. L'art consistait à tout oublier excepté le terrain sur lequel vous avanciez et le visage avec lequel vous vous exprimiez sur le moment.

Les effets que produisit la mort de Lippsie sur le jeune Pym furent nombreux et loin d'être tous négatifs. Le décès de son amie le força à se considérer comme une personne indépendante et lui confirma ce qu'il savait déjà, à savoir que les femmes sont volages et sujettes à de soudaines disparitions. Il apprit la grande leçon que lui répétait Rick sur l'importance d'avoir une présentation respectable. Il apprit que la seule façon d'être en sécurité était de paraître dans son droit. Il approfondit encore sa détermination de devenir un manipulateur secret des événements de la vie. C'est Pym qui, par exemple, dégonfla les pneus de Mr. Grimble et versa trois paquets de trois kilos de sel dans la piscine. Mais c'est également Pym qui prit la tête de la chasse au coupable, manigançant nombre d'indices invérifiables et salissant certaines réputations d'entre les plus solides.

Lippsie disparue, il n'y eut de nouveau plus aucun frein à son amour pour Rick, et ce d'autant moins qu'il lui fallait aimer à distance puisque Rick s'était une fois encore volatilisé.

Était-il retourné en prison comme il avait assuré à Lippsie qu'il y retournerait ? La police avait-elle mis la main sur le cartonnier vert ? Pym n'en savait rien à l'époque et Syd, volontairement je suppose, ne sait rien aujourd'hui. Les archives de l'armée font état d'une démobilisation brutale six mois avant la période en question, renvoyant le lecteur au bureau des archives criminelles pour complément d'information. Aucune trace là-bas pourtant, pour la bonne raison que Perce avait une amie qui y travaillait, une dame à qui il aurait fait avaler n'importe quoi. Bref quelle qu'en soit la raison, Pym se retrouva une fois de plus tout seul et passa d'assez bons moments. Lors des week-ends, Ollie et Mr. Cudlove le recevaient dans leur appartement en rez-de-chaussée, à Fulham, et le dorlotaient de toutes les façons possibles. Mr. Cudlove, plus en forme que jamais grâce à ses exercices, lui enseigna la lutte au corps à corps, et quand ils partaient tous les trois s'amuser sur le fleuve, Ollie revêtait des habits de femme et savait si bien prendre une voix de fausset que seuls dans le monde entier Pym et Mr. Cudlove pouvaient savoir qu'il s'agissait d'un homme. Pour les vacances plus longues, Pym se voyait obligé d'émigrer dans le vaste domaine de Cherry en compagnie de Sefton Boyd et d'écouter des histoires toujours plus épouvantables au sujet du grand collège si renommé dont il ferait bientôt partie : comment on attachait les nouveaux à des corbeilles à linge pour leur faire dévaler des escaliers de pierre, comment on leur enfilait des harnais de poney avec des hameçons passés dans les oreilles pour les contraindre à faire le tour de la cour en tirant les préfets [1].

« Mon père a fait de la prison et s'est évadé, lui dit Pym, pour faire bonne mesure. Il a un corbeau apprivoisé qui veille sur lui. » Il imagina Rick séjournant dans un trou de Dartmoor [2] où Syd et Meg lui portaient des *pies* enveloppés dans des mouchoirs tandis que les chiens étaient à ses trousses.

« Mon père travaille pour les services secrets, assura Pym une autre fois. Il a été torturé à mort par la Gestapo, mais

---

1. Élèves des grandes classes désignés pour faire régner la discipline dans l'établissement.
2. Confusion intraduisible : Dartmoor est à la fois un plateau du Devonshire et un pénitencier. *(NdT.)*

je n'ai pas le droit d'en parler. Il s'appelle en vérité Wentworth. »

Passé la première surprise que lui causa sa propre déclaration, Pym développa l'idée. Un autre nom et une mort héroïque convenaient parfaitement à Rick. Ils lui conféraient une classe dont Pym commençait à soupçonner qu'elle lui faisait défaut, et cela arrangeait pas mal de choses concernant Lippsie. C'est ainsi que quand Rick revint un beau jour sans crier gare, ni torturé ni abîmé de quelque façon que ce soit mais accompagné de deux jockeys, d'une caisse de brugnons et d'une toute nouvelle mère coiffée d'un chapeau qu'ornait une plume, Pym songea très sérieusement à travailler pour la Gestapo et se demanda ce qu'il fallait faire pour s'engager. Et il aurait sûrement mis son projet à exécution si la paix n'était malheureusement venue le priver de cette occasion. Il me faut encore ajouter un dernier mot à propos des attirances politiques de Pym à l'époque. Churchill avait une sale tête et était par trop populaire. De Gaulle, avec sa tête d'ananas inclinée ressemblait trop à oncle Makepeace tandis que Roosevelt, avec sa canne, ses lunettes et sa chaise roulante était de toute évidence tante Nell déguisée. Hitler était tellement haï que Pym ne pouvait pas ne pas avoir un peu d'affection pour lui, mais c'est Joseph Staline qu'il choisit comme père spirituel. Staline ne boudait jamais et ne prêchait pas non plus. Dans les informations qu'on voyait au cinéma, il passait son temps à glousser, à jouer avec des chiens et à cueillir des roses pendant que ses troupes loyales gagnaient la guerre dans les neiges de Saint-Moritz.

Pym reposa son stylo et contempla ce qu'il venait d'écrire, d'abord avec crainte, puis avec un soulagement de plus en plus intense. Il finit par éclater de rire.

« Je n'ai pas craqué, murmura-t-il. Je suis resté au-dessus de la mêlée. »

Et il se versa une vodka digne de Poppy en souvenir du bon vieux temps.

5

Le lit de Frau Bauer était aussi étroit et bosselé qu'un lit de servante dans un conte pour enfants et Mary gisait dessus à l'endroit exact où Brotherhood l'avait laissée tomber, roulée dans l'édredon, les genoux relevés en une attitude de défense, les mains enserrant les épaules. Il ne pesait plus sur elle et elle ne respirait plus son souffle ni sa sueur. Mais elle pouvait sentir le poids de ses fesses au pied du lit et avait par moments du mal à se souvenir qu'ils ne venaient pas de faire l'amour : il avait en effet eu l'habitude de la laisser à moitié endormie pour aller s'asseoir exactement comme maintenant et donner des coups de téléphone, faire ses comptes ou tout ce qui pouvait rétablir l'ordre de sa vie masculine. Il avait déniché un magnétophone et Georgie en avait un autre pour le cas où le sien ne marcherait pas.

Nigel était extrêmement chic pour un bourreau. Il portait un costume cintré à la taille en étoffe filetée, avec deux fentes découpées dans la veste et des revers au gilet. Il était chaussé de bottes de daim et avait un mouchoir de soie glissé dans la manche. On aurait dit un nain vêtu d'habits de grande taille.

« Demandez à Mary de faire une déclaration volontaire, vous voulez bien, Jack ? commanda Nigel comme s'il faisait cela toutes les semaines. Volontaire, mais le ton doit être formel. Je crains qu'on ne doive s'en servir. La décision ne dépend pas seulement de Bo.

— Mais volontaire pour qui ? s'emporta Brotherhood. Elle a signé l'acte du Secret officiel quand elle s'est engagée et elle l'a signé de nouveau quand elle a démissionné. Elle l'a signé encore quand elle a épousé Pym. Tout ce que tu sais nous appartient, Mary. Qu'il s'agisse de ce que tu as entendu dans un bus ou bien que tu l'aies surpris le revolver encore fumant à la main.

– Et votre charmante Georgie peut servir de témoin », ajouta Nigel.

Mary parlait mais n'entendait pas grand-chose de ce qu'elle disait parce qu'elle avait une oreille enfouie dans l'oreiller et qu'elle guettait de l'autre les bruits matinaux de Lesbos par la fenêtre ouverte de leur petite maison à terrasse qui s'élevait, toute brune, à mi-hauteur de la colline sur laquelle était construite Plomari : le vacarme des passants, des bateaux, de la musique bouzouki et des camions qui faisaient rugir leur moteur dans les allées. Le cri du mouton à qui le boucher coupe la gorge, le martèlement des sabots des ânes sur les pavés et les cris des vendeurs sur le marché du port. Si elle fermait très fort les paupières, elle arrivait à voir au-delà de la rue, par-dessus les toits orangés, les cheminées, les cordes à linge et les terrasses fleuries emplies de géraniums, jusqu'au front de mer et sa très longue jetée avec sa lumière rouge clignotant tout au bout et ses méchants chats roux se gorgeant de soleil tout en observant les bateaux à vapeur surgir lentement de la brume.

Voilà donc désormais comment Mary voyait sa propre histoire, telle qu'elle la raconta à Jack Brotherhood comme un film cauchemardesque qu'elle n'osait regarder que par fragments et où elle jouait la pire ordure jamais créée. Le vapeur s'approche du quai, les chats s'étirent, on abaisse la passerelle et la famille Pym – Magnus, Mary et leur fils Thomas – met pied à terre en quête d'un nouvel endroit idéal, éloigné de tout. Parce que plus rien n'est assez loin, plus rien n'est assez isolé. Les Pym sont devenus les Hollandais Volants de la mer Égée, repartant à peine débarqués, changeant d'île et de bateau comme des âmes damnées bien que Magnus soit seul à connaître la malédiction, à savoir qui les poursuit et pourquoi. Mais Magnus a bouclé ce secret derrière son sourire, avec tous les autres. Elle le voit marcher joyeusement devant elle, maintenant d'une main

155

son chapeau de paille à cause du vent et portant sa mallette de l'autre. Elle voit Tom courir après lui, vêtu de son pantalon de flanelle grise et de son blazer d'uniforme dont la poche est ornée de son écusson de louveteau et qu'il ne veut pas quitter même quand la température monte à trente degrés. Puis elle se voit elle, encore étourdie par l'alcool de la veille au soir et par l'odeur de carburant, elle qui projette déjà de les trahir. Enfin, derrière eux, elle voit les porteurs locaux qui, pieds nus, se coltinent leurs trop nombreux bagages, les serviettes de toilette, les draps, les Weetabix de Tom et tout le fourbi qu'elle a cru bon de prendre à Vienne pour leur grand congé sabbatique, comme Magnus appelle ces toutes premières vacances en famille dont ils avaient tous apparemment tant rêvé mais auxquelles il n'avait jamais été fait allusion jusqu'à quelques jours avant leur départ – et pour être honnête, Mary aurait préféré retourner en Angleterre, récupérer les chiens chez le jardinier et le siamois à poil long chez tante Tab pour séjourner à Plush. Les porteurs déchargent leurs fardeaux et Magnus, toujours aussi généreux, leur donne à chacun un pourboire qu'il prend dans le sac de Mary pendant qu'elle le lui tient ouvert. Tom se penche gauchement au-dessus du comité d'accueil des chats de Lesbos et déclare qu'ils ont les oreilles en feuilles de céleri. Un coup de sifflet et les porteurs ont remonté la passerelle. Le vapeur s'enfonce à nouveau dans la brume. Magnus, Tom et Mary la traîtresse le regardent partir comme dans les histoires de mer les plus tristes. Les bagages de toute leur vie gisent à leurs pieds et la lumière rouge du phare répand son feu tranquille sur leur tête.

« On pourra retourner à Vienne, après ? s'enquiert Tom. J'aimerais bien voir Becky Lederer. »

Magnus ne lui répond pas. Magnus est bien trop occupé à faire preuve d'enthousiasme. Il se montrerait enthousiaste à ses propres funérailles et Mary l'aime pour cela comme elle l'aime pour beaucoup trop d'autres choses – c'est toujours vrai. Sa bonté sans faille va parfois jusqu'à m'accuser.

« On y est, Mabs, s'écrie-t-il en montrant d'un ample mouvement du bras la colline conique et dépourvue d'arbres où s'agglutinent les maisons brunes : leur nouveau port d'attache. Nous l'avons trouvé. Plush-sur-Mer. » Puis il se tourne vers elle avec ce sourire qu'elle ne lui connaissait pas avant ces vacances – si brave, si las d'avoir à être lumineux dans un tel désespoir. « Nous sommes en sûreté ici, Mabs. Tout va bien. »

Il passe un bras autour d'elle et elle le laisse faire. Il l'attire à lui et ils s'embrassent. Tom se glisse entre eux deux, les serrant chacun dans un bras. « Hé ! moi aussi je veux en profiter », dit-il. Étroitement enlacés comme les alliés les plus unis du monde, les trois Pym remontent la jetée en abandonnant là leurs bagages jusqu'à ce qu'ils aient découvert un endroit où les mettre. Il ne leur faut pas une heure pour y arriver car Magnus, avec son flair habituel, trouve tout de suite à quelle taverne il convient de s'adresser en premier, qui charmer et qui engager sous l'identité grecque étonnamment vraisemblable qu'il a adoptée durant leur voyage. Mais il reste encore la soirée à passer et les soirées deviennent de plus en plus pénibles. Mary les sent peser au-dessus d'elle dès son réveil puis l'envahir et l'étouffer à mesure que la journée avance. Pour fêter leur nouvelle maison, Magnus a acheté une bouteille de scotch quoiqu'ils soient tombés d'accord plusieurs fois au cours des derniers jours pour s'en tenir au vin local et abandonner l'alcool trop fort. La bouteille est pratiquement vide et Tom, Dieu merci, s'est enfin endormi dans sa nouvelle chambre. Ou du moins Mary prie-t-elle pour qu'il en soit ainsi car Tom, comme dirait son père, a de plus en plus les oreilles qui traînent ces derniers temps et il reste le plus souvent auprès d'eux afin de saisir quelque chose au passage.

« Allons, Mabs, ce n'est pas une tête à faire, ça, tu ne crois pas ? lui lance Magnus pour l'égayer. Tu n'aimes pas notre nouveau Schloss ?

– Tu étais drôle et cela m'a fait sourire.

– Ça ne ressemblait pas à un sourire, réplique Magnus en souriant largement pour lui montrer comment il faut faire. De là où je suis, on aurait plutôt dit une grimace. »

Mais Mary sent la tension monter en elle et, comme d'habitude, elle ne peut se retenir. Elle se sent déjà coupable à la perspective du crime qu'elle va commettre.

« C'est de ça que tu parles, dans ton livre, non ? déclare-t-elle sèchement. De la façon dont tu gâches ton esprit avec une femme qui n'est pas à la hauteur ? »

Consternée par sa propre agressivité, Mary éclate en sanglots et serre les poings sur les accoudoirs de son fauteuil en rotin. Cependant, Magnus n'est pas consterné du tout. Il pose son verre et s'approche d'elle puis lui tapote gentiment le coude du bout des doigts pour qu'elle lui fasse de la place. Il met délicatement le verre de Mary hors d'atteinte. Quelques instants plus tard, les ressorts de leur nouveau lit grincent et gémissent comme un orchestre de cuivres en train de s'accorder. C'est qu'une ferveur érotique désespérée est venue à l'aide de Magnus ces derniers temps. Il lui fait l'amour comme s'il ne devait jamais la revoir. Il s'enfuit en elle comme si elle était son seul refuge, et Mary le suit aveuglément. Elle s'élève, il l'entraîne après lui, elle lui crie ses prières – « Oui, je t'en prie, oh ! » –, il la mène au sommet et, durant un instant béni, Mary peut dire adieu à cette saloperie de monde.

« Oh, j'y pense, nous nous servons de Pembroke, annonce Magnus un peu plus tard, mais assez tard quand même. Je suis sûr que ce n'est pas vraiment nécessaire mais je préfère avoir tout prévu, au cas où. »

Pembroke est l'un des noms de couverture de Magnus. Il a le passeport Pembroke dans sa mallette, Mary l'a déjà repéré. Ce passeport est doté d'une photographie artistiquement brouillée qui peut représenter Magnus comme n'importe qui d'autre. A l'atelier des faux, à Berlin, on appelait ce genre de photos des flotteurs.

« Que dois-je dire à Tom ? demande-t-elle.

– Pourquoi lui dire quoi que ce soit ?

– Notre fils s'appelle Pym. Il pourrait trouver un peu bizarre qu'on se mette à l'appeler Pembroke. »

Elle attend et se hait pour son agressivité. Il est très rare que Magnus ait à chercher une réponse, même quand cela concerne la meilleure façon de tromper leur enfant. Pourtant, maintenant il cherche. Elle peut s'en rendre compte en le scrutant alors qu'il est allongé près d'elle dans le noir.

« Bon, eh bien ! dis-lui que les Pembroke sont les propriétaires de la maison et que nous nous servons de leur nom pour commander des choses aux commerçants. Seulement s'il pose la question, bien sûr.

– Bien sûr. »

« Les deux types sont toujours là, dit Tom depuis l'embrasure de la porte, comme s'il avait participé à leur conversation depuis le début.

– Quels types ? », demande Mary.

Mais elle sent sa peau se hérisser sur la nuque et tout son corps devient moite de panique.

« Ceux qui réparent leur moto près de la rivière. Ils ont des sacs de couchage de l'armée, une torche et une tente spéciale.

– L'île est pleine de campeurs, réplique Mary. Retourne te coucher.

– C'est qu'ils étaient aussi sur le même bateau que nous, insiste Tom. Ils jouaient aux cartes derrière le canot de sauvetage. Et ils nous surveillaient. Ils parlaient en allemand.

– Le bateau était bourré de monde », répond Mary. Pourquoi ne dis-tu rien, espèce de salaud, crie-t-elle à Magnus dans sa tête. Pourquoi restes-tu là, sans bouger, au lieu de m'aider alors que je suis encore tout humide de toi ?

Tom d'un côté, Magnus de l'autre, Mary écoute les cloches de Plomari égrener les heures. Plus que quatre jours, se dit-elle. Tom repart à Londres dimanche pour un nouveau trimestre scolaire. Je le ferai donc dimanche et connaîtrai la damnation.

Brotherhood la secouait. Nigel venait de lui commander de la faire repartir du début – de la tenir.

« Nous voudrions revenir d'un cran en arrière, Mary. Tu peux faire ça ? Tu brûles les étapes. »

Elle entendit des murmures puis le bruit que fit Georgie en changeant la bande de son magnétophone. Mais c'était elle-même qui murmurait.

« Dis-nous d'abord pourquoi vous vous êtes décidés à prendre des vacances, tu veux bien, mon chou ? Qui a lancé l'idée ? Magnus, non ? Je vois. Cela se passait-il ici ? Oui.

A quel moment de la journée c'est venu ? Assieds-toi, s'il te plaît. »

Elle s'assit donc et repartit là où Jack le lui avait demandé : à Vienne, par une douce soirée de début d'été, à une époque où tout allait parfaitement bien et où ni Lesbos ni les îles qui la précédèrent ne déclenchaient cette petite étincelle dans l'œil du toujours efficace Magnus. Mary se trouvait au sous-sol, en bleu de travail, et elle reliait une première édition du *Die letzten Stunden der Menschheit* de Karl Kraus, que Magnus avait trouvé à Leoben un jour qu'il avait un Joe à voir là-bas. Et Mary...

« C'est habituel, ça, Leoben ?

– Oui, Jack, il allait régulièrement à Leoben.

– Combien de fois y est-il allé ?

– Deux fois par mois. Trois fois. Il avait un vieux Hongrois là-bas. Personne de très marquant.

– C'est lui qui t'a dit ça, non ? Je croyais qu'il ne parlait jamais de ses Joe.

– C'est un vieux négociant en vin hongrois qu'il connaît depuis des lustres et qui a des bureaux à Leoben et à Budapest. Magnus garde la plupart de ses secrets pour lui mais il m'en fait partager quelques-uns. Je peux continuer ? »

Tom était à l'école, Frau Bauer était allée prier, reprit Mary. C'était encore une de ces fêtes catholiques : l'Assomption, l'Ascension..., Mary en perdait le compte. Magnus était censé se trouver à l'ambassade américaine. Le nouveau comité commençait tout juste à se réunir et elle s'attendait à voir son mari rentrer tard. Elle était au plein milieu de l'encollage quand elle le vit soudain, dans l'encadrement de la porte, alors qu'elle n'avait rien entendu. Dieu seul sait depuis combien de temps il se tenait là, l'air très content de lui, à la contempler de sa manière caractéristique.

« Comment ça, mon chou ? Il te regardait comment ? », l'interrompit Brotherhood.

Mary n'avait pas voulu dire cela. Elle se troubla. « Avec un air un peu supérieur. Comme avec une supériorité douloureuse. Ne me mets pas en position de le détester, s'il te plaît, Jack.

– D'accord, très bien, il te regarde », répliqua Brother-hood.

Il l'observe et, dès qu'elle l'aperçoit, il éclate de rire et lui ferme la bouche sous un assaut de baisers passionnés, lui faisant son numéro de Fred Astaire avant de la conduire en haut pour un échange de vues franc et complet, comme il dit. Ils font l'amour puis il la porte jusqu'à la baignoire, la lave, la sort du bain et la sèche. Vingt minutes plus tard, Mary et Magnus traversent d'un pas vif le petit parc qui domine Dobling, sautillant comme l'heureux couple qu'ils forment presque. Ils dépassent le bac à sable et la cage à écureuils qui ne sont plus de l'âge de Tom, la cage à éléphants contre laquelle Tom joue encore au ballon, et dévalent la colline en direction du restaurant Téhéran qui leur tient curieusement lieu de pub parce que Magnus aime tant les vidéos de romances arabes en noir et blanc qui passent, sans le son, pendant que vous dégustez votre cous-cous et votre Kalterer. A table, il lui étreint férocement le bras et elle sent son excitation la traverser telle une décharge électrique, comme si le fait de l'avoir possédée avait en fait stimulé ses ardeurs.

« Partons, Mabs. Partons pour de bon. Vivons vraiment pour une fois au lieu de faire semblant. Prenons Tom et tous nos petits bouts de congés en même temps et foutons le camp pendant tout l'été. Tu peindras, j'écrirai mon livre, et nous ferons l'amour à en tomber complètement raides. »

Mary lui demande où et Magnus lui répond que cela n'a pas d'importance, qu'il ira voir l'agence de voyage du Ring demain. Et le nouveau Comité ? interroge Mary. Il tient sa main enfermée dans la sienne et la caresse du bout des doigts, et la jeune femme se sent à nouveau devenir folle de lui, ce qu'il aime par-dessus tout.

« Tu sais, Mary, le nouveau Comité est le plus beau jeu de cons auquel il m'ait été donné de participer, et pourtant j'en ai vu défiler pas mal, crois-moi, déclare Magnus. Ce n'est pour le moment qu'une réunion où l'on parle boutique pour mieux flatter l'ego de la Firme et pour qu'on puisse dire à qui veut bien l'entendre que nous allons main dans la main avec les Américains. Mais Lederer ne peut quand même pas s'imaginer que nous allons lui dévoiler nos réseaux. Quant à lui, il ne me dirait même pas le nom de son tailleur, alors celui de ses agents, tu parles – en admettant bien sûr qu'il ait l'un et l'autre, ce dont je doute fort. »

Brotherhood de nouveau. « Il ne t'a pas dit *pourquoi* Lederer aurait eu tendance à ne rien lui dire ?

– Non. »

Nigel pour changer : « Et il n'a pas expliqué plus avant pourquoi ou comment le Comité ne serait qu'un jeu imbécile ?

– C'était un jeu de cons, c'était de la poudre aux yeux, c'était un bouche-trou. C'est tout ce qu'il a dit. Je lui ai demandé ce que deviendraient ses Joe, et il m'a répondu que ses Joe étaient assez grands pour se garder tout seuls et que si Jack était inquiet à ce sujet, il n'aurait qu'à envoyer un remplaçant. J'ai demandé ce qu'en penserait Jack...

– Et qu'en penserait Jack ? s'enquit Nigel sans dissimuler sa curiosité.

– Il a dit que Jack ne servait à rien lui non plus : "Je ne suis pas marié avec Jack, c'est toi que j'ai épousée. La Firme aurait dû le mettre à la retraite il y a déjà dix ans. Qu'il aille se faire voir." Désolée. C'est ce qu'il a dit. »

Les mains fourrées dans ses poches, Brotherhood entreprit de faire le tour de la petite chambre, étudiant les photos de la fille illégitime de Frau Bauer, se plongeant dans l'examen de la rangée de romans sentimentaux.

« Rien d'autre à mon sujet ? questionna-t-il.

– "Jack a trop de kilomètres dans les pattes. L'ère des boy-scouts est terminée. C'est une nouvelle scène et il est dépassé."

– Rien d'autre ? », insista Brotherhood.

Nigel avait enfoncé le menton dans sa main et contemplait la forme parfaite de ses souliers.

« Non, répondit Mary.

– Est-il allé faire un tour, cette nuit-là ? A-t-il vu P. ?

– Il y était allé le soir d'avant.

– Je t'ai demandé cette nuit-là. Réponds à la question !

– Et moi je t'ai dit qu'il y était allé la nuit d'avant !

– Avec un journal. Le même cirque ?

– Oui. »

Les mains toujours dans les poches, la tête bien dressée au-dessus des épaules, Brotherhood se tourna avec raideur vers Nigel : « Je vais la mettre au courant, dit-il. Vous allez en avoir une attaque ?

– Vous voulez une permission officielle ? demanda Nigel.

– Pas particulièrement.

– Si c'était le cas, il faudrait que j'en réfère à Bo, fit Nigel en jetant un coup d'œil respectueux sur sa montre en or, comme s'il attendait d'en recevoir des ordres.

– Lederer sait et nous savons aussi. Si Pym le sait également qui reste-t-il ? », s'obstina Brotherhood.

Nigel réfléchit un instant. « Comme vous voudrez. C'est votre homme, votre décision, votre conclusion. Franchement. »

Brotherhood se pencha au-dessus de Mary et approcha son visage de l'oreille de la jeune femme. Elle se remémora son odeur : une odeur paternelle imprégnée de tweed. « Tu écoutes ? »

Elle secoua la tête. Je n'écoute pas, je n'écouterai jamais, je regrette d'avoir déjà trop écouté.

« Le nouveau Comité dont il se moquait tant était en passe de devenir une organisation extrêmement efficace. Peut-être le meilleur travail de coopération sur le terrain que nous ayons eu avec les Américains depuis des années. La règle du jeu était la confiance mutuelle. Ce n'est plus aussi facile à établir maintenant que ça l'a été, mais nous y sommes quand même parvenus. Tu vas t'endormir ? »

Elle acquiesça d'un signe de tête.

« Non seulement ton Magnus était très conscient de tout cela, mais il a été l'un des premiers à mettre tout en œuvre pour que ce Comité voie le jour. S'il n'en a pas été le principal instigateur. Il est même allé jusqu'à se plaindre à moi, alors que nous en étions encore aux négociations, que Londres se montrait beaucoup trop étriqué dans sa façon d'interpréter les termes de l'échange. Il pensait que nous devions donner davantage aux Américains et inversement. Voilà le premier point. »

Je n'ai absolument rien à ajouter. Je peux t'indiquer mon

163

adresse en Angleterre, mes parents les plus proches, mais rien de plus. C'est toi qui m'as appris cela, Jack, au cas où je me serais fait prendre.

« Le deuxième point est que, pour des raisons que je considérais à l'époque comme dépourvues de fondement et insultantes, les Américains se sont opposés à la participation de ton mari à ce Comité moins de trois semaines après la première réunion, et m'ont demandé de le remplacer par quelqu'un de plus conforme à leurs goûts. Mais étant donné que Magnus représentait le pivot de toute l'opération tchèque et de plusieurs autres petites affaires, cette demande paraissait tout à fait inacceptable. Ils avaient émis les mêmes réserves à son sujet à Washington l'année précédente et Bo s'était incliné à tort me semblait-il. Je ne voulais pas leur laisser commettre la même erreur. Il m'arrive de ne pas écouter ce que des gentlemen américains ou n'importe qui d'autre peuvent me dire concernant la manière de faire mon travail. J'ai dit non et j'ai ordonné à Magnus de prendre un congé et de ne pas remettre les pieds à Vienne avant que je ne le rappelle. C'est la vérité et je crois qu'il est temps que tu l'entendes un peu.

– C'est également très secret », ajouta Nigel.

Elle attendit en vain de se sentir abasourdie. Pas la moindre révolte, pas le moindre éclat de ce mauvais caractère familial si célèbre. Brotherhood s'était approché de la fenêtre et il regardait dehors. Le matin s'était levé tôt à cause de la neige. Brotherhood avait l'air vieux et abattu. Ses cheveux blancs s'ébouriffaient à contre-jour et Mary distingua la peau rosée de son crâne.

« Tu l'as défendu, constata-t-elle. Tu lui as été fidèle.

– Et on dirait que j'ai été aussi un sacré imbécile. »

La maison s'était retournée. Le bruit de meubles qu'on déplaçait venait maintenant d'en dessous du salon. L'endroit le plus sûr était bien ici. Au premier, avec Jack.

« Oh, ne vous mettez pas tout sur le dos, Jack », protesta Nigel en examinant son autre soulier.

Après avoir installé Mary dans le fauteuil, Brotherhood lui avait tendu un whisky. Tu n'en auras pas d'autre, avait-il décrété, fais-le durer. Nigel avait pris possession du lit et reposait paresseusement dessus, une de ses petites jambes habillées tendue devant lui comme s'il s'était foulé la cheville en essayant de franchir les marches de son club. Brotherhood leur tournait le dos à tous les deux. Il préférait la vue que lui offrait la fenêtre.

« Ainsi, vous vous rendez d'abord à Corfou. Votre tante y a une maison. Elle vous l'a prêtée. Racontez-moi ça plus en détail. Soigneusement.

– C'est tante Tab, déclara Mary.

– Le nom complet, ce serait mieux, insista Nigel.

– Lady Tabitha Grey. La sœur de papa.

– Membre occasionnel de la Firme, murmura Brotherhood. Il ne doit pas y avoir un membre de cette famille qui n'ait été, à un moment ou à un autre, sur nos listes. Pensez à ça. »

Elle avait téléphoné à tante Tab dès qu'ils étaient revenus de leur café iranien, le soir même, et par miracle il y avait eu une annulation et la maison était libre. Ils la retinrent, téléphonèrent à l'école de Tom et lui trouvèrent une place d'avion sur un vol direct afin qu'il puisse les rejoindre à la fin de son trimestre. Dès qu'ils furent au courant, les Lederer insistèrent évidemment pour venir aussi, Grant affirmant qu'il était prêt à tout lâcher. Mais Magnus ne voulut pas en entendre parler. Les Lederer représentaient exactement le genre de gens qu'il avait besoin de fuir, expliqua-t-il. Pourquoi faudrait-il que je parte en vacances avec mon boulot ? Cinq jours plus tard, ils étaient installés dans la maison de Tab et tout marchait comme sur des roulettes. Tom prenait des leçons de tennis à l'hôtel du bout de la rue, nageait, nourrissait les chèvres de la propriétaire des lieux et tournait autour du bateau avec Costa qui était chargé de s'en occuper et d'arroser le jardin. Mais le plus agréable, c'était les matches de cricket délirants que Magnus l'emmenait voir à la tombée du soir, à la sortie de la ville. Magnus raconta que c'étaient les Britishes qui avaient importé ce jeu dans l'île à l'époque où ils la défendaient contre Napoléon. Magnus savait ce genre de choses. Durant ces parties de cricket à Corfou, Magnus fut plus proche de Tom qu'il ne l'avait jamais été. Ils se couchaient sur l'herbe, engloutissaient des glaces, encourageaient leurs joueurs favoris et avaient de ces petites conversations entre hommes qui faisaient tant pour le bonheur de Tom : Tom aimait Magnus à la folie, il avait toujours été surtout le fils de son père. Quant à Mary, elle s'était mise au pastel parce que Corfou en été se révélait vraiment trop chaud pour l'aquarelle : la peinture séchait sur la feuille avant qu'on ait le temps de commencer. Mais elle arrivait à bien dessiner, à obtenir de jolies formes, de jolies images et elle jouait les hôtesses avec au moins la moitié des chiens de l'île car les Grecs ne leur donnent jamais à manger, ni ne les soignent ni quoi que ce soit. Tous se sentaient donc heureux, tout allait parfaitement bien, Magnus jouissait d'une pièce assez fraîche pour travailler et il pouvait faire de longues balades dans l'île afin de calmer son agitation qui le prenait le matin, dès le saut du lit, puis tard le soir, après l'avoir contenue toute la journée. Ils déjeunaient tard, généralement dans une taverne et, avouons-le, de denrées plus liquides que solides la plupart du temps. Mais n'étaient-ce pas les vacances après tout ? S'ensuivaient de longues siestes voluptueuses durant lesquelles Magnus et Mary faisaient l'amour sur le balcon tandis que Tom se rendait sur la plage avec les jumelles de son père pour étudier les nudistes de l'autre côté de la baie ; comme ça, disait Magnus, chacun avait sa part de chair. Puis, un jour, les pendules s'immobilisèrent et, au retour d'une promenade tardive, Magnus avoua qu'il était un peu coincé avec son bouquin. Il se contenta d'entrer, de se servir un ouzo tassé et de se jeter dans un fauteuil pour dire sans détours :

« Désolé, Mabs. Désolé mon vieux Tom. Mais cet endroit est vachement trop idyllique. J'ai besoin d'un coin un peu plus dur. J'ai besoin des gens, bon Dieu. De fumée, de poussière et d'un peu de souffrance autour de nous. On se croirait sur la lune, ici, Mabs. C'est pire que Vienne. Je te jure. »

Il disait tout cela très gentiment, mais sa décision était prise. Il avait visiblement bu, mais c'était parce qu'il ne se sentait pas dans son assiette. « Je vais devenir dingue, Mabs.

Ça me sape complètement le moral. D'ailleurs je l'ai dit à Tom. Pas vrai, Tom ? Je lui ai dit que je n'allais pas pouvoir tenir très longtemps et que je me trouve vraiment salaud en voyant à quel point vous vous plaisez ici tous les deux.

– Oui, c'est vrai, confirma Tom.

– Plusieurs fois. Et puis aujourd'hui j'ai atteint le point de saturation, Mabs. Il faut que tu m'aides à m'en sortir. Il faut que vous m'aidiez tous les deux. »

Évidemment, ils lui promirent tous deux d'essayer. Mary appela aussitôt Tab pour lui dire qu'elle pouvait remettre sa maison en location, ils s'embrassèrent tous et se mirent au lit l'esprit décidé. Le lendemain, Mary fit les valises pendant que Magnus se rendait en ville pour décider de l'étape suivante de leur odyssée et prendre les billets. Pourtant Tom, au moment de la vaisselle qui constituait toujours pour lui une heure de bavardage, donna une version différente de ce qui les poussait à quitter Corfou. Papa avait rencontré ce mystérieux monsieur, au cricket. C'était vraiment un match génial, m'man, les deux meilleures équipes de l'île. Une vraie bagarre. On était complètement dans le match et puis tout d'un coup, il y a eu ce vieux monsieur sec avec une moustache triste comme celle d'un prestidigitateur et qui boitait. Papa s'est levé, tout raide. Le monsieur s'est approché de papa en souriant, ils ont discuté un peu et ont fait plusieurs fois le tour du terrain, lentement parce que le monsieur maigre marchait comme un invalide. Mais il avait l'air très gentil avec papa, même si papa était devenu tellement émané.

– Animé, corrigea Mary automatiquement. Ne parle pas trop fort, Tom. Ton père doit être en train de travailler quelque part.

– Après il y avait eu ce batteur fantastique, reprit Tom, celui qui s'appelle Phillipi. C'était le batteur le plus super génial que Tom eût jamais vu de *toute* sa vie, et il a marqué dix-huit points en une seule manche et ça a été le délire dans la foule, mais papa n'a rien remarqué. Il était trop occupé à écouter le gentil monsieur.

– Comment sais-tu qu'il était si gentil que ça, s'enquit Mary non sans une curieuse irritation. N'élève pas la voix. »

Il n'y avait pas de lumière dans la pièce, mais Magnus restait parfois assis dans le noir.

« On aurait dit que c'était son père, tu vois maman ? Il est plus vieux, et tranquille avec ça. Il n'arrêtait pas de proposer à papa de monter dans sa voiture, et papa refusait toujours. Mais ça ne le mettait pas en colère ni rien, il était bien trop calme. Il souriait et lui disait des trucs gentils.

– Mais quelle voiture ? Cette histoire sort tout droit de ton imagination, Tom. Et tu le sais très bien.

– La Volvo. La Volvo de M. Kaloumenos. Il y avait un homme qui conduisait et un autre assis à l'arrière. Et ils restaient toujours à la hauteur de papa et de l'autre monsieur, de l'autre côté de la clôture, pendant qu'ils marchaient et marchaient encore autour du terrain tout en discutant. Je te le jure, m'man. Le monsieur maigre ne s'est jamais énervé et on voyait bien qu'il aimait vraiment papa. Ils ne se tenaient pas juste par le bras : c'étaient vraiment des amis qui se retrouvaient. Beaucoup plus proche qu'avec oncle Grant. Plutôt comme avec oncle Jack. »

Mary posa le soir même la question à Magnus. Les bagages étaient faits et elle se sentait excitée à l'idée de partir, attendant avec impatience les musées d'Athènes.

« Tom m'a dit que tu avais été harcelé par un type très ennuyeux pendant le match de cricket, lâcha Mary alors qu'elle sirotait un petit verre plutôt raide après une journée bien chargée.

– Ah bon ?

– Un petit bonhomme qui t'a pourchassé tout autour du terrain. Aux dires de Tom, j'ai pensé à un mari jaloux. Et il avait une moustache, si Tom ne s'est pas trompé. »

Magnus parut alors se souvenir vaguement. « Oh, ce n'est rien. Une espèce de vieil Anglais ennuyeux qui n'arrêtait pas de vouloir m'emmener voir sa villa. Il voulait la bazarder je crois. Un véritable emmerdeur. »

« Il parlait allemand, déclara Tom le lendemain au petit déjeuner, alors que Magnus était sorti se promener.

– Qui ça ?

– Le copain tout maigre de papa. Le bonhomme qui est

venu voir papa au cricket. Et papa lui parlait en allemand aussi. Pourquoi a-t-il dit que c'était un vieil Anglais ? »

Mary s'emporta. Cela faisait des années qu'elle ne s'était pas sentie aussi fâchée contre lui. « Quand tu as envie d'entendre nos conversations, tu ferais mieux d'entrer pour les écouter au lieu de rester planqué derrière la porte comme un espion. »

Puis elle eut honte d'elle-même et joua au tennis avec lui jusqu'au départ du bateau. Une fois à bord, Tom fut malade comme un chien et, le temps d'atteindre Le Pirée, il avait trente-neuf et demi de température, ce qui décupla la culpabilité de Mary. A l'hôpital d'Athènes, un médecin grec diagnostiqua une allergie aux crevettes, ce qui était stupide car Tom avait horreur des crevettes et n'en avait pas touché une seule. De plus, sa figure enflait maintenant comme celle d'un hamster. Ils prirent donc des chambres dans un hôtel hors de prix et le mirent au lit avec une vessie de glace sur le front, puis Mary lui lut des histoires pendant que Magnus écoutait aussi ou bien écrivait dans la chambre du jeune malade. Mais le plus souvent, il se contentait d'écouter parce que ce qu'il préférait dans la vie, disait-il toujours, c'était de la regarder s'occuper de leur enfant. Elle le croyait.

« Il n'est pas sorti du tout ? demanda Brotherhood.

– Non, pas au début. Il ne voulait pas.

– Il a donné des coups de fil ? s'enquit Nigel.

– A l'ambassade. Pour signaler notre arrivée. Pour que vous sachiez où il était.

– C'est lui qui t'a dit ça ? questionna Brotherhood.

– Oui.

– Vous n'étiez pas présente pendant le coup de téléphone ? fit Nigel.

– Non.

– Vous n'avez rien entendu à travers le mur ? – Nigel toujours.

– Non.

– Vous savez qui il a eu ? – Nigel encore.

– Non. »

De là où il se trouvait, sur le lit, Nigel leva les yeux vers Brotherhood. « Mais il vous a téléphoné, Jack, dit-il d'un

169

ton encourageant. Des petits coups de fil depuis des trous perdus à son cher vieux patron une fois de temps en temps ? C'est presque obligatoire, non ? Histoire de savoir où en sont les Joe : "Comment va ce vieux pote de tu-sais-où ?" »

Nigel fait partie de ces nouveaux arrivants qui n'y connaissent rien, avait dit Magnus à Mary. C'est un de ces imbéciles qui sont censés faire souffler un peu du réalisme de Whitehall. Je n'ai jamais entendu une pareille contradiction.

« Pas un mot, répondait Brotherhood. Il m'a simplement envoyé une série de cartes postales stupides qui disaient : "Dieu merci, tu n'es pas là" et me donnaient sa dernière adresse.

– Quand a-t-il commencé à sortir ? reprit Nigel.

– Quand Tom a eu moins de température, répondit Mary.

– Au bout d'une semaine ? fit Nigel, l'invitant à poursuivre. De deux ?

– Moins.

– Raconte, commanda Brotherhood. »

C'était le soir, probablement celui du quatrième jour. Tom avait repris figure normale et Magnus suggéra à Mary d'aller faire quelques courses pendant qu'il veillerait sur Tom, pour se changer les idées. Mais Mary n'avait pas tellement envie d'affronter seule les rues d'Athènes, aussi fut-ce Magnus qui sortit à sa place – Mary irait visiter un musée le lendemain. Il revint vers minuit, visiblement très content de lui : il avait fait la connaissance d'un vieux Grec formidable qui avait une agence de voyages dans un sous-sol en face du *Hilton*, un type incroyablement cultivé avec lequel il était allé boire de l'ouzo en réglant une fois pour toutes les problèmes de l'univers. Le vieil homme s'occupait aussi d'un service de locations de villas sur les îles, et il espérait obtenir une annulation d'ici à une semaine, quand ils en auraient marre d'Athènes.

« Je croyais que tu ne voulais plus des îles », s'étonna Mary.

Il sembla durant un instant que Magnus avait oublié pourquoi ils avaient quitté Corfou. Il eut un sourire peu convaincant et bredouilla que les îles n'étaient pas toutes pareilles. Les jours traînèrent ensuite en longueur pendant peut-être une semaine. Les Pym émigrèrent dans un hôtel plus petit et Magnus écrivit et écrivit encore, prit l'habitude de sortir le soir et, quand Tom eut suffisamment récupéré, alla nager avec lui. Mary dessinait l'Acropole et emmena une ou deux fois Tom au musée, mais il préférait la baignade avec son père. Ils attendaient que le vieux Grec leur propose quelque chose.

Brotherhood l'interrompit une fois de plus. « Ce qu'il écrivait, qu'est-ce qu'il t'en disait exactement ?

– Il voulait garder le secret. Des bouts par-ci par-là, c'est tout ce qu'il me donnait.

– Comme avec ses Joe. Même chose, suggéra Brotherhood.

– Il voulait que je conserve un œil neuf pour quand il aurait vraiment quelque chose à me montrer. Il avait peur d'épuiser le sujet en en parlant. »

Le temps s'écoula tranquillement et, Mary le ressentait ainsi maintenant, comme furtivement, jusqu'au soir où Magnus disparut. Il sortit après dîner en disant qu'il allait secouer un peu le vieux bonhomme. Le lendemain matin, il n'était pas rentré et, l'heure du déjeuner arrivée, Mary se sentit vraiment effrayée. Elle savait qu'elle devait téléphoner à l'ambassade. D'un autre côté, elle ne voulait pas déclencher une panique inutile ni faire quoi que ce soit qui pût mettre Magnus dans l'embarras.

Mais Brotherhood lui coupa de nouveau la parole.

« Quel genre d'embarras ?

– S'il était simplement parti faire la bringue. Ça n'aurait pas fait très bon effet dans son dossier. Surtout au moment où il attendait une promotion.

– Il avait déjà disparu comme ça, pour faire la bringue ?

– Non, jamais. Il lui arrive de temps en temps de picoler pas mal avec Grant, mais cela n'a jamais été plus loin. »

Nigel redressa brusquement la tête. « Mais pourquoi donc s'attendait-il à une promotion ? Qui avait bien pu lui parler de promotion ?

– Moi, répliqua Brotherhood sans même un soupir de

repentir. J'estimais qu'après tout le mal qui lui avait été fait, il méritait cette promotion en plus de sa réhabilitation. »

Haussant les sourcils, Nigel inscrivit une petite note soignée dans son livre. Mary continua.

Quoi qu'il en soit, elle attendit jusqu'au soir puis elle prit Tom avec elle et alla au *Hilton*. Là, ils explorèrent toutes les maisons en face de l'hôtel et finirent par trouver le vieux Grec cultivé dans son sous-sol exactement tel que Magnus l'avait décrit. Mais le Grec n'avait pas vu Magnus depuis plusieurs jours et Mary ne voulut pas rester pour le café. De retour à la taverne, ils retrouvèrent Magnus avec une barbe de deux jours, toujours vêtu des habits qu'il portait en partant, installé, ivre, à la terrasse, en train de manger des œufs au bacon. Il n'était pas ivre à dire des bêtises, Magnus ne ferait pas une chose pareille. L'alcool ne le rendait ni coléreux, ni pleurnichard, ni agressif et encore moins indiscret mais renforçait au contraire ses défenses. Il faisait donc preuve d'une ivresse courtoise, comme d'habitude aimable à l'excès, et l'histoire qu'il avait trouvée collait parfaitement à part un petit détail.

« Pardon les potes. J'ai pris une bonne cuite avec Dimitri. Le cochon m'a fait boire à rouler sous la table. Salut, Tom !

– Salut, rétorqua Tom.

– Qui est Dimitri ? insista Mary

– Tu sais très bien qui est Dimitri. Le vieux Grec de l'agence de voyages, celui qui dit son chapelet juste en face du *Hilton*.

– Le monsieur si cultivé ?

– C'est ça.

– La nuit dernière ?

– Pour autant que je m'en souvienne, ma vieille. La nuit dernière et pas une autre.

– Dimitri ne t'a pas vu depuis lundi. Il nous l'a dit lui-même il y a une heure. »

Magnus réfléchit un instant. Tom avait dégotté un exemplaire de l'*Athens News* et, assis à la table voisine, était plongé intensément dans la page cinématographique.

« Tu m'as épié, Mabs. Tu n'aurais pas dû faire ça.

– Je ne t'épiais pas, je te cherchais !

– Ne me fais pas de scène maintenant, s'il te plaît. Nous ne sommes pas tout seuls, tu sais.

– Je ne fais pas de scène. C'est toi. Ce n'est pas moi qui ai disparu pendant deux jours et qui reviens avec un énorme mensonge. Tom, mon chéri, va dans ta chambre. Je monte tout de suite. »

Tom partit, un sourire éclatant plaqué sur les lèvres pour bien montrer qu'il n'avait rien entendu. Magnus but son café à longues gorgées. Puis il saisit la main de Mary, l'embrassa et la reposa doucement sur la chaise, auprès de lui.

« Qu'est-ce que tu voudrais que je te dise, Mabs ? Que je faisais la noce avec une pute ou que j'ai eu des problèmes avec un Joe ?

– Pourquoi ne pas me dire simplement la vérité ? »

La suggestion l'amusa. Sans cruauté ni cynisme. Simplement, il la prit avec la même indulgence chagrine dont il faisait preuve avec Tom quand celui-ci lui donnait une de ses solutions pour la fin de la pauvreté dans le monde ou de la course aux armements.

« Tu sais quoi ? » Il lui embrassa de nouveau la main et la porta à sa joue. « Rien ne s'en va jamais, dans la vie. » A sa grande surprise, Mary s'aperçut qu'il avait la barbe mouillée et comprit qu'il pleurait. « Je suis place de la Constitution, tu vois ? Je sors du bar *Grande-Bretagne*. Tranquille. Et qu'est-ce qui arrive ? Je tombe dans les bras d'un ancien Joe tchèque. Pas un cadeau le mec, c'était un falsificateur et il nous a causé plein d'ennuis. Il me retient alors par le bras. "Colonel Manchester ! Colonel Manchester !" Il menace d'appeler la police, de me dénoncer comme espion britannique si je ne lui file pas de fric. Il me dit que je suis le seul ami qui lui reste au monde. "Venez prendre un verre avec moi, colonel Manchester. Comme avant." J'y suis allé. Je l'ai fait boire à rouler sous la table et puis je lui ai faussé compagnie. Mais je crains d'avoir moi aussi pas mal picolé. Enfin, ça fait partie du boulot ! Allons au lit. »

Ils vont donc se coucher. Ils font l'amour. Ébats désespérés de deux étrangers pendant que Tom lit ses bandes

173

dessinées dans la chambre d'à côté. Deux jours plus tard, ils partent pour Hydra, mais Hydra devient bien vite trop étroite, trop sinistre, et il ne reste soudain plus qu'à aller à Spetsai – à cette époque de l'année, cela ne posera pas de problème. Tom demande si Becky ne pourrait pas les rejoindre et Magnus répond que non, c'est absolument impossible parce qu'ils voudront tous venir et qu'il n'a aucune envie de se retrouver avec cinq Lederer sur le dos pendant qu'il essaye d'écrire. Sinon, mis à part le fait qu'il boive sans arrêt, Magnus n'a jamais été plus prévenant et plus poli qu'en ce moment.

Elle s'était interrompue. On eût dit qu'elle prenait du recul afin d'examiner un tableau. Elle étudiait son histoire jusque-là. Elle but quelques gorgées de whisky et alluma une cigarette.

« Nom de Dieu », souffla Brotherhood, et ce fut tout.

Nigel avait découvert une petite pellicule de peau morte au dos d'un de ses doigts et il était en train de la retirer méticuleusement. Il fait partie de ces hommes qui prennent énormément soin de leurs mains, songea-t-elle. Et qui se foutent totalement de celles des autres.

Lesbos de nouveau, par un autre matin mais toujours dans ce même lit grec tandis que Plomari s'éveille une fois encore, malgré Mary qui prie pour que la ville se rendorme, pour que les sons s'éteignent et que le soleil retombe derrière les toits parce que c'est aujourd'hui lundi et que Tom est reparti la veille à l'école – Mary en a la preuve sous son oreiller, là où elle a promis de mettre la patte de lapin qu'il lui a donnée en guise de talisman, et, comme si elle en avait besoin pour renforcer sa décision, elle a aussi en mémoire les derniers mots si terribles de Tom juste avant son départ. Mary et Magnus l'ont conduit à l'aéroport et ont fait enregistrer ses bagages pour un nouvel envol. Tom et Mary se tiennent debout l'un près de l'autre, incapables de se toucher tandis qu'ils attendent l'annonce de l'embarquement. Magnus est allé au bar acheter des pistaches à Tom pour le voyage et prendre un ouzo pendant qu'il y était. Mary a vérifié une demi-douzaine de fois que Tom avait bien son passeport, son argent, la lettre à l'intendance pour signaler son allergie aux crevettes et la lettre à grand-mère que tu lui donnes dès que tu la retrouves à l'aéroport de Londres, mon chéri, pour ne pas oublier. Mais Tom est encore plus troublé que d'habitude. Il ne cesse de regarder vers l'entrée principale, scrutant les gens qui franchissent les portes battantes, et son visage exprime un tel désespoir que Mary se demande vraiment s'il ne va pas se précipiter dessus.

« Maman.

– Oui, mon chéri.

– Ils sont là, m'man.

– Qui ça ?

– Les deux campeurs de Plomari. Ils sont assis sur leur moto dans le parking, et ils regardent papa.

– Non, maintenant tu arrêtes ça, mon chéri, réplique fermement Mary, bien décidée à chasser ces ombres une fois pour toutes. Tu laisses tomber, d'accord ?

– Oui, mais je les ai reconnus, tu comprends ? J'y ai repensé ce matin. Et je me suis souvenu. Ce sont les deux hommes qui étaient dans la voiture qui tournait autour du terrain de cricket de Corfou quand l'ami de papa voulait absolument l'emmener faire un tour. »

Durant un instant, quoique Mary ait déjà vécu cette torture une douzaine de fois, elle a envie de crier : « Reste ! Ne pars pas ! J'en ai rien à foutre de ton éducation ! Reste avec moi. » Mais au lieu de cela, la pauvre imbécile lui fait des signes d'adieu depuis l'autre côté de la barrière et réprime ses larmes jusqu'au voyage de retour, alors que Magnus se montre plus charmant que jamais. Et nous voilà le lendemain matin, Tom est sur le point d'arriver à l'école et Mary fixe du regard les barreaux de prison des volets pourris de Kyria Katina, alors que le ciel blanchit sans remords dans les interstices et qu'elle s'efforce de ne pas entendre les bruits de tuyauterie en dessous d'elle ni le bruit de l'eau aspergeant généreusement le dallage tandis que Magnus célèbre sa douche matinale.

« Youpi ! Ouah ! Tu es réveillée, femme ? On se les gèle, ici, ma parole ! »

Je te crois, répond-elle mentalement en s'enfonçant plus profondément encore sous les couvertures. En quinze ans et jusqu'à notre arrivée ici, jamais il ne m'a appelée femme. Et voilà que, soudain, elle est devenue « femme » toute la journée, comme s'il s'était brusquement rendu compte de son sexe. Une simple épaisseur de plancher la sépare de lui et, si elle osait, Mary n'aurait qu'à se pencher un peu pour apercevoir son corps nu d'étranger à travers les planches disjointes. Ne recevant pas de réponse d'elle, Pym se met à chanter son seul air de Gilbert et Sullivan tout en coupant l'eau.

« *Rising early in the morning,*
We proceed to light the fire... Qu'en penses-tu ? », crie-t-il lorsqu'il a chanté toutes les paroles qu'il connaît.

Dans une autre vie, Mary avait une petite réputation de musicienne. A Plush, elle s'occupait même d'un groupe assez bon dans les madrigaux. Quand elle travaillait à la Centrale, elle chantait en solo à la chorale de la Firme. C'est juste que personne ne t'a jamais fait écouter de disques, disait-elle à Magnus en déguisant à peine sa critique à l'adresse de Belinda, sa première femme. Un jour, ta voix sera aussi belle quand tu chantes que quand tu parles, mon chéri.

Elle prend une profonde inspiration. « Mieux que Caruso ! » s'exclame-t-elle.

Mary a répondu, Magnus peut reprendre sa douche.

« Ça a bien marché, Mabs. Vraiment bien. Sept pages de prose impérissable. Besoin d'un peu de peaufinage, mais c'est bon.

– Génial. »

Il a commencé à se raser. Elle l'entend vider la bouilloire dans la cuvette en plastique de la vaisselle. Des lames de rasoir, pense-t-elle. Mince, j'ai oublié de lui acheter ses saloperies de lames de rasoir. Elle savait bien en allant à l'aéroport et en en revenant qu'elle avait oublié quelque chose. C'est que les petits détails devenaient aussi terrifiants que les choses importantes, ces derniers temps. Il va falloir que j'achète du fromage pour midi. Il faut aussi que j'achète le pain qui va avec le fromage. Elle ferma les yeux et prit à nouveau une énorme inspiration.

« Tu as bien dormi ? s'enquiert-elle.

– Comme un loir. Tu n'as pas remarqué ? »

Si, j'ai remarqué. J'ai remarqué que tu es sorti furtivement du lit à deux heures du matin et que tu'es descendu dans ta salle de travail. Je t'ai entendu marcher puis arrêter de marcher. J'ai entendu les craquements de ta chaise et le chuchotement de ton feutre quand tu t'es mis à écrire. A qui ? Avec quelle voix, hein ? Laquelle ? Une explosion de musique couvre soudain le bruit qu'il fait en se rasant. Il vient d'allumer son astucieuse petite radio afin d'écouter les nouvelles de la BBC. Magnus sait toujours quelle heure il est à la minute près, de jour comme de nuit. Quand il regarde sa montre, ce n'est que pour confirmer l'heure que lui indique son cerveau. Elle écoute, l'esprit engourdi, la litanie d'événements que nul ne peut contrôler. Une bombe a explosé à Beyrouth. Une ville vient d'être rasée au Salvador. La livre sterling a dégringolé. Ou monté. Les Russes ne participeront pas aux prochains jeux Olympiques, ou bien y participeront finalement. Magnus suit la politique de près, comme un joueur trop avisé pour parier. Le son s'amplifie tandis que Magnus apporte le poste dans la chambre, tap, tap, nu à l'exception de ses sandales. Il se penche au-dessus d'elle et elle respire l'odeur mêlée de son savon à raser et des cigarettes grecques, toutes plates, qu'il a pris l'habitude de fumer pendant qu'il écrit.

« On dort encore ?

– Un peu.

– Comment va le rat ? »

Mary soigne un rat qu'elle a trouvé à moitié éventré dans le jardin. Il repose à l'intérieur d'un panier d'osier, dans la chambre de Tom.

« Je n'ai pas regardé », répond-elle.

Il l'embrasse tout contre l'oreille, déflagration, et entreprend de lui caresser la poitrine pour l'inviter à le prendre. Mais elle grogne un « Plus tard » maladroit et roule sur elle-même. Elle l'entend se glisser jusqu'à la penderie puis perçoit le bruit de la vieille porte qui résiste avant de s'ouvrir d'un coup. S'il choisit son short, il ira se promener. S'il prend son jean, il va en ville boire avec les parasites. Le colonel Parker-appelez-moi-Parkie, accompagné de son petit ami grec et de son terrier Sealyham que je tiens en laisse et pas par la queue. Elsie et Ethel, les deux gouines, institutrices à la retraite de Liverpool. Jock Quelque chose, j'ai une petite affaire à Dundee. Magnus attrape une chemise et l'enfile. Mary l'entend passer son short.

« Où vas-tu ? demande-t-elle.

– Marcher un peu.

– Attends-moi. Je viens avec toi. Tu pourras me parler. »

Mais qui s'exprimait ainsi par sa voix ? La femme directe et avisée de trois mois plus tôt ?

Magnus est tout aussi surpris qu'elle : « De quoi donc, grands dieux ?

– De ce qui te tourmente, mon chéri. De ce que tu voudras. Dis-moi simplement ce que c'est, pour que j'arrête de...

– Que tu arrêtes de quoi ?

– D'avoir la trouille. De ne pas regarder les choses en face.

– Ridicule. Tout va très bien. Nous avons juste un peu le cafard à cause du départ de Tom. » Il l'appuie sur ses oreillers comme si elle était invalide. « Dors, ça ira mieux. Moi je préfère marcher. Je te retrouve à la taverne vers trois heures. »

Seul Magnus est capable de refermer la porte d'entrée de Kyria Katina aussi silencieusement.

Mary se sent soudain très forte. Le départ de Magnus l'a libérée. Elle respire. Elle se dirige vers la fenêtre nord. Tout est prévu. Elle a déjà fait ce genre de choses auparavant et se souvient à présent qu'elle y excelle, que ses gestes sont souvent plus sûrs que ceux d'un homme. A Berlin, quand Jack avait besoin d'une fille disponible, Mary avait monté la garde, subtilisé des clés de chambres à des réceptionnistes, remis des documents volés dans des bureaux dangereux, conduit des Joe apeurés à des caches sûres. Je connaissais bien mieux le jeu que je ne m'en rendais compte, pensa-t-elle. Jack vantait toujours mes nerfs d'acier et l'acuité de mon regard. Depuis la fenêtre, elle voit la nouvelle route goudronnée dont les lacets s'enfoncent dans les collines. Il lui arrive de partir par là, mais pas aujourd'hui. Elle ouvre la fenêtre et se penche au-dehors comme pour apprécier la vue et le matin. Cette vieille sorcière de Katina a trait ses chèvres de bonne heure, ce qui signifie qu'elle est partie au marché. Mary ne se permet qu'un seul regard rapide en direction du lit asséché de la rivière où, à l'ombre du pont de pierre, les deux mêmes campeurs sont en train de bricoler leur moto immatriculée en Allemagne. S'ils étaient apparus ainsi à Vienne, près de leur maison, Mary l'aurait aussitôt signalé à Magnus – lui aurait même téléphoné à l'ambassade si besoin était. « On dirait que les anges volent plutôt bas aujourd'hui », lui aurait-elle dit, et Magnus aurait fait ce qui devait être fait – alerter la patrouille de surveillance diplomatique, envoyer des hommes se renseigner plus avant. Mais maintenant, dans leur existence dissociée, c'est comme s'ils étaient tombés d'accord sur le fait que les anges, même les plus suspects, ne devaient pas être mentionnés.

La pièce où il travaille se trouve au rez-de-chaussée. Il ne ferme pas la porte à clé mais il est tacitement entendu entre eux qu'elle ne pénètre pas dans ce bureau à moins qu'il ne le lui demande expressément. Elle tourne la poignée de la porte et entre. Les volets sont fermés mais ils ne recouvrent pas la vitre du haut, et Mary a assez de lumière pour voir. Marche à pas lourds, se dit-elle en se remémorant son apprentissage. Si tu ne peux éviter de faire un bruit, alors vas-y carrément. La pièce est austère, comme les aime Magnus. Un bureau, une chaise, un lit à une place pour s'y écrouler entre deux décharges de la matrice créatrice d'écriture. Elle tire sur la chaise et envoie rouler une bouteille de vodka. Le bureau est couvert de papiers et de livres mais elle ne touche à rien. Le vieil exemplaire de *Simplicissimus* à couverture de suédine occupe comme d'habitude la place d'honneur. C'est la mascotte de Magnus. Sa chose à lui. C'est aussi pour Mary une perpétuelle source de vexation car il refuse absolument de la laisser en refaire la reliure. Parce que je l'aime comme ça, affirme-t-il, buté. C'est comme ça qu'on me l'a donné. Une femme, sans doute. « Pour Sir Magnus qui ne sera jamais mon ennemi », peut-on lire dessus en allemand. Qu'elle aille se faire foutre. Et merde aussi à tous ces surnoms ridicules.

Brotherhood venait à nouveau de l'interrompre.

« Où est ce livre maintenant ? »

Elle revint au présent avec difficulté et même un léger ressentiment. Mais Brotherhood insista :

« Il n'est pas en bas dans son bureau. Je ne l'ai pas vu dans le salon non plus. Il n'est ni dans votre chambre ni dans celle de Tom. Où est-il ?

– Je te l'ai déjà dit, répliqua-t-elle. Il l'emporte partout.

– Tu ne m'as rien dit du tout, mais merci quand même », répliqua Brotherhood.

Elle porte des gants de coton pour ne pas laisser de traces de transpiration ou de maquillage. Il a combiné quelque chose. C'est devenu instinctif chez lui. Sa vieille mallette est posée par terre, grande ouverte, mais Mary n'y touche pas non plus. Des livres sont éparpillés, apparemment au hasard, en guise de presse-papiers pour retenir le manuscrit. Elle déchiffre un titre. C'est en allemand. « Liberté et conscience », de quelqu'un dont elle n'a jamais entendu parler. A côté, un exemplaire du *Good Soldier* de Maddox Ford que Magnus ne lâche plus en ce moment – c'est vraiment devenu sa Bible. Puis vient un vieil album de photos. Elle soulève doucement la couverture insolite et tourne quelques pages sans la reposer. Magnus à huit ans, en tenue de football avec son équipe. Magnus à cinq ans, en costume alpin et s'accrochant à un toboggan. Magnus à l'âge de Tom et souriant déjà de ce sourire par trop serviable, de ce sourire qui vous invite mais qui montre qu'il ne s'attend pas à être invité. Magnus en voyage de noces avec Belinda, ni l'un ni l'autre ne paraissant avoir plus de douze ans. Mary n'a jamais vu ces photos. Elle laisse retomber la couverture et recule légèrement afin d'étudier la disposition des objets sur le bureau. Le petit stratagème de Magnus finit alors par lui apparaître. Chacun des trois livres, qui semblent posés n'importe comment sur les feuilles de papier, est aligné sur la pointe des ciseaux qui se trouvent au milieu. Mary va chercher la nappe dans la cuisine puis l'étend sur le sol à côté du bureau. Elle mesure ensuite l'espace qui sépare chaque objet à l'aide de sa main gantée et, aussi délicatement que si elle retirait un bandage d'une blessure, elle les prend un à un et les pose sur la nappe en gardant exactement la même disposition. Les feuilles de papier sont maintenant accessibles à son inspection. Elle ne s'était pas attendue à tant de poussière. Le seul fait de marcher en soulève des nuages du plancher. Je suis un profanateur de sépulture, se dit-elle tandis que la poussière lui brûle la gorge. Elle examine une pile de feuilles manuscrites. La page du dessus est noire de ratures. Elle saisit la pile, laissant tout le reste intact, et l'emporte jusqu'au lit sur lequel elle s'assoit. Quand elle était gosse, à Plush, on appelait ça le jeu de Kim et on y jouait à chaque réveillon du nouvel an, entre deux séances de mime, de crime pour rire et de *reels* endiablés. Lors de son entraînement, au centre qui se trouvait en Essex et à une époque où elle était censée être adulte, on appelait ça de l'observation, et on y jouait dans les villages ensommeillés de Dedham, Manningtree et Bergholt : qui a fait repeindre sa porte cette semaine, qui a taillé ses rosiers, acheté une nouvelle voiture, combien de bouteilles de lait y avait-il devant la porte du numéro dix-huit ? Mais, où que ce soit, Mary est toujours première à ce jeu-là, et de loin. Elle est dotée d'une mémoire photographique et semble condamnée à ne pratiquement jamais rien oublier.

Des bouts de roman, dit-elle à l'adresse de Brotherhood, des débuts seulement.

Une douzaine de premiers chapitres, certains tapés à la machine, d'autres écrits à la main, tous bourrés de ratures. Ils parlaient surtout de l'enfance d'un petit orphelin prénommé Ben.

Des gribouillages. Un dessin représentait un bras tendu pour voler. Un sexe de femme.

Des notes personnelles, toutes excessives : « connerie sentimentale » ; « recommence ou déchire » ; « tu as raté la malédiction que nous subissons de l'homme à l'enfant » ; « un jour, un Wentworth nous aura tous ».

Une chemise rose marquée « Passages divers ». Ben se livre aux autorités. Ben découvre qu'il existe un autre service secret, un vrai, et s'y engage à point nommé. Une chemise bleue indique : « Scènes finales », et plusieurs d'entre elles sont adressées à Poppy, Poppy, ma chère vieille branche. Une feuille de papier à dessin arrachée au bloc à croquis de Mary et sur laquelle Magnus avait tracé un schéma de bulles à idées reliées entre elles pour former la carte du flot de ses pensées, exactement comme l'on enseigne à Tom de préparer ses essais à l'école. Une bulle : « Si la nature hait tant le vide, que ressent donc le vide pour la nature ? » Autre bulle : « La duplicité, c'est quand on fait plaisir à une personne aux dépens d'une autre. » Autre bulle encore : « Nous sommes patriotes parce que nous avons peur d'être cosmopolites, et cosmopolites parce que nous craignons d'être patriotes. »

Quelques coups furent frappés à la porte mais Brotherhood fit non de la tête à l'adresse de Georgie : qu'elle les ignore.

« Ce n'était pas vraiment son écriture, déclara Mary. On aurait dit des pattes de mouche. Ça durait un moment, et puis ça s'arrêtait tout d'un coup. J'ai l'impression que cela lui aurait été une souffrance de continuer. »

Brotherhood se moquait éperdument de la souffrance de qui que ce soit.

« Continue, commanda-t-il. Continue. Dépêche-toi.

– C'est moi, monsieur, dit la voix de Fergus, de l'autre côté de la porte. Un message urgent, monsieur. Très.

– J'ai dit plus tard, décréta Brotherhood.

– "Les systèmes sur lesquels repose l'existence de Ben s'effondrent tous", reprit Mary. "Il a passé sa vie à s'inventer des versions de lui-même plus fausses les unes que les autres. La vérité est maintenant en train de le rattraper et il se sauve. Son Wentworth est déjà à la porte."

– Continue, ordonna Brotherhood en se penchant au-dessus d'elle.

– "Rick m'a inventé, Rick est mourant. Que se passera-t-il quand Rick lâchera la rampe ?"

– Ne t'arrête pas.

– Une citation de saint Luc. Je ne l'ai jamais vu ouvrir une Bible de sa vie. "Celui qui est digne de confiance dans

182

une toute petite affaire est digne de confiance aussi dans une grande."

– Et ?

– "Celui qui est trompeur dans une petite affaire est trompeur aussi dans une grande." Il a dû passer des heures d'affilée à enluminer la page, avec des encres différentes.

– Et ?

– "Wentworth était la *Nemesis* de Rick. Poppy était la mienne. Nous avons tous deux passé notre vie à essayer de réparer ce que nous leur avons fait."

– Et quoi encore ?

– "J'ai tout le monde sur le dos maintenant. J'ai la Firme sur le dos, les Américains sur le dos et toi aussi. Même la pauvre Mary en a après moi, et elle ne sait pas que tu existes."

– Qui est *toi* ? Qui est *tu* dans tout ça ?

– "Poppy. Mon destin. Chère âme sœur. Envoie tes chiens ailleurs que devant ma porte."

– Poppy comme les fleurs [1], suggéra Brotherhood. Comme les fleurs qui étaient dans la cheminée. Mais il n'y en a qu'une... ou un.

– Oui, c'est ça.

– Et Wentworth comme l'endroit. Le Wentworth ensoleillé du Surrey très chic ?

– Oui.

– Tu le – ou la – connais ? Personne de ce nom ?

– Non.

– Ni Poppy ?

– Non plus.

– Continue.

– Il y avait un chapitre huit, poursuivit-elle. Sorti de nulle part. Rien de deux à sept, mais ce chapitre huit, entièrement manuscrit et sans la moindre rature. Il avait pour titre : "Traites en retard", alors que le premier n'en portait pas. Écrit très vite, poussé par l'exubérance ou la colère ; il décrit un jour où Ben se révolte contre toutes ses promesses. Il glisse de la troisième à la première personne et y reste,

---

1. En anglais, *poppy* signifie pavot, coquelicot. *(NdT.)*

alors que dans le premier chapitre, ce n'étaient que "il" et "Ben". "Les créanciers se bousculent au portillon, Wentworth le premier, mais Ben n'en a rien à faire. Je rentre la tête dans les épaules et m'avance vers eux. Je leur donne des coups de poing, des coups de tête et les martèle pendant qu'ils me cassent la figure. Mais, même privé de ma figure, je fais ce que j'aurais dû faire il y a trente ans à Jack, à Rick, à tous les pères et toutes les mères qui m'ont volé ma vie pendant que je vous regardais faire, Jack, Poppy ; vous tous qui m'avez entraîné pour toute une vie dans... pour toute une vie... toute une vie." »

Elle s'était interrompue. Un étau lui avait coupé le souffle. Elle ne respirait plus. La porte s'ouvrit et Fergus entra sans y être invité, manquement à la discipline qui lui coûterait sans doute cher. Nigel le regardait d'un air impavide. Georgie lui faisait les gros yeux et lui montrait la porte en lui soufflant de sortir, de sortir. Il ne bougea pas d'un pouce.

« Dans quoi, pour toute une vie, bon Dieu ? », lui criait Brotherhood à l'oreille.

Elle chuchotait. Elle hurlait. Sa langue se battait contre le mot, le poussait, le tirait, mais rien ne sortait. Brotherhood la secoua, doucement d'abord, puis de plus en plus fort et enfin violemment.

« La trahison, lâcha-t-elle. "Nous trahissons afin d'être loyaux. La trahison, c'est comme l'imagination quand la réalité n'est pas assez belle." Il a écrit ça. La trahison en tant qu'espoir et compensation. En tant que création d'un monde meilleur. La trahison en tant qu'amour. En tant que tribut à nos vies non vécues. Et ainsi de suite tout un tas d'aphorismes pesants à propos de la trahison. La trahison en tant que fuite. En tant qu'acte constructif. En tant que profession de foi. Idéaux. En tant qu'aventure de l'âme. La trahison en tant que voyage : comment découvrir de nouvelles contrées si l'on ne sort jamais de chez soi ? "Poppy, tu étais ma terre promise. Tu as donné une raison à mes mensonges." »

Elle en était exactement à cette phrase-là, expliqua-t-elle – celle qui parlait de Poppy et de terre promise –, quand elle se retourna et vit Magnus, en short, debout dans l'embrasure de la porte, tenant une grande enveloppe bleue dans une main et un télégramme dans l'autre, un sourire de premier de la classe flottant sur ses lèvres.

« Mais il y avait quelqu'un d'autre à l'intérieur de lui-même, dit Mary, horrifiée par ses propres paroles. Ce n'était pas vraiment lui.

– Qu'est-ce que tu racontes ? Tu viens juste de dire que Magnus était debout dans l'embrasure de la porte. Où veux-tu en venir ? »

Elle ne le savait pas non plus. « C'est quelque chose qui lui est arrivé quand il était jeune. Quelqu'un qui l'observait depuis la porte. C'est un peu comme s'il revivait la scène. J'ai bien reconnu cette expression de familiarité sur son visage.

– Mais qu'a-t-il dit ? », demanda Nigel pour l'aider.

Avait-elle une voix pour faire parler Magnus, ou n'était-ce qu'une expression ? Vide et néanmoins impénétrable. Inlassablement polie : « Salut, mon amour. Alors on regarde où en est le roman du siècle ? Ce n'est pas tout à fait Jane Austen, j'en ai peur, mais il y a des trucs qui pourront peut-être me servir quand je m'y mettrai vraiment. »

La nappe était toujours étendue par terre avec, dessus, les livres et la moitié des feuillets de Magnus. Pourtant, le sourire de celui-ci débordait de triomphe et de soulagement quand il tendit le télégramme à Mary. Elle le lui prit des mains et se dirigea vers la fenêtre pour le lire. Ou pour détourner l'attention du bureau.

« Il venait de toi, Jack, et était signé de ton nom de couverture, Victor. Adressé à Pym aux bons soins de Proctor. Reviens tout de suite, disais-tu. Tout est pardonné. Le Comité se réunit lundi, 10 heures, à Vienne. Victor. »

Fergus parlait comme Tom quand il attendait depuis trop longtemps que les grands veuillent bien le laisser ouvrir la bouche.

« Un message urgent du type de l'antenne à l'ambassade, monsieur, débita-t-il très vite. Il est arrivé chiffré par téléphone et je viens juste de le décrypter. Le carbonisateur de l'antenne n'est plus dans la chambre forte. »

185

Nigel eut un drôle de petit geste, apparemment destiné à adoucir l'atmosphère trop tendue. Il leva ses mains chéries et pointa mollement les doigts vers le ciel, les agitant comme s'il se séchait les ongles. Quant à Brotherhood, toujours agenouillé auprès de Mary, il semblait envahi par une soudaine léthargie. Il se releva lentement puis se passa doucement la main sur les lèvres, comme s'il avait un mauvais goût sur le bout de la langue.

« Depuis quand ?

– On ne sait pas, monsieur. Pas de signature de sortie. Cela fait une heure qu'ils sont en train de chercher. Ils ne trouvent rien. C'est tout ce qu'on sait. Il y a une carte de courrier diplomatique qui va avec. La carte a disparu aussi. »

Mary n'avait pas encore compris ce qui arrivait. La synchronisation ne marche plus, pensa-t-elle. Qui est devant la porte, Fergus ou Magnus ? Jack est devenu sourd. Jack qui mitraille ses questions, pas moins de vingt à la minute, se trouve en panne de munitions.

« Le gardien de la chancellerie dit que Mr. Pym est passé à l'ambassade très tôt jeudi matin en allant à l'aéroport, monsieur. Le gardien n'avait pas pensé à le mentionner parce qu'il ne l'avait pas marqué sur son registre. Le temps de monter, de redescendre et d'un "désolé pour votre père, monsieur". Mais quand il est redescendu, il portait un gros sac noir.

– Et le gardien n'a pas eu l'idée de lui poser la moindre question ?

– Eh bien, il n'a pas osé, monsieur. Pas avec le père qui venait de mourir et Mr. Pym qui était tellement pressé.

– Il manque quelque chose d'autre ?

– Non, monsieur, juste le carbonisateur pour l'instant. Et la carte, comme je viens de vous le dire.

– Où allez-vous ? », s'enquit Mary.

Nigel s'était levé et tirait sur les pans de son gilet tandis que Brotherhood remplissait les poches de sa veste pour un long voyage solitaire. Ses cigarettes jaunes. Son stylo et son carnet. Son vieux briquet allemand.

« Qu'est-ce qu'un carbonisateur ? questionna Mary, proche de la panique. Où vas-tu ? Je te parle ! Assieds-toi ! »

Brotherhood finit par se souvenir de son existence et baissa le regard sur elle.

« Tu n'en as aucune idée, hein ? fit-il. Non, bien sûr que non. Tu en étais au neuvième échelon. Tu n'es jamais montée assez haut pour avoir accès à ça. » Cela l'ennuyait terriblement d'expliquer, mais il s'exécuta quand même au nom du bon vieux temps. « Un carbonisateur, c'est une petite boîte en métal. En l'occurrence, c'est un sac diplomatique à armature d'acier. Ça brûle tout ce qui se trouve à l'intérieur dès que tu lui commandes de le faire. C'est là où le chef d'antenne range ses joyaux de la couronne.

– Et qu'est-ce qu'il y a à l'intérieur ? »

Nigel et Brotherhood échangèrent un regard. Fergus avait toujours les yeux écarquillés.

« Qu'est-ce qu'il y a dedans ? répéta-t-elle alors qu'une peur différente, plus diffuse, commençait à s'emparer d'elle.

– Oh, pas grand-chose, répondit Brotherhood. Les agents en place. Tous nos Tchèques. Quelques Polonais. Un ou deux Hongrois. A peu près tout ce qui reçoit ses ordres depuis Vienne. Ou recevait. Qui est Wentworth ?

– Tu me l'as déjà demandé. Je ne sais pas. Un lieu. Qu'y a-t-il d'autre dedans ?

– Effectivement. C'est un lieu. »

Elle l'avait perdu. Jack. Parti. Elle l'avait perdu comme amant, comme ami et comme autorité. Son visage lui rappelait celui de son père quand elle lui avait appris la mort de Sam. L'amour l'avait quitté et avec lui ce qui lui restait de foi.

« Tu le savais », déclara-t-il négligemment. Il était déjà à mi-chemin de la porte et il ne la regardait même pas. « Tu le sais depuis des années et des années. »

Nous le savions tous, songea-t-elle. Mais elle n'eut pas le courage de le lui dire et n'en vit même pas l'intérêt.

C'était comme si une cloche venait de sonner la fin de la visite. Nigel était lui aussi prêt à partir. « Voilà, Mary. Je vous laisse Georgie et Fergus pour vous tenir compagnie.

Ils arrangeront une histoire bidon avec vous et vous diront exactement comment vous comporter. Ils me tiendront sans cesse au courant de ce qui se passe. A partir de maintenant, vous allez en faire autant. Ne vous adressez qu'à moi seul, vous comprenez ? Si vous avez besoin de laisser un message ou quoi que ce soit d'autre, je suis Nigel, chef du secrétariat, et mon assistante s'appelle Sandy. Ne parlez à aucun autre membre de la Firme. Je suis désolé, mais c'est un ordre. Pas même à Jack, précisa-t-il, entendant par là surtout pas à Jack.

— Qu'y a-t-il d'autre dans le carbonisateur ? insista-t-elle.

— Rien. Rien du tout. Ne vous inquiétez pas. » Il s'approcha d'elle et, enhardi par l'intimité existant entre elle et Brotherhood, posa une main maladroite sur l'épaule de la jeune femme. « Écoutez. Ce n'est sûrement pas aussi terrible que ça en a l'air. Nous sommes obligés de prendre des précautions, naturellement. Nous devons envisager le pire pour mieux nous couvrir. Mais il arrive parfois que Jack ait une façon plutôt mélodramatique de voir les choses. Les explications les plus prosaïques sont souvent les plus proches de la vérité. Jack n'est pas le seul à avoir de l'expérience. »

6

Une pluie sombre et saline avait enveloppé l'Angleterre de Pym qui marchait avec lassitude. Le soir tombait et Pym avait écrit pendant plus longtemps que cela ne lui était jamais arrivé de sa vie. Il se sentait maintenant vidé, vulnérable et effrayé. Une sirène retentit, un petit coup puis deux longs : un phare ou un bateau. Il s'immobilisa sous un néon pour regarder de nouveau sa montre. Cent dix minutes à passer, cinquante-trois ans de passés. Le kiosque à musique désert, le terrain de boules détrempé. Les vitrines encore recouvertes de la cellophane jaune maintenant piquetée de chiures de mouches qui les protégeait du soleil estival. Il se dirigeait vers l'extérieur de la ville. Il avait acheté un imperméable de plastique chez Lorimer, à la chemiserie du coin. « *Bonsoir*, Mr. Canterbury, qu'y a-t-il pour votre service, monsieur ? » Sous la pluie sa capuche de plastique résonnait comme un toit de tôle autour de sa tête. Il avait dissimulé sous les plis du vêtement les courses qu'il avait faites pour Miss Dubber : le bacon de Mr. Aitken, mais faites bien attention qu'il vous coupe les tranches au numéro cinq, si vous le laissez faire, il vous en donnera des deux fois plus épaisses. Et dites aussi à ce Mr. Crosse qu'il y avait trois tomates pourries la semaine dernière, pas simplement abîmées, non, pourries. S'il ne me les remplace pas, je n'irai plus jamais chez lui. Pym avait suivi ses instructions à la lettre, mais avec moins de virulence qu'elle l'aurait sans doute souhaité car Crosse et Aitken recevaient en fait des subsides secrets de Pym depuis des années pour ne faire payer à Miss Dubber que la moitié de ce qu'elle devait réellement. Il avait également obtenu de Farways, qui tenait l'agence de voyages, des précisions sur un tour d'Italie réservé au troisième âge qui partait de Gatwick six jours plus tard. Je téléphonerai à sa cousine Melanie de Bognor, pensa-t-il. Si je propose de payer aussi le voyage de Melanie, Miss Dubber ne pourra pas refuser. Cent six minutes. Quatre de passées seulement. Parmi les innombrables souvenirs qui se bousculaient dans sa tête et revendiquaient chacun le droit de remonter à la surface, Pym choisit Washington et le ballon. De toutes les astuces que nous avons trouvées pour pouvoir nous parler, ce ballon remportait vraiment le pompon. Tu voulais discuter et moi je ne voulais pas te rencontrer. Je commençais à avoir peur et avais décrété ta présence indésirable. Mais tu n'allais pas te laisser rejeter comme ça, ce n'est pas ton genre. Alors, pour m'amadouer, tu as lancé un ballon miniature argenté par-dessus les toits de Washington. Cinquante centimètres de diamètre, de ceux que Tom reçoit parfois gratuitement au supermarché. Et tandis que nous conduisions chacun notre voiture en deux endroits opposés de la ville, tu m'as assuré en allemand que j'étais un imbécile de jouer ainsi les Greta Garbo avec toi. Le tout sur des lignes jumelées qui sautaient comme des punaises entre les fréquences et devaient mettre les oreilles indiscrètes dans des transes tout aussi frénétiques.

Il gravissait le chemin abrupt de la falaise, au-delà des bungalows éclairés qui se détachaient des jardins d'une belle demeure. J'appellerai son médecin afin qu'il la persuade qu'elle a vraiment besoin de vacances. Ou le curé ; lui, elle l'écoutera. A ses pieds, les lampions du palais des Attractions rougeoyaient comme de grosses baies dans le brouillard. Juste à côté, il arrivait à discerner les néons bleutés de la patinoire Softa. Penny, songea-t-il. Tu ne reverras plus jamais mon visage sinon, peut-être, dans le journal. Penny faisait partie de son armée secrète d'amoureuses, tellement secrète qu'elle ne savait même pas qu'elle en était membre. Cinq ans plus tôt, elle vendait des *fish and chips* dans une cabane du port, sur la promenade, et s'était amourachée d'un petit blouson noir qui s'appelait Bill et la battait, jusqu'au jour où Pym entra le numéro d'immatriculation de la moto du garçon dans l'ordinateur de la Firme et découvrit que le Bill en question était marié et avait des gosses à Taunton. Il envoya alors clandestinement tous les détails au curé de la ville. L'année d'après, Penny était mariée à un jovial marchand de glaces italien prénommé Eugenio. Pourtant, cette nuit, elle ne l'était pas. Ce soir, alors que Pym s'était approché du café afin d'y déguster ses deux pâtés coutumiers, elle était en tête à tête avec un homme assez corpulent, en chapeau mou, dont Pym n'avait pas du tout apprécié l'allure. Ce n'est qu'un voyageur ordinaire, se dit-il tandis qu'un coup de vent gonflait son imperméable. Un représentant en produits alimentaires, un inspecteur des impôts. Qui partirait en chasse tout seul de nos jours à part Jack ? Et ce n'est pas Jack, il s'en faut de trente ans. C'est la voiture, songea-t-il. Les ailes impeccables, l'antenne très chic. La position de la tête du type pendant qu'il écoutait.

« Pas de visites, Miss D. ? », demanda Pym en posant ses achats sur le buffet.

Miss Dubber était installée dans la cuisine et regardait un feuilleton américain en prenant son petit verre de la journée. Toby dormait sur ses genoux.

« Ils sont tous épouvantables, Mr. Canterbury, déclara-t-elle. Il n'y en a pas un seul parmi eux que nous prendrions ici ne serait-ce que pour une nuit, n'est-ce pas, Toby ? Qu'est-ce que c'est que ce thé que vous avez acheté ? Je vous avais dit de l'Assam, grand benêt, rapportez-le.

– C'est de l'Assam, répondit gentiment Pym en se penchant pour le lui montrer. Ils ont juste mis un nouvel emballage et font trois pence de rabais. Pas de visiteurs pendant que j'étais sorti ?

– Juste le monsieur du gaz, pour le compteur.

– Le même que d'habitude ou un nouveau ?

– Un nouveau, cher Mr. Canterbury, dit-elle. Ils sont tous nouveaux maintenant. » Déposant un petit baiser sur sa joue, Pym rajusta le châle neuf autour des épaules de la vieille dame. « Servez-vous une vodka, mon ami. »

Mais Pym refusa en disant qu'il devait travailler.

Une fois dans sa chambre, il vérifia que rien n'avait bougé sur son bureau. L'agrafeuse touchant la poignée de la tasse à thé. La pochette d'allumettes contre le stylo. Le carbonisateur aligné sur le pied du bureau. Pas la peine. Miss Dubber n'est pas Mary. Tout en se rasant, il se surprit à penser à Rick. Je t'ai vu, songea-t-il. Pas ici mais à Vienne. Je t'ai vu cet automne dans toutes les vitrines et les portes alors que j'essayais de soulager un peu mon dos trop sensible. Tu portais ton manteau en poil de chameau et tu fumais ce cigare sur lequel tu ne tires jamais sans froncer les sourcils. Tu me suivais et tes yeux bleus s'assombrissaient comme ceux d'un noyé, les pupilles collées aux paupières pour me faire peur. « Où vas-tu comme ça, fils, où te conduisent donc ces superbes jambes si tard dans la nuit ? Une petite femme à voir, c'est ça ? Quelqu'un qui ne jure que par toi ? Allez, fils. Tu peux tout dire à ton vieux père. Viens m'embrasser. » A Londres, tu gisais sur ton lit de mort, mais je ne voulais pas aller te voir, je ne voulais rien savoir ni entendre parler de toi ; c'était ma façon à moi de porter le deuil. « Non, je n'irai pas, non, je n'irai pas », me répétais-je chaque fois que mon talon heurtait la chaussée. Alors c'est toi qui es venu à moi. A Vienne, pour jouer les Wentworth avec moi. A chaque coin de rue, tu étais là. Puis j'ai fini par sentir ton regard aimant sur mon dos comme une véritable brûlure impossible à apaiser. Va-t'en, va te faire voir, chuchotai-je. Quelle mort ne te souhaitai-je pas ? Je les envisageai toutes les unes après les autres. Meurs, te dis-je. Meurs sur le trottoir, là où tout le monde pourra te voir. Cesse de m'adorer ainsi. Cesse de croire en moi. Voulais-tu de l'argent ? Non, même plus. Tu avais chassé cette demande-là pour ne plus exprimer que la demande suprême. C'est Magnus que tu voulais. Tu voulais que mon âme bien vivante pénètre dans ton corps mourant et te rende la vie que je te dois. « Alors, on s'amuse, fils ? Ce vieux Poppy est sensas, je vois déjà ça pour commencer. Qu'est-ce que vous mijotez, tous les deux ? Allez, tu peux bien le dire à ton vieux pote. On prépare une petite affaire, hein ? Et on assure un peu les arrières, hein, comme ton vieux père t'a appris à le faire ? »

Trois minutes. J'aime bien tomber toujours pile dessus. Pym s'essuya le visage et tira d'une poche intérieure son fidèle exemplaire de *Simplicissimus* dont la reliure de peau retournée brune très usée avait beaucoup voyagé. Il le posa, prêt à l'emploi, sur son bureau, à côté d'un bloc de papier et d'un crayon, traversa la chambre et s'agenouilla devant le poste de TSF en noyer de ce bon vieux Winston, tournant le gros bouton de bakélite jusqu'à ce qu'il trouve la bonne longueur d'onde.

Baisse le son. Allume. Attends. Un homme et une femme parlent en tchèque de la gestion d'une coopérative fruitière. La discussion s'interrompt au milieu d'une phrase. Un signal sonore annonce le journal du soir. Écoute bien. Pym est calme. D'un calme opérationnel.

Mais il se sent aussi quelque peu transporté. Il y a là une sérénité qui ne semble pas tout à fait de ce monde, son sourire tendre et juvénile exprime une nuance d'affinité mystique qui semble saluer quelqu'un n'appartenant pas vraiment à cette terre. De tous ceux qui l'ont connu – mis à part cet étranger extraterrestre –, seule peut-être Miss Dubber lui a vu cette même expression.

Premier sujet, une harangue contre l'impérialisme américain après l'annonce de l'échec des derniers pourparlers concernant la limitation des armements. Bruit de page que l'on tourne : signal pour que je me prépare. Noté. Tu vas me parler et je t'en suis reconnaissant. J'apprécie le geste. On aborde le deuxième sujet. Le présentateur annonce un professeur de Brno. Bonsoir, professeur, et comment vont les services secrets tchèques aujourd'hui ? Le professeur prend la parole : un passage à traduire. Tous les nerfs tendus à l'extrême. Première phrase : LES POURPARLERS ONT ABOUTI À UNE IMPASSE. N'écoute pas. DANS UN AUTRE APPEL. Écris. Lentement. Ne te précipite pas. LE PRÉSIDENT SOVIÉTIQUE GORBATCHEV ÂGÉ DE CINQUANTE-CINQ ANS. Il éteignit le poste et, bloc à la main, retourna à son bureau en regardant droit devant lui. Il ouvrit son Grimmelshausen à la page cinquante-cinq et trouva la cinquième ligne en partant du bas sans même compter. Muni d'une feuille blanche, il nota les dix premières lettres de la ligne puis les convertit en chiffres selon leur position dans l'alphabet. Fais tes soustractions sans y penser. Ne réfléchis pas, fais-le. Puis il additionna toujours sans réfléchir. Il convertit ensuite les nombres en lettres. Ne raisonne pas. CEN... NES... STP... PAS... SGR... RAV... VEE... EWE... Ça ne veut rien dire. Recommence et relis ça avec un œil neuf. Il souriait. Il souriait comme un saint dont le calvaire s'achève. Les larmes lui piquaient les yeux. Tant pis. Il était debout, tenant la feuille de papier à deux mains au-dessus de sa tête. Il pleurait. Il riait. Il arrivait à peine à lire ce qu'il venait d'écrire. CE N'EST PAS GRAVE, E. WEBER T'AIME TOUJOURS. POPPY.

« Quelque chose ne va pas, Mr. Canterbury ? demanda Miss Dubber d'un ton bougon.

— Je viens prendre cette vodka que vous me proposiez, Miss D. De la vodka. De la vodka avec un petit quelque chose. »

Il se la préparait déjà.

« Vous n'êtes là-haut que depuis une heure, Mr. Canterbury. On ne peut pas appeler ça travailler, n'est-ce pas, Toby ? Pas étonnant que le pays soit sens dessus dessous. »

Le sourire de Pym s'élargit. « Comment ça, sens dessus dessous ?

— Cette pauvre princesse avec son père nazi. Vous, vous n'auriez jamais laissé ce genre de choses arriver, n'est-ce pas, Mr. Canterbury ?

— Bien sûr que non. »

Jus d'orange tiède en bouteille, Seigneur ! Eau du robinet calcaire, où trouver la pareille ? Il s'assit auprès d'elle durant une bonne heure, bavardant des charmes de Naples, avant de retourner gaiement à sa tâche : sauver le pays.

Je ne saurai jamais vraiment comment Rick a gagné la paix, Tom, mais il l'a gagnée, c'est sûr. Du jour au lendemain, comme d'habitude, et aucun d'entre nous n'aura plus jamais à se faire de mauvais sang, fils, car il y a tout ce qu'il faut pour tout le monde, et grâce à ton vieux père. Avec tout le zèle apporté par cette prospérité nouvelle, père et fils embrassèrent la profession de gentlemen de province. La victoire en Europe n'avait pas encore eu le temps de refroidir que Pym, âgé de treize ans, troquait déjà son costume anthracite contre les pantalons longs tant convoités, une cravate noire et un col blanc et raide pour aller bravement affronter les hameçons qui lui seraient passés, Sefton Boyd l'avait assuré, dans les oreilles, pendant que Rick avait dans son immense sagesse fait l'acquisition d'une propriété de huit hectares à Ascot avec une clôture blanche au bout de l'allée plus toute une rangée de costumes de tweed plus tapageurs que ceux de l'Amiral, un couple de setters roux, une paire de souliers de campagne pesant deux tonnes pour aller promener les précédents, une paire de fusils de chasse Purdy pour qu'on fasse son portrait avec eux, un bar d'un kilomètre pour passer les longues soirées campagnardes devant un verre de champ et un tour de roulette, et un buste en bronze de TP posé sur un socle, dans l'entrée, juste à côté d'un autre buste de bronze plus grand encore le représentant lui-même. On fit venir un peloton de Polonais émigrés pour assurer le service tandis qu'une nouvelle mère très élégante marchait sur la pelouse avec des talons hauts, braillait dès qu'elle se trouvait en mâle compagnie et donnait à Pym des tuyaux sur l'hygiène et la diction de la haute. Une Bentley fit son apparition et ne fut ni changée ni cachée pendant plusieurs vacances de suite, même si un Polonais rancunier eut un jour l'idée de la remplir d'eau en glissant un flexible dans l'interstice d'une vitre afin de tremper la dignité de Rick au moment où celui-ci ouvrirait la portière le lendemain matin. Mr. Cudlove se trouva un uniforme prune et un cottage en un endroit où Ollie pouvait cultiver ses géraniums, chanter le Mikado et peindre la cuisine pour se calmer les nerfs. Quelques bêtes et un vacher bourru conféraient à la propriété son caractère de ferme, car Rick était maintenant devenu un contribuable comme les autres, ce qui marquait – je le sais aujourd'hui – le sommet d'une vie passée à courir après l'argent : « C'est véritablement une honte, Maxie, déclara-t-il, outré, à un certain major Maxwell-Cavendish qui se trouvait là en tant que conseiller en matière de courses de chevaux. Si l'on ne peut même pas profiter des fruits de son travail maintenant, Seigneur, mais pourquoi donc avons-nous fait la guerre ? » Le major, qui portait un monocle teinté, rétorqua : « Pourquoi, je vous le demande ? » et retroussa les lèvres en une feuille de houx. Pym, qui se sentait parfaitement d'accord, remplit le verre du major à ras bord. Attendant toujours d'être envoyé à l'école, il traversait une période d'anonymat et aurait bien rempli n'importe quoi.

A Londres, la Cour réquisitionna une *Reichskanzlei* à colonnes dans Chester Street et le peupla de Beautés que l'on changeait dès qu'elles étaient usées. Un jockey défoncé arborant les couleurs de l'écurie Pym brandissait sa petite cravache sous leur nez ; des photographies de ceux que Syd appelait les tocards de Rick et une plaque commémorative en l'honneur des sociétés encore debout de l'empire Rick T. Pym & Fils complétaient le mur de la Gloire. Leurs noms seront à tout jamais vivants en moi, surtout, semble-t-il, parce qu'il me fallut des années de déclarations sous serment pour les renier et que je connais encore la plupart d'entre eux par cœur aujourd'hui. Les plus beaux de ces noms célèbrent la victoire, que Rick avait fini par se convaincre d'avoir remportée à lui tout seul, les armes à la main : la Caisse de santé et de prévoyance Alamein, la Caisse de retraite générale militaire, la Mutuelle de Dunkerque, la Société d'union des vétérans de TP – sociétés toutes à responsabilité apparemment illimitée quoique en réalité satellites du grand holding Rick T. Pym & Fils, dont les limites légales concernant l'encaissement des malheureux deniers des veuves ne furent que graduellement révélées. Je me suis renseigné, Tom. J'ai interrogé des juristes qui s'y connaissent. Une centaine de livres de capital suffisait à couvrir le tout. Imagine-toi que nous avions des livres de comptes ! Mulliner s'occupait des dommages, Maxton des contrats, Wormald de l'immobilier : des hommes de loi qui, aussi chenus qu'ils pussent être, étaient toujours les premiers à disparaître dans l'adversité et les premiers à revenir en souriant une fois la bataille terminée. Ensuite, au-delà de Chester Street, on trouvait les clubs, groupés comme dans une place forte autour des coins les plus tranquilles de Mayfair. L'*Albany*, le *Burlington*, le *Regency*, le *Royalty* – leurs noms n'étaient rien comparés aux splendeurs qui nous attendaient à l'intérieur. De tels endroits existent-ils encore actuellement ? Cela ne fait pas partie des frais de la Firme, c'est sûr, Jack. Mais s'ils existaient quand même, ce serait dans une société déjà vouée au plaisir, pas à l'austérité. On ne vous vendrait plus de tickets d'essence illégaux au bar, de steaks illégaux au gril ni ne prendrait plus vos paris illégaux dans des salles de sport tout aussi illégales. On n'y trouverait plus de mères illégales en robes longues, qui vous assurent qu'un jour vous serez un vrai bourreau des cœurs. Ni de membres bien vivants de notre cher Crazy Gang sombrement accoudés au bar, une heure avant de nous faire rire aux larmes dans les stalles. Ni de jockeys trottinant autour d'une table de billard trop haute pour eux, cent balles posés dans un coin et bon Dieu, Magnus, où est passé ce foutu chevalet ? Ni de Mr. Cudlove resté dehors dans son uniforme prune, en train de lire *Das Kapital* appuyé contre le volant de la Bentley en attendant de nous emporter vitesse grand V vers notre prochain rendez-vous primordial avec quelque gentleman ou lady éploré en quête d'un petit coup de pouce divin.

Et encore après les clubs, il y avait les pubs : le *Beadles* à Maidenhead, le *Sugar Island* à Bray, le *Clock* ici, le *Goat* là, le *Bell* encore ailleurs et tous pourvus de grilles argentées, de pianistes aux doigts d'argent, et de dames tout argentées au bar. Dans l'un d'eux, Mr. Muspole se fit traiter de sale profiteur par un serveur qu'il était en train d'insulter, et Pym eut l'esprit de s'interposer avec une boutade pour arrêter là la dispute. Je ne me souviens plus de la boutade en question, mais Mr. Muspole m'avait montré un jour un coup de poing américain en cuivre qu'il emportait souvent aux courses, et je sais qu'il l'avait sur lui ce soir-là. Et je me rappelle aussi que le serveur s'appelait Billy Craft et qu'il m'emmena chez lui pour me présenter sa femme et ses enfants sous-alimentés dans leur appartement miteux de la banlieue de Slough, puis que Pym passa avec eux une joyeuse soirée avant de s'endormir sur le sofa très raide, emmitouflé dans les pulls de toute la famille. C'est que quinze ans plus tard, lors d'un congrès de la Centrale, qui ai-je vu jaillir de la foule sinon ce même Billy Craft, grand ponte du département de surveillance intérieure ? « Je me suis dit qu'il valait mieux les suivre que de leur donner à manger, monsieur, expliqua-t-il avec un petit rire timide en me serrant la main pour la cinquantième fois. Remarquez bien que j'ai du respect pour votre père, c'était un type bien, naturellement. » Il se révéla que Pym n'avait pas été le seul à corriger l'attitude répréhensible de Mr. Muspole. Rick avait envoyé une caisse de champ à Billy Craft et une douzaine de paires de bas nylon à sa femme.

Après les pubs, les bons jours, venait, à l'aube, une petite descente à Covent Garden où l'on avalait de délicieux œufs au bacon avant de se précipiter à cent à l'heure jusqu'aux écuries où les jockeys revêtaient toques et jodhpurs bruns et devenaient les Chevaliers du Temple que Pym avait toujours su qu'ils étaient, chevauchant les tocards le long d'allées givrées délimitées par des aiguilles de sapins pour, dans son imagination fidèle, s'envoler vers les cieux et gagner à nouveau pour nous toutes les batailles d'Angleterre.

Dormir ? Je ne me souviens que de cette fois-ci. Nous allions passer un agréable week-end de repos à l'*Imperial* de Torquay où Rick avait monté un jeu de chemin de fer illégal dans une suite qui donnait sur la mer, et ce devait être un jour où Mr. Cudlove avait démissionné parce que nous nous sommes retrouvés au plein milieu d'un champ de maïs éclairé par la lune, que Rick, exhalant fortement l'odeur de préoccupations purement professionnelles, avait pris pour la grand-route. Étendus côte à côte sur le toit de la Bentley, père et fils avaient laissé la lune brûlante leur chauffer le visage.

« Ça va bien ? », s'enquit Pym sous-entendant : tu as des problèmes de liquidités ? Allons-nous en prison ? Rick serra vigoureusement la main de Pym. « Avec toi près de moi, fils, et Dieu qui est assis là-haut avec Ses étoiles, et la Bentley juste au-dessous de nous, je suis l'homme le plus heureux du monde. » Et il ne mentait pas. Il croyait, comme toujours, en chaque mot qu'il prononçait, et le jour où il serait le plus fier serait celui où Pym trônerait au grand tribunal de Londres, du bon côté de la barre et paré de tous les attributs du président, pour rendre des jugements autrefois prononcés à l'encontre de Rick, à une époque à laquelle nous n'avons jamais appartenu.

« Papa », commença Pym. Il ne poursuivit pas.

« Qu'y a-t-il, fils ? Dis à ton vieux père.

– C'est juste que... enfin, si tu ne peux pas payer le premier trimestre de pension de la *Public School* ça ne fait rien. Je veux dire que je peux très bien aller dans une école normale, en externat. Je crois seulement qu'il est temps que j'aille quelque part, c'est tout.

– Tu n'as rien trouvé d'autre à me dire ?

– Cela ne fait rien, je t'assure.

– Toi, tu as lu ma correspondance, non ?

– Non, bien sûr que non.

– As-tu jamais manqué de quelque chose ? De toute ta vie ?

– Jamais.

– A la bonne heure », fit Rick qui brisa presque le cou de son fils en l'étreignant du bras.

« Mais d'où venait l'argent, Syd ? lui demandais-je sans relâche. Pourquoi cela s'est-il terminé un jour ? » Aujourd'hui encore, avec le sérieux incurable qui me caractérise, je brûle de découvrir une raison valable aux ravages de toutes ces années, même s'il ne s'agit que du beau crime qui, à en croire Balzac, est à l'origine de toute fortune. Mais Syd n'a jamais été un chroniqueur objectif. Ses yeux brillants se voilent, un sourire lointain éclaire son petit visage d'oiseau et il prend une gorgée de gnôle. Tout au fond de lui-même, il voit toujours Rick comme un grand fleuve errant dont chacun d'entre nous ne peut voir que le tronçon que le destin lui a assigné. « Notre gros coup, ça a été Dobbsie, se souvient-il. Je ne te dis pas qu'il n'y en a pas eu d'autres, Titch, parce qu'il y en a eu. Et de beaux projets, certains complètement fantastiques, vraiment dingues. Mais avec ce bon vieux Dobbsie, nous tenions le gros coup. »

Il faut toujours qu'il y ait le gros coup avec Syd. Comme les joueurs ou les acteurs, il n'a vécu que pour cela toute sa vie, et il court encore après. Mais l'histoire Dobbsie telle

199

qu'il me la raconta ce soir-là devant Dieu sait combien de petits verres peut servir d'exemple aussi bien qu'une autre, même si Syd se garde bien de trop approfondir.

« Cela faisait déjà quelque temps, Titch – me dit Syd tandis que Meg nous ressert une lichette de gâteau puis allume la bûche électrique – enfin depuis que les aléas de la guerre tournaient de plus en plus souvent, par la grâce de Dieu naturellement, à la faveur des Alliés, que ton père se préoccupait de trouver de nouvelles perspectives pour exploiter ses dons fantastiques, ce talent dont nous sommes tous à juste titre conscients. Arrivés en 1945, on peut imaginer que les pénuries ne vont pas durer éternellement. Inutile de se leurrer, la disette devient très hasardeuse. Avec la paix qui menace, tablettes de chocolat, bas nylon, fruits secs et bidons d'essence peuvent d'un jour à l'autre inonder le marché. Ce vers quoi il faut se tourner maintenant, Titch, continue Syd – chez qui le phrasé de Rick résonne comme un air dont je n'arrive pas à me débarrasser –, c'est la reconstruction. Et ton père, avec le cerveau qu'on lui connaît, a tout autant envie que n'importe quel bon patriote de prendre sa part du gâteau, ce qui est tout à fait légitime. Comme toujours, la difficulté reste de trouver une accroche car, même pour Rick, il est impossible de s'attaquer au marché britannique sans le moindre penny de capital. Et comme par hasard, dit Syd, voilà que cette accroche est fournie par l'agence invraisemblable de la sœur de Mr. Muspole, Flora – tu dois bien te souvenir de Flora, non ? – Évidemment que je m'en souviens. Flora est une chic fille, très populaire parmi les jockeys en raison de sa poitrine pulpeuse et de l'usage généreux qu'elle en fait. Mais Syd me rappelle qu'elle a en fait juré fidélité à un gentleman nommé Dobbs qui travaille pour le gouvernement. Or, un soir, à Ascot, tout en sirotant un petit verre – ton père est sorti, il assiste à une conférence –, Flora laisse échapper que son Dobbsie est architecte urbain par vocation et qu'il vient juste de dégotter ce boulot très important. Quel boulot, madame ? s'enquiert la Cour poliment. Flora bredouille. Elle n'est pas douée pour les mots compliqués. *Il évalue les indemnités*, répond-elle, citant quelque chose qu'elle n'a pas parfaitement compris. Des indemnités de quoi, madame ? insiste la Cour en dressant l'oreille, car les indemnités n'ont encore jamais fait de mal à personne. Les *indemnités pour dommages de guerre*, dit à contrecœur Flora qui regarde autour d'elle avec une incertitude croissante.

« C'était simple comme bonjour, Titch, m'explique Syd. Dobbsie saute sur son vélo, fonce sur une maison bombardée et donne un coup de bigophone à Whitehall. "Ici Dobbs, qu'il fait. Il me faut vingt mille balles d'ici jeudi, et on ne discute pas." Alors le gouvernement raque sans problème. Pourquoi ? » Syd me martèle le genou de son index tendu – geste emprunté à Rick. « Parce que Dobbsie est impartial, Titch, et il ne faut surtout pas oublier ça. »

Je me rappelle vaguement Dobbsie aussi, petit homme faux avec des airs de chien battu et que deux verres de champ suffisaient à rétamer. Je me souviens d'avoir reçu l'ordre de me montrer très gentil avec lui – mais avec qui Pym ne l'était-il pas ? « Si Mr. Dobbs te demande un jour quelque chose, fils – s'il veut par exemple ce tableau, là, sur le mur –, eh bien ! tu le lui donnes. Compris ? »

A partir de ce jour, Pym contempla d'un autre œil le tableau représentant des navires sur une mer rouge, mais Dobbsie ne le réclama jamais.

« Une fois le stupéfiant secret de Flora dévoilé, poursuit Syd, les roues du commerce sont lancées à pleine vitesse. On rappelle ton père de sa conférence, on organise un rendez-vous avec Dobbsie et on trouve un terrain d'entente. Les deux hommes se révèlent être des libéraux, ou des francs-maçons, ou des fils de grands personnages ; tous deux soutiennent Arsenal, admirent Joe Louis, trouvent que Noël Coward est une mauviette ou encore partagent la même vision d'hommes et de femmes de toutes races marchant main dans la main vers un seul et immense paradis qui, reconnaissons-le, est bien assez grand pour nous tous, quelles que soient notre couleur de peau ou notre foi » – il s'agit là d'un des discours tout préparés de Rick, avec larmes assurées. Dobbs devient membre honoraire de la Cour et, au bout de quelques jours, il introduit un de ses collègues préférés, un dénommé Fox qui a lui aussi à cœur de faire le bien de l'humanité et dont le travail consiste à sélectionner les zones de construction de l'utopie d'après-guerre. Ainsi, la conspiration se met à faire de plus en plus de vagues qui sans cesse se propagent et se confondent. L'élu suivant sera Perce Loft. Alors qu'il s'occupait d'une série d'affaires dans les Midlands, Perce a entendu parler d'une association de bienfaisance moribonde qui s'appuyait sur une véritable fortune. Il a fait une enquête. Le président de l'association, un certain Higgs – décidément, le destin a décrété que tous les conspirateurs porteraient des noms monosyllabiques – est en fait un baptiste de toujours. Comme Rick, qui sans cela ne serait jamais arrivé là où il est aujourd'hui. La fortune en question provient d'un trust familial géré par un Mr. Crabbe, avoué de province qui est parti à la guerre juste au moment où l'argent devenait disponible et qui a donc laissé la société naviguer toute seule. Étant donné qu'il est baptiste, Higgs ne peut pas toucher à l'argent sans Crabbe pour le couvrir. Rick s'occupe de faire démobiliser Crabbe de son régiment, le fait conduire dare-dare en Bentley jusqu'à Chester Street où il peut examiner le mur de la Gloire, les ouvrages de droit et les multiples Beautés avant d'être déposé à ce bon vieil Albany afin de pouvoir discuter et se détendre un peu.

Crabbe se révèle n'être qu'un petit bonhomme stupide et hargneux, qui garde le coude collé au corps pour boire, monsieur, qui se tortille la moustache pour vous montrer son intelligence militaire et qui, après quelques verres, cherche à savoir ce que vous faisiez, vous, bandes de civils déculottés, pendant que moi, monsieur, je prenais part à des actions d'éclat et risquais ma peau parmi les bombes et les obus. Quelques verres plus tard, au *Goat*, il déclare pourtant à Rick que c'est un bon gars et qu'il aurait bien aimé l'avoir pour commandant et qu'il serait même, s'il l'avait fallu, mort pour lui, ce qui avait bien failli arriver plusieurs fois, mais pas un mot là-dessus. Il va même jusqu'à appeler Rick « colonel », déclenchant ainsi un curieux intermède dans l'ascension du grand homme car le titre lui plaît tellement qu'il décide de se l'attribuer pour de bon, un peu comme, à la fin de sa vie, il se convaincra d'avoir été secrètement armé chevalier par le duc d'Édimbourg et conservera un petit lot de cartes de visite réservées à ceux qui sont dans la confidence.

Cependant, aucune de ces responsabilités multipliées ne freine un instant la valse endiablée de Rick. A longueur de nuits, à longueur de week-ends, la maison d'Ascot s'emplit de la foule des grands, des beaux et des naïfs de ce monde parce que Rick s'est mis à collectionner les célébrités comme il collectionne déjà les bouffons et les chevaux. Joueurs de cricket, jockeys, footballeurs, avocats en vogue, parlementaires corrompus, sémillants sous-secrétaires des généreux ministères de Whitehall, armateurs grecs, coiffeurs cockneys, maharadjahs non inscrits, magistrats alcooliques, maires vénaux, princes régnants de pays ayant cessé d'exister, prélats en bottes de daim arborant croix sur la poitrine, comédiens de radio, chanteuses pique-assiette aristocratiques, millionnaires et stars de cinéma..., tous traversent notre univers comme les bénéficiaires stupéfaits de la grande vision de Rick. Des présidents d'entreprise de construction et des directeurs de banque lubriques, qui n'ont jamais dansé auparavant, tombent soudain la veste, confessent une vie stérile et se mettent à vénérer ce Rick qui fait la pluie et le beau temps. Leurs épouses bénéficient soudain de bas nylon introuvables, de parfums, coupons d'essence, avortements discrets, manteaux de fourrure et, si elles font partie des plus veinardes, de Rick en personne – car il faut que tout le monde ait quelque chose, que personne ne se sente délaissé, que tous ne jurent que par Rick. S'ils ont des économies, Rick les fera doubler. S'ils ne dédaignent pas les paris sur les chevaux, Rick leur donne de meilleures cotes que les bookmakers, passez-moi la monnaie et je me charge du reste. Leurs enfants sont confiés à Pym qui a pour mission de les amuser, ils sont dispensés du service militaire grâce à l'intervention de ce cher vieux machin du ministère approprié, on leur offre des montres en or, des billets pour la finale de la Coupe, de petits setters irlandais et, quand ils sont malades, on leur procure les meilleurs médecins. Il y eut une époque où de telles libéralités rendaient le jeune Pym jaloux. Pas aujourd'hui.

Aujourd'hui, cela contribue simplement pour moi au bien-être de l'agent.

Et parmi eux, aussi discrets que des chats, évoluent les hommes tranquilles de la Cour élargie, les sbires de Mr. Muspole en costumes à épaules carrées et feutres bruns, qui se font appeler consultants et tiennent toujours le combiné du téléphone collé à leur oreille mais sans jamais prononcer un mot dans le micro. Qui ils étaient, comment ils étaient arrivés là et où ils allaient – autant de questions dont seuls le diable et le fantôme de Rick connaissent la réponse, et Syd refuse catégoriquement de parler d'eux même si, avec le temps, j'ai fini par me faire une idée assez précise de leur genre d'occupations. Ce sont les exécuteurs de la tragi-comédie de Rick, personnages qui tantôt ploient le genou et se dissimulent derrière des sourires faux, tantôt se tiennent, telles des sentinelles shakespeariennes, juste derrière la scène, le blanc de leurs yeux se détachant dans l'ombre tandis qu'ils attendent d'éventrer le grand Rick.

Marchant ainsi sur la pointe des pieds parmi toute cette ménagerie – comme entre une forêt de jambes même s'il est déjà aussi grand qu'une bonne moitié des invités –, je revois encore Pym, garçon de cabaret volontaire, page blanche, futur président du tribunal de Londres, en train de trancher leurs cigares et de remplir leurs verres. Pym, honneur de son vieux père, embryon de diplomate se précipitant au moindre appel « Hé, Magnus, qu'est-ce qu'on t'a fait, à ta nouvelle école ? On t'a arrosé d'engrais ? Hé, Magnus, qui est-ce qui t'a coupé les cheveux ? Hé, Magnus, raconte-nous donc l'histoire du coiffeur qui rasait les murs. » Et Pym, le conteur le plus irrésistible de Greater Ascot compte tenu de son âge et de son poids, s'exécute, sourit puis s'esquive entre leur masse monstrueuse et compacte avant de suivre, pour se détendre, des cours du soir de politique extrémiste dans le cottage d'Ollie et de Mr. Cudlove, où tout le monde s'accordait, au-dessus de cacao et de canapés volés, à penser que tous les hommes sont frères – mais nous n'avons rien contre ton père. Et, bien que les doctrines politiques m'apparaissent aujourd'hui aussi fondamentalement creuses qu'elles l'étaient alors pour Pym, je me sou-

204

viens de l'humanité très simple de nos discussions tandis que nous nous promettions de supprimer tous les maux du monde, et de la sincérité absolue avec laquelle, avant de nous mettre au lit, nous nous souhaitions la paix dans l'esprit de Joe Staline qui, reconnaissons-le, Titch, et ce n'est vraiment pas contre ton père, a gagné la guerre malgré tous ces salauds de capitalistes.

La Cour remet les vacances à son programme puisqu'on ne peut pas donner le meilleur de soi-même sans jamais se détendre. Saint-Moritz a été rayé de la carte depuis que Rick a proposé de racheter la station au lieu de payer ce qu'il devait là-bas, mais en échange, Rick et ses conseillers ont jeté leur dévolu sur le sud de la France et foncent sur Monte-Carlo par le *Train bleu*, festoyant durant tout le voyage dans un wagon-restaurant tout de cuivre et de velours et ne s'interrompant que pour donner un pourboire au mécanicien franchouillard qui est quand même un libéral de première puis pour se précipiter, les poches pleines d'argent illicite, au casino. Debout contre l'épaule de Rick, dans la *grande salle*, Pym voit se volatiliser en quelques secondes assez d'argent pour payer un an de pension et ce sans que personne ait rien appris... Quand il choisit le bar, il peut bavarder avec un certain major de Wildman de Dieu seul sait quelle armée, qui se prétend officier de la maison du roi Farouk et assure être en contact téléphonique permanent avec Le Caire afin de transmettre aussitôt les numéros gagnants et de prendre les directives royales inspirées par les devins sur la meilleure façon de dissiper les richesses de l'Égypte. Les aubes méditerranéennes me laissent le souvenir de promenades lugubres jusqu'aux boutiques de prêteurs sur gages ouvertes toute la nuit sur le front de mer, où la montre de platine de Rick, son étui à cigarettes en or, son bâtonnet à cocktails en or et les boutons de manchette en or aux couleurs de l'écurie Pym sont sacrifiés au dieu insaisissable qu'est l'argent liquide. Pour nos après-midi pensifs, nous avons le *tir aux pigeons* où la Cour, après un déjeuner copieux, s'allonge le nez contre le champ de tir et se met à canarder les malheureuses colombes qui jaillissent de leurs tunnels et s'élèvent dans le ciel bleu avant de s'écraser dans la mer en un tourbillon disgracieux. Puis c'est à nouveau Londres où toutes les factures ont été réglées, c'est-à-dire signées, et où l'on ménage portiers et maîtres d'hôtel, c'est-à-dire qu'on les gratifie de pourboires royaux, afin que puissent reprendre les activités toujours multipliées de l'empire Pym & Fils.

Comme rien ne doit jamais stagner, Syd lui-même admet que trop n'est jamais assez. Nul revenu n'est suffisamment sacré pour n'être pas aussitôt dépassé par les dépenses ; nulle dépense n'est assez importante pour que l'on ne puisse obtenir de nouveaux prêts empêchant le barrage de s'écrouler. Quand le boom de la construction marque un temps d'arrêt à cause du décret sur la limitation des loyers, le major Maxwell-Cavendish propose un plan qui ne peut que toucher l'âme de joueur de Rick : il s'agit d'acheter tous ceux qui ont mis un cheval dans l'Irish Sweep et de remporter ainsi automatiquement les premier, deuxième et troisième prix. Mr. Muspole connaît un propriétaire de journal véreux qui s'est fourré dans un vilain guêpier et doit vendre au plus vite ; Rick s'est toujours vu comme un façonneur de vies humaines. Perce Loft, le grand juriste, veut acheter un millier de maisons à Fulham ; Rick connaît une société de construction dont le président a foi en lui. Mr. Cudlove et Ollie sont très intimes avec un jeune coiffeur qui a acquis le droit d'organiser des promenades à dos d'âne pour la fête nationale ; rien ne plaît tant à Rick que d'offrir un peu de bon temps à nos gamins anglais, et mon Dieu, fils, si quelqu'un a mérité d'en prendre, c'est bien eux. Le neveu de Morne Washington a conçu un projet d'automobile amphibie, on envisage un championnat national de cricket pour concurrencer les championnats d'hiver de football et Perce a encore le projet de passer un contrat avec un village irlandais pour faire pousser des cheveux humains destinés au marché de la perruque qui est en pleine expansion grâce aux largesses des tout nouveaux services de santé publique. Éplucheurs d'oranges automatiques, stylos écrivant sous l'eau, étuis à obus vides de la guerre de Corée : chaque projet suscite l'intérêt du grand penseur, sollicite ses talents et son alchimie, ajoute une nouvelle ligne à la plaque commémorative Pym & Fils de la maison de Chester Street.

Qu'est-il arrivé, alors ? ne puis-je m'empêcher de demander à Syd, pressé déjà d'en arriver à la fin inévitable. Quel tour du destin, Syd, a-t-il cette fois-ci arrêté la course du grand homme ? Ma question crépite d'une colère inhabituelle. Syd repose son verre.

« Dobbsie s'est mis à débloquer, c'est tout. Flora ne lui suffisait plus. Il fallait qu'il les ait toutes. Tant de femmes autour de lui, ça lui a tourné la tête, pas vrai, Meg ?

– Dobbsie était monté bien trop haut pour sa petite personne », répond Meg, observatrice impitoyable de la fragilité humaine.

Il apparaît que le pauvre Dobbs s'est tellement laissé embobiner qu'il a attribué une indemnité d'une centaine de milliers de livres pour dommages de guerre à une cité construite un an après la fin des bombardements.

« Dobbsie a tout gâché pour tout le monde, déclara Syd, que l'indignation hérisse encore. Ce Dobbsie était un égoïste, Titch. Voilà ce que c'était : un sale égoïste. »

Il convient encore d'ajouter une note à ce sommet bref mais glorieux de la fortune de Rick. Il est écrit qu'en octobre 1947 il alla jusqu'à vendre sa tête. Je ne suis tombé sur cette information qu'hier, alors que, posté sur les marches du crématorium, j'essayais de deviner qui pouvaient être les personnages les plus mystérieux venus assister aux funérailles. Un jeune homme essoufflé prétendant représenter une faculté de médecine agita un bout de papier sous mon nez et me somma d'interrompre la cérémonie. « Moyennant la somme de cinquante livres, moi, Richard T. Pym, Chester Street W., autorise qu'à ma mort ma tête soit utilisée pour le progrès de la science médicale. » Il pleuvait légèrement. A l'abri du porche, j'ai fait à la hâte un chèque d'une centaine de livres au garçon et lui ai dit d'aller se chercher une tête ailleurs. Je me suis dit que si le type en question était un escroc, Rick aurait été le premier à admirer son entreprise.

Et toujours, quelque part dans cette clameur, le nom de Wentworth résonnait doucement à l'oreille secrète de Pym, comme un nom de code opérationnel connu uniquement des initiés : Wentworth. Pym, lui, était l'outsider, celui qui ne figurait pas sur la liste mais qui s'efforçait d'y entrer, de savoir. C'était comme ces mots chuchotés qui circulent entre les anciens au bar des officiers supérieurs de la Centrale tandis que Pym, le nouveau, les saisit au passage mais ne sait pas s'il doit jouer les sourds ou faire celui qui est au courant : « On a piqué ça sur Wentworth... Top secret et Wentworth... Avez-vous été débarrassés de Wentworth ? » Puis ce nom même devint pour Pym un symbole agaçant de sagesse refusée, un défi à l'opportunité de sa présence. « Ce saligaud a joué les Wentworth avec nous », grommelle un soir Perce Loft devant lui. « La nana de Wentworth est une vraie tigresse, assure Syd une autre fois. Elle est pire encore que son imbécile de mari l'a jamais été. » Chaque allusion poussait Pym à réitérer ses recherches. Pourtant, ni les poches de Rick, ni les tiroirs de son bureau, ni sa table de nuit, ni son carnet d'adresses en cuir, ni son répertoire téléphonique à curseur en bakélite, ni même sa serviette que Pym explorait chaque semaine avec la clé accrochée à la chaîne Asprey de Rick ne lui fournirent le moindre indice. Pas plus que l'impénétrable cartonnier vert qui, telle une icône de voyage, en était venu à marquer le centre de la foi nomade de Rick. Aucune clé connue ne convenait à sa serrure, aucune manipulation de la main ou d'un levier ne le faisait céder.

Enfin, il y eut l'école. Le chèque fut envoyé et le chèque fut touché. Le train s'ébranla. Par la fenêtre, Pym vit Mr. Cudlove et les mères des autres garçons enfouir leur visage dans un mouchoir puis disparaître. Dans son compartiment, des garçons plus grands que lui pleurnichaient et mâchonnaient les poignets de leur veste grise toute neuve. Pym, lui, préféra tourner la tête pour embrasser du regard toute sa vie passée et le difficile chemin du devoir qui sinuait devant lui pour s'enfoncer dans la brume automnale. Et il pensa : me voilà, moi la meilleure recrue que vous ayez jamais faite ; je suis celui qu'il vous faut, alors prenez-moi. Le train arriva, l'école se révéla être un château moyenâgeux perpétuellement plongé dans la pénombre, mais saint Pym du Renoncement fut aussitôt présent pour aider ses camarades à hisser leurs malles et boîtes à provisions en haut de l'escalier de pierre en colimaçon, à défaire des boutons de col pour eux inhabituels, à trouver leurs lits, casiers et pinces à linge en s'attribuant à lui-même les moins bons. Et lorsque vint son tour d'être convoqué devant le surveillant général pour un petit entretien d'introduction, Pym ne cacha pas sa satisfaction. Mr. Willow était un homme grand et simple, vêtu de tweed et sans cravate. En outre, le dépouillement chrétien de son bureau, après Ascot, emplit aussitôt Pym d'un sentiment d'intégrité.

« Tiens, tiens, mais qu'est-ce qu'il y a là-dedans ? s'enquit aimablement Mr. Willow en portant le paquet à sa grande oreille pour le secouer.

– Du parfum, monsieur. »

Mr. Willow ne parut pas comprendre. Il continuait de sourire d'un air interrogateur.

« C'est pour Mrs. Willow, monsieur, crut bon d'expliquer Pym. Cela vient de Monte. On m'a assuré que c'est à peu près le meilleur que savent faire ces satanés Français », ajouta-t-il, citant le major Maxwell-Cavendish, un homme du monde.

Mr. Willow avait le dos très large et Pym ne vit soudain plus que cela. L'homme se pencha, il y eut un bruit de paquet que l'on ouvre puis que l'on referme et le cadeau disparut dans le gigantesque bureau. S'il avait eu des pincettes, il n'aurait pu traiter le présent de Pym avec plus grand dégoût.

« Tu as intérêt à faire gaffe avec Tit Willow, l'avertit Sefton Boyd. Il fouette le vendredi, comme ça on a le week-end pour récupérer. »

Mais Pym redoubla d'efforts, saigna, se porta volontaire pour tout et obéit à chaque cloche qui le convoquait. Pendant des trimestres. Des vies entières. Il courut avant le petit déjeuner, pria avant de courir, se doucha avant de prier, alla à la selle avant de se doucher. Il se jeta sans compter dans la boue du terrain de rugby, se battit sur les pavés humides en quête de ce qui passait pour un apprentissage, exécuta les manœuvres avec tellement de cœur pour devenir un bon soldat qu'il se cassa la clavicule sur la crosse de son énorme fusil Lee Enfield et se fit mettre knock-out sur le ring. Et toujours, il se forçait à sourire et tendait la patte pour recueillir le sucre du perdant tout en se traînant jusqu'au vestiaire. Je suis sûre qu'il t'aurait plu, Jack, tu aurais dit qu'il faut briser les chevaux et les enfants, que la *Public School* me forgeait le caractère.

Je n'y crois pas du tout. Je pense au contraire que cela a bien failli me tuer. Mais Pym n'était pas du même avis. Pym trouvait tout absolument merveilleux et en redemandait. Quand les lois rigides d'une justice aléatoire l'exigeaient de lui – et avec le recul, il semble que cela arrivait tous les soirs de la semaine –, il plongeait la tête dans un lavabo infect, étreignait un robinet dans chaque main palpitante et expiait une série de crimes qu'il ne savait même pas avoir commis avant que Mr. Willow ou l'un de ses licteurs ne le lui eût expliqué entre deux coups de fouet. Néanmoins, dès qu'il se retrouvait enfin dans l'obscurité vacillante de son dortoir, à écouter les craquements et les toux presque canines de désirs adolescents, il arrivait encore à se persuader qu'il était un futur prince et que, comme Jésus, on lui faisait payer la divinité de son père. Sa sincérité, son amour pour le genre humain demeurèrent pourtant intacts.

En un seul après-midi, il pouvait s'asseoir avec Noakes, préposé à l'entretien des terrains de sport, pour grignoter des tranches de cake et des gâteaux secs dans la petite maison qu'il avait près de la cidrerie, puis tirer les larmes des yeux du vieil athlète en lui racontant des histoires complètement inventées sur les bouffonneries des grands sportifs qui se laissaient aller lors des festins d'Ascot. Ce n'étaient là qu'absurdités, mais elles lui paraissaient absolument véridiques au moment où il tissait cet univers de rêve. « Pas le Don ? », s'exclamait Noakes avec incrédulité. « Le grand Don Bradman en personne, dansant sur la table de la cuisine ? Et chez toi, Pymmie ? Continue ! » « Et il chantait *"When I was a child of five"*, vous imaginez ? Lui en gosse de cinq ans ? », ajoutait Pym. Il abandonnait alors un Noakes rayonnant, riant encore à ces visions, puis remontait la colline et rejoignait un Mr. Glover éteint – Mr. Glover était l'assistant du professeur de dessin et il portait des sandales – pour l'aider à nettoyer les palettes et les barbouillages de peinture qui maculaient chaque jour les parties génitales du chérubin qui ornait l'entrée. Mr. Glover était pourtant le contraire absolu de Noakes. Sans Pym, les deux hommes étaient irréconciliables. Mr. Glover considérait le sport à l'école comme une tyrannie pire que celle d'Hitler, et je voudrais qu'ils balancent leurs saloperies de godasses de foot dans la rivière et qu'ils labourent tous leurs terrains de jeu afin de nous donner un peu d'art et de beauté pour changer. Pym espérait tout aussi ardemment la même chose et jura que son père allait faire une donation, sans doute des millions mais ne le répétez pas, pour que l'on reconstruise une école des beaux-arts deux fois plus importante.

« Si j'étais toi, je ne la ramènerais pas avec mon père, lui conseilla Sefton Boyd. On n'aime pas beaucoup les trafiquants ici.

– On n'aime pas beaucoup non plus les mères divorcées », répliqua Pym qui rendait le coup pour une fois. Mais sa stratégie allait généralement dans le sens de la pacification et de la réconciliation.

Une autre de ses conquêtes fut Bellog, le professeur d'allemand, qui paraissait physiquement handicapé par les péchés de son pays d'adoption. Pym l'assiégea de travail supplémentaire, lui acheta une coûteuse chope à bière allemande chez Thomas Goode sur le compte de Rick, promena son chien et l'invita à Monte-Carlo, tous frais payés, offre que, Dieu merci, le professeur déclina. Des avances aussi naïves me feraient aujourd'hui rougir et je me rongerais les sangs à essayer de deviner si Bellog n'avait pas fini par s'aigrir et passer dans l'autre camp. Pym ne se posait pas ce genre de questions. Pym aimait Bellog comme il aimait tout le monde. Et il avait besoin de cette âme germanique car il avait eu du mal à se remettre de la disparition de Lippsie. Il avait besoin de se livrer à elle, même si elle s'incarnait dans les mains ahuries de Mr. Bellog, et même si l'Allemagne n'évoquait rien d'autre pour lui qu'une fuite vers un territoire haï de tous mais où ses talents seraient appréciés. Il avait besoin de sentir l'étreinte de l'esprit allemand, le mystère, l'aspect secret d'une autre vision de la vie. Il avait besoin de pouvoir claquer la porte à sa personnalité anglaise quel que soit l'amour qu'il lui portât, et de se forger un nouveau nom, dans un endroit neuf. Il lui arriva même d'aller jusqu'à affecter un léger accent allemand, ce qui mit Sefton Boyd au paroxysme de la fureur.

Et les femmes ? – Personne n'était plus conscient que Pym des vertus potentielles d'un agent féminin bien dirigé, Jack, mais il n'en venait jamais dans cette école et, de toute façon, tout attouchement, y compris sur soi-même, pouvait vous valoir le fouet. Bien que Pym fût prêt à l'aimer à la première occasion, Mrs. Willow ne lui apparut jamais autrement qu'enceinte, et les regards languides de l'adolescent ne la touchaient guère. L'intendante lui sembla assez bien de sa personne, mais quand il l'appela un soir, tard, prétextant un mal de tête imaginaire avec le vague espoir de la demander en mariage, elle se contenta de lui ordonner sèchement de retourner au lit. Seule la petite Miss Hodges, qui enseignait le violon, fit naître en lui un espoir éphémère ; mais à peine lui eut-il offert un porte-musique en cuir de chez Harrods en lui disant qu'il voulait devenir musicien professionnel qu'elle fondit en larmes et lui conseilla de choisir un autre instrument.

« Ma sœur veut le faire avec toi, lui dit une nuit Sefton Boyd alors qu'ils s'enlaçaient sans enthousiasme dans le lit de Pym. Elle a lu ton poème dans le canard de l'école et elle te prend pour Keats. »

Pym ne fut qu'à moitié surpris. Il ne faisait aucun doute que son poème était un chef-d'œuvre, et Jemima Sefton Boyd lui avait plusieurs fois fait des grimaces à travers le pare-brise de la Land Rover familiale venue chercher son frère pour le week-end.

« Elle n'en peut plus d'attendre, expliqua Sefton Boyd. Elle le fait avec tout le monde. C'est une nympho. »

Pym lui écrivit aussitôt, une lettre de poète.

Un conte doit s'attarder dans vos cheveux si doux. Ne percevez-vous jamais la beauté comme une sorte de péché ? Deux cygnes ont élu domicile dans le fossé de l'abbaye. Je les contemple souvent en rêvant à votre chevelure. Je vous aime.

Elle lui répondit par retour du courrier, mais Pym eut le temps de souffrir mille morts à se repentir de sa témérité.

Merci pour votre lettre. J'ai un droit de sortie de l'école qui commence le vingt-cinq, ce qui correspond à l'un de vos week-ends de sortie aussi. Cette coïncidence était sûrement prédestinée. Maman vous invitera dimanche soir et obtiendra auprès de Mr. Willow la permission que vous restiez coucher chez nous. Un enlèvement vous est-il venu à l'idée ?

Une autre lettre était plus précise :

L'escalier de service est tout à fait sûr. J'allumerai une lampe et préparerai du vin au cas où vous auriez soif. Apportez l'œuvre sur laquelle vous travaillez mais, je vous en prie, caressez-moi d'abord. Vous trouverez sur ma porte la rosette rouge que j'ai gagnée aux dernières vacances en montant Smokey.

Pym était mort de peur. Comment pourrait-il s'en tirer avec une femme d'une telle expérience ? Il savait ce qu'étaient des seins et les appréciait. Mais Jemima ne semblait pas en avoir du tout. Le reste de son corps n'était qu'un impénétrable buisson de maux et de dangers divers, et ses souvenirs de Lippsie dans son bain devenaient chaque minute plus brumeux.

Une carte arriva :

Nous serions tous très heureux si vous veniez nous voir à Hadwell le week-end du vingt-cinq. J'écris une lettre séparée à Mr. Willow. Ne vous faites pas de souci pour votre garde-robe, nous ne nous habillons pas le soir pendant l'été.

ELIZABETH SEFTON BOYD

Sur la colline qui dominait la maison-dortoir de Mr. Willow, il y avait une école de filles peuplée de brunes vestales. Les garçons qui s'aventuraient à pénétrer dans son enceinte étaient fouettés puis expulsés. Mais Elphick, du dortoir de Barker, assurait qu'on pouvait apprendre beaucoup en se postant sous la passerelle qu'elles traversaient pour se rendre au hockey. Hélas, tout ce que Pym put entrevoir en suivant ce conseil se résuma à quelques genoux froids fort semblables aux siens. Pis encore, il dut subir l'humour grossier d'un professeur de gymnastique qui se pencha par-dessus la rambarde et l'invita à venir jouer. Écœuré, Pym retourna à ses poètes allemands. La bibliothèque de la ville était tenue par un vieux socialiste fabien à la solde de Pym. Celui-ci put donc sauter le déjeuner pour fouiller sans être surveillé la section marquée « Réservé aux adultes ».

Le Guide du mariage se révéla n'être qu'un manuel sur les hypothèques. *L'Art du livre de chevet chinois* commençait bien mais sombrait ensuite dans la description de jeux de fléchettes et de tigres blancs bondissants. Il en allait tout autrement de *Amor et Femmes rococo* qui était de plus richement illustré, et Pym arriva à Hadwell en s'attendant à trouver des Grâces nues en train de batifoler avec leurs amants dans le parc. Au dîner, qu'à son grand soulagement ils prirent habillés, Jemima désarçonna complètement Pym en se cachant derrière ses cheveux puis en se plongeant dans Jane Austen. Une fille plutôt ordinaire répondant au nom de Belinda et qu'on lui présenta comme la meilleure amie de Jemima refusa de parler par solidarité.

« Jem est toujours comme ça quand elle est excitée », expliqua Sefton Boyd à portée d'oreille de Belinda qui essaya aussitôt de le frapper puis s'enfuit dans un mouvement de rage.

Envoyé au lit, Pym entreprit de grimper le grand escalier tandis qu'une douzaine d'horloges sonnaient le glas de sa mort. Combien de fois Rick ne l'avait-il pas mis en garde contre les femmes qui ne désiraient rien d'autre que son argent ? Comme il regrettait amèrement la sécurité de son lit de pension ! Il traversa le palier et vit une rosette rougeoyer comme du sang dans la pénombre. Il gravit un nouvel étage et aperçut la tête de Belinda qui l'épiait par sa porte entrouverte. « Vous pouvez venir ici, si vous voulez, lui proposa-t-elle crûment.

– Ça va, merci », répliqua Pym, qui se précipita dans sa chambre.

Il découvrit sur son oreiller les huit lettres d'amour et les quatre poèmes qu'il avait adressés à Jemima, liés par un ruban et exhalant des senteurs de savon de selle.

> Reprenez, je vous prie, ces lettres qui me sont devenues pénibles puisque, à mon grand regret, nous ne pouvons nous entendre. Je ne sais ce qui vous a pris de lisser vos cheveux ainsi, vous ressemblez à un garçon de courses, mais, dorénavant, nous ne serons plus que des étrangers l'un pour l'autre.

Atterré par l'humiliation et le désespoir, Pym rentra précipitamment à la pension et écrivit le soir même à toutes les mères, encore en activité ou à la retraite, dont il avait le nom et l'adresse.

« Chère Topsie, Cherry, Mrs. Ogilvie chérie, Mabel, Violet chérie, on me bat impitoyablement parce que j'écris des poèmes et je suis très malheureux. Emmenez-moi de cet horrible endroit, je vous en supplie. » Mais lorsqu'elles répondirent à son appel, l'empressement de leur amour le révolta et il jeta leurs lettres à peine lues. Et quand l'une d'elles, la meilleure, lâcha tout et fit un voyage onéreux de plus de cent cinquante kilomètres simplement pour venir lui payer à déjeuner aux Feathers, Pym ne répondit à ses questions qu'avec une froide politesse. « Oui, l'école est extra, merci, tout va parfaitement bien. Et vous, comment allez-vous ? » Puis il la reconduisit à la gare avec une heure d'avance afin de s'entraîner à jouer les rustres.

> Chère Belinda écrivit-il de sa belle cursive de poète. Merci beaucoup pour votre lettre m'expliquant que Jem est quelqu'un d'instable. Je sais à quel point les filles sont affreusement sensibles à cet âge où elles traversent toutes sortes de bouleversements, aussi n'est-ce vraiment pas grave. Notre équipe a gagné les épreuves des cadets, ce qui n'est

pas un mince événement ici. Je pense souvent à vos beaux yeux.

MAGNUS

Cher père – écrivit-il dans ce style édouardien si rébarbatif emprunté à Sefton Boyd. J'ai beaucoup d'occupations essentielles ici, ce qui est tout à fait de mise et me fait progresser. Chacun se montre très reconnaissant pour ce que je fais mais les prix ont augmenté à la pâtisserie et je me demandais si tu ne pourrais pas m'envoyer cinq livres pour me tirer d'affaire.

A sa grande surprise, Rick ne lui envoya rien mais descendit en personne de sa haute montagne, chargé non d'argent mais d'amour et répondant ainsi à la véritable demande de son fils.

C'était la première visite de Rick. Jusqu'à maintenant, Pym lui avait interdit de venir, lui expliquant que les parents distingués étaient assez mal vus. Et Rick avait, avec une modestie surprenante, accepté cette exclusion. C'était à présent avec cette même modestie qu'il venait, l'air propret, affectueux et mystérieusement humble, évoquant le Rick qui s'était assis sur le lit d'hôpital de Pym pour attendre que celui-ci se réveille de son anesthésie. Il ne s'aventura pas jusqu'à la pension mais envoya une lettre de sa main pour proposer un rendez-vous sur la route de Farleigh Abbott, qui longeait la mer. Quand Pym arriva, comme convenu, à bicyclette, s'attendant à tomber sur une Bentley et la moitié de la Cour, il ne découvrit qu'un Rick tout seul, chevauchant lui aussi une bicyclette, souriant d'une manière adorable que Pym pouvait reconnaître à des kilomètres et entonnant « Underneath the Arches » d'une voix un peu fausse. Il avait apporté dans une sacoche un pique-nique comprenant tout ce qu'ils préféraient : une bouteille de *ginger pop'* [1] pour Pym, du champ pour lui et un ballon de foot, vestige du Paradis. Ils allèrent pédaler sur la plage et firent des ricochets sur les

---

1. Boisson gazeuse au gingembre. *(NdT.)*

vagues en lançant des galets. Ils s'allongèrent dans les dunes en se régalant de foie gras et de Ryvita. Ils se baladèrent dans le village en se demandant si Rick devait ou non l'acheter. Ils contemplèrent l'église et se promirent de ne jamais oublier leurs prières. Ils improvisèrent des buts entre deux piliers de portail délabrés et tapèrent dans leur ballon de foot jusqu'à l'autre bout du monde. Ils s'embrassèrent, pleurèrent, s'étreignirent et se jurèrent de rester copains toute leur vie et de passer tous leurs dimanches à aller faire du vélo ensemble, même quand Pym serait président du tribunal de Londres et qu'il serait marié et aurait des petits-enfants.

« Mr. Cudlove a démissionné ? », demanda Pym.

Rick parvint tout juste à entendre quoique son visage eût déjà pris cette expression rêveuse qui le gagnait dès qu'on lui posait une question directe.

« Tu sais, fils, le vieux Cuddie a eu des hauts et des bas pendant toutes ces années, concéda-t-il. Alors il s'est dit qu'il était temps de prendre un peu de repos.

– Et la piscine, elle avance ?

– Elle est presque finie, presque finie. Il faut être patient.

– Extra.

– Dis-moi, fils, questionna Rick, plus adorable que jamais. Tu n'as pas un copain ou deux qui auraient envie de te faire plaisir en te logeant pendant les vacances scolaires qui se profilent déjà à l'horizon ?

– Oh, des tas, répondit Pym en luttant pour paraître insouciant.

– Eh bien je pense que ce ne serait pas une mauvaise idée d'accepter leurs invitations parce qu'avec tous ces travaux, je ne crois pas que tu puisses trouver à Ascot tout le repos et la tranquillité auxquels ta petite tête si intelligente a droit. »

Pym assura aussitôt qu'il n'y manquerait pas et se montra encore plus caressant avec Rick afin que celui-ci ne puisse suspecter que quelque chose allait de travers.

« Et puis je suis amoureux d'une fille vraiment extra, ajouta Pym alors qu'approchait l'heure de se séparer, dans un effort supplémentaire pour persuader Rick de son bonheur. C'est assez amusant. Nous nous écrivons tous les jours.

– Il n'y a rien de plus beau dans la vie que l'amour d'une femme honnête, fils, et si quelqu'un a mérité de le trouver, c'est bien toi. »

« Dites-moi, mon garçon, lui dit un soir Mr. Willow alors qu'ils préparaient ensemble sa confirmation. Que fait votre père exactement ? »

Sentant instinctivement comment gagner le cœur de Willow, Pym répondit qu'il devait être une sorte d'homme d'affaires prospère et indépendant, monsieur, je ne sais pas exactement. Willow changea de sujet, mais lors de leur rencontre suivante, il pria Pym de lui parler de sa mère. Le jeune garçon faillit répondre qu'elle était morte de la syphilis, mal qui revenait souvent dans les discours de Mr. Willow dès qu'il s'agissait de Semer les Graines de la Vie. Mais il se retint.

« Elle est partie quand j'étais très jeune, monsieur, confessa-t-il, collant bien plus à la vérité qu'il ne l'aurait désiré.

– Avec qui ? », s'enquit aussitôt Mr. Willow. Pym répondit donc, sans pouvoir expliquer par la suite pourquoi : « Avec un sergent de l'armée, monsieur. Il était déjà marié alors il l'a emmenée en Afrique, pour fuir.

– Vous écrit-elle de temps en temps, mon garçon ?

– Non, monsieur.

– Pourquoi ?

– Je suppose qu'elle a trop honte, monsieur.

– Vous envoie-t-elle de l'argent ?

– Non, monsieur. Elle n'en a pas. Il lui a escroqué tout ce qu'elle avait.

– Nous parlons toujours du sergent, n'est-ce pas ?

– Oui, monsieur. »

Mr. Willow réfléchit. « Êtes-vous au courant des activités d'une société qui s'appelle l'Amicale académique Muspole Limited ?

– Non, monsieur.

– Vous en êtes pourtant l'un des directeurs en titre.

– Je ne le savais pas, monsieur.

– Alors vous ne savez sans doute pas non plus pourquoi

cette société serait censée payer votre pension ici ? Ou ne pas la payer, en l'occurrence ?

– Non, monsieur. »

Mr. Willow raffermit sa mâchoire et plissa les yeux, signe que son interrogatoire allait se resserrer. « Votre père ne vivrait-il pas, pourrait-on dire, dans le luxe, par rapport au niveau de vie des autres parents d'élèves de cet établissement ?

– Je suppose que si, monsieur.

– Vous supposez seulement ?

– Non, j'en suis sûr, monsieur.

– Et désapprouvez-vous sa manière de vivre ?

– Un peu, je suppose.

– Ne vous est-il jamais venu à l'esprit que vous serez un jour contraint de choisir entre Dieu et Mammon ?

– Si, monsieur.

– En avez-vous parlé avec le père Murgo ?

– Non, monsieur.

– Faites-le.

– Oui, monsieur.

– Avez-vous jamais pensé à entrer en religion ?

– Si, monsieur, souvent, assura Pym en prenant un air pénétré.

– Nous avons une bourse ici, Pym, pour les garçons impécunieux qui souhaitent entrer dans les ordres. Le trésorier pense que vous pourriez poser votre candidature pour l'obtenir.

– Oui, monsieur. »

Le frère Murgo était une petite créature fervente et tout en dents, dont la tâche consistait, curieusement si l'on considère ses origines prolétaires, à dénicher pour le compte de Dieu de nouvelles vocations dans les *Public Schools*. Là où Willow se montrait terrible et abrupt, sorte de Makepeace Watermaster dépourvu de mystère, Murgo se faisait tout petit dans son habit, comme un furet attaché et enfermé dans un sac. Là où le regard intrépide de Willow affichait la sérénité du savoir, celui de Murgo ne trahissait que l'angoisse solitaire de la cellule.

« Il est dingue, assura Sefton Boyd. Regarde les marques

qu'il a aux chevilles. Ce porc se les fait lui-même saigner pendant qu'il prie.

– Il se mortifie », expliqua Pym.

« Magnus ? répéta Murgo avec cette voix brève et nasillarde du Nord. Dieu est Magnus. Toi, tu es Parvus. » Son sourire rouge et furtif apparut comme une blessure impossible à cicatriser. « Viens me voir ce soir, pria-t-il le jeune garçon. Escalier Allenby. Salon de réception du personnel. Frappe avant d'entrer. »

« Mais tu es pédé ou quoi ? Il va te toucher ! » s'écria Sefton Boyd que la jalousie mettait hors de lui. Mais, comme Pym l'avait deviné, Murgo n'avait jamais touché personne. Ses mains esseulées demeuraient attachées derrière son dos par des liens invisibles, n'apparaissant que lorsqu'il mangeait ou priait. Durant tout le reste de ce dernier trimestre, Pym plana sur un nuage de liberté insoupçonnée. Moins d'une semaine auparavant, Willow avait promis de fouetter un garçon qui avait osé décrire le cricket comme une distraction. Il suffisait maintenant à Pym d'annoncer qu'il allait se balader avec Murgo pour être dispensé de tous les sports qu'il voulait. Des dissertations en retard furent mystérieusement annulées, des corrections qui l'attendaient plus ou moins furent différées indéfiniment. Lors de grandes marches essoufflées, de promenades à bicyclette, dans de petits salons de thé perdus dans la campagne ou, le soir, dans un coin de la chambre misérable de Murgo, Pym prodiguait des versions de lui-même qui tour à tour les choquaient et les bouleversaient tous les deux. Le matérialisme paresseux de son existence familiale. Sa quête de foi et d'amour. Son combat contre les démons de l'onanisme et les tentateurs tel Kenneth Sefton Boyd. Sa relation d'amour fraternel avec la jeune Belinda.

« Et les vacances ? demanda un soir Murgo tandis qu'ils trottaient le long d'une piste cavalière sans regarder les couples d'amoureux qui batifolaient dans l'herbe. Tu t'y amuses ? C'est la grande vie ?

– Les vacances sont un vrai désert, répondit Pym fidèlement. Pareil pour Belinda. Son père est agent de change. »

La description eut sur Murgo l'effet d'un aiguillon.

« Oh, un désert, vraiment ? Très bien, un désert. Cela me va. Le Christ aussi est allé dans le désert, Parvus. Et sacrément longtemps. Saint Antoine aussi. Il a servi vingt ans dans une sorte de fortin répugnant tout près du Nil. Mais peut-être l'as-tu oublié.

– Non, pas du tout.

– En tout cas, il l'a fait. Et ça ne l'a pas empêché de parler à Dieu ni de recevoir la parole de Dieu. Antoine n'avait aucun privilège. Il n'avait ni argent, ni propriété, ni belles voitures, ni filles d'agent de change. Il priait.

– Je sais, assura Pym.

– Viens à Lyme. Réponds à l'appel. Suis l'exemple d'Antoine. »

« Mais qu'est-ce que tu as fait avec tes cheveux, crétin ? s'écria Sefton Boyd le soir même.

– J'ai coupé ma frange. »

Sefton Boyd cessa de rire. « Tu veux devenir le moinillon de Murgo, souffla-t-il. Tu t'es laissé emberlificoter, tu as perdu les pédales, pauvre gonzesse ! »

Les jours de Sefton étaient comptés. Sous l'influence de certaines informations – je rougis encore quand je repense à la source de cette délation –, Mr. Willow avait décrété que le jeune Kenneth devenait un petit peu trop vieux pour l'établissement.

Tiens, voilà encore un autre Pym pour toi, Jack, et tu ferais mieux de l'ajouter à mon dossier même s'il ne te paraît ni admirable ni, je le soupçonne, compréhensible. Poppy, lui, l'a connu de fond en comble dès le premier jour. C'est le Pym qui ne peut trouver le repos tant qu'il n'a pas suscité l'amour des gens, puis qui cherche à nouveau ce même repos en échappant au contraire à cet amour, et de préférence le plus radicalement possible. Le Pym qui n'agit jamais par cynisme, jamais sans conviction. Qui déclenche le cours des événements afin d'en devenir la victime en appelant ça de la décision, qui s'empêtre dans des relations inutiles en appelant ça de la loyauté. Puis qui attend l'événement suivant pour le sortir du précédent en appelant ça le destin. C'est le Pym qui décline une invitation de quinze jours chez les Sefton Boyd en Écosse, tous frais payés y compris Jemima, parce qu'il s'est engagé à se traîner par les montagnes du Dorset dans le sillage d'un fanatique torturé de Manchester, à se préparer pour une existence qu'il n'a pas la moindre intention de mener, parmi des gens qui le glacent jusqu'à la moelle. C'est le Pym qui écrit tous les jours à Belinda parce que Jemima a ébranlé les assises de sa divinité. C'est le Pym jongleur du samedi soir bondissant tout autour de la table en faisant voltiger stupidement une assiette après l'autre parce qu'il ne supporte pas de décevoir quiconque ne serait-ce qu'un instant de crainte de perdre son estime. Le voilà donc parti s'étouffer à moitié dans les odeurs d'encens, dormir dans une cellule aux relents de chien mouillé et frôler la mort par piqûres d'orties afin de devenir pieux, de payer ses études et d'être adoré par Murgo. Il accumule entre-temps de nouvelles promesses sur les anciennes, et arrive à se convaincre qu'il est sur la voie du paradis alors qu'il s'enfonce toujours plus profondément dans le pétrin qu'il a créé. Au bout d'une semaine, il s'est déjà engagé à rejoindre un camp de garçons à Hereford, une retraite panconfessionnelle à Shropshire, un pèlerinage de syndicalistes à Wakefield et une Célébration des Témoins à Derby. Quinze jours ne se sont pas écoulés qu'il n'y a plus un comté en Angleterre où il n'ait engagé sa sainteté de six manières différentes – sans pour autant cesser de se voir par intermittence en apôtre décharné du renoncement, convertissant des femmes splendides et des millionnaires à la pauvreté chrétienne.

Il fallut attendre un mois plein avant que Dieu ne lui permît l'évasion qu'il espérait.

TA PRÉSENCE IMMÉDIATE CHESTER STREET ESSENTIELLE POUR QUESTION D'IMPORTANCE VITALE NATIONALE ET INTERNATIONALE RICHARD T. PYM PRÉSIDENT-DIRECTEUR GÉNÉRAL PYMCO.

« Tu dois partir, constata Murgo, des larmes de tristesse dévalant ses joues creuses alors qu'il lui tendait le télégramme fatal juste après tierce.

– Je ne sais pas si je vais pouvoir le supporter, assura

Pym, non moins affecté. Ce n'est qu'une question d'argent, toujours l'argent. »

Ils passèrent devant le magasin d'estampes puis devant la boutique de vannerie, traversèrent les jardins potagers et franchirent le petit portail d'osier qui maintenait le monde de Rick en échec.

« Tu ne l'as pas envoyé toi-même, n'est-ce pas, Parvus ? », interrogea Murgo.

Pym jura qu'il n'en était rien, ce qui correspondait à la pure vérité.

« Tu ne sais pas quelle force tu es, lui dit Murgo. Je ne pense pas que je puisse rester désormais le même. »

Il n'était jamais venu à l'esprit de Pym que Murgo pût être capable de changement.

« Bien, prononça Murgo avec un dernier rictus de chagrin.

– Au revoir, répondit Pym. Et merci. »

Mais tous deux peuvent déjà se réjouir. Pym a promis de revenir pour Noël, avec les vagabonds.

Revirements déments, Tom. Soubresauts et amours déments, de plus en plus déments à chaque étape. C'est également vers cette époque que j'écrivis à Dorothy. Aux bons soins de Sir Makepeace Watermaster à la Chambre des Communes, bien que je fusse parfaitement au courant de sa mort. J'attendis une semaine puis oubliai complètement ma lettre jusqu'au jour où mon effort fut récompensé par un petit mot misérable, taché de larmes ou d'alcool, rédigé sur une feuille de papier ligné arrachée à un bloc. Pas d'adresse indiquée, mais le cachet d'un bureau de poste d'East London, coin où je n'avais jamais mis les pieds. J'ai la lettre devant les yeux. « Ta lettre m'a été comme une voix remontant le long couloir des ans, mon chéri. Je l'ai mise dans le placard de la cuisine, avec l'épicerie, afin de pouvoir la contempler à loisir. Je serai à la gare Euston, quai supérieur, jeudi à quinze heures. Je n'aurai pas mon Herbie mais je tiendrai un bouquet de lavande, tu l'aimais tant. » Regrettant déjà cruellement son initiative, Pym arriva en retard à la gare et se posta, tel un bandit, dans un recoin tout près des sacs postaux, sous un porche métallique. Toute une collection de mères potentielles traînaient sur le quai, certaines potables, d'autres nettement moins, mais aucune ne le tenta vraiment et plusieurs d'entre elles étaient ivres. Puis il en aperçut une qui semblait arborer un bouquet de fleurs enveloppé dans du papier journal, mais il avait déjà décrété qu'il s'était trompé de quai. C'était sa Dorothy chérie que Pym voulait, non quelque traîne-savates sur le retour coiffée d'un chapeau de clown.

Un soir en semaine. Chester Street, la circulation ronfle et crache sous la pluie, mais à l'intérieur de la *Reichskanzlei*, c'est Greenhill le dimanche. Encore empreint de la piété du monastère, Pym presse le bouton de sonnette mais ne perçoit aucun tintement. Il frappe donc le heurtoir contre la plaque métallique. Un rideau de dentelle s'écarte puis retombe aussitôt. La porte s'ouvre, juste un peu.

« Mon nom est Cunningham, monsieur, annonce un gros homme avec un accent de cockney expatrié à couper au couteau tout en refermant précipitamment la porte derrière le jeune garçon comme s'il avait peur de laisser entrer des microbes. Moitié cunning et moitié ham[1]. Vous devez être le fils héritier. Enchanté, monsieur. Que la paix soit avec vous.

– Comment allez-vous ? fait poliment Pym.

– Je garde bon moral, monsieur, je vous remercie, répond Cunningham en feignant de comprendre littéralement cette formule de présentation si typiquement anglaise. Je crois que nous sommes sur la voie de la compréhension mutuelle. Avec quelques réticences au début, il faut s'y attendre. Mais il me semble déjà voir une lueur pointer à l'horizon. »

La lueur semble bien illusoire car le chemin par lequel Mr. Cunningham conduit Pym avec une belle assurance est d'un noir d'encre où la seule clarté pourrait venir des taches pâles qui remplacent sur le mur les rayons de livres juridiques.

« Vous étudiez l'allemand, d'après ce que j'ai compris monsieur, reprend Cunningham d'une voix plus épaisse encore, comme si l'effort avait affecté ses amygdales. C'est

1. *Cunning* = rusé. *Ham* = jambon. *(NdT.)*

une belle langue. Les gens, je ne sais pas. Mais c'est vraiment une jolie langue quand elle est bien maniée, vous pouvez me croire.

– Pourquoi montons-nous à l'étage ? s'enquiert Pym qui a reconnu à plusieurs détails familiers l'approche du pogrom.

– Des problèmes avec l'ascenseur, monsieur, répond Mr. Cunningham. J'ai entendu dire qu'un réparateur avait été envoyé, et il doit en ce moment même être en train de se précipiter ici.

– Mais le bureau de Rick se trouve au rez-de-chaussée.

– Le premier présente davantage de tranquillité, monsieur », explique Cunningham en poussant une double porte. Ils pénètrent dans une immense chambre vide, éclairée seulement par les lampadaires de la rue. « Votre fils, monsieur, qui arrive tout juste de ses dévotions », annonce Mr. Cunningham en poussant Pym devant lui.

Pym ne distingue d'abord que les sourcils de Rick brillant dans la pénombre. Puis la tête imposante se dessine tout autour, suivie par la masse du corps qui approche rapidement pour l'envelopper dans une étreinte fervente et humide.

« Comment va mon vieux fils ? le presse-t-il. Comment était le train ?

– Très bien, répond Pym qui est venu en stop à cause d'un problème temporaire de liquidités.

– On t'a donné à manger au moins ? Qu'est-ce qu'on t'a donné ?

– Juste un sandwich et un verre de bière, réplique Pym qui a dû se contenter d'un morceau de pain dur comme du bois dérobé au réfectoire de Murgo.

– C'est mon fils tout craché, s'exclame Mr. Cunningham avec enthousiasme. Jamais content tant qu'il n'a pas mangé.

– Fils, tu devrais faire attention à ce que tu bois, remarque Rick en un réflexe presque inconscient en prenant Pym par le bras pour le conduire sur le plancher nu jusqu'à un lit de taille impériale. Cinq mille livres pour toi si tu ne fumes pas et ne bois pas d'alcool avant tes vingt et un ans. Baronne, que pensez-vous de mon fils ? »

Une silhouette vêtue de sombre s'est levée du lit telle une ombre. C'est Dorothy, pense Pym. C'est Lippsie. C'est la mère de Jemima venue se plaindre. Mais à mesure que ses yeux se font à l'obscurité, l'aspirant moinillon se rend compte que la personne devant lui ne porte ni le foulard de Lippsie ni le chapeau cloche de Dorothy, et qu'elle n'a pas l'autorité intimidante d'une lady Sefton Boyd. Comme Lippsie, elle porte l'uniforme démodé de l'Europe d'avant-guerre, mais la comparaison s'arrête là. Sa jupe à godets est serrée à la taille. Elle a un chemisier à collerette de dentelle et un tout petit chapeau à plume qui rend l'ensemble un peu coquin. Sa poitrine est digne de la meilleure tradition de *Amor et Femmes rococo*, et le manque de lumière en flatte encore les rondeurs.

« Fils, je veux te présenter une femme noble et héroïque qui a connu de grands moments de splendeur et de misère, qui a mené de grands combats et souffert cruellement des caprices du destin. Et qui vient de me faire le plus grand compliment qu'on puisse faire à un homme en venant me voir alors qu'elle se trouve dans le besoin.

– Rothschild, chéri, murmure la dame en soulevant la main de telle sorte que Pym puisse choisir entre la baiser ou la serrer.

– Tu as déjà entendu ce nom-là quelque part, fils, avec la belle éducation que tu as ? Le *baron* Rothschild ? *Lord* Rothschild ? Le *comte* Rothschild ? la *banque* Rothschild ? Ou bien vas-tu me répondre que ce nom ne te dit rien, ce nom d'une grande famille juive ayant toutes les richesses de Salomon au bout des doigts ?

– Si, bien sûr, j'en ai entendu parler.

– A la bonne heure. Alors assieds-toi donc ici et écoute ce qu'elle a à dire tout simplement parce que c'est la baronne. Asseyez-vous, ma chère. Venez entre nous deux. Que pensez-vous de lui, Elena ?

– Il est magnifique, mon chéri », assure la baronne.

Il est en train de me vendre, se dit Pym sans la moindre réticence... Je suis son affaire de la dernière chance.

Voilà où nous en sommes tous, Tom. Chacun se démenant à la folie pour subsister. Ton père et ton grand-père assis fesse contre fesse avec une baronne juive dans le bordel à moitié vide d'un P.-D.G. à l'intérieur d'un palais du West End sans électricité, et Mr. Cunningham, comme je le comprends maintenant, montant la garde devant la porte. Il règne une atmosphère de conspiration loufoque que je ne saurais comparer qu'aux conspirations loufoques montées ultérieurement par la Firme, tandis que la voix douce de la baronne entame l'un de ces longs monologues de réfugiés que ton oncle Jack et moi avons écoutés plus de fois que l'un ou l'autre ne saurions nous le rappeler. Ce soir, pourtant, Pym est encore vierge de ses confidences, et la cuisse de la baronne est douillettement pressée contre celle du jeune aspirant moine.

« Je suis une humble veuve d'une famille simple mais pieuse, mariée heureusement mais, hélas ! si brièvement, à feu le baron Luigi Svoboda-Rothschild, dernier représentant de la longue lignée tchèque. J'avais dix-sept ans, lui vingt et un, imaginez notre bonheur. Mon plus grand regret est de ne pas lui avoir donné d'enfant. Dans notre pays, nous résidions au palais des Nymphes, à Brno, que les Allemands puis les Russes ont violé plus affreusement encore qu'une femme, littéralement. Ma cousine Anna a épousé l'un des directeurs des diamants de la De Beers du Cap. Elle a des maisons... vous ne pouvez pas imaginer. Je n'approuve pas l'excès de luxe » – Pym ne l'approuve pas non plus et essaye de le lui faire comprendre d'un sourire de sympathie monacal. « Je ne parle pas à mon oncle Wolfram et, comme je dis toujours, Dieu merci. Il a collaboré avec les nazis. Les juifs l'ont pendu par les pieds » – Pym crispe la mâchoire en une expression de sévère approbation. « Mon grand-oncle David a fait présent de toutes ses tapisseries au Prado. Il est maintenant pauvre comme un koulak, alors, pourquoi le musée ne lui donnerait-il pas au moins de quoi manger ? » Pym secoue la tête pour marquer sa désolation devant la bassesse espagnole. « Ma tante Waldorf.... » Elle fond superbement en larmes tandis que Pym se demande si elle peut s'apercevoir du trouble qui anime son corps dans l'obscurité.

« C'est une honte ! s'exclame Rick alors que la baronne se reprend déjà. Bon Dieu, fils, ces bolcheviks pourraient débarquer à Ascot du jour au lendemain sans en demander la permission et nous piquer une vraie fortune. Continuez, ma chère. Dis-lui de continuer, fils. Appelle-la Elena, elle préfère. Elle n'est pas snob. Elle est comme nous.

– *Weiter bitte*, insiste Pym.

– *Weiter*, répète la baronne d'un ton approbateur en se tamponnant les yeux avec le mouchoir de Rick. *Jawohl*, chéri. *Sehr gut !*

– Oh, mais quel accent il a, lance Mr. Cunningham depuis la porte. Rien à redire, et je m'y connais, c'est mon fils tout craché.

– Qu'est-ce qu'elle a dit, fils ?

– Que ça va, répond Pym. Qu'elle peut se débrouiller.

– C'est un joyau, cette femme. Je vais veiller sur elle, crois-moi. »

Pym aussi. Il va au moins l'épouser, c'est sûr. Mais en attendant, il lui faut d'abord écouter, non sans une légère irritation, de nouvelles louanges sur son cher et défunt mari le baron. Mon Luigi n'était pas seulement le propriétaire d'un grand palais, c'était un génie de la finance et, jusqu'à la guerre, le président de la maison des Rothschild à Prague.

« Il s'agit des plus riches du lot, commente Rick. Pas vrai, fils ? Tu as appris l'histoire, toi. Quel est ton verdict ?

– Ils n'arrivaient même pas à compter leur fortune, confirme Mr. Cunningham depuis la porte, avec la fierté d'un imprésario. N'est-ce pas, Elena ? Demandez-le-lui. Ne soyez pas timide.

– Nous donnions de si beaux concerts, chéri, confie la baronne à l'adresse de Pym. Des princes de tous les pays. Nous avions une maison en marbre. Nous avions des miroirs, la culture. Comme ici, ajoute-t-elle gracieusement en montrant une inestimable peinture à l'huile : Prince Magnus dans son enclos, représenté d'après photographie. Nous avons tout perdu.

– Pas tout », corrige Rick tout bas.

« Quand les Allemands sont arrivés, mon Luigi a refusé de fuir. Il a affronté ces porcs de nazis depuis le balcon de notre palais des Nymphes, un pistolet à la main, puis nous n'en avons plus jamais entendu parler. »

Suit une nouvelle et indispensable crise de larmes durant laquelle la baronne se permet quelques gorgées délicates de brandy d'une rangée de carafes en cristal posées à même le sol. Rick, à la fureur de Pym, reprend alors le fil du récit, en partie parce qu'il en a assez d'écouter, mais surtout parce qu'un secret se précise et que la divulgation des secrets, selon l'étiquette très stricte de la Cour, revient exclusivement à Rick.

« Le baron était un homme et un père digne de respect, fils, et il a agi comme tout bon père agirait – crois-moi, je ferais de même demain pour toi...

– Je n'en doute pas, l'interrompit Pym.

– Et s'il avait vécu, mon père aurait fait la même chose pour moi. Le baron a rassemblé certains des plus beaux trésors du palais, les a mis dans un coffre et a confié le coffre à de très bons amis à lui qui sont aussi de très bons amis de cette dame charmante. Il a donné pour instructions que dès que les Anglais auraient gagné la guerre, ledit coffre devrait être remis à son adorable jeune épouse ici présente, avec tout ce qu'il contenait et quelle que soit la valeur que les objets aient pu prendre entre-temps. »

La baronne connaît par cœur le contenu du coffre et s'adresse de nouveau à Pym, jugeant nécessaire pour attirer son attention de poser chaleureusement une main délicate sur le poignet du jeune homme.

« Une Bible de Gutenberg, bon état, chéri, un Renoir de jeunesse, deux planches anatomiques de Léonard de Vinci. Un premier tirage des *Caprices* de Goya, avec annotations de l'artiste, trois cents dollars américains du meilleur or, deux cartons de Rubens.

– Cunningham dit qu'il y en a pour une fortune, commente Rick dès qu'elle paraît avoir fini.

– Colossale », renchérit Mr. Cunningham depuis la porte.

Pym parvient à se composer un sourire éthéré laissant entendre que le grand art n'a pas de prix. La baronne l'intercepte et comprend.

Une heure s'est écoulée. La baronne et son protecteur sont partis, laissant le père et le fils seuls dans la grand pièce sombre. La circulation s'est calmée dans la rue. Assis épaule contre épaule sur le lit, ils mangent des *fish and chips* – frites et beignets de poisson – qu'on a envoyé Pym acheter grâce à une précieuse livre tirée de la poche arrière de Rick. Ils font passer tout cela avec une bouteille de Château-Yquem tirée d'une caisse de chez Berry Brothers.

« Ils sont toujours là, fils ? demande Rick. T'ont-ils vu ? Tu sais, ces types dans la Riley. Des baraques.

– J'ai bien peur que oui, répond Pym.

– Tu as confiance en elle, n'est-ce pas, fils ? Ne me ménage pas. Est-ce que tu crois en cette charmante femme ou bien penses-tu que c'est une menteuse finie et une aventurière qu'il faut virer ?

– Elle est formidable, dit Pym.

– Tu n'as pas l'air très convaincu. Crache le morceau, fils. Elle représente notre dernière chance, je te le dis comme ça.

– Je ne comprends simplement pas très bien pourquoi elle ne s'est pas plutôt adressée à des gens plus proches d'elle.

– Tu ne connais pas les juifs comme je les connais. Il y en a parmi eux qui sont les gens les plus merveilleux du monde. Et puis il y a les autres et ils lui auraient retiré le pain de la bouche dès qu'elle se serait montrée. Je lui ai posé la même question. Tu sais, je n'ai pas pris de gants non plus.

– Qui est Cunningham ? interrogea Pym, dissimulant avec peine son aversion.

– Ce vieux Cunnie est sensas. Je le ferai rentrer dans l'affaire quand tout ça sera terminé. Import-export. Il en a dans le ventre. Et son sens de l'humour peut à lui seul nous rapporter cinq mille livres par an. Il n'était pas très en forme, ce soir. Il était tendu.

– Quel est le marché, alors ? demande enfin Pym.

– Le marché, c'est d'avoir foi en ton vieux père. "Rickie, elle m'a dit – c'est comme ça qu'elle m'appelle, elle ne met pas de gants non plus –, Rickie, je voudrais que vous récupériez ce coffre pour moi, que vous en vendiez le contenu et que vous investissiez l'argent dans une de vos belles entreprises. Je veux que vous me déchargiez de tous les soucis et que vous me versiez dix pour cent par an jusqu'à la fin de ma vie, avec toutes les dispositions d'assurances vie et autres, au cas où vous partiriez avant moi. Je veux que cet argent devienne le vôtre pour que vous vous occupiez de tout de la meilleure façon que votre sagesse vous indiquera." C'est une sacrée responsabilité, fils. Si j'avais un passeport, j'irais moi-même. J'enverrais bien Syd s'il était disponible. Syd serait d'accord. Des vaches et des cochons, voilà ce que je vais faire après ça. Juste quelques hectares et un peu de bétail. Je prends ma retraite.

– Qu'est-il arrivé à ton passeport ? s'étonne Pym.

– Fils, je vais être honnête avec toi. Ils sont plutôt durs en affaires dans cette école bidon où tu vas. Ils veulent de l'argent et ils le veulent le jour prévu, rien à faire. Mais toi, tu parles la langue de la baronne. Tu lui plais. Elle a confiance en toi. Tu es mon fils. Je pourrais envoyer Muspole mais je ne serais jamais certain qu'il revienne. Perce Loft fait trop homme de loi, il l'effrayerait. Et maintenant, glisse-toi jusqu'à la fenêtre pour voir si cette Riley est partie. N'expose pas ton visage à la lumière. Ils ne peuvent pas rentrer. Ils n'ont pas de mandat. Je suis un honnête citoyen. »

A demi dissimulé derrière le cartonnier vert tout écaillé, Pym lorgne la rue juste au-dessous de lui en une contre-surveillance discrète. La Riley est encore là.

Il n'y a pas de couverture pour le lit et ils doivent se contenter de housses. Pym s'endort par petites séquences glacées et rêve de la baronne. A un moment, le bras de Rick lui tombe lourdement dessus, une autre fois, c'est la voix étranglée de Rick invectivant une salope du nom de Peggy qui le réveille. Au petit matin, Pym sent la partie charnue et féminine de Rick en caleçons et chemise de soie reculer inexorablement contre lui, ce qui achève de le persuader qu'il sera plus reposant de dormir par terre. Le jour levé, Rick refuse toujours de quitter la maison et Pym se rend donc seul à la gare Victoria, emportant avec lui ses maigres possessions dans une splendide valise en veau blanc de chez Harrods marquée aux initiales de Rick en lettres de cuivre juste sous la poignée. Il a revêtu l'un des pardessus en poil de chameau de son père, bien qu'il soit trop grand pour lui. La baronne plus adorable que jamais l'attend sur le quai. Mr. Cunningham est là, pour leur dire au revoir. Pym s'enferme dans les toilettes du train pour ouvrir l'enveloppe qu'on lui a confiée et en extirper une liasse de billets blancs de dix livres et ses toutes premières instructions en vue d'une rencontre clandestine.

> Tu dois continuer jusqu'à Berne et prendre des chambres au *Grand Palace Hotel*. Mr. Bertl, le sous-directeur, est sensas et tu n'as pas à t'occuper de la note. Le signor Lapadi prendra contact avec la baronne et te conduira à la frontière autrichienne. Quand Lapadi t'aura remis le coffre et que tu auras confirmé dans notre langue que tout s'y trouve comme prévu, tu lui remettras la somme ci-jointe, mais pas avant. Voici ce qui doit nous sauver, fils. L'argent que tu portes sur toi a demandé beaucoup d'efforts, mais quand tout cela sera terminé, nous n'aurons plus jamais, ni l'un ni l'autre, à nous inquiéter pour quoi que ce soit.

Je ne m'attarderai pas sur les détails opérationnels de la mission Rothschild, Jack – sur les jours d'espoir, les jours de doute, les soudains revirements de l'un à l'autre. Et j'ai sincèrement oublié quels coins de rues ou quels mots de passe ont précédé la longue dégringolade conduisant à l'échec qui s'associe aujourd'hui au souvenir de tant d'opérations menées depuis – tout comme j'ai oublié, en admettant que je l'aie jamais su, avec quelle proportion de scepticisme et de foi aveugle Pym a mené sa mission à son terme inévitable. Certes, j'ai connu depuis bien d'autres opérations élaborées avec aussi peu de chances de succès et qui ont en définitive coûté beaucoup plus que de l'argent. Le signor Lapadi ne s'entretint qu'avec la baronne, qui retransmit ses exigences avec un certain mépris.

« Lapadi parle avec son *Vertrauensmann*, chéri. » Elle sourit avec indulgence quand Pym lui demande ce qu'est un *Vertrauensmann*. « Le *Vertrauensmann* est l'homme à qui nous faisons confiance. Pas hier, peut-être pas demain.

Mais aujourd'hui, nous avons une confiance illimitée en lui. »

« Lapadi a besoin d'une centaine de livres, chéri » – un jour ou deux plus tard – « car le *Vertrauensmann* connaît quelqu'un dont la sœur connaît le chef des douanes. Il vaut mieux qu'il le paye maintenant, pour entretenir l'amitié. »

Se souvenant des instructions de Rick, Pym oppose une résistance symbolique, mais la baronne tend déjà la main tout en frottant son pouce contre son index en un geste délicieusement évocateur. « Quand on veut peindre la maison, chéri, il faut d'abord acheter les pinceaux, explique-t-elle avant de remonter, à la grande stupéfaction de Pym, sa jupe jusqu'à la taille afin de fourrer la liasse de billets dans le haut de son bas. Demain, nous t'achèterons un beau costume. »

« Tu lui as donné l'argent, fils ? rugit Rick le soir même, de l'autre côté de la Manche. Mais par le Dieu du ciel, tu nous prends pour quoi ? Passe-moi Elena.

– Ne crie pas après moi, chéri, prononce tranquillement la baronne dans le combiné téléphonique. Tu as vraiment un très bon garçon, Rickie. Il est très strict avec moi. Je suis sûre que ce sera un grand acteur, un jour. »

« La baronne dit que tu es sensas, fils. Tu parles notre langue avec elle, par là-bas ?

– Tout le temps, répond Pym.

– Et est-ce que tu as déjà pris un bon mixed-grill à l'anglaise ?

– Non, en fait, nous nous réservons pour la fin.

– Eh bien prends-en un à mon compte. Dès ce soir.

– Nous le ferons, père. Merci.

– Dieu te garde, fils.

– Et toi aussi, père », répond poliment Pym qui, à la manière d'un maître d'hôtel, maintient les genoux et les chevilles rapprochés pour raccrocher le combiné.

Mais, pour moi, le plus important reste de loin mon souvenir de la première lune de miel platonique de Pym avec une dame d'expérience. Au côté d'Elena, Pym se balada dans la vieille ville de Berne, but les petits vins légers du Valais, regarda les thés dansants des grands hôtels et fit une croix sur son passé. Dans des boutiques parfumées et froufroutantes qu'elle semblait trouver par instinct, ils troquèrent la garde-robe usée de la baronne contre des pèlerines de fourrure et des bottes cavalières à la Anna Karénine qui glissaient sur le pavé verglacé, et l'uniforme scolaire triste de Pym contre une veste de cuir et des pantalons sans boutons à bretelles. En proie aux affres de l'hésitation, la baronne allait jusqu'à demander l'avis de Pym, l'invitant à pénétrer dans la petite cabine à miroirs et le gratifiant, comme inconsciemment, de délicieuses visions de ses charmes rococo : là un sein, là la courbe d'une fesse négligemment dévoilée, là l'ombre époustouflante juste au milieu de ses cuisses rondes tandis qu'elle sautait d'une jupe dans une autre. C'est Lippsie, songea le jeune homme avec excitation : elle est exactement comme Lippsie aurait été si elle n'avait pas autant pensé à la mort.

« *Gefall ich dir* chéri ?

– *Du gefällst mir sehr.*

– Le jour où tu seras avec une jolie fille et que tu lui parleras juste comme ça, chéri, elle sera folle de toi. Tu ne trouves pas ça trop vulgaire ?

– C'est parfait.

– Très bien, prenons-en deux. Il en faut une pour ma sœur Zsa-Zsa, elle est de la même taille que moi. »

Un éclair d'épaules blanches, un geste insouciant pour rajuster le bord égaré d'un dessous et l'on présenta la facture que Pym signa puis adressa au providentiel Herr Bertl en tournant le dos à la baronne et en se penchant en avant pour mieux dissimuler son émoi. Chez un bijoutier de la Herrengasse, ils achetèrent un collier de perles pour une autre sœur de Budapest, et, y pensant juste à temps, une bague ornée d'une topaze pour sa mère qui vivait à Paris et chez qui la baronne s'arrêterait en rentrant. Je revois encore cette bague scintillant sur son doigt manucuré de frais tandis qu'elle poursuivait une truite le long de la vitre du vivier dans la salle de restaurant de notre grand hôtel sous le regard du maître d'hôtel qui se tenait tout près d'elle, son épuisette prête à fondre sur la proie.

« *Nein, nein*, chéri, *nicht* celle-ci, celle-là ! – *ja, ja, prima.* »

Ce fut lors d'un de ces dîners à deux, leur dernier en l'occurrence, que Pym se sentit tellement ému par l'amour et la confusion qu'il se crut obligé de lui confier son intention de mener une existence monastique. La baronne posa son couteau et sa fourchette avec un bruit sec.

« Ne me parle plus jamais de moines, lui commandat-elle, visiblement fâchée. J'ai vu trop de moines. J'en ai vu qui venaient de Croatie, de Serbie, de Russie. Dieu a ruiné toute cette saleté de monde avec ses moines.

– Enfin, cela n'est pas aussi sûr que ça », protesta Pym.

Il lui fallut faire beaucoup d'imitations plus drôles les unes que les autres et inventer beaucoup d'aventures intimes avant de voir la lumière revenir peu à peu dans les yeux de la baronne.

« Et elle s'appelait Lippsie ?

– C'est comme cela que nous l'appelions. Mais je n'ai pas le droit de vous dire son vrai nom.

– Et elle a couché avec un garçon aussi jeune que toi ? Tu as fait l'amour avec elle alors que tu étais si jeune ? A mon avis, ce devait être une putain.

– Elle devait juste se sentir seule », répliqua Pym, non sans sagesse. Mais elle demeura pensive, et quand Pym, comme d'habitude, la reconduisit à la porte de sa chambre, elle l'examina attentivement avant de prendre délicatement sa tête entre ses mains pour l'embrasser sur les lèvres. Sa bouche s'ouvrit soudain, celle de Pym aussi, et le baiser devint intense. Il sentit un mont inconnu pour lui se presser irrésistiblement contre sa cuisse. Il sentit la chaleur qui en émanait, il sentit la douce toison glisser contre la soie toute neuve tandis que le corps de la baronne se collait à lui en un rythme de plus en plus précipité. Elle murmura « *Schatz* », et il perçut un petit cri qui lui fit se demander s'il avait pu lui faire mal. Elle rejeta la tête en arrière et appliqua son cou contre les lèvres de Pym. Elle lui remit ensuite d'une main confiante la clé de sa chambre et détourna les yeux tandis qu'il ouvrait la porte. Il parvint à trouver le trou de la serrure, tourna la clé et maintint la porte ouverte pour laisser passer la baronne. Il déposa alors la clé dans la paume de la jeune femme et vit la lueur s'éteindre dans son regard.

« Voilà, mon chéri », prononça-t-elle. Elle l'embrassa, une joue après l'autre, puis le regarda fixement dans les yeux, comme en quête de quelque chose qu'elle avait perdu. Il ne découvrit que le lendemain matin qu'elle lui avait en fait donné un baiser d'adieu.

> Chéri – lui avait-elle écrit. Tu es gentil garçon et tu as un corps digne d'un Michel-Ange, mais ton Papi a des problèmes graves. Mieux vaut que tu restes à Berne. Ne t'en fais pas. E. Weber t'aimera toujours.

L'enveloppe contenait également les boutons de manchette en or que nous avions achetés pour son cousin Victor d'Oxford et deux cents livres sur les cinq cents que Pym lui avait remis pour l'invisible Mr. Lapadi. Je porte ces boutons de manchette, tandis que j'écris. En or avec de minuscules brillants montés en couronne. La baronne appréciait toujours une petite touche de royauté.

Le matin se levait aussi chez Miss Dubber. Pym entendit à travers les rideaux tirés la camionnette du laitier faire sa ronde en cliquetant. Sans lâcher son stylo, il tira vers lui une chemise rose simplement marquée RTP, se lécha le pouce et l'index, et entreprit de feuilleter méthodiquement tous les documents jusqu'à ce qu'il en ait sélectionné une demi-douzaine.

Une copie d'une lettre de Richard T. Pym au père gardien de Lyme Regis, datée du 1ᵉʳ octobre 1948 et le menaçant de poursuites judiciaires pour l'enlèvement de son fils Magnus (ex-dossiers RTP).

Une note du 15 septembre 1948, de la brigade des fraudes au service de contrôle des passeports et recommandant la saisie du passeport de RTP en attendant les résultats d'une enquête criminelle portant sur un certain J. R. Wentworth (obtenue officieusement par le service de liaisons de la Centrale avec la police).

Une lettre du trésorier de l'école adressée à RTP et refusant d'accepter des fruits secs ou des pêches en boîte ou tout autre marchandise en paiement de tout ou partie des frais de pension. Elle déplorait aussi que le conseil de direction ne trouve aucun moyen pour que Pym puisse continuer ses études gratuitement. « Je remarque avec regret que vous refusez de vous présenter comme un parent insolvable dont le fils s'apprête à entrer dans les ordres » (ex-dossiers RTP).

Une lettre vindicative d'avocats représentant Herr Eberhardt Bertl, autrefois sous-directeur du *Grand Palace Hotel* de Berne, adressée au colonel Sir Richard T. Pym, médaillé de la marine, une parmi une longue correspondance réclamant le règlement d'une somme de onze mille dix-huit francs suisses et quarante centimes, plus les intérêts au taux de quatre pour cent par mois (ex-dossiers RTP).

Une coupure du *London Chronicle* datée du 8 novembre 1948 et annonçant la faillite personnelle de RTP ainsi que la mise en liquidation forcée des quatre-vingt-trois sociétés de l'empire Pym, y compris sans doute l'Amicale académique Muspole Limited.

Un article du *Daily Telegraph* daté du 9 octobre 1948 annonçant la mort à l'hôpital de Truro, en Cornouailles, d'un certain John Reginald Wentworth, après un long calvaire consécutif à ses blessures. Il laissait derrière lui une veuve éplorée, Peggy.

Et une curieuse petite coupure dénichée Dieu sait où et qui relatait l'arrestation de deux escrocs notoires, Weber et Woolfe alias Cunningham, qui se faisaient passer pour le duc et la duchesse de Séville à bord du bateau de croisière *SS Grande-Bretagne*.

Pym prit les documents un par un et les numérota au stylo rouge, sur le coin supérieur droit, avant d'introduire les mêmes numéros dans les passages appropriés de son texte en manière de références. Avec des mouvements précis de bureaucrate, il agrafa les documents ensemble puis les rangea dans une chemise marquée « Annexe ». Enfin il referma la chemise et se leva, poussa un profond soupir de soulagement et rejeta les bras en arrière comme pour se débarrasser d'un encombrant harnachement. Le spectre informe de l'adolescence était vaincu. L'âge d'homme et la maturité l'attendaient, même s'il ne devait jamais aller jusque-là. Il se trouvait enfin dans sa Suisse adorée, patrie spirituelle des espions de naissance. Il s'avança jusqu'à la fenêtre et se permit une dernière inspection de la place tandis que les lueurs lasses de l'Angleterre déclinaient devant lui. Il se déshabilla gravement, but un dernier whisky et se regarda tout aussi gravement une dernière fois dans le miroir avant d'aller se coucher. Mais doucement, très doucement, presque sur la pointe des pieds. Comme s'il craignait de se réveiller. Il s'arrêta cependant devant son bureau pour relire le message décodé qu'il n'avait pas, pour une fois, pris la peine de détruire.

Poppy, pensa-t-il, reste exactement où tu es.

7

Cinq ans s'étaient écoulés depuis que Jack Brotherhood avait abattu sa chienne labrador. Percluse de rhumatismes, agitée de tremblements, la pauvre bête gisait dans son panier. Il lui avait donné des médicaments toute la journée, mais elle n'avait cessé de les rendre puis avait subi la honte de s'oublier sur le tapis. Et quand il enfila son blouson et décrocha son calibre douze de derrière la porte, la sollicitant de toutes ses forces, elle le regarda comme un criminel car elle se savait trop malade pour lui débusquer quoi que ce soit. Il lui ordonna de se lever, mais elle n'y parvint pas. Quand il lui cria « Cherche », elle se redressa sur ses pattes de devant puis retomba lourdement, sa tête pendant stupidement par-dessus le panier. Il reposa donc le fusil et alla prendre une pelle dans la remise pour lui creuser un trou dans le champ qui s'étendait derrière la maison, à mi-hauteur de la pente afin qu'elle puisse avoir une vue convenable sur l'estuaire. Enfin il roula la chienne dans sa veste de tweed préférée et la porta jusque-là-bas avant de la tuer d'une balle dans l'arrière du cou, broyant la moelle épinière, puis de l'enterrer. Il s'assit ensuite près de la tombe avec une demi-bouteille de scotch en laissant la rosée du Suffolk l'envelopper peu à peu, et finit par se convaincre qu'elle avait sans doute eu la meilleure mort qu'on puisse espérer dans un monde que les belles morts ne caractérisaient pas particulièrement. Il ne marqua pas l'endroit d'une pierre tombale ni d'une croix de bois mort mais il prit ses repères sur le clocher de l'église, le vieux saule desséché et le moulin, et par la suite, chaque fois qu'il passa à côté, il lui adressa mentalement un salut bourru. Là se résumait sa seule réflexion sur l'après-vie jusqu'à ce dimanche matin vide qu'il passa à conduire par les petites routes désertes du Berkshire en regardant le soleil se lever sur les collines. « Jack a trop de kilomètres dans les pattes », avait dit Pym. « La Firme aurait dû le mettre à la retraite il y a déjà dix ans. »

Et depuis combien de temps aurions-nous dû te balancer, mon garçon ? se demanda-t-il. Vingt ans ? Trente ? Combien de kilomètres as-tu dans les pattes, toi ? Combien de kilomètres de pellicule impressionnée as-tu roulés dans combien de journaux ? Combien de kilomètres de papier journal as-tu laissés tomber dans des boîtes aux lettres mortes et jeté par-dessus des murs de cimetière ? Combien d'heures as-tu passées à écouter Radio-Prague, installé devant tes carnets de chiffrement ?

Il baissa la vitre. L'air qui s'engouffra dans la voiture sentait l'ensilage et le feu de bois, ce qui le revigora. Brotherhood était de souche campagnarde. Ses ancêtres avaient été gitans, clergymen, gardes-chasses, braconniers et pirates. Alors que le vent matinal lui soufflait dans la figure, il redevint ce gosse loqueteux qui avait fait galoper le hunter de Miss Sumner sans selle à travers le parc et qui reçut pour cela la raclée de sa vie. Il se gelait à nouveau dans les étendues de boue glacée des marais du Suffolk, trop fier pour rentrer sans une prise. Il effectuait son premier saut d'un ballon de barrage à l'aérodrome d'Abington et découvrait que le vent l'empêchait de refermer la bouche après qu'il eut crié. Je partirai quand ils me foutront à la porte. Je partirai quand nous nous serons expliqués toi et moi.

Il n'avait dormi que six heures en deux jours, la plupart du temps sur un lit de camp bosselé dans une pièce réservée aux dactylos prises de vapeurs, mais il ne se sentait pas fatigué. « Pourrais-tu venir une seconde, Jack ? », demanda Kate, la vestale du cinquième étage, avec un regard qui s'attarda sur lui un peu plus qu'il n'était nécessaire. « Bo et Nigel aimeraient encore te dire un mot. » Et quand il ne dormait pas, ne répondait pas au téléphone ni ne songeait à Kate avec sa perplexité habituelle, il regardait sa vie défiler en une sorte de chute libre et affolée en territoire ennemi : voilà donc à quoi cela ressemble, c'est bien l'endroit à éviter et ce sont mes pieds qui se laissent emporter là-bas comme des brindilles de sycomore. Il avait revu Pym à tous les stades où il l'avait connu, alors qu'il se saoulait avec lui, travaillait avec lui, et même lors d'une nuit à Berlin qu'il avait jusqu'à maintenant complètement oubliée et où ils avaient fini ensemble la soirée en baisant deux infirmières de l'armée dans des chambres voisines. Brotherhood s'était rappelé avoir contemplé son propre bras mutilé par une journée d'hiver de 1943, alors qu'il pendait le long de son corps, agrémenté de trois balles de mitraillette allemandes, et il avait connu à ce moment-là le même sentiment de détachement incrédule.

« Si seulement vous aviez pu nous mettre au courant un peu plus tôt, Jack. Si seulement vous aviez pu le voir venir. »

Oui, je suis désolé, Bo. J'ai été bien négligent.

« Mais, Jack, nous disions toujours que c'était pratiquement un fils pour vous. »

Oui, on le disait, pas vrai, Bo. C'est vraiment stupide, j'en conviens. Et toujours ce même regard réprobateur de Kate qui lui disait : Où es-tu, Jack, où es-tu ?

Ce n'était pas la première affaire de ce genre qu'il connaissait, naturellement. Ne serait-ce que depuis la fin de la guerre, la vie professionnelle de Brotherhood avait été régulièrement bouleversée par le dernier scandale définitif de la Firme. Alors qu'il se trouvait à la tête de l'antenne de Berlin, cela ne s'était pas passé deux mais trois fois : télégrammes en pleine nuit, nouvelles de dernière minute, strictement réservés à la connaissance de Brotherhood. Coups de fil : Où est-il passé ? Jack, bougez un peu vos fesses et venez ici *tout de suite* ! Course précipitée par des rues détrempées, l'esprit on ne peut plus clair. Télégramme un, le sujet du télégramme qui suit est membre de ce service et vient d'être identifié comme agent de renseignement soviétique. Vous en informerez vos contacts officiels de la façon la plus discrète possible pour qu'ils ne l'apprennent pas par les journaux du matin. Puis la longue attente auprès des carnets de chiffrement en se demandant : c'est lui, c'est elle, c'est moi ? Télégramme numéro deux, un nom de six lettres, mais bon Dieu, qui donc a un nom de six lettres parmi les gens que je connais ? Premier groupe, M – merde, c'est Miller ! Deuxième groupe, C – Non, c'est McPherson ! Jusqu'à ce qu'apparaisse un nom que vous n'avez jamais entendu, d'un service dont vous ne soupçonniez même pas l'existence, et quand le résumé de l'histoire arrive enfin sur votre bureau, vous ne vous retrouvez qu'avec la vision d'un petit pédé trop instruit enfermé dans le bureau du chiffre de Varsovie et pensant y jouer le grand jeu alors qu'en fait il ne cherchait qu'à changer d'employeur.

Mais ces lointains scandales n'étaient restés jusqu'à présent que la mitraille d'une guerre qu'il n'aurait jamais à faire. Il n'y avait vu aucun avertissement mais s'était au contraire senti conforté dans son aversion pour les nouvelles méthodes de travail de la Firme : son repli vers la bureaucratie et la semi-diplomatie ; son culte béat de la technique et de l'exemple américains. Par comparaison, ses propres hommes, triés sur le volet, ne lui en avaient paru que plus sûrs, et quand cette bande de chasseurs de sorcières conduite par Grant Lederer et ses dévoués mormons était venue frapper à sa porte en réclamant la tête de Pym et en brandissant leurs soupçons fantaisistes fondés sur rien de plus que quelques coïncidences informatiques, c'était Jack Brotherhood qui avait tapé sur la table de conférence et fait tressauter les verres d'eau : « Ça suffit maintenant. Il n'y a pas un type, pas une femme dans cette salle qui n'aurait pas l'air d'un traître si l'on se mettait à explorer toute l'histoire de sa vie. On ne peut pas se rappeler où on était dans la nuit du dix ? On ment. On s'en souvient ? Ça sent l'alibi à plein nez. Continuez comme ça encore un poil plus loin et tous ceux qui disent la vérité vont devenir des menteurs éhontés, tous ceux qui font correctement leur boulot vont se retrouver à bosser pour l'autre camp. Insistez un peu et vous allez couler nos services bien plus efficacement que les Russes n'y sont jamais parvenus. C'est ce que vous voulez ? »

Alors, Dieu ait pitié de lui, grâce à sa réputation, à sa colère, à ses relations et à ses états de service attestant –

pour employer le jargon moderne qu'il haïssait par-dessus tout – un prix de revient minimum pour une efficacité maximum, il l'avait emporté, sans penser un instant qu'un jour viendrait où il pourrait regretter d'avoir eu le dernier mot.

Brotherhood remonta sa vitre puis arrêta la voiture dans un village où personne ne le connaissait. Il était trop tôt. Il avait eu besoin de sortir de Londres, de fuir le regard brun de Kate. Car une seule conférence de plus vainement destinée à limiter les dégâts, une seule session supplémentaire pour décider de la manière de tout cacher aux Américains, un seul regard de pitié ou de reproche de la part de Kate, ou de pure haine de la part des mandarins mornes et étriqués qui formaient l'armée de Bo, et peut-être, peut-être seulement, Jack Brotherhood aurait-il laissé échapper quelque chose que tous, mais surtout lui-même, auraient regretté par la suite. Il s'était donc proposé pour partir et Bo, avec une promptitude rare, s'était exclamé : Mais quelle bonne idée, qui pourrait mieux convenir ? Et à peine eut-il passé la porte de Bo qu'il sut qu'ils étaient tous aussi contents de le voir s'en aller que lui de s'éloigner. Kate exceptée.

« Surtout n'oubliez pas de téléphoner si ça ne vous dérange pas, lui cria Bo. Toutes les trois heures, ça suffira. Kate saura où nous en sommes, n'est-ce pas, Kate ? »

Nigel suivit Brotherhood dans le couloir. « Quand vous appellerez, je préférerais que vous passiez par le secrétariat. Vous n'êtes pas censé utiliser sa ligne directe, et je pourrais avoir besoin de vous parler avant.

– Et c'est un ordre ? suggéra Brotherhood.

– Il ne s'agit que d'une autorisation temporaire et elle peut être annulée à tout moment. »

L'église avait un porche en bois ; un sentier conduisait près d'un terrain de jeu. Brotherhood dépassa une ferme dotée de granges en brique et qui embaumait l'air automnal d'une odeur de lait chaud.

« Nous les évacuons par échelons, Jack, lui dit Frankel. Enfin, si jamais on doit les évacuer.

– Et sur mon ordre », ajoute Nigel qui s'est éloigné. La pièce est basse de plafond, dépourvue de fenêtre et vivement éclairée. Un garde en civil est posté devant l'œilleton. Les assistantes grisonnantes de Frankel sont installées devant leurs bureaux à tréteaux collés au mur. Elles ont apporté des bouteilles Thermos et partagent leurs cigarettes. Tout cela a déjà eu lieu, c'est comme une journée aux courses. Frankel est gros et laid, c'est un maître d'hôtel letton. Brotherhood l'a recruté, Nigel l'a fait monter dans la hiérarchie et Kate l'a enregistré. Il est trois heures du matin. Aujourd'hui, mais six heures plus tôt.

« Premier jour, Jack, nous ne faisons partir que les agents recruteurs, annonce Frankel avec une assurance factice de médecin. Conger et Watchman à Prague, Voltaire à Budapest, Merryman à Gdansk.

– Quand commençons-nous ? demande Brotherhood.

– Quand Bo agitera le drapeau, et pas avant, répond Nigel. Nous en sommes toujours aux suppositions et nous considérons encore comme *tout à fait possible que la loyauté de Pym soit sans tache*, ajoute Nigel comme s'il prononçait une phrase particulièrement difficile.

– Nous les déplacerons très discrètement, Jack, reprend Frankel Pas d'adieux, pas de plantes laissées aux voisins, pas de chats confiés à de bonnes âmes. Deuxième jour, les opérateurs radio, troisième jour, les agents doubles, les agents en place. Quatrième jour, tous les autres.

– Comment ferons-nous pour les joindre ? s'enquiert Brotherhood.

– Nous nous en occupons, pas vous, réplique Nigel. Et seulement quand le cinquième étage le jugera nécessaire, s'il le juge nécessaire, ce qui relève pour le moment, je le répète, de la pure hypothèse. »

Kate les a suivis. Kate est notre célibataire anglaise en veuvage, belle, pâle et sculpturale, qui pleure à quarante ans les amours qu'elle n'a jamais eues. Et Kate est toujours Kate, il le voit dans ses yeux plus clairement que jamais.

« Nous les prendrons peut-être en pleine rue, sur le chemin de leur travail, explique Frankel. Nous pourrons aussi frapper à leur porte, prévenir un ami ou laisser un mot quelque part. Tout ce qui vous viendra à l'idée pourvu que cela n'ait pas déjà été fait. »

Frankel s'est immobilisé devant une carte de l'Europe

de l'Est. Brotherhood attend, à un pas de lui. Les agents recruteurs en rouge, les agents en place en bleu. C'est tellement plus facile de tuer une punaise qu'un homme. Le regard toujours fixé sur la carte, Brotherhood se souvient d'une soirée à Vienne. Pym dans le rôle de l'hôte, Brotherhood dans celui du colonel Peter venu présenter les remerciements de Londres pour dix ans de bons et loyaux services. Il se rappelle le discours si bien tourné de Pym, en tchèque, le champagne et les médailles, les poignées de main, les promesses, les valses tranquilles de l'électrophone. Et ce couple replet et vêtu de brun, lui physicien, elle occupant un poste assez élevé au ministère de l'Intérieur tchèque, tous deux amants dans la trahison, leur visage brillant d'excitation tandis qu'ils tourbillonnaient autour du salon au son des accords de Johann Strauss.

« Mais vous commencez quand ? demande de nouveau Brotherhood.

— Cela relève de la décision de Bo, Jack, persiste Nigel, dont la patience n'annonce rien de bon.

— Jack, le cinquième a décidé que le plus important était pour l'instant d'avoir l'air occupé, de faire comme d'habitude, d'agir comme si tout était normal, dit Frankel en s'emparant de toute une pile de télégrammes posés sur son bureau. Ils se servent de boîtes aux lettres ? Alors on fait le ramassage comme si de rien n'était. Ils ont une radio ? Alors on envoie des messages radio comme d'habitude. Il faut respecter tous les emplois du temps habituels en espérant que ceux d'en face sont à l'écoute.

— C'est le plus important pour le moment, répète Nigel comme si tout ce que disait Frankel demeurait lettre morte tant qu'il ne l'avait pas dit lui-même. Normalité totale dans tous les secteurs. Un seul pas prématuré pourrait être fatal.

— Agir trop tard également », réplique Brotherhood dont les yeux bleus commencent à s'enflammer.

« On t'attend, Jack », lui dit Kate, sous-entendant en réalité : Allons, tu ne peux rien y faire.

Brotherhood ne bouge pas. « Agissez maintenant, dit-il à Frankel. Foutez-les dans les ambassades. Lancez un avertissement par les ondes. Faites tout avorter. »

Nigel ne prononce pas un mot. Frankel se tourne vers lui pour quêter son aide, mais Nigel a croisé les bras et regarde par-dessus l'épaule d'une assistante de Frankel qui est en train de taper une notice.

« Jack, il n'est pas question de mettre tous ces Joe dans les ambassades ou les consulats, répond Frankel en faisant des mimiques à l'adresse de Nigel. C'est *Verboten*. Le mieux que nous puissions faire, dès que nous en aurons reçu l'ordre du cinquième, c'est de fournir des papiers, de l'argent, des moyens de transport, une ou deux prières et c'est tout. Je me trompe, Nigel ?

— Si nous en recevons l'ordre, rectifie Nigel.

— Conger ira sans doute à l'Est, remarque Brotherhood. Sa fille est à l'université de Bucarest. Il ira la voir.

— D'accord, et où ira-t-il après Bucarest ? », demande Frankel. Brotherhood n'est pas loin de crier. Kate ne peut rien faire pour le calmer. « Il ira au sud et filera en Bulgarie, qu'est-ce que vous croyez ? Si nous lui donnons un rendez-vous précis, nous pouvons faire venir un avion et le parachuter en Yougoslavie !

Frankel hausse lui aussi le ton. « Écoutez-moi bien, Jack, d'accord ? — Nigel, confirmez donc ce que je dis au lieu de me donner tout le temps le mauvais rôle. Pas de petits avions, pas d'ambassades, pas de violations de frontières d'aucune sorte. Nous ne sommes plus dans les années 60. Et encore moins en 50 ou en 40. On ne sème plus d'avions et de pilotes en Europe de l'Est comme des graines pour les petits oiseaux. Nous ne raffolons pas non plus des comités de réception que ceux d'en face organisent de temps en temps pour nous ou pour vos Joe.

— Il a tout à fait raison, confirme Nigel avec juste une petite nuance de surprise.

— Il fallait que je vous dise ça, Jack. Vos réseaux sont tellement contaminés pour le moment que le Foreign Office n'oserait même pas les foutre à la poubelle, n'est-ce pas Nigel ? Vous êtes isolé, Jack ; Whitehall devrait d'abord se couvrir de polyéthylène avant de pouvoir vous serrer la main. J'exagère, Nigel ? » Frankel se rend soudain compte de ce qu'il dit et il se tait. Il se tourne de nouveau vers

Nigel mais ne reçoit aucune parole réconfortante. Il croise le regard de Brotherhood et contemple cet homme avec une crainte inattendue et prolongée, un peu comme on regarde des monuments en prenant conscience que l'on observe sa propre condition de mortel. « J'obéis aux ordres, Jack. Ne me regardez pas comme ça. Allez. »

Brotherhood monte lentement l'escalier. Le précédant de quelques marches, Kate ralentit et laisse traîner ses doigts dans son dos afin qu'il les prenne. Il feint de ne pas remarquer.

« Je te vois quand ? », lui demande-t-elle.

Brotherhood est également devenu sourd. Il y a des choses dont je n'ai vraiment pas besoin maintenant. Il y a des choses qui sont vraiment mal venues quand le devoir nous appelle.

La responsabilité qui pesait sur les épaules de Tom Pym ce matin-là lui paraissait plus lourde que tout ce qu'il avait jamais eu à affronter durant ses douze années d'existence et le mois complet qu'il venait de passer en tant que *préfet* de l'école et capitaine des Pandas. C'était aujourd'hui que commençait la première semaine de service des Pandas. Aujourd'hui et durant les six horribles jours qui suivraient, Tom devrait sonner la cloche du matin, seconder l'intendante qui veillait au bon déroulement des douches et faire l'appel avant le petit déjeuner. Comme c'était aujourd'hui dimanche, il devrait superviser la rédaction du courrier dans la grande salle, lire la leçon pendant l'office puis inspecter les vestiaires pour en vérifier la propreté et la bonne tenue. Le soir enfin venu, il devrait présider le comité des élèves qui recevait toutes les suggestions concernant l'organisation de la vie scolaire et qui, après les avoir mises en forme, les transmettait à Mr. Caird, le proviseur, afin de requérir son attention angoissée, car Mr. Caird ne savait rien faire à la légère et considérait chaque fois tous les aspects des points soulevés. Et quand il se serait enfin acquitté de tout cela et aurait sonné l'extinction des feux, Tom aurait encore à braver le lundi. La semaine précédente, c'étaient les Lions qui avaient eu leur tour de service, et ils s'en étaient tirés avec les honneurs. Les Lions, avait déclaré Mr. Caird en faisant montre d'une rare conviction, avaient fait preuve d'une approche réellement démocratique du pouvoir, organisant des votes et constituant des comités sur tous les points litigieux. A l'office, alors qu'il attendait que s'achèvent les derniers versets du cantique, Tom pria avec ferveur pour l'âme de son défunt grand-père, pour Mr. Caird et pour la victoire au match de squash de mercredi prochain contre l'équipe du Saint-Saviour de Newbury, match à l'extérieur dont il craignait pourtant une nouvelle issue humiliante car Mr. Caird était plutôt partagé concernant les mérites de la compétition athlétique. Mais par-dessus tout, il pria pour que vienne le samedi – si ce samedi devait jamais arriver – et pour que les Pandas remportent eux aussi les faveurs de Mr. Caird : une déception de ce dernier serait en effet plus que Tom n'en pourrait supporter.

Tom se présentait comme un garçon très grand que caractérisait déjà la démarche dansante d'administrateur britannique de son père. Son front trop haut lui conférait un air de maturité qui pouvait en partie expliquer sa progression rapide dans la hiérarchie de l'école. A le voir se lever du banc des préfets puis avancer dans le collatéral, les mains liées derrière le dos, et faire un rapide salut de la tête devant l'autel avant de franchir les deux marches le séparant du lutrin, vous auriez pu sincèrement vous demander s'il s'agissait d'un élève ou d'un membre du personnel incroyablement jeune de Mr. Caird. Seule la voix grêle avec laquelle il déclama le texte du jour trahissait l'enfant sous les dehors sénatoriaux. Tom entendit peu ce qu'il prononçait. Cette leçon était la première qu'il lisait, et il l'avait tellement préparée qu'il la connaissait par cœur. Pourtant, maintenant qu'il la récitait devant tous, les caractères rouges et noirs avaient soudain perdu toute sonorité et toute signification. Seules la vue de ses deux pouces rongés crispés de chaque côté du lutrin et la tête blanche qui dominait tout le monde au dernier rang de la congrégation le retenaient encore sur terre. Sans cela, songea-t-il, il aurait décollé, aurait défoncé le plafond de la chapelle puis se serait envolé dans les cieux comme le ballon à gaz le jour de la Com-

248

mémoration, celui qui avait son nom écrit dessus et qui vola jusqu'à Maiden pour atterrir dans le jardin d'une vieille dame, lui rapportant cinq livres sterling en bons de livres et une lettre de la dame en question disant qu'elle avait un fils qui s'appelait Tom lui aussi et qui travaillait à la Lloyd's.

« J'ai foulé seul le pressoir, vociféra-t-il à sa grande surprise. Et de tous les gens, aucun n'était avec moi : alors je les foulerai dans ma colère et les écraserai dans ma fureur. » La menace l'inquiéta et il se demanda pourquoi il l'avait proférée et à l'adresse de qui. « Et leur sang sera répandu sur mes vêtements et je souillerai tout mon habit. »

Sans cesser de lire et avec la sensation que le creux de ses genoux palpitait contre son pantalon, Tom passa en revue toute une série d'autres questions qui apparemment l'obnubilaient, même s'il n'en avait pas eu conscience auparavant. Il ne s'attendait plus à ce que ses pensées soient orientées par ce qui se déroulait autour de lui, même quand il travaillait. Déjà, le matin, en cours de gymnastique, il s'était surpris à résoudre un problème de grammaire latine. Pendant le cours de latin de la veille, il s'était inquiété de sa mère, qui buvait de plus en plus. Au plein milieu de l'explication de texte français, il avait découvert qu'il n'était plus amoureux de Beckie Lederer malgré leur ardente correspondance, et qu'il lui préférait maintenant l'une des filles de l'économe. Sous la pression de cet office du dimanche, sa tête lui apparaissait maintenant comme une section de câble sous-marin pareil à celui qui se trouvait dans le labo de sciences. Cela se présentait d'abord comme un tas de fils qui transmettaient tous leurs messages assignés et qui faisaient leur travail ; puis, nageant autour d'eux comme un banc de poissons invisibles, il y avait encore plein de messages qui mystérieusement n'avaient pas besoin de fils. Voilà donc ce qu'il ressentait alors qu'il prenait sa voix la plus grave pour prononcer les paroles sacrées, lesquelles ne résonnaient pourtant à ses oreilles que comme de petites cloches fêlées provenant d'une pièce éloignée.

« Car le jour de la vengeance est dans mon cœur, et voici venue l'année de ma rédemption », dit-il.

Il pensa aux ballons volants et à cet autre Tom qui travaillait à la Lloyd's, à l'apocalypse qui l'attendrait lorsqu'il aurait raté son examen d'entrée obligatoire, à la fille de l'économe quand elle faisait de la bicyclette et que le vent plaquait son chemisier contre sa poitrine. Puis il se demanda si Carter Major, qui occupait les fonctions de vice-capitaine des Pandas, possédait bien les qualités d'un chef démocratique pour diriger l'échauffement de l'après-midi. Il y avait cependant une préoccupation qu'il se refusait à aborder, reconnaissant que toutes les pensées précédentes n'étaient que des succédanés. Il y avait une préoccupation qu'il ne devait exprimer ni en mots ni même en images parce qu'elle était si terrible que le seul fait d'y penser pouvait la rendre réelle.

« Elle est bonne, ta viande, fils ? lui demanda Jack Brotherhood, vingt secondes à peine plus tard, lui sembla-t-il, alors qu'ils déjeunaient à l'*Elephant Hotel* où ils allaient toujours.

– Super, oncle Jack, merci », répondit Tom.

Sinon, ils mangèrent en silence, comme le plus souvent, jusqu'à la fin du repas. Brotherhood lisait son *Sunday Telegraph* et Tom recommençait pour la énième fois le même roman fantastique : c'était un livre où tout finissait bien, et tout autre pouvait se révéler dangereux. Tom se dit que, décidément, personne ne savait mieux qu'oncle Jack vous faire passer un bon jour de sortie. Sans cesser de manger, de lire et de penser à sa mère, il se dit aussi que même son père ne se rendait pas compte à quel point il importait que tout soit à chaque fois pareil et pourtant délicieusement différent dans les détails les plus infimes. Il fallait être à la fois parfaitement calme et détendu, et faire durer la journée en accomplissant des tonnes de choses différentes jusqu'au dernier moment. Il convenait que l'école cesse totalement d'exister pendant la majeure partie de la journée et qu'il ne soit jamais question d'y retourner. Seuls les derniers instants du compte à rebours devaient lui redonner suffisamment de corps pour qu'un retour devienne envisageable.

« Tu en veux une autre tranche ?

– Non, merci.

– Encore un peu de *Yorkshire pudding* ?

– Je veux bien, merci, un petit peu. »

Brotherhood haussa les sourcils en direction du serveur et celui-ci s'approcha aussitôt, ce que les serveurs ne manquaient jamais de faire avec oncle Jack.

« Des nouvelles de ton père ? »

Tom ne répondit pas tout de suite parce que ses yeux lui brûlèrent et qu'il ne put plus respirer d'un côté, comme quand il avait eu la coqueluche.

« Eh bien, murmura Brotherhood en posant son journal. Qu'est-ce qui se passe, hein ?

– C'est juste la leçon, répondit Tom en écrasant ses larmes avec ses poings. Ça va maintenant.

– Tu l'as sacrément bien lue, cette leçon. Et si quelqu'un ose te dire le contraire, mets-lui ton poing dans la figure.

– Mais ce n'était pas le bon jour, expliqua Tom qui luttait toujours contre l'afflux de larmes. J'aurais dû passer à l'extrait suivant et j'ai oublié.

– On n'en a rien à faire du bon texte ! rugit Brotherhood avec une telle conviction que le vieux couple de la table voisine tourna la tête dans sa direction. Si la leçon d'hier était bonne, ça n'aura fait de mal à personne de l'écouter une seconde fois. Prends donc une autre *ginger beer*. »

Tom acquiesça et Brotherhood la commanda avant de reprendre son *Sunday Telegraph*. « De toute façon, ils n'avaient sûrement pas tout compris la première fois », assura-t-il avec mépris.

Mais le vrai problème, c'était que Tom ne s'était pas du tout trompé de leçon : il avait lu la bonne. Il le savait pertinemment et soupçonnait oncle Jack de le savoir aussi. C'était juste qu'il lui fallait pleurer sur quelque chose de plus simple que les poissons invisibles qui nageaient autour du câble à l'intérieur de sa tête, de plus simple que cette préoccupation qu'il refusait d'exprimer.

Ils tombèrent d'accord pour ne pas prendre de dessert afin de profiter au maximum du beau temps.

Pudding Hill formait au milieu des Berkshire Downs une bosse calcaire clôturée par le fil de fer barbelé du ministère de la Défense et une pancarte « Interdit au public ». C'était sans doute l'endroit où Tom s'était senti le mieux de toute son existence si l'on exceptait Plush pendant l'agnelage. Ni Lech et le ski avec son père, ni Berlin et la voile, ni Prague et les parties de badminton avec son père toujours et ces dingues de Tchèques, ni Washington et la visite du musée de l'Espace pour la dix-huitième fois – ils avaient compté –, ni Vienne et les balades à cheval avec sa mère –, nul endroit qu'il ait pu connaître ou dont il ait rêvé ne présentait mieux ce caractère privé, incroyablement privilégié, que le terrain militaire secret protégé des ennemis par des barbelés. Jack Brotherhood et Tom Pym, parrain et filleul et aussi les meilleurs amis du monde, pouvaient à tour de rôle lancer des pigeons d'argile pendant que l'autre tirait dessus, ou à côté, avec la carabine de Tom. La première fois qu'ils étaient venus ici, Tom n'y avait pas cru. « C'est fermé à clé, oncle Jack », avait-il objecté tandis que Jack stoppait la voiture. La journée avait été formidable jusqu'alors. Et voilà que, soudain, tout s'effondrait. Ils avaient parcouru, d'après la carte, une quinzaine de kilomètres, et brusquement tout s'arrêtait devant de hautes portes blanches verrouillées et formellement interdites. La journée était fichue et Tom aurait voulu être déjà rentré à l'école, à faire ses heures supplémentaires facultatives.

« Tu n'as qu'à descendre et aller gueuler Sésame ouvre-toi juste en face », lui avait conseillé oncle Jack en lui donnant une clé qu'il venait de sortir de sa poche. L'instant d'après, les portes blanches de l'autorité s'étaient refermées derrière eux et ils étaient des personnalités spéciales dotées d'une autorisation spéciale pour se garer là, tout en haut de la colline, et ouvrir le coffre qui contenait le vieux lanceur de pigeons rouillé sur lequel oncle Jack avait gardé le secret pendant tout le déjeuner. Puis Tom avait totalisé douze pigeons sur vingt et oncle Jack dix-neuf parce que oncle Jack était le meilleur tireur de tous les temps, le meilleur en tout malgré son âge avancé, et qu'il ne cédait jamais une partie pour faire plaisir à qui que ce soit, pas même à Tom. S'il arrivait un jour que Tom batte oncle Jack, alors ce serait à la loyale, et ils le voulaient tous les deux ainsi sans avoir jamais eu besoin de se le dire. C'était bien là ce dont Tom avait le plus envie : un échange normal, une compétition normale et des conversations normales comme oncle Jack savait si bien les mener. Tom voulait cacher ses préoccupations les plus pénibles dans un trou profond afin de ne pas avoir à les montrer à quiconque avant que son heure vienne de mourir pour l'Angleterre.

C'étaient les grands espaces qui donnaient à Tom un sentiment de liberté. Oncle Jack n'y était pour rien. L'adolescent n'aimait pas beaucoup parler et surtout pas de choses personnelles. C'était la perception du jour qui lui semblait une résurrection. C'était le vacarme des coups de feu, le mugissement du vent d'octobre qui lui battait les joues et s'engouffrait dans le pull-over de son uniforme scolaire. Tous ces éléments le faisaient soudain s'exprimer comme un homme au lieu de geindre sous les couvertures en serrant l'ours en peluche dont le progressiste Mr. Caird encourageait la présence. En bas, au bord de la rivière, il n'y avait pas eu de vent, juste un soleil d'automne pâlichon et des feuilles brunies jonchant le chemin de halage. Mais en haut de cette colline de calcaire dénudé, le vent filait comme un train dans un tunnel et emportait Tom avec lui. Il semblait rire et cliqueter dans le nouveau pylône que le ministère de la Défense avait fait élever depuis leur dernière venue.

« Si nous abattons le pylône, ces sales Russes vont débarquer aussitôt, lui cria oncle Jack avec ses mains en porte-voix. On n'a pas envie que ça arrive, hein ?

– Non !

– Très bien. Bon, qu'est-ce qu'on fait alors ?

– On installe le lanceur juste à côté du pylône pour tirer de l'autre côté ! » hurla joyeusement Tom qui sentit en même temps ses dernières inquiétudes s'envoler et ses épaules se redresser. Il comprit qu'avec ce vent qui soufflait en rafales sur les hauteurs il pouvait bien dire tout ce qu'il voulait à n'importe qui. Oncle Jack fit partir dix pigeons et Tom en abattit huit avec onze cartouches, ce qui était son record absolu compte tenu de la puissance du vent. Puis quand ce fut au tour de Tom de lancer les pigeons, oncle Jack dut se battre pour l'égaler. Mais il y arriva et Tom ne l'en aima que davantage. Il ne voulait pas battre oncle Jack.

Son père, oui, mais pas oncle Jack : alors, il ne lui serait plus rien resté. Tom fit un moins beau résultat à sa deuxième série de dix, mais cela ne l'affecta pas car il avait mal aux bras et n'était donc pas vraiment responsable. Mais oncle Jack demeurait solide comme un roc. Même quand il rechargeait, sa tête blanche affrontait sans frémir la crosse qui remontait.

« Quatorze à dix-huit pour toi, cria Tom en courant ramasser les cartouches vides. Bravo ! » Puis, d'une voix tout aussi claire et enjouée :

« Papa va bien au moins ?

– Pourquoi n'irait-il pas bien ? lui hurla en retour Brotherhood.

– Il n'avait pas l'air d'avoir tellement le moral quand il est venu me voir juste avant les funérailles de grand-père, c'est tout.

– Ça, je suis bien sûr qu'il n'avait pas le moral du tout. Comment te sentirais-tu, toi, si tu allais enterrer ton vieux ? »

Sans cesser de crier, tous les deux, à cause du vent. Réflexions sans importance tout en chargeant la carabine et en remontant le lanceur pour une nouvelle série.

« Il n'a pas arrêté de parler de liberté, cria Tom. Il a dit que personne ne pouvait jamais nous la donner et qu'on devait la saisir tout seul. Je commençais même à m'ennuyer sérieusement. »

Oncle Jack était tellement occupé à recharger que Tom se demanda s'il l'avait entendu. Ou bien si cela l'avait le moins du monde intéressé.

« Il a sacrément raison, décréta Brotherhood en refermant l'arme d'un coup sec. Le patriotisme est un sale mot ces derniers temps. »

Tom expédia le simulacre et le regarda tourbillonner puis éclater en poussière sous le tir parfait d'oncle Jack.

« Il ne parlait pas exactement de patriotisme, expliqua Tom en cherchant d'autres cartouches par terre.

– Ah bon ?

– Je crois qu'il essayait de me dire que je devais partir si je me sentais malheureux. Il me l'a dit aussi dans sa lettre. C'est un peu comme...

– Oui ?

– ... comme s'il voulait que je fasse quelque chose qu'il n'était pas arrivé à faire quand il était lui-même à l'école. Enfin, c'est quand même un peu bizarre.

– Moi je ne trouve pas ça bizarre du tout. Il te teste, c'est tout. Il te dit que la porte est ouverte pour voir si tu as envie de filer. Ça ressemble plutôt à un acte de confiance. Tu n'aurais pas pu avoir un meilleur père, Tom. »

Le jeune garçon tira, et manqua sa cible.

« Et pourquoi me parles-tu de lettre ? questionna Brotherhood. Je croyais qu'il était venu te voir.

– Il est venu, mais il m'a écrit aussi. Une très longue lettre. J'ai vraiment trouvé ça bizarre, répéta-t-il, incapable d'abandonner son nouvel adjectif favori.

– C'est sûr, il était à côté de ses pompes. Mais quoi de plus normal. Son père vient de mourir alors il se met à écrire à son fils. Tu devrais te sentir honoré – joli coup, Tom. Joli coup.

– Merci », répondit Tom en regardant fièrement oncle Jack marquer un point sur son papier. Oncle Jack marquait toujours les scores.

« Ce n'est pourtant pas ce qu'il a dit, reprit Tom, mal à l'aise. Il n'était pas à côté de ses pompes. Il était content.

– C'est ce qu'il t'a écrit, hein ?

– Il a dit que grand-père avait bouffé toute l'humanité naturelle qui était en lui et qu'il ne voulait surtout pas bouffer celle qui se trouvait en moi.

– C'est simplement une autre manière de se sentir déprimé, assura Brotherhood, pas démonté. Au fait, ton père ne t'a pas parlé d'un endroit secret, bien à lui ? D'un endroit où il pourrait enfin trouver une paix et une tranquillité bien méritées ?

– Pas vraiment, non.

– Mais cet endroit existe pourtant ?

– Pas vraiment.

– Où est-ce ?

– Il m'a demandé de ne jamais le dire à personne.

– Alors, ne dis rien », fit oncle Jack sans hésiter.

Après cela, soudain, parler de son père devint la fonction indispensable de tout *préfet* démocrate. Mr. Caird avait assuré que les gens dotés de certains privilèges avaient le devoir de sacrifier ce qu'ils avaient de plus précieux dans l'existence, et Tom aimait son père par-dessus tout. Il sentit le regard de Brotherhood posé sur lui et fut heureux d'avoir éveillé son intérêt même si celui-ci ne paraissait pas particulièrement approbateur.

« Tu le connais depuis très longtemps, n'est-ce pas, oncle Jack ? demanda Tom en grimpant dans la voiture.

– Si tu trouves que trente ans, ça fait longtemps.

– Oh, oui », répliqua Tom pour qui une semaine semblait encore une éternité. A l'intérieur de l'automobile, il n'y eut tout à coup plus de vent. « Mais si papa va bien, continuat-il avec une feinte témérité tout en bouclant sa ceinture de sécurité, pourquoi la police le recherche-t-elle alors ? C'est ça, ce que je voudrais savoir. »

« Tu vas nous dire notre avenir, aujourd'hui, Mary Lou ? demanda oncle Jack.

– Pas maintenant, chéri, je ne suis pas en train.

– Tu es toujours en train », rétorqua oncle Jack, et tous deux éclatèrent d'un rire homérique tandis que Tom rougissait.

Oncle Jack avait dit que Mary Lou était gitane, mais Tom la voyait plutôt comme une sorte de pirate. Elle avait de grosses fesses, des cheveux noirs et de fausses lèvres peintes sur sa bouche comme Frau Bauer à Vienne. Elle faisait des gâteaux et servait des thés à la crème dans un café de bois situé à l'orée de la campagne. Tom commanda des œufs pochés sur des toasts, et ils se révélèrent aussi frais et crémeux qu'à Plush. Oncle Jack prit du thé et un morceau de son meilleur *shortbread*. Il paraissait avoir oublié tout ce que Tom lui avait dit, et celui-ci lui en était reconnaissant parce que le grand air lui avait donné un léger mal de tête et qu'il éprouvait une certaine gêne à avouer ses pensées. Il lui restait deux heures et huit minutes avant d'avoir à sonner la cloche de l'office du soir. Il songea qu'il ferait peut-être mieux de suivre les conseils de son père et de fuir.

« Ah oui, alors, qu'est-ce que c'est que cette histoire de police ? s'enquit Brotherhood de manière un peu vague, bien après que Tom eut décidé qu'il avait oublié ou n'avait pas entendu.

– Ils sont venus voir Caird. Et Caird m'a fait venir dans son bureau.

– *Monsieur* Caird, fils, le corrigea Brotherhood le plus gentiment du monde avant de prendre une bienfaisante gorgée de thé. Quand ?

– Vendredi. Après la partie de rugby. Mr. Caird m'a envoyé chercher et puis il y avait un homme en imperméable assis dans le fauteuil de Mr. Caird. Il a dit qu'il était de Scotland Yard et qu'il venait pour papa. Est-ce que je n'aurais pas son adresse, par hasard, parce qu'il avait eu tellement l'esprit ailleurs après les funérailles de grand-père qu'il avait complètement oublié de dire où il allait.

– N'importe quoi ! dit enfin Brotherhood après un long silence.

– Mais c'est vrai, oncle Jack. C'est vrai.

– Tout à l'heure, tu as dit qu'ils étaient plusieurs.

– Je me suis trompé.

– Quelle taille ?

– Un mètre soixante-quinze.

– Age ?

– La quarantaine.

– Couleur de cheveux ?

– Comme les miens.

– Glabre ?

– Oui.

– Yeux ?

– Bruns. »

C'était un jeu auquel ils avaient joué très souvent par le passé.

« Voiture ?

– Il a pris un taxi à la gare.

– Comment le sais-tu ?

– C'est Mr. Mellor qui l'a conduit. Il m'emmène au cours de violoncelle et travaille à la station de taxis de la gare.

– Sois plus précis, mon garçon. Il est donc venu par la station de taxi de la gare dans la voiture de Mr. Mellor. Il t'a dit s'il était arrivé par le train ?

257

– Non.

– Et Mellor ne t'a rien dit ?

– Non.

– Qui a dit qu'il était de la police ?

– Mr. Caird, oncle Jack. Quand il me l'a présenté.

– Qu'est-ce qu'il portait ?

– Un costume. Gris.

– Il a indiqué son grade ?

– Inspecteur. »

Brotherhood sourit. D'un sourire magnifique, affectueux et réconfortant. « Gros malin. C'était un inspecteur du *Foreign Office*. Rien qu'un larbin de la boîte de ton père. Ça n'a rien à voir avec un policier, fils, c'est juste un petit employé nullard du service personnel qui n'a vraiment rien à foutre. Caird s'est trompé, comme d'habitude. »

Tom avait envie de l'embrasser. Il se retint à temps. Il se redressa et eut l'impression de mesurer au moins deux mètres cinquante, mais il aurait voulu enfouir son visage dans le tweed épais du manteau d'oncle Jack. Évidemment que ce n'était pas un policier ! Il ne parlait pas comme un policier, il ne donnait pas l'impression d'être un policier, il n'avait pas de grands pieds ou des cheveux en brosse comme un policier, ni la façon qu'ont les policiers de se démarquer de vous même quand ils se montrent gentils. Tout va bien, se dit Tom, aux anges. Oncle Jack a tout arrangé, comme toujours.

Brotherhood lui tendait son mouchoir et Tom s'en frotta les yeux.

« Bon, et qu'est-ce que tu lui as dit ? », questionna Brotherhood. Tom avait expliqué qu'il ne savait pas où se trouvait son père, que celui-ci avait parlé de se perdre en Écosse durant quelques jours avant de retourner à Vienne. Mais cela avait semblé mettre son père en faute, comme s'il avait été une sorte de criminel ou pis encore. Et quand Tom eut relaté tout ce dont il se souvenait de l'entrevue à son oncle Jack, les questions, le numéro de téléphone au cas où papa referait surface – Tom ne le connaissait pas, mais Mr. Caird l'avait –, oncle Jack alla téléphoner dans le salon de Mary Lou. Il appela Mr. Caird et obtint pour Tom l'autorisation

258

de ne rentrer qu'à neuf heures pour cause de problèmes familiaux qui nécessitaient plus amples discussions.

« Mais, et les cloches de l'office ? s'inquiéta Tom.

– Carter Major les sonnera », répondit oncle Jack qui comprenait toujours absolument tout.

Sans doute téléphona-t-il également à Londres car il resta absent un long moment et gratifia Mary Lou de cinq livres supplémentaires pour remplir ce qu'il appela son bas de Noël, ce qui les fit à nouveau éclater de rire et, cette fois-ci, Tom les imita.

Tom ne sut jamais très bien par la suite comment ils en étaient venus à parler de Corfou, mais peut-être leur conversation ne suivait-elle plus de réelle direction : ce n'était plus qu'un bavardage à bâtons rompus sur ce qu'ils avaient fait depuis la dernière fois qu'ils s'étaient vus, ce qui remontait à avant les vacances d'été et donnait donc beaucoup de choses à raconter pour qui se sentait d'humeur volubile. Ce qui était le cas de Tom ce soir-là : il y avait des lustres qu'il n'avait pas parlé comme ça, peut-être même cela ne lui était-il jamais arrivé, mais oncle Jack avait la décontraction qu'il fallait, il possédait ce mélange de tolérance et de discipline qui correspondait pour Tom à l'équilibre parfait. Le jeune garçon aimait effectivement à éprouver la solidité des barrières d'oncle Jack tout autant que le terrain sûr qu'elles renfermaient.

« Et ta confirmation, ça marche ? avait demandé Brotherhood.

– Bien, merci.

– C'est que tu es grand, maintenant, Tom. Il est temps de s'en rendre compte. Il y a des pays où tu serais déjà en uniforme.

– Je sais.

– Tu as toujours du mal à travailler ?

– Oui, un peu.

– Tu penses toujours à faire Sandhurst[1] ?

– Oui. Et ils ont dit qu'ils me prendraient au régiment de mon oncle si j'ai de bons résultats.

1. Collège militaire. *(NdT.)*

– Eh bien, il va falloir sacrément bosser, non ?

– J'essaye vraiment, je t'assure. »

Puis oncle Jack se rapprocha et baissa la voix. « Je ne sais pas trop si je devrais te dire ça, fils. Mais je pense que je vais le faire quand même parce que je crois que tu es capable de conserver un secret. Je me trompe ?

– Je connais plein de secrets que je n'ai jamais répétés à personne.

– Ton père est aussi quelqu'un qui sait garder des secrets. Je pense que tu le sais déjà ?

– Toi aussi, non ?

– Et puis c'est un sacré bonhomme, ton père. Mais il faut qu'il reste discret. Pour son pays.

– Et pour toi, ajouta Tom.

– Toute une partie de sa vie est complètement verrouillée. On pourrait presque dire imperceptible pour l'œil humain.

– Maman est au courant ?

– En principe, oui, elle le sait. Mais elle ne connaît pratiquement rien des détails. C'est comme ça que nous travaillons. Et si ton père t'a déjà donné l'impression de mentir, ou de se montrer un peu vague, pas vraiment très franc parfois, tu peux parier que c'était pour son travail et que la seule raison en était la loyauté. C'est dur pour lui. Ça l'est pour nous tous. Les secrets, c'est très dur à porter.

– Est-ce que c'est dangereux ? s'enquit Tom.

– Des fois. C'est pour ça qu'on lui a donné des gardes du corps. Comme ces types à moto qui l'ont suivi dans toute la Grèce et qui traînaient toujours autour de la maison.

– Je les ai vus ! s'écria Tom, très excité.

– Comme ces grands types minces à moustaches qui viennent le voir en plein match de cricket...

– Je l'ai vu, je l'ai vu ! Il avait un chapeau de paille !

– Et il y a même des moments où ce que fait ton père est tellement secret qu'il doit complètement disparaître. Et même les gardes du corps ne savent pas où il se trouve. Moi, je le sais. Mais le reste du monde ne le sait pas et il faut que ce soit comme ça si l'un de ces inspecteurs revient vous voir, toi ou Mr. Caird, ou si qui que ce soit te demande quelque chose, tu lui dis ce que tu sais et puis tu me le répètes tout de suite après. Je vais te donner un numéro de téléphone spécial et j'en dirai un mot à Mr. Caird aussi. Ton père mérite vraiment qu'on l'aide au maximum. Et c'est ce qu'on fait.

– Je suis tellement content, dit Tom.

– Bon, et cette lettre qu'il t'a écrite. La longue lettre qu'il t'a envoyée après sa visite. Elle te parlait de ce genre de choses ?

– Je ne sais pas. Je ne l'ai pas lue en entier. Il y avait tout un truc à propos du canif de Sefton Boyd et de graffiti dans les toilettes du personnel.

– Qui est Sefton Boyd ?

– C'est un garçon de l'école. C'est mon copain.

– C'est un copain de ton père aussi ?

– Non, mais son père l'était. Son père aussi était dans cette école.

– Oui, les secrets sont vraiment durs à porter, répéta oncle Jack, toujours aussi calme. Qu'as-tu fait de cette lettre ? »

Il s'était puni avec. Il l'avait pliée en tout petit jusqu'à ce que les feuillets ne forment plus qu'un minuscule rectangle dur et piquant qu'il avait fourré dans la poche de son pantalon où il lui entaillait la cuisse. Mais Tom ne dit rien de pareil. Il se contenta de tendre avec reconnaissance le morceau de papier à oncle Jack qui promit d'en prendre soin et d'éclaircir avec lui tous les points obscurs la prochaine fois : si jamais il y avait des points obscurs, ce dont oncle Jack doutait fort.

« Tu as l'enveloppe ? »

Tom ne l'avait pas.

« D'où l'a-t-il postée ? Il faut toujours regarder le cachet de la poste, c'est un indice.

– C'était marqué Reading, indiqua Tom.

– Quel jour ?

– Mardi, répondit Tom tristement. Mais ça aurait pu être posté le lundi après la dernière levée. Je pensais qu'il rentrerait à Vienne lundi après-midi. »

Mais oncle Jack ne parut pas entendre parce qu'il était déjà reparti sur la Grèce, prêt à commencer ce qu'ils appelaient tous les deux le jeu du rapport, en prenant pour sujet ce type efflanqué et moustachu qui s'était présenté sur le terrain de cricket à Corfou.

« J'imagine que tu te faisais des cheveux à propos de ce type, pas vrai, fils ? Tu te disais qu'il manigançait des trucs contre ton père, malgré son air très amical. Enfin, s'ils avaient été aussi copains que ça pourquoi ton père ne l'aurait-il pas invité à passer à la maison pour lui présenter ta mère ? Je vois bien que tu as dû sérieusement t'inquiéter en réfléchissant à tout ça. Et tu ne trouvais pas ça très joli de la part de ton père d'avoir une vie secrète juste sous le nez de ta mère.

– Oui, ça c'est vrai, admit Tom, s'émerveillant comme toujours de l'omniscience d'oncle Jack. Et il tenait papa par le bras. »

Ils étaient retournés à l'*Elephant*. Dans la grande joie qui avait suivi la dissipation de toutes ses inquiétudes, Tom avait recouvré l'appétit, et il dévorait maintenant un steak frites pour combler le grand creux qui lui trouait l'estomac. Brotherhood s'était commandé un whisky.

« Taille ? interrogea Brotherhood, reprenant le fil de leur jeu.

– Un mètre quatre-vingts au moins.

– Très bien, parfait. Un mètre quatre-vingt-deux exactement. Couleur de cheveux ? »

Tom hésita. « Une espèce de fauve avec du gris et des raies dedans, dit-il enfin.

– Mais qu'est-ce que ça peut bien vouloir dire ?

– Il avait un chapeau de paille. C'était difficile à voir.

– Je sais qu'il portait un chapeau de paille. C'est pour ça que je te pose la question. Couleur de cheveux ?

– Bruns, décida-t-il. Bruns avec le soleil qui tapait dessus. Et un grand front comme celui d'un génie.

– Mais comment veux-tu que le soleil puisse passer par les bords d'un chapeau ?

– Brun-gris alors, répliqua Tom.

– Eh bien, dis-le. Deux points seulement. Bande de chapeau ?

– Rouge.

– Mon Dieu.

– Elle était rouge.

– Essaye de te rappeler.

– Elle était rouge, rouge, rouge !

– Trois points. Couleur de la barbe ?

– Il n'avait pas de barbe. Il avait des moustaches tombantes et des sourcils épais comme les tiens mais en moins broussailleux, et des yeux tout ridés.

– Trois points. Allure ?

– Penchée et patte-follante.

– Qu'est-ce que ça veut dire, patte-follante ?

– Eh bien ça veut dire qu'il avait une patte folle : qu'il marchait vite en traînant la jambe.

– Cela signifie donc qu'il boite ?

– Oui.

– Dis-le alors. Quelle jambe ?

– La gauche.

– Réfléchis !

– La gauche.

– Tu es sûr ?

– La gauche.

– Trois points. Age ?

– Soixante-dix.

– Ne sois pas ridicule.

– Il est vieux !

– Il n'a pas soixante-dix ans. Je n'ai pas soixante-dix ans. Je n'ai pas soixante ans non plus. Enfin, à peine. Est-il plus vieux que moi ?

– Pareil.

– Il portait quelque chose ?

– Un sac à main. » Brotherhood se mit à rire mais Tom ne se démonta pas. « C'est vrai ! Un sac en cuir qu'il portait en bandoulière, comme les pédés, mais ça n'en était pas un, il était aussi sec que Mr. Toombs.

– Qui est Mr. Toombs ?

– Notre prof de gym. Il enseigne l'aïkido et la géographie. Il a déjà tué des gens avec ses pieds alors qu'il n'en avait pas le droit.

– D'accord, aussi sec que Mr. Toombs, un sac en bandoulière mais rien d'une tapette. Deux points. Évite les références subjectives la prochaine fois.

– C'est quoi ?

– Mr. Toombs. Tu le connais, pas moi. Ne compare pas quelqu'un que je ne connais pas avec quelqu'un que je ne connais pas non plus.

– Mais tu as dis que tu le connaissais, répliqua Tom, tout excité à l'idée d'avoir pris oncle Jack en défaut.

– Effectivement. Je te faisais marcher. Il avait une voiture, ton bonhomme ?

– Une Volvo. Louée chez Mr. Kaloumenos.

– Comment sais-tu cela ?

– Il la loue à tout le monde. Il descend sur le port et attend que quelqu'un cherche à louer une auto, alors Mr. Kaloumenos leur loue sa Volvo.

– Couleur ?

– Verte. Et elle a une aile enfoncée, une plaque d'immatriculation de Corfou et une queue de renard accrochée à l'antenne et...

– Elle est rouge.

– Elle est verte !

– Pas de point, décréta Brotherhood au grand dam du jeune garçon.

– Mais pourquoi ? »

Brotherhood eut un sourire carnassier. « Ce n'était pas sa voiture. Elle était aux deux autres types. Comment peux-tu savoir que c'était le type moustachu qui l'avait louée alors qu'il y avait deux autres mecs avec lui ? Tu perds tout sens de l'objectivité, fils.

– C'est lui qui commandait !

– Ça, tu ne le sais pas. Tu l'imagines. On peut déclencher une guerre en imaginant des trucs comme ça. Tu ne connais pas de dame qui s'appelle Poppy par hasard ?

– Non.

– Pas d'oncle Poppy non plus ? »

Tom gloussa. « Oh, non.

– Et Mr. Wentworth, ça te dit quelque chose ?

– Pas du tout.

– Ça n'évoque vraiment rien ?

264

– Non, je croyais que c'était une ville du Surrey.

– Parfait, fils. N'invente jamais quand tu penses que tu ne sais pas quelque chose que tu devrais savoir. C'est la règle d'or.

– Tu me faisais encore marcher, hein ?

– Peut-être bien. Il t'a dit quand il te reverrait ?

– Non.

– Il te le dit d'habitude ?

– Pas vraiment, non.

– Pourquoi t'en faisais-tu comme ça alors ?

– Oh, c'est juste la lettre.

– Quoi, la lettre ?

– On aurait dit qu'il allait mourir.

– Conneries. Tu inventes. Tu veux que je te dise quelque chose ? Cette cachette secrète où est allé ton père. Ne t'inquiète pas. Nous savons où c'est. Il ne t'a pas donné l'adresse ?

– Non.

– Le nom de la ville écossaise la plus proche ?

– Non plus. Il a juste dit l'Écosse.

– L'Écosse, au bord de la mer. Un endroit où il peut écrire à l'abri de tout le monde. Il t'a dit tout ce qu'il pouvait, Tom. Il n'a pas le droit de t'en révéler davantage. Il dispose de combien de pièces ?

– Il ne l'a pas dit.

– Mais qui va lui faire ses courses ?

– Il ne l'a pas dit. Mais il a une logeuse super. Une vieille dame.

– C'est un homme très bien, ton père. Et très sage aussi. Et c'est une dame très bien aussi. Elle est de chez nous. Bon et maintenant ne te fais plus de souci. » Oncle Jack jeta un coup d'œil à sa montre. « Finis donc ça et commande-toi une *ginger beer*. Je vais là où le roi va à pied. » Le sourire aux lèvres, il se dirigea vers la porte marquée Toilettes et Téléphone. Tom était loin d'avoir les yeux dans sa poche. De petites taches vives coloraient joyeusement les joues d'oncle Jack. Un sentiment d'allégresse pareil à celui qu'éprouvait Tom l'animait et tout était pour le mieux dans le meilleur des mondes.

265

Brotherhood avait une épouse et une maison à Lambeth et il aurait pu théoriquement se rendre là-bas. Il logeait une autre épouse, divorcée il est vrai mais toujours prête à répondre à la moindre sollicitation dans son cottage du Suffolk. Il avait une fille mariée à un notaire de Pinner, et il les envoyait tous les deux au diable, ce qui était réciproque. Ils auraient néanmoins accepté de le recevoir par sens du devoir. Puis il y avait un fils bon à rien qui gagnait tant bien que mal sa vie sur les planches, et, si Brotherhood se sentait assez charitable envers lui – ce qui, curieusement, lui arrivait de temps en temps en ce moment s'il se sentait capable d'encaisser la crasse et l'odeur de shit – ce qui lui était parfois possible –, il pouvait sans problème utiliser le tas de couvre-lits crasseux qu'Adrian baptisait son lit d'amis. Mais cette nuit et durant toutes les autres nuits qui suivraient tant qu'il ne se serait pas expliqué avec Pym, Brotherhood ne voulait voir aucun d'entre eux. Il préférait l'exil de son petit appartement sûr et malpropre de Shepherd's Market, avec ses pigeons bruns se bousculant sur le parapet et ses putes arpentant le trottoir juste au-dessous telles les sentinelles qu'on voyait pendant la guerre. La Firme essayait régulièrement de récupérer l'endroit ou bien de déduire le prix de la location de son salaire. Les types du bureau lui en voulaient à mort de bénéficier de cette garçonnière et disaient que c'était son nid à baiser, ce qui n'était pas toujours faux. Ils lui en voulaient de réclamer sans cesse des bouteilles d'alcool et des femmes de ménage. Mais Brotherhood était plus qu'eux tous réunis, et ils le savaient plus ou moins.

« L'enquête a révélé d'autres trucs sur la façon dont les renseignements tchèques se servent de journaux, prononça Kate, la tête enfouie dans l'oreiller. Mais rien de définitif. »

Brotherhood prit une longue gorgée de vodka. Il était deux heures du matin. Ils se trouvaient là depuis une heure. « N'en dis pas plus. Le grand espion marque chaque lettre de son message avec une épingle et envoie le journal à son officier traitant. Ledit officier traitant approche le journal d'une source de lumière et déchiffre les plans de l'Armageddon. La prochaine innovation, ce sera le sémaphore. »

Elle gisait, blanche et lumineuse, sur le petit lit à côté de lui, débutante de Cambridge de quarante ans qui avait perdu son chemin. La lueur gris-rose qui traversait les rideaux sales la découpait en fragments académiques. Ici une cuisse, là un mollet, là le cône d'un sein ou la ligne découpée d'un flanc. Elle lui avait tourné le dos, gardant une jambe légèrement ployée. Qu'est-ce qu'elle me veut, bon Dieu, cette joueuse de bridge du cinquième, si belle et si triste avec son air de veuve éplorée et sa sensualité guindée ? Au bout de sept ans de liaison, Brotherhood n'en avait toujours pas la moindre idée. Il pouvait partir faire le tour des antennes à l'étranger, il pouvait aller jusqu'à Tombouctou. Il pouvait ne pas lui parler ni lui écrire pendant des mois. Il avait pourtant à peine le temps de déballer sa brosse à dents qu'elle lui tombait déjà dans les bras, l'implorant de ses yeux tristes et avides. Sommes-nous une centaine, sommes-nous ses pilotes de chasse sollicitant ses faveurs chaque fois que nous rentrons, boitillant, de nos missions ? Ou bien suis-je le seul à déchaîner la statue ?

« Bo a fait venir un psy pour se joindre à la fête, déclara-t-elle avec sa diction impeccable. Un spécialiste des dépressions nerveuses bénignes. Ils lui ont filé le dossier de Pym en lui demandant de dresser le profil d'un Anglais loyal soumis à un stress énorme, et qui déclencherait une forte inquiétude chez les autres, en particulier chez les Américains.

— Attends un peu et il va faire appel à un médium, assura Brotherhood.

— Ils ont tout vérifié : les vols à destination des Bahamas, de l'Écosse et de l'Irlande. Et de partout ailleurs. Ils ont vérifié les embarquements sur les bateaux, les boîtes de location automobile et je ne sais quoi encore. Ils ont ordonné un contrôle de toutes les lignes téléphoniques qu'il a pu utiliser et ont délivré un mandat de perquisition pour tout le reste. Ils ont annulé les congés et les week-ends de tous les transcripteurs et mis les équipes de surveillance sur le pied de guerre vingt-quatre heures sur vingt-quatre mais sans avoir expliqué à qui que ce soit de quoi il s'agissait.

La cantine est une vraie chambre mortuaire, personne ne parle à personne. Ils interrogent tous ceux qui ont partagé un bureau avec lui, ou qui lui ont racheté sa voiture d'occasion. Ils ont éloigné les locataires de la maison qu'ont les Pym à Dulwich et ont tout foutu en l'air de la cave au grenier en se présentant comme des spécialistes des termites. Nigel parle maintenant d'envoyer toute l'équipe de recherche dans une planque sûre de Norfolk Street : cette histoire devient tellement énorme. En tout, on doit bien arriver à cinquante personnes. Qu'est-ce qu'il y a dans le carbonisateur ?

– Pourquoi ?

– Le mystère plane. Enfin, pas devant les enfants. Bo et Nigel la bouclent dès que quelqu'un évoque la question.

– Et la presse ?

– Tout est réglé, comme d'habitude. Les plus grands et les autres. Bo a déjeuné avec les rédacteurs en chef hier. Il leur a déjà rédigé leurs gros titres au cas où quoi que ce soit viendrait à transpirer. C'est fou ce que les rumeurs peuvent affaiblir notre sécurité. Les élucubrations dans le vide, c'est notre pire ennemi intérieur. Nigel, lui, appuie de tout son poids sur les gens de la radio et de la télé.

– J'espère qu'ils sont solides. Du nouveau au sujet du faux flic ?

– Celui qui est passé chez le proviseur de Tom n'était pas de chez nous. Il n'appartenait ni à la Firme ni à la police.

– Il venait peut-être de la concurrence. Ils n'ont pas à nous demander la permission, si ?

– La grande terreur de Bo, c'est que les Américains aient lancé leur propre chasse à l'homme.

– S'il avait été américain, ils auraient été trois. C'était un de ces culottés de Tchèques. Ils travaillent toujours comme ça. Ils volaient déjà de cette façon pendant la guerre.

– Le proviseur le décrit comme un Anglais assez éduqué, sans rien du tout d'étranger. Il n'est ni venu ni reparti par le train. Il s'est présenté comme l'inspecteur Baring, des services spéciaux. Évidemment, il n'y figure pas. La course en taxi de la gare à l'école se montait à douze livres et il n'a pas demandé de facture. Imagine un flic qui ne demanderait pas de facture pour une course de douze livres ! Il a laissé une fausse carte de visite. On est en train de rechercher l'imprimeur, la provenance du papier et, pour ce que j'en sais, l'origine de l'encre, mais il n'est pas question de s'adresser à la police ni à la concurrence ni à la liaison. Ils vont faire toutes les recherches qui leur viendront à l'esprit dans la mesure où cela ne risque pas d'effaroucher le gibier.

– Et le numéro de téléphone à Londres qu'il a laissé ?

– Du bluff.

– Ça me donnerait presque envie de rire si j'étais d'humeur à ça. Que pense Bo du grand moustachu au sac à main qui tenait Pym par le bras pendant les matchs de cricket ?

– Il refuse de se prononcer. Il dit que si nous faisions contrôler tous nos amis à des matchs de cricket, nous n'aurions bientôt plus d'amis du tout et plus de cricket non plus. Il a engagé de nouvelles filles pour passer la liste des personnalités tchèques au peigne fin et il a demandé à l'antenne d'Athènes d'envoyer quelqu'un à Corfou pour interroger le propriétaire de la Volvo. Maintenant, c'est faire traîner, prier et Magnus s'il te plaît reviens.

– Et moi, où je suis ? Au coin ?

– Ils sont terrifiés à l'idée que tu puisses faire sauter le temple.

– Je croyais que Pym s'en était déjà chargé.

– Alors il s'agit peut-être d'un rapport de culpabilité », fit Kate de sa voix sèche de maîtresse femme.

Brotherhood prit à nouveau un long trait de vodka. « Si seulement ils pouvaient évacuer ces saloperies de réseaux. S'ils pouvaient faire ce qui s'impose, pour une fois.

– Ils ne feront rien qui puisse alerter les Américains. Ils mentiraient plutôt la tête sur le billot. "Nous avons eu trois grands traîtres en trois petites années. Un de plus et autant admettre tout de suite qu'on peut mettre la clé sous la porte." C'est ce qu'a dit Bo.

– Alors les Joe mourront pour cause de relations privilégiées. Ça me plaît ça. Et je suis sûr que ça plaira aux Joe. Ils comprendront.

– Ils vont le retrouver ?

– Peut-être.

– Ce n'est pas assez, peut-être. Je te le demande vraiment, Jack vont-ils le retrouver ? Ou toi, le retrouveras-tu ? »

Sa voix avait soudain pris une intonation d'urgence impérieuse. Kate prit le verre des mains de Brotherhood et but ce qui restait de vodka au fond tandis qu'il la regardait. Elle se pencha par-dessus le bord du lit et pêcha une cigarette dans son sac. Elle lui tendit les allumettes afin qu'il lui donne du feu.

« Bo a mis pas mal de singes devant pas mal de machines à écrire, répliqua enfin Brotherhood en la regardant intensément. Peut-être l'un d'entre eux finira-t-il par tomber sur quelque chose. Je ne savais pas que tu fumais, Kate.

– Je ne fume pas.

– C'est pourtant ce que tu fais en ce moment. Et j'ai le plaisir de voir que tu ne bois pas mal non plus. Je ne me rappelle pas t'avoir jamais vue descendre la vodka aussi sec, j'en suis sûr. Qui est-ce qui t'a appris à boire de la vodka comme ça ?

– Pourquoi, je ne devrais pas ?

– La question serait surtout de savoir pourquoi tu devrais ? Tu essayes de me dire quelque chose, non ? Quelque chose qui va franchement me déplaire, je le sens. J'ai cru un instant que tu étais là au service de Bo. J'ai cru que tu jouais les Jézabel avec moi. Et puis je me suis dit que non, que tu essayais de me dire quelque chose : elle tente de me faire une petite confession intime.

– C'est un blasphémateur.

– Qui ça, mon chou ?

– Magnus.

– Oh, vraiment ? Magnus serait un blasphémateur. Et pourquoi cela ?

– Prends-moi dans tes bras, Jack.

– Tu peux toujours courir. » Il s'écarta et s'aperçut que ce qu'il avait pris pour de l'arrogance était en fait l'acceptation stoïque du désespoir. Ses yeux tristes le dévisageaient et son visage exprimait la résignation.

« "Je t'aime, Kate", prononça-t-elle. "Sors-moi de tout ça, je t'épouserai et nous vivrons heureux.". »

Brotherhood s'empara de sa cigarette et tira dessus.

« "Je laisserai tomber Mary. Nous partirons vivre à l'étranger. En France. Au Maroc. N'importe où." Des coups de fil de l'autre bout du monde. "Je t'appelle pour te dire que je t'aime." Des fleurs en me disant : "Je t'aime." Des cartes. Des petits mots pliés dans des objets glissés sous la porte, des notes strictement personnelles dans des enveloppes top secret. "J'ai vécu trop longtemps avec des si. Je veux des actes, Kate. Tu es mon dernier pont. Aide-moi. Je t'aime. M." »

Une fois encore, Brotherhood attendit.

« "Je t'aime", répéta-t-elle. Il n'arrêtait pas de le dire. Comme un rite en lequel il s'efforçait de croire. "Je t'aime." J'imagine qu'en le disant le plus souvent possible au plus grand nombre de gens possible, il espérait que cela finirait par devenir vrai. Ça n'a jamais été le cas. Magnus n'a jamais aimé une femme de sa vie. Nous étions ses ennemies, toutes autant que nous sommes. Touche-moi, Jack. Prends-moi Jack ! »

A son étonnement, il éprouva pour elle une vague de tendresse et il l'attira à lui pour la serrer contre sa poitrine.

« Bo est-il au courant de quoi que ce soit ? », s'enquit-il.

Il sentit son dos se couvrir de transpiration. Il respirait la proximité de Pym dans les creux du corps qu'il tenait. Elle fit rouler sa tête contre lui mais il la secoua doucement afin qu'elle lui réponde à voix haute : Bo ne sait rien. Non Jack. Bo n'en a pas la moindre idée.

« Pour intéresser Magnus, il fallait que ce soit carrément le grand jeu, raconta-t-elle. Il aurait pu m'avoir quand il voulait. Cela ne lui suffisait pas. "Attends-moi, Kate. Je vais larguer les amarres et me libérer. C'est moi, Kate, où es-tu ? – Je suis là, imbécile, où veux-tu que je sois puisque je réponds au téléphone ?" Il n'a pas des liaisons, il a des vies. Nous vivons toutes sur des planètes séparées. Dans des endroits où il peut nous joindre tout en flottant dans l'espace. Tu connais sa photo de moi préférée ?

– Non, Kate, je ne crois pas, répondit Brotherhood.

– Je suis nue sur une plage normande. Nous nous étions échappés pour le week-end. Je lui tourne le dos et j'entre dans l'eau. Je ne savais même pas qu'il avait un appareil.

– Tu es très belle, Kate. Je pense que je me sentirais moi aussi troublé par une photo de ce genre, commenta Brotherhood en rejetant les cheveux de la jeune femme en arrière afin de découvrir son visage.

– Il préférait cette photo à ma personne. En lui tournant ainsi le dos, je devenais n'importe qui – sa nana de la plage, son rêve. Je l'ai laissé fantasmer autant qu'il voulait. Il faut que tu me sortes de là, Jack.

– Tu es très impliquée ?

– Pas mal, oui.

– Toi, tu lui écris des lettres ? »

Elle fit non de la tête.

« Tu lui rends de petits services ? Tu contournes un peu les consignes ? Tu ferais mieux de tout me dire, Kate. » Il attendit, sentant la tête de la jeune femme appuyer plus fort contre lui. « Tu m'entends ? » Elle hocha la tête. « Je suis mort, Kate. Mais toi, tu as encore un bout de chemin à faire. Si jamais ils venaient à découvrir que toi et Pym avez pris ne serait-ce qu'un milk-shake à la fraise ensemble dans un McDonald en attendant le bus, ils te raseraient le crâne et t'expédieraient au service développement économique avant que tu aies eu le temps de dire ouf. Tu le sais, n'est-ce pas ? »

Nouveau signe d'assentiment.

« Qu'as-tu fait pour lui ? Tu as dérobé quelques secrets ? Quelques friandises piquées tout droit dans l'assiette de Bo ? » Elle fit non de la tête. « Allons, Kate. Il m'a eu aussi. Ce n'est pas moi qui vais te jeter la pierre. Qu'est-ce que tu as fait pour lui ?

– Il y avait un chapitre de son dossier, dit-elle.

– Oui ?

– Il voulait que je le sorte. C'était un vieux truc. Un rapport de l'armée concernant son service militaire en Autriche.

– Quand cela s'est-il passé ?

– Il y a longtemps. Cela faisait un an que nous étions ensemble. Il rentrait à Prague.

– Et tu l'as fait pour lui ? Tu as fouillé son dossier ?

– Il m'avait dit que c'était une bricole. Il était très jeune à l'époque. Presque un adolescent. Il avait fait passer un Joe peu important en Tchécoslovaquie. Violation de frontière, je crois. Vraiment pas grand-chose. Mais il y avait cette fille qui s'appelait Sabina et qui était entrée en scène à ce moment-là. Elle voulait l'épouser et avait déserté. Je n'ai pas tout saisi. Il a simplement dit que si quelqu'un tombait sur cet épisode en regardant son dossier, il pouvait faire une croix sur le cinquième étage.

– Eh bien, ce n'est pas la fin du monde, non ? »

Elle secoua la tête.

« Ce Joe, il devait bien avoir un nom ? demanda Brotherhood.

– Un nom de code. Greensleeves.

– C'est imaginatif. J'aime bien. Greensleeves. Un bon Joe pur anglais. Tu as donc sorti le document du dossier, O.K. et qu'en as-tu fait ensuite ? Dis-le moi, Kate. Ça y est maintenant, il faut continuer.

– Je l'ai volé.

– D'accord. Mais qu'est-ce que tu en as fait après ?

– C'est ce qu'il m'a demandé.

– Quand ?

– Il m'a téléphoné.

– Quand ?

– Lundi dernier, lundi soir. Il était censé être déjà parti pour Vienne.

– A quelle heure ? Allez, Kate, c'est bon ça. A quelle heure t'a-t-il appelée ?

– Dix heures. Non, un peu plus tard. Dix heures et demie. Non, avant. J'étais en train de regarder les infos à la télé.

– Quel titre c'était ?

– Le Liban. Les bombardements. Sidon ou quelque chose comme ça. J'ai baissé le son dès que j'ai su que c'était lui et les images du bombardement ont continué à défiler comme dans un film muet. "J'avais besoin d'entendre ta voix, Kate. Pardonne-moi pour tout. Je t'appelle pour te

273

dire que je regrette sincèrement. Je n'étais pas un mauvais type, Kate. Je ne faisais pas tout le temps semblant."

– Faisais ?

– Oui, faisais. Il considérait le passé. Faisais. Je lui ai dit que c'était à cause de la mort de son père, que ça irait mieux, ne pleure pas. Ne parle pas comme si c'était toi qui étais mort. Viens me voir. Où es-tu ? Il a répondu qu'il ne pouvait pas. Qu'il ne pourrait plus. Et puis il a parlé de son dossier. J'étais libre de dire à tout le monde ce que j'avais fait, ce n'était plus la peine d'essayer de le protéger. Il fallait simplement lui donner une semaine. "Une semaine, Kate. Ce n'est pas énorme après toutes ces années." Enfin il a demandé si j'avais toujours le bout de papier que j'avais piqué pour lui. L'avais-je détruit ? En avais-je gardé un exemplaire ?

– Qu'as-tu répondu ? »

Elle se rendit dans la salle de bains et revint avec la trousse en éponge brodée dans laquelle elle rangeait ses affaires de toilette. Elle en tira un carré de papier brun plié et le lui tendit.

« Tu lui en as donné une copie ?

– Non.

– T'en a-t-il réclamé une ?

– Non. Je ne la lui aurais pas donnée et je pense qu'il s'en doutait. J'avais dérobé le document, je lui avais dit que je l'avais fait et il devait me croire. Je pensais le remettre un jour à sa place. C'était un lien.

– D'où te téléphonait-il, lundi soir ?

– D'une cabine.

– En PCV ?

– Non. Appel moyenne distance. J'ai compté quatre fois cinquante pence. Mais attention, comme je le connais, il pouvait quand même être à Londres. La communication a duré une vingtaine de minutes, mais la plupart du temps, il était incapable de parler.

– Raconte. Allez, mon chou. Tu n'auras pas à recommencer, je te le promets, alors autant tout dire une fois pour toutes.

– Je lui ai demandé pourquoi il n'était pas à Vienne.

– Qu'a-t-il répondu ?

– Il a dit qu'il n'avait plus de monnaie. C'est la dernière chose qu'il m'ait dite : "Je n'ai plus de pièces."

– Il ne t'a jamais emmenée dans un endroit bien à lui ? Un refuge ?

– Nous allions toujours chez moi ou dans des hôtels.

– Lesquels ?

– Le *Grosvenor* de Victoria par exemple. Le *Great Eastern* dans Liverpool Street. Il connaît les numéros des chambres qui donnent sur les voies ferrées.

– Donne-les-moi. »

La tenant toujours contre lui, il l'entraîna jusqu'au bureau pour les noter sous sa dictée, puis il enfila son vieux peignoir et le noua autour de sa taille en lui souriant. « Moi aussi, je l'aimais, Kate. Je me suis encore plus fait avoir que toi. » Elle ne lui rendit pas son sourire. « Il ne t'a jamais parlé d'un endroit ? D'un rêve qu'il avait d'aller quelque part ? » Il lui versa de la vodka qu'elle prit aussitôt.

« La Norvège, dit-elle. Il voulait voir la migration des rennes. Il devait m'y emmener un jour.

– Et encore ?

– L'Espagne. Le Nord. Il prétendait qu'il y achèterait une villa pour nous deux.

– Te parlait-il de ce qu'il écrivait ?

– Pas beaucoup.

– Il n'a pas dit où il aimerait écrire le livre de sa vie ?

– Au Canada. Nous aurions hiberné dans quelque endroit enneigé, nous nourrissant exclusivement de boîtes de conserve.

– Et la mer ? Rien près de la mer ?

– Non.

– Il ne t'a jamais parlé de Poppy ? Quelqu'un qui s'appellerait Poppy, comme dans son livre ?

– Il ne parlait jamais d'aucune autre femme. Je te l'ai dit. Nous formions des planètes séparées.

– Et quelqu'un qui aurait pour nom Wentworth ? »

Elle fit un signe de dénégation.

« "Wentworth était la *Nemesis* de Rick", récita Brotherhood. "Poppy était la mienne. Nous avons tous deux passé

notre vie à essayer de rattraper ce que nous leur avons fait."
Tu as entendu les bandes. Tu as lu les transcriptions. Wentworth.

– Il est fou, déclara-t-elle.

– Reste ici, lui dit-il. Reste autant que tu veux. »

Il retourna à son bureau, balaya d'un seul geste du bras
tous les livres et les papiers qui l'encombraient, alluma la
veilleuse, s'assit et posa la feuille brune à côté de la lettre
chiffonnée que Pym avait adressée à Tom, postée à Reading.
Les annuaires téléphoniques de Londres étaient posés par
terre, tout près. Il choisit le *Grosvenor Hotel*, à Victoria, et
demanda au portier de nuit de lui passer la chambre 231.
Une voix masculine et ensommeillée répondit.

« Ici le détective de l'hôtel, annonça Brotherhood. Nous
avons des raisons de croire qu'il y a une dame dans votre
chambre.

– Tu parles que j'ai une nana dans ma chambre ! Je paye
une chambre pour deux et en plus, c'est ma femme. »

Ce n'était aucune des voix de Pym.

Il rit à l'adresse de Kate puis appela le *Great Eastern
Hotel* et obtint un résultat similaire. Il téléphona ensuite à
la rédaction du journal télévisé d'ITV et demanda le rédacteur de l'édition du soir. Il se présenta comme l'inspecteur
Markley, de Scotland Yard, chargé d'une enquête urgente :
il voulait l'heure exacte de la retransmission du reportage
sur les bombardements au Liban lors du journal de vingt-
deux heures de lundi dernier. Il resta en ligne tout le temps
nécessaire sans cesser de feuilleter les pages de la lettre de
Pym. Cachet de la poste de Reading. Postée le lundi soir
ou le mardi matin.

« Vingt-deux heures dix-sept minutes et dix secondes.
Voilà à quelle heure il t'a appelée », dit-il en se tournant
pour vérifier que Kate allait bien. Elle était assise contre
les oreillers, la tête rejetée en arrière comme celle d'un
boxeur entre deux reprises.

Il composa ensuite le numéro du service de recherches
de la poste et obtint l'employée de nuit. Il lui donna le mot
de code de la Firme et elle lui répondit d'un « Je vous

écoute » tellement sinistre qu'on eût cru la troisième guerre mondiale prête à éclater.

« Je demande l'impossible et il me le faut pour hier, annonça-t-il.

– Nous ferons de notre mieux, répliqua-t-elle.

– Je voudrais qu'on retrouve la trace de tous les appels téléphoniques à destination de Londres donnés à partir d'une cabine de la région de Reading entre vingt-deux heures dix-huit et vingt-deux heures vingt et une lundi soir. L'appel a duré une vingtaine de minutes et a été payé à la source.

– Impossible », dit-elle avec hauteur.

« Je l'aime », commenta-t-il pour Kate par-dessus son épaule. Elle avait roulé sur le lit et reposait maintenant à nouveau sur le ventre, le visage enfoui dans ses bras.

Il raccrocha et se concentra sur le document soustrait par Kate au dossier personnel de Pym. Il s'agissait de trois pages tirées du rapport de l'armée concernant le 1er lieutenant Magnus Pym, élément fourni par le corps du renseignement, attaché à l'unité d'interrogation n° 6 de Graz, décrite dans une note en bas de page comme une unité de renseignement militaire offensive dotée d'un droit limité d'utiliser des informateurs locaux. Daté du 18 juillet 1951, non signé, et les passages importants marqués d'un trait dans la marge par le bureau d'enregistrement. Date d'entrée dans le dossier de Pym : 12 mai 1952. Raison de cette entrée : la candidature en règle de Pym pour être admis à ce bureau. Les pages en question sortaient du rapport de conduite de son officier supérieur rédigé à l'issue du service de Pym à Graz, en Autriche.

« ... jeune officier exceptionnel... courtois et très apprécié au mess... a acquis une très bonne réputation grâce à l'habileté avec laquelle il a dirigé la source GREENSLEEVES qui nous a fourni au cours des onze derniers mois des renseignements secrets et top secret concernant la disposition des forces soviétiques en Tchécoslovaquie.... »

« Ça va, là-bas ? lança-t-il à l'adresse de Kate. Tu sais, tu n'as vraiment rien fait de terrible. Ces papiers n'ont jamais dû manquer à personne. Ça n'apprend pas grand-chose et personne ne l'a même lu jusqu'au bout. »

Il tourna une page. « ... Relations personnelles très étroites établies entre la source et l'officier traitant... l'autorité tranquille de Pym pendant les événements... La source insistait pour ne travailler qu'avec Pym.... » Brotherhood parcourut rapidement le texte jusqu'à la fin puis recommença depuis le début, plus lentement.

« Son supérieur était lui aussi tombé amoureux de Pym », lança-t-il à Kate. Il lut : « ... Son excellente mémoire du détail... rapports écrits lucides, souvent rédigés très tôt le matin après un long debriefing, extrêmement distrayants... Il ne parle même pas de Sabina, se plaignit Brotherhood à l'intention de Kate. Je ne vois vraiment pas ce qui pouvait l'inquiéter autant. Pourquoi risquer la touche qu'il avait avec toi pour faire disparaître un papier vieux de trente ans qui ne lui décernait que des compliments ? Ça doit venir de sa petite tête tordue. On ne peut pas comprendre. Remarque, cela ne me surprend pas vraiment. »

Le téléphone sonnait. Il jeta un coup d'œil derrière lui. Le lit était vide, la porte de la salle de bains fermée. Alarmé, il bondit et l'ouvrit brusquement. Kate se tenait sagement devant le lavabo, et elle s'aspergeait le visage d'eau. Il referma la porte et fonça vers le téléphone. C'était en fait un brouilleur vert mousse orné de boutons chromés. Il décrocha le combiné et grogna : « Oui ?

– Jack ? Allons-y. Prêt ? Maintenant. »

Brotherhood appuya sur un bouton et entendit la même voix de ténor chevroter au milieu d'un ouragan électronique.

« Vous allez apprécier, Jack – Jack, vous m'entendez ?

– Je vous entends, Bo.

– Je viens juste d'avoir Carver au bout du fil. » Carver était le chef de l'antenne américaine à Londres. « Il prétend que ses hommes ont obtenu de nouveaux tuyaux sur notre ami commun. Ils veulent rouvrir l'enquête immédiatement. Harry Wexler arrive de Washington afin que tout se passe dans les règles.

– C'est tout ?

– Cela ne suffit pas ?

– Où le croient-ils ? s'enquit Brotherhood.

– Tout est là. Ils n'ont rien demandé et ils n'avaient pas l'air du tout inquiets. Ils imaginent qu'il en est encore à s'occuper des affaires de son père, dit Brammel, visiblement satisfait. Ils ont même souligné que ce serait une excellente occasion de se rencontrer. Pendant que notre ami était accaparé par ses affaires personnelles. Pour autant qu'ils sachent, tout est toujours absolument normal. Sauf les nouvelles informations bien sûr. Quelles qu'elles soient.

– Et sauf les réseaux, ajouta Brotherhood.

– Je voudrais que vous soyez présent lors de la réunion, Jack. Je voudrais que vous me renvoyiez la balle exactement comme vous le faites d'habitude. Vous voulez bien ?

– Si c'est un ordre, je ferai tout ce que vous voulez. »

Bo s'exprimait comme s'il allait organiser une partie de plaisir : « Je vais convier tous ceux qui seraient présents en temps normal. Personne en moins, personne en plus. Je veux que rien ne filtre, que pas un écho ne transpire pendant que nous continuons nos recherches. Tout cela ne sera peut-être rien de plus qu'une tempête dans un verre d'eau. Whitehall en est convaincu. Ils affirment que nous essuyons en fait la queue de l'affaire précédente, qu'il n'y a rien là de nouveau. Ils ont vraiment quelques types incroyablement futés là-bas maintenant. Et il y en a qui ne sont même pas fonctionnaires de l'État. Vous dormez ?

– Pas beaucoup.

– Nous en sommes tous là. Nous devons rester solidaires. Nigel est au *Foreign Office* en ce moment.

– Vraiment ? », fit Brotherhood à voix haute en raccrochant.

« Kate ?

– Qu'est-ce qu'il y a ?

– Je t'en prie, ne touche pas à mes lames de rasoir, tu m'entends ? Nous avons tous les deux passé l'âge de ce genre de drames. »

Il attendit une seconde, composa le numéro de la Centrale et demanda l'officier de service de nuit.

« Vous avez un porteur là-bas ?

– Oui.

– Brotherhood. Je veux un dossier du ministère de la Guerre. Armée britannique d'occupation en Autriche, été 1951, vieille affaire de campagne. Opération Greensleeves, croyez-le ou non. Où peut-on trouver ça ?

– Au ministère de la Défense, je suppose, vu que le ministère de la Guerre n'existe plus depuis vingt ans.

– Qui êtes-vous ?

– Nicholson.

– Eh bien, on ne vous demande pas de supposer. Trouvez-le là où il est, allez le chercher et téléphonez-moi dès qu'il sera sur votre bureau. Vous avez un crayon ?

– Pas vraiment, non. Nigel a donné ordre de faire passer toutes vos demandes par le secrétariat d'abord. Désolé, Jack.

– Nigel est au *Foreign Office*. Demandez l'accord de Bo. Pendant que vous y serez, demandez à la Défense de vous donner le nom du commandant de l'unité d'interrogation nº 6 de Graz, en Autriche, le 18 juillet 1951. Je suis pressé. Greensleeves, vous avez compris ? Vous ne vous y connaissez peut-être pas beaucoup en musique [1] ? »

Il raccrocha et attira violemment la lettre de Pym à lui.

« C'est une coquille, déclara Kate. Ce qu'il faut que tu fasses, c'est trouver quel bernard-l'hermite l'habite. Ne cherche pas à découvrir le vrai Pym. Le vrai Pym, c'est ce que nous lui avons donné de nous-mêmes.

– Évidemment », concéda Brotherhood.

Il prit une feuille blanche afin de pouvoir prendre des notes tout en lisant. *Si je ne t'écris pas pendant quelque temps, souviens-toi que je pense à toi sans cesse.* Dégoulinades sentimentales. *Si tu as besoin d'aide un jour et que tu ne veuilles pas t'adresser à oncle Jack voici ce qu'il faut faire.* Brotherhood continua à lire, recopiant une par une les instructions de Pym à son fils. *Ne te tracasse pas trop pour des problèmes de religion, essaie juste d'avoir confiance en la bonté divine.*

« Qu'il aille se faire foutre ! » grogna-t-il à l'adresse de Kate en reposant sèchement son crayon sur la table, puis il

---

1. *Greensleeves* : chanson anonyme du folklore anglais. *(NdT.)*

pressa ses deux poings contre ses tempes tandis que le téléphone se mettait à sonner. Il le laissa retentir quelques instants, recouvra ses esprits et alla décrocher, regardant comme toujours sa montre à ce moment-là.

« De toute façon, le dossier que vous demandez a disparu il y a des années, expliqua Nicholson non sans satisfaction.

– Chez qui ?

– Chez nous. Ils prétendent que nous le leur avons réclamé et que nous ne l'avons jamais rendu.

– Mais qui chez nous en particulier ?

– Section tchèque. Il a été réquisitionné par l'un de nos officiers du bureau de Londres en 1953.

– Lequel ?

– M. R. P. Ce doit être Pym. Vous voulez que j'appelle Vienne et que je lui demande ce qu'il en a fait ?

– Je le lui demanderai moi-même demain matin, répliqua-t-il. Et le commandant ?

– Un certain commandant Harrison Membury du corps d'instruction.

– Du quoi ?

– Il était détaché au renseignement pendant la période 1950-1954.

– Ciel ! Il y a une adresse ? »

Brotherhood la nota en se rappelant une plaisanterie de Pym : l'*Intelligence Service* a à peu près autant à voir avec l'intelligence que la musique militaire avec la musique.

Il raccrocha.

« Ils n'ont même pas mis ce pauvre officier de service au courant », maugréa Brotherhood, toujours à l'intention de Kate.

Il se replongea dans ses devoirs, rasséréné. Quelque part au-delà de Green Park, une horloge londonienne sonnait trois heures.

« Je m'en vais », annonça Kate. Elle se tenait près de la porte, habillée pour sortir.

Brotherhood se leva aussitôt.

« Oh non, tu ne t'en vas pas. Tu vas rester ici jusqu'à ce que je t'aie entendue rire. »

281

Il s'approcha d'elle et la redéshabilla, puis il la remit au lit.

« Pourquoi as-tu tellement peur que je me tue ? questionna-t-elle. Quelqu'un que tu connais a déjà fait ça ?

– Disons qu'une fois serait déjà une fois de trop, répliqua-t-il.

– Qu'y a-t-il dans le carbonisateur ? », demanda-t-elle pour la deuxième fois de la nuit. Mais pour la deuxième fois aussi, Brotherhood était trop occupé pour répondre.

8

Ici ma mémoire devient sélective, Jack. Plus que d'habitude. Il est pour moi un point de mire comme j'espère qu'il commence à l'être pour toi. Mais tu l'es aussi. Tout ce qui ne vous concerne ni l'un ni l'autre file devant moi comme un paysage par la vitre d'un train. Je pourrais te dépeindre les conversations déprimantes que Pym entretenait avec le malheureux Herr Bertl, conversations durant lesquelles, sur les instructions de Rick, il ne cessait de lui répéter qu'on s'occupait de tout, que tout le monde y trouverait son compte et que son père était sur le point de faire une proposition à l'hôtel. Ou bien nous pourrions nous amuser des jours et des nuits interminables que Pym passa à languir dans sa chambre d'hôtel, otage de la montagne de factures impayées qui s'accumulaient en bas, à rêver du corps laiteux d'Elena Weber se réfléchissant en maintes poses délicieuses sur les miroirs des cabines d'essayage de Berne, à se reprocher sa timidité, à subsister de maigres petits déjeuners accumulés, à faire de nouvelles dettes et à attendre la sonnerie du téléphone. Ou je pourrais évoquer le moment où Rick s'évanouit dans les airs. Celui-ci n'appela pas, et quand Pym essaya son numéro, la seule réponse qu'il obtint fut un son aigu et désespéré évoquant le hurlement d'un loup ne sachant émettre qu'une seule note. Quand il se rabattit sur Syd, il tomba sur Meg, et celle-ci lui conseilla exactement la même chose qu'Elena Weber. « Tu ferais mieux de rester où tu es, mon chou, assura-t-elle de cette voix lourde de sous-entendus qui indiquait qu'elle ne pouvait en dire plus. Il y a comme une vague de chaleur par ici, et pas mal de gens se brûlent un peu les ailes. » « Où est Syd ? » « Il prend le frais, mon chou. » Ou encore le dimanche après-midi agréablement silencieux que choisit Pym pour réunir ses rares possessions puis descendre, le cœur aux lèvres, l'escalier de service et enfin sortir par une petite porte dans ce qui lui était soudain devenu une ville étrangère et hostile – sa première fuite clandestine, et sa plus facile. Je pourrais également te proposer Pym l'enfant réfugié, bien que je ne fusse en fait jamais mort de faim, que j'eusse un passeport britannique parfaitement en règle et n'eusse que très rarement été privé de paroles bienveillantes. Cependant, il plongea des bougies pour le compte d'un fabricant de cierges, balaya la nef de la cathédrale, roula des barriques de bière pour un brasseur et défit de grands sacs de tapis pour un vieil Arménien qui le pressait sans cesse d'épouser sa fille, ce qui, à la réflexion, n'aurait pas été si désagréable : elle était ravissante et avait coutume de soupirer en faisant des effets de robes sur le sofa, mais Pym était bien trop poli pour oser s'approcher. Il fit tout cela et bien d'autres choses encore. Et toutes pendant la nuit, animal nocturne en cavale dans cette jolie ville éclairée aux chandelles et agrémentée d'horloges, de puits, de pavés et d'arcades. Il balaya la neige, chargea des fromages, conduisit un cheval de trait aveugle et enseigna l'anglais à de futurs agents de voyage. Toujours en se cachant, toujours dans la crainte que les sbires de Herr Bertl ne le dénichent pour le faire comparaître devant la justice, quoique je sache aujourd'hui que le pauvre homme ne me voulait aucun mal et qu'au plus fort de sa rage il n'avait pas même mentionné le rôle tenu par Pym dans cette affaire.

Mon cher père, je suis vraiment très heureux ici et tu n'as aucun souci à te faire pour moi. Les Suisses sont très bons et très hospitaliers, et ils ont tout un tas de bourses formidables pour les jeunes étrangers qui s'intéressent au droit.

Je pourrais décrire un autre grand hôtel tout proche du premier, où Pym se terra comme garçon de nuit et redevint un écolier, dormant sous des kilomètres de tuyaux calorifugés dans un dortoir en sous-sol grand comme une usine où les lumières ne s'éteignaient jamais. Je pourrais raconter comment il se couchait avec reconnaissance dans le même petit lit de fer qu'à l'école et comment il amusait les autres serveurs de la même façon qu'il avait amusé ses camarades d'internat : c'étaient tous des paysans du Tessin qui ne rêvaient que de rentrer chez eux. Comment il se précipitait diligemment à chaque coup de sonnette et arborait un plastron blanc qui, bien que raide de la crasse de la veille, étranglait deux fois moins que les cols de Mr. Willow. Et comment il portait des plateaux chargés de foie gras et de champ nostalgiques à des couples ambigus qui lui demandaient parfois de rester en lui jetant des regards lourds d'*Amor et Femmes rococo*. Mais là encore, il était à la fois et trop poli et trop ignorant pour accepter. Il se laissait à l'époque emprisonner dans une attitude d'une raideur inflexible. Le désir ne lui venait que lorsqu'il se trouvait seul. Pourtant, même alors que je laisse ma mémoire effleurer ces épisodes provocants, mon cœur bat déjà au souvenir de la nuit où je fis la connaissance de sa sainteté Herr Ollinger dans le buffet de troisième classe de la gare de Berne. C'est en effet grâce à sa bonté que je fis la rencontre qui allait changer toute ma vie – et, je le crains, la tienne aussi, Jack, bien que tu ne saches pas encore à quel point.

Ma mémoire est tout aussi impatiente d'évoquer l'université ainsi que les raisons qui avaient poussé Pym à s'y inscrire. Il s'agissait en réalité d'une couverture. Comme d'habitude, me diras-tu. Pym travaillait dans un cirque qui prenait ses quartiers d'hiver sur un petit terrain situé non loin de cette même gare où ses pas le menaient si souvent après sa journée de marche ininterrompue. C'étaient plus ou moins les éléphants qui l'avaient attiré – n'importe quel imbécile est capable de laver un éléphant, s'était-il dit –, mais il fut étonné de découvrir à quel point il était difficile de plonger la tête d'une brosse longue de six mètres dans un seau quand la seule lumière vient en longs traits des projecteurs fixés au sommet du chapiteau. Tous les jours à l'aube, une fois son travail terminé, il rentrait au foyer de l'Armée du salut qui lui servait d'Ascot provisoire. Chaque jour, à l'aube, il voyait le dôme vert de l'université se dresser devant lui dans la brume automnale comme une vilaine petite Rome le défiant de se convertir. Et il fallait que d'une façon ou d'une autre il franchisse les portes de ce bâtiment car son autre terreur, plus grande encore que celle des sbires de Herr Bertl, était que Rick, malgré ses problèmes de liquidités, ne surgisse dans un nuage de Bentley pour le ramener en un éclair à la maison. Il avait fait preuve pour Rick d'une imagination superbement optimiste. J'ai obtenu cette bourse pour étrangers dont je te parlais. J'étudie le droit suisse, le droit allemand, le droit romain et tous les autres droits qui existent. De plus, je suis des cours du soir pour être sûr de ne pas avoir de problèmes. Il avait vanté l'érudition de ses professeurs imaginaires et la piété des aumôniers de l'université. Mais les systèmes de renseignement de Rick, quoique fort irréguliers, étaient très efficaces. Quand Dieu était avec lui, il pouvait prendre le téléphone et appeler qui il voulait même si la ligne était coupée. Pym savait qu'il ne serait en sécurité que lorsqu'il aurait donné une substance à toute sa fiction. Ainsi, un beau matin, il trouva le courage de se rendre là-bas. Il mentit d'abord au sujet de ses qualifications puis au sujet de son âge car les premières n'auraient pu être vraisemblables sans un réajustement du second. Il donna le dernier des billets blancs d'E. Weber à un caissier aux cheveux en brosse et reçut en retour une carte grisâtre portant sa photo et lui donnant un statut légal. Jamais de ma vie la vue d'un faux ne m'a procuré autant de plaisir. Pym aurait cédé toute sa fortune pour l'obtenir, ce qui se montait à encore soixante et onze francs suisses. Il était inscrit à la faculté de *Philosophie Zwei* et je n'ai toujours qu'une notion extrêmement floue de ce qu'on y enseignait. Pym avait pourtant demandé à être inscrit en droit mais il avait été, je ne sais pourquoi, réorienté vers la philo. Il apprit davantage en traduisant les bulletins étudiants affichés sur les panneaux, qui l'invitaient à une kyrielle de forums invraisemblables et lui donnèrent son premier écho de joutes politiques depuis le temps des colères déclarées d'Ollie et de Mr. Cudlove contre les riches, et des mises en garde de Lippsie contre la vanité de la possession. Tu te souviens de ces forums n'est-ce pas,

Jack, quoique d'un point de vue différent et pour des raisons que nous expliquerons bien assez tôt.

C'est également par les panneaux d'affichage de l'université que Pym découvrit l'existence d'une église anglaise à Elfenau, lieu enchanté de la diplomatie. Alors il s'y rendit, souvent deux ou trois dimanches d'affilée, pouvant à peine attendre. Il priait, s'attardait devant la porte après l'office, serrait la main de tout ce qui bougeait, ce qui ne faisait pas grand monde. Il jetait des regards pénétrés à de vénérables mères de famille, tomba amoureux de plusieurs d'entre elles, grignota du cake et but du thé insipide dans leurs intérieurs calfeutrés et les charma du récit extravagant de son enfance orpheline. L'expatrié qu'il était ne put bientôt plus se passer de sa dose hebdomadaire de banalité anglaise. L'église anglaise, avec ses familles diplomatiques compassées, ses Grands-Bretons ancestraux, ses anglophiles douteux, devint pour lui la chapelle de son école et toutes les autres chapelles qu'il avait eu l'occasion de connaître. Pour faire pendant, il y avait le buffet de troisième classe de la gare où, quand il ne travaillait pas, il pouvait passer toute la nuit à fumer des Disques Bleus jusqu'à la nausée en sirotant une unique bière et en se prenant pour le globe-trotter le plus apatride et le plus blasé qu'il eût jamais rencontré. La gare est aujourd'hui une sorte de petite métropole couverte avec ses boutiques chic et ses restaurants rutilants de plastique ; mais juste après guerre, ce n'était encore qu'une station étape début de siècle mal éclairée avec ses têtes de cerf empaillées dans le hall, ses fresques représentant des paysans libérés brandissant des étendards, et une odeur de *Bockwurst* et d'oignons frits qui ne s'en allait jamais. Le buffet de première classe regorgeait de gentlemen en costumes sombres portant serviette autour du cou, mais celui de troisième classe était plein d'ombres, de chopes de bière et d'ivrognes qui chantaient faux dans une atmosphère d'anarchie balkanique. La table préférée de Pym se trouvait dans une encoignure lambrissée, près des portemanteaux, où une sainte, serveuse de son état, nommée Elisabeth lui donnait des rations supplémentaires de soupe. Ce devait sans doute être également la place favorite de

Herr Ollinger car il se dirigea vers elle à peine entré puis, ayant adressé un salut énamouré à Elisabeth, qui portait une *Tracht* très échancrée ornée de fronces à trou-trous, s'inclina aussi devant Pym, tripota sa vilaine mallette, passa la main dans ses cheveux rebelles et demanda enfin : « Nous vous dérangeons ? » sur un ton d'anxiété haletante tout en caressant un vieux chow-chow roux qui grondait en tirant sur sa laisse. C'est ainsi, je le sais maintenant, que notre Créateur déguise ses meilleurs agents.

Herr Ollinger paraissait sans âge, mais je sais aujourd'hui qu'il devait avoir la cinquantaine. Il avait le teint terreux, le sourire empreint de regrets et les joues pendantes et plissées comme les fesses d'un vieillard. Même lorsqu'il eut enfin accepté que son siège ne soit pas occupé par quelque être supérieur, il entreprit d'y installer son corps rond avec tant de précautions qu'il semblait attendre d'en être délogé à tout moment par quelqu'un de plus méritant. Avec l'assurance d'un habitué, Pym ôta l'imperméable brun des épaules dociles de Herr Ollinger puis l'accrocha à un cintre. Il venait de décider qu'il avait terriblement besoin de ce monsieur timide et de son chow-chow roux. Il traversait à l'époque une période désertique et n'avait pratiquement pas échangé un mot avec qui que ce soit durant une semaine. Son geste plongea Herr Ollinger dans un abîme de gratitude. Il devint cramoisi et remercia Pym pour sa « grande amabilité ». Il s'empara d'un exemplaire de *Der Bund* sur le présentoir et y enfouit le visage. Il chuchota à son chien de se tenir tranquille et lui donna une petite tape sur le museau quoique celui-ci se comportât avec une sagesse exemplaire. Mais il avait parlé, ce qui fournit à Pym l'occasion de débiter une phrase d'explication préparée à l'avance : Je suis malheureusement étranger, monsieur, et pas encore familiarisé avec votre dialecte local. Si vous pouviez être assez aimable pour vous exprimer en haut allemand et bien vouloir m'excuser. Ensuite, comme il l'avait appris, il déclina son nom : « Pym », sur quoi Herr Ollinger confessa qu'il était Ollinger, comme si ce nom impliquait quelque horrible tare, puis présenta son chien qui s'appelait Herr Bastl, ce qui, sur le moment, rappela désagréablement à Pym le malheureux Bertl et le submergea d'une peur panique dont il se débarrassa très vite.

« Mais vous parlez un allemand absolument parfait, protesta Herr Ollinger. Je vous aurais cru allemand. Ainsi vous ne l'êtes pas ? Alors de quel pays venez-vous donc, si je ne suis pas trop indiscret ? »

C'était là extrêmement gentil de la part de Herr Ollinger, car aucune personne normale n'aurait à l'époque pu confondre l'allemand de Pym avec la véritable langue allemande. Pym entreprit donc de raconter à son nouvel interlocuteur l'histoire de sa vie, ce qui était son intention depuis le début, puis l'étourdit d'aimables questions sur sa vie à lui et lui joua à fond, comme il savait si bien le faire, le numéro du charme sensible – ce qui se révéla par la suite absolument inutile car Herr Ollinger s'éprenait de tout le monde sans restriction. Il admirait tout le monde, plaignait tout le monde, ne fût-ce que d'avoir le terrible malheur de devoir vivre dans le même monde que lui. Herr Ollinger affirma qu'il était marié à un ange et qu'il avait trois filles tout aussi angéliques qui étaient de surcroît des prodiges de la musique. Herr Ollinger lui apprit qu'il avait hérité de son père une usine à Ostermundingen, et que cela lui causait bien du souci. Et ce devait être véritablement le cas puisque, en y repensant maintenant, le pauvre homme ne se levait chaque jour très tôt le matin que pour mieux enfoncer encore l'entreprise. Herr Ollinger lui expliqua que Herr Bastl vivait avec lui depuis trois ans mais que ce n'était que temporaire parce qu'il essayait toujours de retrouver son maître. En retour, et avec la même générosité, Pym lui conta son expérience du Blitz, la nuit qu'il était allé passer chez sa tante à Coventry, quand on bombarda la cathédrale à moins de cent mètres de là et que la maison ne fut épargnée que par miracle. Lorsqu'il eut détruit Coventry, il eut la virtuosité de se décrire comme un fils d'amiral, debout en robe de chambre devant la fenêtre de son dortoir à observer tranquillement les vagues de bombardiers allemands qui se succédaient au-dessus de son école et à se demander s'ils allaient cette fois-ci lâcher des parachutistes déguisés en religieuses.

« Mais n'aviez-vous donc pas d'abris ? s'exclama Herr Ollinger. Quelle honte ! Mon Dieu, mais vous n'étiez qu'un enfant ! Ma femme serait absolument furieuse. Elle est de Wilderswil », expliqua-t-il tandis que Herr Bastl mangeait un bretzel puis lâchait un vent.

Pym choisit donc la fuite en avant : il empila fiction sur fiction, en appela à la fascination typiquement suisse de Herr Ollinger pour les catastrophes, captiva le neutre qu'il était en lui disant les cruelles réalités de la guerre.

« Mais vous étiez si jeune, ne put que protester à nouveau Herr Ollinger quand Pym lui eut raconté les rigueurs militaires de sa formation précoce au centre des transmissions de Bradford. Vous n'aviez aucun nid où vous réfugier. Et vous n'étiez qu'un enfant !

– Enfin, Dieu merci, ils n'ont jamais eu à se servir de nous, ajouta Pym très vite avant de demander l'addition. Mon grand-père est mort à la première, mon père a été porté disparu au cours de la seconde, alors je ne peux m'empêcher de me dire que notre famille a bien droit à un peu de répit. » Herr Ollinger refusa absolument de laisser Pym payer. Herr Ollinger respirait peut-être l'air de liberté de la Suisse, dit-il, mais il lui fallait pour cela remercier trois générations d'Anglais. La saucisse et la bière de Pym ne constituèrent que le premier pas de la marche précipitée qu'adoptait la générosité sans limites de Herr Ollinger. Suivit aussitôt l'offre d'une chambre, pour aussi longtemps que Pym ferait l'honneur à Herr Ollinger de rester, dans la petite maison étroite de la Länggasse que celui-ci avait héritée de sa mère.

Ce n'était pas une grande chambre. Il s'agissait même d'une très petite pièce. L'une des trois chambres du grenier, celle du milieu heureusement car Pym ne pouvait se redresser complètement qu'en son centre, et encore ne se sentait-il vraiment à l'aise que lorsqu'il fourrait la tête dans le renfoncement de la lucarne. En été, le jour durait toute la nuit, en hiver, la neige faisait disparaître le monde. Il avait pour se chauffer un grand radiateur noir encastré dans le mur mitoyen et alimenté par une chaudière à bois située dans le couloir. Pym avait le choix entre geler ou bouillir littéralement, selon son humeur. Pourtant, Tom, je n'ai jamais ressenti un tel bonheur où que ce soit avant de découvrir enfin Miss Dubber. Il nous est donné une fois dans notre vie de connaître une famille véritablement heureuse. Frau Ollinger était une grande femme rayonnante et modeste. Une nuit qu'il faisait une tournée de routine dans la maison, Pym la regarda dormir par la porte entrouverte, et elle souriait. Je suis sûr qu'elle souriait encore au moment de mourir. Son mari s'agitait autour d'elle comme un vrai tourbillon, bouleversant le budget du ménage, lui ramenant le moindre clochard, le moindre parasite sur lequel il pouvait tomber, lui vouant une véritable adoration. Leurs trois filles étaient toutes plus moches les unes que les autres, massacraient leurs instruments de musique pour la plus grande fureur des voisins et se marièrent l'une après l'autre à des types encore plus vilains et plus mauvais musiciens qu'elles, mais que les Ollinger trouvaient brillants et délicieux – et qu'ils finissaient par rendre ainsi à force d'y croire. Du matin au soir, une procession d'émigrés, de ratés, de génies méconnus défilait dans leur cuisine pour se préparer une omelette ou écraser des mégots sur le linoléum. Et gare à vous si vous aviez le malheur d'oublier de fermer la porte de votre chambre à clé, car Herr Ollinger était tout à fait capable de ne plus se souvenir de votre présence, ou, si besoin était, de se persuader que vous sortiez pour la nuit ou bien que cela ne vous dérangerait en rien d'avoir un étranger avec vous jusqu'à ce que l'infortuné trouve autre chose. Je ne me souviens pas de ce que nous payions. Nos moyens se montaient à pratiquement rien et en tout cas ne suffisaient pas à renflouer l'usine d'Ostermundingen car, la dernière fois que j'ai entendu parler de Herr Ollinger, il travaillait, heureux, comme employé à la poste principale de Berlin et se disait absolument enchanté par l'érudition de ses collègues. La seule possession que je lui associe mis à part Herr Bastl consiste en une collection de livres érotiques avec lesquels il se consolait de sa timidité. Comme tout le reste d'ailleurs, cette collection n'était là que pour être partagée, et elle était autrement plus explicite qu'*Amor et Femmes rococo*.

Voilà donc la maison sur laquelle Pym avait construit son nid. Sa vie était pour une fois aussi pleine qu'agréable. Il avait un lit, il avait une famille. Il était amoureux d'Elisabeth, du buffet de troisième classe, et envisageait de se marier puis d'avoir très vite des enfants. Il était coincé par une correspondance torturante avec Belinda, qui estimait de son devoir de lui rapporter toutes les liaisons amoureuses de Jemima, « qu'elle ne se permet, j'en suis sûre, que parce que tu es si loin ». Si Rick n'avait pas complètement disparu, du moins se tenait-il tranquille et ses seules manifestations se limitaient à un flot d'homélies sur le Respect que l'on se devait d'avoir pour ses propres avantages, sur la Méfiance qu'il fallait avoir à l'égard des Tentations Étrangères et des Serpents du Synisme que lui ou son secrétaire ne savait visiblement pas orthographier. Ces lettres donnaient très nettement l'impression d'avoir été tapées à la hâte et ne venaient jamais du même endroit : Écris aux bons soins de Topsy Eaton aux Firs, à East Grinstead, inutile de mettre mon nom sur l'enveloppe... Écris au colonel Mellow, poste restante du bureau principal de Hull, qui me fera la gentillesse d'aller me chercher mon courrier... Une fois, une lettre d'amour écrite à la main varia un peu le menu. Elle commençait par « Annie, mon petit lapin en sucre, ton corps évoque pour moi davantage que toutes les richesses du monde ». Rick avait dû se tromper d'enveloppe.

La seule chose qui manquait désormais à Pym était un ami. Il le rencontra dans la cave de Herr Ollinger un samedi midi, alors qu'il descendait le linge de sa lessive hebdomadaire. Au-dessus, dans la rue, les premières neiges chassaient l'automne. Pym portait une pleine brassée de linge humide qui l'empêchait de voir et il faisait très attention aux marches de pierre. La lumière de la cave était commandée par une minuterie, et il pouvait à tout moment se retrouver plongé dans l'obscurité et trébucher sur Herr Bastl qui s'était approprié la chaudière. Mais la lumière ne s'éteignit pas, et, en passant devant le commutateur, il remarqua que quelqu'un avait astucieusement coincé une allumette dedans, une allumette très lisse, retaillée au couteau. Il respira aussi une odeur de cigare, mais Berne n'était pas

Ascot : quiconque avait trois sous en poche pouvait se payer un cigare. Lorsqu'il aperçut le fauteuil, il l'assimila mentalement au bric-à-brac que Herr Ollinger mettait de côté à l'intention de Herr Rubi, le chiffonnier qui passait tous les samedis avec sa charrette à cheval.

« Vous ne savez donc pas que les étrangers n'ont pas le droit d'étendre leur linge dans les caves suisses ? s'enquit une voix masculine, non en dialecte mais en un allemand classique très cassant.

– Je crains bien que non », répondit Pym. Il chercha du regard auprès de qui s'excuser mais ne découvrit que la forme indistincte d'un homme maigre recroquevillé dans le fauteuil, qui serrait d'une longue main blanche une couverture rapiécée sur sa gorge et étreignait un livre de l'autre. Il portait un béret noir et avait une moustache tombante. On ne voyait pas ses pieds, mais son corps donnait l'impression d'un objet pointu mal installé, un peu comme un trépied posé de guingois. La canne de marche de Herr Ollinger était appuyée contre le fauteuil. Un petit cigare se consumait entre les doigts de la main qui tenait la couverture.

« En Suisse, il est interdit d'être pauvre, il est interdit d'être étranger, et il est rigoureusement interdit d'étendre son linge. Vous êtes pensionnaire de cet établissement ?

– Je suis un ami de Herr Ollinger.

– Un ami anglais ?

– Je m'appelle Pym. »

Les doigts d'une main blanche trouvèrent en passant la moustache et entreprirent de la caresser pensivement de haut en bas.

« Lord Pym ?

– Simplement Magnus.

– Mais vous êtes bien d'origine aristocratique ?

– Enfin, rien de très particulier.

– Vous êtes également le héros de guerre », ajouta l'inconnu en produisant un bruit de succion qui, en anglais, aurait pu traduire un certain scepticisme.

La description déplut fortement à Pym. Tous les renseignements qu'il avait pu donner à Herr Ollinger étaient maintenant dépassés et il fut consterné de les entendre ainsi perpétuer.

« Et vous, qui êtes vous, si je puis me permettre ? », demanda Pym.

Les doigts de l'inconnu s'élevèrent le long de la joue afin de gratter une démangeaison soudaine pendant qu'il semblait examiner tout un choix de possibilités. « Je m'appelle Axel et je suis votre voisin depuis une semaine, aussi suis-je contraint de vous écouter grincer des dents toute la nuit.

– *Herr* Axel ? interrogea Pym.

– Herr Axel Axel. Mes parents ont oublié de me donner un nom. » Il posa son livre et tendit une main frêle à serrer. « Pour l'amour de Dieu ! s'exclama-t-il avec un clin d'œil tandis que Pym s'en emparait. Détendez-vous, je vous en prie. La guerre est finie. »

Mal à l'aise face à une attitude aussi provocatrice, Pym remit sa lessive à une autre fois et remonta l'escalier.

« Il s'appelle Axel comment ? demanda-t-il à Herr Ollinger le lendemain.

– Il n'a peut-être pas d'autre nom, répondit malicieusement Herr Ollinger. C'est peut-être pour cela qu'il n'a pas de papiers.

– C'est un étudiant ?

– C'est un poète, répliqua fièrement Herr Ollinger, mais la maison débordait déjà de poètes.

– Il doit écrire de très longs poèmes. Il tape toute la nuit, fit remarquer Pym.

– Je sais. C'est ma machine à écrire, dit Herr Ollinger, au comble de l'orgueil.

– Mon mari l'a trouvé à l'usine, expliqua Frau Ollinger tandis que Pym l'aidait à éplucher les légumes pour le dîner. Plus exactement, c'est Herr Harprecht, le gardien de nuit, qui l'a trouvé. Axel dormait sur des sacs, dans la réserve, et Herr Harprecht voulait le conduire à la police parce qu'il n'avait pas de papiers, qu'il était étranger et sentait mauvais. Heureusement, mon mari l'en a empêché à temps. Il a donné à Axel un bon petit déjeuner et l'a emmené chez le docteur pour sa transpiration.

– D'où vient-il ? », questionna Pym.

Frau Ollinger devint inhabituellement prudente. Axel vient de *drüben* répondit-elle. *Drüben*, cela voulait dire de l'autre côté de la frontière, *drüben*, cela signifiait ces étendues absurdes d'Europe qui n'étaient pas la Suisse, où l'on se déplaçait en tank au lieu de prendre le trolleybus et où les nécessiteux avaient la mauvaise habitude de chercher leur nourriture dans les ordures au lieu de l'acheter dans des magasins.

« Comment est-il ici ? insista Pym...

– Nous croyons qu'il a marché, dit Frau Ollinger.

– Mais c'est un invalide. Il est maigre et complètement estropié.

– Nous croyons qu'il y était vraiment obligé et qu'il a énormément de volonté.

– Il est allemand ?

– Il existe bien des sortes d'Allemands, Magnus.

– Et de quelle sorte est Axel ?

– Nous ne posons pas de questions. Peut-être devrais-tu faire de même.

– Mais ne pouvez-vous pas le deviner à son accent ?

– Nous ne cherchons pas non plus à deviner. Avec Axel, il vaut mieux laisser sa curiosité de côté.

– De quoi souffre-t-il ?

– Il a peut-être dû endurer les horreurs de la guerre, comme toi, suggéra Frau Ollinger avec un sourire indiquant qu'elle en comprenait beaucoup trop. Axel ne te plaît pas ? Il te dérange là-haut ? »

Comment pourrait-il me déranger alors qu'il ne me parle pas ? songea Pym. Alors que je n'entends de lui que le martèlement de la machine à écrire de Herr Ollinger, les cris d'extase de ses visiteuses de l'après-midi et le frottement de ses pieds sur le sol quand il se traîne jusqu'aux toilettes en s'appuyant sur la canne de Herr Ollinger ? Alors que je ne vois de lui que ses bouteilles de vodka vides, le nuage bleuté de la fumée de son cigare dans le couloir et sa silhouette pâle et comme impalpable disparaissant dans l'escalier ?

« Axel est extra », assura-t-il.

Pym avait déjà décidé que ce Noël serait le plus joyeux de sa vie et c'est ce qui se passa – malgré une lettre affreusement déprimante de Rick lui décrivant les privations dans « un petit hôtel particulier du fin fond de l'Écosse, où le plus strict nécessaire devient un luxe, un véritable don de Dieu ». J'ai découvert par la suite qu'il faisait allusion à Gleneagles. Au réveillon, ce fut à Pym, le plus jeune, que revint la charge d'allumer les bougies et d'aider Frau Ollinger à disposer les cadeaux autour de l'arbre. Il avait fait merveilleusement sombre toute la journée et, l'après-midi, d'épais flocons s'étaient mis à tourbillonner à la lueur des réverbères et à recouvrir les rails des tramways. Les filles Ollinger arrivèrent avec leurs cavaliers, suivies par un couple marié de Bâle, très timide et sur qui planait une ombre dont j'ai maintenant oublié la teneur. Vint ensuite un génie français appelé Jean-Pierre qui peignait des poissons de profil sur fonds immanquablement sépia ; puis un monsieur japonais fort humble du nom de Mr. San – ce qui était plutôt curieux puisque, comme je l'ai appris plus tard, San correspond en fait à un titre japonais. Mr. San. travaillait à l'usine de Herr Ollinger et passait pour être une sorte d'espion industriel, ce qui me paraît aujourd'hui très amusant car si les Japonais avaient essayé d'adopter les méthodes de Herr Ollinger, leur production industrielle n'aurait pas manqué de régresser d'une bonne dizaine d'années.

Enfin, Axel en personne descendit lentement l'escalier de bois et fit son entrée. Pour la première fois, Pym put l'examiner à loisir. Quoique désespérément maigre, son visage était naturellement rond. Il avait le front haut, mais les mèches de cheveux bruns qui poussaient de chaque côté lui donnaient un petit air triste et incurvé. On aurait dit que le Créateur avait mis Son pouce sur une tempe et Son index sur l'autre, puis avait poussé toute la figure vers le bas à titre d'avertissement contre la frivolité : d'abord les sourcils arrondis, puis les yeux, puis la moustache en fer à cheval avachie. Axel se trouvait quelque part au milieu de tout cela, ses yeux pétillants quoique chargés d'ombre, Axel, survivant reconnaissant d'un événement que Pym n'avait pas le droit de partager. L'une des filles Ollinger lui avait tricoté un cardigan informe qu'il portait comme une cape sur ses épaules desséchées.

« *Schönen guten Abend*, Sir Magnus », dit-il. Il portait à la main un grand chapeau de paille à l'envers, et Pym vit qu'il contenait des paquets très joliment enveloppés. « Pourquoi n'échangeons-nous jamais une parole, là-haut ? Nous pourrions être séparés par des kilomètres alors que nous ne le sommes que par vingt centimètres. Combattez-vous encore les Allemands ? Nous sommes maintenant alliés, vous et moi. Il nous faudra bientôt repousser les Russes.

– Sans doute avez-vous raison, murmura Pym.

– Pourquoi ne pas frapper à ma porte quand vous vous sentez seul ? Nous pourrions fumer un cigare, refaire un peu le monde. Vous aimez dire des bêtises ?

– J'adore ça.

– Très bien, nous dirons des bêtises. » Mais, alors qu'il allait se tourner pour saluer Mr. San, Axel s'immobilisa et par-dessus son épaule drapée il gratifia Pym d'un regard interrogateur, presque de défi, comme s'il se demandait s'il n'avait pas accordé sa confiance avec un peu trop de légèreté.

« *Aber dann können wir doch Freunde sein*, Sir Magnus ? » – alors, nous pourrions devenir amis ?

« *Ich würde mich freuen !* » répondit Pym de tout son cœur, et il croisa sans crainte le regard d'Axel – J'en serais heureux !

Ils se serrèrent à nouveau la main, mais légèrement cette fois-ci. Au même instant, les traits d'Axel s'épanouirent en un sourire si pétillant de joie que Pym sentit son cœur déborder et qu'il se promit de suivre n'importe où ce curieux personnage, et ce pour tous les Noëls qu'il lui serait permis de vivre. La fête commença. Les filles interprétèrent des chants de Noël et Pym se joignit à elles, mettant des paroles anglaises là où les mots allemands lui manquaient. Il y eut des discours puis des toasts adressés à des amis et parents absents ; les paupières lourdes d'Axel masquèrent alors ses yeux et il devint silencieux. Mais aussitôt, comme pour chasser de mauvais souvenirs, il se leva brusquement et entreprit de vider la hotte qu'il avait apportée tandis que

297

Pym restait à proximité pour l'aider au besoin, comprenant qu'il assistait à un rite qu'Axel répétait à chaque Noël, où que le réveillon se passât. Pour les filles, il avait des pipeaux gravés à leurs noms. Comment avait-il pu tailler les instruments avec des mains si blanches et si frêles ? Comment avait-il pu être assez délicat pour que Pym n'entende rien à travers la cloison ? Où avait-il trouvé le bois nécessaire, ces peintures et ces pinceaux ? Pour les Ollinger, il sortit ce qui m'apparut plus tard comme un symbole de vie carcérale : une maquette en allumettes. Celle-ci représentait une arche depuis les hublots de laquelle les silhouettes peintes de notre grande famille faisaient des signes. Pour Mr. San et Jean-Pierre, il avait des carrés d'étoffe pareils à ceux que Pym tissait autrefois pour Dorothy sur un petit métier bricolé où le fil passait entre des clous. A l'intention du couple de Bâle, il avait confectionné un œil stylisé en laine afin d'éloigner tout ce qui pourrait les affliger. Et pour Pym : je considère encore comme un compliment le fait d'être passé en dernier – pour Sir Magnus, il avait un exemplaire très usé du *Simplicissimus* de Grimmelshausen, à vieille reliure de bougran brun. Pym n'en avait jamais entendu parler, mais son impatience de le lire était immense puisque cela lui donnerait un prétexte pour aller frapper à la porte d'Axel. Il ouvrit le livre et lut l'inscription qui figurait en page de garde : « Pour Sir Magnus, qui ne sera jamais mon ennemi. » Dans le coin supérieur, d'une encre plus ancienne mais d'une main plus juvénile, Axel avait écrit : « A. H. Carlsbad, août 1939. »

« Où se trouve Carlsbad ? », demanda Pym sans réfléchir, et il remarqua aussitôt la gêne qui s'installa autour de lui, comme si tout le monde avait reçu la terrible nouvelle sauf lui, qui était trop jeune pour l'avoir entendue.

« Carlsbad n'existe plus, Sir Magnus, répondit poliment Axel. Vous comprendrez pourquoi lorsque vous aurez lu *Simplicissimus*.

– C'était où ?

– C'était ma ville natale.

– Ainsi, vous m'avez offert un trésor qui appartient à votre propre passé.

– Auriez-vous préféré que je vous fasse présent de quelque chose que je n'estime pas ? »

Et Pym, qu'avait-il apporté ? Que Dieu lui pardonne, ce fils de P.-D.G. n'était pas habitué aux cérémonies porteuses d'une réelle signification, et il n'avait pas trouvé mieux que de choisir une boîte de cigares pour ce cher vieil Axel.

« Pourquoi Carlsbad n'existe-t-elle plus ? », demanda Pym à Herr Ollinger dès qu'il put le coincer tout seul. S'il ne savait pas diriger son usine, Herr Ollinger savait absolument tout le reste. Carlsbad était situé dans les Sudètes, expliqua-t-il. C'était une magnifique ville d'eaux très en vogue : Brahms, Beethoven, Goethe et Schiller avaient coutume de s'y rendre. D'abord ville autrichienne, elle devint ensuite allemande. Elle était maintenant annexée à la Tchécoslovaquie, avait été rebaptisée et tous ses habitants germaniques en avaient été expulsés.

« Alors, à qui donc appartient Axel maintenant ?

– A nous seulement, j'en ai peur, répliqua gravement Herr Ollinger. Et nous devons faire très attention si nous ne voulons pas qu'on nous le prenne, sois-en persuadé.

– Il reçoit des femmes dans sa chambre », assura Pym.

Le visage de Herr Ollinger rosit de plaisir impie. « Je crois bien qu'il a toutes les femmes de Berne », concéda-t-il.

Deux jours passèrent. Le troisième, Pym alla frapper à la porte d'Axel et le trouva debout devant la fenêtre ouverte, en train de fumer et appuyé sur le rebord où étaient ouverts plusieurs gros livres. Il devait geler, mais il semblait avoir besoin de grand air pour lire.

« Venez vous promener, lança Pym avec témérité.

– A mon allure ?

– De toute façon, nous ne pourrons pas adopter la mienne, si ?

– Mon état fait que j'ai horreur des endroits trop fréquentés, Sir Magnus. Si nous devons marcher, mieux vaut rester hors de la ville. »

Ils empruntèrent Herr Bastl et se promenèrent avec lui le long du chemin de halage désert jouxtant la Aare tumultueuse. Le chien urinait et refusait de suivre cependant que Pym guettait du coin de l'œil la présence éventuelle de quelqu'un pouvant ressembler à un policier. Dans cette vallée sans soleil, le frimas flottait en méchants nuages et le froid était impitoyable. Axel paraissait ne pas le remarquer. Il tirait sur son cigare sans cesser de poser des questions de sa voix douce et amusée. S'il a marché depuis l'Autriche à ce rythme, songea Pym en frissonnant derrière son compagnon, cela a dû lui prendre des années.

« Comment êtes-vous venu à Berne, Sir Magnus ? Vous avanciez ou vous reculiez ? », s'enquit Axel.

Incapable de résister à une occasion de se peindre sous un nouveau jour, Pym se mit au travail. Et quoique, suivant en cela son habitude, il prît garde d'enjoliver la réalité en tenant compte de l'image qu'il avait déjà donnée de lui-même, une prudence instinctive lui conseilla néanmoins de se retenir. Il est vrai qu'il s'octroya une mère noble et excentrique, il est vrai qu'arrivé à la description de Rick il le dota de toutes les qualités auxquelles celui-ci aspirait vainement, par exemple la richesse, les distinctions militaires et la fréquentation quotidienne des Seigneurs de ce Pays. Mais il se montra modeste et ironique vis-à-vis de lui-même, et lorsqu'il arriva à l'histoire de ses tribulations avec E. Weber, qu'il n'avait jusque-là racontées à personne, Axel rit tant et tant qu'il dut s'asseoir sur un banc et allumer un autre cigare pour reprendre son souffle tandis que Pym s'esclaffait avec lui, enchanté de son succès. Et quand Pym alla jusqu'à lui montrer la lettre même qui disait : « Ne t'inquiète pas. E. Weber t'aimera toujours », il s'écria : « *Nochmal !* Racontez-moi ça encore, Sir Magnus ! C'est un ordre ! Et assurez-vous que la deuxième version soit complètement différente de la première. Avez-vous couché avec elle ?

– Évidemment.

– Combien de fois ?

– Quatre ou cinq.

– Dans la même nuit ? Vous êtes un vrai tigre ! En a-t-elle été reconnaissante ?

– C'était une femme d'une très très grande expérience.

– Plus que votre Jemima ?

– Hum, presque autant.

– Plus que votre vilaine Lippsie qui vous a séduit quand vous étiez encore tout petit ?

– Lippsie était d'une classe à part. »

Axel le gratifia d'une joyeuse tape sur le dos. « Aucun doute, Sir Magnus, vous êtes un prince. Vous cachez bien votre jeu, vous savez ? Un si gentil petit garçon, et pourtant vous couchez avec de dangereuses aventurières et de jeunes aristocrates anglaises. Vous me plaisez, vous m'entendez. J'aime déjà tous les aristocrates anglais, mais vous plus que quiconque. »

Lorsqu'ils se remirent en route, Axel dut passer son bras sur les épaules de Pym afin de se soutenir, et depuis il utilise sans honte Pym comme canne de marche. Et durant toute notre vie, nous n'avons que très rarement marché d'une autre façon.

Ce soir-là, Pym et Axel dénichèrent un café désert sous un pont, et Axel insista pour payer deux vodkas avec le petit porte-monnaie noir qu'il conservait accroché à son cou par une courroie de cuir. Quelque part lors du retour réfrigérant, Axel et Pym tombèrent d'accord pour entamer l'instruction qu'ils n'avaient jamais reçue. Le lendemain même deviendrait le premier jour de la création et ils commenceraient par étudier Grimmelshausen parce que celui-ci enseignait que le monde était complètement dingue et qu'il le devenait de plus en plus à chaque instant, tout ce qui paraissait bien étant presque à coup sûr mal. Ils décidèrent qu'Axel prendrait en main l'expression orale allemande de Pym et n'aurait de cesse que celui-ci s'exprimât en allemand à la perfection. C'est ainsi qu'en un jour et une soirée Pym devint à la fois les jambes d'Axel, son compagnon intellectuel et, quoique cela n'eût pas été prévu au départ, l'élève d'Axel qui dévoila au jeune Anglais au cours des mois qui suivirent tous les charmes de la muse allemande. Si le savoir d'Axel dépassait de loin celui de Pym, sa curiosité n'était pas moindre et son énergie ne connaissait pas non plus de limites. En ressuscitant ainsi la culture de son pays pour un innocent, peut-être se réconciliait-il avec son passé récent.

Quant à Pym, il contemplait enfin les richesses d'un royaume auquel il rêvait depuis si longtemps. Cependant, malgré son enthousiasme débordant, la muse allemande en question ne présentait pas pour lui d'attraits particuliers ; ni alors, ni plus tard. Eût-elle été chinoise, polonaise ou indienne, cela n'aurait fait absolument aucune différence. Elle constituait seulement pour Pym un moyen de se considérer pour la première fois de sa vie comme un gentleman du point de vue intellectuel. Et Pym lui vouait pour cela une reconnaissance éternelle. En forçant Pym à suivre Axel jour et nuit dans ses explorations, elle lui donna ce monde renfermé dans sa tête dont Lippsie lui avait assuré qu'il pourrait l'emporter partout avec lui. Et Lippsie avait dit vrai. En effet, quand il descendait à l'entrepôt d'Ostring où Herr Ollinger lui avait trouvé du travail au noir à effectuer de nuit pour un autre philanthrope de sa connaissance, Pym ne se contentait plus de marcher ou de prendre le tram, il roulait dans la calèche de Mozart jusqu'à Prague. Les nuits où il lavait ses éléphants, il endurait les humiliations des *Soldaten* de Lenz. Lorsque, assis dans son buffet de troisième classe, il lançait des regards énamourés à Elisabeth, il s'imaginait en jeune Werther, préparant sa garde-robe avant de se suicider. Quand enfin il considérait l'ensemble de ses échecs et de ses espoirs, il pouvait comparer son *Werdegang* avec les années d'apprentissage de Wilhelm Meister et projetait même d'écrire un grand roman autobiographique qui montrerait au monde quel jeune homme noble et sensible il était par rapport à Rick.

Oui, Jack, les autres semences viennent de là, bien sûr : Hegel à tous les repas, autant qu'ils pouvaient tous les deux en ingurgiter à la suite, puis une bonne rasade de Marx et d'Engels et des terribles ours du communisme – n'était-ce pas, comme le disait Axel, le premier jour de la création ? « Si nous devions juger la chrétienté d'après la misère qu'elle a causée à l'humanité, qui serait assez fou pour être encore chrétien ? Bannissons tous les préjugés, Sir Magnus. Attendons d'avoir lu et compris avant de rejeter. Si Hitler détestait tant tous ces gens, il me semble qu'ils ne pouvaient pas être complètement mauvais. » Vinrent ensuite Rousseau et les révolutionnaires, puis *Das Kapital* et *Anti-Dühring* et le soleil brilla ainsi durant plusieurs semaines quoique je puisse jurer que nous ne tirâmes de tout cela aucune conclusion dont je me souvienne. Nous fûmes simplement contents d'en avoir terminé avec ce chapitre-là. Honnête-ment, je doute même de l'importance de ce qu'enseignait Axel comparé à la joie qu'éprouvait Pym d'être devenu l'élève de son voisin germanique. Ce qui comptait, c'était que Pym se sentait heureux du lever à son coucher, aux premières heures du lendemain matin ; et que lorsqu'ils finissaient par s'endormir comme Dieu en France, pour reprendre l'expression d'Axel, l'esprit de Pym continuait son exploration pendant son sommeil.

« Axel a obtenu l'ordre de la Bidoche gelée », dit un jour fièrement Pym à Frau Ollinger alors qu'il tranchait du pain pour une fondue familiale.

Frau Ollinger laissa échapper une exclamation de dégoût. « Magnus, qu'est-ce que tu es encore en train de raconter ?

— Mais c'est vrai ! C'est comme ça que les soldats alle-mands appellent la médaille de la campagne de Russie. Il s'est porté volontaire alors qu'il était encore au *Gymnasium*. Son père aurait pu lui trouver un poste tranquille en France ou en Belgique... Un *Druckposten*, quelque part où il serait resté peinard. Mais Axel a refusé. Lui, ce qu'il voulait, c'était devenir un héros, comme ses copains de classe. »

Frau Ollinger ne dissimula pas son mécontentement. « Tu ferais mieux de ne pas trop parler de ses exploits guerriers, déclara-t-elle sévèrement. Axel est ici pour étu-dier, pas pour se vanter.

— Il reçoit des femmes, là-haut, insista Pym. Elles mon-tent tout doucement l'escalier l'après-midi, et elles crient quand il leur fait l'amour.

— Si elles peuvent lui donner du bonheur et l'aider à étudier, alors elles sont les bienvenues. Veux-tu inviter ta Jemima si passionnée à venir ? »

Furieux, Pym remonta bruyamment dans sa chambre et rédigea une longue lettre à Rick où il était question de l'injustice du Suisse moyen en manière de vie quotidienne. « J'ai parfois l'impression que la loi remplace ici la simple bonté humaine, écrivit-il rageusement. Particulièrement quand il s'agit de femmes. »

Rick lui répondit par retour du courrier, le pressant de rester chaste : « Mieux vaut rester pur jusqu'au moment de faire le Choix qui t'est destiné. »

Chère Belinda,

La situation est un peu difficile en ce moment. Certains des étudiants étrangers de la maison commençaient à exagérer un peu avec la gent féminine et j'ai dû intervenir pour pouvoir continuer à travailler. Peut-être que si vous adoptiez la même attitude de fermeté avec Jemima vous lui rendriez au bout du compte un immense service.

Il advint un jour qu'Axel tomba malade. Pym rentrait du zoo la tête pleine d'histoires amusantes à lui raconter et il le trouva au lit, lieu où Axel détestait le plus demeurer. La fumée de cigare rendait l'air de la petite chambre irrespirable et Axel avait son visage pâle mangé d'ombre et de barbe. Une fille traînait à proximité, mais le malade la fit sortir dès l'arrivée de Pym.

« Qu'est-ce qu'il a ? s'enquit Pym auprès du médecin de Herr Ollinger en regardant par-dessus son épaule afin d'essayer de déchiffrer l'ordonnance.

– Ce qu'il a, Sir Magnus, c'est qu'il a été bombardé par ces héros de Britanniques, répondit sauvagement Axel depuis son lit d'une voix inhabituellement perçante. Ce qu'il a, c'est qu'il a reçu la moitié d'un obus britannique dans le cul et qu'il a du mal à le chier. »

Le médecin avait non seulement promis le secret, mais aussi le silence, et il partit en donnant à Pym une petite tape affectueuse.

« Peut-être est-ce vous qui m'avez tiré dessus, Sir Magnus. Avez-vous débarqué en Normandie, par hasard ? Peut-être avez-vous même dirigé l'opération ?

– Je n'ai jamais rien fait de tel », répliqua Pym.

Pym redevint donc les jambes d'Axel en allant lui chercher ses médicaments et ses cigares, en lui faisant la cuisine et en pillant les bibliothèques des universités en quête de toujours plus de livres à lui lire à voix haute.

« Plus de Nietzsche, merci, Sir Magnus. Je crois que nous en savons assez sur l'effet purificateur de la violence. Kleist n'est pas mal, mais vous ne savez pas le lire. Kleist doit se gueuler. C'était un officier prussien, pas un héros anglais. Passons aux peintres.

– Lesquels ?

– Les abstraits, les décadents, les juifs. Tous ceux qui ont été *entartet* ou interdits. Laissez-moi me reposer de tous ces écrivains déments. »

Pym demanda conseil à Frau Ollinger. « Eh bien il faut demander au bibliothécaire quels étaient ceux que les nazis n'aimaient pas, Magnus », lui expliqua-t-elle de sa voix d'institutrice.

Le bibliothécaire était un émigré qui connaissait par cœur tous les besoins d'Axel. Pym rapporta donc des ouvrages sur Klee et Nolde, Kokoschka et Klimt, Kandinsky et Picasso. Il ouvrit les livres de reproductions et les catalogues sur une tablette d'où Axel pouvait les voir sans tourner la tête. Il tournait alors les pages et lisait tout haut les légendes. Quand des femmes se présentaient, Axel les renvoyait. « On me soigne, attendez que j'aille mieux. » Pym apporta du Max Beckmann. Il apporta du Steinlen, puis du Schiele et encore du Schiele. Le lendemain, les écrivains revinrent en grâce. Alors Pym alla chercher du Brecht et du Zuckmayer, du Tucholski et du Remarque. Il lut à voix haute, pendant des heures d'affilée. « Musique », commanda Axel. Pym emprunta donc le vieux Gramophone de Herr Ollinger et lui passa du Mendelssohn et du Tchaïkovski jusqu'à ce que le malade s'endorme. Axel se réveilla avec le délire et le corps trempé de sueur. Il décrivit une retraite dans la neige, où les aveugles s'accrochaient aux boiteux et où le sang gelait dans les blessures. Il parla d'un hôpital, à deux par lit et les morts jonchant le sol. Il réclama de l'eau. Pym lui en apporta et Axel prit le verre à deux mains, saisi d'un violent tremblement. Il leva ensuite le verre jusqu'à ce que ses mains s'immobilisent puis il baissa la tête par à-coups afin que ses lèvres puissent atteindre le bord du verre. Enfin il aspira l'eau comme un animal, en renversant cependant que ses yeux fiévreux demeuraient ouverts, aux aguets. Il releva les jambes et mouilla son lit puis alla s'asseoir, tout tremblant et grincheux, dans un fauteuil, pendant que Pym lui changeait ses draps.

« Qui craignez-vous ? lui demanda Pym. Il n'y a personne d'autre que vous et moi ici.

– Alors je dois avoir peur de vous. Qu'est-ce que c'est que ce caniche, là, dans le coin ?

– C'est Herr Bastl, et ce n'est pas un caniche, c'est un chow-chow.

– Je croyais que c'était le diable. »

Puis, un jour, en se réveillant, Pym trouva Axel tout habillé, debout au pied de son lit. « C'est l'anniversaire de Goethe et il est quatre heures de l'après-midi, annonça-t-il de sa voix militaire. Il faut que nous allions en ville pour écouter cet imbécile de Thomas Mann.

– Mais vous êtes malade.

– Quand on se lève, c'est qu'on n'est plus malade. Quand on peut marcher, on n'est pas malade. Habillez-vous.

– Mann est-il aussi sur la liste des proscrits ? s'enquit Pym en enfilant ses vêtements.

– Il n'y est jamais parvenu.

– Pourquoi est-ce un imbécile ? »

Herr Ollinger prêta un imperméable dans lequel on aurait fait entrer deux Axel. Mr. San fournit un grand chapeau noir. Herr Ollinger les conduisit jusqu'aux portes de la salle de conférence à bord de sa voiture déglinguée deux bonnes heures à l'avance, et ils purent prendre place au fond de la grande salle avant que celle-ci ne se remplisse. Après la conférence, Axel conduisit Pym dans les coulisses et frappa à la porte du vestiaire. Jusqu'alors, Pym n'avait pas tellement prisé Thomas Mann. Il trouvait sa prose lourde et fumeuse malgré les efforts répétés qu'il avait faits pour plaire à Axel. Maintenant pourtant, c'était Dieu en personne qui se tenait devant lui, grand et anguleux comme l'oncle Makepeace. « Ce jeune gentleman anglais voudrait vous serrer la main, monsieur », l'informa Axel avec autorité, les traits masqués par le grand chapeau à larges bords de Mr. San. Thomas Mann examina Pym, puis Axel, que la fièvre avait rendu extrêmement pâle, presque diaphane. L'écrivain contempla ensuite la paume de sa propre main droite comme s'il se demandait si elle pourrait endurer l'effort de cette étreinte aristocratique. Puis il finit quand même par tendre une main que Pym serra, attendant de sentir le génie de Mann s'écouler en lui comme l'une de ces décharges électriques qu'on pouvait s'acheter dans les gares de chemin de fer : prenez cette poignée et laissez mon énergie vous régénérer. Rien ne se produisit, mais l'enthousiasme d'Axel était assez grand pour deux.

« Vous l'avez touché, Sir Magnus ? Vous êtes béni entre tous ! Vous êtes immortel ! »

Une semaine plus tard, ils avaient économisé suffisamment pour se rendre à Davos et visiter là-bas le temple des âmes malades de Mann. Ils firent le voyage dans les toilettes, Pym debout et Axel patiemment assis sur le siège, son béret sur la tête. Le contrôleur frappa à la porte et hurla : « *Alle Billette bitte* » ; Axel émit un soupir de gêne très féminin et poussa leur unique billet sous la porte. Pym attendit, les yeux fixés sur l'ombre projetée par les pieds du contrôleur. Il sentit que celui-ci se baissait puis il l'entendit grogner en se redressant. Il perçut un claquement qui lui apparut comme le son de ses propres nerfs se brisant, et vit le billet resurgir sous la porte agrémenté d'un petit trou. L'ombre s'éloigna. Voilà donc comment vous êtes arrivé ici, se dit Pym avec admiration tandis qu'ils se serraient silencieusement la main. C'est donc ainsi que vous avez pénétré en Suisse. Ce soir-là, à Davos, Axel raconta à Pym son voyage cauchemardesque de Carlsbad à Berne. Pym se sentit alors tellement fier et enrichi qu'il sacra Thomas Mann meilleur écrivain du monde :

Cher père – écrivit-il en jubilant dès qu'il fut remonté dans son grenier. Je passe vraiment des moments magiques ici et je m'instruis énormément. Je ne peux te dire à quel point tes conseils pleins de bon sens me manquent et comme je

307

te suis reconnaissant d'avoir eu la sagesse de m'envoyer faire mes études en Suisse. Je fais maintenant la connaissance de juristes qui semblent réellement connaître la vie sous tous ses aspects, et je suis sûr qu'ils me seront d'un grand secours pour la poursuite de ma carrière.

Chère Belinda,
Maintenant que j'ai fait acte d'autorité, tout va beaucoup mieux.

Et entre-temps, il y eut ce bon vieux Jack, pas vrai, Jack ? Jack, l'autre héros de guerre, Jack l'autre côté de ma tête. Je vais te décrire qui tu étais à l'époque car je ne pense plus connaître la même personne que toi. Je vais te décrire qui tu étais pour moi, ce que j'ai fait pour toi et pourquoi – puisque, encore une fois, je doute que nous partagions la même interprétation des événements et des personnalités. J'en doute même très fort. Pour Jack, Pym n'était qu'un bébé Joe parmi d'autres, un élément supplémentaire de son armée personnelle, un petit cheval en formation, pas encore rompu et certainement pas dressé, mais qui se laissait déjà gentiment passer la longe autour du cou et qui était prêt à courir longtemps pour obtenir son morceau de sucre. Tu ne te rappelles sûrement pas – pourquoi te le rappellerais-tu ? – comment tu l'as ramassé ni quelle a été ton approche. Une seule chose comptait : il correspondait au genre prisé par la Firme, au genre que tu aimais bien et qu'une partie de moi-même appréciait aussi. S'intègre facilement, parle l'anglais du Roi, bonne scolarité dans une *Public School* de campagne. Pratique certains sports, comprend la discipline. Pas prétentieux, rien à voir avec vos super-intellectuels. Équilibré, bien dans nos normes. Condition confortable mais pas trop haute quand même, ayant pour père une sorte de petit magnat – c'était tellement typique que tu n'as jamais pris la peine de faire faire une enquête sur Rick. Et où donc aurais-tu pu trouver ce parfait modèle pour les hommes de demain sinon à l'église anglaise, là où le drapeau de saint George flottait victorieusement dans la brise de la Suisse neutre ? Depuis combien de temps traquais-tu Pym, je n'en sais rien. Je parie que tu ne le sais pas non plus. Tu avais aimé sa façon de lire la leçon, avais-tu dit, tu devais donc le guetter depuis avant Noël car il s'agissait d'un texte du début de l'Avent. Tu as paru surpris quand il t'a dit qu'il allait à l'université, j'imagine donc que tu t'étais renseigné avant son inscription là-bas et que tu n'avais pas réactualisé tes informations. Ce fut le jour de Noël, après matines, que Pym te serra la main pour la première fois. Le porche de l'église semblait un ascenseur bondé, chacun faisant cliqueter son parapluie et produisant cette rumeur en *rah-rah* si typiquement anglaise. Les gamins de la diplomatie britannique se bagarraient dans la rue à coups de boules de neige. Pym arborait sa veste E. Weber, et toi, Jack, tu étais une montagne infranchissable de tweed anglais de vingt-quatre ans. Compte tenu des périodes de guerre et de paix, les sept années qui nous séparaient constituaient une génération, pratiquement deux. C'était en fait un peu comme avec Axel : vous aviez tous les deux ces années cruciales d'avance sur moi, et vous les avez toujours.

Sais-tu ce que tu portais, à part ton beau costume de tweed brun ? Ta cravate de l'Aéroportée. Des chevaux piaffants aux ailes argentées et des Britannias[1] couronnées sur fond de marron pourpré, félicitations. Tu ne m'as jamais dit où tu étais allé pour la mériter, mais je sais aujourd'hui que la réalité n'est pas moins impressionnante que ce que j'imaginais en Yougoslavie avec les partisans, en Tchécoslovaquie avec la résistance, en Afrique, derrière les lignes avec le Long Range Desert Group et même, si mes souvenirs sont exacts, en Crète. Tu ne fais guère plus de deux centimètres de plus que moi, mais je me rappelle comme si c'était hier que quand Pym a saisi ta grande main sèche, cette cravate de l'Aéroportée semblait le regarder droit dans les yeux. Il a levé la tête, a vu ta mâchoire d'acier et tes yeux bleus – déjà surmontés de ces sourcils broussailleux et féroces – et il a su qu'il se trouvait face à face avec le personnage que toutes ses écoles étaient censées avoir fait de lui ; et qu'elles avaient parfois réussi à former dans son imagination : un héros anglais au dos raide, un de ces offi-

---

1. Représentation féminine de la Grande-Bretagne. *(NdT.)*

ciers qui savent conserver la tête froide quand tous autour d'eux perdent la leur. Tu lui as souhaité un joyeux Noël et quand tu lui as décliné ton nom, il a cru que tu faisais une sorte de plaisanterie en rapport avec Noël – Vous êtes le Bon Samaritain et moi c'est Brotherhood, la fraternité même.

« Non, non, mon garçon, c'est vraiment mon nom, as-tu insisté en riant. Pourquoi prendre un pseudonyme quand on est un type bien comme moi ? »

On se le demande en effet, surtout avec ta couverture diplomatique. Tu l'as invité à venir prendre l'apéritif le lendemain midi, après les festivités, et tu as ajouté que tu lui aurais bien envoyé une invitation mais que tu ne connaissais pas son adresse, ce qui était assez malin car tu la savais évidemment par cœur : adresse, date de naissance, scolarité et toutes les autres absurdités qui nous donnent l'impression d'avoir de l'ascendant sur ceux que nous cherchons à recruter. Tu as alors eu un geste amusant. Tu as sorti un carton d'invitation de ta poche et, sous le porche bondé où chacun continuait ses messes basses, tu as fait pivoter Pym et t'es servi de son dos pour écrire son nom à l'emplacement prévu avant de le lui remettre : « Le capitaine et Mrs. Jack Brotherhood sollicitent le plaisir. » Tu avais barré la mention RSVP afin d'insister sur le fait que l'affaire était conclue, et tu avais rayé aussi le titre de capitaine pour montrer que nous étions désormais copains. « Et si cela vous dit de rester après, vous pourrez nous aider à terminer la dinde froide. Tenue de ville », as-tu ajouté. Pym t'a alors regardé t'éloigner sous la pluie de cette même démarche qui, il en était sûr, avait été la tienne sous la mitraille des champs de bataille où tu avais à toi seul triomphé des boches pendant que Pym ne trouvait rien de plus courageux à faire que de graver les initiales de Sefton Boyd sur le mur des toilettes du personnel.

Il se présenta le lendemain à l'heure dite à ta petite maison de fonction, et lut la carte de visite qui se trouvait au-dessus du bouton de sonnette : « Capitaine J. Brotherhood, Service des passeports, Ambassade de Grande-Bretagne, Berne. » Tu te souviens sans doute que tu étais marié avec Felicity à l'époque. Adrian avait six mois. Pym joua avec lui des heures durant afin de t'impressionner, habitude qui devint bientôt une caractéristique de ses rapports avec les membres les plus jeunes de ta profession. Tu l'interrogeas de manière tout à fait plaisante et à peine t'arrêtais-tu que Felicity, en bonne squaw des services secrets, reprenait le flambeau, Dieu lui pardonne : « Mais Magnus, qu'est-ce que vous avez comme amis, ici, vous devez vous sentir si seul ! » s'écria-t-elle. « Que faites-vous pour vous distraire, Magnus ? » Y avait-il par exemple une vie estudiantine en dehors des programmes de l'université, des groupes politiques ou autres mouvements de ce genre ? s'enquit-elle. Ou bien était-ce aussi plat et terne que le reste de Berne ? Pym ne trouvait Berne ni plat ni terne, mais il fit semblant de le penser pour Felicity. Si l'on situe l'action dans sa chronologie, l'amitié de Pym avec Axel ne datait que de douze heures, mais il ne lui accorda pas une pensée. Pourquoi en eût-il été autrement alors qu'il mettait toutes ses forces à essayer de vous donner à tous deux une bonne impression de lui ?

Je me souviens de t'avoir demandé avec quel régiment tu avais combattu, m'attendant que tu me répondes la *Fifth Airborne* – l'Aéroportée – ou les *Artists' Rifles* afin que je puisse prendre un air passablement impressionné. Au lieu de quoi tu t'es quelque peu renfrogné et as dit : « Liste de disponibilité générale. » Je sais maintenant que tu pratiquais la couverture diplomatique à double niveau : tu voulais qu'elle te couvre effectivement, mais tu voulais aussi que Pym devine ce qu'elle cachait. Tu désirais qu'il sache que tu étais un irrégulier et non l'une de ces lopettes intellectuelles du *Foreign Office* comme tu les appelles. Tu lui as demandé s'il s'était déjà baladé dans le pays et lui as proposé de t'accompagner lors de ta prochaine virée officielle en voiture, histoire de voir un peu autre chose. Nous avons tous deux enfilé des bottes et sommes sortis pour ce que tu appelais une partie de plaisir, à savoir une marche forcée dans les bois d'Elfenau. Tout en marchant, tu as prié Pym de ne plus te dire « monsieur ». Quand nous sommes rentrés, Felicity avait fait manger Adrian et elle discutait avec un homme assez âgé aux manières affectées. Tu l'as présenté à Pym sous le nom de Sandy, de l'ambassade, et le jeune garçon a très bien senti que vous étiez collègues de travail et qu'il était peut-être même ton patron. Je sais aujourd'hui qu'il s'agissait de ton chef d'antenne, que tu étais son numéro deux et qu'il venait normalement évaluer lui-même la marchandise avant de te laisser l'acheter. Mais à l'époque, Pym ne vous voyait que comme un directeur et un surveillant général respectivement, schéma qui ne t'aurait pas déplu.

« Quel est votre niveau, en allemand ? demanda Sandy à Pym avec son sourire forcé tandis que nous mâchions tous trois les petits pâtés à la viande de Felicity. Plutôt difficile à apprendre ici, avec ce dialecte suisse qu'ils parlent tous, non ?

– Magnus connaît pas mal d'émigrés à l'université », as-tu expliqué à ma place, soulignant ainsi un argument de vente. Sandy a émis un rire stupide et s'est frappé le genou.

« C'est vrai, c'est vrai ? Je parierais qu'on doit trouver de drôles de zèbres chez ces gens-là !

– Sans doute pourrait-il nous en apprendre pas mal sur eux n'est-ce pas, Magnus ? as-tu dit.

– Vous seriez d'accord ? a fait Sandy d'un air interrogateur, les lèvres toujours crispées en un sourire.

– Pourquoi pas ? » a répondu Pym.

Sandy a poussé intelligemment son avantage. Il sentait que Pym aimait bien prendre des décisions téméraires en public et il s'est servi de cette intuition pour lui arracher des engagements avant qu'il ne puisse se rendre compte de ce à quoi il s'engageait.

« Aucun noble scrupule concernant le caractère sacré de tout ce qui touche à l'université ni quoi que ce soit de ce genre ? a insisté Sandy.

– Non, pas du tout, a certifié Pym avec assurance. Pas si c'est pour mon pays. » Un sourire de Felicity l'a récompensé.

Je ne me rappelle pas quelle version de lui-même Pym présenta ce jour-là et dut endosser durant les mois qui suivirent ; il devait donc s'agir d'un personnage plutôt discret, chiche de ces histoires maladroites qui finissaient trop souvent par lui retomber dessus. Il fit de son mieux pour te donner ce qu'à son avis tu attendais de lui. Il se montra suffisamment prudent pour taire ses ressources, ce qui te convenait parfaitement puisque tu savais déjà qu'il travaillait au noir. Un petit futé, t'es-tu dit ; débrouillard ; ne recule pas devant un brin d'illégalité. Il minimisa la vie de famille qu'il menait chez les Ollinger de crainte que des parents par procuration ne ternissent son image d'exilé responsable. Quand tu lui demandas s'il fréquentait des filles – l'ombre de l'homosexualité à écarter : en serait-il ? –, Pym reçut le message cinq sur cinq et entreprit de tisser un roman gentillet autour d'une belle Italienne appelée Maria qu'il avait rencontrée au Cosmo Club et qui lui plaisait bien, mais seulement pour combler l'absence de sa petite amie Jemima, restée en Angleterre.

« Jemima qui ? », as-tu demandé, et Pym a répondu Sefton Boyd, ce qui a suscité un soupir perceptible de satisfaction sociale. Une véritable Maria existait effectivement et sa beauté était indéniable, mais l'adoration que Pym lui portait demeura toujours secrète car Pym ne lui adressa jamais la parole.

« Cosmo ? as-tu dit. Jamais entendu parler de celui-là. Et vous, Sandy ?

– Non, pas vraiment. Ça sonne plutôt louche. »

Pym a expliqué que le Cosmo était une sorte de tribune politique réservée aux étrangers, et que Maria en était en quelque sorte la trésorière.

« Couleur particulière ? a demandé Sandy.

– Évidemment, elle est assez brune, a répondu ingénument Pym, et vous vous êtes tous les trois mis à rire, à rire et à rire encore, comme Little Audrey, et Felicity a fait remarquer que les idées politiques de Magnus paraissaient tout à fait claires. Aucune réunion ne fut ensuite complète sans qu'il soit fait mention de la couleur de Maria, chacun s'esclaffant à cette méprise si touchante. La nuit tombait déjà quand Pym vous a quittés, chargé d'une bouteille de scotch en hors taxes que tu lui avais donnée pour le protéger du froid. Coût pour la Firme à l'époque ? Dans les cinq

313

shillings, j'imagine. Tu lui as proposé de le raccompagner en voiture, mais il a refusé, assurant qu'il adorait la marche et gagnant ainsi quelques bons points supplémentaires. Et pour marcher, il marcha, sur un nuage. Il gambada, rigola, étreignit sa bouteille et s'étreignit lui-même ; jamais il ne s'était senti aussi privilégié au cours de ses dix-sept années de vie. Dieu lui avait déniché deux saints en un seul Noël. Le premier était en fuite et ne pouvait marcher, l'autre était un séduisant héros de guerre anglais qui servait du sherry le lendemain de Noël et n'avait jamais éprouvé le moindre doute de son existence. Tous deux l'admiraient, tous deux appréciaient ses plaisanteries et ses imitations, tous deux cherchaient assidûment à combler les espaces vides de son cœur. Il offrait en retour à chacun le personnage qu'il semblait attendre. Jamais il ne prit réellement la décision de ne pas parler de l'un à l'autre. Que chacun devienne la maîtresse qui garde l'autre foyer intact, pensait Pym. En admettant qu'il pensât quoi que ce soit.

« A qui l'avez-vous dérobée ? s'enquit Axel dans son anglais très classique en examinant l'étiquette avec curiosité.

– C'est l'aumônier, répondit Pym sans une seconde d'hésitation. Un type formidable. Ancien militaire. Et puis je ne l'ai pas volée, il me l'a donnée. Bouteille gratuite pour les fidèles réguliers. Évidemment, ils les achètent à des tarifs diplomatiques. Ils ne les payent pas au prix du commerce.

– Ne t'a-t-il pas aussi proposé des cigarettes ? questionna Axel.

– Non, pourquoi ?

– Ni une tablette de chocolat pour une nuit avec ta petite sœur ?

– Je n'ai pas de sœur.

– Très bien, buvons alors. »

Te souviens-tu de nos trajets en voiture, Jack ? Je commence à croire que oui. T'es-tu jamais demandé comment nos prédécesseurs arrivaient à diriger leurs agents au temps où l'automobile n'existait pas ? Notre premier voyage n'aurait pas pu mieux tomber. Tu avais rendez-vous à Lausanne. Tu serais occupé pendant trois heures. Tu n'expliquas pas pourquoi cela te prendrait justement trois heures bien que

314

tu eusses pu me débiter n'importe quelle histoire cousue de fil blanc. Là encore, avec l'avantage de l'expérience, je sais que tu m'initiais délibérément à l'aspect secret de ton travail sans dévoiler en quoi il consistait. Tu ne demandas rien à Pym ce jour-là. Tu construisis votre intimité. Tout au plus lui donnas-tu un rendez-vous et une solution de rechange pour vérifier s'il pouvait se débrouiller. « Écoute, il est très possible que je doive passer voir quelqu'un d'autre. Si je ne suis pas devant l'hôtel Dora à quinze heures, sois à l'ouest de la poste centrale à quinze heures vingt. » Pym ne savait pas trop distinguer l'est et l'ouest, aussi se renseigna-t-il auprès d'une bonne demi-douzaine de personnes avant de trouver quelqu'un qui lui indique précisément l'endroit. Puis il arriva au rendez-vous de secours à quinze heures vingt pile, même s'il était complètement à bout de souffle. Tu as fait le tour de la place et, au deuxième passage, tu n'as pas arrêté la voiture mais as ouvert la portière d'une poussée et Pym a sauté sur la banquette comme un parachutiste pour te montrer de quoi il était capable.

« J'ai parlé à Sandy, as-tu dit une semaine plus tard, alors que nous faisions route sur Genève. Il voudrait te confier un petit travail. Cela te dérange ?

– Bien sûr que non.

– Tu es bon traducteur ?

– Ça dépend de ce qu'il faut traduire.

– Tu sais te montrer discret ?

– Je le pense. »

Tu lui as donné son premier ordre de mission : « Nous recevons de temps en temps des documents techniques. Concernant surtout de drôles de petites sociétés suisses qui fabriquent des choses qui ne nous plaisent pas trop. De vilaines choses qui explosent, as-tu ajouté avec un sourire. Ce n'est pas à proprement parler secret, mais nous avons pas mal de locaux qui travaillent à l'ambassade, alors nous préférons que ce soit fait par quelqu'un de l'extérieur. Par un British de préférence. Quelqu'un en qui nous puissions avoir confiance. Tu tentes le coup ?

– Évidemment.

– Nous payons. Pas beaucoup mais ça te donnera de quoi

emmener Maria au restaurant de temps à autre. Des nouvelles de Jemima ?

– Jem va bien, merci. »

Pym n'avait jamais eu aussi peur de sa vie. Tu lui as remis l'enveloppe qu'il a fourrée aussitôt dans sa poche, et tu lui as jeté un de tes regards de grand maître du mystère en lui disant : « Bonne chance, vieux » – je te jure que tu m'as dit ça, Jack ! Nous nous parlions vraiment ainsi ! Pym est rentré chez lui en changeant tellement souvent l'enveloppe de poche qu'il devait avoir l'air d'un bookmaker en cavale. Et tout cela pour quoi ? Ne dis rien, je vais te dire, moi, ce qu'elle contenait, cette foutue enveloppe : des conneries. Des photocopies d'articles tirés de catalogues d'armement périmés. C'était l'âme de Pym que tu voulais, pas sa traduction dérisoire. Une fois dans son grenier, Pym perdit l'enveloppe au moins six fois. Sous le lit, sous le matelas, derrière le miroir, dans la cheminée. Il traduisit son contenu à des heures telles que même Axel ne pouvait soupçonner ce qu'il était en train de faire. Tu donnas vingt francs à Pym pour sa peine. Le dictionnaire technique lui en avait coûté vingt-cinq, mais il savait que les gentlemen ne mentionnaient pas ce genre de choses même si les chèques de Rick, quand il y en avait, avaient très nettement tendance à s'espacer.

« Il y a longtemps que tu as mis les pieds au Cosmo Club ? », demandas-tu innocemment lors d'une virée en direction de Zurich, où tu avais deux mots à dire à quelqu'un. Pym avoua que oui. Maintenant que Jack Brotherhood et Axel peuplaient son cosmos, pourquoi aurait-il continué à fréquenter l'autre ?

« On m'a dit qu'il y a des types là-bas qui ont une sacrée grande gueule. Rien contre Maria, remarque. Ce genre d'endroits rassemble toujours des gens très divers. Ça fait partie de la démocratie. Ce ne serait peut-être pas une mauvaise idée que tu y regardes quand même d'un peu plus près, as-tu suggéré. Ne te fais pas trop repérer. Si on attend de toi que tu sois gauchiste, laisse croire que tu en es un. Si c'est un bon Anglais centriste qu'ils veulent, donne-le-leur. Donne-leur les deux à la fois si c'est nécessaire. Mais prends garde à ne pas en faire trop. Nous ne voudrions pas que tu aies des problèmes avec les Suisses. D'autres Britanniques là-bas à part toi ?

– Deux étudiants en médecine écossais, mais ils m'ont dit qu'ils venaient pour les filles.

– Quelques noms, ce ne serait pas plus mal », as-tu remarqué. En y repensant, c'est à l'occasion de cette conversation que Pym cessa d'être Pym. Il était devenu notre homme du Cosmo, ne te sers pas du téléphone dès qu'il s'agit d'une question délicate. Il était déjà l'esquisse d'un agent, sacré espion sans vraiment s'en rendre compte, ce qui est une façon de dire que c'était comme s'il savait vaguement ce qu'il était vaguement en train de faire avec une vague idée du pourquoi. Il avait dix-sept ans, et s'il devait t'appeler d'urgence il n'avait qu'à téléphoner à Felicity en disant que son oncle était là. Si toi, tu avais besoin de lui, tu téléphonerais chez les Ollinger depuis une cabine et tu dirais que tu étais Mac, de Birmingham, de passage à Berne. Sinon, nous fixions toujours la date de notre prochaine rencontre lors de celle en cours. Laisse-toi faire, Magnus, lui as-tu dit. Introduis-toi là-dedans et sois toi-même, le charmant Magnus. Garde les oreilles et les yeux grands ouverts. Vois ce qui coince, mais pour l'amour de Dieu ne nous cause pas de problèmes avec les Suisses. Tiens, Magnus, voici ton versement du mois prochain. Sandy te salue. Tu sais, Jack, on récolte toujours ce que l'on a semé, même si la maturation doit prendre trente-cinq étés.

La secrétaire du Cosmo était une royaliste roumaine totalement dépourvue de charme qui s'appelait Anka et pleurait comme une Madeleine pendant les conférences. C'était une fille dégingandée, brusque et qui marchait avec les poignets tournés vers l'extérieur. Quand Pym l'arrêta dans le couloir, elle le scruta de ses yeux rougis et lui dit de la laisser tranquille parce qu'elle avait mal à la tête. Mais Pym était là en mission d'espionnage et ne souffrait donc aucun refus.

« Je pense à faire un bulletin du Cosmo Club, annonça-t-il. Il me semble que nous pourrions demander une participation à chaque groupe.

– Il n'y a pas de groupes au Cosmo. Le Cosmo ne veut pas de bulletin. Quel imbécile. Va-t'en ! »

Pym poursuivit Anka jusqu'au minuscule bureau qui lui servait de repaire.

« Je ne demande qu'une liste des membres du club, insista-t-il. Avec une liste, je pourrai envoyer une circulaire à tout le monde pour voir qui ça intéresse.

– Pourquoi ne pas venir à la prochaine réunion pour le leur demander ? s'enquit Anka qui s'effondra sur sa chaise et mit sa tête dans ses mains comme si elle allait être malade.

– Tout le monde n'assiste pas aux réunions. Je veux que tous les bords soient consultés. C'est plus démocratique.

– La démocratie n'existe pas, répliqua Anka. Ce n'est qu'illusion. C'est bien d'un Anglais, ça, pensa-t-elle tout haut en ouvrant un tiroir et en commençant à fouiller dans son contenu hétéroclite. Qu'est-ce qu'un Anglais peut bien comprendre à l'illusion ? demanda-t-elle à une sorte de confesseur intime. Il est fou. » Elle lui tendit une feuille de papier sale couverte de noms et d'adresses dont la plupart, je l'apprendrais par la suite, étaient mal orthographiés.

> Cher père – écrivit Pym avec excitation –, je viens de remporter quelques succès étonnants malgré mon jeune âge, et je crois comprendre que les Suisses envisagent de m'accorder certains honneurs universitaires.
>
> Je vous aime – écrivit-il à Belinda –, et je n'ai jamais écrit cela à personne auparavant.

La nuit est tombée. L'hiver de Berne est au plus sombre. La ville ne reverra plus jamais le jour. Un brouillard brun et suffocant flotte sur le pavé mouillé de la Herrengasse, et les bons Suisses soumis s'y enfoncent comme des réservistes partant pour le front. Pourtant, Pym et Jack Brotherhood sont douillettement installés dans leur petit restaurant. Sandy a fait transmettre son salut le plus cordial ainsi que ses félicitations les plus enthousiastes. C'est bien la première fois qu'un agent et son officier traitant déjeunent ensemble en public dans leur ville cible. Une histoire ingénieuse a été mise au point pour le cas où ils feraient une rencontre embarrassante. Jack s'est octroyé le titre de secrétaire de l'association chrétienne anglo-suisse de l'ambassade et se dit en quête de nouveaux éléments de l'université. Quoi de plus naturel que de faire appel à Magnus, qu'il a connu à l'église anglaise ? Afin de se couvrir encore davantage, Jack a aussi invité la charmante Wendy qui travaille à la chancellerie, jeune fille bien née, aux cheveux de miel et dotée d'une lèvre supérieure légèrement proéminente, comme si elle soufflait en permanence sur une bougie située juste sous son menton. Wendy aime autant les deux hommes ; elle a une petite poitrine peu impressionnante et a spontanément tendance à toucher ses interlocuteurs. Quand Pym a fini de décrire la façon dont il a obtenu la liste, Wendy ne peut résister au besoin de lui poser sa main sur la joue pour lui dire : « Mon Dieu, Magnus, mais quel courage ! C'est vraiment formidable. Jemima serait fière de toi si elle savait. Tu ne crois pas, Jack ? » Mais tout cela prononcé d'une voix très douce, de cette voix tranquille que doivent apprendre même les gens de chevaux les plus expérimentés avant de pouvoir sortir du paddock. Puis elle laisse sa chevelure effleurer Jack pour lui parler.

« Tu as fait du sacré bon boulot, assure Brotherhood avec son sourire militaire. L'église sera fière de toi », ajoute-t-il en regardant son agent bien en face. Ils boivent au succès de Pym pour l'église.

L'heure du café a sonné et Brotherhood vient de sortir une enveloppe d'une des poches de sa veste et d'une autre une paire de lunettes à verres demi-lune cerclés d'acier qui confère un air d'indiscutable autorité à son visage de brave Anglais. Il ne s'agit pas de son versement cette fois car l'argent arrive toujours dans une enveloppe d'un blanc immaculé et non dans une enveloppe brun grisé comme celle-ci. Il ne la tend pas à Pym mais l'ouvre lui-même, au vu de qui a envie de regarder, et demande à Wendy de quoi écrire : ton superbe stylo en or, et pas la peine de me dire comment tu l'as gagné. « Pour toi, tout ce que tu voudras, mon chéri », lui répond Wendy en laissant tomber le stylo dans les mains jointes de Brotherhood qui se referment sur les siennes. Jack déplie la feuille devant lui.

« Je voudrais juste vérifier quelques-unes de ces adresses, dit-il. Je ne veux pas envoyer quoi que ce soit avant que nous ne soyons parfaitement sûrs, d'accord ? »

Ce *d'accord* signifiant : as-tu déchiffré ce brillant sous-entendu ? Pym assure que cela ne l'ennuie pas du tout et Wendy fait courir un ongle affectueux le long de la liste, l'immobilisant sur un ou deux noms privilégiés qui sont cochés d'un trait et une croix.

« Il semble cependant qu'un ou deux membres de notre chorale se soient montrés injustement modestes. On dirait qu'ils voulaient cacher leur feu sous le boisseau, déclare Brotherhood.

– Je n'ai pas vraiment regardé », se défend Pym.

La voix de Brotherhood tombe. « C'est très bien comme ça. C'est à nous de le faire.

– Nous n'avons pu trouver ta charmante Maria nulle part, s'exclame Wendy, terriblement dépitée. Qu'est-ce que tu as fait d'elle ?

– Elle est malheureusement retournée en Italie, répond Pym.

– Tu ne serais pas en train de chercher une remplaçante, par hasard, Magnus chéri », s'enquiert Wendy, déclenchant un furieux éclat de rire. Et Pym est celui qui rit le plus fort, lui qui donnerait pourtant le reste de ses jours pour voir ne serait-ce qu'un de ses seins.

Brotherhood cite des noms après lesquels ne figure pas d'adresse. Pym ne peut l'aider pour aucun d'entre eux, il ne voit pas du tout de qui il peut s'agir, ne peut donc fournir la moindre description physique ou psychologique. En d'autres circonstances, il se serait fait un plaisir d'en inventer quelques-uns, mais Brotherhood a une manière assez inquiétante de connaître les réponses avant même de poser les questions, et Pym commence à se méfier. Wendy remplit de nouveau les verres des deux hommes et se contente du fond de la bouteille. Brotherhood passe aux adresses devant lesquelles ne figure aucun nom.

« A. H., prononce-t-il d'un ton léger. Ça te dit quelque chose ? A. H. ? »

Pym avoue que non. « Je n'ai pas encore assisté à suffisamment de réunions, s'excuse-t-il. J'ai vraiment dû me mettre à bosser pour préparer mes examens. »

Brotherhood sourit toujours, l'air toujours parfaitement détendu. Sait-il que Pym ne prépare aucun examen ? Pym remarque que le stylo de Wendy a presque disparu dans son poing refermé. Seule l'extrémité pointue dépasse, tel un minuscule canon de revolver.

« Réfléchis un peu », suggère Brotherhood. Puis il répète les initiales, articulant soigneusement, comme s'il prononçait un mot de passe.

« A. H.

– C'est peut-être A. H. Quelqu'un d'autre, lance Pym. A. H. Smith. Schmidt. Je peux essayer de me renseigner si tu veux. C'est assez ouvert comme endroit. »

Wendy s'est immobilisée comme on s'immobilise dans une soirée quand la musique s'interrompt. Son sourire aussi s'est figé. Wendy possède ce don de la secrétaire particulière qui sait suspendre sa personnalité jusqu'à ce qu'on ait à nouveau besoin d'elle, et quelque chose lui dit qu'on n'a pas besoin d'elle pour l'instant. Le garçon débarrasse les assiettes. Brotherhood a posé le poing sur la feuille de sorte que, tout à fait par hasard, personne ne puisse lire le moindre nom.

« Cela t'aiderait-il si je te disais que A. H., qui qu'il ou qu'elle soit, habite quelque part dans la Länggasse ? Ou tout au moins le prétend. Chez les Ollinger. C'est là que tu loges aussi, non ?

– Oh ! Alors il doit s'agir d'Axel », dit Pym.

Un coq chantait quelque part, mais Pym ne l'entendait pas. Un bruit de chute d'eau emplissait ses oreilles, le sens du devoir faisait exploser son cœur. Il se trouvait dans le cabinet de toilette de Rick et s'efforçait d'imaginer un moyen de reprendre l'amour qu'il avait accordé à une mauvaise cause. Il se trouvait dans les toilettes du personnel et gravait les initiales de l'élève le plus huppé de l'école. Il y

321

avait les histoires que lui avait racontées Axel lorsqu'il délirait et répandait l'eau du verre qu'il tenait à deux mains. Il y avait les histoires qu'il lui avait racontées à Davos, lorsqu'ils étaient allés visiter le sanatorium de Thomas Mann. Il y avait les miettes que Pym avait lui-même grappillées lors de rares et prudentes inspections de la chambre de son voisin. Puis il y avait l'interrogatoire astucieux de Brotherhood qui tirait de lui des renseignements qu'il ne savait même pas connaître. Le père d'Axel avait combattu avec la brigade Thälmann en Espagne, expliqua-t-il. C'était un social-démocrate de la vieille école, aussi était-il heureux qu'il soit mort avant que les nazis ne puissent l'arrêter.

« Il est donc de gauche ?

– Il est mort.

– Je parlais du fils.

– Non, pas vraiment. En tout cas, il ne l'a pas dit. Il cherche juste à s'instruire. Il n'est pas engagé politiquement.

Brotherhood fronça les sourcils et inscrivit *Thälmann* sur sa liste. La mère d'Axel était catholique, mais son père avait fait partie du mouvement anticatholique *Los von Rom*, qui était luthérien, ajouta Pym. Sa mère avait perdu le droit à la confession en épousant un protestant.

« Et un socialiste », rappela doucement Brotherhood à Pym tout en écrivant.

Au *Gymnasium*, les amis d'Axel voulaient tous piloter des avions pour faire des raids sur l'Angleterre mais Axel se laissa persuader par les équipes de recrutement de s'engager dans l'armée de terre. Il fut envoyé en Russie, fut fait prisonnier, et s'évada. Mais quand les Alliés envahirent la France, on l'expédia en Normandie où il fut blessé à la colonne vertébrale et à la hanche.

« T'a-t-il dit comment il s'est évadé de chez les Russes ? l'interrompit Brotherhood.

– Il dit qu'il a marché.

– Comme il a marché jusqu'en Suisse, répliqua Brotherhood avec un vilain sourire, et Pym commença d'entrevoir une solution qu'il n'avait pas envisagée avant que Brotherhood ne la suggère.

– Combien de temps est-il resté là-bas ?

– Je ne sais pas. Mais assez longtemps pour apprendre le russe. Il a des livres en cyrillique dans sa chambre. »

De retour en Allemagne, il resta alité jusqu'à la guérison de ses blessures, mais dès qu'il put marcher, on l'envoya de nouveau se battre contre les Américains. Il fut encore blessé et renvoyé à Carlsbad où sa mère avait attrapé la jaunisse. Il la mit donc dans une charrette et la poussa jusqu'à Dresde, ville splendide que les Alliés venaient de réduire à néant. Il emmena sa mère dans le quartier où s'étaient rassemblés tous les réfugiés silésiens, mais elle mourut peu après l'arrivée et il se retrouva seul. Pym sentait maintenant la tête lui tourner. Les couleurs du mur qui se dressait derrière la tête de Brotherhood fuyaient et se mêlaient. Ce n'est pas moi. C'est moi : Je fais mon devoir. C'est pour mon pays. Axel, aide-moi.

« Très bien. C'est la paix maintenant. 1945. Que fait-il ?

– Il quitte la zone soviétique.

– Pourquoi ?

– Il craignait que les Russes ne le retrouvent et le remettent en prison. Il ne les aimait pas, il n'aimait pas la prison et il n'aimait pas la façon dont les Soviétiques s'appropriaient l'Allemagne de l'Est.

– Ça se tient, jusque-là. Comment fait-il alors ?

– Il brûle son livret militaire et en achète un autre.

– A qui ?

– A un soldat rencontré à Carlsbad. Quelqu'un qui venait de Munich et qui lui ressemblait vaguement. De toute façon, il m'a dit qu'en 1945 personne en Allemagne ne ressemblait à sa photo.

– Et comment se fait-il que ce soldat accommodant ne veuille plus de ses papiers ?

– Il voulait rester à l'Est.

– Pourquoi ?

– Axel ne le savait pas.

– C'est un peu léger, non ?

– Peut-être, oui.

– On continue.

– Il a pris le train de rapatriement pour Munich, et tout marchait parfaitement bien jusqu'à ce qu'il arrive à destination. Là, ce sont les Américains qui l'ont fait descendre du train pour le mettre en prison et le tabasser.

– Pourquoi auraient-ils fait une chose pareille ?

– C'était à cause de ses papiers. Il avait acheté les papiers d'un type recherché. Il s'était fait complètement avoir.

– A moins bien sûr qu'il ne se soit agi de ses propres papiers et qu'il ne les ait achetés à personne, suggéra Brotherhood sans cesser d'écrire. Désolé, mon vieux. Je ne voulais pas te faire perdre tes illusions. C'est la vie, j'en ai peur. Combien de temps cela a-t-il duré ?

– Je ne sais pas. Il est retombé malade et on l'a mis à l'hôpital. C'est de là qu'il s'est évadé.

– Un vrai maître de l'évasion, on dirait. Tu disais qu'il a marché jusqu'ici ?

– Enfin, il a marché et il a aussi pris le train. On a dû lui raccourcir une jambe. Les Allemands, quand il est rentré de Russie. C'est pour cela qu'il boite. J'aurais dû le mentionner plus tôt. En tout cas, je veux dire que même en prenant le train de temps en temps, ça faisait quand même une sacrée trotte. De Munich en Autriche, puis d'Autriche, passer la frontière suisse de nuit. Et enfin jusqu'à Ostermundingen.

– Jusqu'où ?

– C'est là que se situe l'usine de Herr Ollinger. » Pym s'entendit essayer de trouver des excuses. « Il n'a plus de papiers du tout, tu comprends. Il a détruit les siens à Carlsbad. Les Américains ont gardé ceux qu'il avait achetés et il n'arrive pas à dégotter quelqu'un qui puisse lui en fournir de nouveaux. En attendant, il est toujours sur la liste des personnages recherchés par les Alliés. Il dit qu'il aurait bien avoué tout ce que les Américains lui demandaient si seulement il avait su ce qu'il était censé avoir fait. Mais il ne le savait pas, alors ils n'ont pas arrêté de le frapper.

– J'ai déjà entendu ça quelque part, marmonna Brotherhood qui écrivait toujours. Que fait-il donc de ses journées, Magnus ? Qui voit-il ? »

Trop tard, beaucoup trop tard, Pym entendit des voix lui conseiller la prudence.

« Il a peur de sortir car la *Fremdenpolizei* pourrait l'arrêter. Quand il va en ville, il emprunte toujours un chapeau à larges bords. Et il n'y a pas que la *Fremdenpolizei*. Que le moindre Suisse apprenne son existence, et il s'empressera d'aller le dénoncer. Axel dit que c'est leur habitude, que c'est même un sport national ici. Il dit qu'ils le font par jalousie et qu'ils appellent ça du civisme. Mais je ne te raconte là que les bruits qui courent dans la maison.

– Dommage que tu ne nous aies pas parlé de tout ça plus tôt.

– Ça n'a pas grande signification. Je ne voyais pas l'intérêt. Je tiens presque tout ça de Herr Ollinger. Mais il raconte tout le temps des histoires. »

Brotherhood avait garé sa voiture tout près. L'homme et l'adolescent étaient assis dedans mais Brotherhood n'avait pas mis le contact. Wendy était rentrée chez elle. Brotherhood l'interrogea au sujet des idées politiques d'Axel. Pym répondit qu'Axel méprisait les opinions toutes faites. « Décris ça », commanda Brotherhood. Il n'écrivait plus et sa tête se découpait, parfaitement immobile, sur la vitre de la portière. Pym rapporta qu'Axel avait un jour fait remarquer que la souffrance était démocratique.

« Qu'est-ce qu'il lit ? questionna Brotherhood.

– Un peu tout, en fait. Tout ce qu'il a manqué à cause de la guerre. Il tape beaucoup à la machine, surtout la nuit.

– Il tape quoi ?

– Il prétend que c'est un livre.

– Que lit-il ?

– Euh, de tout. Des fois, quand il est malade, je vais lui chercher des livres à la bibliothèque.

– Sous ton nom ?

– Oui.

– Il exagère. Qu'est-ce que tu lui prends ?

– Un peu tous les genres.

– Décris. »

Pym lui donna des titres et en arriva obligatoirement à Marx, Engels et aux vilains ours, et Brotherhood les consigna tous sur sa liste lui demandant qui était Dühring une fois arrivé à la maison.

Brotherhood l'interrogea sur les habitudes d'Axel. Pym lui apprit que celui-ci aimait les cigares, la vodka et parfois le kirsch. Il ne mentionna pas le whisky.

Brotherhood l'interrogea sur la vie sexuelle d'Axel. Balayant ses propres limites en la matière, Pym assura qu'elle était assez variée.

« Décris », commanda une fois de plus Brotherhood.

Pym fit de son mieux quoiqu'il en sût encore moins sur la sexualité d'Axel que sur la sienne propre, ce qui n'était pas peu dire. Enfin il était au moins sûr qu'Axel, lui, en avait une.

« Il lui arrive de recevoir des femmes, fit Pym sur un ton désapprobateur, mais comme si c'était là quelque chose que nous faisions tous. Il s'agit généralement de nanas du Cosmo qui lui font la cuisine ou le ménage. Il les appelle ses Martha. Au début, je comprenais ses martyres. »

> Très cher père – écrivit Pym cette nuit-là, seul et déprimé dans son malheureux grenier –, je vais parfaitement bien et j'ai la tête qui bourdonne à force de séminaires et de conférences. Mais comme toujours, tu me manques terriblement. Une mauvaise nouvelle cependant : j'avais un copain qui vient de me laisser tomber.

Quel amour Pym n'éprouva-t-il pas pour Axel au cours des semaines qui suivirent ! Il est vrai que, pendant plus d'une journée, il lui en voulut au point de l'éviter systématiquement. Tout ce qui touchait à Axel l'offensait, le moindre mouvement perçu de l'autre côté du radiateur. Il me traite avec condescendance. Il méprise mon ignorance sans reconnaître mes forces. C'est un sale Allemand bourré d'arrogance et Jack a bien raison de garder un œil sur lui. Il se sentait irrité par le courrier que recevait son voisin, Herr Axel, chez Herr Ollinger. Il ne supportait plus d'entendre les Martha monter l'escalier sur la pointe des pieds comme de timides disciples gagnant le sanctuaire du grand penseur, pour redescendre deux heures plus tard. Il est dissolu. Il n'est pas normal. Il leur tourne la tête exactement comme il a essayé de tourner la mienne. Pym consigna diligemment tous ces détails sur un carnet qu'il comptait remettre à Brotherhood lors de leur prochaine rencontre. Il passa également beaucoup de temps au buffet de troisième classe de la gare en affichant son expression la plus ténébreuse au profit d'Elisabeth. Mais ces tentatives de séparation ne durèrent guère et le lien qui l'unissait à Axel s'intensifiait de jour en jour. Il s'aperçut qu'il pouvait évaluer l'humeur d'Axel d'après le rythme de sa machine à écrire : s'il était excité, en colère ou fatigué. Il rédige des rapports sur nous, se dit Pym sans grande conviction. Il est en train de vendre les étudiants étrangers à ses patrons allemands. C'est un criminel de guerre nazi devenu espion communiste pour faire comme son gauchiste de père.

« Quand est-ce qu'on va pouvoir le lire ? lui avait un jour demandé timidement Pym, au temps où ils étaient très proches.

– Si je le finis un jour et si un éditeur le publie.

– Pourquoi ne puis-je pas le lire maintenant ?

– Parce que tu prendrais toute la mie et ne me laisserais que la croûte.

– Ça parle de quoi ?

– De mystères, Sir Magnus. Et si on les dit tout haut, ils ne seront jamais écrits. »

Il est en train d'écrire son autobiographie de Wilhelm Meister, songea Pym avec indignation. C'était mon idée, pas la sienne.

Il savait exactement quand Axel n'arrivait pas à dormir à cause du frottement des allumettes qui allumaient ses cigares. Il savait quand ses blessures le rendaient fou de douleur. Il le sentait au rythme altéré de ses mouvements et à la gaieté forcée de son chant tandis qu'il boitait sur le plancher du couloir en direction des toilettes communes à la turque où il pouvait rester accroupi des heures d'affilée. Après plusieurs nuits passées ainsi, Pym fut en mesure de haïr Axel pour son incontinence. Pourquoi ne retourne-t-il pas à l'hôpital ? « Il chante des chants allemands, écrivit-il dans son carnet à l'intention de Brotherhood. Cette nuit, il a chanté tout le *Horst-Wessel Lied* dans les cabinets. » La troisième nuit, alors que Pym était au lit depuis longtemps, sa porte s'ouvrit brusquement et Axel apparut, enveloppé dans la robe de chambre de Herr Ollinger.

« Ça y est, vous m'avez pardonné ?

– Mais de quoi devrais-je vous pardonner ? », répliqua Pym poussant discrètement son carnet sous les couvertures.

Axel restait sur le pas de la porte. La robe de chambre était ridiculement trop grande pour lui. La transpiration avait séparé sa moustache en mèches noires. « Donnez-moi donc un peu du whisky de votre prêtre », dit-il.

Pym ne put ensuite le laisser repartir que quand il eut chassé l'ombre de suspicion du visage d'Axel. Les semaines s'écoulèrent, le printemps arriva et Pym comprit que rien ne se passait et que, de toute façon, il n'avait jamais trahi Axel, parce que si cela avait été le cas il serait sûrement arrivé quelque chose depuis déjà longtemps. Par la suite, Brotherhood lui posa encore quelques questions, mais elles avaient déjà un parfum de routine. Pourrais-tu m'indiquer un soir où tu sais qu'il ne sera pas chez lui ? », lui demanda une fois Brotherhood. Mais Pym dut lui répondre qu'avec Axel on ne pouvait jamais savoir. « Eh bien, écoute-moi. Pourquoi ne l'inviterais-tu pas à un super dîner à nos frais ? », proposa Brotherhood. Un soir, Pym essaya. Il raconta à Axel qu'il avait reçu des sous de son père et lui demanda si cela lui chanterait de remettre son déguisement, comme la fois ou ils étaient allés voir Thomas Mann ? Axel refusa d'un signe de tête, avec une sagesse que Pym préféra ne pas approfondir. Pym étudia donc et fit tous les efforts qu'il put pour Axel, allant jusqu'à nier l'existence même de Brotherhood ailleurs que dans sa tête, et à se féliciter de la survie d'Axel qui n'était due, il fallait le reconnaître, qu'à l'intervention de Pym et à ses manipulations habiles de forces irrésistibles.

Ils surgirent aux premières heures d'un matin de printemps à ce moment précis où nous les craignons le plus : au moment où nous désirons vivre le plus longtemps et où nous avons le plus peur de mourir. Bientôt, à moins que je ne rende leur voyage inutile, ils viendront me chercher de la même manière. J'espère à ce moment-là comprendre la justice de ce qui m'arrivera et goûter pleinement l'aspect circulaire de la vie. Ils s'étaient procuré une clé de la porte d'entrée et avaient réussi à défaire les chaînes qui l'entravaient un peu comme celles de Miss Dubber. Ils connaissaient la maison de fond en comble à force de l'avoir surveillée pendant des mois, photographiant tous nos visiteurs, envoyant leurs faux contrôleurs pour relever les compteurs et leurs faux laveurs de carreaux, interceptant le courrier et sans doute écoutant les conversations téléphoniques désespérées de Herr Ollinger avec ses créanciers et ses malheureux paumés. Pym sut qu'ils étaient trois parce qu'il put dénombrer leurs pas discrets de pères Noël sur la dernière marche grinçante de l'escalier. Ils regardèrent d'abord dans les toilettes avant de se poster devant la porte d'Axel. Pym le sut parce qu'il entendit le couinement que fit la porte des cabinets en s'ouvrant. Il perçut aussi le cliquetis de la clé de ces mêmes cabinets quand ils la retirèrent pour le cas où le criminel acculé voudrait s'enfermer à l'intérieur. Mais Pym ne put rien faire parce que, à ce moment-là, il refaisait intensément tous les cauchemars de son enfance. Il rêvait de Lippsie et de son frère Aaron et se revoyait avec celui-ci en train de pousser la pauvre Lippsie du haut du toit de l'école de Mr. Grimble. Il rêva qu'une ambulance attendait devant la maison, comme celle qui était venue chercher Dorothy aux Glades, et que Herr Ollinger s'efforçait d'empêcher les hommes de monter les escaliers mais qu'il était brutalement renvoyé dans ses quartiers en une explosion de dialecte suisse. Il rêva qu'il entendait un cri : « Pym, espèce de salaud, où êtes-vous ? » venant de la chambre d'Axel, puis, juste après, le vacarme bref et affreux d'une lutte entre un homme aux jambes bancales et trois intrus solides, et les aboiements furieux de Herr Bastl qu'Axel avait un jour accusé d'être son diable faustien. Mais quand il leva enfin la tête de son oreiller pour écouter le monde réel, le silence régnait et tout allait parfaitement bien.

Je t'en ai voulu, Jack, je te l'avoue. Je me suis mentalement expliqué avec toi pendant des années, et même longtemps après mon entrée dans la Firme. Pourquoi lui as-tu fait ça ? Il n'était pas anglais, il n'était pas communiste, il n'était pas le criminel de guerre que les Américains l'accusaient d'être. Il n'avait rien à voir avec toi. Ses seuls crimes étaient sa pauvreté, sa présence illégale en Suisse et son handicap physique – ainsi qu'une certaine liberté de penser qu'aux yeux de certains nous sommes là pour défendre. En tout cas je t'en ai longtemps gardé rancune et je m'en excuse aujourd'hui. Je sais bien sûr que tu n'as pas réfléchi du tout. Axel n'était rien de plus pour toi qu'une monnaie d'échange. Tu as complètement gonflé son rôle. Sous la dactylographie sans fautes de Wendy, il surgissait soudain comme un personnage terrible et dangereux. Tu as allumé ta pipe, admiré ton œuvre et tu t'es dit : Tiens donc, je parie que ces bons petits Suisses vont avoir envie de sentir celui-là de plus près ; je vais le leur filer et récolter un bon point. Tu as donné un ou deux coups de fil et invité un contact des services de sécurité suisses à déjeuner dans ton restaurant favori. Tu as attendu le café arrosé de schnaps pour lui glisser une enveloppe brune anonyme. Ensuite, comme après réflexion, tu en as glissé une autre à ton collègue américain pendant qu'on y était, autant obtenir aussi les faveurs des Américains. Après tout, n'étaient-ce pas les Yankees qui l'avaient mis à l'ombre, même si leur dossier était erroné ?

Tu étais encore jeune dans la maison, pas vrai ! Tu avais ton chemin à faire. Comme nous tous. Nous avons pris de la bouteille maintenant, tous les deux. Désolé de m'être étendu aussi longuement sur ces vieux souvenirs, mais il m'a fallu pas mal de temps pour oublier. C'est digéré maintenant. Et c'était bien fait pour moi si j'avais un ami en dehors du service.

« Mr. Canterbury ! Mr. Canterbury ! Il y a quelqu'un pour vous ! »

Pym avait posé son stylo. Il n'avait pas regardé vers la porte. Avant même d'en avoir vraiment conscience, il avait sauté sur ses pieds et avait foncé, en chaussons, sur la mallette noire cerclée de métal toujours fermée à clé qui

330

était posée contre le mur. Il s'accroupit précipitamment et inséra la clé compliquée dans la première serrure pour l'ouvrir, puis dans la seconde : sens contraire des aiguilles d'une montre ou ça saute.

« Qui ça, Miss D. ? demanda-t-il de sa voix la plus douce et la plus rassurante, une main s'enfonçant déjà dans la mallette.

– Un homme avec un *cartonnier*, Mr. Canterbury, répondit Miss Dubber avec une nuance de désapprobation, par le trou de la serrure. Vous n'avez jamais eu de cartonnier jusqu'à présent. Vous n'avez jamais rien eu ici. Vous n'aviez jamais verrouillé votre porte non plus. Que se passe-t-il ? »

Pym rit tout haut. « Rien du tout. Ce n'est qu'un cartonnier. Je l'ai commandé. Combien sont-ils ? »

Prenant la mallette avec lui, il marcha sur la pointe des pieds jusqu'à la fenêtre et se carra le dos au mur pour loucher prudemment vers l'interstice laissé par les rideaux.

« Un seul, cela ne vous suffit pas ? Un grand cartonnier vert en fer, très laid. Si vous aviez besoin d'un meuble de ce genre, pourquoi ne pas me l'avoir dit ? Vous auriez pu avoir le placard de Mrs. Tutton, de la chambre deux.

– Je parlais des hommes. Combien d'hommes y a-t-il ? »

Il faisait jour. Une camionnette taxi jaune était garée devant la maison, le chauffeur toujours derrière son volant. Pym jeta un coup d'œil circulaire sur le reste de la place. Très vite d'abord. Scrutant tous les détails. Puis plus lentement, réexaminant chaque chose.

« Quelle importance, le nombre d'hommes, Mr. Canterbury ? Pourquoi compter les hommes quand il est question d'un cartonnier ? »

Pym se détendit, replaça la mallette dans son coin et la referma dans le sens des aiguilles d'une montre ou ça saute. Il remit les clés dans sa poche. Enfin il ouvrit la porte.

« Pardonnez-moi, Miss D. J'ai dû m'endormir un peu. »

Elle le regarda descendre les escaliers puis le suivit et le regarda encore examiner d'abord les deux hommes puis, timidement, contempler le cartonnier vert en effleurant sa peinture écaillée de haut en bas et en tirant tour à tour sur chacun des tiroirs.

« C'est sacrément lourd, chef, je vous le dis, commenta le premier.

– Qui est-ce que vous gardez là-dedans ? », plaisanta le second.

Miss Dubber regarda Pym conduire les deux hommes à sa chambre puis les raccompagner en bas. Elle le regarda payer la facture en liquide, prenant l'argent dans sa poche arrière, puis les gratifier d'un pourboire de cinq livres.

« Désolé pour le dérangement, Miss D., lui dit-il une fois qu'ils furent partis. Ce sont de vieilles archives du ministère sur lesquelles je travaille. Tenez, ça c'est pour vous. » Il lui tendit une brochure d'agence de voyages qu'il avait prise avec lui en redescendant. L'abondance de majuscules lui fit penser à Rick : « Découvrez la Tunisie dans le Luxe de nos Cars Climatisés. Le Troisième Age est notre Spécialité. Tous les Parfums de l'Orient sur la Méditerranée. De quoi Vous Mettre l'eau à la Bouche. »

Mais Miss Dubber refusa d'accepter la brochure. « Toby et moi n'irons plus nulle part, Mr. Canterbury, décréta-t-elle. Une chose est sûre. Votre problème ne s'en ira pas avec nous. »

9

Brotherhood s'était lavé, rasé, coupé, puis avait enfilé un costume. Il avait écouté les nouvelles sur la BBC puis s'était branché sur la *Deutsche Welle* parce qu'il arrivait à la presse étrangère de livrer des informations que Fleet Street continuait à taire avec obéissance. Mais il n'entendit aucune allusion à un éventuel officier supérieur des services secrets britanniques qui se serait volatilisé ou qui aurait atterri à Moscou. Il avait avalé un toast à la marmelade d'orange puis avait donné quelques coups de fil mais, entre six et huit heures d'une matinée anglaise, c'était la période creuse où l'on ne pouvait mettre la main sur personne. D'habitude, il se serait rendu à pied à la Centrale en traversant le parc et se serait accordé deux heures à son bureau pour lire la récolte de la nuit de rapports d'antennes et pour se préparer à la prière de dix heures dans le sanctuaire de Bo. « Alors, comment va notre front oriental avec toute la pluie qui tombe ce matin, Jack ? », lui aurait demandé Bo d'un ton de vénération amusée lorsque serait venu le tour de Brotherhood. Un silence respectueux se serait ensuivi tandis que le grand Jack Brotherhood aurait livré le bilan à son chef. « D'assez bonnes choses de Conger sur les chiffres des opérations commerciales du Comecon de l'année dernière, Bo. Nous les avons transmis aux Finances par colis spécial. A part ça, c'est la mauvaise saison. Les Joe sont en vacances et ceux d'en face aussi. »

Mais il ne s'agissait pas aujourd'hui d'un jour habituel, et Brotherhood n'était plus le grand vétéran des opérations secrètes dont Bo vantait tant les mérites lorsqu'il le présentait à quelque envoyé des services de liaison occidentaux.

Il devenait la dernière non-personne du dernier scandale qui se profilait à l'horizon et, quand il émergea dans la rue, en bas de son appartement, ses yeux perçants se firent plus vigilants encore qu'à l'accoutumée. Il était huit heures et demie. Il traversa d'abord Green Park en direction du sud, marchant comme toujours d'un pas rapide, plus rapide peut-être que d'habitude, de sorte que les hommes que Nigel avait pu éventuellement lui coller aux trousses auraient à courir ou à demander quelqu'un d'autre devant par radio. La pluie de la nuit s'était arrêtée. Une brume douceâtre et malsaine flottait au-dessus des mares et des saules. Arrivé au Mall il héla un taxi et indiqua Tottenham Court Road au chauffeur. Puis il marcha encore et reprit un taxi, jusqu'à Kentish Town cette fois-ci. Il se dirigeait en fait vers une colline grise couverte de demeures victoriennes. Les premières maisons étaient encore assez délabrées, les fenêtres disparaissant derrière de la tôle ondulée pour se protéger des squatters. Mais à mesure que l'on montait, les breaks Volvo et les lucarnes à cadre de tek attestaient l'arrivée en terrain sûr de la bourgeoisie, avec ses grands jardins arborant portiques colorés et canots en construction. Là, Brotherhood cessa d'être pressé. Il monta lentement la colline et examina chaque détail à loisir : voilà l'allure que j'ai mérité de prendre, voilà le sourire qui me revient. Une fille ravissante le croisa en allant travailler et il se permit un tendre salut. Elle le gratifia d'un clin d'œil mutin, prouvant ainsi qu'elle n'était vraiment pas là pour le surveiller. Il s'arrêta devant le numéro 18 et, comme un acheteur potentiel, embrassa la maison du regard. De la cuisine située au rez-de-chaussée émanaient du Bach et des effluves de petit déjeuner. Une flèche de bois marquée 18A pointait vers les marches du sous-sol. Une bicyclette d'homme était attachée à la clôture et une affiche pour le parti social-démocrate pendait à la fenêtre en arrondi du salon. Il pressa le bouton de sonnette. Une adolescente en blazer lui ouvrit la porte. Ses treize ans ne l'empêchaient pas de prendre déjà un air supérieur.

« Je vais chercher maman », fit-elle avant qu'il pût proférer un mot, puis elle se tourna brusquement pour qu'il puisse voir sa jupe voltiger. « Maman, il y a quelqu'un ! C'est pour toi ! » cria-t-elle, et elle descendit vivement les marches en passant devant lui pour courir vers son école très comme il faut.

« Salut, Belinda, lança Brotherhood. C'est moi. »

Belinda sortit de la cuisine, s'immobilisa au pied de l'escalier et prit son souffle pour hurler en haut : « Paul ! Descends tout de suite, je te prie. Jack Brotherhood est là et j'imagine qu'il veut quelque chose. »

Et Jack s'était à peu près attendu à ce qu'elle criât justement cela, un peu moins fort peut-être car Belinda réagissait toujours très mal au début puis finissait en général par s'adoucir.

Ils s'installèrent dans le salon de pin, sur des fauteuils en rotin qui grinçaient comme des ressorts au moindre mouvement. Un gigantesque abat-jour de papier blanc oscillait irrégulièrement au-dessus d'eux. Belinda avait servi du café dans des mazagrans ; et elle y mettait du vrai sucre. Son Bach continuait à se faire entendre avec défi dans la cuisine. C'était une femme aux yeux sombres que quelque chose dans son enfance avait fâchée à tout jamais – à cinquante ans, elle avait un visage qui semblait prêt à affronter une nouvelle dispute avec sa mère. Ses cheveux grisonnants étaient noués en un chignon sage et son collier semblait fait de noix de muscade. Quand elle marchait, elle luttait contre les pans de son caftan comme si elle le détestait. Quand elle s'asseyait, elle écartait les genoux et se grattait les jointures des mains. Pourtant sa beauté s'accrochait à elle comme une identité qu'elle s'efforçait de renier, et sa vulgarité ne cessait de lui échapper comme un mauvais déguisement.

« Ils sont déjà venus, au cas où tu ne le saurais pas, Jack, annonça-t-elle. A dix heures du soir, en fait. Ils nous attendaient sur le pas de la porte quand nous sommes rentrés de la maison de campagne.

– Qui ça, ils ?

– Nigel. Lorimer. Deux autres que je ne connaissais pas. Des hommes aussi, évidemment.

– Et ils t'ont dit qu'ils cherchaient quoi ? », demanda Brotherhood, mais Paul s'interposa.

On ne pouvait jamais se fâcher contre Paul. Son sourire exprimait une telle sagesse à travers la fumée de sa pipe, même quand il se montrait grossier. « Mais qu'est-ce que c'est que cette histoire, Jack ? s'enquit-il en retirant la pipe de sa bouche pour l'abaisser jusque sous son menton, en un micro improvisé. Un interrogatoire sur un autre interrogatoire ? Tu sais, Jack, tous autant que vous êtes, vous n'avez aucune position constitutionnelle. Vous n'êtes qu'un corps privilégié, même sous ce gouvernement-là, me semble-t-il.

– Tu n'es probablement pas au courant, mais Paul a écrit des articles de fond sur l'extension des services paramilitaires sous les Tories, expliqua Belinda d'une voix qui essayait d'être sèche. Tu le saurais si tu prenais de temps en temps la peine de lire *The Guardian*, ce que tu ne fais évidemment jamais. Il a obtenu une pleine page pour son dernier papier.

– Alors tu peux vraiment aller te faire voir, Jack », ajouta Paul toujours aussi aimablement.

Brotherhood sourit. Paul sourit. Un vieux chien de berger entra sans se presser puis alla se coucher aux pieds de Brotherhood.

« Tu fumerais peut-être quelque chose, Jack ? s'enquit Paul, toujours attentif aux besoins des autres. Je crains que Belinda n'ait interdit les sèches, mais je peux te proposer un petit cigare génial, si ça te dit. »

Brotherhood sortit un paquet de ses cigarettes répugnantes et en alluma une. « Toi aussi, tu peux aller te faire voir, Paul », rétorqua-t-il tranquillement.

Paul avait plafonné très tôt dans la vie. Vingt ans auparavant, il avait écrit des pièces prometteuses pour des théâtres marginaux. Il en écrivait encore. C'était un grand type de carrure si peu athlétique que c'en était rassurant. Il avait, à la connaissance de Brotherhood, posé deux fois sa candidature pour entrer dans la Firme, et par deux fois, elle avait été rejetée sans même l'intervention de Jack.

« Ils sont venus ici pour un dernier contrôle car ils veulent nommer Magnus à un poste très important, si tu veux savoir, expliqua Belinda tout d'une traite. Ils étaient très pressés parce qu'ils voulaient lui donner tout de suite sa promotion pour qu'il puisse se mettre au travail.

– Nigel ? demanda Brotherhood avec un rire incrédule. Nigel et Lorimer plus deux autres types ? En train d'effectuer eux-mêmes un contrôle de sécurité à dix heures du soir. C'est la moitié de la crème du Whitehall secret que tu avais sur le pas de ta porte, Bel. Pas une équipe de contrôle de miteux sur le retour.

– Mais c'est un poste de première importance et il fallait que ce soit fait par des officiers supérieurs, répliqua Belinda en rougissant violemment.

– C'est Nigel qui t'a dit ça ?

– Oui, c'est lui s'écria Belinda.

– Et tu l'as cru ? »

Mais Paul venait de décider qu'il était temps de faire preuve d'autorité. « Non, mais tu vas finir par aller te faire foutre, oui ? dit-il. Sors de chez moi, Jack. Maintenant. Ne lui réponds pas, chérie. C'est du cinéma tout ça, et c'est vraiment trop idiot pour qu'on en parle. Allez, Jack, dehors. Tu peux venir prendre un verre quand tu veux à partir du moment où tu téléphones avant. Mais pas pour ce genre de conneries. Désolé. Du balai. »

Il avait ouvert la porte et frappait l'air de sa grande main douce comme s'il chassait une masse d'eau, mais ni Brotherhood ni le chien n'esquissèrent le moindre mouvement.

« Magnus s'est fait la malle, expliqua Brotherhood à Belinda pendant que Paul prenait son air de Retenez-moi-sinon-je-fais-un-malheur. Nigel et Lorimer vous ont raconté des craques. Magnus a joué la fille de l'air et se cache pendant qu'ils sont en train de lui mitonner une belle réputation de plus grand traître jamais connu du monde occidental. Je suis son patron direct et l'idée ne m'enthousiasme pas autant qu'eux. Je pense qu'il s'est égaré mais qu'il n'est pas complètement perdu et j'aimerais bien le trouver le premier pour lui parler. » S'adressant ensuite à Paul, il ne prit même pas la peine de tourner la tête. Il se contenta de la lever très légèrement pour marquer la différence. « Ils tiennent ton rédacteur en chef comme tout le monde pour

337

l'instant, Paul. Mais si Nigel a le champ libre, attends quelques jours et tes chers collègues vont étaler le premier mariage de Belinda à la une et tu ne pourras plus aller à la blanchisserie sans être assailli par les photographes. Alors tu ferais mieux de commencer à réfléchir à la meilleure façon de se préparer à ça. Entre-temps, va donc nous rechercher un peu de café et laisse-nous une heure de tranquillité. »

Seule, Belinda devenait beaucoup plus forte que quand elle se savait protégée par son époux. Malgré son hébétude, son visage s'était détendu. Son regard s'était résolument posé sur un point assez proche, comme afin de suggérer que même si elle ne voyait pas aussi loin que les autres, sa foi en ce qu'elle voyait brûlait deux fois plus fort. Ils étaient installés devant une table ronde dans le renfoncement de la baie vitrée en saillie et les stores vénitiens découpaient l'affiche du parti social-démocrate en bandelettes.

« Son père est mort, déclara Brotherhood.

– Je sais. Je l'ai lu. Nigel me l'a dit. Ils m'ont demandé dans quelle mesure cela avait pu affecter Magnus. Je suppose que c'était un piège ? »

Brotherhood ne répondit pas tout de suite. « Pas vraiment, finit-il par dire. Non. Pas à proprement parler un piège, Belinda. Je pense qu'ils doivent se dire que ça a pu lui tourner un peu la tête.

– Magnus voulait toujours que je le protège de Rick. J'ai fait de mon mieux. C'est ce que j'ai essayé d'expliquer à Nigel.

– Comment ça, le protéger, Belinda ?

– Le cacher. Répondre à sa place au téléphone. Dire qu'il se trouvait à l'étranger quand il était là. J'ai parfois l'impression que c'est à cause de ça que Magnus est entré dans la Firme. Pour se cacher. Exactement de la même façon qu'il m'a épousée parce qu'il avait trop peur de tenter le coup avec Jemima.

– Qui est Jemima ? fit Brotherhood, feignant l'ignorance.

– C'était une de mes meilleures amies d'école. » Elle se renfrogna. « Une amie trop proche. » L'air maussade s'adoucit pour se muer en mélancolie. « Pauvre Rick. Je ne l'ai jamais rencontré qu'une fois. C'était à notre mariage. Il a débarqué sans être invité au plein milieu de la réception. Je n'ai jamais vu Magnus paraître aussi heureux. Sinon, il n'était qu'une voix au bout du fil. Il avait une très belle voix.

– Magnus avait-il d'autres refuges à cette époque ?

– Des femmes, tu veux dire, c'est ça ? Tu peux le dire, tu sais. Ça ne me fait plus rien.

– Juste un endroit où il aurait pu se réfugier, c'est tout. Une petite maison quelque part. Un vieux copain. Où pourrait-il aller, Belinda ? Chez qui ? »

Maintenant qu'elle les avait dénouées, ses mains étaient élégantes et expressives. « Il aurait pu aller n'importe où. C'était un homme nouveau tous les jours. Il rentrait à la maison avec une certaine personnalité, j'essayais de m'y faire, et le lendemain matin, il était déjà quelqu'un d'autre. Tu crois vraiment qu'il l'a fait, Jack ?

– Et toi ?

– Tu réponds toujours aux questions par une autre question. J'avais oublié. Magnus faisait pareil. » Il attendit. « Tu devrais essayer Sef, avança-t-elle. Sef a toujours été très fidèle.

– Sef ?

– Kenneth Sefton Boyd. Le frère de Jemima. "Sef est un peu difficile à supporter", c'est ce que Magnus disait toujours. Ils étaient bien pareils.

– Et Magnus aurait pu aller le voir ?

– Si ça allait vraiment mal.

– Aurait-il pu s'adresser à Jemima ? »

Elle fit non de la tête.

« Pourquoi pas ?

– J'ai cru comprendre qu'elle avait complètement viré sa cuti ces derniers temps, répondit Belinda en rougissant de nouveau. Elle est imprévisible. Elle l'a toujours été.

– Tu n'as jamais entendu parler d'un certain Wentworth ? »

Elle secoua la tête, l'esprit encore plongé dans d'autres pensées. « C'est après moi, déclara-t-elle.

– Et Poppy ?

– Moi, ça s'est terminé avec Mary. S'il y a eu une Poppy, c'est tant pis pour Mary.

– A quand remontent tes dernières nouvelles de lui, Belinda ?

– C'est ce que Nigel m'a demandé aussi.

– Et qu'as-tu répondu à Nigel ?

– Je lui ai répondu que je n'avais plus aucune raison d'avoir des nouvelles de lui depuis notre divorce. Nous avons été mariés six ans. Nous n'avons pas eu d'enfants ensemble. Ce mariage a été une erreur, pourquoi le revivre ?

– C'est vrai ?

– Non, j'ai menti.

– Qu'est-ce que tu cachais ?

– Il a appelé. Magnus a téléphoné.

– Quand ?

– Lundi soir. Dieu merci, Paul était sorti. » Elle s'interrompit pour écouter le bruit rassurant de la machine à écrire de Paul qui tapait régulièrement au premier. « Il avait une voix bizarre. J'ai cru qu'il avait bu. Il était assez tard.

– Quelle heure ?

– Ce devait être autour de onze heures. Lucy était encore en train de faire ses devoirs. Je ne la laisse généralement pas travailler après onze heures, mais elle préparait un examen blanc de français. Il appelait d'une cabine.

– A pièces de monnaie ?

– Oui.

– D'où ?

– Il ne l'a pas dit. Il a simplement dit : "Rick est mort. Je regrette que nous n'ayons pas eu d'enfants."

– C'est tout ?

– Il a ajouté qu'il s'était toujours détesté de m'avoir épousée, mais que maintenant il s'était réconcilié avec lui-même. Il se comprenait. Et il m'aimait pour avoir essayé aussi fort. Merci.

– C'est tout ?

– "Merci, merci pour tout. Et pardonne-moi tous les moments désagréables, je t'en prie." Puis il a raccroché.

– Tu as raconté ça à Nigel ?

– Pourquoi me demandes-tu ça sans arrêt ? Je me suis

340

dit que ça ne regardait pas Nigel. Je ne voulais pas laisser entendre qu'il avait bu et qu'il devenait sentimental au téléphone tard dans la nuit alors qu'ils s'apprêtaient à lui donner une promotion. Ils n'avaient qu'à ne pas me mentir.

– Que Nigel t'a-t-il demandé d'autre ?

– Juste de quoi avoir un profil un peu plus précis. Ai-je jamais eu de raisons de supposer que Magnus aurait pu avoir des sympathies communistes ? J'ai répondu Oxford. Nigel m'a dit qu'ils étaient déjà au courant pour ça. J'ai ajouté que, de toute façon, la politique à l'université ne signifiait pas grand-chose. Nigel a approuvé. Avait-il déjà fait preuve d'instabilité ? Fragilité quelconque, alcoolisme, tendances dépressives ? Là encore, j'ai répondu non. Un coup de fil un peu aviné ne signifiait pas qu'il buvait, et même si c'était le cas, ce n'est pas moi qui allais le dire à quatre collègues de Magnus. J'éprouvais l'envie de le protéger.

– Ils auraient dû te connaître mieux, Belinda, commenta Brotherhood. Mais toi, lui aurais-tu confié ce nouveau poste ?

– Quel poste ? Tu disais qu'il n'y en avait pas. » Elle devenait plus sèche, le soupçonnant soudain lui aussi de duplicité.

« Non, mais en supposant qu'il y ait un poste. Un poste très important avec beaucoup de responsabilités. Le lui confierais-tu ? »

Elle sourit. Très joliment. « Mais je l'ai déjà fait, non ? Je l'ai épousé.

– Tu es plus sage maintenant. Lui confierais-tu ce poste aujourd'hui ? »

Elle se mordait l'index et fronçait sombrement les sourcils. Elle pouvait changer d'humeur d'un instant à l'autre. Brotherhood attendit mais, voyant que rien ne venait, il lui posa une autre question : « T'ont-ils interrogée à propos du temps qu'il a passé à Graz par hasard ?

– Graz ? Tu veux dire, quand il était à l'armée ? Heureusement qu'ils ne sont pas remontés aussi loin que ça !

Brotherhood secoua la tête comme pour signifier qu'il ne pourrait jamais se faire à la manière tortueuse dont tournait le monde. « Pour eux, c'est à Graz que tout a commencé, Bel, expliqua-t-il. Ils ont élaboré une grande théorie selon laquelle il aurait commencé à avoir de mauvaises fréquentations pendant qu'il faisait son service militaire là-bas. Qu'en penses-tu ?

– C'est ridicule, assura-t-elle.

– Comment peux-tu être si catégorique ?

– Il était tellement heureux là-bas. Quand il est rentré en Angleterre, c'était un homme neuf. "Je suis complet maintenant." C'est ce qu'il disait tout le temps. "J'ai réussi, Bel. Je suis vraiment un homme." Il se sentait très fier d'avoir fait un aussi bon boulot.

– Il t'a dit en quoi cela consistait ?

– Il n'avait pas le droit. C'était bien trop secret et trop dangereux. Il a simplement dit que je serais fière de lui si je savais.

– A-t-il mentionné l'une des opérations auxquelles il a participé ?

– Non.

– T'a-t-il donné des noms de Joe ?

– Ne sois pas absurde. Il n'aurait jamais fait ça.

– Il t'a parlé de son officier supérieur ?

– Il disait que c'était un type génial. Mais pour Magnus, il suffisait d'être nouveau pour être génial.

– Si je te dis Greensleeves, ça t'évoque quelque chose ?

– Une chanson du folklore anglais.

– Tu as déjà entendu parler d'une certaine Sabina ? »

Elle fit non de la tête. « Il me disait que j'étais la première, avoua-t-elle.

– Tu le croyais ?

– Difficile de faire autrement quand c'est aussi le premier pour toi », dit-elle.

Brotherhood se souvint que les périodes de calme étaient toujours très agréables avec Belinda. Si les moments où elle ruait dans les brancards avaient quelque chose de comique, les plages de tranquillité qui les séparaient étaient toujours empreintes de dignité.

« Alors Nigel et ses amis sont partis contents, suggéra-t-il. Et toi, satisfaite ? »

Le visage de Belinda se découpait contre la vitre. Brotherhood attendit qu'elle se tourne vers lui ou bien qu'elle lève la tête, mais elle n'en fit rien.

« Où irais-tu le chercher si tu étais à ma place ? », insista-t-il.

Elle continua de se taire sans bouger.

« Un endroit près de la mer ? Il avait ce genre de lubies, tu sais. Il les découpait en tranches et en donnait un morceau à chacun. T'en a-t-il jamais donné une version ? L'Écosse ? Le Canada ? La migration des rennes ? Une brave dame qui prendrait soin de lui ? J'ai besoin de savoir, Belinda. Vraiment.

– Je ne te dirai plus rien, Jack. Paul a raison. Je ne suis pas obligée.

– Quoi qu'il ait fait ? Pas même pour le sauver ?

– Je n'ai pas confiance en toi. Surtout quand tu te montres aussi gentil. C'est toi qui l'as inventé, Jack. Il aurait fait tout ce que tu lui demandais. Tu n'avais qu'à lui dire qui être. Qui épouser. D'avec qui divorcer. S'il a mal agi, c'est autant ta faute que la sienne. Il était très facile de se débarrasser de moi – il n'a eu qu'à me donner la clé de la maison et aller chez l'avocat. Mais comment était-il censé se débarrasser de toi ? »

Brotherhood se dirigea vers la porte.

« Si jamais tu le retrouves, dis-lui de ne plus me téléphoner. Et puis, Jack ? » Brotherhood s'immobilisa. « Sais-tu s'il a écrit ce livre dont il parlait toujours ?

– Quel livre ?

– Le grand roman autobiographique qui allait changer la face du monde.

– Tu crois qu'il l'aurait fait ?

– "Un jour, je m'isolerai quelque part et je dirai toute la vérité." Je lui répétais : "Pourquoi t'isoler ? Dis-la maintenant." Mais il n'avait pas l'air de penser qu'il en était capable. Je ne laisserai pas Lucy se marier trop tôt. Paul est de mon avis. Nous allons lui donner la pilule et la laisser sortir avant.

– S'isoler où, Belinda ? »

Son visage s'assombrit de nouveau. « Tu l'as cherché, Jack. Vous l'avez tous bien cherché. S'il n'avait pas rencontré de gens comme toi, il s'en serait très bien sorti. »

343

Attends, se dit Grant Lederer. Ils te détestent tous. Tu détestes la plupart d'entre eux. Sois malin et attends ton tour. Dix hommes étaient installés dans une pièce aménagée à l'intérieur d'une autre pièce. Percées dans de faux murs, de fausses fenêtres donnaient sur des fleurs artificielles. C'est dans des endroits comme celui-là que l'Amérique a perdu ses guerres contre les petits hommes bruns en pyjama noir. C'est à cause d'endroits comme celui-là – de ces pièces aux vitres fumées, coupées du reste de l'humanité – que l'Amérique perdra toutes ses guerres exceptée la dernière, songea-t-il. A quelques mètres à peine au-delà de ces murs s'étendait le monde diplomatique endormi de Saint John's Wood. Mais ici, à l'intérieur, ils auraient aussi bien pu se trouver à Langley ou à Saigon.

« Harry, avec tout le respect possible, siffla Mountjoy, du cabinet du Premier ministre – avec très peu de respect en vérité –, vos premiers indices ont très bien pu nous êtres balancés par un adversaire peu scrupuleux, comme certains d'entre nous en sont persuadés depuis le début. N'est-il pas un peu excessif de les ressortir encore ? Je croyais que nous avions mis tout cela de côté jusqu'au mois d'août. »

Wexler contemplait les lunettes qu'il tenait à deux mains. Elles sont trop lourdes pour lui, pensa Lederer. Il voit trop nettement quand il les a sur le nez. Wexler les posa sur la table et frotta ses cheveux de vétéran coupés en brosse de ses doigts massifs. Qu'est-ce qui te retient ? lui demanda mentalement Lederer. Tu traduis ton anglais en anglais ? C'est la fatigue du voyage en Concorde depuis Washington ? Ou bien serais-tu impressionné par ces gentlemen anglais qui ne perdent jamais une occasion de nous rappeler que c'est eux qui ont créé notre service et que c'est encore eux qui nous ont si généreusement invités à bouffer à leur table ? Bon Dieu, n'oublie pas que tu es l'un des hauts responsables du meilleur service de renseignement du monde. Tu es mon patron. Pourquoi ne te lèves-tu pas pour réclamer l'attention ? Semblant répondre à la prière silencieuse de Lederer, la voix de Wexler se remit à fonctionner, avec autant d'animation qu'une balance qui vous indiquerait votre poids.

« *Gentlemen* », commença-t-il – quoique, en fait, il prononçât quelque chose du genre de « djannlemen ». Recharge, vise à nouveau, prends ton temps, lui conseilla silencieusement Lederer. « Notre position, Sir Eric, reprit Wexler avec un petit mouvement qui évoquait désagréablement un salut en direction du chevalier Mountjoy, enfin, c'est-à-dire, hum, la position de l'Agence concernant cette affaire – à l'occasion de cette réunion extrêmement importante et à ce moment précis – est que nous avons d'un côté toute une série d'indices provenant de sources très diverses, et de l'autre de nouvelles données qui nous paraissent décisives et expliquent notre malaise. » Il se passa la langue sur les lèvres. J'en ferais autant, se dit Lederer. Si j'avais débité une phrase aussi longue et aussi verbeuse, moi j'aurais carrément envie de cracher. « Il nous semble donc que la, hum, la logistique exige que nous revenions un peu en arrière et – quand ce sera fait – que nous insérions les nouveaux éléments là où nous pourrons tous les interpréter à la... hum, lumière de ce qui s'est passé juste avant. » Il se tourna vers Brammel et sa figure ridée mais non dépourvue d'innocence s'éclaira d'un sourire d'excuse. « De toute façon, vous allez vouloir une autre manière de procéder, Bo, alors pourquoi ne pas la donner tout de suite afin de chercher un arrangement ?

– Mais mon cher, procédez exactement comme cela vous conviendra le mieux », assura aimablement Brammel, comme il le répétait à tout le monde depuis toujours. Wexler reprit donc le cours de son exposé, plaçant d'abord son dossier juste devant lui sur la table puis le faisant tout doucement pivoter sur la droite, comme s'il allait atterrir sur un aileron. Et Grant Lederer III, qui a l'impression de souffrir de démangeaisons sur la surface interne de sa peau, s'efforce de contrôler sa tension et son rythme cardiaque, et de croire au niveau particulièrement élevé de cette conférence. Quelque part, proteste-t-il en lui-même, la valeur humaine, le secret et un service de renseignement omniscient existent. Le seul problème, c'est que cela ne se trouve qu'au paradis.

Les Anglais avaient rassemblé leur équipe habituelle d'hommes retors à l'expression par trop facile. Hobsbawn, détaché du service de sécurité, Mountjoy, du cabinet du Premier ministre, et Dorney, du *Foreign Office*, se tenaient vautrés dans diverses attitudes de scepticisme ou de mépris affiché. Lederer remarqua cependant que la disposition des gens avait changé : la place symbolique au côté de Brammel qu'occupait jusqu'alors Brotherhood revenait aujourd'hui à Nigel, le commis voyageur de Brammel, alors que Brotherhood présidait maintenant en bout de table, semblable à un vieil oiseau gris prêt à fondre sur sa proie. Ils n'étaient que quatre du côté américain. Lederer remarqua comme il était typique de leurs relations spéciales que les Britanniques dépassent en nombre les Américains. Sur le terrain, l'Agence enfonce ces salauds d'au moins quatre-vingt-dix contre un. Ici, nous ne sommes qu'une minorité persécutée. A la droite de Lederer, Harry Wexler, qui s'était enfin raclé la gorge, avait fini par se décider à affronter les complexités de ce qu'il persistait à appeler la situation hum en cours. A sa gauche paressait Mick Carver, chef du poste de Londres, millionnaire bostonien trop gâté qui passait pour brillant sans que Lederer ait jamais pu en découvrir la raison. Juste après venait ce balourd d'Artelli, mathématicien désaxé de la *Signal Intelligence* qui donnait l'impression d'avoir été traîné par les cheveux de Langley jusqu'ici. Et au milieu, je suis là, moi, Grant Lederer III, détestable même pour moi, petit juriste arriviste de South Bend, Indiana, dont les efforts incessants pour grimper les échelons de la hiérarchie ont à nouveau réuni tout ce beau monde pour démontrer ce qui aurait déjà pu être prouvé six mois plus tôt, à savoir que les ordinateurs n'inventent pas le renseignement, qu'ils ne passent pas dans l'autre camp en échange d'une quelconque faveur, qu'ils ne calomnient pas volontairement les hauts responsables des services secrets britanniques. Ils disent la scandaleuse vérité sans prendre en considération des notions comme le charme, la race ou la tradition, et ils la disent à Grant Lederer III, qui fait tout pour se rendre aussi odieux que possible.

Tout en prêtant une oreille obtuse au verbiage de Wexler, Lederer se persuada que c'était lui et non Wexler qui faisait ici figure d'intrus. Voici le grand Harry Wexler, se dit-il, celui qui, à Langley, s'assoit à la droite de Dieu en personne. Celui qu'on a dépeint dans le *Time* comme l'Aventurier légendaire de l'Amérique. Celui qui a joué un rôle primordial dans l'affaire de la baie des Cochons et qui a parrainé certains des plus beaux merdiers des services secrets pendant la guerre du Viêt-nam. Celui qui a déstabilisé plus d'économies déjà en faillite d'Amérique centrale qu'on ne saurait l'imaginer, et qui a conspiré avec les meilleurs et les plus brillants des chefs de la mafia comme avec les plus nuls. Et me voilà moi, pauvre crétin ambitieux. Et qu'est-ce que je pense ? Je pense qu'un homme qui ne peut s'exprimer clairement ne peut pas non plus réfléchir clairement. Je pense que l'expression va de pair avec la logique et par conséquent Harry E. Wexler me paraît amputé de la cervelle même s'il tient mon précieux avenir entre ses mains.

Au soulagement de Lederer, la voix de Wexler prit soudain une assurance nouvelle. C'était en fait parce qu'il s'était mis à lire le compte rendu de Lederer. « *En mars 1981, un défecteur que nous estimons loyal rapporte que...* » Nom de couverture, Dumbo, se rappela automatiquement Lederer, devenant lui-même l'ordinateur réintégré à Paris avec un mouchard fourni par la Commission des ressources. Un an plus tard, c'était le mouchard qui était passé à l'adversaire. « *En mars 1981, la Sigint rapporte que...* » Lederer coula un œil vers Artelli, dans l'espoir de croiser son regard, mais Artelli était en train de capter des signaux bien à lui. « *En mars encore, mais 1982 cette fois, une source infiltrée dans les services polonais apprend lors d'une visite de liaison à Moscou que...* » Nom de couverture Mustapha, se rappela Lederer avec un frisson de dégoût : mort pour cause d'enthousiasme excessif alors qu'il secondait la sécurité polonaise dans ses enquêtes. Le grand Wexler tâtonna, faillit chuter, puis parvint à assener son premier coup de poing de la matinée sans tout mettre par terre. « Et tous ces témoignages, djannlemen, n'expriment qu'une seule et même chose, affirma-t-il, à savoir que *tout l'effort d'un certain service de renseignement occidental dans les Balkans est orchestré par le renseignement tchèque à Prague, et que la fuite se produit sous le nez de la confrérie des services anglo-américains à Washington.* » Pourtant, personne ne saute au plafond. Le colonel Carruthers ne retire pas son monocle pour s'exclamer : « Dieu tout-puissant, quelle rouerie diabolique ! » C'est que le sensationnel des révélations de Wexler est déjà vieux de six mois. L'affaire a perdu toute saveur depuis longtemps et nul fantôme ne vient la relancer.

Lederer décide donc d'accorder toute son attention aux propos que Wexler ne tient pas. Rien par exemple sur mon stage de tennis interrompu. Rien sur mon mariage mis en péril, ma vie sexuelle tronquée, ou mon rôle de père réduit à néant depuis le matin où l'on m'a arraché à toutes mes autres occupations pour me mettre au service du grand Wexler et devenir son super-esclave vingt-quatre heures sur vingt-quatre. « Vous avez une formation juridique, vous parlez le tchèque et vous connaissez bien les Tchèques, lui avait déclaré le service du personnel. Mieux encore, vous avez un esprit complètement répugnant. Servez-vous-en, Lederer. Nous attendons beaucoup de vous. » Rien au sujet des nuits passées à entrer des kilomètres de données décousues dans mon ordinateur. Pourquoi l'avoir fait alors ? Qu'est-ce qui m'a pris ? C'est simplement que j'ai senti que mon talent se faisait la malle, alors j'ai préféré lui monter sur le dos pour voir où il allait m'emmener. Noms et états de service de tous les officiers passés et présents du renseignement occidental à Washington ayant accès à l'objectif tchèque soit directement soit de manière périphérique : il faut quatre jours à Lederer pour mettre en boîte tout ce ramassis ridicule. Noms de tous leurs contacts, détail de leurs allées et venues, comportements, goûts sexuels et divertissements : Lederer prend tout dans ses filets en un long week-end délirant durant lequel Bee doit prier pour eux deux. Noms de tous les courriers, personnalités, voyageurs légaux ou clandestins tchèques ayant pénétré sur le territoire américain ou l'ayant quitté, et descriptions personnelles entrées séparément dans la machine afin de pouvoir déjouer les faux passeports. Dates et raisons avancées pour de tels voyages, fréquence et durée des séjours. Lederer met à peine trois jours et trois nuits à livrer ce beau monde pieds et poings liés, trois jours pendant lesquels Bee se persuade qu'il la trompe avec Maisie Morse, des Archives, cette fille qui fume des joints à en avoir la fumée qui sort par les oreilles.

Persistant à dédaigner ces nobles sacrifices et bien d'autres encore consentis par son subordonné, Wexler a entamé un chapitre épouvantable sur « l'introduction de nos connaissances générales de la méthodologie tchécoslovaque concernant la protection de leurs agents et leurs moyens de communication avec ceux-ci sur le terrain ». Un silence impressionné s'ensuit, cependant que l'assemblée reprend mentalement les propos de Wexler.

« Oh, vous voulez parler des ficelles habituelles, Harry ! » commente Bo Brammel qui ne résiste jamais à l'occasion de lancer un sarcasme lui semblant de nature à assurer encore sa réputation, et le petit Nigel assis à côté de lui réprime son rire en se tapotant les cheveux.

« Eh bien, je crois en effet que c'est cela, monsieur », confesse Wexler, puis, à sa grande surprise, Lederer éprouve une sorte d'excitation nerveuse qui lui donne envie de bâiller tandis qu'Artelli, toujours aussi ébouriffé, prend le relais.

Artelli n'utilise pas de notes et traite le langage avec une rigueur de mathématicien. Malgré son nom, il s'exprime avec un léger accent français qu'il dissimule en imitant le parler traînant du Bronx. « Comme les indices continuaient à se multiplier, dit-il, mon service a été chargé de faire une réévaluation des émissions radio clandestines envoyées depuis le toit de l'ambassade tchèque de Washington ainsi que depuis d'autres bureaux tchèques identifiés répartis sur les États-Unis au cours des années 1981 et 1982, en particulier depuis leur consulat de San Francisco. Nous avons réexaminé les distances de parcours, les variations de fréquences et les zones de réception probables. Nous sommes revenus sur toutes les interceptions faites pendant cette période, quoique nous n'ayons pas pu les décrypter à l'époque de leur transmission. On a établi un calendrier de ces émissions afin de pouvoir les comparer aux allées et venues de suspects éventuels.

– Attendez une seconde, s'il vous plaît. »

La tête du petit Nigel tourne comme une girouette dans un soudain coup de vent. Brammel lui-même daigne montrer quelques signes d'intérêt. Depuis son bout de table solitaire, Jack Brotherhood pointe un index en calibre 45 sur le nombril d'Artelli. Il est symptomatique des nombreux paradoxes qui animent Lederer qu'entre toutes les personnalités présentes ce soit justement Brotherhood qu'il aurait le plus envie de servir si l'occasion s'en présentait, même si – ou peut-être parce que – ses efforts occasionnels pour plaire à ce héros secret n'ont rencontré qu'une opposition inébranlable.

« Écoutez, Artelli, dit Brotherhood. Vous avez déjà fait toute une tartine sur le fait qu'à chaque fois que Pym quittait Washington, soit pour des congés, soit pour se rendre sur ordre dans une autre ville, une série d'émissions codées bien particulières s'interrompait à l'ambassade tchèque. Je suppose que vous allez nous répéter exactement la même chose ?

– Avec quelques embellissements, oui », répond plaisamment Artelli.

L'index de Brotherhood n'a pas bougé d'un iota. Artelli garde ses mains posées sur la table. « On suppose donc que dès que Pym se trouvait hors de portée de leur émetteur-récepteur de Washington, les Tchèques ne prenaient plus la peine de communiquer avec lui ? suggère Brotherhood.

– C'est exact.

– Et que chaque fois qu'il revenait dans la capitale, ils se manifestaient de nouveau. "Salut, contents que tu sois rentré." C'est bien ça ?

– Oui, monsieur.

– Eh bien, réfléchissez un moment, voulez-vous ? Si vous vouliez monter un coup contre quelqu'un, n'est-ce pas exactement ce que vous feriez ?

– Pas aujourd'hui, assure Artelli d'un ton égal. Et pas en 1981-1982 non plus. Il y a dix ans, peut-être. Mais plus maintenant.

– Pourquoi donc ?

– Je ne serais pas aussi bête. Nous savons tous que c'est une pratique courante du renseignement que de continuer à émettre, que le récepteur écoute ou non à l'autre bout. J'ai le sentiment que.... » Il s'interrompt. « Peut-être vaudrait-il mieux laisser ceci à Mr. Lederer, propose-t-il.

– Non, allez-y, dites-le vous-même », ordonne Wexler sans lever la tête.

La sécheresse de Wexler n'est pas inattendue. Chacune des personnes présentes sait qu'il est caractéristique de ces réunions qu'une malédiction, sinon une interdiction claire et nette pèse sur la moindre allusion au nom de Lederer. Lederer est leur Cassandre, et personne n'a jamais demandé à Cassandre de présider une séance de la dernière chance.

Artelli joue aux échecs et il sait prendre son temps. « Les techniques de communication qu'on nous a demandé d'observer étaient déjà démodées à l'époque même où on les utilisait. Elles dégageaient comme une sensation, un parfum. Un parfum vieillot. L'impression d'une longue habitude, d'une relation entre une personne et une autre qui dure peut-être depuis des années.

– Ça, ce sont vraiment de drôles de preuves », s'exclame Nigel passablement en colère et qui se tient tout raide avant de se renverser brusquement vers son maître. Celui-ci semble essayer d'agiter la tête de haut en bas et de gauche à droite en même temps. « Voyons, voyons », fait Mountjoy tandis que deux supporters du club Brammel émettent de semblables bruits de basse-cour. L'atmosphère se charge d'hostilité, les nationalismes se resserrent ; Brotherhood ne dit rien mais il s'est empourpré. Lederer ne sait pas si quelqu'un d'autre l'a remarqué. Brotherhood s'est empourpré. Il a baissé le poing et paraît, l'espace d'une seconde, avoir abandonné toutes ses défenses. Lederer l'entend grogner : « Quelle imagination délirante », mais manque la suite parce qu'Artelli s'est décidé à reprendre.

« Une autre découverte importante touche cependant aux types de codes utilisés lors de ces transmissions. Dès que nous nous sommes rendu compte que nous avions affaire à des systèmes désuets nous avons soumis les transmissions à différentes méthodes d'analyse. C'est qu'on ne penserait pas tout de suite à chercher un moteur à vapeur sous le capot d'une Cadillac. Nous avons donc décidé de lire les messages en imaginant qu'ils étaient destinés à un homme ou une femme dont la formation date d'un certain temps et qui ne peut ou n'ose pas s'équiper de matériel de codage moderne. Nous avons cherché des clés élémentaires. Nous avons surtout cherché des signes indiquant quels textes en particulier leur servaient de clés de base de chiffrement. »

S'il y a un petit malin qui comprend un traître mot de ce qu'il raconte il se cache bien, pense Lederer.

« A ce moment-là, nous avons très vite détecté une certaine progression dans la structure. Pour l'instant, c'est toujours de l'hébreu, mais le code est là. Il y a une progression linguistique logique. Il s'agit peut-être d'une pièce de Shakespeare. C'est peut-être une berceuse hottentote. Mais il se dégage un schéma qui s'appuie sur un texte continu de ce genre. Et le texte en question est ce qui sert de carnet de chiffrement à toutes ces transmissions. Nous avons également l'impression – mais cela va peut-être sembler un peu mystique – que ce texte représente, disons, un lien entre la cible et la base. Nous le voyons un peu comme une entité humaine. Nous n'avons besoin que d'un seul mot. Le premier de préférence, mais pas obligatoirement. Ensuite, ce ne sera plus qu'une question de temps pour identifier tout le reste du texte. Nous pourrons alors décrypter la totalité de ces messages.

– Et quand exactement ? s'enquiert Mountjoy. Vers 1990, j'imagine.

– Peut-être. Peut-être cette nuit. »

Il devient soudain évident qu'Artelli sous-entend plus de choses qu'il n'en dit. L'hypothétique prend corps. Brotherhood est le premier à relever l'allusion.

« Pourquoi justement cette nuit ? demande-t-il. Pourquoi pas en 1990 ?

– Il se passe quelque chose de très curieux avec les transmissions tchèques en ce moment, avoue Artelli avec un sourire. Ils émettent des messages au hasard un peu partout. Hier soir, Radio-Prague a lancé une sorte de message fantôme dans le monde entier en se servant d'un professeur bidon qui n'existe même pas. Comme un appel au secours destiné à quelqu'un qui ne serait pas en position de recevoir autre chose que du texte oral. Puis on intercepte des SOS toute la journée – une émission à grande vitesse de l'ambassade tchèque de Londres, par exemple. Cela fait quatre jours maintenant qu'ils envoient des signaux accélérés sur vos fréquences principales d'émissions de la BBC. On dirait que les Tchèques ont perdu un môme en pleine forêt et qu'ils lui balancent tous les messages qui ont une chance de l'atteindre. »

Avant même que la voix sans relief d'Artelli ne s'éteigne, Brotherhood parle déjà. « Évidemment qu'il y a des émissions à Londres, déclare-t-il avec véhémence en posant le poing sur la table en signe de défi. Évidemment que les Tchèques font du remue-ménage. Bon Dieu, combien de fois faudra-t-il vous répéter ça ? Ça fait deux ans qu'il y a des transmissions tchèques dès que Pym pose un pied quelque part et que ces émissions coïncident avec tous ses mouvements. C'est un jeu de radio. C'est exactement le jeu auquel on joue quand on a décidé de brûler un mec. Il s'agit d'insister, de recommencer sans arrêt et d'attendre que les nerfs de ceux d'en face craquent. Les Tchèques ne sont pas des imbéciles. Mais je me demande parfois si nous, nous n'en sommes pas. »

Pas troublé le moins du monde, Artelli adresse son sourire torve à Lederer, comme pour lui dire : « On va voir si toi, tu peux les impressionner. » Grant Lederer se permet alors un souvenir incongru de sa femme, Bee, étendue sur lui dans toute la splendeur de sa nudité et lui faisant l'amour aussi délicieusement que tous les anges du paradis réunis.

« Sir Michael, il faut que je reprenne au début, dit vivement Lederer à l'adresse de Brammel en une ouverture soigneusement préparée. Il faut que je reparte de Vienne voilà plus de dix ans, si cela ne vous dérange pas, monsieur, puisque de là je remonte à Washington. »

Personne ne le regarde. Commencez où vous devez, lui disaient-ils tous, et finissons-en au plus vite.

Un autre Lederer s'est libéré en lui et il accueille cette

version de lui-même avec plaisir. Je suis un chasseur de trésors et je navigue entre Londres, Vienne et Washington sans jamais perdre Pym de vue. Je suis le Lederer qui, Bee me l'a assez reproché dès que nous nous savions à l'abri des micros, mettait Pym dans notre lit tous les soirs, se réveillait en sueur et en proie aux pires doutes à des heures impossibles puis s'éveillait à nouveau le matin en trouvant Pym toujours dressé entre lui et sa femme : « Je t'aurai, vieux, je t'épinglerai. » Le Lederer qui depuis douze mois – depuis que le nom de Pym s'est mis à clignoter sur l'écran de mon ordinateur –, l'a poursuivi d'abord comme une abstraction, puis comme un type aussi cinglé que lui. Le Lederer qui passait, dans des comités plus ou moins bidons, pour son plus fervent admirateur. Qui participait à de joyeux pique-niques bien arrosés avec la famille Pym dans les bois des alentours de Vienne puis qui retournait précipitamment à son bureau pour se mettre à détruire avec une nouvelle vigueur ce qu'il venait tout juste d'adorer. Je suis le Lederer qui s'attache trop facilement puis qui cherche à châtier tout ce qui peut le retenir, le Lederer qui reçoit avec reconnaissance le moindre sourire figé ou la moindre tape d'encouragement du grand Wexler, son maître, pour se retourner contre lui dans la minute qui suit, le ridiculiser et le descendre en flèche dans son esprit surexcité, pour le punir de ne représenter une fois de plus qu'une cruelle déception.

Que Pym ait vingt ans de plus que moi n'a aucune importance. Je retrouve en Pym ce que je découvre en moi-même : un esprit tellement fantasque que même lorsque je joue au Scrabble avec mes gosses, je me surprends à hésiter entre la solution du suicide, celle du viol et celle de l'assassinat. « Mais il est des nôtres, merde ! » se retient-il de hurler à l'adresse des potentats somnolents qui l'entourent. « Enfin, pas vraiment des vôtres. Mais il est comme moi ! Nous ne sommes tous les deux que des psychopathes profonds. » Lederer ne crie bien évidemment rien de tel, ni quoi que ce soit d'autre. Il parle posément de son ordinateur. Puis d'un homme répondant au nom de Petz, de Hampel aussi, et de Zaworski qui se déplace presque autant que Lederer et exactement autant que Pym mais qui prend beaucoup plus de précautions qu'eux pour ne pas laisser de traces.

D'abord, cependant, de cette voix parfaitement équilibrée et dépourvue de toute passion, Lederer décrit la situation telle qu'elle se présentait en août, quand les deux parties sont tombées d'accord – Lederer lance un regard respectueux en direction de son héros Brotherhood – pour abandonner l'affaire Pym et dissoudre la commission d'enquête.

« On ne l'a pourtant pas vraiment dissoute, si ? interroge Brotherhood sans prendre la peine cette fois-ci d'annoncer son intervention. Vous avez gardé sa baraque sous surveillance et je suis prêt à parier que vous avez laissé pas mal de bidules à l'intérieur. »

Lederer se tourne vers Wexler qui se concentre sur ses mains pour indiquer qu'il ne veut pas être mêlé à tout cela. Mais Lederer n'a pas du tout l'intention de conserver ce ballon-là et il attend avec ennui que Wexler se décide à l'attraper.

« Nous avions de notre côté décidé, Jack, que nous devions capitaliser les, euh, ressources que nous avions déjà en notre possession, déclare Wexler à contrecœur. Nous avons donc opté pour une réduction graduelle d'un... euh, pour un désamorçage par phases, tout en douceur. »

Dans le silence qui suit, Brammel se permet un sourire moqueur. « Vous voulez donc dire que vous avez effectivement maintenu la surveillance ? C'est bien cela ?

– Seulement de manière très limitée, à une toute petite échelle, je vous assure, Bo. Surveillance minimale à tous les échelons.

– Je croyais que nous étions convenus de rappeler nos chiens tous en même temps, Harry. Et je sais que nous, nous avons respecté notre part du marché.

– La, euh, l'Agence, a choisi d'honorer cet accord dans son esprit, Bo. Mais également de mettre en lumière ce qui avait été considéré comme négligeable sur un plan opérationnel par rapport aux faits et aux indices déjà connus.

– Merci », réplique Mountjoy en reposant son crayon comme on refuse de la nourriture.

Cette fois-ci cependant, Wexler n'hésite pas à renvoyer le coup, ce qu'il sait parfaitement faire : « Je suis certain que vous n'allez pas regretter votre gratitude, monsieur », dit-il sèchement en se passant le poing sur le bout du nez d'un air combatif.

L'affaire Hans Albrecht Petz, reprend Lederer, a démarré il y a six mois, dans un contexte qui n'avait à première vue rien à voir avec le cas de Pym. Petz n'était qu'un journaliste tchèque parmi d'autres, qu'on avait remarqué au sommet Est-Ouest de Salzbourg parce qu'il était nouveau. Quelqu'un de plus très jeune, effacé mais intelligent, nous avons le détail de son passeport. Lederer releva alors son nom et demanda un contrôle de routine sur les antécédents du personnage. A Langley, on lui signala qu'on n'avait rien contre lui, mais on l'avertit qu'il semblait curieux justement de ne rien avoir, vu son âge et sa profession. Un mois plus tard, Petz réapparut à Linz, dans le but avoué de couvrir la foire agricole. Il ne sortait pas avec les autres journalistes, ne cherchait pas à se rendre sympathique, ne fut que rarement repéré sous les tentes de la manifestation et ne couvrit pas du tout l'événement. Quand Lederer fit éplucher la presse tchèque par son équipe de lecteurs pour y relever tous les papiers de Petz, ils ne lui remirent que deux malheureux paragraphes signés H.A.P. du *Fermier socialiste*, où il était question des limites des tracteurs lourds occidentaux. C'est alors que, juste au moment où Lederer allait abandonner cette piste, Langley lui fit part d'une identification positive. Hans Albrecht Petz ne faisait en réalité qu'un avec Alexander Hampel, officier du renseignement tchèque qui avait récemment assisté à une conférence de journalistes non alignés à Athènes. Ne pas approcher Petz-Hampel sans autorisation. Attendez de nouvelles informations.

S'entendant prononcer le nom d'Athènes, Lederer sent la pression de l'air chuter brutalement dans la chambre de sécurité.

« Athènes quand ? grogne Brotherhood avec irritation. Comment voulez-vous qu'on suive si on n'a pas les dates ? »

Nigel semble soudain s'inquiéter terriblement de sa coiffure. Il ne cesse de rajuster de ses doigts manucurés les épis grisonnants qui lui font comme des cornes au-dessus des oreilles, et il grimace de douleur.

Wexler s'interpose une fois encore et, au soulagement de Lederer, il commence à perdre de sa timidité et de son obséquiosité. « La conférence d'Athènes a eu lieu entre le 15 et le 18 juillet, Jack. Hampel n'y a été vu que le premier jour. Il a gardé sa chambre d'hôtel durant les trois nuits mais n'y a pas couché une seule fois. Il a payé en liquide. Si l'on s'en tient aux registres grecs, il est arrivé à Athènes le 14 juillet et n'est jamais ressorti du pays. Il a vraisemblablement dû partir sous un autre passeport. Il semblerait qu'il ait pris un vol pour Corfou. Les listes d'embarquement grecques sont comme d'habitude un vrai chantier, mais on dirait bien qu'il s'est envolé pour Corfou, insista-t-il C'est à ce moment-là que nous commençons à nous intéresser très sérieusement à cet homme.

– Ne sommes-nous pas en train d'anticiper ? s'enquiert Brammel dont le sens des convenances n'est jamais aussi fort qu'en période de crise. Enfin, Harry, merde ! c'est toujours la même chose. On en est toujours à la culpabilité par coïncidences. C'est exactement la même chose qu'avec ces émissions radio. Si on voulait brûler un type, on n'agirait pas autrement. On prendrait un ancien de la Firme, un type un peu dépassé mais rien de déshonorant, et on lui ferait observer à la lettre tous les déplacements du pauvre mec visé en attendant que ceux d'en face se mettent à crier : "Hou-hou ! notre homme est un espion." Ils n'ont qu'à se tirer eux-mêmes dans les pattes. Hyperfacile. D'accord, Hampel court après Pym partout, mais en quoi cela prouve-t-il que Pym est consentant ?

– En rien pour l'instant, monsieur, avoue Lederer avec une feinte humilité pour relayer Wexler. Mais nous avons déjà à ce moment-là établi un lien rétrospectif entre Pym et Hans Albrecht Petz. A l'époque de la conférence de Salzbourg, Pym et sa femme y étaient pour le festival de musique. Petz séjournait à environ deux cents mètres de l'hôtel des Pym.

– Encore et toujours la même histoire, répète obstinément Brammel. C'est un coup monté. Ça se voit comme le nez au milieu de la figure. N'est-ce pas, Nigel ?

– Cela paraît effectivement très mince », acquiesce Nigel.

La pression atmosphérique semble à nouveau tomber. Peut-être les machines annihilent-elles l'oxygène comme elles annihilent les bruits. « Cela vous dérangerait-il de nous indiquer la date à laquelle la piste d'Athènes vous est apparue ? demande Brotherhood, toujours préoccupé par les questions de calendrier.

– Il y a dix jours, monsieur, réplique Lederer.

– Vous avez mis le temps avant de nous en avertir, vous ne trouvez pas ? »

La colère permet à Wexler de trouver ses mots plus vite. « Tu sais, Jack, nous n'avions pas très envie de vous présenter prématurément une nouvelle série de résultats et de coïncidences informatiques. » Puis, s'adressant à Lederer, son souffre-douleur : « Alors, qu'est-ce que vous attendez ? »

Il y a dix jours. Lederer est tapi dans la salle des communications de l'antenne de Vienne. Il fait nuit et il a décliné deux invitations à des cocktails et une à dîner en prétextant une légère grippe. Il a appelé Bee et lui a laissé percevoir l'excitation contenue dans sa voix et l'envie qui le tenaille de rentrer au plus vite pour tout lui raconter : il lui dit toujours tout de toute façon, et parfois, quand la période est un peu maigre, il en rajoute même un peu pour entretenir le prestige. Mais il se retient. Et bien que ses doigts n'en puissent plus d'être raides et tendus, il continue de taper. Il fait d'abord apparaître les indications les plus récentes qu'il possède sur les séjours de Pym à Vienne et ailleurs, et peut ainsi établir, pratiquement sans surprise, que Pym se trouvait à Salzbourg et à Linz exactement aux mêmes dates que Petz alias Hampel.

– Linz aussi ? l'interrompt brutalement Brotherhood.

– Oui, monsieur.

– Je suppose que vous l'avez suivi là-bas, malgré nos accords ?

– Non, monsieur, nous n'avons pas suivi Magnus à Linz. Mais c'est ma femme, Bee, qui a appelé Mary Pym au téléphone. Elle a obtenu cette information au cours d'une conversation parfaitement innocente, une conversation de femmes où il était question de tout autre chose, Mr. Brotherhood.

– Cela ne prouve pas qu'il soit effectivement allé à Linz. Il aurait pu mentir à sa femme. »

Lederer concède douloureusement que c'est tout à fait possible, mais il ajoute aussitôt que cela n'a pas grande importance vu le message que Langley lui envoie le soir même et qu'il lit à présent devant cette docte assemblée des seigneurs du renseignement anglo-américain. « Il est arrivé sur mon bureau cinq minutes après que nous avions fait le rapprochement de Linz. Je vous le livre : "Petz-Hampel, également identifié sous le nom de Jerzy Zaworski, né à Carlsbad en 1925, journaliste ouest-allemand d'origine tchèque qui effectua neuf séjours parfaitement légaux aux États-Unis entre 1981 et 1982."

– Parfait, souffle Brammel.

– Les dates de naissance sont évidemment approximatives, continue Lederer sans se laisser démonter. Nous savons par expérience que les faux passeports ont tendance à donner un ou deux ans de plus au détenteur...

Le message est à peine posé sur son bureau que Lederer tape les dates et les destinations des voyages de Herr Zaworski aux États-Unis sur son clavier. C'est alors que – même si Lederer l'exprime de façon beaucoup plus concise – une seule touche enfoncée fait surgir le tableau dans son intégralité : les continents fusionnent, trois journalistes âgés d'une bonne cinquantaine d'années se fondent en un seul espion tchèque d'un âge incertain, et Grant Lederer III peut, grâce à l'insonorisation parfaite de la salle des liaisons, crier « Alléluia ! » puis « Bee, je t'aime », aux murs capitonnés.

« Pym se trouvait, aux mêmes dates que lui exactement, dans toutes les villes américaines où s'est rendu Petz Hampel Zaworski en 1981 et 1982, psalmodie Lederer. Pendant ces périodes, les émissions clandestines de l'ambassade tchèque qui nous intéressent ont été interrompues, sans doute, estimons-nous, parce qu'elles étaient alors remplacées par des contacts directs entre l'agent en pays cible et son officier traitant. Les émissions radio devenaient donc superflues.

– C'est magnifique, commente Brammel. J'aimerais bien retrouver l'officier de renseignement tchèque qui a conçu ce plan-là pour lui attribuer moi-même un oscar. »

C'est avec une discrétion douloureuse que Mick Carver pose doucement une serviette sur la table et en sort une pile de dossiers.

« Voici le profil de Petz-Hampel-Zaworski que Langley soupçonne maintenant d'être l'officier traitant de Pym, explique-t-il avec la patience d'un vendeur occupé à vanter une technique nouvelle malgré la présence encombrante d'un élément plus ancien. Nous attendons une ou deux informations plus récentes dans les heures qui suivent, peut-être même dès ce soir. Bo, seriez-vous assez aimable pour nous dire quand Magnus rentrera à Vienne, s'il vous plaît ? »

Comme tous les autres, Brammel est plongé dans son dossier et il est tout à fait naturel qu'il mette un certain temps à répondre. « Quand nous le lui commanderons, j'imagine, dit-il d'un ton léger tout en tournant une page. En tout cas, pas avant. Pour tout dire, la mort de son père a été providentielle et je suppose que le vieil homme a laissé un beau fouillis derrière lui. Magnus a pas mal de choses à régler.

– Où est-il en ce moment ? », interroge Wexler.

Brammel consulte sa montre. « Il doit être en train de dîner, je pense. Il est presque l'heure, non ?

– Mais où réside-t-il ? », insiste Wexler.

Brammel sourit. « Vous savez, Harry, je ne crois pas que je vais vous le dire. Vous devinez sans doute que nous avons encore quelques droits dans notre propre pays et que vous vous êtes peut-être montrés un peu gourmands en ce qui concerne les limites permises de votre surveillance. »

Il n'y a pas plus têtu que Wexler. « La dernière fois que nous avons entendu parler de lui, il se trouvait à l'aéroport de Londres et faisait enregistrer ses bagages sur le vol de Vienne. Selon nos informations, ses affaires étaient réglées ici et il retournait à son poste. Que s'est-il passé, bon Dieu ? »

Nigel a serré ses mains l'une contre l'autre. Il les pose, toujours nouées, sur la table pour bien montrer que, petit ou pas, c'est lui qui parle, maintenant. « Vous ne l'avez quand même pas fait suivre ici aussi, n'est-ce pas ? Ce serait vraiment le bouquet. »

Wexler se frotte le menton. Il s'est assombri mais n'en paraît pas moins combatif. Il se tourne à nouveau vers Brammel. « Bo, nous devons absolument savoir. S'il s'agit là d'une machination tchèque, alors c'est le coup le plus dingue et le plus habile que je connaisse.

— Pym est également un officier extrêmement habile, proteste Brammel. Cela fait trente ans qu'il est la bête noire des services tchèques. Il mérite tout le mal qu'ils se donnent pour lui.

— Bo, il faut que vous fassiez venir Pym ici et que vous lui fassiez cracher tout ce qu'il a dans le ventre. Si vous ne vous en chargez pas, nous allons continuer à remuer tout ça jusqu'à ce que nous ayons des cheveux blancs et que certains d'entre nous aient passé l'arme à gauche. Il a joué au con avec nos secrets à tous. Et nous avons de très graves questions à lui poser et des gens merveilleusement entraînés pour les lui poser.

— Harry, je vous donne ma parole que quand le moment sera venu, vous pourrez l'avoir autant que vous voudrez.

— Mais le moment est peut-être déjà venu, non ? fait Wexler en sortant la mâchoire. Peut-être vaudrait-il mieux que nous soyons là dès qu'il se mettra à chanter. Pour le frapper quand il s'y attendra le moins.

— Et peut-être devriez-vous nous faire suffisamment confiance pour attendre votre heure », ronronne alors doucereusement Nigel qui lance à Wexler un regard des plus rassurants par-dessus ses lunettes de lecture.

Une impulsion extrêmement étrange s'empare cependant de Lederer. Il la sent monter en lui et ne peut la maîtriser davantage qu'une brusque envie de vomir. Pris dans son cycle infernal de compromission et d'hypocrisie, il éprouve soudain le besoin d'exprimer l'affinité secrète existant entre lui et Magnus. Afin de mieux assurer son monopole de la compréhension de Pym et de souligner ainsi la nature personnelle de son triomphe. Afin de rester encore au centre de la mêlée et de ne pas être renvoyé sur le banc de touche d'où il vient.

« Vous avez mentionné le père de Pym, monsieur, dit-il trop fort en regardant Brammel bien en face. Je sais tout sur son père, monsieur. J'ai moi-même un père qui n'est pas si différent du sien, ce n'est qu'une question de degrés. Un avocat douteux à la petite semaine dont l'honnêteté n'est pas vraiment le fort. C'est sûr. Mais le père de Pym, lui, c'était un véritable escroc. Un artiste du genre. Nos psychiatres ont dressé de lui un portrait tout à fait troublant. Savez-vous que quand Richard T. Pym se trouvait à New York, il a monté tout un empire de sociétés plus bidons les unes que les autres ? Qu'il a emprunté de l'argent aux personnalités les plus invraisemblables ? Et je parle de gens importants, vraiment très connus. Il y a là une charge importante d'instabilité contrôlée. Nous avons un document là-dessus. » Il sentait qu'il allait trop loin mais ne pouvait plus s'arrêter. « Enfin, bon Dieu, vous savez que Magnus a dragué ma femme d'une façon incroyable ? C'est pas que je lui en veuille. Elle est très séduisante. Mais ça veut dire que le type attaque sur tous les fronts. Il est partout. Son sang-froid britannique n'est qu'un vernis, rien d'autre. »

Ce n'est pas la première fois que Lederer vient de se suicider. Personne ne l'écoute, personne ne crie : « Osez répéter une chose pareille ! » Et quand Brammel prend enfin la parole, il s'exprime d'une voix aussi froide que la charité, et aussi lente à venir.

« Eh bien moi, j'ai toujours considéré que les hommes d'affaires étaient tous plus ou moins des escrocs, pas vous Harry ? Je suis sûr que nous réagissons tous de même. » Il passe en revue tous les visages sauf celui de Lederer puis revient à Wexler. « Harry, pourquoi vous et moi n'aurions-nous pas un petit tête-à-tête d'une heure ? Qu'en pensez-vous ? S'il doit y avoir un interrogatoire assez musclé à un moment ou à un autre, je suis sûr que nous devrions définir une ligne de conduite à l'avance. Nigel pourquoi ne viendriez-vous pas aussi pour nous servir d'arbitre ? Aux autres – son regard tombe alors sur Brotherhood et il lui accorde un sourire particulièrement confiant –, eh bien nous vous disons tout simplement à plus tard. Partez deux par deux, si cela ne vous dérange pas, quand vous aurez terminé votre lecture. Pas tous à la fois car cela risque d'effrayer les paysans du coin. Merci. »

Brammel s'en va. Wexler le suit courageusement en se dandinant en homme qui a dit le fond de sa pensée et se moque de savoir si elle a bien été reçue. Nigel attend qu'ils soient tous partis puis, tel un chef d'entreprise débordé, fait rapidement le tour de la table pour prendre Brotherhood par le bras en un geste fraternel.

« Jack, murmure-t-il. Bien mené, bien joué. Ils n'y ont vu que du feu. Je peux vous dire un mot à l'abri des micros, d'accord ? »

L'après-midi commençait tout juste. La place forte où ils venaient de se réunir était en fait une demeure affichant un style début XIXᵉ siècle dont les fenêtres disparaissaient derrière des grilles de bijoutier. Un brouillard douceâtre recouvrait l'allée de gravier que Lederer arpentait tel un meurtrier guettant l'apparition du crâne de Brotherhood sous le porche éclairé. Mountjoy et Dorney passèrent devant lui sans lui adresser la parole. Carver, qu'accompagnait Artelli et sa serviette se montra plus explicite. « Moi, je dois vivre ici, Lederer. Alors j'espère que cette fois-ci vous allez faire coller votre histoire ou que, sinon, on vous le fera payer cher. »

Salaud, pensa Lederer.

Jack Brotherhood apparut enfin, glissant quelques mots mystérieux à Nigel. Lederer les considéra d'un œil jaloux. Nigel fit demi-tour et rentra dans la demeure. Brotherhood poursuivit son chemin.

« Mr. Brotherhood ? Jack ? C'est moi, Lederer. »

Brotherhood s'immobilisa lentement. Il portait son inévitable imperméable crasseux et un cache-nez, et il avait allumé une de ses cigarettes jaunes.

« Que voulez-vous ?

— Jack. Je voulais vous dire que quoi qu'il arrive et quoi qu'il ait fait ou n'ait pas fait, je suis désolé que ça tombe sur lui et je suis désolé que ça tombe sur vous.

– Il n'a probablement rien fait du tout. Il a pu recruter un type de l'autre bord sans même nous le dire, comme je le connais. J'ai l'impression que vous avez compris l'histoire complètement de travers.

– Il ferait une chose pareille ? Magnus ? Jouer le coup tout seul avec l'ennemi et ne rien dire à personne ? Bon Dieu, c'est de la dynamite, ça ! Si jamais je me permettais un truc pareil, Langley me ferait la peau. »

Il se rangea au côté de Brotherhood sans y être invité. Un policier se tenait à l'entrée. Ils dépassèrent les bâtiments de la Royal Horse Artillery et perçurent des claquements de sabots venant de la place d'Armes, mais le brouillard les empêcha de voir les chevaux. Brotherhood marchait vite. Lederer avait du mal à rester à son niveau.

« Je n'ai vraiment pas le moral, Jack, avoua Lederer. Personne n'a l'air de comprendre ce que ça a été pour moi de faire une chose pareille à un ami. Il n'y a pas que Magnus. Il y a aussi Bee, Mary, les gosses et tout le monde. Beckie et Tom sont adorables. Ça oblige vraiment à se voir d'un autre œil, je vous assure. Il y a un pub tout près. Puis-je vous offrir un verre ?

– J'ai quelqu'un à voir, désolé.

– Je peux vous déposer quelque part ? J'ai une voiture et un chauffeur juste au coin, là.

– Je préfère marcher, si cela ne vous dérange pas.

– Magnus m'a beaucoup parlé de vous, Jack. J'imagine qu'il a dû enfreindre certaine loi du silence, mais nous étions assez proches pour ça. Nous avions vraiment beaucoup en commun. C'était une grande amitié. C'est ça le plus dingue. Nous incarnions la relation privilégiée. J'y crois fermement. Je crois profondément en l'alliance anglo-américaine, au pacte Atlantique et tout ce qui va avec. Vous vous souvenez de ce cambriolage que vous avez commis, vous et Magnus, à Varsovie ?

– Je ne crois pas, désolé.

– Allons, Jack. Vous l'aviez fait passer par une lucarne, comme dans la Bible. Et vous aviez posté de faux flics polonais devant la porte au cas où le gibier serait rentré inopinément. Il disait que vous étiez un père pour lui. Vous savez ce qu'il m'a assuré, un jour ? "Grant, il m'a dit, Jack est le vrai champion de ce grand jeu." Vous savez ce que je pense ? J'ai le sentiment que si Magnus avait réussi à écrire son livre, il n'aurait pas fait de bêtises. Il y a tout simplement beaucoup trop de choses en lui. Il faut bien qu'il les mette quelque part. » Sa respiration s'accélérait entre les mots, mais il insistait pour ne pas se laisser distancer ; il fallait absolument que la situation soit claire pour Brotherhood. « C'est que j'ai lu énormément de choses sur la créativité des esprits criminels, ces derniers temps.

– Oh, voilà que c'est un criminel, maintenant ?

– Je vous en prie. Permettez-moi de vous citer une phrase que j'ai lue. » Ils étaient arrivés à un croisement et attendaient que le signal passe au vert. « "Quelle est la différence, en termes de moralité, entre la criminalité foncièrement anarchique de l'artiste, qui est endémique dans tout esprit véritablement créatif, et le caractère artistique du criminel ?"

– Désolé, je ne sais pas. Trop de mots ronflants. Veuillez m'excuser.

– Mais merde, Jack, nous ne sommes que des escrocs légaux, c'est tout ce que je veux dire. Et notre combine, c'est quoi ? Vous savez comment nous faisons notre beurre ? Nous mettons notre nature de malfaiteur au service de l'État. J'entends par là que je ne vois pas pourquoi mes sentiments devraient changer vis-à-vis de Magnus simplement parce qu'il s'est un peu planté dans ses dosages ? Je ne peux pas changer mes sentiments, et Magnus est toujours le même homme avec lequel j'ai passé de si bons moments. Et moi, je suis toujours celui qui a passé ces moments-là avec Magnus. Rien n'a changé excepté que nous avons chacun atterri d'un côté différent de la barrière. Vous savez qu'il m'a même parlé de défection, une fois ? Où nous serions allés si nous avions décidé de couper les ponts et de fuir ? En laissant nos femmes et nos gosses pour disparaître dans la nature ? Nous étions vraiment très intimes, Jack. Nous sommes allés jusqu'à envisager l'inenvisageable. Je vous le jure. C'était incroyable. »

Ils s'étaient engagés dans Saint John's Wood High Street

et se dirigeaient vers Regent's Park. Brotherhood marchait encore plus vite.

« Et alors, où a-t-il dit qu'il irait ? coupa l'Anglais. Il rentrerait à Washington ? Moscou ?

– Chez lui. Il a dit qu'il n'existait qu'un seul endroit. Chez lui. Si je vous raconte ça, c'est pour vous montrer qu'il aime son pays, Mr. Brotherhood. Magnus n'est pas un renégat.

– Je ne savais pas qu'il avait un "chez-lui", avoua Brotherhood. Il m'a toujours dit qu'il avait eu une enfance vagabonde.

– Il s'agit d'une toute petite ville de la côte galloise. Il y a une affreuse petite église victorienne au milieu. Il y a une logeuse très stricte qui le boucle dès dix heures du soir dans sa chambre. Et un de ces jours, Magnus va s'enfermer dans cette petite chambre tranquille pour écrire tout ce qu'il a dans le ventre et ne ressortir qu'avec ses douze volumes de la réponse de Pym à Proust. »

Brotherhood pouvait ne pas avoir entendu. Il accéléra le pas.

« Ce chez-lui, c'est la recréation de son enfance, Mr. Brotherhood. Si la défection est une manière de se régénérer, elle exige également de passer par une renaissance.

– C'est de vous, cette imbécillité ?

– De moi et de lui aussi. Nous avons discuté de tout cela et de beaucoup, beaucoup d'autres choses encore. Vous savez pourquoi tant de défecteurs repassent de l'autre côté ? Nous avons examiné cette question-là aussi. C'est comme s'ils ne cessaient de rentrer dans le ventre maternel et d'en ressortir. Vous n'avez jamais remarqué ce côté-là chez les transfuges – le facteur commun qu'on retrouve chez tous ces détraqués ? Ils sont complètement immatures. Pardonnez-moi, mais ce sont tous des gamins qui rêvent de baiser leur mère.

– Il a un nom, cet endroit ?

– Pardon ?

– Ce paradis gallois, il s'appelle comment ?

– Il n'a jamais donné de nom. Tout ce qu'il a dit, c'est que ça se trouvait près du château où il a grandi avec sa

366

mère, dans une région riche en grandes demeures où sa mère et lui avaient coutume d'aller chasser, danser aux bals de Noël et se mêler de façon parfaitement démocratique aux domestiques.

– Êtes-vous jamais tombé sur des Tchèques qui se servaient de numéros périmés de journaux ? », demanda Brotherhood.

Momentanément désarçonné par le changement de sujet, Lederer fut contraint de s'interrompre et de réfléchir.

« C'est pour une affaire dont s'occupe un collègue à moi, expliqua Brotherhood. Il m'a posé la question. Un agent tchèque qui était toujours en train de courir après un journal de la semaine précédente avant d'aller faire un petit tour. Pourquoi faire un truc pareil ?

– Je vais vous expliquer. C'est une méthode tout à fait classique, répondit Lederer qui recouvrait ses esprits. Plutôt démodée mais classique. Nous avions un Joe qui fonctionnait comme ça, un double. Les Tchèques avaient mis des jours et des jours à le former simplement pour lui apprendre comment rouler une pellicule exposée dans un journal. Puis ils l'avaient lâché en pleine rue avec mission de trouver un coin sombre. Le malheureux a bien failli avoir les doigts gelés. Il faisait moins vingt.

– Je vous parlais de numéros de journaux périmés, lui rappela Brotherhood.

– Bien sûr. Il y a deux manières. Ils se servent soit du jour du mois soit du jour de la semaine. Le jour du mois est un vrai cauchemar : trente et un messages types à apprendre par cœur. Par exemple, pour le dix-huit du mois, c'est : "Rendez-vous derrière les toilettes pour hommes à Brno à neuf heures trente, et ne soyez pas en retard." Si c'est le six, ça correspond à : "Qu'est-ce que vous avez foutu de mon chèque, ce mois-ci ?" » Lederer gloussa à en perdre complètement le souffle mais Brotherhood ne broncha pas. « Le jour de la semaine c'est la même chose en abrégé.

– Merci, je transmettrai, dit Brotherhood en s'arrêtant enfin.

– Monsieur, je ne saurais imaginer plus grand honneur que de pouvoir vous inviter à dîner ce soir, le supplia Lederer qui recherchait maintenant désespérément l'absolution de Brotherhood. J'ai porté atteinte à la réputation de l'un de vos hommes, c'est mon devoir. Mais si je pouvais séparer le côté personnel du côté officiel, je serais vraiment un homme heureux. Jack ? »

Le taxi s'arrêtait déjà.

« Oui ?

– Pourriez-vous transmettre un message à Magnus de ma part, un message de sympathie ?

– Qu'est-ce que c'est ?

– Dites-lui que quand tout cela sera fini, quand il voudra et où il voudra, je serai là pour lui offrir mon amitié. »

Brotherhood grimpa dans le taxi avec un hochement de tête et s'éloigna avant que Lederer ne puisse entendre sa destination.

Ce que Lederer fit ensuite devrait entrer dans l'histoire ; sinon dans l'histoire plus vaste de l'affaire Pym, du moins dans sa chronique personnelle si exaspérante où il considérait toujours tout avec une extrême lucidité et où il était régulièrement renvoyé comme un prophète de mauvais augure. Lederer parvint à s'introduire dans une cabine téléphonique dans l'intention d'appeler Carver, mais il s'aperçut qu'il n'avait pas de pièces de monnaie anglaises. Il se précipita donc au Mulberry Arms, se fraya un chemin jusqu'au bar et commanda une bière dont il n'avait pas la moindre envie dans le seul but de faire de la monnaie. Il retourna ensuite à la cabine pour découvrir qu'elle ne fonctionnait pas et n'eut plus qu'à redescendre la rue en courant pour retrouver son chauffeur qui, l'ayant vu s'éloigner avec Brotherhood, avait supposé qu'on n'avait plus besoin de ses services et était rentré à Battersea où l'attendait un ami. Ce n'est qu'à vingt et une heures que Lederer put faire irruption dans le bureau de Carver à l'ambassade américaine, alors que celui-ci rédigeait une note sur les événements de la journée.

« Ils mentent ! hurla Lederer.

– Qui ça ?

– Ces putains d'Anglais ! Pym s'est fait la paire. Ils ne savent pas plus où il est qu'ils n'ont foutu les pieds sur la lune. J'ai demandé à Brotherhood de lui transmettre un message subversif en diable et il m'a gentiment dit d'aller me faire voir ailleurs. Pym s'est fait la malle à l'aéroport de Londres et ils sont tout autant en train de chercher que nous. Tous ces messages radio des Tchèques s'expliquent comme ça. Les Anglais le cherchent, nous le cherchons. Et ces putains de Tchèques le cherchent absolument partout. Écoutez-moi !

Carver l'avait écouté. Carver l'écoutait toujours. Il retint donc de la conversation entre Lederer et Brotherhood qu'elle n'aurait pas dû avoir lieu et que Lederer avait outre-passé ses droits. Il ne le dit pas à Lederer mais rédigea une note puis, plus tard dans la nuit, expédia un télégramme séparé au service du personnel de l'Agence afin de leur demander d'ajouter la note en question au dossier de Lederer. Cela ne l'empêcha pas de reconnaître que Lederer était peut-être tombé sur la vérité, même s'il n'avait pas pris la bonne voie, et il le mentionna aussi. Carver se couvrait ainsi de tous les côtés tout en poignardant un intrus déplaisant. Toujours ça de pris.

« Les Britanniques ne sont pas vraiment francs dans cette affaire, confia-t-il à des gens qu'il connaissait tout en haut. Il va falloir que je suive tout ça de très près. »

Le bureau du directeur de l'école empestait le cyanure de potassium. Mr. Caird, quoiqu'il détestât la violence, était un collectionneur de papillons passionné. Un portrait sinistre de notre cher fondateur, G. F. Grimble, louchait sur les fauteuils de cuir fatigués. Tom était assis dans l'un d'entre eux. Brotherhood occupait celui d'en face. Tom examinait une photographie tirée du dossier de Langley sur Petz-Hampel-Zaworski. Brotherhood examinait Tom. Mr. Caird avait serré la main de Brotherhood puis les avait laissés seuls.

« C'est bien le type avec lequel ton père a fait le tour du terrain de cricket de Corfou ? demanda Brotherhood sans quitter Tom des yeux.

– Oui, c'est bien lui.

– Tu vois que tu n'étais pas tombé très loin avec ta description, hein ?

– Non, pas vraiment.

– J'ai pensé que ça t'amuserait.

– Oui, bien sûr.

– Évidemment, on ne voit pas qu'il boite sur la photo, alors il n'a pas l'air aussi tordu. Tu as reçu des nouvelles de ton père ? Un coup de fil ?

– Non.

– Tu lui as écrit ?

– Je ne sais pas où l'envoyer.

– Et si tu me donnais ta lettre ? »

Tom fouilla sous son pull-over gris et en extirpa une enveloppe fermée ne portant ni nom ni adresse. Brotherhood la lui prit et récupéra également la photographie.

– Et cet inspecteur, il n'est pas revenu t'embêter, si ?

– Non, non.

– Quelqu'un d'autre est venu ?

– Non, pas vraiment.

– Qu'est-ce que ça veut dire ?

– Eh bien ! c'est tellement bizarre que tu viennes ce soir.

– Pourquoi ?

– C'est l'heure de mon devoir de maths. Je ne suis vraiment pas fort.

– Alors j'imagine que tu es pressé d'y retourner. » Brotherhood sortit la lettre chiffonnée de Pym de sa poche et la lui tendit. « Je me suis dit aussi que tu serais content de récupérer ça. C'est une très belle lettre. Tu peux en être fier.

– Merci bien.

– Ton père parle là-dedans d'un oncle Syd. Qui est-ce ? Il t'écrit : "Si tu te retrouves dans une période de déveine, ou si tu as besoin d'un repas chaud, d'une tranche de rigolade ou d'un lit pour la nuit, n'oublie pas oncle Syd." Qui est cet oncle Syd ?

– C'est Syd Lemon.

– Il habite où ?

– A Surbiton. Près du chemin de fer.

– Il est jeune ? Vieux ?

– Il s'occupait de papa quand il était petit. C'était un ami de grand-père. Il avait une femme qui s'appelait Meg, mais elle est morte. »

Ils se levèrent tous les deux.

« Papa va bien, n'est-ce pas ? », questionna Tom.

Les épaules de Brotherhood se raidirent. « C'est ta mère que tu dois aller voir, tu m'entends. Ta mère ou moi. Enfin, si jamais tu avais des difficultés. » Il sortit de la poche de sa veste une vieille boîte recouverte de cuir. « C'est pour toi. »

Tom ouvrit l'écrin. Il contenait une médaille attachée à un ruban – écarlate avec de petites raies bleu sombre sur les côtés.

« Tu l'as eue comment ? s'enquit Tom.

– En passant des nuits entières dehors, tout seul. » Une sonnerie retentit. « Allons, cours vite travailler maintenant », lui dit Brotherhood.

C'était une nuit épouvantable. Des bourrasques pluvieuses s'abattaient sur le pare-brise tandis que Brotherhood conduisait sur la route étroite. Il pilotait une Ford gonflée sortie du garage de la Firme et il lui suffisait de caresser l'accélérateur pour foncer sur le bas-côté. Magnus Pym, songea-t-il : traître et espion tchèque. Pourquoi ne le savent-ils pas, eux, puisque moi je le sais ? Quelles preuves leur faut-il pour qu'ils se décident à agir en conséquence ? Un pub surgit soudain entre les trombes de pluie. Il se gara dans la cour et alla prendre un scotch avant de gagner le téléphone. Appelez-moi donc sur ma ligne privée, vieux, lui avait dit Nigel, débordant de générosité.

« Le type de la photo est bien notre ami de Corfou. Aucun doute, affirma Brotherhood.

– Vous en êtes sûr ?

– Certain. Le gosse n'a pas hésité et je suis certain qu'il l'a formellement reconnu. Quand allez-vous donner l'ordre d'évacuer ? »

Craquement étouffé pendant que Nigel posait la main sur le micro. L'écouteur, lui, devait rester libre.

« Je veux que ces Joe soient évacués, Nigel. Faites-les

emmener. Dites à Bo de se sortir la tête du sable et de lancer l'ordre. »

Long silence.

« Nous aurons une communication demain matin à cinq heures, répliqua enfin Nigel. Rentrez à Londres et allez dormir un peu. » Il raccrocha.

Londres se trouvait à l'est. Brotherhood fonça vers le sud, prenant, d'après les panneaux, la direction de Reading. Dans toute opération, il y a ce qui se situe au-dessus de la ligne et au-dessous de cette ligne. Au-dessus, c'est ce que l'on fait quand on respecte les règles. Au-dessous de la ligne, c'est ce que l'on fait pour arriver à travailler.

La lettre adressée à Tom avait été postée à Reading, se répétait-il. Postée lundi soir ou mardi très tôt le matin.

Il m'a appelée lundi soir, avait dit Kate.

Il m'a appelée lundi soir, avait dit Belinda.

La gare de Reading évoquait une étable basse en brique rouge, construite au bout d'une place d'un goût douteux. Dans le hall, une affiche donnait les horaires des arrivées et des départs des cars de Heathrow. C'est exactement ce que tu as fait, pensa-t-il. C'est ce que j'aurais fait aussi. A Heathrow, tu brouilles un peu les pistes avec cette histoire de vols pour l'Écosse puis tu sautes dans un car à destination de Reading afin de rester bien tranquille, tout seul. Il examina l'arrêt des cars puis parcourut lentement la place du regard jusqu'à ce qu'il remarque le kiosque où l'on vendait les billets. Il se dirigea donc vers lui d'un pas nonchalant. L'employé portait un petit volant métallique épinglé à la boutonnière de sa veste. Brotherhood posa un billet de cinq livres sur le comptoir.

« Pourriez-vous me faire la monnaie, s'il vous plaît ? C'est pour téléphoner.

– Désolé, je ne peux pas, répondit l'employé qui se replongea aussitôt dans son journal.

– Vous pouviez, pourtant, lundi soir, non ? » L'employé leva brusquement la tête.

La carte que Brotherhood lui présenta était verte avec des diagonales rouges imprimées en transparence jusque sur la photographie. Il était indiqué au verso que quiconque trouvait cette carte devait la renvoyer au ministère de la Défense. L'employé l'examina des deux côtés puis la rendit.

« C'est la première fois que j'en vois une comme ça, dit-il.

– Un grand type, décrivit Brotherhood. Avec une mallette noire. Il portait sans doute une cravate noire également. Très poli, s'exprimant bien. Il avait beaucoup de coups de fil à donner. Vous vous rappelez ? »

L'employé disparut, bientôt remplacé par un Indien replet aux yeux fatigués et pénétrants.

« C'est vous qui étiez de service ici lundi soir ? interrogea Brotherhood.

– Monsieur, j'étais bien celui qui était de service lundi soir, répondit l'Indien avec lassitude, comme s'il n'était peut-être plus le même à présent.

– Un monsieur très distingué qui portait une cravate noire ?

– Je sais, je sais. Mon collègue a déjà eu l'obligeance de m'informer de tous les détails.

– Combien de monnaie lui avez-vous donné ?

– Dieu tout-puissant qui veille sur nous, quelle importance cela peut-il avoir ? Si je choisis de faire de la monnaie à quelqu'un, cela ne relève que de mon choix personnel, cela concerne ma poche et ma conscience et n'a rien à voir avec quoi que ce soit d'autre.

– Pour combien de monnaie lui avez-vous donné ?

– Cinq livres exactement. Il en demandait pour cinq livres et il en a eu pour cinq livres.

– En quoi ?

– En pièces de cinquante pence exclusivement. Il ne désirait faire aucun appel local. Je lui ai posé la question à ce propos et il s'est montré très catégorique dans ses réponses. Mais qu'y a-t-il de si terrible là-dedans ? Où est donc l'élément effrayant ?

– Il vous a payé avec quoi ?

– D'après mon souvenir, il m'a donné un billet de dix livres. Je ne peux en être complètement certain mais c'est ce que m'indique ma mémoire imparfaite. Il m'a tendu un billet de dix livres sorti de son portefeuille tout en me disant : « Et voilà. »

– Ces dix livres étaient-elles censées couvrir aussi le prix de son billet de train ?

– Cela ne posait absolument pas le moindre problème. Le montant d'un aller simple de deuxième classe pour Londres n'est que de quatre livres et trente pence exactement. Je lui ai donc rendu dix pièces de cinquante et le complément en petite monnaie. Et maintenant, avez-vous d'autres questions ? Je souhaite sincèrement que non. La police, la police, vous savez. Quand il y a un interrogatoire un jour, après il y en a une demi-douzaine.

– C'est bien lui ? », s'enquit Brotherhood. Il montrait une photographie de Pym et de Mary lors de leur mariage.

« Mais, monsieur, c'est vous, là, derrière. J'ai même l'impression que c'est vous qui avez conduit la mariée. Êtes-vous bien sûr de mener une enquête officielle ? Voilà une photo extrêmement contraire aux normes.

– Vous le reconnaissez ?

– Admettons que je n'affirme pas que ce n'est pas lui. »

Pym saurait l'imiter à la perfection, pensa Brotherhood. Pym saurait reproduire à l'intonation près cet accent et ces tournures de phrases. Il alla examiner les horaires des trains qui quittaient la gare de Reading après vingt-trois heures en semaine. Tu as pu aller n'importe où sauf à Londres puisque tu as pris un billet pour Londres. Tu avais le temps. Le temps de donner tes coups de fil larmoyants. Le temps d'écrire ta lettre pleurnicharde à Tom. Ton avion a décollé à vingt heures quarante sans toi. Dès vingt heures au plus tard, tu avais effectué ton petit demi-tour. D'après le témoignage de l'employé de l'aéroport, il était environ vingt heures quinze quand tu as monté ta petite diversion avec les vols pour l'Écosse. Après ça tu as filé jusqu'au car de Reading, tu as rabattu le bord de ton chapeau sur tes yeux et quitté l'aéroport aussi rapidement et discrètement que tu sais le faire.

Brotherhood retourna aux horaires des cars. Du temps à tuer, se répétait-il. Disons que tu as pris le car de vingt heures trente à Heathrow. Entre vingt et une heures quinze

374

et vingt-deux heures trente, il y a une bonne demi-douzaine de trains qui partent de Reading mais tu n'en as pris aucun. A cette heure-là, tu écrivais à Tom. Où étais-tu ? Il retourna sur la place. Dans le pub tout illuminé, là. Au *Fish and Chips*. Dans ce café ouvert toute la nuit où sont postées les putes. Quelque part sur cette place un peu vulgaire, tu t'es installé pour écrire à Tom ce qu'il devrait faire quand le monde s'arrêterait.

La cabine téléphonique trônait à l'entrée de la gare, dans un faisceau de lumière vive qui était censé décourager les vandales. Des morceaux de verre et des gobelets en carton jonchaient le sol. Des graffiti et des serments amoureux couvraient l'horrible peinture grise. Mais à part cela, c'était une bonne cabine. Tu pouvais faire tes adieux en surveillant la place tout entière. Il y avait une boîte aux lettres fixée dans le mur, tout à côté. Et c'est là que tu as posté celle de Tom, où tu lui disais que, quoi qu'il arrive, souviens-toi que je t'aime. Et après ça tu es parti au Pays de Galles. Ou en Écosse. Ou encore tu as fait un saut en Norvège pour assister à la migration des rennes. Ou tu as filé au Canada où tu ne boufferas que des boîtes de conserve. Ou bien tu as fait quelque chose qui était à la fois tout cela et rien de tout cela, dans une chambre au premier étage d'une maison donnant sur la mer et sur une église.

Arrivé dans son appartement de Shepherd Market, Brotherhood n'en avait pas encore tout à fait terminé. L'officier responsable des liaisons de la Firme avec la police s'appelait Bellows et portait le titre de *Detective Superintendant* auprès de Scotland Yard. Brotherhood l'appela chez lui.

« Qu'avez-vous trouvé sur ce gentleman anobli dont je vous ai parlé ce matin ? », demanda-t-il. A son grand soulagement il ne détecta aucune nuance de réserve dans la voix de Bellows lorsque celui-ci lui lut son compte-rendu. Brotherhood nota tous les détails.

« Pourriez-vous me faire une autre recherche pour demain ?

– Avec plaisir.

– Lemon. Prénom Syd ou Sydney. Agé, veuf, habite Surbiton, près d'une voie de chemin de fer. »

A contrecœur, Brotherhood téléphona ensuite à la Centrale et demanda Nigel par le secrétariat. Avec du retard et malgré ses instincts un peu malhonnêtes, il savait qu'il devait obéir. Tout comme il avait obéi l'après-midi même en jouant le mépris avec les Américains. Comme il finissait toujours par le faire, non par esprit servile mais parce qu'il croyait en la lutte et, malgré tout, en une équipe soudée. De nombreux parasites se firent entendre le temps qu'on localise Nigel. Ils passèrent en brouillage.

« Que se passe-t-il ? questionna sèchement Nigel.

– Le livre dont parlait Artelli. Le livre qui sert de chiffrement à Pym.

– J'ai trouvé cela parfaitement ridicule. Bo va en parler au plus haut niveau.

– Dites-leur d'essayer le *Simplicissimus* de Grimmelshausen. Une idée comme ça. Dites-leur d'utiliser un vieil exemplaire. »

Long silence. Nouveaux parasites. Il est dans son bain, songea Brotherhood. Il est avec une femme, ou avec ce qui lui plaît.

« Bon, vous pouvez m'épeler ça ? », demanda Nigel d'une voix lasse.

10

A nouveau, Pym se laissa gagner par cette clarté d'esprit volontaire qui venait en écoutant les nombreuses voix qui peuplaient sa tête. Être roi, se répétait-il. Considérer avec indulgence cet enfant que j'étais autrefois. Aimer ses insuffisances et ses efforts, plaindre sa simplicité.

S'il fut jamais une époque parfaite dans l'existence de Pym, une époque où toutes les versions de lui-même pouvaient s'épanouir en harmonie et où il ne Manquerait Plus Jamais de Rien, ce furent les quelques trimestres qu'il passa à l'université d'Oxford où Rick l'avait envoyé afin qu'il effectuât un prélude nécessaire à sa nomination de président de la cour de justice de Londres et pour lui assurer une place parmi les Seigneurs de ce Pays. Entre ces deux-là, les relations n'avaient jamais été aussi bonnes. A la suite du départ d'Axel, les derniers mois solitaires que Pym avait vécus à Berne avaient été marqués par une intensification spectaculaire de leur correspondance. Frau Ollinger lui parlant désormais à peine et Herr Ollinger se montrant de plus en plus absorbé par les problèmes d'Ostermundingen, Pym se mit à arpenter seul les rues de la ville, comme il l'avait fait au début de son séjour. Cependant, la nuit, la cloison de sa chambre demeurant silencieuse, il écrivait de longues lettres intimes et pleines d'affection à Belinda et à Rick, sa seule véritable attache. Stimulé par tant d'attentions, celui-ci lui répondit par des lettres qui prirent soudain un caractère plutôt chic et prospère. Les petits mots rapides postés du fin fond de l'Angleterre firent place à de véritables missives rédigées sur du papier de belle qualité aux en-têtes de plus en plus ronflants. D'abord, la *Richard T. Pym Endeavour Company* lui écrivit de Cardiff pour l'informer de ce que les Brumes de la Malchance avaient été balayées une fois pour Toutes par une Providence que je ne peux qualifier que de Sensas. Un mois plus tard, la *Pym & Partners Property and Finance Enterprise of Cheltenham* l'informait que plusieurs mesures avaient été prises concernant l'avenir de Pym afin de s'assurer que le jeune garçon ne manquerait plus jamais de Rien. Plus récemment, un carton imprimé d'une élégance simplement royale avait eu le plaisir de lui annoncer que, à la suite d'une Fusion Conforme à la Volonté de tous les Partis, les questions concernant les sociétés mentionnées ci-dessus devraient désormais être adressées à la *Pym & Permanent Mutual Property Trust (Nassau)* de Park Lane W.

Jack Brotherhood et Wendy firent une fondue d'adieu en son honneur aux frais de la Firme ; Sandy était présent et Jack offrit à Pym deux bouteilles de whisky en souhaitant que leurs chemins se croisent à nouveau. Herr Ollinger l'accompagna à la gare où ils burent un dernier café ensemble. Frau Ollinger resta chez elle. Ce fut Elisabeth qui les servit, mais elle se montra distraite. Son ventre s'était arrondi et elle ne portait toujours pas d'alliance. Lorsque le train sortit de la gare, Pym embrassa du regard le cirque et sa maison aux éléphants tout en bas, puis l'université et son dôme vert en haut. Quand il eut atteint Bâle, il sut que Berne avait disparu corps et biens. Axel était hors la loi. Les Suisses l'avaient dénoncé. J'ai eu de la chance d'en réchapper. Debout dans le couloir, quelque part au sud de Paris, il se rendit compte que des larmes lui dévalaient les joues et il fit le serment de ne plus jamais être espion. Arrivé à Victoria, Mr. Cudlove l'attendait avec une Bentley neuve.

« Comment convient-il de vous appeler, maintenant, monsieur ? Docteur ou professeur ?

– Magnus suffira, répliqua aimablement Pym alors qu'ils se serraient copieusement la main. Comment va Hollie ? »

La nouvelle *Reichskanzlei* de Park Lane consistait en un monument d'une stabilité imposante. Le buste de TP avait retrouvé sa place. Des ouvrages juridiques, des portes vitrées et un nouveau jockey porteur des couleurs de Pym l'accueillirent avec assurance tandis qu'il attendait, assis sur des coussins de cuir, qu'une Beauté l'introduise dans les appartements de Monsieur.

« Monsieur le président va vous recevoir maintenant, monsieur Magnus. »

Ils s'étreignirent et, durant un instant, ils éprouvèrent tous deux une fierté bien trop intense pour parler. Rick tapota le dos de son fils, se pressa les joues et essuya ses larmes. Il convoqua Mr. Muspole, Perce et Syd par des lignes séparées afin qu'ils pussent rendre hommage au héros revenu. Mr. Muspole apporta une liasse de documents dont Rick lut les meilleurs extraits à voix haute. Pym était nommé conseiller juridique international à vie et devait toucher cinq cents livres par an, à reconsidérer suivant les besoins, à la stricte condition qu'il ne travaillerait pour aucune autre société. On veillerait donc à ce qu'il fasse son droit à Oxford et il ne manquerait plus jamais de rien. Une deuxième Beauté apporta du champ. Elle semblait n'avoir aucune autre attribution. Chacun but à la santé du tout nouvel employé de la société. « Allez, Titch, dis-nous donc quelque chose en teuton ! » s'écria Syd, tout excité, et Pym s'exécuta en prononçant quelques phrases bien ronflantes en allemand. Père et fils s'étreignirent de nouveau et Rick se remit à pleurer en se lamentant de ne pas avoir bénéficié des mêmes avantages. Le soir même, dans un hôtel particulier d'Amersham appelé *The Furlong*, on fêta une fois encore le retour au bercail du fils prodigue avec une petite réception intime de deux cents vieux amis que Pym n'avait, pour la plupart, jamais vus et qui comprenaient les dirigeants de plusieurs sociétés mondialement connues, quelques stars de la scène et de l'écran et plusieurs grands avocats qui tous le prirent en aparté pour revendiquer tout le mérite de lui avoir obtenu une place à Oxford. Une fois la soirée terminée, Pym s'allongea, bien réveillé pourtant, sur son lit à colonnes pour écouter le claquement coûteux des portières de voitures.

« Tu as fait du bon boulot, là-bas, en Suisse, fils, lui dit Rick qui se tenait depuis un petit moment déjà dans l'obscurité. Tu as mené une bonne bataille. Cela s'est remarqué. Le dîner t'a plu ?

– C'était vraiment bien.

– Tout un tas de gens me disaient : "Rickie, il faut que tu fasses revenir ce garçon. Ces étrangers vont faire de ton fils une pédale." Et tu sais ce que je leur répondais ?

– Non, qu'est-ce que tu leur répondais ?

– Je leur disais que j'ai confiance en toi. Et toi, crois-tu en moi, fils ?

– Un maximum.

– Comment trouves-tu la maison ?

– Elle est magnifique, assura Pym.

– Elle est à toi. Elle est à ton nom. Je l'ai achetée au duc du Devonshire.

– Eh bien, merci beaucoup.

– Personne ne pourra jamais te la prendre, fils. Que tu aies vingt ans. Que tu en aies cinquante. Là où sera ton vieux père, ce sera toujours chez toi. As-tu parlé à Maxie Moore, par hasard ?

– Je ne pense pas.

– Le type qui a fait marquer Arsenal contre les Spurs ? Allons ! Bien sûr que tu lui as parlé. Qu'est-ce que tu penses de Blottsie ?

– C'est lequel, celui-là ?

– G. W. Blott ? L'un des noms les plus célèbres du marché de l'épicerie que tu puisses rencontrer. Quelle dignité il a ! Il sera Lord un jour. Et toi aussi. Que penses-tu de Sylvia ? »

Pym se rappela une grosse femme d'âge mûr vêtue de bleu et dotée d'un sourire aristocratique qu'elle devait peut-être au champagne.

« Elle est gentille », répondit-il prudemment.

Rick reprit le mot comme s'il n'avait cherché que lui la moitié de sa vie. « Gentille ! C'est exactement le terme. C'est une femme sacrément gentille qui a le mérite d'avoir eu deux maris de première.

– Elle est très attirante, même pour quelqu'un de mon âge.

– T'es-tu engagé avec qui que ce soit, là-bas, fils ? Il n'y

380

a rien qui ne puisse s'arranger sur cette terre quand on est deux copains comme ça.

– Quelques passades. Rien de sérieux.

– Aucune femme ne s'interposera jamais entre nous, fils. Quand les filles d'Oxford sauront qui est ton père, elles te tourneront autour comme une meute de louves. Promets-moi de faire très attention.

– Je te le promets.

– Et apprends ton droit comme si ta vie en dépendait, d'accord ? Tu es payé pour ça, tu t'en souviens ?

– Je te le promets aussi.

– A la bonne heure. »

Le poids furtif du corps de Rick atterrit sur le lit à côté de Pym, comme un chat de cent kilos. Rick attira la tête de son fils vers lui jusqu'à ce qu'ils se retrouvent joue contre joue, cheveux en brosse contre cheveux en brosse. Ses doigts trouvèrent la partie charnue de la poitrine du garçon sous la veste du pyjama et il se mit à la pétrir. Il pleurait. Pym pleurait aussi, pensant de nouveau à Axel.

Dès le lendemain, Pym se dépêcha de partir pour la faculté, prétextant toute une série de raisons urgentes pour s'en aller quinze jours avant la date prévue. Déclinant les services de Mr. Cudlove, il prit le car et contempla avec un émerveillement croissant les collines arrosées et les champs de blé moissonnés rougeoyant sous le soleil automnal. Le car traversa des bourgs et des villages de campagne, dévala de petites routes bordées de hêtres roux et d'arbustes dansants jusqu'au moment où la pierre dorée d'Oxford remplaça la brique du Buckinghamshire, où les collines se nivelèrent et où les tours de la ville s'élevèrent dans les rayons plus denses de l'après-midi. Pym descendit du car, remercia le chauffeur et s'enfonça dans les rues enchantées, s'arrêtant à chaque carrefour pour demander son chemin, oubliant aussitôt, demandant à nouveau, le tout avec une totale insouciance. Des filles en jupes à godets le dépassaient à bicyclette. Des professeurs en robes flottantes serraient contre eux à cause du vent la toque plate de leur fonction et de nombreuses librairies l'aguichaient comme autant de maisons de plaisir. Il traînait une valise, mais elle ne lui paraissait pas plus lourde qu'un chapeau. Le concierge de la faculté lui indiqua l'escalier cinq, de l'autre côté de la chapelle. Il monta donc l'escalier de bois en colimaçon jusqu'à ce qu'il lise son nom inscrit sur une vieille porte de chêne : M. R. Pym. Il poussa alors une seconde porte et referma la première derrière lui. Pym trouva l'interrupteur et referma la seconde porte sur tout ce qu'avait été sa vie avant ce jour. Je suis en sûreté entre les murs de cette ville. Personne ne me retrouvera. Personne ne me recrutera. Il buta sur une caisse de livres juridiques. Un vase plein d'orchidées lui souhaitait : « Bonne chance, fils, de la part de ton meilleur copain. » Une facture de chez Harrods les mettaient sur le compte du tout nouveau consortium Pym.

L'université était un endroit extrêmement conventionnel en ce temps-là, Tom. Et cela te ferait bien rire aujourd'hui de voir comment nous nous habillions, comment nous parlions et ce que nous supportions même si nous passions pour les privilégiés de la terre. On nous enfermait le soir pour ne nous laisser ressortir qu'au matin. Nous avions droit à la compagnie des filles à l'heure du thé, mais ni au dîner ni au petit déjeuner. Les employés chargés du service secondaient en fait les agents du doyen et nous dénonçaient dès que l'un d'entre nous enfreignait les règles. Nos parents avaient gagné la guerre – du moins la plupart d'entre eux – et comme nous ne pouvions les battre sur leur propre terrain, il ne nous restait plus qu'à les imiter. Certains des étudiants avaient fait leur service militaire. Les autres se vêtaient de toute façon comme des officiers en espérant qu'on ne remarquerait pas la différence. Avec son premier chèque, Pym s'acheta un blazer bleu marine orné de boutons de cuivre, avec son deuxième, il s'offrit un pantalon de cavalier et une cravate bleue ornée de couronnes qui dégageaient un sentiment de patriotisme triomphant. Il y eut ensuite un moratoire car il fallut un mois pour encaisser le troisième chèque. Pym cirait régulièrement ses souliers marron, arborait un mouchoir dans sa manche et se lissait les cheveux comme un vrai gentleman. Et dès que Sefton Boyd, qui avait un an d'avance sur lui, lui eut fait connaître le très sélect Gridiron, Pym fit de tels progrès en matière de langage qu'en un rien de temps il s'exprimait comme un autochtone, appelant ses inférieurs des *Charlies*, ses pairs les *Chaps*, qualifiant ce qui était mauvais de *Harry Awful*, et ce qui était vulgaire de *Poggy*, alors que ce qui était bien devenait tout juste « décent ».

« Où as-tu déniché cette cravate, à propos ? s'enquit civilement Sefton Boyd alors qu'ils descendaient le Broad pour aller faire une partie de cartes avec quelques Charlies au Trinity Pub. Je ne savais pas que tu avais un tel goût pour le bleu à tes moments perdus. »

Pym expliqua qu'il l'avait remarquée dans la vitrine d'un magasin qui s'appelait Hall Brothers, dans High Street.

« Si j'étais toi, je la mettrais un peu au frais pendant quelque temps. Tu pourras toujours la ressortir quand ils t'auront élu. Il posa une main insouciante sur l'épaule de Pym. Et, pendant que tu y es, demande à ton larbin de te coudre des boutons ordinaires sur ta veste. Tu n'as pas envie qu'on te prenne pour le prétendant au trône de Hongrie, non ? »

Une fois encore, Pym adopta tout ce qui se présentait, s'éprit de tout et s'efforça de plaire avec chaque fibre de son être. Il se joignit à de nombreuses associations, paya plus de souscriptions qu'il n'existait de clubs, devint secrétaire de tout un tas de choses allant des philatélistes aux défenseurs de l'euthanasie. Il rédigea des articles intelligents pour des journaux universitaires, se débrouilla pour faire venir de célèbres conférenciers qu'il allait chercher à la gare puis emmenait dîner aux frais de la Société avant de les conduire dans des amphithéâtres déserts. Il joua dans l'équipe universitaire de rugby et dans celle de cricket, rama avec l'équipe d'aviron de l'université, se saoula au bar de la fac et, selon ses interlocuteurs, se montra tour à tour d'un cynisme désabusé envers la société ou d'un nationalisme exacerbé. Il se jeta à nouveau sur la muse germanique et se troubla à peine lorsqu'il découvrit qu'elle avait bien cinq cents ans de plus à Oxford qu'à Berne et que tout ce qui avait été écrit du vivant de nos contemporains était jugé malsain. Mais il surmonta bien vite sa déception. C'est ce qui se fait de mieux, se dit-il. C'est l'université. Et aussitôt de s'immerger dans les textes tronqués des ménestrels du Moyen Age avec la même ardeur qu'il avait mise à aborder Thomas Mann. Dès la fin du premier trimestre, il était devenu un étudiant fanatique des classes de moyen et haut allemand. Un trimestre de plus et il déclamait le *Hilde-brandslied* ainsi que la traduction de la Bible de l'évêque Ulfila au bar de la faculté, pour les délices de sa modeste cour. Au milieu du troisième, il se déchaînait dans le domaine parnassien de la philologie comparative ou pré-tendue telle dans laquelle toute créativité juvénile peut s'en donner à cœur joie. Puis, lorsqu'il se trouva fugitivement transporté dans les modernismes périlleux du XVIIe siècle, quel ne fut pas son plaisir de pouvoir indiquer, dans une attaque de vingt pages contre l'arrogant Grimmelshausen, que le poète avait gâché son œuvre en la parsemant de morale populaire et qu'il en avait sapé la crédibilité en combattant sur les deux fronts pendant la guerre de Trente Ans. Il suggéra pour assener le coup final que l'obsession de Grimmelshausen pour les faux noms projetait même une ombre de doute sur sa qualité d'auteur.

Je resterai ici jusqu'à la fin de mes jours, décida-t-il. Je deviendrai professeur à mon tour et serai le héros de mes étudiants. Pour renforcer cette ambition, il se composa un bégaiement sélectif et un sourire d'abnégation tout en pas-sant de longues nuits assis à son bureau à boire du Nescafé pour se maintenir éveillé. Quand le jour se levait, il s'aven-turait dehors le visage non rasé afin que tous puissent voir les marques de l'étude imprimées sur son visage passionné. Ce fut par une de ces matinées qu'il eut un jour la surprise de découvrir une caisse de bon porto devant sa porte, accompagnée d'un mot du Regius Professor de droit.

Cher Mr. Pym,

MM. Harrods ont livré chez moi hier la caisse ci-jointe avec une charmante lettre de votre père qui semblait me remercier de votre part pour l'enseignement que je vous dispense. Quoiqu'il n'entre guère dans mes habitudes de refuser telle générosité, j'ai l'impression que ce geste serait mieux justifié vis-à-vis de mon collègue des langues modernes car j'ai cru comprendre d'après votre directeur d'études que vous étudiiez surtout l'allemand.

Pym ne sut plus où se mettre pendant une demi-journée. Il releva son col, erra dans Christ Church Meadows, sauta ses cours de crainte de se faire arrêter et écrivit des lettres à Belinda qui travaillait comme secrétaire bénévole dans une organisation de bienfaisance. Il passa tout l'après-midi dans un cinéma obscur. Le soir, toujours plongé dans le désespoir, il se coltina la coupable caisse jusqu'à Balliol College, fermement décidé à avouer toute l'histoire à Sefton Boyd. Mais le temps d'arriver là-bas et il avait imaginé une version beaucoup plus tentante.

« Il y a une espèce d'enfoiré bourré de fric qui fait tout ce qu'il peut pour me mettre dans son lit, protesta-t-il sur le ton de saine exaspération qu'il avait répété jusqu'au portail. Il vient de m'envoyer une caisse de porto extra pour essayer de m'acheter. »

Si Sefton Boyd douta de son explication, il n'en montra rien. Ils transportèrent donc aussitôt leur butin au Gridiron Club où ils le liquidèrent à six, fêtant comme il se devait la virginité de Pym jusqu'au matin. Quelques jours plus tard, Pym était élu membre à part entière. Quand vinrent les premières vacances, il prit un emploi de vendeur de tapis dans un magasin de Watford. Stage de vacances destiné aux juristes, expliqua-t-il à Rick. Semblable aux séminaires qu'il avait suivis en Suisse. Rick lui envoya en réponse cinq pages d'homélie le mettant en garde contre les intellectuels toujours dans les nuages, et un chèque de cinquante livres qui se révéla sans provision.

Un trimestre estival fut entièrement consacré aux femmes. Pym ne s'était jamais senti aussi amoureux. Il jurait son amour à toutes les filles qu'il rencontrait tant il était avide de vaincre la mauvaise opinion qu'elles ne manqueraient pas d'avoir de lui. Dans de petits cafés intimes, sur des bancs dans les jardins publics ou tout simplement marchant au côté de l'Isis, par de superbes après-midi, Pym leur prenait la main, plongeait son regard dans leurs yeux étonnés et leur disait ce qu'il avait toujours rêvé d'entendre. S'il se sentait un jour maladroit avec l'une d'elles, il se jurait de mieux faire avec la suivante le lendemain car les femmes de son âge et de son niveau intellectuel représentaient pour lui une nouveauté, et il perdait tous ses moyens dès qu'elles ne se tenaient plus à leur rôle d'inférieures. Quand il se sentait maladroit avec toutes, il écrivait à Belinda qui jamais ne manqua de lui répondre. Ses déclarations amoureuses n'étaient jamais fausses ; il n'était pas cynique. A l'une, il, parla de son ambition de retourner un jour sur les planches des théâtres suisses où il avait remporté des succès si éclatants. Il fallait qu'elle apprenne l'allemand afin de pouvoir partir avec lui, lui assura-t-il ; ils pourraient alors jouer ensemble. A une autre, il se présenta comme un poète de la vanité des choses et décrivit les persécutions dont il avait été victime aux mains d'une police suisse sanguinaire.

« Moi qui croyais qu'ils étaient d'une neutralité et d'une humanité fantastiques, s'écria-t-elle, épouvantée par sa description des coups qu'il avait reçus avant d'être reconduit à la frontière autrichienne.

— Pas quand tu es différent, répliqua Pym sombrement. Pas quand tu refuses de te conformer aux normes bourgeoises. Dans leur pays, là-bas, les Suisses ont deux règles qu'il ne faut surtout pas enfreindre : tu ne dois pas être pauvre, et tu ne dois pas être étranger. J'étais les deux.

— Toi au moins, tu as vraiment vécu, commenta-t-elle. C'est fantastique. Je n'ai encore rien vu du tout. »

A une troisième, il se dépeignit en romancier de la vie torturée, un romancier qui n'avait pas encore publié mais dont l'œuvre était en sécurité, chez lui, enfermée dans un vieux cartonnier de fer.

Un jour, Jemima débarqua. Sa mère l'avait envoyée dans une école de secrétariat à Oxford afin qu'elle apprenne à taper à la machine et qu'elle fasse de la danse. Elle avait de longues jambes et l'air perpétuellement affolé de quelqu'un qui est toujours en retard. Elle était plus belle que jamais.

« Je t'aime, lui avoua Pym en lui donnant des morceaux de cake aux fruits dans sa chambre. Où que je me sois trouvé, quoi que j'aie pu souffrir, je n'ai jamais cessé de t'aimer.

– Mais qu'est-ce que tu as eu à souffrir ? », s'enquit Jemima.

Pour Jemima, il fallait aller un peu plus loin dans l'extraordinaire. La réponse de Pym le prit lui-même par surprise. Il se l'expliqua par la suite en se disant qu'elle devait couver en lui depuis longtemps et qu'elle avait jailli avant qu'il puisse la retenir. « C'était pour l'Angleterre, confia-t-il. J'ai de la veine d'être encore en vie. Mais si je t'en parle, ils me tueront.

– Mais pourquoi ferait-on une chose pareille ?

– C'est secret. J'ai juré de ne rien dire.

– Pourquoi m'en parles-tu alors ?

– Parce que je t'aime. Il a fallu que je fasse des choses horribles à des gens. Tu ne peux pas imaginer ce que c'est que d'avoir à porter de tels secrets tout seul. »

S'entendant prononcer ces mots, Pym se rappela quelque chose que lui avait dit Axel peu avant leur séparation. Il n'existe pas de vie qui ne revienne pas en arrière.

Lors de sa rencontre suivante avec Jemima, il lui décrivit une fille courageuse avec qui il avait travaillé quand il effectuait ses terribles missions secrètes. Il avait en tête une de ces photos boueuses où posaient de superbes créatures qui gagnaient des médailles de Saint-Georges pour être ainsi parachutées chaque semaine sur la France.

« Elle s'appelait Wendy. Nous sommes même allés en mission en Russie ensemble. Nous sommes devenus en quelque sorte associés.

– Tu l'as fait avec elle ?

– Il ne s'agissait pas de ce genre de relations. C'était strictement professionnel. »

Jemima paraissait fascinée. « Tu veux dire que c'était une pute de métier ?

– Mais pas du tout ! C'était un agent secret, comme moi.

387

– Mais tu l'as déjà fait avec une pute ?

– Non.

– Ce n'est pas comme Kenneth. Lui, il l'a même fait avec deux. Une à chaque bout. »

A chaque bout de quoi ? se demanda Pym, submergé d'indignation. Je suis un héros des services secrets et elle me parle de cul ! Pour noyer son désespoir, il écrivit à Belinda une lettre de douze pages lui clamant son amour platonique, mais, le temps que lui parvienne la réponse de la jeune fille, il avait oublié dans quel état il se trouvait. Il arrivait à Jemima de passer sans y être invitée, le visage pas maquillé et les cheveux tirés en arrière. Elle s'allongeait alors sur le lit pour lire Jane Austen couchée sur le ventre, frappant l'air d'une jambe dénudée ou bâillant.

« Tu peux mettre tes mains sur le haut de ma jupe, si tu veux, lui dit-elle.

– Ça va comme ça, merci », répondit Pym.

Trop poli pour oser la déranger davantage, il alla s'asseoir dans le fauteuil et se plongea dans son *Manuel de littérature de haut allemand ancien* jusqu'à ce qu'elle fasse la grimace et s'en aille. Elle resta ensuite un long moment sans venir le voir. Il s'efforçait de l'entrevoir au cinéma, mais comme il y en avait sept, il lui fallait fréquenter assidûment les salles obscures pour tomber sur elle. Elle était chaque fois accompagnée par un garçon nouveau et, une fois, à l'exemple de son frère, elle en avait même deux. A la même époque, Belinda vint la voir un jour, mais informa Pym qu'elle préférait ne pas le rencontrer car cela n'aurait pas été chic pour Jem. Le besoin qu'éprouvait Pym d'épater Jemima atteignait maintenant des sommets. Il se mit à prendre ses repas seul et se composa une tête à faire peur, mais elle ne vint toujours pas le voir. Un soir, passant devant un mur de brique, il écrasa délibérément ses jointures contre la paroi jusqu'à ce qu'elles saignent, puis il se précipita au logement luxueux qu'elle occupait Merton Street, où il la trouva en train de faire sécher ses longs cheveux devant le radiateur électrique.

« Avec qui t'es-tu battu ? lui demanda-t-elle en lui tamponnant le poing de teinture d'iode.

– Je ne peux rien dire. Il y a des choses dont on ne se débarrasse jamais. »

Elle coucha le petit chauffage pour faire griller du pain dessus tout en continuant à se brosser les cheveux et sans cesser de regarder Pym entre ses mèches.

« Moi, si j'étais un homme, déclara-t-elle, je ne gaspillerais pas mon énergie à me battre avec qui que ce soit. Je ne jouerais pas au rugby. Je ne ferais pas de boxe. Je ne serais l'espion de personne. Je ne monterais même pas à cheval. Je garderais tout pour la baise. Pour baiser encore, encore et encore. »

Pym s'en alla, fulminant une fois de plus contre la frivolité de ceux qui ne percevaient pas ses aspirations supérieures.

Très chère Bel,

Ne pouvez-vous vraiment rien faire pour Jemima ? Il m'est tout simplement insupportable de la voir se perdre ainsi.

Pym se rendait-il compte qu'il avait tenté Dieu ? J'en suis maintenant persuadé, tandis que j'essaye, par cette nuit venteuse au bord de la mer, de raconter tout cela tant d'années plus tard. Qui d'autre provoquait-il à tisser ainsi ses mensonges stupides sinon son Créateur ? Pym cherchait ce destin aussi sûrement que s'il l'avait réclamé nommément dans ses prières, et Dieu le lui accorda dans sa grande bonté comme Il lui accorda tant d'autres faveurs. La version imaginaire de lui-même que Pym avait forgée le guettait au tournant comme un appât que nul œil céleste ne pouvait laisser passer, et la réponse divine ne se fit pas désirer : elle l'attendait, vingt-quatre heures plus tard, à l'intérieur de son casier, dans la loge du concierge, quand il descendit voir qui pouvait bien l'aimer en ce samedi matin, avant le petit déjeuner. Ah ! une lettre ! De couleur bleue ! Ce pouvait être de Jemima... ou de la vertueuse Belinda, amie de Jemima ? Était-ce Lalage ? Ou encore Polly... Prudence... Anne ? Non, Jack, ce n'était aucune de celles-là. Elle venait, comme tant d'autres calamités, de toi. Tu écrivais à Pym d'Oman, aux bons soins des Patrouilleurs des États de la Trêve, mais le timbre était britannique bon teint et le cachet de la poste indiquait Whitehall car elle était arrivée en Angleterre dans une valise.

Cher Magnus,

Comme tu t'en seras aperçu en lisant l'en-tête, j'ai quitté la bonne chère de Berne pour des mets plus frugaux, et je suis pour l'instant attaché ici à la Mission militaire, où la vie est assurément beaucoup plus excitante Je fais toujours le même travail pour la paroisse et je dois avouer que certains de ces Arabes chantent particulièrement bien. Si je t'écris, c'est pour deux raisons.
1. D'abord pour te souhaiter toute la réussite possible dans tes études et pour te répéter de me tenir au courant de tes progrès.
2. Ensuite pour te dire que j'ai transmis ton nom à notre église sœur, sur la terre de nos ancêtres, car j'imagine qu'ils sont un peu à court de ténors dans ta région. Donc, si tu as un jour des nouvelles d'un certain Rob Gaunt qui se présentera comme un ami à moi, j'espère que tu lui permettras de t'inviter à bouffer de ma part, et surtout, n'hésite pas à t'en mettre plein la panse ! Je te signale en passant qu'il est lieutenant-colonel, de l'artillerie, pour être exact.

Pym n'eut pas longtemps à attendre, même si chaque minute lui parut durer une année. Dès le mardi, rentrant d'un test sur l'apophonie, il trouva une deuxième enveloppe dans son casier. Celle-ci était de couleur brune et d'une épaisseur tout à fait exceptionnelle, d'un type que je n'ai plus revu en circulation dans les années qui suivirent. Elle était striée de fines lignes qui lui donnaient l'aspect du carton ondulé quoiqu'elle fût en fait douce et lisse au toucher. Il n'y avait pas de tampon au dos, pas d'adresse de l'expéditeur. Même le nom du fabricant demeurait secret. Cependant, le nom et l'adresse de Pym étaient impeccablement dactylographiés et le timbre parfaitement centré. Quand, à l'abri de sa chambre, Pym en tâta le rabat, il s'aperçut qu'il était collé par une sorte de soudure au caoutchouc qui dégageait une odeur d'acide et s'en allait en filaments collants rappelant le chewing-gum. Elle ne contenait qu'une seule feuille de papier blanc qui ne paraissait pas tant pliée que carrément pressée au fer à repasser. Dès qu'il l'eut ouverte, le grand espion remarqua aussitôt l'absence de tout filigrane. Les caractères étaient assez grands, comme s'ils s'adressaient à des hypermétropes, et les marges parfaitement justifiées.

> Boîte 777
> Ministère de la Guerre
> Whitehall S.W. 1.

Cher Pym,

Jack, notre ami commun, m'a rapporté d'excellentes choses sur votre compte et j'attends avec impatience l'occasion de vous connaître car il y a des problèmes d'intérêt mutuel d'une grande importance que vous pourriez peut-être nous aider à résoudre. J'ai malheureusement un emploi du temps très chargé en ce moment et serai à l'étranger lorsque vous recevrez cette lettre. Je me demandais donc si en attendant vous accepteriez de vous entretenir avec un de mes collègues qui passera près de chez vous le lundi de la semaine prochaine. Si cela vous dit, pourquoi ne prendriez-vous pas le car de Burford pour vous trouver au bar du Monmouth Arms un peu avant midi ? Pour vous aider à le reconnaître, il portera un exemplaire de *Allan Quatermain* de Rider Haggard, et je vous suggère de prendre avec vous un numéro du *Financial Times* dont les pages roses sont faciles à repérer. Il s'appelle Michael et, comme Jack, il a fait une guerre remarquable. Je suis certain que vous vous entendrez parfaitement tous les deux.
Je vous prie d'agréer, cher Mr. Pym, l'expression de mes sentiments les meilleurs,

R. GAUNT
(Lt. Col., A.H., en retraite)

Durant les cinq jours qui suivirent, Pym cessa tout travail. Il arpenta les petites rues de la ville, se retournant brusquement pour voir qui le suivait. Il acheta un couteau à gaine et s'entraîna à le projeter contre un arbre jusqu'à ce que la lame casse. Il rédigea son testament et l'envoya à Belinda.

Quand il rentrait chez lui, il ne le faisait plus qu'avec circonspection, ne descendant ni ne montant jamais l'escalier sans guetter le moindre bruit suspect. Où pouvait-il cacher ses lettres secrètes ? Elles étaient beaucoup trop précieuses pour qu'il les jette. Se souvenant de quelque chose qu'il avait lu, il creusa le centre de son tout nouvel exemplaire du *Dictionnaire étymologique* de Kluge pour y ménager une cachette. A partir de ce moment son pauvre Kluge éventré devint le premier objet sur lequel son regard se posait dès qu'il rentrait. Pour acheter son numéro du *Financial Times* sans risquer d'attirer l'attention, il marcha jusqu'à Littlemore, mais le marchand de journaux du village n'en avait jamais entendu parler. Le temps de rentrer à Oxford et tout était fermé. Après une nuit d'insomnie, il effectua dès l'aube une descente dans la salle commune des première année avant que quiconque soit levé et déroba un vieux numéro sur un présentoir.

En semaine, deux cars se rendaient tous les matins à Burford, mais le second ne lui laissait que vingt minutes pour trouver le Monmouth Arms, aussi préféra-t-il prendre le premier et arriva-t-il à destination à neuf heures quarante pour découvrir que le car le déposait juste devant la porte du pub. Il se trouvait dans un tel état d'énervement que l'enseigne de l'établissement, avec ses grandes lettres voyantes, lui apparut comme une véritable faille dans la sécurité nationale, et il se crut obligé de dépasser l'endroit en regardant délibérément ailleurs. Le reste de la matinée s'écoula avec une lenteur d'escargot. A onze heures, son calepin était déjà bourré des numéros d'immatriculation de toutes les voitures garées dans Burford ce matin-là ainsi que de notes copieuses concernant des passants à la mine suspecte. A midi moins deux, bien installé au bar du Monmouth Arms, il se sentit pris de panique. Était-il vraiment au Monmouth Arms ou bien au Golden Pheasant ? Le colonel Gaunt lui avait-il bien annoncé les *Contes d'hiver* ? Dans l'esprit en ébullition de Pym, ces possibilités se fondaient en un alliage éclatant et effrayant. Il ressortit de l'établissement et en relut discrètement l'enseigne avant de se précipiter dans les toilettes extérieures pour s'asperger la figure d'eau froide. Alors qu'il se tenait debout devant un box, il entendit comme une rafale de vent puis devina une silhouette massive en imperméable bleu marine se dressant à côté de lui. Le corps était incliné de côté et en arrière, les yeux semblaient révulsés par la souffrance. Durant un instant abominable, Pym crut que l'homme agonisait, puis il s'aperçut que ces contorsions n'étaient dues qu'aux difficultés qu'avait le personnage à retenir un gros livre coincé sous son bras. Coupé dans son élan, Pym n'eut plus qu'à se reboutonner puis à retourner très vite au bar où il se commanda un bitter, en étalant son *Financial Times* sur le comptoir.

« Mettez-en deux pendant que vous y êtes », murmura une voix doucereuse à l'adresse du barman. « C'est l'oncle qui offre aujourd'hui. Comment ça va ? Si nous allions dans le coin, là-bas ? N'oubliez pas votre journal. »

Je ne te parlerai guère de nos travaux d'approche, Jack. Quand deux personnes ont décidé de coucher ensemble, ce qui se passe entre elles avant l'acte lui-même est davantage une question de forme que de contenu. Je ne me rappelle pas non plus très clairement quelles justifications nous avions inventées ; car Michael était un homme plutôt timide qui avait passé la majeure partie de sa vie en mer et dont les rares éclairs de philosophie jaillissaient de sa bouche comme des signaux de vapeur égarés tandis qu'il se tamponnait les lèvres avec un mouchoir à carreaux. « Faut bien que quelqu'un fasse place nette, vieux – coup pour coup, y a pas d'autre moyen –, si on ne veut pas que ces saligauds nous piquent le bateau sous les pieds – et ça, je peux vous dire que j'en ai pas la moindre envie. » Il s'agissait bien là d'une profession de foi faite sans emphase mais avec une conviction qu'il étouffa aussitôt d'un grand trait de bière. Michael ne fut que le premier d'une longue série de suppléants, Jack, aussi laissons-le représenter tous les autres. Après Michael, si mes souvenirs sont exacts, vint David puis, après David, Alan, et après Alan j'ai oublié qui. Pym ne leur voyait aucun défaut. Ou, quand il en remarquait un, il l'interprétait aussitôt comme un subterfuge d'une ruse diabolique. Aujourd'hui, bien sûr, je ne me fais plus d'illusions sur ce qu'étaient ces pauvres types : des membres de cette grande famille en voie de disparition que forme la classe des amateurs qui semblent errer de droit entre les services secrets, les clubs automobiles et autres bonnes œuvres privées plus riches encore. Ce ne sont en aucun cas de mauvais types. Ni malhonnêtes. Ni stupides. Mais simplement des gens qui confondent ce qui menace leur classe avec ce qui menace l'Angleterre et qui ne se sont jamais promenés assez loin pour être à même de faire la différence. Des gens modestes, dotés de sens pratique, qui remplissent consciencieusement leurs notes de frais, touchent leur salaire, et qui éblouissent leurs Joe avec leur savoir-faire tranquille qui perce sous l'ironie. Et qui pourtant, tout au fond de leur cœur, se bercent des mêmes illusions dont se berçait Pym à l'époque. Qui ont besoin de leurs Joe pour les aider à y croire. Des hommes inquiets, traînant avec eux une odeur de pub et de salle de squash, et qui ont l'habitude de regarder autour d'eux au moment de payer, comme s'ils se demandaient s'il n'existe pas une meilleure façon de vivre. Et Pym, passant ainsi de main en main, fit de son mieux pour les servir et les honorer tous. Il croyait en eux ; il les égayait d'histoires amusantes tirées de son stock toujours plus imposant. Il faisait tout ce qu'il pouvait pour leur servir des morceaux de choix et rendre ainsi leur journée plus palpitante. Et lorsque venait le temps de se quitter, il s'arrangeait toujours pour leur garder une dernière petite information à rapporter à leurs parents, même s'il devait parfois l'inventer.

« Comment va le colonel ? risqua un jour Pym, se rappelant un peu tard que Michael représentait officiellement le colonel Gaunt.

– Si j'étais vous, je ne poserais pas ce genre de questions, vieux », répliqua Michael qui, à la surprise de Pym, se mit à claquer des doigts comme s'il appelait un chien.

Rob Gaunt a-t-il réellement existé ? Pym ne l'a jamais rencontré et, plus tard, quand il fut en position de se renseigner, il ne put trouver personne pour admettre en avoir jamais entendu parler.

Maintenant, les enveloppes brunes défilent, toujours aussi épaisses, souvent au rythme de deux ou trois par semaine. Le concierge de la faculté y devient tellement habitué qu'il les glisse dans le casier de Pym sans même lire l'adresse, et Pym doit bientôt creuser un autre dictionnaire pour les dissimuler. Elles contiennent immanquablement des instructions et, parfois, un peu d'argent, de cet argent que les Michael disent si difficile à trouver. Mieux encore, il y a le fonds de roulement que Pym parvient à limiter au chiffre incroyable de vingt livres : sept livres et neuf pence pour inviter le secrétaire de la Société hégélienne de l'université d'Oxford..., cinq shillings de contribution à la campagne pour la paix en Corée..., quatorze shillings pour une bouteille de sherry destinée à la réunion de l'Association des relations culturelles avec l'URSS..., une livre quinze shillings neuf pence de voyage en car jusqu'à Cambridge pour une visite d'amitié aux membres de la Section de l'université de Cambridge. Pym se montre au début pusillanime dans ses demandes de dédommagement, craignant de lasser l'indulgence de ses maîtres. Le colonel va trouver quelqu'un de moins cher, quelqu'un de plus riche, quelqu'un qui sait qu'un vrai gentleman ne regarde pas à la dépense. Mais il en vient peu à peu à comprendre que, loin d'indisposer ses maîtres, ses dépenses sont considérées comme la preuve de l'énergie qu'il déploie.

Cher ami – écrivit Michael qui respectait ainsi la règle selon laquelle il fallait éviter les noms pour le cas où la correspondance serait interceptée – Onze. Merci pour votre Huit bien reçue, un petit bijou, comme d'habitude. Je me suis permis de transmettre vos louanges concernant la dernière chorale à notre seigneur et maître au-dessus, et je n'avais pas vu le cher homme rire autant depuis la fois où sa tante s'est pris le machin gauche dans le vous-devinez-quoi. Intelligent et intéressant, monsieur, et je vous signale que le grand manitou lui-même a félicité votre persévérance. Voici maintenant la liste des courses :
1. Êtes-vous certain que le nom du trésorier distingué de notre assemblée s'écrive avec un Z et non un S ? Le Grand

Livre cadastral mentionne un Abraham S., mathématicien, dernièrement domicilié au lycée de Manchester et qui pourrait correspondre, mais absolument aucun Z. (Quoiqu'il soit toujours possible qu'un gentleman de son étoffe emploie les deux orthographes...) Ne cherchez pas, comme dit l'évêque, mais si dame Chance vous souffle la réponse, faites-nous-la connaître...

2. Prière de garder votre oreille ultrafine bien ouverte : nos braves frères écossais doivent envoyer une délégation au Festival de la jeunesse de Sarajevo au mois de juillet. Le pouvoir en place commence à ne plus apprécier du tout ces gens qui reçoivent d'énormes subsides et se contentent d'aller faire le beau à l'étranger et cracher, disons-le, sur l'ombre du gouvernement.

3. Au sujet du chanteur réputé qui nous vient de l'université de Leeds et est censé s'adresser à notre assemblée le 1er mars, veuillez ouvrir l'œil et avoir une oreille qui traîne du côté de sa fidèle épouse, Magdalene (Dieu nous bénisse !), qui a la réputation d'être aussi musicienne que son vieux mari mais préfère garder le front baissé pour se consacrer à de délicates questions d'intérêt scientifique. Tout commentaire sera le bienvenu...

Pourquoi Pym s'est-il lancé là-dedans, Tom ? Au commencement était l'acte. Ni la raison et encore moins le verbe. C'était son propre choix. C'était sa propre vie. Personne ne l'a forcé. N'importe où en cours de route et même tout au départ, il aurait pu crier Non et se surprendre lui-même. Il ne l'a jamais fait. Il lui fallut attendre dix autres générations universitaires avant de déclarer forfait, mais là, les jeux étaient faits, tous les jeux. Tu te demandes pourquoi il a gaspillé ainsi sa liberté et sa chance, son physique avantageux, son bon caractère et son bon cœur juste au moment où tout cela pouvait enfin s'épanouir ? Pourquoi se lier à toute une troupe de personnages sombres et malheureux, d'origines et de mentalités très éloignées des siennes, pourquoi se coller ainsi à eux, servile et souriant – car, tu peux me croire, la gauche universitaire de l'époque n'avait rien de très attrayant, Berlin et la Corée avaient payé pour ça – dans le seul but de les trahir ? Pourquoi passer des nuits entières dans de sinistres arrière-salles au milieu de petites provinciales maussades qui grignotaient des croquets aux noix, faisaient toujours la tête et obtenaient des mentions très bien en économie dans le seul but de professer une vision du monde qu'il lui faudrait apprendre en chemin ? Pourquoi se forcer à adopter des convictions contraires aux siennes et s'esquinter la santé avec des cigarettes bon marché tout en proclamant que tout ce qui pouvait paraître amusant dans la vie était tout simplement honteux ? Pourquoi jouer les père Murgo avec eux, livrant ses origines bourgeoises à leur condamnation, se rabaissant, se délectant de leurs critiques sans y gagner pourtant la moindre absolution, dans le seul but de filer juste après pour dépasser les bornes dans l'autre sens en rédigeant un flot de rapports superbement enjolivés sur les événements de la nuit ? Je devrais le savoir. Je l'ai fait, et je l'ai fait faire à d'autres et je me suis toujours montré pour le moins convaincant dans mes méthodes de persuasion. Pour l'Angleterre. Pour que le monde libre puisse dormir sur ses deux oreilles pendant que des sentinelles secrètes montent une garde sévère et vigilante. Par amour. Pour être un type bien, un bon soldat.

Le nom d'Abie Ziegler, qu'il s'écrive avec un Z ou un S, était inscrit, tu peux en être sûr, en grands caractères, sur toutes les affiches de gauche de toutes les cités universitaires d'Oxford. Abie était un maniaque sexuel dingue de publicité et fumeur de pipe qui ne devait pas dépasser un mètre vingt. Il n'avait qu'une ambition dans la vie : être remarqué ; et il considérait la gauche brinquebalante comme un moyen rapide d'y parvenir. Michael et ses sbires auraient bien pu trouver une douzaine de manières inoffensives de se procurer tous les renseignements possibles sur le fameux Abie, mais il fallait faire travailler Pym. Le grand espion aurait volontiers marché jusqu'à Manchester simplement pour vérifier Ziegler ou Siegler dans l'annuaire téléphonique tant il s'était dévoué corps et âme à sa mission secrète. Ce n'est pas de la trahison, se disait-il alors qu'il travaillait pour les Michael ; c'est là que je suis dans le vrai. Ces types et ces filles braillards arborant des écharpes d'étudiant et qui m'appellent notre ami bourgeois avec un drôle d'accent sont des compatriotes qui projettent de renverser notre ordre social.

Pour son pays, ou quelque autre raison qu'il se donnât, Pym fit des enveloppes et en mémorisa les adresses, joua au serveur lors de meetings publics, participa à des manifestations lugubres et nota ensuite tous les noms des présents. Pour son pays, il accepta les boulots les plus minables du moment que cela pouvait le faire bien voir. Pour son pays, ou par amour pour les Michael, il se posta à des coins de rues jusque tard dans la nuit pour proposer des pamphlets marxistes illisibles à des passants qui lui disaient qu'à cette heure-là il devrait être au lit. Puis il balançait les exemplaires restants dans un fossé et mettait son argent à lui dans la caisse du parti parce qu'il était trop fier pour réclamer la somme aux Michael. Et s'il arrivait qu'à des heures avancées, alors qu'il rédigeait ses rapports méticuleux sur les révolutionnaires de demain, le fantôme d'Axel surgît devant lui en murmurant « Pym, espèce de salaud, où êtes-vous ? » à son oreille, il le chassait à coups de formules où se mêlaient la logique des Michael et la sienne propre : « Tu étais l'ennemi de mon pays même en étant mon ami. Tu étais corrompu. Tu n'avais pas de papiers. Désolé. »

« Mais qu'est-ce que tu fabriques avec ces cocos ? », s'enquit un jour Sefton Boyd d'une voix ensommeillée, le visage enfoui dans l'herbe. Ils étaient allés déjeuner à Godstow dans sa voiture de sport et étaient maintenant allongés dans un pré juste au-dessus du réservoir. « On m'a dit qu'on t'avait vu au groupe Cole. Tu as même fait un discours de merde sur la folie de la guerre. C'est quoi exactement, ce groupe Cole, quand ils restent chez eux ?

– C'est un groupe de discussion que dirige G.D.H, Cole. Il s'agit d'explorer toutes les voies du socialisme

– Ils sont pédés ?

– Pas que je sache.

– Bon, alors explore donc les voies de quelqu'un d'autre. J'ai aussi remarqué ton sale petit nom sur une affiche. Secrétaire universitaire du club socialiste. Enfin, merde, tu veux vraiment être fiché ?

– Je préfère voir tous les côtés à la fois, se justifia Pym.

– Avec eux, c'est impossible. Avec nous, oui. Mais avec eux, c'est un côté seulement. Ils ont déjà piqué la moitié de l'Europe et c'est une vraie bande de salauds. Tu peux me croire.

– Mais je fais ça pour mon pays, expliqua Pym. C'est secret.

– Tu dis des conneries, répliqua Sefton Boyd.

– Non, c'est vrai. Je reçois des instructions de Londres toutes les semaines. Je suis dans les services secrets.

– Comme tu étais dans l'armée allemande chez Grimble, suggéra Sefton Boyd. Comme tu étais la tante d'Himmler chez Willow. Comme tu baisais la femme de Willow et comme ton père passait des messages pour Winston Churchill. »

Puis vint le jour, depuis longtemps annoncé et fréquemment repoussé, où Michael emmena Pym chez lui pour lui présenter sa petite famille. « Un châssis de première classe, lui avait assuré Michael en lui faisant à l'avance de la réclame pour sa femme. Et en plus, elle pense. Elle ne laisse rien passer. » Mrs. Michael se présenta en fait comme une femme vorace, fanée avant l'âge, vêtue d'une jupe fendue et d'un chemisier largement échancré sur une poitrine peu appétissante. A peine son mari eut-il disparu dans le hangar où il semblait habiter, que Pym fut chargé de remuer le *Yorkshire pudding*, non sans devoir repousser les assauts de la maîtresse des lieux. Il fut même contraint d'aller se réfugier sur la pelouse avec les enfants. Quand il se mit à pleuvoir, Pym fit entrer ceux-ci dans le salon et les posta tout autour de lui en une barrière de défense pendant qu'il s'amusait avec leurs Dinky Toys.

« Magnus, quelles sont les initiales du nom de votre père ? », demanda Mrs. Michael d'une voix autoritaire, depuis l'embrasure de la porte. Je me souviens encore de cette voix, coléreuse et interrogatrice : on aurait dit que je venais de manger son dernier Smartie au lieu de refuser de m'envoyer en l'air avec elle au premier étage.

« R.T. », répondit Pym.

Elle tenait à la main le journal du dimanche qu'elle venait sans doute de lire dans la cuisine.

« Eh bien, ils disent qu'il y a un R.T. Pym qui se présente comme candidat libéral à Gulworth North. On le décrit comme un philanthrope et un agent de biens. Il ne peut pas y en avoir deux, si ? »

Pym lui prit le journal des mains. « Non, lui accorda-t-il en contemplant le portrait de Rick en personne accompagné d'un setter roux. Il n'y en a qu'un.

– Tu aurais quand même pu nous le dire. Enfin, je sais bien que tu es incroyablement riche et d'une classe très supérieure à la nôtre, mais pour des gens comme nous, ce genre de choses est vraiment excitant. »

Malade d'appréhension, Pym rentra à Oxford et se força à lire, ne fût-ce qu'en diagonale, les quatre dernières lettres de Rick qu'il avait fourrées dans le tiroir de son bureau sans les ouvrir, à côté du Grimmelshausen d'Axel et de plusieurs factures impayées.

Emmitouflé dans sa robe de chambre en poil de chameau, Pym grelottait. Cela lui était tombé dessus brusquement, comme cela lui arrivait parfois, une sorte de fièvre à 37,5° de température. Il écrivait depuis qu'il s'était levé, ce qui, à en juger par la longueur de sa barbe, devait faire assez longtemps. Le frisson se mua en véritable tremblement, comme d'habitude. Cela lui tordait les muscles du cou et lui mâchait l'arrière des cuisses. Il se mit à éternuer. Le premier éternuement fut lent et inquisiteur. Le deuxième retentit comme un coup de riposte. Ils se battent à l'intérieur de mon corps, se dit-il : les gentils et les méchants sont en train de régler le problème en moi à coups de fusil. Atchoum ! O Dieu, garde mon âme. Atchoum ! O Seigneur, pardonne-lui car il ne savait pas ce qu'il faisait. Il se leva et, tout en plaquant une main sur sa bouche, alla de l'autre remonter le chauffage à gaz. Puis il se ressaisit et se contraignit à faire le tour de la chambre à la façon d'un prisonnier, s'affaissant à chaque pas sur ses rotules. A partir d'un coin du tapis de Miss Dubber, il compta dix pas, fit un angle droit et en compta huit autres. Il s'arrêta et examina le rectangle qu'il venait d'esquisser. Comment Rick a-t-il pu supporter cela ? se demanda-t-il. Comment Axel a-t-il fait ?

Il leva les bras afin de comparer la largeur de la cellule imaginaire avec l'envergure de ses bras déployés. « Bon sang, murmura-t-il. Je pourrais à peine tenir. »

Mary elle aussi priait. Elle était à l'école et se tenait agenouillée sur son coussin, les yeux plongés dans la nuit de ses paumes : dans sa prière, elle n'était plus à l'école mais dans la petite église saxonne de Plush qui faisait partie du domaine, elle se trouvait coincée entre la présence protectrice de son père et de son frère agenouillés eux aussi tandis que le colonel, révérend de la haute Église anglicane, aboyait ses ordres vindicatifs et agitait l'encensoir comme s'il s'était agi d'un gong de mess. Ou bien elle se tenait agenouillée au pied de son lit, dans sa chambre à elle, en chemise de nuit, les cheveux soigneusement brossés et le derrière bien arrondi, demandant que personne ne la renvoie plus jamais en pension. Pourtant, quels que fussent sa ferveur et l'objet de ses prières, Mary savait qu'elle n'irait nulle part ailleurs que là où elle se trouvait déjà : dans l'église anglaise de Vienne où je viens tous les mercredis assister au premier office avec toute cette bande d'habitués de la chrétienté itinérante fortunée que conduisent les ambassadrices anglaises ainsi que la femme du pasteur américain, et que soutiennent Caroline Lumsden, Bee Lederer et un gros contingent de Hollandais, de Norvégiens, et de transfuges de l'ambassade allemande d'à côté. Fergus et Georgie prennent racine sur le banc qui se trouve juste derrière moi sans que la moindre pensée pieuse les traverse : c'est Tom, et pas moi, qui passe le trimestre en pension, et c'est Magnus, et non pas Dieu, qui est omniprésent, omniscient et qui, quoique invisible, détient toutes les clés de nos destinées. Alors, Magnus, espèce de salaud, s'il te reste la moindre notion de vérité, voudrais-tu me faire le plaisir de te pencher par-dessus ton firmament pour m'honorer, dans ta grande bonté et ta grande sagesse, d'un conseil – sans mensonges, sans échappatoires et sans broderies pour une fois – sur ce que je suis censée faire avec ton petit copain du cricket de Corfou qui est assis dans la même rangée que moi, de l'autre côté de l'allée. Il ne prie même pas et il est maigre, voûté, avec une moustache poivre et sel et des épaules tombantes, exactement tel que Tom me l'a décrit, jusqu'à l'entrelacs de fines ridules de sourire autour des yeux et à l'imperméable gris drapé autour de son torse comme une cape. C'est qu'il ne s'agit pas là de la première apparition de ton ange gris, ni même de la deuxième, mais bien de la troisième et de la plus originale en deux jours. Et à chaque fois, comme je ne fais rien, je le sens se rapprocher un peu plus de moi, et si tu ne reviens pas très vite pour me dire ce que je dois faire, tu finiras peut-être par nous retrouver tous les deux au lit parce que, après tout, comme tu me le répétais si souvent à Berlin, rien ne vaut une petite partie de jambes en l'air pour briser la glace et abattre les barrières sociales.

Giles Marriott, le prêtre anglais, invitait tous les cœurs purs et les âmes simples à se rapprocher, animés par la foi. Mary se leva, rajusta sa jupe et sortit dans l'allée. Caroline Lumsden et son époux marchaient devant elle mais l'éthique de la piété exigeait qu'ils se saluent après et non avant le sacrement. Georgie et Fergus restèrent délibérément cloués à leur banc, trop orgueilleux pour sacrifier leur agnosticisme à leur rôle de couverture. Ou bien ils ne savent tout simplement pas quoi faire, songea Mary. Collant le bout de ses doigts à son menton, elle baissa à nouveau la tête pour prier. Oh ! mon Dieu, oh ! Magnus, oh ! Jack, dites-moi ce que je dois faire maintenant ! Il se tient à trente centimètres de moi, je sens même son âcre odeur de cigare. Tom avait mentionné cela aussi. A l'aéroport, comme un détail qui lui revenait tout d'un coup. « Tu sais, maman, il fumait des cigarillos, comme papa quand il avait arrêté les cigarettes. » Et il a boité en suivant sa rangée, et il a boité encore pour remonter l'allée. Une douzaine de personnes, plus peut-être, s'étaient glissées derrière Mary, y compris l'ambassadrice, sa fille boutonneuse et tout un groupe d'Américains. Quoi qu'il en soit, un boiteux reste un boiteux, et tout bon chrétien s'arrête pour le laisser passer, en souriant aimablement. Il se retrouvait donc juste derrière elle, sujet privilégié de la charité de tous. Et chaque fois que la file se rapproche d'un pas de l'autel, il boite aussi intimement que s'il me pelotait les fesses. Jamais de toute sa vie Mary n'avait connu claudication plus provocante, plus impudente et plus chargée de sous-entendus. Ses yeux pétillants lui brûlaient le dos ; elle les sentait. Elle éprouvait aussi une sorte de chaleur sur la nuque et son visage s'enflammait alors qu'approchait le moment de la communion divine. Devant l'autel, Jenny Forbes, épouse de l'officier d'administration, fit une génuflexion avant de regagner sa place. Elle peut, vu la manière dont elle se conduit avec le tout nouveau et tout jeune gardien de la chancellerie, se dit Mary en avançant avec soulagement pour s'agenouiller à sa place. Lâche-moi un peu, espèce de saligaud, reste de ton côté. Le saligaud en question s'exécuta, mais alors les paroles qu'il venait de chuchoter à l'oreille de Mary résonnaient dans la tête de la jeune femme tels des coups de trompe. « Je peux vous aider à le retrouver. J'enverrai un message chez vous. »

Un concert de questions retentissait à l'unisson dans le crâne de Mary. L'envoyer comment ? Un message pour dire quoi ? Pour lui indiquer les causes de sa trahison ? Pour lui expliquer pourquoi, hier, alors qu'elle quittait un thé de l'Union des femmes internationales, elle n'avait pas pointé vers lui un doigt accusateur, vers lui qui souriait sur le trottoir d'en face ? Pourquoi elle n'avait pas crié « Arrêtez cet homme ! » à Georgie et à Fergus qui n'étaient pas garés à vingt mètres de la porte d'où il avait surgi, désinvolte, sans se dissimuler le moins du monde ? Ou bien quand il était apparu, à moins de six mètres d'elle, au supermarché ?

Giles Marriott la contemplait avec stupéfaction, lui proposant pour la deuxième fois le corps du Christ. Mary plaça précipitamment les mains comme elle avait appris à le faire depuis l'enfance, la droite par-dessus la gauche afin de former une croix. Il déposa alors l'hostie dans sa paume. Elle la porta à ses lèvres et la sentit adhérer avant de tomber comme une bûche sur sa langue desséchée. Non, je ne le mérite pas, pensa-t-elle misérablement en attendant le calice. C'est vrai. Je ne mérite pas de me présenter à Ta table, ni à la table de quiconque d'ailleurs. Chaque seconde qui passe sans que je le dénonce est une seconde de trahison.

Il est en train de me tenter et je l'écoute tant que je peux. Il m'attire à lui et moi j'en redemande. Je lui dis : « J'irai à vous par amour pour Magnus et pour mon enfant. » Je lui dis :

« J'irai à vous si vous pouvez m'apporter la clarté, même si vous êtes le mal. Parce que je cherche une lumière. N'importe quelle lumière. Parce que j'ai la moitié de la tête plongée dans l'obscurité. J'irai à vous parce que vous êtes l'autre moitié de Magnus, et par conséquent mon autre moitié également. »

En retournant s'asseoir, elle croisa le regard de Bee Lederer. Elles échangèrent un sourire pieux.

11

On n'avait jamais vu d'élections partielles comme celles-ci, Tom, on n'a jamais vu d'élections tout court comme
celles-ci. Nous naissons, nous nous marions, nous divor-
çons, nous mourons. Mais en chemin, avec un peu de
chance, nous pouvons aussi devenir candidat libéral de la
vieille circonscription de pêche et de textile de Gulworth
North perdue dans les marais de l'est de l'Angleterre, pendant les années sombres de l'après-guerre avant que la télévision ne remplace les salles de la ligue antialcoolique, à
une époque où les communications étaient telles qu'on pouvait véritablement se refaire une identité en parcourant deux
cent cinquante kilomètres au nord-est de Londres. Quand
nous n'avons pas la chance de pouvoir nous supporter, le
moins que nous puissions faire, c'est de tout laisser tomber,
du cryptocommunisme à l'exploration sexuelle inaboutie
pour, oubliant le dernier *Minnesänger*, nous précipiter aux
côtés de notre père à l'heure du Grand Examen et grelotter
pour lui sur des pas de porte glacés, charmer les vieilles
dames comme on nous a appris à le faire afin de leur soutirer
leur vote, s'occuper d'elles quitte à en crever, hurler dans
un haut-parleur que notre père est décidément un type sensas, que personne ne manquera plus jamais de rien, et donner notre sincère parole que dès que le scrutin sera terminé,
nous consacrerons le reste de notre existence à tenir notre
rôle dans la classe ouvrière, qui est en fait la classe de notre
cœur et de nos origines, comme en témoigne notre soutien
clandestin à la cause des travailleurs durant nos premières
années d'études universitaires.

L'hiver battait son plein quand Pym arriva, et l'hiver

dure encore car je ne suis jamais revenu en arrière, je n'ai jamais osé. La même neige recouvre les marécages et fige les moulins de Don Quichotte contre la cendre d'un ciel flamand. Les mêmes clochers paraissent suspendre les villes au-dessus de l'horizon par-delà les étendues marines, et les mêmes trognes à la Bruegel de notre électorat rosissent d'ardeur comme elles rosissaient il y a maintenant trente ans. Le convoi de notre candidat, conduit par Mr. Cudlove – un libéral de toujours – et sa précieuse cargaison, porte encore le message de salles de classe blanchies à la chaux en autres salles chauffées au pétrole. Notre troupe dérape et jure le long de petites routes de campagne tandis que notre candidat se ronge les sangs en se descendant un petit verre, et que Sylvia se dispute à mi-voix avec le major Maxwell Cavendish au-dessus de la carte routière. Dans mon souvenir, cette campagne électorale évoque une tournée dramatique du théâtre de l'absurde politique alors que nous traversons ces terres de marais enneigés jusqu'à la majestueuse salle municipale de Gulworth – louée malgré tous les conseils de ceux qui prédisaient, à tort, que nous ne la remplirions jamais – pour la Toute Dernière Apparition de Notre Candidat en public. Et voilà que, tout à coup, la comédie s'interrompt. Les masques et les clochettes de fou tombent sur la scène tandis que Dieu, par une seule et unique question, nous présente sa note pour toutes les années d'insouciance vécues jusque-là.

Des preuves, Tom. Des faits.

Voici la rosette de soie jaune que Rick portait lors de cette soirée mémorable. Elle avait été conçue spécialement pour lui par le même tailleur malchanceux qui avait créé les couleurs de son écurie. Voici la page centrale du *Gulworth Mercury* du lendemain. Tu la liras par toi-même. UN CANDIDAT DÉFEND SON HONNEUR : QUE GULWORTH NORTH SOIT JUGE, ASSURE-T-IL. Tu vois la photo du podium avec ses tuyaux d'orgues illuminés et son escalier tournant ? Il ne nous manque plus que Makepeace Watermaster. Tu vois ton grand-père, Tom, en plein milieu, haché par les rayons inégaux des projecteurs, et ton père, juste derrière, qui regarde timidement autour de lui, les cheveux un peu trop longs ? Tu entends le tonnerre de la piété du grand saint monter vers le plafond voûté, n'est-ce pas ? Pym connaît chaque mot du discours de Rick par cœur, il en connaît chaque geste grandiloquent, chaque inflexion vibrante. Rick se présente comme un honnête commerçant prêt à consacrer « toute ma vie, pour aussi longtemps que je serai épargné et pour aussi longtemps que vous estimerez, dans votre sagesse, avoir besoin de moi », au service de la circonscription, et il se prépare déjà à couper la tête à tous les incroyants d'un ample mouvement du bras gauche. Les doigts serrés, et légèrement courbés, comme toujours. Il est en train d'expliquer qu'il est un modeste chrétien, un père aussi et qu'il aime les situations nettes, aussi a-t-il l'intention de débarrasser Gulworth North de la double hérésie que constituent le haut torysme et le bas socialisme, même s'il lui arrive parfois, dans sa ferveur résolument antialcoolique, d'intervertir un peu les mots. Il a aussi absolument horreur de l'excès quel qu'il soit. Cela le met vraiment dans tous ses états. Arrivent maintenant les bonnes nouvelles. Cela s'entend à la foi qui anime sa voix. Si Rick devient député, Gulworth North connaîtra une renaissance dépassant ses rêves les plus fous. Le commerce moribond du hareng se lèvera de son lit de mort pour aller de l'avant. Son industrie textile dépassée rapportera soudain du lait et du miel. Ses fermes délivrées de la bureaucratie socialiste feront des envieux dans le monde entier. Ses canaux et ses chemins de fer en ruine seront miraculeusement libérés des terribles contraintes de la révolution industrielle. Ses rues déborderont d'un soudain afflux de liquidités. Les personnes âgées verront leurs économies protégées contre toute confiscation étatique cependant que les hommes se verront tous épargner l'ignominie de la conscription. L'impôt sur le revenu disparaîtra de même que toutes les autres injustices mentionnées dans le manifeste libéral que Rick n'a lu qu'en partie mais en lequel il croit sans restrictions.

Jusque-là, tout va bien. Mais c'est aujourd'hui le dernier tomber de rideau et Rick nous a concocté quelque chose de spécial. Il tourne témérairement le dos à la foule pour s'adresser à ses fidèles supporters qui sont alignés derrière lui, sur l'estrade. Il va nous remercier. Imagine. « D'abord ma chère Sylvia sans qui rien de tout cela n'aurait pu avoir lieu... merci, Sylvia, merci ! Que tous applaudissent ma reine, Sylvia !

L'assistance s'exécute avec enthousiasme. Sylvia le gratifie du sourire éclatant qui lui vaut sa présence ici. Pym s'attend à passer en deuxième position, mais il n'en est rien. Des reflets d'acier teintent le regard bleu de Rick ce soir, il émane de lui comme une lueur. Plus de voix, moins de souffle à sa grandiloquence. Des phrases plus courtes que le champion martèle avec d'autant plus de force. Il remercie le président du parti libéral de Gulworth et sa charmante épouse – Marjory, très chère, ne soyez pas timide, montrez-vous. Il remercie notre malheureux représentant libéral local, un incroyant répondant au nom de Donald Quelque Chose, voir la légende, qui, depuis l'arrivée de la Cour sur son territoire, s'est enfermé dans une attitude maussade et ronchonnante dont il n'a daigné émerger que ce soir. Il remercie notre déportée de service que Mr. Muspole prétend avoir honorée dans la salle de billard, et une Miss Quelqu'un d'Autre grâce à qui votre candidat n'a jamais été en retard à aucun meeting – rires –, bien que Morrie Washington jure qu'il est plutôt risqué de s'asseoir à côté d'elle sur la banquette arrière. Rick passe ensuite à « ses fidèles et vaillants assistants ». Installés au dernier rang, Morrie et Syd ressemblent à une paire de meurtriers graciés tandis que Mr. Muspole et le major Maxwell Cavendish préfèrent adopter une expression revêche. C'est sur la photo, Tom, regarde par toi-même. Planté juste à côté de Morrie, tu vois un comédien de radio complètement ivre dont Rick s'est efforcé de mettre la réputation déclinante au service de sa campagne, de la même façon qu'il a enrôlé au cours des dernières semaines tout un bataillon de joueurs de cricket stupides, de propriétaires titrés de chaînes hôtelières et autres prétendues personnalités libérales qu'il fait défiler à travers la ville comme des prisonniers avant de les renvoyer à Londres à peine terminée leur courte période d'utilité.

Et maintenant, regarde encore une fois Magnus qui est assis à la droite de son créateur : Rick vient à lui en dernier et chaque mot qu'il prononce semble lourd de savoir et de reproche. « Comme il ne vous le dira pas lui-même, je le fais à sa place. Il est trop modeste. Ce garçon, qui est aussi mon fils, est l'un des plus brillants étudiants en droit que ce pays ait jamais connu, et pas seulement ce pays. Il pourrait vous tenir ce même discours en cinq langues différentes et le faire en chacune de ces langues mieux que je ne le fais. » Rires. Protestations honteuses et non, non, pas du tout. « Mais cela ne l'a pas empêché de tout lâcher pour venir aider son vieux père pendant toute la campagne. Magnus, tu as été sensas, mon fils, et tu es aussi le meilleur copain de ton père. Voilà pour toi !

Mais l'ovation étourdissante est loin d'alléger l'angoisse de Pym. Écrasé par la terrible réalité de devoir être Pym, et écoutant Rick reprendre son discours, il sent son cœur s'affoler de terreur tandis qu'il compte les clichés et guette l'explosion qui ne va pas manquer d'anéantir le candidat et son tissu de mensonges éhontés, celle qui défoncera le plafond et ses poutres dorées dans le ciel nocturne. Celle qui détruira jusqu'aux étoiles qui constituent l'apothéose du discours de Rick.

« On vous dira, clame Rick sur une note d'humilité grandissante, on vous demandera comme on me l'a demandé à moi-même – on m'a arrêté dans la rue, on m'a pris par le bras pour me demander en effet : "Qu'est-ce que le libéralisme, Rick, sinon un ramassis d'idéaux ? Les idéaux, ça ne se mange pas, Rick." Voilà ce qu'on me dit : "Ce n'est pas avec des idéaux qu'on peut se payer une bonne tasse de thé et une bonne côte d'agneau à l'anglaise, Rick, mon garçon. On ne peut pas mettre les idéaux dans la corbeille de la quête, on ne peut pas payer les études de nos fils avec des idéaux. On ne peut pas les envoyer prendre leur place dans le monde, à la tête des plus hautes cours de justice du pays, sans rien d'autre en poche que quelques idéaux. Et alors, me demande-t-on, quel besoin avons-nous, dans notre monde moderne, d'un parti d'idéaux ?" » La voix tombe. La main, si agitée jusque-là, s'abaisse pour caresser de la paume la tête d'un enfant invisible. « Alors, bonnes gens de Gulworth North, je leur réponds comme je vous répondrai à vous. » La main s'envole soudain vers les cieux et Pym, malade d'inquiétude, croit voir le spectre de Makepeace Watermaster sauter de sa chaire et emplir la salle municipale de son aura sinistre. « Les idéaux sont comme les étoiles. Nous ne pouvons les atteindre mais leur existence nous est bénéfique ! »

Rick n'a jamais été meilleur, plus passionné, plus sincère. Les applaudissements enflent comme une mer en furie et les fidèles se lèvent. Pym se lève avec eux et frappe dans ses mains plus fort que tout le monde. Rick sanglote, Pym se retient avec peine. Les bonnes gens se sont trouvé un messie, cela faisait trop longtemps que les libéraux de Gulworth North ne formaient qu'un troupeau sans berger ; aucun libéral ne s'est présenté ici depuis la guerre. A côté de Rick, notre président local du parti libéral frappe ses mains robustes l'une contre l'autre et susurre des paroles extatiques à l'oreille du candidat. Derrière celui-ci, toute la Cour suit l'exemple de Pym et applaudit, debout, en psalmodiant : « Rick pour Gulworth. » Ainsi rappelé à l'ordre, Rick se tourne à nouveau vers eux et, imitant en cela tous les spectacles de variétés qui lui plaisent, il désigne la Cour au public en disant : « C'est à eux que vous devez tout, pas à moi. » Mais, une fois encore, son regard bleu se pose sur Pym et l'accuse : « Judas, parricide, assassin de ton meilleur copain. »

C'est du moins ce qu'il semble à Pym.

Car c'est précisément à ce moment-là, alors que tous sont debout et applaudissent, absolument rayonnants, que la bombe placée par Pym explose : Rick tourne le dos à l'ennemi, il a le visage dirigé vers Pym et ses chers assistants, déjà prêt, me semble-t-il, à entamer un chant vibrant. Pas « *Underneath the Arches* », c'est trop daté, mais « *Onward, Christian Soldiers* » qui paraît convenir parfaitement. Soudain, le vacarme décline pour mourir à nos pieds, sitôt remplacé par un silence glacé qui s'insinue partout comme si quelqu'un venait d'ouvrir les grandes portes de la salle municipale afin de faire entrer les anges vengeurs du passé.

Un trouble-fête vient de parler sous la tribune où est installée la presse. Tout d'abord, l'acoustique est tellement déplorable que nous ne percevons rien de plus que quelques notes querelleuses, mais celles-ci déjà sont subversives. La mystérieuse personne refait une tentative, plus vigoureuse cette fois. Elle n'a pas encore pris corps, ce n'est qu'une satanée bonne femme dotée de cette voix aiguë et stridente d'Irlandaise que la gent masculine déteste instinctivement et qui vous enjôle, tant par sa faiblesse que par ce qu'elle prononce. Un homme crie : « Silence, femme », puis « On se tait ! » et enfin « La ferme, salope ! » Pym reconnaît la voix avinée du major Blenkinsop. Le major est un partisan du libre-échange et un fasciste rural qui fait partie de la droite encombrante de notre grand mouvement. Mais la voix perçante de l'Irlandaise insiste comme un grincement de porte qui ne veut pas cesser, qu'on en claque le panneau ou qu'on en huile les gonds. Encore une de ces autonomistes, probablement, Ah, bien, quelqu'un se charge d'elle. C'est de nouveau le major – tu vois son crâne chauve et la rosette jaune du mouvement ? Il lui donne du « Ma chère madame », entre autres choses, et l'entraîne sans ménagements vers la sortie. Mais la liberté de la presse l'en empêche bientôt. Tous les pisseurs de copie sont penchés par-dessus le balcon et hurlent : « Vous vous appelez comment, Miss ? » Et même : « Allez-y, redites-le-lui ! » Le major Blenkinsop oublie soudain qu'il est à la fois officier et gentleman pour ne plus être qu'un rustre de la haute avec une Irlandaise gueularde sur les bras. D'autres femmes commencent à crier : « Mais laissez-la ! » et « Posez vos sales pattes ailleurs, espèce de porc ». Quelqu'un lance : « Salaud de milicien, tueur d'Irlandais ! »

Puis nous entendons ce qu'elle dit, puis nous la voyons, et très clairement. C'est une petite femme furieuse tout en noir, une mégère endeuillée. Elle porte une toque noire. Un morceau de voilette pend à un bout, arraché soit par elle-même soit par quelqu'un d'autre. Gagné par la perversité propre à la foule, chacun veut entendre ses propos. Elle repose sa question, pour la troisième fois peut-être. Elle s'exprime avec un fort accent irlandais qui part du devant de la bouche et elle semble sourire, cependant Pym sait qu'il ne s'agit nullement d'un sourire mais d'un rictus de haine impossible à contenir. Elle prononce chaque mot comme elle l'a appris, dans l'ordre qu'elle a choisi. Et la formulation paraît choquante dans sa clarté.

« Je voudrais savoir, s'il vous plaît... s'il est vrai – vous seriez bien aimable, monsieur – que le candidat libéral à la députation pour la circonscription de Gulworth North... a effectivement purgé une peine de prison pour escroquerie et détournement de fonds. Je vous remercie beaucoup d'avoir bien voulu m'écouter. »

Et le visage de Rick est tourné vers Pym tandis que la flèche l'atteint dans le dos. Les yeux bleus de Rick s'écarquillant sous le choc mais sans quitter la figure de Pym – exactement comme il y a cinq jours, alors qu'il gisait, le corps glacé, les pieds croisés et les yeux grands ouverts, et qu'il me disait : « Il ne suffit pas de me tuer, fils. »

Reviens avec moi dix jours en arrière, Tom. C'est un Pym plein d'excitation qui est arrivé d'Oxford le cœur léger, un Pym décidé à jouer son rôle de protecteur de la nation en jetant tout son poids capricieux derrière le processus démocratique, et à prendre un peu de bon temps dans la neige. La campagne bat son plein, mais les trains de Gulworth ont la manie de s'arrêter à Norwich. C'est le week-end et Dieu a décidé que les élections législatives anglaises devaient se tenir le jeudi, même s'il a depuis longtemps oublié pourquoi. Le soir est tombé ; le candidat et sa suite sont sur le pied de guerre. Mais à peine Pym débarque-t-il, sac à la main, dans la gare imposante de Norwich que le fidèle Syd Lemon l'attend déjà avec une voiture aux couleurs et insignes de Pym prête à le conduire vitesse grand V au meeting de ce soir, prévu à vingt et une heures dans le petit village de Little Chedworth on the Water où, selon Syd, le dernier mission- naire a été dévoré pour le thé. Les vitres de la voiture dispa- raissent sous des affiches proclamant : PYM, L'HOMME DU PEUPLE. La grande tête de Rick – celle qu'il a, comme je l'ai appris récemment, sans doute vendue – est placardée sur le capot. Un haut-parleur plus gros qu'un canon de navire est attaché au toit. C'est la pleine lune. La neige recouvre les champs et le Paradis resplendit partout.

« Roulons jusqu'à Saint-Moritz », propose Pym tandis que Syd lui tend un des petits pâtés à la viande de Meg. Syd rit et lui ébouriffe les cheveux. Syd Lemon n'est pas un conducteur très attentif mais les routes sont désertes et la neige est molle. Il a apporté une gourde remplie de whisky et ils boivent de longs traits d'alcool tout en naviguant entre les haies alourdies. Ainsi fortifié, Syd peut informer Pym de l'état de la bataille.

« Nous sommes pour la liberté de culte, Titch, et nous sommes des inconditionnels de la propriété d'État pour tous avec moins de bureaucratie.

– Comme toujours, réplique Pym qui essuie un froncement de sourcils de Syd, au cas où il se serait montré insolent.

– Nous avons piètre opinion de l'ubiquité du haut torysme sous toutes ses formes...

– Iniquité, corrige Pym, les lèvres à nouveau pendues à la gourde.

– Notre candidat est fier de son passé de patriote et de bon chrétien. C'est un commerçant d'Angleterre qui se bat pour son pays et qui a choisi le libéralisme comme étant la seule voie de salut pour la Grande-Bretagne. Son éducation, il l'a faite à l'université du monde, et il n'a jamais touché une goutte d'alcool de sa vie. Toi non plus, ne l'oublie pas. » Il reprend la gourde de whisky et en avale une longue gorgée de buveur d'eau.

« Mais, va-t-il gagner ? s'enquiert Pym.

– Écoute-moi. Si tu étais arrivé ici les poches pleines le jour où ton père a annoncé sa candidature, tu aurais pu trouver des parieurs à cinquante contre un. Le temps que j'arrive avec Lord Muspole, il était descendu à vingt-cinq et nous en avons pris un stère chacun. Le lendemain de sa légitimation au sein du parti, on ne trouvait plus rien à dix contre un. Il en est maintenant à neuf contre deux et ça baisse encore, et je te parie qu'il sera à égalité le jour du scrutin. Maintenant, tu peux me demander s'il va gagner.

– Quels sont les autres concurrents ?

– Il n'y en a pas. Le type des Travaillistes est un instituteur écossais de Glasgow. Il a une barbe rousse. Un tout petit mec. On dirait une souris planquée derrière un ours roux. Le vieux Muspole a envoyé deux gars à lui réchauffer un peu un de ses meetings, l'autre soir. Il leur avait mis des kilts et leur avait donné des crécelles de foot pour qu'ils aillent faire la fête dans les rues jusqu'au matin. On n'aime pas trop le tapage, à Gulworth, Titch. Ça a fait très mauvais effet de voir les amis du candidat travailliste chanter, complètement saouls, *"Little Nellie of the Glen"* à trois heures du matin sur les marches de l'église. »

La voiture file gracieusement droit sur un moulin. Syd redresse sa trajectoire et le voyage continue.

« Et les tories ?

– Le tory est tout ce que doit être un candidat tory et plus encore. Un vrai sahib à peine débarqué qui bosse un jour par semaine à Londres, participe à des chasses à courre, distribue de la verroterie aux autochtones et veut réinstituer la torture pour les délinquants primaires. Sa femme passe sa vie à donner des garden-parties.

– Mais quels sont nos soutiens traditionnels ? demande Pym qui se souvient de son histoire sociale.

– Nous avons la grosse cote avec les culs-bénits, avec les francs-maçons, et aussi les vieilles dames. Avec les antialcooliques, c'est carrément du gâteau, et pareil avec la ligue antiparis tant qu'ils ne mettront pas le nez dans les registres hippiques. D'ailleurs, tu seras gentil de ne pas parler des tocards, Titch, on les a mis au vert pendant la durée de la campagne. Pour le reste, on y va les doigts dans le nez. L'ancien député était un rouge, mais il est mort. Aux dernières élections, il avait obtenu une majorité de cinq mille voix sur son principal concurrent, le tory, mais tu vois où en sont les tories maintenant. Il y avait eu à l'époque trente-cinq mille votants, mais on peut compter maintenant sur cinq mille jeunes délinquants de plus qui ont atteint l'âge de voter, et sur deux mille croulants en moins qui sont passés entre-temps dans un monde meilleur. Les fermiers sont hargneux, les pêcheurs sont dans la dèche et la masse ne sait même plus reconnaître ses couilles de ses coudes. »

Syd allume alors le plafonnier et laisse l'automobile avancer toute seule pendant qu'il fouille la banquette arrière pour y trouver une imposante brochure jaune et noir avec une photo de Rick en couverture. Flanqué de deux épagneuls inconnus qui le contemplent avec adoration, il est installé devant une cheminée tout aussi inconnue à lire un livre, ce qui ne lui est jamais arrivé de sa vie. *Lettre aux électeurs de Gulworth North*, indique l'intitulé. Pour défier l'austérité générale, le papier est d'un superbe glacé.

« Nous bénéficions également du soutien du fantôme de Sir Codpiece Makewater, vice-président, ajoute Syd avec un plaisir non dissimulé. Lis la dernière page. »

Pym obéit et découvre un encadré évoquant une notice nécrologique suisse :

NOTE FINALE

Votre Candidat tire son inspiration politique de son Mentor et Ami d'enfance, Sir Makepeace Watermaster, Député au Parlement, patron Chrétien et Libéral célèbre dans le monde entier et dont la main sévère mais juste a, après la mort prématurée du père de votre serviteur, guidé les pas de celui-ci entre les nombreux Écueils de la Jeunesse jusqu'à la Position élevée qu'il occupe aujourd'hui et qui lui permet des Relations quotidiennes avec les Seigneurs de ce Pays.

Sir Makepeace avait lui-même été élevé dans la Crainte et le Respect de Dieu ; c'était un homme abstinent, un orateur inégalé sans l'influence rayonnante duquel je puis sans risque affirmer que Votre Candidat n'aurait peut-être jamais osé se soumettre au Jugement Historique du Peuple de Gulworth North qui est déjà devenu pour moi une patrie dans ma patrie et où, si je suis élu, je chercherai à acquérir une grande propriété dans les plus brefs délais. Votre Candidat s'Engage à se dévouer à vos intérêts avec la même Humilité dont fit preuve jusqu'au bout Sir Makepeace qui jamais ne cessa de prêcher le Droit Moral de l'Homme à la Propriété, le libre Commerce et un juste Claquement de Fouet pour ramener les Femmes à l'Ordre.

Votre Humble et Futur Serviteur,

Richard T. Pym

« Toi qui es allé aux écoles, Titch, qu'est-ce que tu en penses ? questionne Syd avec une gravité pathétique.

– C'est très beau, assure Pym.

– Évidemment », réplique Syd.

Un village, puis la flèche d'une église glisse vers eux. Alors qu'ils arrivent dans la grand-rue, ils peuvent lire une grande banderole jaune annonçant que Notre Candidat Libéral s'adressera à Vous ici, ce soir. Quelques vieilles Land Rover et Austin Seven, déjà recouvertes de neige, attendent tristement sur le parking. Syd boit une dernière gorgée de whisky à la gourde puis retrace soigneusement la raie qui sépare ses cheveux devant le rétroviseur. Pym remarque qu'il est vêtu avec une sobriété inhabituelle. L'air glacé embaume l'iode et la bouse de vache. La salle vétuste de la ligue antialcoolique de Little Chedworth on the Water se dresse devant eux. Syd glisse à Pym un bonbon à la menthe et ils entrent.

Le chef local du parti parle déjà depuis un certain temps mais ne paraît s'adresser qu'au premier rang car ceux du fond n'entendent rien et regardent soit le plafond, soit l'exposition de photos montrant le candidat de tous : Rick installé à son bureau Napoléon devant ses rayonnages de livres juridiques. Rick, pour la première et la dernière fois de sa vie, sur le plancher de l'usine, en train de prendre une tasse de thé avec le Sel de la Terre. Rick contemplant, tel Sir Francis Drake, la flotte déclinante des harenguiers de Gulworth noyés dans la brume. Rick, cet agriculteur confirmé et fumeur de pipe, flattant intelligemment une vache. A côté du président, sous un feston de pavillons jaunes, est assise une représentante du comité électoral. De l'autre côté s'allonge une rangée de chaises vides qui n'attendent plus que le candidat et son parti. De temps à autre, tandis que le pauvre président poursuit son effort, Pym parvient à saisir une expression isolée comme les « maux de la conscription », ou la « malédiction des grands monopoles » – ou, pis encore, une petite phrase d'excuse du genre « Comme je vous le disais justement il y a un instant.... » Et par deux fois, alors que vingt et une heures se transforment peu à peu en vingt et une heures trente, puis en vingt-deux heures dix, un vieux messager shakespearien se traîne péniblement depuis les coulisses pour annoncer d'une voix chevrotante et en se frottant l'oreille que le candidat est en route, qu'il a eu une journée très chargée en réunions diverses et qu'il est simplement retardé par la neige. Au moment où nous allons perdre espoir, entre Mr. Muspole suivi du major Maxwell Cavendish, tous deux raides comme des officiers de justice dans leurs costumes gris. Les deux hommes remontent ensemble l'allée et se hissent sur l'estrade, puis, pendant que Mr. Muspole serre la main du président et de son épouse, le major sort une liasse de papiers de sa serviette et les pose sur la table. Pourtant, en aucune des vingt et une occasions qui séparent cette première soirée du dernier discours que Rick prononça à la veille du scrutin, dans la salle municipale, Pym ne vit son père utiliser les notes du major ou même ne serait-ce que sembler remarquer leur présence. Il en arriva donc graduellement à la conclusion qu'il ne s'agissait pas de notes du tout mais d'un simple artifice de mise en scène destiné à préparer l'entrée du candidat.

« Mais qu'est-ce que Maxie a fait de ses moustaches ? chuchote Pym, plein d'excitation, à Syd qui vient de se redresser avec un sursaut après un petit somme. Il les a mises au clou ? » Si Pym s'attend à un trait d'esprit en retour, il a de quoi être déçu.

« Elles n'ont plus été jugées appropriées, c'est tout », répond sèchement Syd. Au même instant, Pym voit son visage s'éclairer d'un feu amoureux tandis que Rick pénètre dans la salle.

L'ordre d'apparition ne fut jamais modifié, non plus que la répartition des tâches. Après le major et Mr. Muspole viennent Perce Loft et le pauvre Morrie Washington qui commence déjà à avoir quelques problèmes avec son foie. Perce entre et maintient la porte ouverte. Morrie fait alors son apparition, déclenchant parfois, comme ce soir, quelques applaudissements car les non-initiés le prennent pour Rick, ce qui n'est pas très étonnant étant donné que Morrie, quoique trois fois plus petit que Rick, consacre la plus grande partie de sa vie et de ses revenus à chercher à ressembler totalement à son idole. Quand Rick s'offre un nouveau manteau en poil de chameau, Morrie court en acheter deux pareils. Quand Rick porte des souliers à deux tons Morrie fait de même, choisissant lui aussi des chaussettes blanches. Ce soir cependant, Morrie est vêtu comme le reste de la Cour d'un costume gris d'ecclésiastique. Par amour pour Rick, il a même réussi à faire presque disparaître le vermeil aviné de son teint. Il entre donc, passe devant Perce et va prendre place sur l'estrade en tripotant sa rosette pour s'assurer qu'elle est bien mise. Puis Morrie et Perce tendent ensemble le cou vers la porte qu'ils viennent de franchir, s'efforçant, comme le public tout entier, de ne pas manquer une seconde de l'entrée de leur champion. Et regarde !... Ils applaudissent ! Et nous aussi nous applaudissons ! C'est alors que surgit Rick, à grands pas car nous, hommes d'État, n'avons pas de temps à perdre, et il s'adresse gravement au Seigneur du Pays avant même d'avoir atteint l'estrade. Serait-ce Sir Laurence Olivier qui se tient près de lui ? Je reconnaîtrais plutôt Bud Flanagan. Ce n'est ni l'un ni l'autre. Nous apprenons bientôt que ce n'est autre que le grand Bertie Tregenza, l'Homme-Oiseau des Ondes et aussi un libéral de toujours. Sur l'estrade, Muspole et le major présentent les autres personnalités au président et leur indiquent leurs places. Voilà enfin le moment pour lequel nous sommes tous venus, à savoir le moment où le seul homme qui reste debout est celui qui figure sur les photographies alentour. Syd se penche en avant, on dirait qu'il écoute avec ses yeux. Notre candidat se met à parler.

L'introduction est banale, prudente. « Bonsoir et merci d'être venus si nombreux par une soirée d'hiver aussi froide. Je suis désolé d'avoir dû vous faire attendre. » Plaisanterie destinée aux vieilles dames : « On m'a dit que j'avais fait attendre ma mère toute une semaine. » Rires des vieilles dames en question montrant que la plaisanterie a été enregistrée. « Mais je vous le promets, bonnes gens de Gulworth North, personne ici n'aura jamais à attendre votre prochain député à la Chambre des Communes ! » D'autres rires et quelques applaudissements de la part des fidèles tandis que le ton du candidat se raffermit.

« Mesdames et Messieurs, si vous vous êtes aventurés dehors par une nuit aussi inhospitalière, c'est pour une seule et unique raison. Parce que vous vous souciez de votre pays. Eh bien, nous sommes deux dans ce cas, parce que je m'en soucie aussi. Je me soucie de la manière dont il est dirigé et dont il n'est pas dirigé. Je m'en soucie parce que la politique, ce sont d'abord des hommes. Des hommes avec un cœur qui leur dicte ce qu'ils veulent, pour eux et pour les autres. Des hommes avec un cerveau qui leur dicte comment y parvenir. Des hommes qui ont la foi et assez de cran pour renvoyer Hitler là d'où il venait. Des hommes comme nous, qui sommes rassemblés ici ce soir. Des hommes qui représentent le Sel de la Terre et qui n'en font pas tout un plat. Des Anglais pur-sang qui se soucient de leur pays et qui cherchent celui qui saura veiller sur eux. »

Pym fouille la petite salle du regard. Tous les visages sont tournés, épanouis, vers la lumière de Rick. Tous sauf un, celui d'une petite femme portant une toque à voilette et qui est assise comme un spectre, légèrement en retrait, son voile noir lui dissimulant entièrement la figure. Elle pleure un mort, se dit Pym qui se sent aussitôt ému. La pauvre âme n'est venue ici que pour trouver un peu de compagnie. Sur l'estrade, Rick est en train d'expliquer ce que signifie le libéralisme à ceux qui n'auraient pas encore compris la différence entre les trois grands partis. Le libéralisme n'est pas un dogme mais une manière de vivre, dit-il. C'est croire en la bonté intrinsèque de l'homme quelles que soient sa couleur, sa race ou sa religion, c'est croire en un rassemblement de tous pour tendre vers un même but. Son petit cours de politique terminé, il peut en venir à la pierre angulaire de son discours, à savoir lui-même. Il relate ses origines modestes et les larmes de sa mère lorsqu'elle l'a entendu faire vœu de suivre le chemin tracé par le grand Sir Makepeace. Si seulement mon père pouvait être ici ce soir, assis parmi vous, bonnes gens. Un bras se lève vers les poutres du plafond comme pour repérer un aéroplane, mais c'est tout simplement Dieu que Rick désigne ainsi.

« Et permettez-moi de dire ceci aux électeurs de Little Chedworth, ce soir. Sans un certain personnage qui, là-haut, a travaillé jour et nuit pour moi en tant que, disons, principal associé : riez si vous voulez, mais je préfère faire l'objet de vos moqueries que devenir la proie du cynisme et de l'athéisme qui déferlent en ce moment sur notre pays –, sans ce personnage donc, qui m'a donné un fier coup de main – et vous voyez tous de qui je veux parler, oh, oui, vous le savez ! –, je ne serais pas là aujourd'hui à offrir mes services – en toute humilité – au peuple de Gulworth North. » Il parle ensuite de la façon dont il comprend le marché de l'exportation et de sa fierté à vendre des produits britanniques à ces étrangers qui ne sauront jamais à quel point ils nous doivent tout. Son bras se tend à nouveau vers nous pour nous lancer un défi. Il est anglais jusqu'à la moelle et ne s'en cache pas. Il pourra examiner tous les problèmes que vous lui soumettrez avec un bon sens bien britannique. « Tous sans exception », renchérit Syd à mi-voix d'un ton approbateur. Mais si nous connaissons quelqu'un de plus qualifié que Rickie Pym pour occuper ces fonctions, nous ferions mieux de le dire tout de suite. Si nous préférons les préjugés de classe ridicules des hauts tories qui croient posséder de droit le patrimoine national alors qu'ils pompent en réalité le sang du peuple, alors nous n'avons qu'à nous lever pour dire maintenant, sans crainte et en toute honnêteté, ce que nous avons sur le cœur. Personne ne se lève. D'un autre côté, si nous préférons livrer le pays aux marxistes, aux communistes et à ces tyrans de syndicalistes qui sont tellement décidés à réduire le pays en esclavage – car ne nous le dissimulons pas, c'est bien ce que propose le parti travailliste : alors mieux vaut le clamer ici même, au vu et au su de tous les électeurs de Little Chedworth, plutôt que de se cacher dans l'ombre comme de misérables conspirateurs.

Une fois encore, personne ne se manifeste quoique Rick et toutes les personnes qui se tiennent sur l'estrade fouillent la salle du regard, en quête d'une main mécréante ou d'un visage coupable.

« Et maintenant, on appuie sur le bouton M pour Magnifique », murmure rêveusement Syd qui ferme les yeux afin d'accroître encore son plaisir, tandis que Rick entame la longue ascension en direction des étoiles que nous ne pouvons pas plus atteindre que les idéaux libéraux mais de la présence desquelles nous bénéficions quand même.

Pym regarde de nouveau autour de lui. Il n'est pas un visage qui ne soit pétri d'amour pour Rick sinon celui de la malheureuse dame au voile. C'est exactement pour voir cela que je suis venu, se dit Pym avec excitation. La démocratie, c'est de partager son père avec le monde entier. Les applaudissements s'apaisent mais Pym continue de frapper dans ses mains jusqu'à ce qu'il se rende compte qu'il est le seul à le faire. Il croit entendre son nom et s'aperçoit à sa grande surprise qu'il est debout. Des têtes se tournent vers lui, beaucoup trop. Il s'apprête à se rasseoir, mais Syd l'en empêche d'une main passée sous son aisselle. Le président local du parti a pris la parole, et cette fois-ci, il s'exprime avec une clarté presque téméraire.

« J'ai cru comprendre que Maggus, le fameux jeune fils de notre candidat, était parmi nous ce soir, car il a interrompu ses études de droit à Oggsford afin de venir soutenir son père dans cette grande campagne, explique-t-il. Je suis certain que nous serions tous heureux de vous entendre prononcer quelques mots, Maggus, si vous vouliez nous faire l'honneur. Maggus ? Où est-il ?

– Par ici, chef ! hurle Syd. Pas moi. Lui. »

Si Pym résiste, il n'en a pas conscience. Je me suis évanoui. Je ne suis pas prévu au programme. Le whisky de Syd m'a assommé. La foule s'ouvre, des mains puissantes l'emportent vers l'estrade et des électeurs fantomatiques baissent les yeux sur lui. Pym s'envole pour atterrir dans les bras de Rick pendant que le président local du parti lui épingle une rosette jaune sur la clavicule. Pym se met à parler, et une audience d'un millier de personnes – enfin, soixante au moins – a le regard fixé sur lui et écoute en souriant ses premiers mots courageux.

« Je suppose que vous vous demandez tous, commence Pym bien avant de s'être rendu compte de quoi que ce soit. Je suppose que beaucoup d'entre vous qui êtes ici ce soir se demandent, même après un discours aussi superbe, quelle sorte d'homme est en réalité mon père. »

Oui, ils se le demandent. Pym peut le lire sur leurs traits. Ils attendent d'être confirmés dans leur foi, et Magnus, le juriste d'Oggsford, s'y emploie sans rougir. Pour Rick, pour l'Angleterre, et pour s'amuser. Et, comme toujours, il croit sincèrement en chaque mot qu'il prononce au moment où il le prononce. Il dépeint Rick comme Rick s'est dépeint lui-même, mais avec l'autorité d'un fils aimant et d'un cerveau juridique qui choisit ses termes sans jamais les écorcher. Il parle de Rick comme de l'ami honnête de l'homme ordinaire – « Et je suis bien payé pour le savoir puisqu'il est le meilleur ami que j'aie jamais eu en vingt ans et plus ». Il le décrit comme l'étoile accessible de son firmament enfantin, étincelant devant lui comme un exemple d'humilité chevaleresque. L'image du troubadour Wolfram von Eschenbach traverse son esprit obscurci par l'alcool et il envisage de leur proposer un Rick poète-soldat de Little Chedworth se frayant un chemin jusqu'à la victoire à coups de galanteries et de joutes. La prudence l'emporte pourtant. Il mentionne l'influence de notre saint patron TP « qui continue de s'exercer bien après que le vieux soldat a livré sa dernière bataille ». Il ajoute qu'à chaque fois qu'il a fallu déménager – petit moment de nervosité – le portrait de TP a toujours été le premier installé partout. Il évoque un père doué d'un sens inné de la justice. Avec Rick comme père, demande-t-il, comment eût-il pu suivre une autre vocation que celle du droit ? Il se tourne alors vers Sylvia qui est plantée près de Rick tout en col de lapin et sourire de commande. Réprimant un sanglot, il la remercie d'avoir repris toutes les charges du rôle maternel là où ma pauvre mère a dû les abandonner. Puis, aussi brusquement que tout a commencé, c'est terminé et Pym se hâte vers la porte à la suite de Rick, essuyant ses larmes et serrant des mains dans le sillage du candidat. Il atteint la porte et jette un dernier regard brumeux en arrière. Il remarque encore la femme en toque et voilette noires, assise en retrait. Pym surprend l'éclat de ses yeux sous le masque, et il lui paraît accusateur, voire funeste, quand tout le monde ne montre ici qu'une admiration sans borne. Un trouble coupable remplace son euphorie. Ce n'est pas une veuve, c'est Lippsie ressuscitée. C'est E. Weber. C'est Dorothy, et je les ai toutes trompées. C'est l'émissaire du parti communiste d'Oggsford venue ici pour observer ma traîtresse conversion. Elle est envoyée par les Michael.

« Comment tu m'as trouvé, fils ?

– Extraordinaire !

– Toi aussi, fils. Seigneur, dussé-je vivre jusqu'à cent ans, je ne me sentirai jamais plus fier que ce soir. Qui t'a coupé les cheveux ? »

Personne ne les a coupés depuis pas mal de temps, mais Pym ne relève pas. Ils traversent le parking avec difficulté car Rick tient le bras de son fils en une étreinte ambulante et ils forment un angle qui évoque deux pardessus accrochés de guingois. Mr. Cudlove leur a ouvert la portière de la Bentley et pleure des larmes de professeur pleinement récompensé.

« Magnifique, Mr. Magnus, déclare-t-il. C'était Karl Marx ressuscité, monsieur. Nous ne l'oublierons jamais. »

Pym le remercie d'un air distrait. Comme souvent lorsqu'il atteint le sommet d'un triomphe factice, il ne peut s'empêcher d'éprouver un vague sentiment de reproche divin. Qu'est-ce que je lui ai fait, à cette femme ? ne cesse-t-il de se demander. Je suis jeune, je parle bien et je suis le fils de Rick. Je porte mon nouveau costume encore impayé de chez Hall Brothers. Pourquoi ne m'aime-t-elle pas comme tous les autres ? A l'instar de tout artiste venu avant ou après lui, il ne pense qu'au seul spectateur qui n'a pas applaudi.

Nous sommes le samedi suivant et il est près de minuit. La fièvre de la campagne monte rapidement. Dans quelques minutes, nous serons à la veille des élections moins trois. Une nouvelle affiche indiquant « JEUDI, IL AURA BESOIN DE VOUS » est collée à la fenêtre de Pym et un calicot jaune portant le même message est accroché entre le châssis et la boutique du prêteur sur gages d'en face. Pourtant, Pym est allongé tout habillé sur son lit, il sourit et est bien loin de penser à la campagne. Il est au Paradis avec une demoiselle appelée Judy, fille d'un fermier libéral qui nous l'a confiée pour nous aider à conduire les vieilles dames aux urnes, et le Paradis se situe à l'avant de sa fourgonnette garée sur la route de Little Kimble. Le goût de la peau de Judy est encore sur ses lèvres, le parfum des cheveux de la jeune fille emplit encore ses narines. Et quand il arrondit les mains devant ses yeux, ce sont ces mêmes mains qui, pour la première fois dans l'histoire de l'humanité, ont caressé des seins de jeune fille. La chambre est au premier étage d'une maison d'angle fatiguée qui affiche le Sage Repos de Mrs. Searle, bien que la sagesse et le repos soient bien les dernières choses que l'on puisse y trouver. Les pubs sont fermés, aussi les cris et les soupirs se sont-ils éloignés vers une autre partie de la ville. Une voix de femme glapit depuis l'allée : « T'as un lit pour nous, Mattie ? C'est Tessie. Allez, ma vieille, on gèle ! » Une fenêtre s'ouvre bruyamment au deuxième et la voix confuse de Mr. Searle conseille à Tessie d'aller se faire son client derrière l'Abribus. « Tu nous prends pour qui, Tess ? se plaint-il. Un asile de clodos ? » Pourtant, nous en sommes évidemment loin. Nous sommes le Quartier Général de la Campagne du Candidat Libéral et ce cher vieux Mattie Searle, le maître des lieux, est, quoiqu'il ne l'ait appris qu'il y a un mois, un libéral de toujours.

Prenant garde à ne pas faire fuir sa rêverie érotique, Pym s'approche sur la pointe des pieds de la fenêtre et baisse le nez vers la cour de l'hôtel. D'un côté, la cuisine. De l'autre, la salle à manger des clients de l'hôtel devenue pour le moment la permanence électorale de la campagne. Par la vitre éclairée, Pym repère les têtes grises baissées de Mrs. Alcock et de Mrs. Catermole tandis qu'elles ferment sans relâche les dernières enveloppes de la journée.

Pym retourne sur son lit. Attends, se dit-il. Elles ne vont pas rester debout toute la nuit. Cela n'arrive jamais. Sa conquête sur un front le pousse à chercher la victoire sur un autre. Comme ce sera demain dimanche, notre candidat mettra ses troupes au repos et se contentera de quelques pieuses apparitions dans les églises baptistes les plus fréquentées où il se tiendra prêt à prêcher la simplicité et l'abnégation. Demain, à huit heures, Pym se trouvera devant l'arrêt du bus de Nether Wheatley où Judy viendra le chercher dans la fourgonnette de son père. A l'arrière, elle aura mis la luge que lui a fabriquée le garde-chasse quand elle avait dix ans. Elle connaît la colline, elle connaît la grange adjacente, et ils sont convenus que vers dix heures et demie, selon le temps qu'ils passeront à faire de la luge, Judy Barker conduira sans faute Magnus à la grange pour faire de lui son amant au sens plein du terme.

Mais entre-temps, Pym doit dévaler ou escalader une pente bien différente. Derrière la permanence électorale, il y a un escalier qui conduit à la cave, et dans la cave – Pym l'a vu – se dresse le cartonnier vert tout écaillé qui l'a nargué pendant les trois quarts de sa vie et qu'il a trop souvent tenté en vain d'ouvrir. Dissimulé dans le portefeuille de Pym, sous son oreiller, il y a le compas aux pointes d'acier avec lesquelles les Michael lui ont appris à ouvrir toutes les serrures ordinaires. Et, dans la tête de Pym échauffé par ses voluptueuses ambitions, il y a la certitude que quelqu'un qui a réussi à accéder à la poitrine de Judy peut forcer sans problème la forteresse des secrets de Rick.

Ses mains à nouveau posées sur son visage, il revit chaque moment délicieux de la journée. Il a été réveillé par Syd et Mr. Muspole qui ont pris l'habitude de lui lancer des obscénités de corps de garde à travers la porte.

« Allons, Magnus, arrête un peu. Ça rend aveugle, tu sais.

– Ça va retomber, Magnus, si tu ne la laisses pas assez grandir. Le docteur sera obligé de te la redresser avec une allumette. Qu'est-ce qu'elle dira, ta Judy ? »

C'est très tôt, à la table du petit déjeuner, que le major Maxwell Cavendish aboie les ordres du samedi à la Cour tout entière. Les tracts c'est dépassé, annonce-t-il. La seule chose qui puisse encore les atteindre maintenant, ce sont les haut-parleurs et encore les haut-parleurs, renforcés par une attaque de front au porte à porte. « Ils savent que nous sommes ici. Ils savent que nous ne sommes pas venus pour rigoler. Ils savent que nous avons le meilleur candidat et la meilleure politique à proposer pour Gulworth. Ce qu'il nous reste à obtenir, maintenant, c'est le vote individuel de chacun. Il faut que nous allions les chercher un par un et que nous les traînions un par un aux urnes par la seule force de la volonté. Merci. »

Le détail à présent. Syd prendra le haut-parleur numéro un et emmènera deux dames avec lui – rires – jusqu'à ce bout de terrain vague à côté du champ de courses, là où il y a toujours des romanichels – ils ont le droit de vote comme tout le monde. Quelques cris de « Mets donc cinq shillings sur Prince Magnus pendant que tu y seras » retentissent. Mr. Muspole et une autre dame prendront le haut-parleur numéro deux et passeront chercher le major Blenkinsop et notre malheureux représentant à la salle municipale à neuf heures. Magnus repartira avec Judy Barker et couvrira Little Kimble et les cinq autres villages environnants.

« Profites-en pour couvrir Judy aussi », lance Morrie Washington. Quoique désopilante, la plaisanterie ne reçoit que des rires mitigés. La Cour ne sait trop comment se comporter vis-à-vis de Judy. Elle se méfie de son calme et lui en veut d'avoir ainsi mainmise sur sa mascotte. Barker n'est qu'une petite pimbêche, dit-on dès qu'elle a le dos tourné. Barker n'est pas la chic fille qu'on croyait au début. Mais Pym se préoccupe bien moins qu'autrefois de l'opinion de la Cour. Il chasse leurs railleries d'un haussement d'épaules et, profitant de ce que la permanence est déserte, se glisse jusqu'à la cave pour insérer son compas de Michael dans la serrure du vieux cartonnier vert. Une branche pour maintenir le ressort, l'autre pour faire pivoter le pêne. La serrure s'ouvre. Je suis en présence d'un miracle, et le miracle, c'est moi. Je reviendrai. Refermant très vite le cartonnier à clé, il se dépêche de remonter et, moins d'une minute après avoir prouvé sa supériorité sur les secrets de la vie, il se tient innocemment devant l'hôtel, juste à temps pour voir arriver Judy au volant de sa fourgonnette, le haut-parleur attaché au toit avec de la ficelle de jute. Elle sourit mais ne dit rien. C'est la troisième matinée qu'ils passent ensemble, mais les deux premières fois, une autre bénévole les accompagnait. Néanmoins, Pym s'est arrangé à plusieurs reprises pour frôler la main de Judy tandis qu'elle passait les vitesses et quand elle lui tendait le micro. Enfin, au moment de se séparer pour le déjeuner, il a voulu déposer un baiser sur la joue de la jeune fille mais elle l'a dirigé directement vers ses lèvres en mettant témérairement sa longue main sur la nuque de Pym. C'est une grande fille épanouie à la peau claire et à la voix campagnarde. Elle a une grande bouche et ses yeux sont rieurs sous les lunettes sérieuses.

« Votez pour Pym, l'homme du peuple ! » gueule Pym dans le haut-parleur alors qu'ils traversent la banlieue de Gulworth en direction de la campagne. Il tient carrément la main de Judy, d'abord sur les genoux de la jeune fille, puis, à l'instigation de celle-ci, sur ses seins. « Sauvez Gulworth du fléau de la politique partisane ! » Puis il récite un petit couplet sur Mr. Lakin, le candidat conservateur, composé par le grand poète Morrie Washington et dont le major jure qu'il va nous gagner des voix partout.

> *Y a un tyran du nom de Lakin*
> *Qui comme pas deux vous embobine.*
> *Mais s'il croit que Rickie Pym*
> *Deviendra sa prochaine victime,*
> *C'est lui qui sera dans la débine.*

Judy se penche par-dessus lui et ferme le micro.

« Je trouve que ton père a un sacré culot, déclare-t-elle joyeusement maintenant que la ville est loin derrière eux. Il nous prend pour qui ? Des imbéciles complets ? »

Elle engage la voiture dans un petit chemin désert et coupe le moteur. Elle déboutonne sa veste puis son chemisier. Et, là où Pym s'attendait à d'autres barrières, il ne découvre que deux petits seins parfaits dont les bouts sont raidis par le froid. Elle le regarde fièrement poser les mains sur eux.

Durant tout le reste de la journée, Pym crut marcher sur des nuages de lumière. Judy devant rentrer chez elle pour aider son père à traire les vaches, elle le déposa sur la route de Norwich dans une auberge où il avait prévu de retrouver Syd, Marie et Mr. Muspole afin de prendre un petit verre discret en territoire neutre, soit en dehors de la circonscription. Maintenant qu'ils arrivaient si près du jour du scrutin, une gaieté de fin de trimestre s'était emparée de la petite troupe et, après s'être attardés jusqu'à l'heure de la fermeture, ils s'engouffrèrent tous les quatre dans la voiture de Syd et chantèrent « *Underneath the Arches* » dans le haut-parleur jusqu'à la frontière. Là, ils remirent leurs vestes et reprirent leurs expressions pénétrées. En début de soirée, Pym assista au dernier des discours galvanisateurs que Rick adressait tous les samedis à ses assistants. Henry V à la veille de la bataille d'Azincourt n'aurait pas fait mieux. Ils ne doivent pas fléchir au dernier moment. Souvenez-vous d'Hitler. Il faut tenir une batte ferme jusqu'à la victoire, maintenir le coude gauche bien haut quoi qu'il arrive, puis louer Dieu et bien assener le coup final dans la dernière ligne droite. Les oreilles tintant de tant d'exhortations, les membres de l'équipe se traînèrent jusqu'aux voitures. L'allocution de Pym est désormais pleinement intégrée au programme. Les électeurs l'aiment bien et il jouit au sein de la Cour d'un statut de vedette. Dans la Bentley, les deux champions peuvent se serrer la main et échanger quelques réflexions au-dessus d'une coupe de champ tiède pour entretenir la machine entre deux triomphes.

« Cette bonne femme sinistre était encore là, dit Pym. J'ai l'impression qu'elle nous suit.

– Quelle bonne femme, fils ? s'enquit Rick.

– Je ne sais pas. Elle porte un voile. »

Et au milieu de tant d'activités et obligations, Pym se prépara quand même à entreprendre l'incursion la plus périlleuse de toute sa carrière sexuelle jusqu'à ce jour. Ayant repéré une pharmacie ouverte toute la nuit à l'autre bout de la ville, à Ribsdale, il prit un tram jusque-là-bas et fit toute une série de détours pour vérifier que personne ne le filait avant de s'avancer bravement vers le comptoir et d'acheter une boîte de trois préservatifs à un vieux pervers qui ne le fit pas arrêter et ne lui demanda pas non plus s'il était marié. Et son trophée est là, maintenant, qui l'aguiche dans son emballage blanc et mauve depuis sa cachette, au milieu d'une pile de tracts Votez Pym, tandis que le jeune homme se dirige à nouveau vers la fenêtre de sa chambre pour regarder en bas.

La permanence est plongée dans l'obscurité. Go !

La voie est libre mais Pym est trop fin renard pour filer droit au but. Le temps passé en reconnaissance n'est jamais du temps perdu, disait toujours Jack Brotherhood. Je parviendrai à pénétrer au cœur des lignes ennemies et mériterai ma belle. Il commence par le hall et feint de lire les notes du jour. Le rez-de-chaussée est maintenant désert. Le bureau crasseux de Mattie est vide et la porte principale est verrouillée. Pym commence sa lente ascension. C'est au premier étage, à deux portes de sa chambre, que se trouve la salle de séjour du maître des lieux. Pym ouvre la porte et sourit à la ronde. Syd Lemon et Morrie Washington font une partie de billard avec deux bons vieux potes de Mattie Searle qui ont l'air de voleurs de chevaux à moins qu'il ne s'agisse de voleurs de moutons. Syd a gardé son chapeau. Deux Beautés locales frottent les queues au bleu et distribuent des encouragements. L'ambiance est plutôt chargée.

« A quoi jouez-vous ? demande Pym, comme s'il espérait faire une partie.

– Au polo, réplique Syd. Va voir ailleurs si j'y suis, Titch, c'est pas le moment de rigoler.

– Mais non, je voulais dire en combien de séries ?

– La meilleure des neuf, répond Morrie Washington. »

Syd rate son coup et jure. Pym referme la porte. Ils en ont pour un moment. Pas de danger de ce côté-là pendant au moins une heure. Il poursuit sa patrouille. Un autre escalier. Là-haut, l'atmosphère s'alourdit comme dans tout bâtiment secret. C'est ici que se situe la pièce tranquille dans laquelle les invités de marque peuvent ôter leurs chaussures et se détendre à faire une bonne partie de poker avec notre candidat et son cercle. Pym entre sans frapper. Assis à une table jonchée de fric et de verres de brandy, Rick et Perce Loft sont engagés dans une relance très serrée avec Mattie Searle. Le pot consiste en un tas de coupons d'essence qui représente une forme de paiement très en vogue à la Cour. Mattie monte sur Rick qui voit. Rick couche alors son jeu sans le montrer et Mattie ramasse.

« On m'a dit que toi et le colonel Barker avez fait un malheur à Little Kimble, ce matin, fils. »

J'ai oublié pourquoi Rick appelait toujours Judy « le colonel ». J'ai l'impression que ce devait être une allusion à une célèbre lesbienne qui avait été impliquée dans une affaire de justice. Quoi qu'il en soit, Pym s'en moquait complètement.

« Le garçon leur a fait baiser le sol, Rickie, confirme Perce Loft.

– Et je peux vous assurer que lui, il a baisé autre chose », réplique Rick, et tout le monde s'esclaffe parce que la plaisanterie vient de Rick.

Pym se penche pour souhaiter bonsoir à son père, et il entend celui-ci lui flairer la joue, qui est encore imprégnée de l'odeur de Judy.

« Concentre donc toutes tes méninges sur les élections, fils », lui conseille-t-il en tapotant cette même joue en signe d'avertissement.

Au fond du couloir, il y a le service publicité de Morrie Washington, qui est couplé avec la section de désinformation. Des caisses de whisky et de bas nylon sont empilées contre le mur, en attendant de paver le chemin de dernières grâces électorales. C'est du bureau de Morrie que sont parties les rumeurs absolument sans fondement selon lesquelles le candidat tory aurait soutenu Sir Oswald Mosley [1] et le candidat travailliste aurait eu un goût immodéré pour ses petits élèves. Pym ouvre les serrures avec son compas et fouille rapidement les tiroirs. Un relevé bancaire et un jeu de cartes coquines. Le relevé est au nom d'un certain Mr. Morris Wurzheimer et indique un débit de cent vingt livres. Les cartes à jouer auraient pu faire leur effet si l'existence de Judy ne les éclipsait pas complètement. Pym referme soigneusement tout derrière lui puis monte la moi-

---

1. Fondateur, en 1932, de l'Union des fascistes britanniques, pro-hitlérien et antisémite violent. *(NdT.)*

tié d'une nouvelle volée de marches avant de s'immobiliser, hésitant, en entendant la voix de Mr. Muspole qui murmure au téléphone. Le dernier étage est le sanctuaire. C'est l'appartement sûr, la salle de chiffrement et le centre opérationnel à la fois. Au bout du couloir s'étendent les appartements du candidat dans lesquels Pym lui-même ne s'est jamais aventuré car Sylvia passe maintenant des heures au lit à avoir mal à la tête ou à essayer de se brunir à l'aide d'une mystérieuse lampe portative qu'elle a achetée à Mr. Muspole. Il ne peut donc jamais savoir quand il est possible de tenter une incursion. La porte voisine donne sur le prétendu comité d'action, là où sont rassemblés les grosses sommes d'argent et les soutiens, et là où sont faites les promesses. De quelles promesses il s'agissait demeure encore un mystère pour moi, même si j'ai un jour entendu Syd parler d'un plan consistant à combler le vieux port de ciment pour construire un parking à la place et contenter ainsi de nombreux entrepreneurs très influents.

Mr. Muspole raccroche brusquement. Sans un bruit, Pym pivote sur les talons et s'apprête à battre en retraite vers l'étage inférieur. Mais il est sauvé par un petit ronflement indiquant que Mr. Muspole compose un nouveau numéro. Il parle à une dame, posant de tendres questions et ronronnant à chaque réponse. Muspole peut continuer comme ça pendant des heures. C'est son péché mignon.

Après avoir attendu que la voix ait pris un rythme rassurant, Pym redescend au rez-de-chaussée. L'obscurité de la permanence électorale embaume le thé et le déodorant. La porte de la cour est fermée de l'intérieur. Pym tourne doucement la clé dans la serrure puis la met dans sa poche. L'escalier de la cave pue le chat mouillé. Les marches sont encombrées de caisses. Tandis qu'il descend à tâtons, ne voulant pas allumer la lumière de crainte qu'elle ne soit visible de la cour, Pym se revoit soudain à Berne, ce jour où il descendit son lavage dans une autre cave, par un autre escalier de pierre obscur et en ayant peur de trébucher sur Herr Bastl. Et au moment où il atteint la dernière marche, il perd effectivement l'équilibre. Partant en avant, il tombe lourdement sur la porte de la cave qui s'efface sous son poids alors qu'il essaye de se rattraper des deux mains. La porte grince dans la nuit. Son élan est tel qu'il atterrit à l'intérieur du sous-sol qui, à son étonnement, est éclairé par une faible lumière. Pym parvient donc à repérer le cartonnier vert, et, debout devant lui, une femme tenant à la main ce qui semble être une sorte de ciseau et qui examine la serrure du meuble à la lueur vacillante d'un phare de bicyclette. Ses yeux, tournés vers lui, sont sombres et belliqueux. Elle n'exprime pas la moindre culpabilité. Et je m'étonne encore de devoir constater qu'il n'est pas vraiment venu à l'esprit de Pym de douter qu'il s'agissait bien de la même femme, avec ce même regard et cette même tranquillité intense et accusatrice, que celle dont le visage voilé s'était tourné résolument vers lui après son triomphe sur l'estrade de Little Chedworth puis au cours d'une bonne douzaine de meetings depuis. Et lorsqu'il lui demande son nom, il le connaît déjà quoiqu'il ne soit doué d'aucune faculté de prémonition. Elle porte une jupe longue qui aurait pu appartenir à sa mère. Elle a une figure dure et grêlée, et ses cheveux ont tourné prématurément au gris. Ses yeux sont d'une fixité déconcertante, et ils sont aussi très brillants, même dans la pénombre.

« Je m'appelle Peggy Wentworth, répond-elle en manière de défi avec cet accent irlandais assez dur. Faut-il que je vous l'épelle, Magnus ? Peggy, diminutif de Margaret, ça vous dit quelque chose ? Votre père, Mr. Richard Thomas Pym, a tué John, mon mari, et c'est comme s'il m'avait tuée aussi. Et même si cela doit me prendre tout le reste de mon existence de morte vivante, j'en fournirai la preuve et ferai passer cet assassin devant la justice avant de m'en aller rejoindre mon mari dans la tombe. »

Apercevant la lueur d'une lampe de poche, Pym regarde vivement derrière lui. Mattie Searle se tient sur le pas de la porte, une couverture posée sur les épaules. Il a la tête penchée de côté pour dégager sa bonne oreille et il louche d'abord sur Pym puis sur Peggy par-dessus les verres de ses lunettes. Qu'a-t-il entendu ? Pym n'en a aucune idée. Mais l'inquiétude rend son esprit fertile.

« Mattie, je vous présente Emma, d'Oxford, dit-il sans

432

se démonter. Emma, voici Mr. Searle. C'est le propriétaire de l'hôtel.

– Enchantée, réplique tranquillement Peggy.

– Emma et moi jouons dans une pièce de théâtre universitaire, Mattie. Elle est montée à Gulworth pour que nous puissions répéter ensemble. Nous avons pensé qu'ici nous ne gênerions personne.

– Oh oui, bien sûr », répond Mattie. Son regard passe de Peggy à Pym puis de Pym à Peggy, et son air entendu rend ridicules tous les mensonges du jeune homme. Ils l'écoutent remonter l'escalier d'un pas traînant.

Je ne peux plus te dire très précisément dans quel ordre et à quel endroit elle a raconté à Pym tel ou tel événement, Tom. Il n'avait qu'une idée en tête en s'enfuyant de l'hôtel : aller le plus loin possible. Ils sautèrent donc dans un bus et y restèrent jusqu'au terminus, qui se trouvait en fait dans le quartier portuaire le plus vieux et le plus délabré qu'on puisse imaginer : des carcasses d'entrepôts dont les fenêtres laissaient voir la lune à travers et des grues oisives dressées telles des gibets juste au-dessus de la mer. Une troupe de rémouleurs ambulants avaient dressé là leur camp, et ils devaient travailler la nuit et dormir le jour car je me souviens de leurs visages de manouches se balançant au-dessus des meules tandis qu'ils actionnaient les pédales et arrosaient de gerbes d'étincelles les enfants trop curieux. Je me souviens de filles aux muscles virils qui balançaient leurs paniers à poisson en se criant des obscénités, et de pêcheurs qui déambulaient parmi elles en ciré, trop imbus d'eux-mêmes pour prêter attention aux autres. Je me rappelle avec un élan de gratitude chaque visage entrevu, chaque voix entendue par-delà les fenêtres de la prison dans laquelle Peggy m'avait enfermé avec son impitoyable monologue.

C'est debout, grelottant dans un café de planches sur le front de mer et en compagnie d'une foule de clochards, que Peggy raconta à Pym comment Rick l'avait dépouillée de sa ferme. Elle avait en réalité commencé dès qu'ils étaient montés dans le bus, assez fort pour que n'importe qui puisse entendre, et depuis, elle avait continué sans une virgule et sans un point. Et Pym savait que tout était vrai, que tout était affreux, même si le venin qu'elle crachait le conduisait parfois à prendre secrètement la défense de Rick. Ils marchèrent pour se réchauffer, mais elle ne cessa pas une seconde de parler. Quand il lui apporta une assiette d'œufs aux haricots dans une cantine de pêcheurs appelée le *Corsaire*, elle continua encore de parler tout en étalant ses coudes sur la table, tout en sciant son toast et en utilisant sa petite cuiller pour rattraper la sauce qui dégoulinait. C'est au *Corsaire* qu'elle parla à Pym de la grande caisse de crédit de Rick qui s'était emparée des neuf mille livres de police d'assurances que John, son mari, avait touchées après être tombé dans la batteuse et y avoir laissé les deux jambes à partir des genoux et tous les doigts d'une main, Tout en racontant cela, elle lui traça les lignes des amputations sur ses propres membres grêles sans même les regarder ; Pym perçut une fois de plus toute la puissance de son obsession et en fut effrayé. La seule voix que je n'ai jamais imitée pour toi, Tom, est celle de Peggy, avec son fort accent irlandais, contrefaisant le débit de ministre de Rick pour répéter les promesses éloquentes de celui-ci : douze et demi pour cent plus les bénéfices, très chère, plus ou moins selon les années, enfin, suffisamment pour prendre soin de ce bon vieux John aussi longtemps qu'il sera épargné, et assez encore pour que vous puissiez vivre quand il ne sera plus là, et encore assez, très chère, pour mettre un peu de côté afin d'envoyer plus tard ce garçon formidable que vous avez là à l'université, pour qu'il fasse son droit comme le mien le fera car ils sont bien de la même étoffe. L'histoire qu'elle racontait aurait été digne de Thomas Hardy, une histoire peuplée de catastrophes ordinaires qui semblaient avoir été organisées par un Dieu en colère décidé à obtenir le maximum de malheurs. Et Peggy formait elle aussi un personnage digne d'un roman de Hardy : mue par sa seule obsession et n'ayant plus à traiter qu'avec son propre destin.

En plus d'être une victime, John Wentworth était un imbécile, expliqua-t-elle, et il était prêt à se laisser embobiner par le premier charmeur venu. Il mourut convaincu que Rick était un sauveur et un pote de première. Il avait une ferme, une belle demeure en Cornouailles appelée Tamar Rose, où chaque épi de blé devait être disputé au vent de la mer. Il l'avait héritée d'un père autrement sage, et Alastair, leur fils, était son seul descendant. Pourtant, quand John mourut, il ne restait plus un penny à personne. Tout avait été cédé, tout avait été hypothéqué jusqu'au cou, Magnus – Peggy illustra son propos en passant son couteau maculé de sauce tomate en travers de sa gorge. Elle lui parla des visites que rendit Rick à John à l'hôpital, peu après son accident, et des monceaux de fleurs, de chocolats et de champ. Pym revit la corbeille de fruits obtenue au marché noir qui se trouvait juste à côté de son propre lit d'hôpital quand il s'était réveillé de son opération. Il se rappela les soins généreux de Rick pour les personnes âgées et décrépites, soins qu'il avait lui-même aidé à distribuer durant les années de guerre de la grande croisade. Il se rappela les sanglots de Lippsie alors qu'elle traitait Rick de *foleur*, et les lettres de Rick lui promettant qu'il veillerait sur elle.

« Et pour moi, un billet de train gratuit pour que je puisse aller voir John à l'hôpital de Truro, dit Peggy. Et votre père qui me raccompagne après jusqu'à la maison, Magnus. Rien ne le dérangeait jusqu'à ce qu'il ait obtenu l'argent de mon mari. Les documents qu'il a fait signer à John portaient toujours la signature des plus jolies infirmières comme témoins, Magnus. Et votre père faisait preuve d'une patience inépuisable avec John, prenant toujours la peine de lui expliquer tout ce qu'il ne comprenait pas, plusieurs fois si nécessaire, mais John ne l'écoutait même pas tant il avait l'esprit paresseux et la confiance aveugle. »

La fureur la prend soudain : « Moi qui étais debout à quatre heures du matin pour traire les vaches et qui m'écroulais sur les comptes à minuit et plus ! s'écrie-t-elle, faisant tourner dans sa direction quelques têtes bouffies de sommeil. Et ce crétin de mari qui se prélassait, bien au chaud dans son lit à Truro, et qui bazardait tout derrière mon dos pendant que votre père jouait au petit saint à son chevet, Magnus. Et mon Alastair qui n'avait même pas de bonnes chaussures pour aller à l'école alors que vous,

Magnus, vous meniez la grande vie avec vos écoles chic et vos beaux habits. Que Dieu vous pardonne ! » Car il se révèle bien sûr à la mort de John que, pour des raisons absolument indépendantes de la volonté de qui que ce soit, la caisse de crédit doit faire face à un problème de liquidités tout à fait temporaire et ne peut en fin de compte régler les douze et demi pour cent plus les bénéfices promis. Elle ne peut pas non plus restituer le capital. Et pour que tous puissent se sortir de cette passe difficile, John Wentworth a pris la sage précaution, juste avant de mourir, d'hypothéquer la ferme, les terres et le bétail – c'est tout juste s'il n'a pas engagé aussi sa femme et son fils – de sorte que plus personne ne manquera plus jamais de rien. Et il a chargé son vieux copain Rick de s'occuper de tout. Et celui-ci a même fait venir de Londres un juriste éminent du nom de Loft, simplement pour qu'il explique à John sur son lit de mort toutes les implications de sa judicieuse décision. Alors John, pour faire plaisir, comme d'habitude, a rédigé de sa propre main une longue lettre assurant qui cela pouvait concerner qu'il avait pris sa décision alors qu'il était parfaitement sain d'esprit, en pleine possession de toutes ses facultés mentales et qu'il ne se trouvait en aucune façon sous l'influence pernicieuse d'un saint et de son homme de loi tandis qu'il rendait l'âme. Cela au cas où Peggy, ou Alastair, pourraient avoir plus tard la mauvaise grâce de discuter le document devant la justice ou bien de vouloir récupérer les neuf mille livres de John, ou encore s'ils en venaient à douter de l'abnégation avec laquelle Rick avait aidé John à se ruiner.

« Quand tout cela s'est-il passé ? », questionne Pym.

Elle lui donne les dates, elle les lui indique au jour de la semaine et à l'heure du jour près. Elle sort de son sac un paquet de lettres signées de Perce et regrettant que « notre Président, Mr. R. T. Pym, ne soit pas disponible pour le moment, ayant dû s'absenter pour une durée indéterminée afin d'accomplir une mission d'intérêt national », et assurant que « les documents relatifs à la propriété de Tamar Rose sont en cours de négociation dans le but d'en obtenir un prix très intéressant qui sera tout à votre intérêt ».

Elle le regarde de ses yeux froids de démente pendant qu'il les lit à la lumière d'un réverbère. Ils sont assis, serrés l'un contre l'autre, sur un banc délabré. Puis elle reprend les lettres et les remet amoureusement dans leurs enveloppes, prenant garde de n'abîmer ni les plis ni les bords. Elle ne cesse de parler et Pym voudrait se boucher les oreilles ou plaquer une main sur la bouche de cette femme. Il voudrait se lever et courir jusqu'à la digue pour se jeter dans la mer. Il a envie de lui hurler de la fermer. Mais il se contente de lui demander : « S'il vous plaît, je vous en supplie, si vous vouliez bien être assez gentille pour arrêter là votre histoire.

– Pourquoi, je vous prie ?

– Je ne veux pas l'entendre. La suite ne me regarde pas. Il vous a volée, le reste ne changera rien », assure Pym.

Peggy n'est pas d'accord. Avec une culpabilité bien irlandaise, elle flagelle son dos d'Irlandaise en prenant prétexte de la présence de Pym. C'est un véritable épanchement de paroles. Elle arrive au moment de son récit qu'elle a le plus envie de raconter.

« Et pourquoi pas..., puisque le salaud vous possède déjà de toute façon ? Puisqu'il vous tient déjà dans ses sales bras aussi sûr que s'il vous avait mise dans son joli lit avec des volants et des miroirs partout – elle décrit ainsi la chambre de Rick à Chester Street –, étant donné qu'il a déjà pouvoir de vie et de mort sur vous et que vous n'êtes plus qu'une pauvre imbécile qui doit élever toute seule un gosse malade et essayer de s'en sortir avec une ferme en faillite sans jamais voir personne d'autre que ce crétin d'intendant pendant toute une semaine de suite ?

– Il me suffit de savoir qu'il vous a causé du tort, insiste Pym. Je vous en prie, Peggy, le reste ne regarde que vous.

– Vu qu'il peut vous faire venir à Londres en première classe, billets payés, rien qu'en claquant des doigts à peine rentré de sa mission d'intérêt national parce qu'il craint que vous ne le poursuiviez en justice ? Eh bien, vous iriez, n'est-ce pas ? Si vous n'aviez pas eu d'homme pendant deux ans et plus et rien d'autre à regarder que votre propre corps se flétrir un peu plus chaque jour dans le miroir, vous iriez, non ?

– J'en suis certain. Je suis certain qu'il y avait toutes les bonnes raisons de le faire, réplique Pym. Je vous en supplie, n'en dites pas davantage. »

Elle contrefait à nouveau la voix de Rick : « "Ma chère Peggy, réglons cette question une fois pour toutes. Je ne voudrais pas qu'il y ait la moindre aigreur entre nous alors que je ne désire que votre bien." Eh bien, vous iriez, n'est-ce pas ? » Sa voix résonne sur la place déserte et va se perdre sur la mer. « Mon Dieu, oui, vous y allez. Vous faites vos bagages, vous prenez votre gamin et vous fermez la porte parce que vous allez récupérer votre argent et obtenir enfin justice. Vous vous dépêchez, bouillant de disputer le combat de votre vie dès que vous l'aurez en face de vous. Vous abandonnez la lessive, la vaisselle, les bêtes et la vie misérable qu'il vous fait mener. Et vous demandez à ce crétin d'intendant de s'occuper de la maison – moi et Alastair, nous montons à Londres. Et quand vous arrivez, au lieu de parler affaires, avec Mr. Percy Loft et Mr. Salaud de Muspole et toute leur petite bande, on vous achète de beaux vêtements à Bond Street et on vous traite comme une princesse avec limousines, restaurants, jupons et dessous de soie... eh bien, vous pourrez toujours vous expliquer plus tard, non ?

– Non, répond Pym. Ce n'est pas possible. C'est maintenant ou jamais.

– Mais quand il vous a plongée dans la boue pendant toutes ces années, le moins que vous puissiez faire, c'est de profiter un peu de lui, en échange de toute la misère, c'est de tirer de lui chaque penny qu'il vous a volé. » Puis elle imite de nouveau la voix de Rick : « "Vous m'avez toujours plu, Peggy, vous savez. Vous êtes une chic fille, une fille de première. J'ai toujours été attiré par ce joli sourire irlandais que vous avez, et pas seulement par le sourire, d'ailleurs." Voilà, et il a même pensé au gamin. Il l'emmène voir Arsenal et nous sommes tous là, assis comme des dieux dans les tribunes des lords et des gens de la haute, puis c'est le dîner au Quaglino juste après, avec lui, l'homme du peuple, et un gâteau gros comme une roue de vélo avec le nom de mon fils écrit dessus. Il fallait voir la figure d'Alastair. Le lendemain, c'est un spécialiste de Harley Street qui est convoqué pour examiner sa toux, puis c'est une montre en or qu'on donne ensuite au petit pour s'être montré courageux, une montre portant ses initiales dessus : "De la part de R.T.P., pour un jeune homme bien." Imaginez un peu, elle ressemble tout à fait à celle que vous portez maintenant – est-elle en or aussi ? Alors quand un homme fait tout ça pour vous, même si c'est un salaud, vous devez admettre après deux jours comme ça qu'il doit exister pas mal de salauds pires que lui dans le monde. La plupart ne feraient pas l'effort de partager leur brioche avec vous, sans parler d'un énorme gâteau de chez Quaglino, et ne prendraient pas la peine de faire raccompagner et coucher le gosse à la maison afin que les adultes puissent aller s'amuser un peu dans un night-club – pourquoi pas, puisque je lui avais toujours plu ? Je suppose qu'il n'y a pas beaucoup de femmes qui n'auraient pas remis la bagarre à plus tard pour connaître un jour ou deux de cette vie-là... alors pourquoi pas ? »

Elle parle comme si Pym n'était plus là, et elle a raison. Elle l'a assourdi, mais il l'entend toujours. Comme je l'entends encore, flot interminable et irritant de paroles destructrices. Elle s'adresse au marché aux bestiaux abandonné avec ses enclos défoncés et ses pendules arrêtées, mais Pym est muet, Pym est mort et il se trouve n'importe où sauf ici. Il est dans l'Annexe de son école préparatoire, et la voix de Rick répondant aux pleurs de Lippsie le tient éveillé dans son sommeil. Il est aux Glades, dans le lit de Dorothy, et s'ennuie à mourir, la tête appuyée contre l'épaule de la jeune femme à regarder le ciel pâle par la fenêtre à longueur de journée. Il est dans un grenier, quelque part en Suisse, et il demande à Dieu pourquoi il a tué son ami pour contenter son ennemi.

C'est avec sa folie à elle qu'elle décrit celle de Rick. Sa voix semble un torrent criard et querelleur, et Pym la déteste à en perdre la tête. Comme il se vantait. Il ne marchait pas encore qu'il commençait déjà à mentir. Il avait été l'amant de Lady Mountbatten et celle-ci lui avait assuré qu'il était meilleur que Noël Coward. On avait voulu l'envoyer comme ambassadeur à Paris mais il avait refusé, il ne se sentait aucune patience avec tous ces farfelus. Et ce stupide cartonnier vert avec les secrets pourris qu'il contenait, vous vous représentez un type assez dingue pour passer des heures à tisser la corde avec laquelle il sera pendu ! Et il le lui avait montré alors qu'elle était pieds nus, en chemise de nuit, regarde ça ma petite. Il appelait ça son dossier. Tout ce qu'il avait fait de bien et de mal dans sa vie. Toutes les preuves de son innocence – de sa rectitude de merde. Et quand il serait jugé, car il ne manquerait pas de l'être, tout le contenu de ce cartonnier imbécile serait à mettre dans la balance, le bien, comme le mal, et nous serions alors à même de le voir tel qu'il était, c'est-à-dire du côté des anges, tandis que nous, pauvres pécheurs, continuerions de souffrir et d'avoir faim ici-bas pour sa gloire. Bref, c'est ce qu'il a rassemblé pour entuber le Tout-Puissant – vous imaginez l'impertinence, déjà que c'est un sale baptiste !

Pym lui demande comment elle a fait pour retrouver le cartonnier. « J'ai vu quand on l'a livré, répond-elle. Je surveillais l'hôtel de Searle depuis le premier jour de la campagne. C'est Cudlove, le pédé, qui l'a apporté séparément dans sa limousine. Et ce salaud de Loft l'a aidé à le descendre à la cave : sans doute la première fois qu'il se salissait les mains. Rick n'a pas osé le laisser à Londres alors qu'ils étaient tous ici. Il faut que je trouve une preuve contre lui, Magnus, ne cesse-t-elle de répéter tandis qu'elle le conduit dans le petit matin jusqu'à sa misérable pension, sa voix geignant et insistant à l'oreille de Pym comme une machine impossible à arrêter. S'il a les preuves là-dedans comme il le prétend, je vous jure que je les lui prendrai et que je les retournerai contre lui. C'est vrai, je lui ai coûté un peu d'argent, je l'avoue. Mais qu'est-ce que l'argent alors que lui m'escroquait de l'amour ? Qu'est-ce que l'argent quand il peut marcher dans la rue en jouant les grands seigneurs tandis que mon John pourrit dans sa tombe ? Quand tous ces gens l'applaudissent lui, le beau Rickie ? Et quand il essaie même d'extorquer au Seigneur la voie du Paradis par-dessus le marché ? A quoi servirait une pauvre victime trompée comme moi qui l'ai laissé faire ses quatre volontés et brûlerai de toute façon en enfer pour cela, si je ne fais pas mon devoir en montrant quel démon il est en réalité ? Si je n'en montre pas la preuve ? Je vous le demande.

– Arrêtez, s'il vous plaît, implore Pym. Je sais ce que vous voulez.

– Où sont les preuves ? S'il les a là-bas, je jure que je les lui prendrai. Je n'ai pas d'autres papiers que ces lettres de temporisation signées de Perce Loft, et que disent-elles ? Autant essayer d'épingler une goutte d'eau sur un mur, je vous le certifie

– Calmez-vous, maintenant, je vous en prie, insiste Pym.

– Je suis allée voir ce crétin de Lakin, le tory. J'ai perdu une demi-journée à l'attendre. Mais j'ai fini par le rencontrer. Je lui ai dit : "Rick Pym est un aigrefin." Mais à quoi cela sert-il de dire ça à un tory puisque ce sont tous des aigrefins eux aussi ? Je suis allée voir les travaillistes mais ils n'ont pas cessé de me répéter : "Qu'a-t-il fait exactement ?" Puis ils ont assuré qu'ils allaient faire une enquête et merci beaucoup. Mais que voulez-vous qu'ils trouvent, ces innocents ? »

Mattie Searle est en train de balayer la cour. Pym feint d'ignorer son regard insistant. Il affecte une allure assurée, adoptant cette même attitude avec laquelle il s'était emparé de la bicyclette de Lippsie puis avait franchi l'obstacle du policier pour gagner l'annexe. J'incarne l'autorité. Je suis britannique. Seriez-vous assez aimable pour vous ôter de mon passage ?

« J'ai oublié quelque chose à la cave, déclare-t-il.

– Oui, bien sûr », réplique Mattie.

La voix perçante de Peggy Wentworth lui taillade l'âme. Quels échos effrayants a-t-elle réveillés en lui ? Dans quelle maison vide de son enfance geint-elle et le harcèle-t-elle de ses accents criards ? C'est Lippsie ressuscitée parlant enfin du fond de son cercueil. C'est le monde enfermé dans ma tête devenu plus strident. Elle est le péché que je n'expierai jamais. Mettez votre tête dans ce lavabo, Pym. Accrochez-vous à ces robinets et écoutez-moi pendant que je vous explique pourquoi nul châtiment ne sera assez cruel pour vous. Fils de son père, qu'on le mette au pain sec et à l'eau. Pourquoi pisses-tu encore au lit, fils ? Tu ne sais pas qu'il y a cent livres pour toi la première année que tu auras passée sans faire au lit ? Il allume les lumières de la permanence, ouvre en grand la porte de l'escalier menant à la cave et descend pesamment les marches. Des boîtes en carton. Des marchandises diverses. Des stocks en cas de pénurie. A nouveau le compas de Michael entre en jeu, plus efficace qu'un canif suisse. Pym ouvre le verrou du cartonnier et fait coulisser le premier tiroir tandis qu'une sorte de chaleur commence à l'envahir.

Lippschitz, prénom Anna, deux tomes seulement. Lippsie, c'est toi, enfin, pense-t-il calmement. C'est que ta vie a été plutôt courte, non ? Pas le temps maintenant, mais reste où tu es, je reviendrai plus tard reprendre mes droits sur toi. Watermaster Dorothy, Mariage, un tome seulement. Ce mariage lui non plus n'a pas duré longtemps, mais attends-moi Dot, car j'ai d'autres fantômes à rencontrer d'abord. Il referme le premier tiroir et ouvre le deuxième. Rick, fumier, où es-tu ? Faillites, le tiroir en est plein. Il passe au troisième. L'imminence de la découverte lui enflamme le corps, les paupières, toute la surface du dos et la taille. En revanche, ses doigts restent vifs, légers et agiles. Je suis né pour faire ça, en admettant que je sois vraiment né. Je suis le détective de Dieu et je m'occupe de tout le monde. Wentworth, une douzaine de fascicules rédigés de la main de Rick. Pym garde bien claires dans sa tête les dates des lettres de Muspole déplorant l'absence de Rick, parti en mission d'intérêt national. Il se souvient de la Chute et des longues vacances saines de Rick pendant que lui et Dorothy subissaient leur peine d'emprisonnement aux Glades. Rick, espèce de salaud, où étais-tu ? Allons, fils, nous sommes copains, non ? Je ne vais pas tarder à entendre Herr Bastl aboyer.

Il ouvre le dernier tiroir et lit Rex versus Pym[1] 1938, trois épais dossiers, puis Rex versus Pym 1944, un seul

_____

1. Il s'agit de procès par l'État, en Angleterre, donc, par le Roi. *(NdT.)*

dossier. Il s'empare d'abord du premier de la cuvée 1938, puis se ravise et prend le dernier à la place. Il commence par la fin et lit directement le résumé de l'affaire par le juge, son verdict, la peine et l'emprisonnement immédiat du condamné. Pris par une sorte d'extase tranquille, il revient au début et commence à la première page. Il n'y avait pas d'appareils photo légers en ce temps-là, pas de photocopieuses ni de magnétophones. Seulement ce qu'on pouvait voir, entendre, retenir et dérober. Pym lit durant une heure. Une horloge sonne huit heures mais cela n'évoque rien pour lui. Je suis ma vocation. Je suis au service de Dieu. Vous les femmes, vous ne cherchez jamais rien d'autre qu'à nous rabaisser.

Mattie balaye encore la cour mais Pym a la vue complètement brouillée.

« Alors, vous avez trouvé ? s'enquiert Mattie.

– Oui, enfin, merci.

– Parfait, alors », dit Mattie...

Pym gagne sa chambre, ferme la porte à clé, approche une chaise du lavabo et se met à écrire – déversement de sa mémoire sur le papier sans le moindre souci de style. Il entend frapper à sa porte, d'abord timidement, puis plus fort. Il perçoit ensuite un discret « Magnus ? » assez pessimiste avant que les pas ne redescendent lentement l'escalier. Mais Pym est au cœur de la vraie vie, les femmes lui font horreur, et même Judy n'a rien à faire avec sa destinée à lui. Il entend les talons de la jeune fille claquer sur le ciment de la cour puis le son de sa fourgonnette qui s'éloigne, d'abord lentement, puis soudain beaucoup plus vite. Bon débarras.

Chère Peggy – écrit-il –, j'espère que le document ci-joint vous sera de quelque utilité.

Chère Belinda – écrit-il –, je dois avouer que je suis vraiment fasciné par cette découverte rapide du processus démocratique à l'œuvre. Ce qui semble au premier abord un instrument bien grossier se révèle riche de toutes sortes d'obstacles et avantages raffinés. Retrouvons-nous dès que je serai de retour à Londres.

> Très cher père – écrit-il –, nous sommes aujourd'hui diman-
> che et nous saurons dans quatre jours quel sera notre destin
> et surtout le tien. Mais je veux quoi qu'il en soit que tu
> saches à quel point j'ai appris à admirer le courage et la
> conviction avec lesquels tu as mené cette campagne difficile.

Sur l'estrade, Rick n'avait pas bougé. Son regard aux
reflets d'acier était toujours posé sur Pym. Il paraissait
pourtant très calme. Rien de ce qui s'était produit derrière
son dos ne devait poser de problèmes insolubles, apparemment. Il paraissait ne se soucier que de son fils, qu'il dévisageait avec une dangereuse intensité. Il portait ce soir-là
sa cravate argentée d'homme d'État, et une chemise de soie
grège cousue main à doubles poignets maintenus par ses
gros boutons de manchette RTP de chez Asprey. Il s'était
fait couper les cheveux le jour même, et Pym pouvait respirer la lotion du coiffeur tandis que père et fils se faisaient
face. Une seule fois, le regard de Rick se porta sur Muspole,
et Pym eut plus tard l'impression que celui-ci avait hoché
la tête comme en manière de signal. Il régnait dans la salle
un silence absolu. Pas une toux, pas un craquement ne
parvenait aux oreilles de Pym, pas même de la direction de
ces bonnes vieilles veuves de guerre que Rick avait, comme
à l'accoutumée, placées au premier rang où elles pouvaient
lui rappeler à loisir sa chère mère et son cher père qui avait
connu tant de morts héroïques.

Enfin, Rick se retourna, puis s'avança vers le public avec
cette démarche de Maître Pym déférent qui précédait si
souvent un acte particulièrement hypocrite. Il arriva devant
la table mais ne s'y arrêta pas. Il arriva devant le micro et
le coupa : qu'aucun appareil ne vienne s'interposer entre
nous pour le moment. Il marcha jusqu'à l'extrême bord de
l'estrade, à l'endroit d'où partait le bel escalier arrondi. Puis
il durcit la mâchoire, examina les visages levés vers lui, et
laissa ses traits accuser la marque d'une profonde intros-
pection avant de se mettre à parler. Quelque part sur son
chemin entre Pym et le public, il avait déboutonné sa veste.
Qu'on me frappe ici, disait-il, là où est mon cœur. Il prit

enfin la parole. Sa voix résonnait un ton plus haut que d'habitude. Écoutez l'émotion qui m'étreint.

« Seriez-vous assez aimable pour répéter votre question, Peggy, s'il vous plaît ? Plus fort, très chère, afin que tous puissent vous entendre ? »

Peggy Wentworth obéit. Mais elle était maintenant l'invitée de Rick tout autant que son accusatrice.

« Merci, Peggy. » Puis il demanda qu'on apporte une chaise pour elle afin qu'elle puisse s'asseoir comme tout le monde. C'est le major Blenkinsop en personne qui la lui apporta. Peggy s'assit donc avec obéissance au plein milieu de l'allée, comme une enfant grondée attendant de s'entendre dire ses quatre vérités. C'est du moins ainsi que le ressentit Pym, et qu'il le ressent encore aujourd'hui, car j'ai toujours eu l'impression que tous les actes de Rick ce soir-là avaient été décidés à l'avance. Pym n'aurait pas été étonné de leur voir mettre un bonnet d'âne sur la tête de la malheureuse. Je pense qu'ils avaient dû remarquer la surveillance assidue de Peggy et que Rick avait déjà préparé mentalement ses défenses, comme il avait si souvent eu à le faire auparavant. Les sbires de Muspole auraient très bien pu la retenir pour la soirée, on aurait pu informer le major Blenkinsop qu'elle était indésirable à l'intérieur de la salle. La Cour connaissait une bonne douzaine de façons de faire tenir tranquille une petite maître chanteuse sans le sou et à moitié folle comme Peggy pendant une nuit aussi cruciale que celle-ci. Rick n'eut recours à aucune d'entre elles. Il cherchait le procès, comme toujours. Il voulait être jugé et s'en sortir sans tache.

« Mesdames et messieurs. Cette dame se nomme Peggy Wentworth. C'est une veuve que je connais et m'efforce d'aider depuis de nombreuses années, une femme qui a été cruellement éprouvée par la vie et qui me reproche aujourd'hui son infortune. Je souhaite qu'après cette réunion vous écoutiez tous ce que Peggy a à vous dire, que vous fassiez preuve avec elle de toute l'indulgence dont vous êtes capables et de la plus grande patience aussi. Puis que vous jugiez par vous-mêmes et dans votre infinie sagesse où réside la vérité. Je souhaite que vous vous montriez charitables envers Peggy, et envers moi, et que vous vous souveniez qu'il est bien difficile pour nous tous d'accepter le malheur sans chercher qui blâmer. »

Il mit les mains derrière son dos. Ses pieds demeuraient bien serrés l'un contre l'autre.

« Mesdames et messieurs, Peggy Wentworth, cette amie de longue date, a tout à fait raison. » Pym lui-même, qui croyait connaître tous les instruments de l'orchestre de Rick, ne l'avait jamais entendu si direct et si simple dans sa formulation, si dépourvu de toute rhétorique. « Il y a bien des années, mesdames et messieurs, alors que j'étais très jeune et étais prêt à tout pour réussir – comme nous l'avons tous été un jour, impatients, désireux de faire au plus court –, je me suis retrouvé dans la position du garçon de bureau qui a emprunté quelques timbres dans le tiroir-caisse et qui se fait prendre avant d'avoir eu l'occasion de pouvoir les rendre. J'ai été ce qu'il convient d'appeler un délinquant primaire, c'est vrai. Ma mère, comme Peggy Wentworth que voici, était veuve. J'avais un père formidable auquel il me fallait faire honneur et seulement des sœurs pour me seconder. Les responsabilités qui pesaient sur moi m'ont poussé, je l'avoue, de l'autre côté de ce que la justice, dans sa sagesse aveugle, a décrété être le bien. Cette même justice a requis une peine. Je l'ai subie jusqu'au bout. Et je paierai pour elle jusqu'à la fin de mes jours. »

La mâchoire se relâcha, les mains puissantes se délièrent et un bras se tendit vers les veuves de guerre du premier rang pendant que les yeux et la voix se portaient sur le fond obscur de la salle.

« Mes amis – Peggy, ma chère, je vous compte encore parmi eux –, mes amis loyaux de Gulworth North, je reconnais parmi vous ce soir des hommes et des femmes assez jeunes encore pour se montrer parfois impulsifs. J'en vois d'autres qui ont déjà fait l'expérience de la vie, des hommes et des femmes dont les enfants et les petits-enfants se sont envolés pour suivre leurs impulsions, pour se battre, commettre des erreurs et les surmonter. Et c'est à vous, gens d'expérience, que je veux demander ceci. Si l'un de ces jeunes gens – enfants, petits-enfants ou même ce fils qui est le mien et qui est assis derrière moi, ce fils qui s'apprête à recevoir les plus hautes récompenses juridiques que ce pays puisse offrir –, si l'un d'entre eux devait un jour commettre une erreur et payer le prix que la société exige de lui pour cela, puis rentrer chez lui en disant : "Maman, me voilà, papa, c'est moi" – lequel d'entre vous qui êtes ici ce soir lui claquera la porte au nez ? »

Ils s'étaient levés. Ils scandaient son nom. « Rickie..., cher vieux Rickie... Tu peux compter sur ma voix, mon petit Rickie. » Derrière lui, sur l'estrade, nous nous étions levés aussi, et Pym vit à travers ses larmes Syd et Morrie tomber dans les bras l'un de l'autre. Pour une fois, Rick feignit de ne pas remarquer les applaudissements. Il se tournait en un mouvement très théâtral vers Pym en appelant « Magnus, où es-tu passé, fils ? » quoiqu'il sût parfaitement où se trouvait son fils. Prétendant le trouver enfin, il le saisit par le bras et l'attira vers l'avant de la scène en le soulevant presque du sol, même alors qu'il l'offrait comme champion à la foule en délire en criant : « En voilà un, en voilà un. » J'imagine qu'il entendait par là un pénitent qui avait purgé sa peine et qui rentrait chez lui, mais je ne le saurai jamais exactement car le vacarme recouvrait tout. Peut-être disait-il simplement : « Voilà mon fils ? » Quant à Pym, il ne put se retenir plus longtemps. Il n'avait jamais éprouvé une telle adoration pour Rick. Il sanglotait, applaudissait et serrait pour eux tous la main de son père dans les siennes. Il l'étreignait, lui donnait des bourrades sur son épaule massive et lui répétait bien haut qu'il était sensas.

Il crut apercevoir le visage pâle de Judy et ses grands yeux délavés derrière les lunettes si sérieuses, qui le fixaient depuis le centre de la foule. Mon père avait besoin de moi, voulut-il lui expliquer. J'ai oublié où se trouvait l'arrêt du bus. J'ai perdu ton numéro de téléphone. Je l'ai fait pour mon pays. La Bentley attendait juste devant les marches, Cudlove tenant la portière ouverte. S'éloignant au côté de Rick, Pym s'imagina entendre Judy l'appeler par son nom : « Pym, espèce de salaud, où es-tu ? »

L'aube se levait. Assis devant son bureau, Pym, pas rasé, refusait la lumière du jour. Le menton dans la main, il contemplait la page qu'il venait d'écrire. Ne change rien. Ne relis pas, ne pense pas à la suite. Tu le fais une fois puis tu meurs. Une vision cafardeuse l'assaillit : toutes les femmes de sa vie l'attendant en vain à chaque arrêt de bus le long de son chemin chaotique. Il se leva brusquement puis alla se préparer un Nescafé qu'il but trop chaud. Il s'empara ensuite de son agrafeuse et d'un feutre et se mit assidûment au travail – je suis un employé de bureau, voilà ce que je suis –, agrafant les coupures de presse et marquant toutes les références utiles sur celles-ci et sur le texte correspondant.

Des extraits du *Gulworth Mercury* et de l'*Evening Star* rapportant le combat du candidat libéral à la veille des élections dans la salle municipale. Par crainte de diffamation, les journalistes ne font pas directement référence aux accusations de Peggy Wentworth et ne parlent que de la défense inspirée du candidat face à certaines attaques personnelles. Marque 21a. Cette foutue agrafeuse qui ne marche pas. L'air de la mer fait tout rouiller.

Une coupure du *Times* de Londres donne les résultats des élections partielles de Gulworth North :

McKechnie (travailliste) 17 970
Lkin (cons.) 15 711
Pym (lib.) 6 404

Un leader à moitié illettré doit la victoire à une « intervention inopinée » des libéraux. Marque 22a.

Extrait de la gazette de l'université d'Oxford apprenant au monde en haleine que Magnus Richard Pym vient de recevoir sa licence de langues vivantes appliquées, mention Très Bien. Aucune référence faite aux nuits passées à étudier à l'avance les sujets des examens, ni à la petite fouille irrégulière du bureau de son directeur d'études grâce au si pratique compas d'acier des Michael. Marque 23a.

Mais il ne marqua rien du tout car au moment d'inscrire le numéro sur la coupure, Pym la posa devant lui et la fixa du regard, la tête posée dans les mains, une expression de dégoût plaquée sur le visage.

Rick savait. Le salaud savait. La tête toujours entre les mains, Pym se retrouve à Gulworth plus tard cette même nuit. Père et fils sont installés dans la Bentley, l'endroit qu'ils préfèrent. La salle municipale est déjà derrière eux, le Sage Repos de Mrs. Searle approche. Le tumulte de la foule tinte encore à leurs oreilles. Il faudra attendre vingt-quatre heures avant que le monde apprenne le nom du candidat élu, mais Rick le connaît déjà. Il a été jugé et applaudi pour toute son existence jusqu'à ce jour.

« Laisse-moi te dire quelque chose, fils », commence-t-il de sa voix la plus douce et la plus mielleuse. Les lampadaires qui défilent allument puis éteignent alternativement son visage, rendant son triomphe comme intermittent. « Ne mens jamais, fils. Je leur ai dit la vérité. Dieu m'est témoin. Il l'est toujours.

– C'était formidable, assure Pym. Pourrais-tu me lâcher le bras, s'il te plaît ?

– Les Pym n'ont jamais été des menteurs, fils.

– Je sais, réplique Pym qui dégage son bras quand même.

– Pourquoi ne pas être venu me parler, fils ? Tu aurais pu me dire : "Père", ou même "Rickie", tu es assez grand maintenant, si tu veux. "J'ai abandonné le droit. J'étudie les lettres parce que je suis davantage tenté par le don des langues. Moi aussi, je veux voler de mes propres ailes comme mon meilleur copain et pouvoir être entendu partout où les hommes se rassemblent sans préjugé de couleur, de race ou de religion." Et tu sais ce que je t'aurais répondu si tu étais venu me voir en me disant cela ? »

Pym se sent trop paniqué, trop mort déjà pour répondre.

« Je t'aurais dit : "Fils, tu es grand maintenant. Tu prends tes décisions toi-même. Tout ce que peut faire ton vieux père, maintenant, c'est tenir la place du gardien de guichet pendant que Magnus tient la batte et que le Seigneur envoie la balle". » Il saisit la main de Pym, lui broyant presque les doigts. « Ne te dérobe pas comme ça, fils. Je ne suis pas fâché contre toi. Nous sommes copains, tu te souviens ? Nous n'avons pas besoin d'aller en catimini faire les poches de l'autre pendant qu'il a le dos tourné, ni de fouiller dans ses tiroirs et encore moins de parler à des femmes mal inspirées dans des caves d'hôtel. On fait les choses franchement. Cartes sur table. Et maintenant, sèche donc tes mirettes et viens m'embrasser. »

Prenant son mouchoir de soie à monogramme, le grand homme d'État magnanime essuie lui-même les larmes de rage et d'impuissance de Pym.

« Tu veux un bon steak à l'anglaise, ce soir, fils ?

– Je n'en ai pas très envie.

– Ce bon vieux Mattie va nous en faire un aux oignons. Tu peux inviter Judy, si tu veux. Nous ferons une partie de chemin de fer après. Ça lui plaira. »

Pym leva la tête, reprit son feutre et se remit au travail.

Extrait des procès-verbaux de la section du parti communiste de l'université d'Oxford déplorant le départ du camarade M. Pym, travailleur infatigable tout dévoué à la cause. Remerciements fraternels pour ses efforts considérables. Marqué 24a.

Lettre peinée de l'économe de la faculté lui retournant son chèque pour le dernier trimestre, qui portait la mention Voir le tireur. Lettres et chèques similaires de la part de MM. Blackwell, Parker (libraires), et Hall Brothers (tailleurs), marqués 24c.

Lettre attristée du directeur de la banque de Pym regrettant, à la suite de retours de chèques au crédit de Pym sur la Magnus Dynamique & Astral Compagny (Bahamas) Limited, pour une somme atteignant deux cent cinquante livres, de n'avoir pas eu d'autre solution que de renvoyer au tireur les chèques dont il est fait mention en 24c.

Extrait de la *Gazette* de Londres, daté du 29 mars 1951 et annonçant la nomination d'un nouvel administrateur judiciaire à l'occasion d'une autre demande de liquidation de RTP et de quatre-vingt-trois sociétés associées.

Lettre du directeur des poursuites judiciaires demandant à Pym de se présenter aux dates indiquées afin d'expliquer ses relations exactes avec les sociétés ci-dessus. Marqué 36a.

La convocation du service militaire, promesse d'immunité pour Pym. Saisie à deux mains.

« Cela ne vous dérange pas si je m'assois un peu avec vous, Miss D. ? » demanda Pym en poussant doucement la porte de la cuisine.

Mais le fauteuil de la vieille dame était vide et le feu éteint. Ce n'était pas le soir qui tombait comme il l'avait cru, mais l'aube qui se levait.

12

C'était encore au petit matin. Dans dix minutes ce serait l'heure fatidique. Le moment que Brotherhood avait tant attendu, allongé, seul et pleinement réveillé, dans le petit appartement minable qui devenait sa cellule, pour voir défiler les images de son passé dans le ciel mouvant de Londres. C'était un jeu d'extérieur joué par des gens d'intérieur qui ne savaient même pas qu'ils étaient réveillés. Combien de fois n'était-il pas resté ainsi, en bottes de caoutchouc, sur des flancs de collines glacés, à presser les écouteurs sur ses oreilles avec des moufles de kapok afin de capter le murmure lui indiquant que la vie continuait ? Ici dans la salle des communications, au dernier étage de la Centrale, il n'y avait ni casques ni vents polaires pour traverser les vêtements trempés et geler les doigts de l'opérateur, il n'y avait pas de dynamos de bicyclette qu'un pauvre imbécile devait actionner en pédalant jusqu'à ce que ses jambes le lâchent. Pas d'antennes qui vous tombaient dessus juste au moment où vous aviez le plus besoin d'elles. Pas de valises de deux tonnes à dissimuler dans un terrain dur comme de l'acier pendant que les boches vous couraient après. Là-haut, nous avons de belles boîtes mouchetées de vert et de gris épousetées de frais, avec de jolis petits voyants et des boutons bien astiqués. Des tuners et des amplificateurs. Des cadrans de sélection pour éviter les parasites. Des sièges confortables pour que les barons rassemblés ici puissent poser leur cul fragile. Et une mystérieuse compression de l'air qui vous étreint le crâne pendant que vous regardez les petits chiffres verts défiler sur leur écran-prison aussi rapidement que les dernières années de votre existence maintenant, j'ai quarante ans, j'en ai quarante-cinq, j'en ai soixante-dix, je suis à dix minutes de la mort.

Sur l'estrade, deux garçons porteurs d'écouteurs surveillent les cadrans. Ils ne sauront jamais comment c'était, songea Brotherhood. Ils rendront leur dernier soupir en croyant que la vie sortait d'une boîte. Bo Brammel et Nigel étaient assis juste au-dessous comme des producteurs assistant à une avant-première. Derrière eux, une douzaine d'ombres dont Brotherhood s'était à peine soucié. Il remarqua Lorimer, chef des Opérations. Il aperçut Kate et remercia Dieu qu'elle fût en vie. Au bout de l'estrade, Frankel débitait lugubrement une liste d'échecs. Son accent d'Europe centrale était plus marqué que jamais.

« Neuf heures vingt hier matin, heure locale, l'antenne de Prague envoie son principal intermédiaire téléphoner chez Watchman d'une cabine, Bo, annonça-t-il. Ligne occupée. Il appelle cinq fois en deux heures depuis des endroits différents de la ville. Toujours occupé. Il essaie Conger. Ligne en dérangement. Tout le monde a disparu, impossible de joindre qui que ce soit. A midi, l'antenne envoie une jeune fille à elle à la cantine où la fille de Conger va déjeuner. La petite de Conger est au courant des activités de son père, alors elle saura peut-être où il est. Notre gosse a tout juste seize ans, elle est très menue et n'a pas froid aux yeux. Elle traîne là-bas pendant deux heures, passe en revue toutes les tables, puis la queue. Elle vérifie les feuilles de pointage à l'entrée de l'usine et dit au gardien qu'elle est la voisine de chambre de la fille en question. Elle a l'air tellement innocent qu'il la laisse faire. La fille de Conger n'est pas portée présente, elle ne figure pas sur la liste des malades non plus. Disparue. »

Dans la tension qui régnait, personne ne parlait à personne. Chacun se parlait à lui-même. La pièce se remplissait toujours. Combien de personnes faut-il pour qu'un réseau ait des funérailles décentes ? se demanda Brotherhood. Encore huit minutes à attendre.

Frankel continua son chant funèbre. « Sept heures, hier matin, heure locale, l'antenne de Gdansk envoie deux de ses agents réparer un poteau télégraphique au bout de la rue où habite Merryman. Sa maison se trouve au bord d'un cul-de-sac. Il n'y a pas d'autre issue. Normalement, il part tous les jours au travail en voiture à sept heures vingt. Mais hier, sa voiture n'était pas garée devant chez lui comme elle l'est toujours. Pas hier. De là où ils sont, les garçons peuvent voir sa porte d'entrée. Celle-ci reste fermée. Ni Merryman ni personne d'autre n'entre dans cette maison ni n'en sort par cette porte. Les rideaux sont fermés au rez-de-chaussée, pas de lumière, pas de traces fraîches dans l'allée. Le meilleur ami de Merryman est architecte, et Merryman aime bien s'arrêter chez lui de temps en temps pour prendre un café avant d'aller travailler. L'architecte en question n'est pas un Joe, il n'est pas sur la liste noire non plus.

– Wenzel, déclara Brotherhood.

– Wenzel, c'est bien cela, Jack. Un des garçons appelle Mr. Wenzel et lui dit que la mère de Merryman est malade. "Où puis-je le joindre pour lui annoncer cette mauvaise nouvelle ?" Mr. Wenzel lui conseille d'essayer le laboratoire. Elle est très malade ? Le garçon répond qu'elle n'en a peut-être plus pour longtemps, Merryman doit se rendre à son chevet au plus tôt. Il lui demande de lui transmettre un message : "Dites-lui, je vous prie, que Maximilian lui conseille d'aller voir sa mère au plus vite." Maximilian, c'est le mot de code qui convient le mieux. Maximilian, cela signifie laissez tout tomber, fuyez, foutez le camp par n'importe quel moyen, ne vous occupez pas des procédures habituelles, fuyez. Le garçon est astucieux. Dès qu'il en a terminé avec Mr. Wenzel, il appelle le laboratoire où travaille Merryman. "Je suis Mr. Maximilian. Où est Merryman ? C'est urgent. Dites-lui que Maximilian a téléphoné au sujet de sa mère." On lui répond que Merryman ne sera pas là de la journée. « Merryman a une conférence à Varsovie. »

Brotherhood formulait déjà son objection. « Ils ne diraient jamais une chose pareille, grogna-t-il. Les labos ne donnent jamais de détail concernant les allées et venues de leur personnel. Il s'agit d'installations top secret, bon Dieu. Il y a quelqu'un qui joue au petit malin avec nous.

– Je suis d'accord, Jack. C'est exactement ce que je me suis dit. Vous voulez que je continue ? »

Plusieurs têtes se tournèrent pour repérer Brotherhood au fond de la salle.

« En voyant qu'on ne pouvait pas joindre Merryman, nous avons ordonné à Varsovie d'essayer d'avoir directement Voltaire », reprit Frankel. Il s'interrompit un instant. « Voltaire est malade. »

Brotherhood émit un rire d'irritation. « Voltaire ? Il n'a jamais été malade de sa vie.

– Son ministère dit qu'il est malade, Jack, sa femme assure qu'il est malade, sa maîtresse dit aussi qu'il est malade. Il aurait mangé des champignons vénéneux et serait parti à l'hôpital. Il est malade. Officiel. Ils disent tous la même chose.

– Effectivement, c'est officiel.

– Que voulez-vous que je fasse, Jack ? Dites-moi donc ce que vous feriez à ma place et que je n'ai pas fait. D'accord ? C'est le black-out complet, Jack. Le grand silence. Comme si une bombe était tombée.

– Vous disiez que vous continueriez à remplir les boîtes aux lettres ? interrogea Brotherhood.

– Nous nous sommes occupés de celle de Merryman hier. De l'argent et des instructions. Nous l'avons fait.

– Et ça a donné quoi ?

– Ils y sont toujours. De l'argent et des instructions autant qu'il en veut. Des papiers tout neufs, des cartes, tout ce que vous voulez. En ce qui concerne Conger, nous avons lancé deux signaux visuels, un pour lui dire de nous appeler, l'autre de déguerpir. Un rideau à un premier étage et une lumière à la lucarne d'un sous-sol. C'est bien le code, Jack ? C'est bien ce que prévoit la procédure, non ?

– Tout à fait.

– Bien. Mais il ne répond pas. Il n'appelle pas, il n'écrit pas, il ne fuit pas non plus. »

Durant cinq minutes, il n'y eut pas d'autre son que ceux de l'attente : le soupir des fauteuils rembourrés, le craquement des briquets et des allumettes et le couinement des souliers des jeunes gens sur l'estrade. Kate lança un regard en direction de Brotherhood et il lui répondit par un sourire confiant. « Nous pensons à vous, Jack », lui souffla Bo,

455

mais Brotherhood ne répondit pas, et il était visiblement à cent lieues de penser à Bo. Une sonnerie retentit. L'un des jeunes gens annonça : « Conger, monsieur, à l'heure », avant de régler quelques cadrans. Un voyant blanc clignota au-dessus de sa tête. L'autre garçon abaissa une manette. Personne n'applaudit, personne ne se leva pour crier : « Ils sont vivants ! »

« L'opérateur Conger est en ligne et dit qu'il est prêt à envoyer, Bo », précisa inutilement Frankel. Derrière lui, les garçons agissaient automatiquement, sourds à tout ce qui n'entrait pas dans leurs écouteurs. « Nous allons maintenant effectuer notre première transmission. Nous nous servons tous de bandes, rien d'écrit, Conger fait de même. C'est du morse accéléré et nous le déroulons dans les deux sens. La transmission prend environ une minute et demie, deux minutes. Il en faut à peu près cinq pour dérouler et décoder... Vous voyez ? "Nous sommes prêts à vous recevoir. Parlez." C'est ce que nous lui disons. Voilà, maintenant, Conger s'est remis à émettre. Regardez le voyant rouge ici. Tant qu'il est allumé, c'est qu'il parle... il a fini.

– Ce n'était pas très long, si ? », constata Lorimer de sa voix traînante sans s'adresser à personne en particulier. Ce n'était pas la première fois que Lorimer enterrait des agents.

« Et maintenant, nous attendons qu'on décode, expliqua Frankel à son public avec un peu trop de gaieté. Trois minutes, cinq peut-être. Le temps de fumer une cigarette, d'accord ? On se détend. Conger est vivant. Tout va bien. »

Les deux jeunes gens changeaient des bobines et actionnaient des appareils divers.

« Estimons-nous déjà contents qu'il soit en vie », dit Kate, et plusieurs têtes se tournèrent brusquement car il était bien rare d'entendre une dame du cinquième exprimer aussi ouvertement ses sentiments.

Les bobines grises se dévidaient l'une sur l'autre. Durant quelques instants, ils perçurent les sons aigus et arythmiques du morse. Ceux-ci s'interrompirent.

« Hé, souffla Lorimer.

– Recommencez, dit Brotherhood.

– Que se passe-t-il ? », demanda Kate.

Les garçons rembobinèrent les bandes et les firent repartir du début. Le morse reprit puis s'arrêta comme précédemment.

« Pourrait-il s'agir d'une erreur à l'autre bout ? s'enquit Lorimer.

– Absolument, dit Frankel. Son embobineuse peut battre de l'aile, il a pu tomber sur une mauvaise ionosphère. Il va recommencer dans une minute. Pas de problème. »

Le plus grand des deux garçons retirait ses écouteurs. « Vous voulez bien qu'on décode, Mr. Frankel ? Parfois, quand il y a un problème, ils nous en parlent dans le message. »

Sur un signe de Frankel, il alla placer une bobine sur un appareil situé tout au bout du bloc. L'imprimante se mit aussitôt à crépiter. Nigel et Lorimer se précipitèrent vers l'estrade. L'imprimante s'arrêta. Nigel arracha la feuille d'un geste magistral et la tint de sorte que Lorimer puisse lire avec lui. Brotherhood se dirigeait déjà à grands pas vers l'estrade qu'il franchit pour arracher la feuille de papier de leurs mains soumises.

« Jack, non, souffla Kate.

– Non quoi ? fit Brotherhood qui se sentit soudain perdre patience envers elle. Je ne dois pas me soucier de mes propres agents ? Qu'est-ce que je ne dois pas faire exactement ?

– Demandez-leur de tirer un autre exemplaire, vous voulez bien, Frankel ? demanda Nigel. Ainsi, tout le monde pourra regarder sans se battre. »

Brotherhood tenait la feuille devant ses yeux. Nigel et Lorimer s'étaient humblement rangés de chaque côté de lui et lisaient par-dessus son épaule.

« Rapport de routine, Bo, annonça Nigel qui se mit à lire à voix haute. Ampleur prévue : trois cent sept groupes. Ampleur effective pour le moment : quarante et un. Sujet : réimplantation de bases de missiles soviétiques dans les montagnes situées au nord de Pilsen. Source Mirabeau qui a fait son rapport il y a dix jours. Mirabeau, elle, le tenait de son petit ami de l'armée soviétique dont le nom de code est Leo – Leo a déjà fait du bon boulot pour nous, si je me

457

rappelle bien. Voici ce que donne le message : la source Talleyrand confirme que des missiles de faible capacité sans ogive quittant la région – la phrase s'arrête là. C'est visiblement l'enrouleur. A moins, comme vous l'avez dit, qu'il ne soit tombé sur des perturbations atmosphériques. »

Frankel donnait déjà ses ordres au plus grand des garçons. « Envoyez-leur : "Votre signal tronqué." Tout de suite. Dites-leur que nous voulons qu'ils recommencent. Dites-leur que s'ils ne peuvent émettre maintenant, nous attendrons qu'ils soient en mesure de le faire. Dites-leur que nous voulons un appel général de tous les membres du réseau. Vous avez des formules toutes prêtes pour tout ça ou bien vous voulez que je vous rédige quelque chose ?

– Dites-leur d'aller se faire foutre ! commanda Brotherhood à voix très haute. Et vous pouvez ranger vos mouchoirs, il n'y a pas de victimes. »

Il avait enfoncé les mains dans les poches de son imperméable et se trouvait au milieu de l'allée. Nigel et Lorimer étaient toujours sur l'estrade, deux enfants de chœur tenant leur partition de chant entre eux. Stoïque, Brammel restait assis bien droit dans l'auditorium. Kate le dévisageait d'un regard pas stoïque du tout.

« Vous pouvez leur dire que vous voulez faire l'appel de tout le réseau ou qu'ils vous renvoient le message, vous pouvez leur dire de tout abandonner ou vous pouvez leur dire de sauter dans la Vistule. Ça ne fera pas la moindre différence, déclara Brotherhood.

– Le pauvre, glissa Nigel à Lorimer. Ce sont ses Joe, vous comprenez ? C'est la tension.

– Ce ne sont pas mes Joe et ils ne l'ont jamais été. Je vous les laisse avec ma bénédiction. » Il chercha autour de lui quelqu'un qui fût encore capable de réfléchir. « Frankel. Mais bon sang ! Lorimer. Quand on attrape un agent étranger dans ce service, qu'est-ce qu'on fait ? S'il est d'accord pour coopérer, on le remet en circulation pour notre compte. S'il refuse, on l'envoie au cachot. Ça a changé ? Je ne suis pas au courant.

– Et alors ? dit Nigel pour lui faire plaisir.

– Si l'on décide d'en faire un agent à nous, on agit aussi

vite et aussi discrètement que possible. Pourquoi ? Parce qu'on veut faire croire à ceux d'en face que rien n'a changé. On ne veut pas de trace. On ne planque pas sa voiture et on ne ferme pas sa maison. On ne le fait pas disparaître comme ça dans la nature, ni lui, ni sa fille, ni qui que ce soit d'autre. On ne néglige pas de relever les boîtes aux lettres mortes et on n'invente pas non plus de mensonges énormes sur des gens qui auraient mangé des champignons empoisonnés. On n'assomme pas le radio au beau milieu de sa transmission accélérée. C'est bien la dernière, la toute dernière chose qu'on ferait. A moins que.

– Jack, mon vieux, je ne vous suis pas, intervint Nigel que Brotherhood avait délibérément ignoré. Et pour être franc, je crois que nous sommes tous dans le même cas. J'ai l'impression que vous êtes bouleversé, c'est bien naturel, et que vous sombrez quelque peu dans la métaphysique, mais ne m'en voulez pas.

– A moins que quoi, Jack ? s'enquit Frankel.

– A moins qu'on ne veuille au contraire que ceux d'en face sachent qu'on connaît tous les membres de leur réseau.

– Mais pourquoi pourrait-on vouloir une chose pareille, Jack ? demanda Frankel, intéressé. Pouvez-vous nous l'expliquer ?

– Pourquoi ne pas remettre cela à une autre fois ? dit Nigel.

– Ce putain de réseau n'a jamais existé. Ils possèdent ces réseaux depuis le premier jour. Ils payaient les acteurs et écrivaient les rôles. Ils possédaient Pym et, pour un peu, ils m'auraient bien possédé aussi. Ils vous ont tous possédés. Mais vous n'arrivez toujours pas à l'imaginer.

– Mais pourquoi prendre la peine de nous dire quoi que ce soit ? objecta Frankel. Pourquoi envoyer un faux signal interrompu ? Pourquoi monter la disparition des Joe ? »

Brotherhood sourit. D'un sourire sans humour, d'un sourire sans bonté. Mais il prit bel et bien la peine de se tourner vers Frankel et de lui sourire. « Parce qu'ils veulent qu'on croie qu'ils ont Pym alors qu'ils ne l'ont pas, dit-il. C'est le seul mensonge qu'il leur reste à nous vendre. Ils veulent qu'on rappelle la meute et qu'on rentre chez nous pour prendre une bonne tasse de thé. Ils veulent le retrouver, eux. C'est la seule bonne nouvelle de la journée. Pym est toujours en cavale et ils le cherchent tout autant que nous. »

Ils le regardèrent tourner les talons puis se diriger vers la porte capitonnée dont il fit glisser les verrous. Pauvre Jack, se disaient-ils du regard tandis que la lumière revenait : le travail de toute une vie. Il a perdu tous ses Joe et ne peut pas le supporter. C'est affreux de le voir comme ça. Seul Frankel semblait regretter de le voir partir.

« Avez-vous demandé qu'on renvoie le message ? questionna Nigel. Je vous demande si vous avez réclamé une deuxième transmission ?

– J'y vais, répliqua Frankel.

– Très bien », commenta Bo depuis la salle.

Dans le couloir, Brotherhood s'immobilisa pour allumer une cigarette. La porte s'ouvrit puis se referma. C'était Kate.

« Je ne peux pas continuer comme ça, dit-elle. C'est complètement dingue.

– Et ça va devenir sacrément plus dingue encore, coupa Brotherhood, toujours énervé. C'était juste la bande annonce. »

C'était une fois de plus la nuit et Mary venait de passer une nouvelle journée sans se jeter poliment par la fenêtre du dernier étage ni faire de graffiti obscènes sur les murs de la salle à manger. Assise sur son lit et encore à peu près sobre, elle contempla le livre, puis le téléphone. Un deuxième fil était branché sur l'appareil. Le fil conduisait à une boîte grise et paraissait s'arrêter là. Ça a bien changé, se dit-elle. Je n'arrive pas à me faire à tous ces gadgets modernes. Elle se servit une nouvelle rasade généreuse de whisky et posa son verre sur la table, près de son coude, afin de régler la discussion qu'elle menait avec elle-même depuis une dizaine de minutes. Te voilà donc, saloperie. Si tu en veux un, prends-le. Si tu n'en veux pas, laisse-le là où il est. Elle était tout habillée. Elle était censée avoir la migraine, mais ce n'était là qu'une excuse pour fuir la compagnie traumatisante de Fergus et de la jeune Georgie qui commençaient à la traiter avec toute la sollicitude de gardiens de prison avant la pendaison. « Que diriez-vous d'une bonne partie de Scrabble, Mary ? Pas très envie, non ? Ce n'est pas grave. Décidément, ce *Shepherd's pie*[1] est très bien passé, n'est-ce pas Georgie ? Je n'avais pas mangé de *Shepherd's pie* comme ça depuis la mort de ma nounou. Pensez-vous que ce soit la congélation qui fasse ça ? C'est comme si le froid lui permettait de s'épanouir, non ? » A onze heures, n'y tenant plus, elle les avait laissés faire la vaisselle et était montée ici, dans sa chambre, pour retrouver le livre et le mot qui l'accompagnait. Une carte à bords non massicotés. Cadre argenté, mon anniversaire de mariage. Dans une enveloppe du même papier. Un ignoble chérubin soufflant dans une trompette sur le coin supérieur gauche.

Chère Mary,

Désolée d'apprendre l'infortune de M. J'ai acheté ça pour rien ce matin et je me demandais si cela te plairait de le relier pour moi, pareil que les autres, pleine peau, bougran, et le titre marqué en capitales dorées entre le premier et le deuxième nerf du dos. Les pages de garde ne me paraissent pas d'origine, peut-être vaudrait-il mieux les enlever ? Grant est lui aussi absent et je crois que j'imagine ce que tu peux ressentir. Pourrais-tu faire cela rapidement, pour qu'il en ait la surprise en rentrant ? Au tarif habituel, bien sûr !
Je t'embrasse, ma chérie,

Bee

Gardant la main loin de son whisky et ses pensées loin d'un certain fantôme moustachu, Mary concentra toutes ses connaissances sur le message. L'écriture n'était pas celle de Bee Lederer. Il s'agissait d'un faux, et même d'un faux grossier pour quiconque connaissait un peu le jeu. L'auteur avait vaguement respecté l'écriture moulée de l'Américaine moyenne qu'était Bee, mais l'influence germanique transparaissait dans les *u* et les *n* un peu trop aigus et dans les *t* sans queue. *Infortune*, se dit-elle, depuis quand les Amé-

---

1. Version anglaise du hachis Parmentier. *(NdE.)*

ricains utilisent-ils ce genre de vocabulaire ? L'orthographe n'était pas non plus celle de Bee : elle qui ne savait même pas épeler un mot comme bière. Elle doublait toutes les consonnes *a priori*. Les lettres qu'elle avait envoyées à Mary en Grèce, écrites sur des cartons similaires, contenaient de véritables joyaux tels « mannippuler » et « phallatieux ». Quant à « pleine peau », Mary n'avait relié que trois livres pour Bee, et celle-ci n'avait jamais été capable de lui dire comment elle les voulait sinon qu'elle trouvait qu'ils faisaient superbe sur l'étagère de Grant, exactement comme dans ces vieilles bibliothèques que vous avez en Angleterre. Pleine peau, bougran, place des lettres là, c'était l'auteur du message qui s'exprimait, pas Bee. Et si Bee suspectait les pages de garde de ne pas être d'origine, eh bien, là, c'était du délire parce que Bee avait demandé un mois plus tôt à Mary où elle avait trouvé ce ravissant morceau de papier peint qu'elle avait collé à l'intérieur de la couverture.

Mary en conclut que le message était tellement mal truqué, et ressemblait si peu à Bee, que cela paraissait presque délibéré : suffisamment soigné pour tromper Fergus quand il était arrivé dans l'après-midi, mais suffisamment improbable pour que Mary comprenne qu'il signifiait autre chose.

Un avertissement, par exemple.

Elle avait déjà soupçonné l'anomalie au moment même où elle avait ouvert la porte au coursier tandis que Fergus, cet imbécile, se tenait dissimulé dans le placard à manteaux avec un énorme Howitzer à la main pour le cas où le commissionnaire aurait été un Russe déguisé – ce que, à la réflexion, il était peut-être car Bee n'avait jamais utilisé les services d'un coursier de sa vie. Bee aurait déposé elle-même le livre en revenant de conduire Becky à l'école, criant coucou par la fente de la boîte aux lettres. Ou Bee aurait épinglé Mary à la réunion des dames du mardi, lui laissant le foutu bouquin à se coltiner jusqu'à la maison.

« Cela vous gêne si je lis cette carte, Mary ? avait dit Fergus. Simple routine, mais vous savez comment ils sont à Londres. Bee. C'est bien Mrs. Lederer, la femme du monsieur américain ?

– C'est bien elle, oui, avait confirmé Mary.

– Et c'est un joli livre avec ça. En anglais, en plus. Ça a l'air vraiment vieux. » Il le feuilletait de ses doigts entraînés, s'immobilisant à la moindre marque crayonnée, portant certaines pages à la lumière

« Cela date de 1695, assura Mary en lui montrant les chiffres romains.

– Bon sang, et vous arrivez à lire ça ?

– Puis-je le reprendre, maintenant, s'il vous plaît ? »

Dans le hall, l'horloge de grand-père sonna minuit. Fergus et Georgie devaient sans aucun doute se serrer l'un contre l'autre comme des bienheureux. Durant les journées interminables de son emprisonnement secret, Mary avait observé leur histoire d'amour s'épanouir. Ce soir, lorsqu'elle était descendue dîner, Georgie resplendissait de cet éclat impossible à dissimuler qu'ont les femmes juste après l'amour. D'ici à un an, ils formeraient un de ces petits couples qu'on trouve dans les sections subalternes que les autres services menaient à la baguette : surveillance, pose des micros, ratissage, ouverture du courrier à la vapeur. Un an encore après, quand ils auraient mis en commun leurs heures supplémentaires passées à glander, leurs feuilles de frais gonflées et leurs remboursements de kilomètres fictifs, ils pourraient verser un acompte sur l'achat d'une maison à East Sheen, faire deux enfants et avoir droit au plan d'éducation subventionné de la Firme. Je ne suis qu'une garce jalouse, se dit Mary sans le moindre remords. Juste maintenant, je ne serais pas contre l'idée de passer une heure avec Fergus. Elle décrocha le combiné et attendit.

« Qui appelez-vous, Mary ? », s'enquit aussitôt la voix de Fergus.

Où qu'il en fût de sa vie amoureuse, Fergus était parfaitement réveillé quand il fallait intercepter l'appel que Mary s'apprêtait à donner.

« Je me sens seule, répondit Mary. J'ai envie de bavarder un peu avec Bee Lederer. Je n'ai pas le droit ?

– Magnus est toujours à Londres, Mary. Il a été retenu.

– Je sais où il est. Je connais l'histoire. Je suis grande maintenant.

– Il vous a téléphoné régulièrement, vous avez longuement discuté avec lui et il reviendra dans un jour ou deux. La Centrale a profité de son séjour là-bas pour lui coller un dossier sur les bras. C'est tout ce qui s'est passé.

– Tout va bien, Fergus. Je suis parfaitement au point.

– Cela ne va pas paraître anormal que vous l'appeliez si tard ?

– Pas si Magnus et Grant sont tous les deux absents. »

Mary perçut un déclic puis la tonalité. Elle composa ensuite son numéro et Bee commença immédiatement à se plaindre. Elle avait ses saloperies de règles, dit-elle, quelle chierie, un mal de ventre pas possible, de quoi devenir dingue. Ça la mettait toujours dans ces états-là en hiver, surtout quand Grant n'était pas là pour lui faire sa petite affaire. Gloussements. « Et merde, Mary, ça me manque vraiment. Tu crois que je suis une putain pour autant ?

– J'ai reçu une longue lettre de Tom, adorable », déclara Mary. Mensonge. Il y avait bien eu une lettre, une longue lettre, mais elle n'était pas adorable du tout. Tom lui racontait la super-journée qu'il avait passée avec oncle Jack, dimanche dernier, et cela avait donné la chair de poule à Mary.

Bee lança que Becky aimait Tom à un point tel que cela devenait indécent. « Tu imagines ce qui va arriver le jour où ces gosses vont se réveiller et s'apercevoir de *la différence* ? »

Oui, j'imagine, songea Mary. Ils ne vont plus pouvoir se sentir. Elle demanda à Bee ce qu'elle avait fait de sa journée. Je n'ai vraiment rien foutu, répondit celle-ci. Elle devait faire un squash avec Cathie Krane – tu sais, de l'ambassade canadienne ? – mais elles s'étaient contentées d'un café à cause de l'état de Bee. Salade au club, et bon sang, il faudrait vraiment que quelqu'un se décide à apprendre à ces connards d'Autrichiens à faire une bonne salade. Cet après-midi, ça a été une de ces putains de ventes de charité à l'ambassade en faveur des opposants du Nicaragua – qui s'intéresse le moins du monde aux opposants du Nicaragua, je te le demande ?

« Tu devrais sortir un peu, aller t'acheter quelque chose, suggéra Mary. Je ne sais pas, moi, une robe ou une bricole chez un antiquaire.

– Mais écoute, je ne peux même pas bouger ! Tu sais ce qu'il a fait, ce rustre ? Il a porté l'Audi au garage pour une révision en allant à l'aéroport. Je n'ai pas le droit de conduire, je n'ai pas le droit de baiser.

– Bon, je crois que je vais raccrocher, annonça Mary. J'ai le sentiment que Magnus va me donner un de ses petits coups de fil nocturnes et je vais me faire engueuler si la ligne est occupée.

– D'accord, mais dis-moi comment il a pris ça ? demanda Bee d'un ton vague. Il pleure toutes les larmes de son corps ou bien il est comme réconcilié avec lui-même ? J'ai l'impression qu'il y a des mecs qui ne pensent qu'à castrer leur père toute leur vie. Tu devrais entendre Grant, des fois.

– Je le saurai quand il sera rentré, dit Mary. Il a à peine dit un mot avant de partir.

– Trop secoué, hein ? Grant n'est jamais secoué par quoi que ce soit, ce vaurien.

– C'est vrai qu'il a été pas mal affecté sur le coup. Mais il a l'air beaucoup mieux maintenant. » Elle avait à peine raccroché que le téléphone émit le petit bourdonnement de la ligne intérieure.

« Pourquoi ne lui avez-vous pas parlé du beau livre qu'elle vous a envoyé, Mary ? lui reprocha Fergus. Je croyais que vous lui téléphoniez pour cela ?

– Je vous ai dit pourquoi je l'appelais. Je l'appelais parce que je me sentais seule. Bee Lederer m'envoie à peu près quinze livres par semaine. Pourquoi faudrait-il que je lui parle de son sale bouquin, pour vous faire plaisir ?

– Je n'avais pas l'intention de vous vexer, Mary.

– Elle n'en a pas parlé, alors pourquoi aurais-je dû le faire ? Elle m'a donné toutes les instructions nécessaires dans le mot qui allait avec. » J'en fais trop, se dit-elle en se maudissant. Il va finir par se poser des questions. « Écoutez, Fergus, je suis crevée et d'une humeur de dogue, vous comprenez ? Laissez-moi tranquille et retournez donc à ce que vous faites le mieux tous les deux. »

Elle s'empara du livre. Rien, pas un autre livre au monde n'aurait pu plus sûrement désigner son envoyeur. *De Arte Graphica. L'Art de la peinture*, de C. A. du Fresnoy, agrémenté de notes. Traduit en anglais avec sa préface originale de Mr. Dryden qui établissait le parallèle entre la peinture et la poésie. Elle vida le verre de whisky. C'était bien le même livre, elle en était certaine. Le livre que Magnus m'a apporté quand j'étais encore à Berlin, quand j'appartenais encore à Jack. Il avait monté les escaliers quatre à quatre puis avait frappé à la porte blindée des Règlements spéciaux – qui nous servaient de couverture – en le tenant bien serré dans sa main. « Hé, Mary, ouvre-moi ! » C'était avant qu'ils ne deviennent amants. Avant qu'il ne se mette à l'appeler Mabs. « Écoute, je voudrais que tu fasses quelque chose pour moi. Pourrais-tu me faire un C.D. dans la reliure de ce bouquin ? C'est pour y mettre une feuille standard de papier spécial chiffré. Pour cette nuit, ce serait possible ? » Comme nous commencions déjà à flirter, j'ai joué l'incompréhension. J'ai assuré n'avoir jamais entendu parler de C.D. sinon sur les voitures diplomatiques, ce qui a permis à Magnus de m'expliquer très sérieusement que C.D. signifiait compartiment de dissimulation, et que Jack Brotherhood lui avait certifié que Mary était la personne la plus qualifiée pour faire ce genre de travail. « Nous avons une boîte aux lettres morte dans une librairie, a-t-il ajouté. Et j'ai un Joe qui est un véritable mordu de livres anciens. » Les officiers traitants se montraient en général plus discrets.

Alors j'ai retiré la garde-queue, se rappela-t-elle tout en tâtant la couverture, et j'ai arraché un bout du carton du plat pratiquement jusqu'au cuir. D'autres se seraient contentés de retirer la peau et de ménager une cache par l'extérieur ? Pas notre Mary. Pour Magnus, seule la perfection convenait. Le lendemain soir, il m'a emmenée dîner. Le soir suivant, nous avons couché ensemble. J'ai raconté à Jack ce qui s'était passé dès le lendemain matin, et il l'a très bien pris, faisant preuve de beaucoup de galanterie et disant que nous avions énormément de chance tous les deux et qu'il s'effacerait pour nous laisser le champ libre si c'était ce que je voulais. J'ai répondu que oui, c'était bien ce que je voulais. Et mon bonheur était si grand que j'ai même dit à Jack que ce qui nous avait rapprochés, Magnus et moi, c'était *De Arte Graphica, un parallèle entre la poésie et la peinture*, ce qui pouvait paraître plutôt extraordinaire quand on savait que j'étais dingue de peinture et que Magnus mourait d'envie d'écrire le grand roman de sa vie.

« Où allez-vous, Mary ? », demanda Fergus qui se dressa devant Mary dès qu'elle fut dans le couloir. Elle lui montra le livre qu'elle tenait à la main. « Je n'arrive pas à dormir. Je descends à la cave pour m'attaquer un peu à ça. Et maintenant, vous pouvez retourner auprès de votre charmante compagne et me laisser en paix. »

Elle ferma la porte de la cave derrière elle et se dirigea vivement vers sa table de travail. Dans trois minutes, Georgie va débarquer avec une bonne tasse de thé pour s'assurer que je ne suis pas passée à l'Est ou que je ne me suis pas ouvert les poignets. Elle remplit un bol d'eau tiède, y trempa un chiffon et entreprit de mouiller la page de garde. L'auteur du message savait de quoi il parlait. Pour un livre de cet âge, la colle originale aurait été d'origine animale. D'ailleurs, quand elle l'avait trafiqué pour Magnus, Mary s'en était elle aussi tenue à la colle animale. En revanche, la garde neuve avait été fixée avec une détrempe de farine qui se ramollissait à peine mouillée. Elle se servait d'un chiffon et grattait le papier alors que, habituellement, elle aurait utilisé du buvard et un fer à polir. La page de garde se décolla et le carton resta. Elle s'empara d'un scalpel et se mit à ratisser le plat avec la lame. S'ils ont fait des plats corde, je suis fichue. Les plats corde étaient en effet fabriqués à partir de véritables vieux cordages de marine. Ils étaient goudronnés, torsadés et extrêmement tassés et il aurait fallu des heures pour les labourer. Mais il n'y avait pas de quoi s'inquiéter, il s'agissait bien de carton fort moderne et la lame y entrait comme dans de la terre sèche. Elle continua de lacérer le carton et brusquement, la feuille de papier spécial code apparut, soigneusement pliée contre l'intérieur de la peau, exactement là où elle l'avait placée pour Magnus. Seulement, celle-ci n'était pas couverte de chiffres mais portait de vraies lettres capitales écrites dessus. Cela commençait par « Chère Mary ». Elle la fourra dans son chemisier et reprit le scalpel pour finir d'arracher les gardes comme si elle avait vraiment eu l'intention de relier entièrement le livre, pleine peau, selon les instructions de Bee Lederer.

« Je n'ai pas pu m'empêcher de venir vous voir faire, lui assura Georgie en s'asseyant près d'elle. Il faut vraiment que je me trouve un passe-temps de ce genre, moi aussi, Mary. J'ai l'impression de ne jamais pouvoir me détendre.

– Ma pauvre », commenta Mary.

C'était la nuit et Brotherhood se sentait en colère. Bien qu'il se trouvât dehors, dans la rue, loin de la Firme et de son œil perçant, bien qu'il eût du travail à faire et de l'action en perspective, il était en colère. Cela faisait deux jours que cette humeur montait. Son éclat du matin à propos des Joe n'en marquait pas le commencement. Elle couvait déjà depuis hier, comme une fusée à combustion lente, depuis le moment où il avait quitté la salle de conférence de St. John's Wood après s'être parjuré pour sauver la peau de Brammel. Elle ne l'avait pas quitté, telle une amie fidèle, durant toute sa rencontre avec Tom puis durant sa petite excursion à la gare de Reading : « Pym a violé les lois de la morale. Il s'est mis volontairement hors la loi. » Cela avait été comme un éclair ce matin, dans la salle des signaux, et cette colère n'avait cessé de s'échauffer lors de chaque vaine conférence et heure passée à ne rien faire depuis. De sa place de type fini, à moitié pris en pitié et pleinement jugé responsable, Brotherhood avait écouté ses propres arguments se retourner contre lui et avait vu, de ses propres yeux, comment on avait repris sa façon de défendre Pym en d'autres temps pour établir une nouvelle politique d'inertie institutionnalisée.

« Enfin, Jack, vous l'avez dit vous-même, il n'y a pas véritablement de preuves, brailla Brammel qui ne se montrait jamais plus fort que quand il démontrait que deux charges positives donnaient une charge négative. "Quand on fait passer toute une série de coïncidences dans un ordinateur, on s'aperçoit que tout est possible et même que la plupart des hypothèses paraissent hautement vraisemblables" – qui a dit cela, d'après vous ? Je vous cite intentionnellement, Jack. Nous sommes tous vos disciples, rappelez-vous. Bon sang, je n'aurais jamais pensé qu'il me faudrait défendre Pym contre vous !

– J'avais tort, insista Brotherhood.

– Mais qui prétend une chose pareille ? Vous êtes le seul, je crois. D'accord, Pym gardait un bloc de papier tchèque dans son conduit de cheminée, concéda Brammel. Il avait un appareil photo dont nous ne connaissions pas l'existence et tout un dispositif permettant de reproduire des documents. Mais bon sang, Jack, pensez donc à tout le bric-à-brac que vous avez dû accumuler avec le temps, simplement à force de manipuler des agents ! De l'or en barre, des appareils photo, des lentilles micropoint, des compartiments de dissimulation et je ne sais quoi encore. Vous auriez eu de quoi ouvrir votre propre boutique de prêts sur gages avec ça. C'est vrai, je vous accorde qu'il aurait dû tout rendre. Je le vois plutôt dans la position du flic qui aurait piqué le butin d'un de ses informateurs. Il a fourré le matériel dans un tiroir – ou dans la cheminée –, pour que sa famille ne le remarque pas, et voilà qu'un jour le pot aux roses est découvert. Mais ça n'en fait pas un malfaiteur pour autant. On peut simplement y voir un policier efficace qui s'est montré un peu cavalier, étourdi tout au plus.

– Il n'est pas étourdi, répliqua Brotherhood. Il n'est pas du genre à prendre le moindre risque.

– Eh bien, admettons que c'est nouveau. Il est en pleine dépression nerveuse et il n'est plus du tout lui-même. Il s'est caché quelque part pour lancer les appels au secours habituels, expliqua Brammel sur un ton de sainte patience. Sans doute chez une amie qui le connaît bien. Nous le découvrirons toujours assez tôt. Mais imaginez le scénario, Jack. Son père meurt. C'est un officier d'un tempérament plutôt artiste qui a toujours envie d'écrire le grand roman de sa vie, de peindre, de sculpter, de prendre des années sabbatiques ou je ne sais quoi encore. Il arrive à une période climatérique de sa vie. Il est entouré d'un nuage de suspicion depuis bien trop longtemps déjà. Et vous vous étonnez qu'il ait un peu craqué ? Ç'aurait été un vrai miracle que cela ne se produise pas, si vous voulez mon avis. Non, je ne l'excuse pas pour autant. Et je voudrais bien savoir pourquoi il a pris le carbonisateur, surtout – comme vous l'avez dit vous-même – qu'il connaissait par cœur tout ce qui se trouvait dedans et qu'il en avait même rédigé la plus grande partie. Quand nous aurons mis la main sur lui, je risque de le mettre au vert quelque temps. Mais rien pour l'instant ne justifie que je déclenche un tollé général. Ou que j'aille voir le ministre pour lui annoncer que "nous en avons trouvé un autre". Et encore moins que j'aille voir les Américains. Cela mettrait par terre tous les traités d'échange. Cela signifierait la fin de la mise en commun du Renseignement et de la ligne privée entre nous et Langley, qui compte parfois tellement plus que les relations diplomatiques normales. Vous voudriez donc que je risque tout cela avant que nous sachions vraiment ? »

« Bo trouve que vous devriez arrêter de faire cavalier seul, dit Nigel lorsqu'ils furent à nouveau du côté subalterne de la porte de Brammel. Et je crois bien que je suis de son avis. A partir de maintenant, vous cessez de mener votre propre enquête sans mon autorisation personnelle. Vous attendez les ordres et n'entreprenez rien tout seul. Est-ce clair ? »

C'est très clair, se dit Brotherhood en examinant la maison qui se dressait de l'autre côté de la rue. Il est très clair que les compensations dues à mon âge avancé sont grandement compromises. Il s'efforça de se rappeler quel personnage mythologique fut condamné à vivre assez longtemps pour assister aux conséquences de ses mauvais conseils. La maison était située dans le plus beau des nombreux îlots splendides et immuables de Chelsea, tout au fond d'un grand jardin dont les grilles ne laissaient voir qu'une partie. Une impression de décadence se dégageait de sa décrépitude bourgeoise tandis qu'une langueur céleste émanait de ses stucs écaillés. Brotherhood passa plusieurs fois devant, surveillant les fenêtres du haut et fouillant l'horizon en quête d'une flèche d'église car les approximations mentales de Pym commençaient à s'enraciner dans sa tête comme des propos d'espion. Au quatrième étage, une lucarne était éclairée et ornée de rideaux. Brotherhood vit alors une silhouette passer devant, mais trop vite et trop loin de lui pour qu'il pût seulement dire s'il s'agissait d'un homme ou d'une femme.

Il vérifia une dernière fois devant et derrière lui dans la rue. Un bouton de sonnette en cuivre était encastré dans le montant de la grille. Il le pressa et attendit, mais pas longtemps. Il poussa la porte qui s'ouvrit en grinçant puis pénétra dans le jardin avant de refermer la grille. Ce jardin semblait un enclos secret de campagne anglaise murée sur trois côtés. L'horizon en était dégagé. Le bruit de la circulation s'évanouit comme par enchantement. Les feuilles accumulées rendaient le chemin de pierre glissant. Chez lui, se répétait-il. Chez lui en Écosse, chez lui au Pays de Galles. Chez lui au bord de la mer. Chez lui derrière une fenêtre d'étage avec vue sur l'église. Chez lui dans l'image d'une mère aristocratique l'emmenant avec elle en visite dans de grandes demeures. Il dépassa la statue d'une femme drapée qui offrait un sein à la nuit automnale. Chez lui dans une suite de mirages concentriques tous centrés sur la même vérité. Qui avait dit cela, lui ou Pym ? Chez lui sous forme de promesses faites à des femmes qu'il n'aimait pas. La porte d'entrée s'ouvrit juste comme il y arrivait. Un jeune domestique le regardait approcher. Sa veste courte présentait une coupe militaire. Derrière lui, des miroirs abîmés au cadre doré et un chandelier se découpaient sur le papier peint foncé. « Il y a un garçon du nom de Stegwold qui vit sous son toit, lui avait annoncé Bellows, l'officier de liaison avec la police. Et si vous étiez assez vieux, je vous citerais le détail de ses condamnations. »

« Sir Kenneth est-il ici, mon garçon ? s'enquit aimablement Brotherhood tout en s'essuyant les pieds sur le paillasson et en secouant son imperméable trempé.

– Comment le saurais-je ? Qui dois-je annoncer ?

– Mr. Marlow, mon garçon, et je voudrais le voir seul pendant dix minutes pour un sujet qui nous intéresse tous les deux.

– Mr. Marlow, de ? insista le jeune homme.

– De sa circonscription, mon garçon », répondit Brotherhood, toujours aussi aimable.

Le jeune homme disparut promptement dans les escaliers. Brotherhood fouilla l'entrée du regard. Des chapeaux, tradition révélatrice. Un pardessus de promenade en voiture, verdi par l'âge. Un melon de la Garde, dans le même état. Une coiffe militaire aux insignes du deuxième régiment de la garde à pied. Une urne en porcelaine bleue remplie de vieux clubs de golf, de cannes et de raquettes de tennis protégées par des étuis. Le garçon revint, descendant les marches en minaudant, la main traînant sur la rampe, incapable de renoncer à un effet.

– Il va vous recevoir tout de suite, Mr. Marlow », dit-il.

L'escalier était bordé de portraits d'hommes frustes. Dans une salle à manger, le couvert était mis pour deux mais avec suffisamment d'argenterie pour servir un banquet. Une carafe, des viandes froides et des fromages occupaient la desserte. Brotherhood dut repérer deux assiettes sales pour se rendre compte que le repas était déjà terminé. La bibliothèque exhalait une odeur de moisi et les émanations de pétrole du poêle. Une galerie courait sur trois murs mais il manquait la moitié de la balustrade. Le poêle se trouvait encastré dans l'âtre de la cheminée et l'on avait placé juste devant un valet couvert de chaussettes et de caleçons. Puis, juste devant le valet, se tenait Sir Kenneth Sefton Boyd. Il portait une veste d'intérieur en velours sur une chemise à col ouvert et de vieilles mules de satin ornées – brodés à petits points dorés – de monogrammes usés. C'était un homme solide au cou épais et dont la chair semblait se répartir inégalement autour des yeux et de la mâchoire. Sa bouche penchait de côté, comme poussée par un poing fermé, et il ne parlait qu'avec le côté incliné, l'autre demeurant parfaitement immobile.

« Marlow ?

– Bonjour, monsieur, enchanté, dit Brotherhood.

– Que voulez-vous ?

– J'aimerais vous parler seul à seul, si c'était possible.

– Policier ?

– Pas exactement, monsieur, mais presque. »

Il tendit une carte à Sir Kenneth. Nous certifions que le porteur de la présente poursuit bien une enquête touchant à la sécurité nationale. Je vous en prie, vous pouvez vérifier auprès de Scotland Yard, tel service. Le service en question correspondait à celui de l'officier Bellows qui connaissait tous les noms de Brotherhood. Pas le moins du monde impressionné, Sir Kenneth lui rendit sa carte.

« Ainsi, vous êtes espion ?

– En quelque sorte, sans doute. Oui.

– Vous voulez boire quelque chose ? Bière ? Scotch ? Que désirez vous ?

– Maintenant que vous le proposez, un scotch serait le bienvenu.

– Un scotch, Steggie, commanda Sir Kenneth. Apporte-lui un scotch, tu veux ? Glace, soda ? Avec quoi prenez-vous votre scotch ?

– Avec un peu d'eau ce serait parfait.

– Très bien. Donne-lui de l'eau. Apportes-en un pichet que tu laisseras sur la table. Là, près du plateau. Comme ça, il pourra se servir et tu pourras filer. Tu rempliras mon verre, pendant que tu y es. Vous voulez vous asseoir, Marlow ? Là, cela vous irait ?

– Je croyais que nous allions à l'Albion, lança Steggie depuis la porte.

– Pas maintenant. Il faut que je parle à ce monsieur. »

Brotherhood s'assit. Sir Kenneth prit place en face de lui ; son regard froid avait un aspect jaunâtre. Brotherhood avait déjà vu des yeux de cadavre exprimer plus de vie que ceux-là. Ses mains s'étaient posées sur ses genoux et l'une d'elles s'agitait spasmodiquement comme un poisson hors de l'eau. Une partie de trictrac entamée attendait sur la table qui séparait les deux hommes. Avec qui jouait-il ? se demanda Brotherhood. Avec qui a-t-il dîné ? En compagnie de qui écoutait-il de la musique ? Qui a réchauffé mon fauteuil avant que je ne m'y installe ?

« Peut-être êtes-vous surpris de me voir, monsieur ? fit Brotherhood.

– Il en faut davantage que cela pour me surprendre, mon cher.

– Personne n'est venu avant moi pour vous poser de

drôles de questions ? Des étrangers par exemple ? Des Américains ?

– Pas que je sache, non. Pourquoi ?

– D'après ce qu'on m'a dit, il y en a aussi tout un groupe de chez nous à être sur le coup. Je me demandais donc si l'un d'eux n'était pas déjà passé. J'ai essayé de me renseigner avant de venir, mais il y a un certain manque de coordination. Cela va tellement vite.

– Qu'est-ce qui va tellement vite ?

– Eh bien, monsieur, on dirait que votre vieil ami d'école, Mr. Magnus Pym, a disparu. On enquête donc auprès de tous ceux qui pourraient avoir une idée de l'endroit où il se trouve. Et vous faites naturellement partie du lot. »

Sir Kenneth leva les yeux vers la porte.

« Quelque chose ne va pas ? », questionna Brotherhood.

Sir Kenneth quitta son siège et se dirigea vers la porte qu'il ouvrit brusquement. Brotherhood perçut un bruit de pas dans l'escalier, mais il eut beau bousculer son hôte dans sa hâte de regarder, il arriva trop tard pour voir de qui il s'agissait.

« Steggie, je veux que tu ailles à l'Albion maintenant, lança Sir Kenneth dans la cage d'escalier. Pars tout de suite. Je te rejoindrai plus tard. Je ne veux pas qu'il écoute notre conversation, dit-il à l'adresse de Brotherhood. Ce qu'il ne sait pas ne risque pas de lui causer du tort.

– Vu son casier, je vous comprends, remarqua Brotherhood. Cela vous dérange si je jette un coup d'œil là-haut pendant que nous sommes debout ?

– Il n'en est pas question. Et ne vous avisez pas de remettre la main sur moi. Vous ne me tentez pas du tout. Vous avez un mandat ?

Non. »

Sir Kenneth regagna sa place puis sortit une allumette usée de la poche de sa veste d'intérieur pour se curer les ongles avec l'extrémité calcinée. « Apportez un mandat, conseilla-t-il. Apportez un mandat et je vous laisserai peut-être regarder. Ou peut-être pas.

– Il est ici ? interrogea Brotherhood.

– Qui ?

– Pym.

– Je ne sais pas. Je n'ai rien entendu. Qui est Pym ? »

Brotherhood était toujours debout. Son visage avait pris une pâleur anormale et il dut attendre que sa voix se soit affermie avant de pouvoir parler...

« J'ai un marché à vous proposer. »

Sir Kenneth n'écoutait pas.

« Livrez-le-moi. Montez le chercher. Ou sonnez-le, enfin, selon ce que vous êtes convenus entre vous. Et vous me le livrez. En échange, je garde votre nom en dehors de tout ça, et celui de Steggie aussi. Sinon, ce sera "un baronnet membre du Parlement abrite un très vieil ami en fuite". Et il est aussi très probable que vous soyez accusé de complicité. Quel âge a Steggie ?

– Il est assez vieux.

– Quel âge avait-il quand il a commencé ici ?

– Cherchez vous-même. Je ne sais pas.

– Je suis aussi un ami de Pym. Il y a des gens bien pires que moi qui vont le chercher ici. Posez-lui la question. S'il est d'accord, je suis partant aussi. Je laisserai votre nom en dehors de tout ça. Laissez-le-moi et vous et Steggie n'entendrez plus jamais parler ni de moi ni de lui.

– J'ai l'impression que vous avez beaucoup plus à perdre que nous dans cette histoire, répliqua Sir Kenneth en examinant les ongles qu'il venait de curer.

– Je ne pense pas.

– J'imagine que cela dépend de ce qui nous reste à tous. On ne peut pas perdre ce que l'on n'a pas. On ne regrette pas ce dont on n'a rien à faire. Et on ne peut pas vendre ce qui ne nous appartient pas.

– Pym le peut, apparemment, dit Brotherhood... En tout cas, on dirait bien qu'il a vendu les secrets de son pays. »

Kenneth Sefton Boyd resta plongé dans la contemplation de ses ongles. « Pour de l'argent ?

– Sans doute. »

Sir Kenneth secoua la tête. « Il se moquait de l'argent. Seul l'amour l'intéressait, mais il ne savait pas où le trouver. C'est vraiment idiot. Il s'est donné tant de mal.

– En attendant, il se balade quelque part en Angleterre

avec tout un tas de papiers qui ne lui appartiennent pas à céder, et nous sommes vous et moi censés être de bons Anglais patriotes.

— Il y a beaucoup de types qui font beaucoup de choses qu'ils ne devraient pas faire. C'est dans ces moments-là qu'ils ont recours aux copains.

— Il a parlé de vous à son fils, dans une lettre. Vous le saviez ? Un vrai délire au sujet d'un canif. Cela vous dit quelque chose ?

— En fait, oui.

— Qui est Poppy ?

— Jamais entendu parler d'elle.

— Ou de lui ?

— C'est joli, mais pas davantage.

— Wentworth ?

— Jamais allé. J'ai horreur de ces endroits-là. Pourquoi ?

— Et Sabina, une fille avec qui il serait apparemment sorti en Autriche ? Il n'a jamais parlé d'elle ?

— Pas que je me souvienne. Pym est sorti avec tellement de filles. Ça ne lui a pas vraiment réussi.

— Il vous a téléphoné, n'est-ce pas ? Lundi soir, d'une cabine ? » Avec une soudaineté déconcertante, Sir Kenneth émit un hurlement de joie en rejetant un bras en arrière. « Il était complètement bourré, s'exclama-t-il, bourré jusqu'à la gueule. Raide. Je ne l'avais pas entendu aussi plein depuis Oxford, la fois où nous avions descendu à six toute une caisse de porto envoyée par son père. Il nous avait dit que c'était une tante de Merton qui la lui avait donnée. Il n'y avait pas la moindre tante à Merton à cette époque-là. En tout cas, pas de riches. Nous étions toutes à Trinity College. »

Minuit avait sonné depuis longtemps. A nouveau confiné dans son appartement de Shepherd Market avec ses pigeons sur le parapet, Brotherhood se servit une autre vodka puis y ajouta du jus d'orange d'une boîte en carton. Il avait lancé sa veste sur le lit et son magnétophone à cassette de poche était posé devant lui sur le bureau. Il prenait des notes tout en écoutant.

« ... j'ai pour règle de ne pas aller dans le Wiltshire pendant les sessions parlementaires, mais dimanche dernier, c'était l'anniversaire de ma seconde femme, et mon fils rentrait de pension, alors je suis allé faire ce que je devais faire, et je me suis dit que j'allais y rester un jour ou deux pour voir un peu ce qui se passait dans la région... »

Un peu plus loin... « En général, je ne réponds jamais au téléphone dans le Wiltshire, mais le lundi soir, elle a son bridge et moi je me trouvais dans la bibliothèque à faire une partie de trictrac, aussi, quand le téléphone a sonné, j'ai préféré décrocher plutôt que de déranger leur jeu. Il devait déjà bien être onze heures et demie, mais ses soirées de bridge sont interminables. Une voix de mec. J'ai pensé que ce devait être son petit ami. Plutôt culotté vraiment, à cette heure de la nuit. "Allô ! Sef ? C'est Sef ?" J'ai demandé qui était au bout du fil. "C'est moi, Magnus. Mon père est mort. Je suis là pour les obsèques." Moi, j'ai pensé : le pauvre. Personne n'aime particulièrement voir mourir son vieux... tout va bien pour vous ? Encore un peu d'eau ? Servez-vous, je vous en prie. »

Brotherhood s'entend grogner un remerciement tout en se penchant vers le pichet. Puis il perçoit le bruit de l'eau qu'il verse.

« "Comment va Jem ?" m'a-t-il demandé. Jemima est ma sœur. Ils avaient pas mal flashé l'un sur l'autre à une époque. Ça n'a pas donné grand-chose. Elle est mariée à un fleuriste. C'est extraordinaire. Le type fait pousser des fleurs tout le long de la route jusqu'à Basingstoke et il met son nom sur une pancarte juste au-dessus. Cela n'a pas l'air de la gêner. Mais elle ne le voit pas beaucoup non plus. Elle a des petits problèmes de navigation, notre Jem. Comme moi.

Plus loin encore.

« ... bourré. Je n'aurais pas su dire s'il riait ou s'il pleurait. Le malheureux, me suis-je dit. Il noie son chagrin. J'aurais fait pareil. Et le voilà après qui commence à parler de nos années d'école. Bon sang, c'est qu'on avait bien fait deux ou trois établissements ensemble, et Oxford, sans parler de vacances passées tous les deux. Mais tout ce qui l'intéresse, c'est de m'avouer, quarante ans plus tard et au beau milieu de la nuit, que c'était lui qui avait gravé mes initiales dans les chiottes du personnel de notre *Private School* pour me faire fouetter. "Je regrette d'avoir gravé tes initiales, Sef." Bon. D'accord. C'est lui qui les avait gravées et je m'en étais toujours douté, d'ailleurs il les avait même salopées. Vous savez quoi ? Ce crétin avait mis un trait d'union entre le S et le B alors qu'il n'y en a aucun. Je l'ai dit au vieux Grimble, le proviseur. "Pourquoi aurais-je mis un trait d'union à mon nom ? Vérifiez sur la liste scolaire !" Peine perdue, j'ai été fouetté quand même. C'est comme ça que ça marche, vous comprenez ? Aucune justice. Je ne crois pas que je l'aie trop mal pris. Tout le monde fouettait tout le monde, à cette époque-là. Et en plus, je n'étais pas toujours très sympa non plus avec lui. Je n'arrêtais pas de le faire enrager avec sa famille. Son père était un escroc, vous savez. Il a pratiquement ruiné ma tante. Il a même tenté le coup avec ma mère. Il a bien essayé de l'embobiner mais elle était trop maligne. Un projet de construction d'un nouvel aéroport quelque part en Écosse. Il avait arrosé les personnalités en place et il ne lui restait plus qu'à acheter les terres, obtenir les autorisations officielles et faire fortune. J'ai un cousin qui possède la moitié d'Argyll. Je lui ai parlé de l'affaire. De la poudre aux yeux, d'un bout à l'autre. Extraordinaire. Je suis allé chez eux, un jour. Un vrai bordel à Ascot. Toute une bande d'escrocs qui traînaient là-bas et Magnus qui leur donnait du "Monsieur". Son père a essayé de se faire élire au Parlement une fois. Dommage qu'il ait échoué. On ne se serait pas ennuyé... »

Encore après : « ... tomber la monnaie. Je lui ai demandé où il était, il a répondu Londres, mais qu'il devait se servir de cabines car il était suivi. Je lui ai demandé : "De qui donc as-tu gravé les initiales, cette fois-ci ?" Pour rire, mais il n'a pas compris la plaisanterie. Je me sentais vraiment désolé pour son vieux, vous comprenez. Je ne voulais pas qu'il soit trop déprimé. Il a le goût du drame, depuis toujours. Il a l'impression qu'il ne se passe rien, tant qu'il ne se retrouve pas avec un problème épouvantable sur le dos. On pourrait lui vendre les pyramides d'Égypte à condition de lui assurer qu'elles sont en train de s'écrouler. Je lui ai demandé de me donner son numéro de téléphone pour que je puisse le rappeler. Il a répondu que quelqu'un devait être en train de me dicter cela. Je lui ai dit : "Arrête tes conneries ; la moitié de mes amis sont en cavale." Il m'a répété que son père était mort et que, pour la première fois de sa vie, il regardait en arrière. Fondamental. Comme toujours. Puis il est reparti sur cette histoire d'initiales gravées au canif. "Je suis vraiment désolé, Sef." Alors, je lui ai répliqué : "Écoute, vieux, j'ai toujours su que c'était toi et je ne pense pas que cela serve à grand-chose de se torturer pour ce que nous avons fait à l'école. Tu as besoin de fric ? Tu veux un pieu ? Prends une maison dans la propriété." Il a recommencé : "Je regrette vraiment, Sef. Je t'assure." Je lui ai demandé ce que je pouvais faire pour lui : "Dis-le moi et je le ferai. Je suis dans l'annuaire de Londres. Donne-moi un coup de fil si je peux t'aider en quoi que ce soit." Enfin merde, ça faisait vingt minutes qu'il dégoisait. J'ai raccroché et, une demi-heure plus tard, il était de nouveau là. "Salut, Sef, c'est encore moi." Ma femme commençait à tirer une de ces gueules. Elle croyait que c'était Steggie qui faisait des siennes. "Il faut que je te parle, Sef, écoute-moi." Bon, on ne peut quand même pas raccrocher au nez d'un vieux pote qui n'a pas le moral, non ? »

Brotherhood entendit l'horloge de Sir Kenneth sonner minuit. Il écrivait très vite. Des mirages concentriques, se répétait-il, qui circonscrivent la vérité en leur centre. Il arrivait au passage qu'il attendait.

« ... il a dit qu'il bossait dans les services secrets. Cela ne m'a pas étonné, qui n'en est pas, de nos jours ? Il a parlé d'un Anglais pour qui il travaillait et qu'il appelait Brotherhood ou je ne sais quoi. Pour être franc, je ne crois pas avoir tout écouté. Il y avait donc le fameux Brotherhood et puis il y avait un autre type. Il a dit qu'il bossait pour eux deux. Qu'ils représentaient un peu sa famille. C'étaient eux qui le soutenaient. Je lui ai dit bravo, reste avec eux puisqu'ils te soutiennent tant. Il a répondu qu'il fallait qu'il écrive un livre sur eux, qu'il allait remettre le dossier en ordre. Quel dossier ? Dieu seul le sait. Il allait écrire à ce

Brotherhood et écrire à l'autre type, puis il irait se terrer dans un endroit secret pour faire son numéro. » Brotherhood s'entendit émettre un murmure patient en bruit de fond. « ...enfin, peut-être que je mélange un peu. Il est très possible qu'il soit d'abord allé se planquer dans son coin secret pour écrire de là-bas à ces deux types. Je n'écoutais pas vraiment tout. Les ivrognes m'ennuient. J'en suis un moi-même. »

Petit encouragement de Brotherhood. Long silence.

Nouvelle incitation de Brotherhood à continuer.

Sir Kenneth à peine audible : « Il a dit qu'il courait pour lui

– Pour qui ?

- Pour l'autre mec. Pas pour Brotherhood. L'autre type. Il a dit qu'il l'avait estropié, je ne sais pas comment. Bourré, je vous l'ai dit. »

De nouveau la voix de Brotherhood le pressant avec plus d'insistance.

« ... le nom du type ?

– Je ne crois pas. Je ne m'en souviens pas. Désolé. Non, ça ne me dit rien.

– Et son coin secret ? C'était où ?

– Il ne l'a pas dit. Ça ne regardait que lui. »

Brotherhood laisse la bande se dérouler. Bruit d'avalanche au moment où Sefton Boyd allume une cigarette. Coup de canon de la porte d'entrée qui s'ouvre puis se referme en claquant, indiquant le retour coléreux de Steggie.

Brotherhood et Sir Kenneth se tiennent sur le palier.

« Vous disiez, très cher ? s'enquiert Sir Kenneth d'une voix très forte.

– Je vous demandais si vous aviez une idée de l'endroit où il peut se trouver ? insista Brotherhood.

– Là-haut, très cher. C'est bien ce que vous avez dit ? » Brotherhood revoit le visage bouffi de Sir Kenneth s'approcher tout près du sien, la bouche déformée par son sourire de travers. « Revenez avec un mandat et vous pourrez peut-être jeter un coup d'œil. Peut-être pas ? Je ne sais pas. Il faudra voir. »

Brotherhood perçut le son de ses propres talons descendant l'escalier de Sir Kenneth. Il reconnut son arrivée dans l'entrée puis le pas plus léger de Steggie se mêlant au sien. Il entendit le « bonne nuit » appuyé de Steggie tandis que celui-ci déverrouillait la porte. Puis le cri étouffé du jeune homme quand Brotherhood l'attira dehors, une main plaquée sur sa bouche, l'autre lui maintenant la nuque. Enfin le choc de la tête de Steggie contre le pilier moulé du joli porche de Sir Kenneth, et sa propre voix tout contre l'oreille du garçon.

« Ça t'est déjà arrivé, non, d'être collé comme ça contre un mur ? »

Gémissement en guise de réponse.

« Qui d'autre vit ici, mon garçon ?

– Personne.

– Qui allait et venait devant la fenêtre du haut, ce soir ?

– Moi.

– Pourquoi ?

– Mais, c'est ma chambre !

– Je croyais que vous partagiez tous les deux la chambre nuptiale ?

– Je peux quand même avoir ma chambre, non ? J'ai droit à une vie privée, comme lui.

– Personne d'autre n'habite dans la maison ?

– Non.

– Pas de toute la semaine ?

– Non, je vous l'ai dit. Hé, arrêtez !

– Quoi ? demande Brotherhood qui redescend déjà l'allée.

– Je n'ai pas ma clé. Comment je fais pour rentrer ? »

Le bruit du portail que Brotherhood claque derrière lui.

Il téléphona à Kate. Pas de réponse.

Il appela sa femme. Pas de réponse.

Il composa le numéro de la gare de Paddington et nota les lieux et heures de tous les arrêts du train couchettes Paddington-Penzance via Reading.

Pendant une heure il s'efforça de dormir, puis il retourna à son bureau et tira à lui la chemise de Langley pour contempler une fois de plus les traits ravagés de Herr Petz-Hampel-Zaworski, officier traitant présumé de Pym, dernière apparition à Corfou. « ... vrai nom inconnu... membre douteux d'une équipe archéologique tchèque en visite en Égypte en 1961 (Petz)... participe semble-t-il en 1966 à une mission militaire tchèque à Berlin-Est (Hampel)... taille : un peu plus d'un mètre quatre-vingts, voûté, boite légèrement de la jambe gauche.... »

« Il y avait donc le fameux Brotherhood, et puis il y avait un autre type, avait dit Sefton Boyd. Ils représentent un peu sa famille. Il a dit qu'il courait pour lui. »

« Tu l'as cherché, Jack, entendit-il Belinda s'écrier. C'est toi qui l'as inventé. »

Il continua de contempler la photographie. Ces paupières tombantes. Ces moustaches tombantes. Les yeux brillants. Le sourire slave dissimulé. Mais qui donc êtes-vous ? Comment puis-je vous reconnaître alors que je ne vous ai jamais vu ?

Jamais Grant Lederer n'avait eu l'impression de dominer le monde d'aussi haut, ni d'être aussi entouré. Il y a une justice ! se disait-il dans la tranquillité parfaite de son triomphe. Mes maîtres sont dignes de leur pouvoir. Une noble administration m'a mis à l'épreuve et je me suis montré digne de mon salaire. Autour de lui, la salle d'opération hermétique du sixième étage de l'ambassade américaine, Grosvenor Square, s'emplissait de gens dont il ne connaissait même pas l'existence. Ils venaient des coins les plus éloignés de l'antenne de Londres, et pourtant semblaient lui adresser des regards de complicité. Une belle troupe d'Américains, se dit-il, de ceux qu'on a envie de rencontrer. L'Agence a le chic pour nous trier sur le volet, maintenant. Ils s'étaient à peine installés que Wexler commençait déjà à parler.

« Il est temps de régler cette affaire, déclara-t-il sévèrement tandis qu'on verrouillait la porte. Je vous présente Gary. Gary est chef de la SISURP et il est ici pour vous faire part d'une très importante découverte concernant l'affaire Pym et pour discuter d'un plan d'action. »

La SISURP, Lederer l'avait appris récemment, représentait le sigle de la Section de renseignement et de surveillance en Europe méridionale. Gary incarnait le type même de l'Américain du Kentucky : grand, sec et amusant. Lederer l'admirait déjà intensément. Un assistant se tenait à côté de lui avec une pile de documents, mais Gary ne s'y reporta pas. Notre enquête portait sur Petz-Hampel-Zaworski que nous avons maintenant tous surnommé PHZ, commença-t-il platement. Une équipe de la SISURP l'a repéré mardi matin à dix heures douze, alors qu'il sortait de l'ambassade tchèque de Vienne. Captivé, Lederer écouta Gary décrire dans le moindre détail la journée de PHZ. Où PHZ avait pris son café. Où PHZ était allé chercher ses renseignements. Les librairies où PHZ avait feuilleté quelques bouquins. Avec qui PHZ avait déjeuné. Où. Ce qu'il avait mangé. La claudication de PHZ. Son sourire prompt. Son charme, surtout auprès des femmes. Ses cigares, où il les allumait, où il les achetait. Sa décontraction dans ses rapports avec les autres, le fait qu'il semblait ignorer qu'il était surveillé par une équipe de dix-huit membres. Les deux fois où « à dessein ou non » PHZ s'était trouvé dans le voisinage de Mary Pym. Avec un contact oculaire confirmé en une occasion, assura Gary. La deuxième fois, la surveillance avait été gênée par la présence de deux Britanniques qui semblaient servir d'escorte à Mrs. Pym. Pour arriver enfin au couronnement de l'opération, au point culminant du brillant mariage de Grant Lederer et de sa fulgurante carrière, au moment où, à huit heures du matin heure locale, aujourd'hui même, trois membres de l'équipe de Gary s'étaient retrouvés coincés sur les bancs du fond de l'église anglaise de Vienne pendant qu'une douzaine de leurs collègues étaient répartis autour du bâtiment en unités mobiles, forcément, car il s'agissait ici d'une enclave diplomatique où les rôdeurs n'étaient pas très bien vus – et que Mary Pym et PHZ occupaient respectivement une place de chaque côté de l'allée. C'était au tour de Lederer de donner la réplique. Gary lui lançait un regard chargé d'espoir.

« Voilà, Grant, je pense que vous reprenez ici. Nous ne sommes plus tout à fait à la hauteur », annonça-t-il avec une aimable brusquerie.

Tandis qu'autour de la table la curiosité faisait pivoter toutes les têtes, Lederer sentit la chaleur de leur intérêt le porter vers de nouvelles sphères. Il prit aussitôt la parole. Avec modestie.

« Oui, enfin, tout ça c'est plutôt l'œuvre de Bee, pas la mienne. Bee, c'est Mrs. Lederer, expliqua-t-il à l'adresse d'un homme assez âgé assis en face de lui, de l'autre côté de la table, puis il s'aperçut trop tard qu'il s'agissait de Carver, chef de l'antenne de Londres, qui n'avait jamais été un fan de Lederer. Elle est presbytérienne, comme ses parents. Et Mrs. Lederer a récemment pu réconcilier sa foi avec une religion organisée en assistant régulièrement au service de l'église anglicane Christchurch de Vienne, qu'on appelle la plupart du temps l'église anglaise et qui est franchement la petite église la plus affriolante qu'on puisse imaginer. Pas vrai, Gary ? Des chérubins, des anges : plutôt un petit salon religieux qu'une véritable église, en réalité. Vous savez, Mick, si un nom doit être relevé à Langley au sujet de cette histoire, je crois qu'il faudrait vraiment que ce soit celui de Bee », ajouta-t-il, incapable encore d'en venir aux faits.

La suite s'accéléra. C'était en fin de compte Bee, et non l'équipe de surveillance, qui avait réussi à se glisser dans l'allée après PHZ puis à se maintenir derrière lui et Mary qui attendaient leur tour de communier. C'était encore elle qui, à une distance d'environ un mètre cinquante, avait vu PHZ se pencher légèrement en avant pour murmurer quelques mots à l'oreille de Mary, et qui avait vu Mary s'incliner vers l'arrière pour les saisir avant de poursuivre ses dévotions comme si de rien n'était.

« Voilà, je tiens donc à répéter que c'est ma femme, mon aide depuis le début de cette longue opération, qui a été témoin du contact parlé. » Il secoua la tête d'un air émerveillé. « Et c'est toujours Bee qui, juste après le service, a couru à la maison pour me téléphoner ici même, à l'ambassade, et me raconter l'événement en utilisant le code domestique que nous avons mis au point pour de telles occasions. Mais en plus, Bee ne savait même pas qu'il y avait une équipe de surveillance présente dans l'église. Elle y était simplement allée en partie parce qu'elle savait que Mary s'y rendait. Et pourtant, elle a devancé à elle toute seule la

484

SISURP d'au moins six heures. Harry, fit Lederer un peu à court de souffle en cherchant Wexler des yeux pour donner la touche finale de son récit, mon seul regret est que Mrs. Lederer n'ait jamais appris à lire sur les lèvres. »

Lederer ne s'était pas attendu à des applaudissements. Il appartenait à la nature même de la communauté à laquelle il s'était joint qu'il n'y en eût aucun. Le silence lourd qui suivit lui parut une récompense plus adaptée.

Artelli, le spécialiste du chiffre, fut le premier à le briser. « Ici même, à l'ambassade, répéta-t-il, pas vraiment comme une question.

– Pardon ? demanda Lederer.

– Votre femme vous a appelé ici, à l'ambassade ? Depuis Vienne ? Tout de suite après ce qui s'était passé à l'église ? Par la ligne normale de votre appartement ?

– Oui, monsieur, et je suis aussitôt monté apprendre la nouvelle à Mr. Wexler. Il l'avait sur son bureau dès neuf heures ce matin.

– Neuf heures et demie, précisa Wexler.

– Pouvez-vous nous expliquer en quoi consiste ce code domestique dont elle s'est servie, s'il vous plaît », demanda Artelli tout en écrivant.

Lederer ne fut que trop heureux de s'exécuter : « Eh bien, en réalité, il s'agit tout simplement d'utiliser les noms de tantes et d'oncles de Bee. Nous avons toujours trouvé qu'il y avait une similitude entre le profil psychologique de Mary Pym et celui de la tante Edie de Bee. Nous sommes donc partis de là. "Tu sais ce qu'a fait tante Edie à l'église aujourd'hui ?..." Bee est très subtile.

– Merci », dit Artelli.

Carver prit ensuite la parole, et sa question ne sembla pas des mieux intentionnées. « Vous voulez dire que votre femme est au courant de cette opération, Grant ? Je croyais que l'affaire Pym ne devait sous aucun prétexte arriver aux oreilles de nos épouses. N'avions-nous pas fait passer une consigne à ce sujet, Harry ?

– Elle n'est pas au courant de ce qui se passe en ce moment, répliqua patiemment Lederer. Mais étant donné que Mrs. Lederer me seconde sur cette affaire depuis le tout début, il serait illusoire de s'imaginer qu'elle puisse ne pas se rendre compte de la suspicion croissante dont les Pym font l'objet, ou en tout cas Magnus. Et je dois ajouter que Bee a toujours soutenu que, tout au pied de la montagne, nous allions découvrir que Mary jouait un rôle fondamental, complètement en retrait. Mary joue un rôle. »

Carver encore. « Mrs. Lederer est-elle aussi au courant de l'existence de PHZ ? Il est à manier avec précaution, Grant. Ce pourrait bien être du gros gibier. Mais elle sait cela aussi, hein ? »

Lederer ne put rien faire pour empêcher son visage de s'empourprer et sa voix de prendre des accents haut perchés : « Mrs. Lederer s'est laissée guider par son instinct au moment de cette rencontre. Si vous voulez la condamner pour ça, Carver, prenez-vous-en à moi d'abord, d'accord ? »

Artelli de nouveau, avec cet épouvantable accent français. « Et quel nom de code avez-vous donné à PHZ ?

– Oncle Bobby, fit sèchement Lederer.

– Bobby serait alors davantage qu'une simple question d'instinct, Grant, objecta Carver. Vous vous étiez mis d'accord sur Bobby avant, non ? Et comment auriez-vous pu mettre au point ce nom de Bobby si vous ne lui aviez pas raconté toute l'histoire de Petz-Hampel-Zaworski ? »

Wexler avait repris la réunion en main.

« D'accord, d'accord, d'accord, grommela-t-il. Vous réglerez ça plus tard. En attendant, que faisons-nous ? La SISURP se divise pour les suivre tous les deux. PHZ et Mary. Compris, Gary ? Où qu'ils aillent.

– Je demande du renfort tout de suite, assura Gary. Je devrais avoir deux équipes complètes dès demain à cette heure-ci.

– Ensuite, que disons-nous aux Anglais, quand et comment ? interrogea Wexler.

– On dirait bien que nous le leur avons déjà dit, répondit Artelli en jetant un regard négligent sur Lederer. A moins que les Anglais aient cessé de mettre les lignes téléphoniques de l'ambassade américaine sur écoute ces derniers temps, ce dont je doute fort. »

Il y a une justice, mais la justice, comme Lederer le découvrit avant le lendemain matin, a ses limites. On lui trouva soudain des ennuis de santé et l'on mit fin à ses fonctions à Vienne pendant son absence. Sa femme, au lieu d'obtenir les louanges dont il avait rêvé, reçut l'ordre de le suivre à Langley, Virginie, sans délai.

« Lederer s'implique trop et parle trop, écrivit l'un des psychiatres de l'équipe toujours plus importante de l'Agence. Il lui faut un environnement moins hystérique. »

Au bout du compte, on lui procura le calme prescrit à la section Statistiques, et cela le rendit presque fou.

13

Le cartonnier vert trônait au milieu de la chambre de Pym comme un canon abandonné qui aurait fait autrefois l'orgueil de son régiment. Ses chromes pelaient aux poignées ; un grand coup de pied ou une chute en avait défoncé un coin, de sorte qu'il pouvait se mettre à trembler et s'agiter au plus léger contact. Les éclats de peinture s'étaient mués en plaies de rouille et celle-ci avait couru jusqu'aux trous de serrures, s'étendant sous la couche de peinture et la soulevant en cloques humiliantes. Pym en fit le tour avec une crainte et une horreur toutes primitives. Cela vient d'arriver du Paradis. C'est censé y retourner. J'aurais dû le mettre dans l'incinérateur avec lui pour qu'il puisse le montrer à son Créateur comme il en avait l'intention. Quatre pleins tiroirs d'innocence, l'évangile selon saint Rick. Tu m'appartiens. Tu as perdu. Le dossier m'a été transmis. J'ai même la clé pour le prouver, tout au bout de ma chaîne.

Il donna une petite poussée au cartonnier et entendit comme un soupir provenant de l'intérieur au moment où les dossiers s'avancèrent avec obéissance vers lui.

Je devrais te décrire des sorcières le long de ce chemin, Tom. La pleine lune devrait virer au rouge et la chouette devrait faire tout ce qu'une chouette fait de spécial quand un crime abject se prépare. Mais Pym ne les voit ni ne les entend. Il est le second lieutenant Magnus Pym et il traverse dans son train privé l'Autriche occupée après être passé par cette même ville frontière où, longtemps auparavant, dans l'existence moins avertie d'un Pym différent, le trésor fictif de E. Weber avait prétendument attendu que Mr. Lapadi vienne le récupérer. C'est un conquérant romain qui se rend sur les lieux de sa première affectation. Il est maintenant trempé contre la fragilité humaine et son propre destin, comme en témoignent les regards sévères d'abstinence toute militaire qu'il adresse aux poitrines dénudées des paysannes barbares qui moissonnent le blé dans les champs inondés de soleil. Son entraînement s'est déroulé aussi facilement qu'un dimanche anglais, quoique Pym n'ait jamais demandé la facilité. Le don des bonnes manières et le manque d'érudition des Anglais privilégiés ne lui ont jamais autant servi. Même ses sympathies politiques douteuses d'Oxford se sont révélées une véritable bénédiction. « Si jamais les biffins vous demandent si vous faites, ou si vous avez fait partie de la clique, regardez-les droit dans les yeux et répondez-leur que non, jamais », lui conseilla son dernier Michael devant un déjeuner décontracté au bord de la piscine de Lansdowne pendant qu'ils regardaient les corps purs de jeunes banlieusardes s'ébattre dans l'eau désinfectée.

« Les biffins ? questionna Pym, interloqué.

– Argot militaire, mon garçon. L'armée. Ils sont complètement bouchés. La Firme se charge directement d'établir tous les papiers nécessaires. Alors envoyez-les se faire foutre.

– Je ne sais comment vous remercier », répondit Pym.

Le soir même, encore enflammé par une partie de squash en neuf manches, Pym fut présenté à un Membre très important du service, dans un quelconque bureau, sans rien de remarquable, situé non loin de la nouvelle *Reichskanzlei* de Rick. S'agissait-il de ce fameux colonel Gaunt qui lui avait écrit tout au début ? Il est plus haut placé encore dans la hiérarchie, dit-on à Pym. Ne posez pas de questions.

« Nous voulons vous remercier, annonça ce haut responsable.

– Cela a été un véritable plaisir, assura Pym.

– C'est un sale boulot que d'avoir à fréquenter ces gens-là. Mais il faut bien que quelqu'un le fasse.

– Oh, ce n'est pas si terrible que ça, monsieur.

– Écoutez. Nous gardons votre nom sur les registres. Je ne peux rien vous promettre car nous avons un comité de sélection, maintenant. En outre, vous appartenez désormais aux types qui sont installés de l'autre côté du parc, et nous avons pour règle de ne pas aller marcher sur leurs plates-bandes. Quoi qu'il en soit, si jamais vous décidiez que vous préférez protéger votre pays de l'intérieur plutôt que d'aller jouer les Mata Hari à l'étranger, faites-le-nous savoir.

– Je n'y manquerai pas, monsieur. Merci », répliqua Pym.

Le Membre très important était sec, brun et ostensiblement indéfinissable, comme ses enveloppes. Il avait l'attitude irascible d'un notaire de province, ce qu'il avait d'ailleurs été avant de répondre au grand appel. Il se pencha par-dessus son bureau avec un sourire étonné sur les lèvres. « Vous n'êtes pas obligé de me répondre, mais, comment vous êtes-vous trouvé mêlé à cette faune, au début ?

– Aux communistes ?

– Non, non, non. A notre service jumeau.

– A Berne, monsieur. J'y faisais des études.

– En Suisse, donc, commenta le grand homme en consultant sa petite carte mentale.

– Oui, monsieur.

– Ma femme et moi sommes allés faire du ski non loin de Berne, une fois. Dans un petit coin qui s'appelait Mil-rren. Tenu par les Anglais, alors il n'y a pas de voitures. Ça nous avait pas mal plu. Que faisiez-vous pour eux ?

– A peu près la même chose que pour vous, monsieur. C'était juste un petit peu plus dangereux.

– Dans quel sens ?

– On ne se sent pas aussi protégé quand on est à l'extérieur. C'est davantage du face à face, en quelque sorte.

– Ça m'avait semblé un coin si tranquille. Enfin, bonne chance, Pym. Et faites attention à ces types. Ils sont forts mais ils sont également sournois. Nous sommes forts aussi, mais il nous reste encore un peu de sens de l'honneur. C'est toute la différence. »

« Il est très intelligent, dit ensuite Pym à son guide. Il joue les personnages tout à fait ordinaires mais il voit tout de suite à qui il a affaire. »

Sa joie ne l'avait pas quitté lorsqu'il se présenta, quelques jours plus tard, sa valise à la mais, au corps de garde du régiment de première instruction où il récolta pendant deux mois le fruit de l'éducation qu'il avait reçue.

Tandis que les mineurs gallois et les coupe-jarrets de Glasgow pleuraient sans honte après leurs mères, quittaient la caserne sans autorisation et se retrouvaient au mitard, Pym dormait à poings fermés et ne pleurait personne. Bien avant que le réveil n'ait tiré ses camarades jurant et fulminant de leurs lits, il avait ciré ses bottes, fourbi la boucle de sa ceinture et l'insigne de sa casquette, fait son lit, rangé son casier et se tenait prêt, si on le lui demandait, à prendre une douche froide, se rhabiller et dire la première lecture du jour avec Mr. Willow avant d'avaler un petit déjeuner infect. Il excellait sur le terrain de manœuvres et sur celui de football. Les coups de gueule ne l'effrayaient pas et il n'attendait aucune logique de la part de l'autorité.

« Où est l'artilleur Pym ? », aboya un jour le colonel au plein milieu d'un cours sur la déroute de la Corogne, avant de jeter autour de lui un regard irrité, comme si quelqu'un d'autre avait parlé. Tous les sergents de la salle avaient alors hurlé le nom de Pym jusqu'à ce qu'il se lève.

« C'est vous Pym ?
– Oui, mon colonel !
– Venez me voir après le cours.
– Mon colonel ! »

Le quartier général de la compagnie se trouvait de l'autre côté du terrain de manœuvres. Pym s'y rendit d'un bon pas et salua. L'aide de camp du colonel sortit.

« Repos, Pym. Asseyez-vous. »

Le colonel s'exprimait précautionneusement, avec cette méfiance qu'ont les militaires à l'égard des mots. Il avait une douce moustache couleur de miel et le regard limpide d'un homme parfaitement stupide.

« Certaines personnes m'ont suggéré, en admettant que vous receviez votre brevet d'officier, qu'il serait souhaitable que vous fassiez l'objet d'une formation particulière dans un établissement spécial, Pym.
– Oui, mon colonel.
– Il me faut donc rédiger un rapport sur vous.

491

– Oui, mon colonel.

– Je vais le faire. Un rapport favorable d'ailleurs.

– Merci, mon colonel.

– Vous êtes zélé. Vous n'êtes pas cynique. Vous n'êtes pas ramolli par les douceurs de la paix, Pym. Vous faites partie des gens dont le pays a besoin.

– Merci, mon colonel.

– Pym.

– Oui, mon colonel.

– Si jamais ces gens que vous fréquentez ont un jour besoin d'un colonel de l'armée à la retraite encore capable et avec un petit quelque chose en plus, j'espère que vous penserez à moi. Je parle un peu français. Je monte à cheval correctement. Je m'y connais en vins. Vous le leur direz.

– Je n'y manquerai pas, mon colonel. Merci, mon colonel. »

Doté d'une mémoire plutôt courte, le colonel avait l'habitude de revenir à un sujet de conversation comme s'il ne l'avait jamais abordé.

« Pym.

– Oui, mon colonel.

– Choisissez le bon moment. Ne précipitez pas les choses. Ils n'aiment pas cela. Soyez subtil. C'est un ordre.

– Oui, mon colonel.

– Vous connaissez mon nom ?

– Oui, mon colonel.

– Épelez-le. »

Pym s'exécuta.

« Je suis prêt à en changer s'ils le désirent. Il leur suffit de me le dire. J'ai appris que vous aviez obtenu une mention Très Bien, Pym.

– Oui, mon colonel.

– Continuez comme ça. »

Le soir, assis en compagnie d'hommes esseulés, le toujours serviable Pym se rendait utile en leur dictant des lettres d'amour à leurs fiancées. Quand c'était le fait même d'écrire qui leur posait des problèmes, il devenait leur scribe et ajoutait même quelques mots tendres à leurs indications Parfois, emporté par sa prose, il s'abandonnait à écrire pour son propre compte de véritables chants lyriques dans le style d'un Blunden ou d'un Sassoon :

Très chère Belinda,

Je ne puis vous dire quelle joie de vivre et quelle simple bonté humaine sont à découvrir parmi nos camarades de la classe laborieuse. Hier – l'excitation était à son comble –, nous avons emporté notre canon de vingt-cinq dans un lointain champ de tir, quelque part en Angleterre afin de connaître notre baptême du feu, embarqués avant l'aube et rentrés à la caserne après onze heures du soir. Les sièges lattés d'un transport de troupes sont conçus pour vous briser la colonne vertébrale en plusieurs endroits. Nous n'avions pas de coussins et seulement quelques boulets à nous mettre sous la dent. Pourtant, les gars sifflèrent et chantèrent avec une bonne humeur extraordinaire tout au long du chemin, puis se comportèrent admirablement sur le terrain et endurèrent le voyage de retour en se contentant de pousser des grognements des plus réjouissants. Je me suis senti privilégié d'être parmi eux et pense sérieusement à refuser toute montée en grade.

Lorsque sa nomination arriva, cependant, il se força sans trop de difficulté à l'accepter comme en témoignent les monticules érogènes de fils kaki sur fond d'étoffe verte qui ornent les deux épaules de son uniforme et dont il vérifie discrètement la présence à chaque fois que le train s'engouffre dans un nouveau tunnel. Les seins nus des jeunes paysannes sont les premiers qu'il voit depuis les élections. A chaque nouvelle vallée, il concentre davantage son regard désapprobateur sur ces apparitions afin de mieux les voir, et il est rarement déçu. « Nous allons d'abord vous envoyer à Vienne, avait annoncé son commandant à la base du Renseignement. Cela vous donnera l'occasion de tâter un peu le terrain avant d'être lâché dans l'action.

– Cela paraît idéal, mon commandant », avait répondu Pym.

En ce temps-là, l'Autriche était un pays très différent de celui que nous sommes venus à aimer, Tom, et Vienne était alors une ville divisée comme Berlin ou ton père. Quelques années plus tard, à l'étonnement général, les diplomates décidèrent de ne pas s'encombrer d'une affaire aussi secondaire alors qu'il y avait le problème de l'Allemagne à régler, aussi les puissances occupantes signèrent-elles un traité puis chacun rentra chez soi, marquant ainsi la seule réalisation positive du *Foreign Office* depuis ma naissance. Cependant, à l'époque où Pym se rendit là-bas, l'affaire secondaire faisait beaucoup de bruit. Les Américains avaient fait de Salzbourg et de Linz leurs capitales, les Français tenaient Innsbruck et les Britanniques Graz et Klagenfurt, tandis que tous se partageaient Vienne, la vieille ville demeurant sous contrôle quadripartite associé. A Noël, les Russes nous donnèrent des seaux en bois pleins de caviar et nous leur fîmes présent de *plum puddings* en échange, et quand Pym arriva là-bas, l'histoire courait encore que, lorsque l'on servit le caviar en entrée aux troupes, un caporal d'Argyll se plaignit auprès de l'officier de service que la confiture avait goût de poisson. Le cerveau de la Vienne britannique était un édifice tentaculaire baptisé Div. Int., et c'est là que le second lieutenant Pym fut parachuté sur sa première mission qui consistait à lire des rapports sur les mouvements de n'importe quoi, allant des blanchisseries ambulantes soviétiques à la cavalerie hongroise, et à pousser des épingles de couleur sur des cartes. La carte la plus excitante montrait la zone soviétique de l'Autriche, qui commençait en fait à vingt minutes de route de l'endroit où il travaillait. Il suffisait à Pym de contempler ces frontières pour sentir des picotements annonciateurs de danger et d'intrigue. D'autres fois, quand il était fatigué ou quand il se laissait aller, son regard dérivait vers l'extrémité occidentale de la Tchécoslovaquie, sur Karlovy Vary, anciennement Carlsbad, cette charmante ville d'eaux du XVIIIᵉ siècle qu'avaient tant appréciée Brahms et Beethoven. Mais il ne se connaissait bien sûr aucun lien personnel avec cette ville, et son intérêt demeurait purement historique.

Il mena durant ces premiers mois une existence curieuse car son destin ne se trouvait pas à Vienne, et il me semble aujourd'hui, à mes moments de rêverie, que la capitale elle-même attendait de livrer le jeune homme aux lois plus rudes de la nature. Trop modeste pour être pris au sérieux par ses pairs officiers, empêché par le protocole d'avoir des relations avec des officiers d'un autre grade, trop pauvre pour aller faire la noce dans les restaurants et dans les boîtes de nuit, Pym naviguait entre la chambre d'hôtel qui lui avait été assignée et ses cartes, de la même façon qu'il avait navigué dans Berne au temps de son illégalité. Et j'admets aisément aujourd'hui – je ne l'aurais jamais reconnu à l'époque – qu'en écoutant le bavardage des Viennois dans leur allemand comique ici et là dans la ville, ou en se rendant dans un de ces petits théâtres batailleurs qui fleurissaient dans les caves et les maisons bombardées, Pym éprouvait le désir de retrouver un vrai ami boitant à son côté lorsqu'il tournait la tête. Mais il ne savait pas d'où venait cette envie : c'est simplement mon âme germanique qui se réveille, se disait-il ; le sentiment d'être incomplet fait partie de la nature allemande. D'autres soirs, le grand agent secret partait en reconnaissance dans le secteur soviétique, dissimulé sous un chapeau tyrolien vert qu'il avait acheté spécialement à cet effet, et observait discrètement les sentinelles trapues postées, mitraillette au poing, devant le quartier général russe, à vingt mètres d'intervalle tout au long de la rue. Quand ils le défiaient, Pym n'avait qu'à montrer son laissez-passer militaire pour que leurs visages tatares se fendent en une expression amicale tandis qu'ils reculaient d'un pas dans leurs bottes de cuir souple et levaient une main gantée de gris pour le saluer.

« Anglais bons.

– Les Russes bons aussi, rétorquait Pym en riant. Les Russes sont très bons, sincèrement.

– *Kamarad !*

– *Tovaritch, Kamarad* », répondait le grand internationaliste.

Il offrait alors une cigarette et en acceptait une. Puis il les allumait avec un briquet américain Zippo à grande flamme acheté à l'un des nombreux revendeurs clandestins qui opéraient à l'intérieur de Div. Int. Il laissait ainsi la flamme éclairer les traits de la sentinelle et les siens. Débordant alors de bons sentiments, Pym éprouvait presque le besoin, quoiqu'il n'en eût heureusement pas la possibilité linguistique, de leur expliquer que même s'il avait espionné les communistes à Oxford, et que même s'il les espionnait encore à Vienne, son cœur restait à tout jamais communiste et battait davantage pour les neiges et les champs de blé de Russie que pour les soirées musicales des salons d'Ascot ou ses tours de roulette.

Parfois, très tard, alors qu'il revenait par des places désertes vers sa petite chambre monacale ornée seulement d'un extincteur de l'année et d'une photo de Rick, il s'arrêtait et buvait l'air pur de la nuit à grandes goulées jusqu'à en être ivre pour plonger le regard dans la brume des rues pavées et feindre d'y voir Lippsie s'avancer vers lui dans la lumière des lampadaires, la tête ceinte de son fichu de réfugiée et portant sa valise de carton-pâte à la main. Il lui souriait alors et se félicitait bravement de savoir vivre encore, quels que soient ses désirs extérieurs, dans le monde enfermé dans sa tête.

Cela faisait trois mois qu'il était à Vienne quand Marlène lui demanda protection. Marlène était une interprète tchèque remarquée pour sa beauté.

« Vous êtes bien Mr. Pym ? », lui demanda-t-elle un soir avec une délicieuse timidité de civile alors qu'il descendait le grand escalier derrière un groupe d'officiers supérieurs. Elle portait un imperméable ample resserré à la taille et un chapeau agrémenté de deux petites cornes.

Pym avoua que c'était bien lui.

« Vous allez au *Weichsel Hotel* ? »

Pym répondit qu'il s'y rendait tous les soirs.

« Me permettriez-vous de marcher avec vous, s'il vous plaît, aujourd'hui ? Quelqu'un a essayé de me violer hier soir. Pourriez-vous me raccompagner jusqu'à ma porte ? Cela ne vous ennuie pas ? »

Bientôt, l'intrépide Pym se mit à raccompagner Marlène tous les soirs à sa porte et à repasser la chercher le lendemain matin. Ses journées s'écoulaient entre ces deux interludes torrides. Mais quand il l'invita à dîner après le jour de solde, il fut convoqué par un capitaine de fusiliers absolument furieux, qui était responsable des nouveaux arrivants.

« Vous n'êtes qu'un porc débauché, vous m'entendez ?

– Oui, mon capitaine.

– Les simples gradés de Div. Int. ne fraternisent pas, vous entendez, ne fraternisent pas en public avec le personnel civil. Pas avant d'avoir beaucoup plus d'années de maison que vous. C'est compris ?

– Oui, mon capitaine.

– Vous savez ce qu'est une merde ?

– Oui, mon capitaine.

– Non, vous ne le savez pas. Une merde, Pym, c'est un officier qui a une cravate d'un kaki plus clair que sa chemise. Avez-vous regardé votre chemise récemment ?

– Oui, mon capitaine.

– Eh bien comparez, Pym. Et demandez-vous quelle sorte d'officier vous êtes. Nous ne sommes même pas sûrs de cette femme à cent pour cent. »

Ça fait partie de la formation, se dit Pym en changeant de cravate. Ils veulent m'endurcir avant de m'envoyer en mission. Il se sentait néanmoins préoccupé de ce que Marlène lui avait posé tant de questions personnelles, et il regrettait maintenant de lui avoir répondu aussi franchement.

Peu après, on jugea avec miséricorde que Pym s'était suffisamment imprégné de l'endroit. Avant de partir, il fut à nouveau convoqué par le même capitaine qui lui montra deux photos. L'une montrait un beau jeune homme aux lèvres molles, l'autre un ivrogne un peu gras souriant d'un air méprisant.

« Si vous tombez sur l'un de ces deux hommes, informez-en un officier supérieur sur-le-champ, compris ?

– Qui sont-ils ?

– On ne vous a donc jamais appris à ne pas poser de questions ? Si vous ne trouvez pas d'officier supérieur, arrêtez-les vous-même.

– Comment ?

– Usez de votre autorité. Soyez courtois, mais ferme. "Vous êtes en état d'arrestation." Puis vous les conduisez à l'officier supérieur le plus proche. »

Il s'agissait, Pym l'apprit quelques jours plus tard en lisant le *Daily Express*, de Guy Burgess et de Donald MacLean, qui appartenaient tous les deux au corps diplomatique britannique. Pendant plusieurs semaines, il continua de les chercher partout, mais il ne risquait pas de les trouver étant donné qu'ils étaient déjà passés à l'Est, direction Moscou.

Lequel d'entre nous est-il responsable, Tom, dis-le-moi ? Est-ce l'âme désenchantée de Pym ou l'humeur imprévisible du Seigneur qui s'est arrangé pour qu'il bénéficie d'une période de Paradis avant chaque Chute ? Je t'ai parlé des Ollinger de Berne en te disant qu'il ne nous était donné qu'une fois dans notre vie de rencontrer une famille véritablement heureuse, mais c'était oublier le commandant Harrison Membury, anciennement employé à la bibliothèque de Nairobi et, durant un temps, officier auprès du Corps d'instruction, qui avait échoué, je ne sais par quel caprice de la logique militaire, dans les rangs les plus pourris de la Sécurité sur le terrain. C'était oublier sa merveilleuse épouse et leurs nombreuses petites filles malpropres qui semblaient en passe de devenir un jour de véritables Fräulein Ollinger hormis le fait qu'elles gardaient des chèvres et un cochonnet turbulent au lieu de jouer de la musique, ce qui provoquait pas mal de dégâts dans les locaux militaires et mettait l'officier d'administration de la garnison en rage sans qu'il pût faire quoi que ce soit contre eux car les Membury appartenaient au Renseignement et bénéficiaient donc d'une immunité. J'avais oublié l'unité d'interrogation n° 6 de Graz, villa baroque rose nichée dans un petit coin de montagnes boisées, à près de deux kilomètres des abords de la ville. Un véritable faisceau de câbles téléphoniques y pénétrait et son toit pointu semblait profané par de multiples antennes. Il y avait un grand portail avec une loge de garde et un garçon de mess tout blond aux yeux effrayés qui s'appelait Wolfgang et qui se précipitait toujours dehors en veste blanche impeccablement repassée pour aller vous garer votre Jeep. Mais pour Membury le plus agréable de cet endroit était le lac. Il passait en effet

498

ses journées à l'empoissonner car il vouait une véritable passion aux poissons et consacrait une part non négligeable de nos fonds secrets à élever certaines espèces rares de truites. Représente-toi un homme corpulent et jovial, dépourvu de toute force physique et dont les mouvements élégants évoquaient ceux d'un invalide. Un homme au caractère et au regard rêveurs et dévots. Un civil s'il en fut et jusqu'au bout de ses doigts tendres, même si je ne parviens pas à l'imaginer autrement qu'en treillis militaire avec de vieilles bottes de peau retournée et une ceinture de grosse toile qui passait toujours au-dessus ou au-dessous de son ventre imposant, debout parmi les libellules au bord de son lac chéri dans la chaleur d'un après-midi torride, tel que Pym le découvrit le jour où il se présenta pour prendre ses fonctions, en train de pousser ce qui ressemblait à une épuisette dans l'eau tout en marmonnant de timides imprécations contre un brochet en maraude.

« Oh, ciel. Vous êtes Pym. Je suis si heureux que vous soyez venu. Regardez, je vais nettoyer toutes ces algues et draguer complètement le lit pour voir un peu ce que nous avons. Qu'en pensez-vous ?

– Cela paraît une très bonne idée, mon commandant, répondit Pym.

– Je suis vraiment content. Êtes-vous marié ?

– Non, monsieur.

– Formidable. Ainsi vous serez libre les week-ends. »

Je ne sais pas pourquoi mais il avait une tête à avoir un frère, quoique je ne me rappelle pas avoir jamais entendu dire qu'il en eût un. Son équipe régulière comprenait un sergent dont je ne me souviens guère et un chauffeur cockney appelé Kaufmann qui était diplômé en économie de l'université de Cambridge. Membury avait pour second un jeune banquier aux joues roses qu'on appelait le lieutenant McLaird et qui devait rentrer bientôt à Londres. Dans les caves, des employés autrichiens consciencieux s'occupaient des écoutes téléphoniques, décachetaient le courrier à la vapeur et jetaient leur production sans même qu'elle ait été lue dans des poubelles de l'armée que les autorités de Graz faisaient vider sans faute une fois par semaine car le cauchemar de Membury était qu'un vandale ayant horreur des poissons ne s'avise de les déverser dans le lac. Au rez-de-chaussée, Membury avait son écurie d'interprètes féminines recrutées sur place, qui allaient de la matrone au tendron et qu'il admirait toutes dès qu'il daignait se souvenir de leur existence. Enfin, il y avait Hannah, sa femme, qui peignait des arbres, Hannah qui, comme le sont souvent les épouses d'hommes très corpulents, était frêle et légère. C'est Hannah qui m'a fait aimer la peinture et je me la rappelle surtout assise devant son chevalet, en longue robe blanche, tandis que ses filles dévalaient en hurlant la berge herbeuse et que Membury et moi-même, en costume de bain, nous escrimions dans l'eau brunâtre. Il m'est aujourd'hui encore impossible d'imaginer qu'elle pouvait être la mère de toutes ces filles.

Pym n'aurait pu rêver existence plus agréable. Il pouvait obtenir du whisky Naafi à sept shillings la bouteille et des cigarettes à douze shillings les cinq paquets. Il avait alors la possibilité de les troquer ou, s'il préférait, de les convertir sans problème en argent local quoiqu'il fût plus sûr de passer par le *Rittmeister*, un vieil Hongrois qui traînait toujours du côté des registres à lire des dossiers secrets et à lancer à Wolfgang des regards énamourés rappelant ceux que Mr. Cudlove adressait à Ollie. Tout cela était familier, tout cela était indispensable pour que Pym puisse connaître l'enfance orthodoxe qu'il n'avait pas vécue. Le dimanche, il escortait les Membury à la messe et profitait du déjeuner pour baisser les yeux sur la robe d'Hannah. Membury est un génie, se dit-il, exultant, en déménageant son bureau dans le vestibule du grand homme. Membury est un personnage de la Renaissance transformé en espion. Au bout de quelques semaines seulement, Pym touchait sa propre avance de fonds. Quelques semaines de plus et Wolfgang eut une deuxième ficelle à lui coudre sur l'épaule car Membury trouvait qu'il avait l'air stupide avec une seule.

Et il eut ses Joe.

« Voici Pepi, annonça McLaird avec un sourire farceur lors d'un dîner discret à l'extérieur de la ville. Pepi s'est battu contre les Rouges aux côtés des Allemands et il les combat toujours, mais avec nous maintenant. Vous êtes farouchement anticommuniste, n'est-ce pas, Pepi ? C'est pour cela qu'il passe dans la zone avec sa moto pour vendre des photos pornographiques aux soldats russes. Vingt paquets de Players mensuelles. Payables à la fin du mois. »

« Voici Elsa, dit McLaird en lui présentant une ménagère carinthienne trapue entourée de quatre enfants, dans le grill du Blue Rose. Son petit ami a un café à Saint-Pölten. Il relève les numéros d'immatriculation et les insignes des camions russes qui passent devant sa vitrine et les lui envoie, pas vrai, Elsa ? Tout cela écrit secrètement au dos des lettres d'amour qu'il lui adresse. Trois kilos de café torréfié mensuels. Payables en fin de mois. »

Il y en avait une douzaine et Pym se mit immédiatement au travail afin de les former et de les protéger du mieux qu'il pouvait. Quand je les passe aujourd'hui en revue dans ma mémoire, ils m'apparaissent comme la plus belle bande de tocards qui puisse être confiée à un aspirant espion traitant. Mais à l'époque, Pym les voyait comme les plus grands cracks du monde, et il comptait bien veiller sur eux, dût-il le payer de sa vie.

J'ai gardé Sabina pour la fin, Jack. Sabina qui, comme son amie Marlène, était interprète et qui, comme Marlène encore, était une fille absolument superbe, sortie tout droit des pages d'*Amor et Femmes rococo*. Petite comme E. Weber, elle avait des hanches larges et ondulantes et de grands yeux exigeants. En été comme en hiver, ses seins restaient hauts et durs et, de la même façon que sa croupe, arrivaient à se faire remarquer dans les vêtements les plus ordinaires, réclamant avec insistance l'attention de Pym. Ses traits évoquaient ceux d'un elfe slave mélancolique, hanté par la tristesse et la superstition mais capable de soudains débordements de bonté, et si Lippsie s'était réincarnée pour revenir à l'âge de vingt-trois ans, elle aurait pu faire un bien plus mauvais choix que de prendre la forme de Sabina.

« Marlène dit que vous êtes quelqu'un de respectable, lui apprit-elle d'un ton chargé de mépris tout en montant

501

dans la Jeep du caporal Kaufmann sans même chercher à dissimuler ses jambes rococo.

– Serait-ce un crime ? demanda Pym.

– Aucune importance », répliqua-t-elle sinistrement, et ils partirent en direction des camps. Sabina parlait le tchèque et le serbo-croate aussi bien que l'allemand. A ses heures perdues, elle étudiait les sciences économiques à l'université de Graz, ce qui lui fournit un prétexte pour discuter avec le caporal Kaufmann.

« Croyez-vous en une économie agrarienne mixte, Kaufmann ?

– Pas du tout.

– Seriez-vous keynésien ?

– Je ne peux pas l'être avec cc que je gagne, ça, c'est sûr », répondit Kaufmann.

La conversation se poursuivit ainsi tandis que Pym cherchait le moyen d'effleurer par inadvertance son épaule si blanche, ou bien de faire en sorte que sa jupe s'ouvrît encore de quelques millimètres en direction du nord.

La destination de ces virées était les camps. Cela faisait cinq ans que les réfugiés d'Europe de l'Est affluaient en Autriche dès que s'ouvrait la moindre brèche éphémère dans les barbelés : violations de frontière à bord d'autos et de camions volés, traversées de champs de mines ou encore passages effectués accrochés sous des wagons. Ils étaient des milliers qui ramenaient avec eux leurs visages creusés, leurs enfants rasés, leurs vieux hébétés, leurs chiens turbulents et leurs Lippsie en puissance pour être parqués, interrogés puis attendre le verdict en jouant aux échecs sur des caisses de bois et en se montrant des photographies de ceux qu'ils ne reverraient plus jamais. Ils venaient de Hongrie, de Roumanie, de Pologne, de Tchécoslovaquie, de Yougoslavie et parfois de Russie, et ils espéraient pouvoir embarquer pour le Canada, l'Australie ou la Palestine. Ils avaient emprunté des chemins tortueux, souvent pour des raisons tortueuses. Ils étaient médecins, chercheurs, maçons. Ils étaient chauffeurs de poids lourds, voleurs, acrobates, éditeurs, violeurs et architectes. Tous traversaient l'univers de Pym alors qu'il allait de camp en camp à bord de la Jeep en compagnie du caporal Kaufmann et de Sabina, interrogeant, triant et enregistrant avant de rentrer au plus vite chez lui, auprès de Membury, avec son butin.

Au début, sa sensibilité fut choquée par tant de misère, et il eut du mal à dissimuler son émotion à ceux à qui il s'adressait : oui, je veillerai à ce que vous arriviez bien à Montréal, dussé-je y perdre la vie ; oui, j'enverrai un mot à votre mère à Canberra pour lui dire que vous êtes ici, sain et sauf. Au début, Pym se sentit également gêné de n'avoir pas assez souffert. Tous ceux qu'il interrogeait en avaient connu en une seule journée plus que lui durant toute sa jeune vie, et il leur en voulait. Certains d'entre eux connaissaient l'exil depuis qu'ils étaient enfants. D'autres parlaient de la mort et de la torture avec un détachement qui le révoltait, mais son attitude désapprobatrice finissait par déclencher leur colère et lui valut bien des sarcasmes. Cependant, Pym, ce travailleur infatigable, avait des tâches à accomplir, un supérieur à satisfaire et, quand il le décidait, un esprit vif et rusé pour y parvenir. Il lui suffisait de consulter sa propre nature pour savoir quand quelqu'un s'en tenait aux notes écrites dans la marge de sa mémoire en excluant le texte principal. Il savait bavarder de choses et d'autres tout en observant, et il savait interpréter les signes qu'il recevait. Quand ils lui décrivaient un passage de nuit au travers des montagnes, Pym les franchissait avec eux, traînait leurs valises pareilles à celle de Lippsie et sentait l'air glacé des hauteurs transpercer leur manteaux usés. Quand l'un d'eux lui mentait ouvertement, Pym prenait aussitôt son petit compas mental et faisait le point sur les versions possibles de la vérité. Les questions se pressaient dans sa tête et le juriste en herbe qu'il était apprit très vite à les ordonner en un véritable acte d'accusation. « D'où venez-vous ? Quelles troupes avez-vous vues là-bas ? De quelle couleur étaient les insignes qu'ils portaient sur les épaules ? Dans quoi roulaient-ils et quelles armes avaient-ils ? Quel chemin avez-vous pris, quels barrages, gardes, chiens, barbelés, champs de mines avez-vous rencontrés sur votre route ? Quelles chaussures portiez-vous ? Comment votre mère, votre grand-mère ont-elles pu passer si le défilé était tellement impraticable ? Comment avez-vous pu vous en sortir avec deux valises et deux enfants en bas âge alors que votre femme était enceinte de pas mal de mois déjà ? N'est-il pas plus vraisemblable que vos patrons de la police secrète hongroise vous aient conduits à la frontière et vous aient souhaité bonne chance en vous montrant par où passer ? Êtes-vous un espion, et si oui, ne préféreriez-vous pas espionner pour notre compte ? Ou bien n'êtes-vous qu'un simple criminel, auquel cas vous aimeriez sûrement devenir un espion au lieu d'être renvoyé de l'autre côté de la frontière par la police autrichienne ? » Pym se servait ainsi de ses vies entrelacées pour démêler les leurs, et Sabina, avec ses mines renfrognées, ses humeurs et ses occasionnels sourires resplendissants, devint la voix sensuelle par laquelle il le faisait. Il la laissait parfois traduire en allemand, à seule fin de se donner le secret avantage de tout entendre deux fois.

« Où avez-vous appris à jouer à ces jeux stupides ? », lui demanda-t-elle tristement un soir, alors qu'ils dansaient ensemble à l'hôtel Wiesler, sous l'œil désapprobateur des épouses de l'armée.

Pym rit. Si près de la virilité, avec la cuisse de Sabina frottant contre la sienne, pourquoi aurait-il dû quoi que ce soit à quelqu'un ? Il inventa donc pour elle toute une histoire au sujet d'un Allemand rusé qu'il avait connu à Oxford et qui s'était révélé être un espion.

« Nous menions sur le terrain de l'esprit un combat vraiment fou, avoua-t-il, s'appuyant sur des souvenirs élaborés à la hâte. Il connaissait toutes les ficelles du métier alors que j'étais encore aussi innocent qu'un petit enfant et croyais tout ce qu'il me racontait. La lutte est devenue petit à petit un peu plus égale.

– Il était communiste ?

– Au bout du compte, oui. Il faisait mine de le cacher mais cela finissait par ressortir dès que l'on approfondissait un peu.

– Était-il homosexuel ? s'enquit Sabina, se laissant aller à sa suspicion toujours en éveil tout en le fouillant plus intensément du regard.

– Pas d'après ce que je pouvais voir. Les femmes défilaient par régiments entiers.

– Il ne couchait donc qu'avec des femmes militaires ?

– J'entendais par là qu'il y en avait des tas. C'était une métaphore.

– Je suis certaine qu'il ne cherchait qu'à dissimuler son homosexualité. C'est très naturel. »

Sabina parla ensuite de sa propre vie comme si elle appartenait à quelqu'un d'autre qu'elle haïssait. Son stupide père hongrois qui s'était fait tuer à la frontière. Son imbécile de mère qui était morte à Prague en essayant de mettre un enfant au monde pour un amant méprisable. Son grand frère, un vrai crétin, faisait sa médecine à Stuttgart. Ses oncles étaient tous des ivrognes et s'étaient fait descendre par les nazis et les communistes.

« Vous voulez que je vous donne une leçon de tchèque samedi ? lui demanda-t-elle un soir sur un ton plus sévère encore que de coutume alors qu'ils rentraient, tous trois assis à l'avant de la Jeep.

– Cela me plairait énormément, répondit Pym en lui prenant la main. Je commence vraiment à aimer ça.

– Je crois que nous ferons l'amour, cette fois-ci. Nous verrons », annonça-t-elle plus sèchement encore. Et Kaufmann faillit nous projeter tous dans le fossé.

Le samedi arriva et ni l'ombre de Rick ni les terreurs de Pym ne purent l'empêcher de sonner à la porte de Sabina. Il entendit un pas plus léger que sa démarche de hussard habituelle. Il vit ses yeux brillants le dévisager par le judas ménagé dans la porte et fit de son mieux pour sourire d'une manière bourrue et rassurante. Il avait apporté assez de whisky Naafi pour effacer la culpabilité ancestrale, mais Sabina n'éprouvait aucune culpabilité et, quand elle lui ouvrit la porte, elle était nue. Incapable de proférer un mot, il resta planté devant elle, à étreindre son sac à provisions. Il la regarda comme en un rêve remettre les chaînes de sécurité, prendre le sac de ses mains sans vie puis marcher jusqu'au buffet pour le vider de son contenu. Il faisait doux mais elle avait fait du feu et ouvert le lit.

« Tu as connu beaucoup de femmes, Magnus ? s'enquit-elle. Des femmes par régiments entiers, comme ton méchant ami ?

– Non, je ne crois pas, répondit Pym.

– Tu es homosexuel, comme tous les Anglais ?

– Non, sûrement pas. »

Elle le conduisit jusqu'au lit. Elle le fit asseoir et lui déboutonna sa chemise. Avec sérieux, comme Lippsie quand elle devait donner le linge à la camionnette du blanchisseur qui attendait dehors. Elle finit de le déshabiller et disposa ses vêtements sur une chaise. Elle le fit étendre sur le dos et s'allongea sur lui.

« Je ne savais pas, prononça Pym à voix haute.

– Oui ? »

Il allait dire quelque chose, mais il y avait beaucoup trop à expliquer et son interprète était déjà occupée. Il voulait dire : je ne savais pas, malgré tout mon désir, que je désirais justement cela. Il voulait dire : je peux voler, je peux nager sur le dos, sur le ventre, sur le côté et sur la tête. Il voulait dire : je suis entier et j'ai enfin rejoint la race des hommes.

Cela se passait six jours plus tard, par un superbe vendredi après-midi à la villa. Dans le jardin qui s'étendait sous les fenêtres du gigantesque bureau de Membury, le *Rittmeister*, en *Lederhosen*, écossait des petits pois pour Wolfgang. Membury était assis à son bureau, son treillis ouvert jusqu'au nombril, pour préparer un questionnaire destiné aux capitaines de chalutiers et qu'il avait l'intention d'envoyer par centaines aux principales flottes de pêche. Cela faisait déjà plusieurs semaines qu'il ne pensait plus qu'à retracer les migrations hivernales de la truite de mer, et les ressources financières de l'unité avaient été sérieusement mises à contribution.

« J'ai fait l'objet d'une prise de contact assez bizarre, mon commandant, commença timidement Pym. Quelqu'un qui prétend représenter un transfuge potentiel.

– Oh, mais cela est très intéressant pour vous, Magnus, commenta poliment Membury qui avait visiblement du mal à se tirer de ses préoccupations. J'espère qu'il ne s'agit pas encore d'un de ces garde-frontières hongrois. J'en ai eu ma part. Et Vienne aussi, c'est certain. » Vienne constituait un souci toujours croissant pour Membury, et inversement. Pym avait lu la douloureuse correspondance qu'ils échangeaient et que Membury conservait constamment enfermée dans le tiroir supérieur gauche de son bureau si peu résistant. Le capitaine des fusiliers en personne risquait de débarquer d'un moment à l'autre pour prendre les choses en main.

« En fait, il n'est pas hongrois, mon commandant, expliqua Pym. Il est tchèque. Il fait partie du QG de la région militaire du sud basée juste à côté de Prague. »

Membury pencha la tête de côté comme s'il voulait faire sortir de l'eau de son oreille. « Voilà qui est encourageant, remarqua-t-il d'un air dubitatif. Div. Int. serait prêt à payer une fortune pour quelques bons renseignements sur la région sud de la Tchécoslovaquie. Ou sur n'importe où en Tchécoslovaquie d'ailleurs. Les Américains ont l'air de croire qu'ils ont le monopole de cet endroit. On me disait justement ça au téléphone, l'autre jour, je ne sais plus qui. »

La ligne téléphonique de Graz traversait la zone soviétique et, le soir, il arrivait qu'on entende les techniciens russes chanter des chants de beuverie cosaques dans le combiné.

« D'après ma source, il s'agirait d'un sergent mécontent employé aux écritures dans leur chambre forte, insista Pym. Il est censé sortir demain soir en passant par la zone soviétique. Si nous ne sommes pas là pour l'accueillir, il est capable de prendre un raccourci et d'aller voir directement les Américains.

– Ce ne serait pas le *Rittmeister* qui vous aurait parlé de lui, par hasard ? », questionna nerveusement Membury.

Avec une habileté qu'il devait à une longue pratique, Pym se risqua en terrain délicat. « Non, ce n'était pas le *Rittmeister*, assura-t-il à Membury. En tout cas, ce n'était pas la voix du *Rittmeister*. Elle avait l'air plus jeune, plus assurée. »

Membury semblait perdu. « Pourriez-vous vous expliquer davantage ? », demanda-t-il.

Pym obéit.

C'était un jeudi soir comme les autres, raconta-t-il. Il était allé au cinéma voir *Liebe 47* et avait pensé s'arrêter au *Weisses Ross* pour y prendre une bière sur le chemin du retour.

« Je ne crois pas connaître le *Weisses Ross*.

– Ce n'est qu'un café ordinaire, mon commandant, mais il est très fréquenté par les émigrés et l'on s'y assoit à de grandes tables communes. Cela faisait à peine deux minutes que je m'y trouvais quand le serveur m'a appelé au téléphone. *"Herr Leutnant, für Sie."* On me connaît un peu, là-bas, je n'étais donc pas trop étonné.

– C'est parfait, commenta Membury, visiblement impressionné.

– C'était une voix d'homme, et il parlait en allemand classique. *"Herr Pym ? J'ai un message important pour vous. Si vous suivez exactement mes instructions, vous ne serez pas déçu. Vous avez du papier et un crayon ?"* Je les avais. Il s'est donc mis à me lire quelque chose au rythme de la dictée. Il me l'a ensuite fait relire puis a raccroché avant que je puisse lui demander qui il était. »

Pym sortit de sa poche la feuille de papier en question, arrachée à la fin d'un agenda.

« Mais puisque cela s'est passé hier soir, pourquoi ne pas m'en avoir parlé plus tôt ? s'étonna Membury en lui prenant le message.

– Vous assistiez à la réunion du Comité de renseignement mixte.

– Oh, c'est vrai ! Il a exigé que ce soit vous, fit remarquer Membury non sans fierté, sans cesser de contempler le papier. *"Ne traiter qu'avec le lieutenant Pym"* ; je trouve cela plutôt flatteur. » Il tira sur l'une de ses oreilles proéminentes. « Mais surtout, faites bien attention, avertit le gros homme avec la sévérité de quelqu'un qui n'aurait rien pu refuser à Pym. Et ne vous approchez pas trop près de la frontière au cas où ils voudraient essayer de vous entraîner de l'autre côté. »

C'était loin d'être le premier tuyau concernant l'arrivée d'un transfuge qu'avait reçu Pym au cours des derniers mois, ce n'était même pas le sixième, mais c'était quand même le premier qui lui était susurré à l'oreille par une interprète tchèque nue dans un verger inondé de lune. A peine une semaine auparavant, Pym et Membury avaient passé une nuit dans la plaine carinthienne à attendre l'arrivée d'un capitaine des renseignements roumains et de sa maîtresse, qui étaient censés atterrir avec un avion volé rempli de secrets inestimables. Membury avait prié la police autrichienne de rester à proximité et Pym envoyait des fusées éclairantes dans le ciel désert comme il avait été demandé dans les messages confidentiels. Mais l'aube finit par se lever sans qu'aucun appareil se fût posé.

« Et que faisons-nous, maintenant ? avait demandé Membury avec une irritation bien compréhensible alors qu'ils grelottaient tous les deux dans la Jeep. On sacrifie une chèvre ? Je regrette vraiment que le *Rittmeister* ne se soit pas montré plus précis. Nous avons l'air tellement cons. »

Et la semaine d'avant, dissimulés dans de grands manteaux de loden vert, ils s'étaient rendus dans une taverne isolée, sur la zone frontalière, pour y attendre un *Heimkehrer* d'une mine d'uranium soviétique qui devait arriver d'un instant à l'autre. Lorsqu'ils ouvrirent la porte, toutes les conversations se turent, et une vingtaine de paysans les contemplèrent bouche bée.

« Le billard, glissa Membury avec un rare esprit de décision, la main collée contre sa bouche. Il y a une table là-bas. Nous allons commencer une partie. Pour ne pas nous faire remarquer. »

Sans ôter son loden vert, Membury se pencha pour jouer son coup, mais il fut aussitôt interrompu par le fracas d'un objet métallique heurtant lourdement le sol carrelé tout près de lui. Pym baissa les yeux et vit le revolver 38 réglementaire de son supérieur tombé contre les grands pieds de celui-ci. Plus rapide que jamais, le jeune homme l'avait déjà récupéré deux secondes plus tard, mais cela ne suffit pas pour empêcher la débandade vers la porte des paysans affolés qui se dispersèrent dans l'obscurité tandis que le propriétaire s'enfermait dans la cave.

« Puis-je rentrer maintenant, mon lieutenant ? demanda Kaufmann. Je ne suis pas du tout soldat, moi, vous comprenez. Je suis un lâche.

– Non, impossible, répliqua Pym. Taisez-vous maintenant. »

La grange se dressait toute seule, comme l'avait annoncé Sabina, au milieu d'un champ plat entouré de mélèzes. On y accédait par un sentier couleur safran et un lac s'étendait juste derrière. Au-delà du lac s'élevait une colline, et sur la colline, dans la lumière du soir qui déclinait, une seule et unique tour de guet dominait la vallée.

« Tu porteras des vêtements civils et tu arrêteras la voiture au carrefour de Klein Brandorf », avait murmuré Sabina à l'adresse de ses cuisses tout en l'embrassant, le caressant et lui redonnant des forces. Le verger était ceint d'un mur de brique et peuplé par une famille de grands lièvres bruns. « Tu laisseras les feux de position allumés. Mais si tu triches et amènes du renfort, il ne viendra pas. Il restera dans la forêt et sera très fâché.

– Je t'aime.

– Il y a une pierre, peinte en blanc. C'est là que Kaufmann devra se tenir. Si Kaufmann dépasse la pierre blanche, il ne viendra pas et restera dans les bois.

– Pourquoi ne nous accompagnes-tu pas ?

– Il ne le veut pas. Il ne veut que Pym. Peut-être qu'il est homosexuel.

– Merci », lui dit Pym.

La pierre blanche brillait devant eux.

« Restez ici, commanda Pym.

– Pourquoi ? », protesta Kaufmann.

La brume du soir striait le champ de couches horizontales. Des poissons frétillants crevaient parfois la surface du lac. Le soleil couchant projetait au pied des mélèzes des ombres interminables qui s'étiraient en travers de la prairie dorée. Un tas de bûches sciées gisait près de la porte de la grange et des bacs de géraniums ornaient les fenêtres. Pym pensa de nouveau à Sabina. Ses flancs enveloppants, son dos large, ses hanches pleines. « Je n'ai jamais dit à aucun Anglais ce que je vais te dire. J'ai à Prague un jeune frère

qui s'appelle Jan. Si tu répètes cela à Membury, il me renverra sur-le-champ. Les Anglais ne nous permettent pas d'avoir de la famille proche dans un pays communiste. Tu comprends ? » Oui, Sabina, je comprends. J'ai vu tes seins au clair de lune, tes fluides sont encore sur mes lèvres et me collent encore les paupières. Je comprends. « Écoute-moi. Mon frère m'envoie un message pour toi. Rien que pour Pym. Il a confiance en toi à cause de moi et parce que je ne lui ai dit que de bonnes choses sur toi. Il a un ami qui veut sortir. Cet ami est très doué, très brillant, un grand ponte. Il t'apportera énormément de secrets concernant les Russes. Mais il faut d'abord que tu inventes une histoire pour expliquer à Membury comment tu as obtenu cette information. Tu es intelligent. Tu peux inventer toutes les histoires que tu veux. Eh bien il faut maintenant que tu en trouves une pour mon frère et pour son ami. » Oui, Sabina, je sais inventer. Pour toi et ton frère chéri, j'inventerai des millions d'histoires. Donne-moi mon stylo, Sabina. Où as-tu fourré mes vêtements ? Maintenant, arrache-moi une feuille de ton agenda et je vais fabriquer une histoire avec un homme mystérieux qui m'aurait téléphoné au *Weisses Ross* pour me faire une proposition irrésistible.

Pym déboutonna son loden. « Tirez toujours en présentant votre corps de côté », lui avait conseillé son instructeur dans le sinistre petit dépôt du Sussex où on lui avait appris à combattre le communisme. « Cela vous donne une meilleure protection quand celui d'en face tire le premier. » Pym n'était pas certain qu'il s'agissait d'un bon conseil. Il atteignit la porte et la trouva fermée. Il fit le tour de la grange, en quête d'une ouverture par laquelle regarder à l'intérieur. « Ses informations seront très bonnes pour toi, avait dit Sabina, Tu seras un homme célèbre à Vienne, et Membury aussi. Les bons renseignements en provenance de Tchécoslovaquie sont extrêmement rares à Div. Int. La plupart viennent déjà des Américains et sont donc dénaturés. »

Le soleil s'était couché et l'obscurité tombait rapidement. Depuis l'autre rive du lac, Pym perçut le glapissement d'un renard. Des rangées de cages à poules occupaient le fond de la grange et la paille qu'elles contenaient semblait propre. Des poulets en plein no man's land, pensa-t-il futilement. Des œufs apatrides. Les volatiles tendirent le cou dans sa direction et firent voler leurs plumes. Un héron gris décolla du lac et mit le cap vers les montagnes. Pym revint vers la porte de la bâtisse.

« Kaufmann !

– Mon lieutenant ? »

Une centaine de mètres les séparaient, mais leurs voix paraissaient aussi proches que celles de deux amoureux dans le calme de la nuit.

« Vous avez toussé ?

– Non, mon lieutenant.

– Eh bien, ne toussez pas.

– Je crois bien que je sanglotais, mon lieutenant.

– Gardez l'œil, mais quoi que vous puissiez voir, n'approchez surtout pas, à moins que je ne vous en donne l'ordre.

– Je voudrais déserter, si vous me le permettez, mon lieutenant. Je préférerais être un transfuge plutôt que de rester là, je vous le jure. Je suis une vraie cible assise. Je ne suis même plus un être humain.

– Faites du calcul mental, ce genre de choses.

– Je n'y arrive pas. J'ai essayé. Ça ne donne rien. »

Pym souleva le loquet de la porte, pénétra dans la grange et sentit une odeur de cigare mêlée à celle d'écurie. Saint-Moritz, songea-t-il, étourdi par l'appréhension. L'intérieur de la grange était immense et magnifique, et le sol avait été surélevé à un bout comme sur les vieux navires. Sur l'estrade, il y avait une table, et sur la table, à la surprise de Pym, une lampe à pétrole allumée. Il put ainsi admirer les poutres et le plafond anciens. « Attends à l'intérieur et il viendra, lui avait assuré Sabine. Il veut te voir entrer d'abord. L'ami de mon frère est très prudent. Il est comme beaucoup de Tchèques, un grand esprit, mais très méfiant. » Deux chaises de bois à haut dossier avaient été approchées de la table qui était jonchée de magazines comme chez le dentiste. Ce doit être là que le fermier fait ses comptes. A une extrémité de la bâtisse, il remarqua une échelle rustique menant à un grenier. Je t'amènerai ici le week-end prochain.

J'apporterai du pain, du vin et du fromage, des couvertures aussi pour ne pas que ça pique, et toi, tu pourras mettre ta jupe à volants sans rien en dessous. Il grimpa à mi-hauteur de l'échelle et regarda par-dessus. Plancher sain, paille bien sèche, aucune trace de rats. Le lieu idéal pour des amours champêtres. Il redescendit au niveau du sol et retourna vers l'estrade où la lampe brûlait, avec l'intention de s'asseoir sur l'une des chaises. « Tu devras être patient. Toute la nuit s'il le faut, avait dit Sabina. Il est extrêmement dangereux de traverser la frontière maintenant. C'est la fin de l'été et les sceptiques se décident avant que les passages ne soient bloqués. Il y a donc beaucoup de gardes et beaucoup d'espions. » Un chemin empierré courait entre deux rigoles d'écoulement. Ses pas résonnaient lourdement contre le plafond. L'écho cessa soudain, et ses pieds avec. Une silhouette maigre était installée en bout de table. Elle se pencha vivement en avant, semblant attendre quelque chose. L'homme tenait un cigare dans une main et un automatique dans l'autre. Son regard, comme le canon de l'automatique, était fixé sur Pym.

« Continuez à marcher vers moi, Sir Magnus, le pressa Axel d'une voix qui laissait percer une profonde inquiétude. Levez les bras en l'air et, pour l'amour de Dieu, ne vous prenez pas pour un grand cow-boy ou je ne sais quel héros de guerre. Nous ne faisons ni l'un ni l'autre partie de la classe des tireurs. Posons nos armes et bavardons gentiment. Soyez raisonnable. Je vous en prie. »

Tu sais, Tom, il faudrait l'aide du Créateur Lui-même et notre contribution à tous pour décrire la gamme de pensées et d'émotions qui traversa le pauvre crâne de Pym à cet instant. Sa première réaction, j'en suis sûr, fut l'incrédulité. Il avait tant de fois revu Axel au cours de ces dernières années qu'il ne s'agissait là que d'une apparition de plus. Axel qui le contemplait dans son sommeil, Axel à son chevet, son béret sur la tête – « Allons donc revoir Thomas Mann. » Axel qui se moquait de ses penchants pour le haut allemand ancien et qui lui reprochait sa mauvaise tendance à jurer loyauté à tous ceux qu'il rencontrait : aux communistes d'Oxford comme aux femmes en général, aux Jack et aux Michael et même à Rick. « Vous n'êtes qu'un imbécile dangereux, Sir Magnus, l'avait-il averti un jour, alors que Pym rentrait dans sa chambre après une nuit de grande virtuosité passée à jongler avec des filles et des contrastes sociaux. Vous pensez qu'en divisant tout vous allez pouvoir passer à travers. » Axel boitait à son côté lorsque Pym longea l'Isis, et il le regarda s'écraser les jointures contre le mur de pierre dans le seul but d'épater Jemima. Pendant la campagne électorale, Pym n'aurait su vous dire combien de fois le visage blanc et luisant d'Axel était apparu au milieu du public, ses longues mains nerveuses frappant l'une contre l'autre en un applaudissement sarcastique. Si Axel pesait tant sur sa conscience, c'était à l'évidence parce que Axel n'était plus. Avec une telle certitude ancrée dans le crâne, sa deuxième réaction en retrouvant Axel fut tout naturellement et raisonnablement une violente indignation : comment quelqu'un de si résolument interdit, quelqu'un qui, pour une raison ou pour une autre, avait été si définitivement banni de l'univers extérieur de Pym pouvait-il prétendre être assis ici à fumer, sourire et pointer un revolver sur lui – sur moi, Pym, membre fornicateur et à l'épreuve des balles des forces britanniques d'occupation, héros doté de pouvoirs surnaturels ? Ensuite, bien entendu, plus paradoxal que jamais, Pym se sentit plus transporté, plus ému, plus heureux qu'il ne l'avait jamais été depuis le jour où Rick était apparu à un virage, à bicyclette et en train de chanter « *Underneath the Arches* ».

Pym s'approcha d'Axel en marchant, puis en courant. Il gardait les bras levés au-dessus de sa tête, comme Axel le lui commandait. Il attendit impatiemment qu'Axel eût attrapé son revolver de l'armée coincé dans sa ceinture puis qu'il l'eût posé respectueusement avec le sien à l'autre bout de la table. Puis il baissa enfin les bras, suffisamment pour les jeter autour du cou d'Axel. Je ne me rappelle pas qu'ils se fussent embrassés avant, ni qu'ils l'aient refait après. Mais je me souviens de ce soir-là comme du dernier moment de sentiment enfantin passant entre eux, comme d'un dernier jour de Berne, car je les vois s'étreindre et rire poitrine contre poitrine, à la manière slave, avant de prendre un peu de recul, sans se lâcher, pour constater les dommages que ces années de séparation avaient causés sur chacun d'eux. Et nous pouvons imaginer, d'après des photos de l'époque et d'après mes propres souvenirs du miroir en ce temps-là, miroir qui jouait encore un grand rôle dans les contemplations du jeune officier, qu'Axel découvrit les traits doux, typiquement anglo-saxons, d'un jeune homme blond, séduisant, qui s'efforçait visiblement de revêtir le manteau de l'expérience, alors que dans le visage d'Axel Pym repéra aussitôt un durcissement, un aspect plus creusé, une mise en forme qui était là pour toujours. Axel reste-rait ainsi jusqu'à la fin de ses jours. La vie avait laissé son empreinte. Il avait le visage humain, un vrai visage d'homme, qu'il méritait. Ses allures douces avaient disparu au profit d'une assurance et d'une désinvolture profondé-ment gravées en lui. Son front avait gagné du terrain sur ses cheveux, mais ceux-ci avaient épaissi. Du gris striait maintenant le noir, ce qui leur conférait une apparence de sérieux militaire. La moustache de clown, les sourcils tom-bants de clown étaient empreints d'un humour plus triste encore qu'autrefois. Mais les yeux sombres et pétillants qui vous regardaient sous les paupières langoureuses parais-saient plus joyeux que jamais tandis que tout ce qui les entourait semblait donner une sorte de profondeur à leur perception.

« Vous avez bonne mine, Sir Magnus ! s'exclama Axel avec enthousiasme en l'étreignant toujours. Dieu que vous êtes bel homme. On devrait vous acheter un cheval blanc et vous faire présent de l'Inde.

– Mais qui êtes-vous ? s'écria Pym, non moins excité. Où êtes-vous ? Que faites-vous ici ? Devrais-je vous arrê-ter ?

– Peut-être est-ce moi qui vous arrête. Peut-être même est-ce déjà fait. Vous avez levé les mains en l'air, vous vous rappelez ? Écoutez. Nous sommes ici en no man's land. Nous pouvons nous arrêter mutuellement.

– Vous êtes en état d'arrestation, déclara donc Pym.

– Vous aussi, rétorqua Axel. Comment va Sabina ?

– Très bien, répondit Pym avec un large sourire.

– Elle ne sait rien, vous comprenez ? Seulement ce que son frère lui a dit. Vous la protégerez ?

– Oui, je le promets », assura Pym.

Petit silence pendant qu'Axel feignait de presser ses mains sur ses oreilles. « Ne promettez pas, Sir Magnus. Ne promettez pas. »

Pour quelqu'un qui venait de franchir illégalement la frontière, Axel paraissait bien équipé, remarqua Pym. Ses bottes ne présentaient pas la moindre trace de boue, ses habits bien repassés avaient un petit air officiel. Il lâcha Pym pour s'emparer d'une mallette qu'il posa lourdement sur la table afin d'en sortir une bouteille de vodka et deux verres. Vinrent ensuite des cornichons, du saucisson et une miche de ce pain noir qu'il avait coutume d'envoyer Pym chercher à Berne. Ils burent gravement à leur santé mutuelle, comme Axel le lui avait appris. Puis ils remplirent à nouveau leurs verres et burent successivement à la santé de chacun. Et ma mémoire me dit qu'ils avaient vidé la bouteille lorsqu'ils se séparèrent, car je revois encore Axel en train de vomir dans le lac, à la grande indignation d'un bon millier de poules d'eau. Pym, lui, aurait pu boire toute une caisse d'alcool sans en être affecté telle était l'intensité de ses sensations. Même lorsqu'ils se mirent à discuter, le jeune homme ne cessa de loucher discrètement dans les coins pour vérifier que rien n'avait changé depuis son dernier coup d'œil tant la grange lui paraissait par moments étrangement semblable à leur grenier de Berne, jusqu'au doux bruit du vent qui gémissait par les lucarnes. Quand il perçut à nouveau le glapissement du renard au loin, il eut véritablement l'impression qu'il s'agissait de Bastl qui aboyait dans l'escalier de bois après que tout le monde fut parti. Cependant, comme je l'ai dit, cette époque nostalgique était terminée. Magnus l'avait tuée ; leur amitié était entrée dans l'âge adulte.

On dirait maintenant deux amis qui viennent de se tomber dessus par hasard, Tom, car ils préfèrent remettre la raison immédiate de leur rencontre à plus tard. Ils décident de commencer par combler leurs années de séparation, afin, en quelque sorte, de justifier le motif de leurs retrouvailles. C'est donc ce que firent Pym et Axel, quoique tu comprendras aisément, maintenant que tu connais mieux la manière de fonctionner de Pym, que ce fut lui et non Axel qui conduisit ce passage-là de leur conversation, ne fut-ce que pour se prouver à lui-même tout autant qu'à Axel qu'il était blanc comme neige dans l'histoire plutôt louche de la disparition de ce dernier. Il ne se débrouilla pas mal. Sa technique était déjà bien au point à cette époque-là.

« Franchement, Axel, personne n'est jamais sorti de ma vie aussi soudainement, se plaignit-il sur un ton de reproche enjoué alors qu'il coupait le saucisson, beurrait du pain et cherchait en général à s'occuper les mains. Vous étiez là, douillettement installé, nous avions même bu un peu avant de nous dire bonsoir, et voilà que le lendemain matin, quand j'ai tapé à votre porte, pas de réponse. Quand je suis descendu, j'ai trouvé la pauvre Frau Ollinger en larmes. "Où est Axel ? Ils nous ont pris notre Axel ! La *Fremdenpolizei* l'a emmené de force et il y en a même un qui a donné un coup de pied à Bastl." D'après ce qu'ils m'ont raconté, j'avais dû dormir comme un mort. »

Axel retrouva son bon vieux sourire chaleureux. « Si seulement nous savions comment dorment les morts, dit-il.

– Nous avons entamé une sorte de veille, nous éloignant le moins possible de la maison au cas où vous reviendriez. Herr Ollinger a donné quelques coups de fil inutiles et, naturellement, n'a absolument rien appris. Frau O. s'est rappelée qu'elle avait un frère qui travaillait dans un ministère. Cela n'a rien donné. A la fin, je me suis dit : "Mais merde, qu'est-ce qu'on a à perdre ?" Alors je me suis rendu à la *Fremdenpolizei*. Avec mon passeport. "J'ai un ami qui a disparu. Des hommes l'ont forcé à les suivre très tôt ce matin, ils ont dit qu'ils étaient de chez vous. Qu'est-il devenu ?" J'ai eu beau taper un peu sur la table, je ne suis arrivé à rien non plus. Deux types pas très rassurants en imperméable m'ont emmené dans une autre pièce et m'ont dit que si je continuais à faire des histoires, il m'arriverait la même chose.

– C'était très courageux de votre part, Sir Magnus », commenta Axel. Il tendit alors un poing blafard et donna une légère bourrade sur l'épaule de Pym, pour le remercier.

« Non, pas vraiment. C'est-à-dire que moi, j'avais quelque part où aller. J'étais anglais et j'avais des droits.

– Évidemment. Et aussi vous connaissiez des gens à l'ambassade. C'est vrai.

– D'ailleurs, ils m'ont aidé eux aussi. Enfin, ils ont essayé. Quand je suis allé les voir.

– Vous vous êtes adressé à eux ?

– Absolument. Plus tard, bien sûr. Pas tout de suite. Plutôt comme en dernier recours. Mais ils ont fait une tentative. Enfin, de toute façon, j'ai fini par retourner Länggasse et... je vous le jure, nous vous avons enterré. C'était affreux. Frau Ollinger était montée dans votre chambre, elle pleurait toujours et essayait de trier ce que vous aviez laissé sans oser regarder. Il n'y avait vraiment pas grand-chose. La *Fremdenpolizei* semblait avoir embarqué la plupart de vos papiers. J'ai rapporté les livres que vous aviez empruntés à la bibliothèque. J'ai pris vos disques et nous avons descendu vos vêtements à la cave. Puis nous avons erré dans la maison comme après un bombardement. Nous répétions sans cesse : "Et dire qu'une chose pareille peut arriver en Suisse." C'était exactement comme après une mort. »

Axel éclata de rire. « En tout cas, c'était très gentil de votre part de me pleurer comme cela. Je vous remercie, Sir Magnus. Vous n'avez pas fait dire un service funèbre ?

– Sans corps et sans adresse où faire suivre ? Frau O. ne pensait qu'à trouver un coupable. Elle était convaincue que vous aviez été dénoncé.

– A qui pensait-elle ?

– Oh, tout le monde y est passé. Les voisins, les commerçants. Quelqu'un du Cosmo, peut-être. Où l'une des Martha.

– Laquelle en particulier ? »

Pym choisit la plus jolie et fronça les sourcils. « Je crois me rappeler qu'il y avait une blonde aux longues jambes qui lisait l'anglais.

– Isabella ? Isabella m'aurait dénoncé ? dit Axel avec

incrédulité. Mais elle était amoureuse de moi, Sir Magnus. Pourquoi aurait-elle fait cela ?

– Peut-être justement pour cela, avança témérairement Pym. Elle est passée quelques jours après votre départ, vous comprenez. Elle vous a demandé. Je lui ai raconté ce qui était arrivé. Elle a poussé un cri, s'est mise à sangloter et a dit qu'elle allait se tuer. Mais quand j'ai dit à Frau O. qu'elle était venue, Frau O. a aussitôt dit que c'était elle. "Elle était jalouse des autres femmes qu'il recevait, alors elle l'a dénoncé."

– Qu'en avez-vous pensé ?

– Ça m'a paru un peu tiré par les cheveux, mais il en allait de même de toutes les autres possibilités. Alors, pourquoi pas Isabella ? Pour être franc, elle avait l'air un peu dingue, parfois. Il n'était pas vraiment difficile de l'imaginer faisant quelque chose d'affreux par simple jalousie – sur une impulsion, vous comprenez – puis se persuadant qu'elle n'avait rien fait du tout. C'est une sorte de syndrome, non, chez les personnes jalouses ? »

Axel prit tout son temps pour répondre. Pym se dit que, pour un défecteur étreint par l'angoisse de devoir négocier, il paraissait remarquablement détendu. « Je ne sais pas, Sir Magnus. Je n'ai pas toujours autant d'imagination que vous. Avez-vous d'autres théories ?

– Pas vraiment, non. Cela a pu se produire de tant de façons. »

Un large sourire aux lèvres, Axel remplit de nouveau leurs verres dans le silence nocturne. « On dirait que vous avez tous beaucoup plus pensé à cette histoire que moi, avoua-t-il. Je suis très touché. » Il leva les paumes, mollement, à la slave. « Écoutez. J'étais là-bas illégalement. J'étais un clochard. Pas de papiers, pas d'argent. En fuite. Alors ils m'ont pris et ils m'ont jeté dehors. C'est ce qui arrive aux clandestins. Pour les poissons, c'est un hameçon dans la gorge. Pour les traîtres, c'est une balle dans la tête. Les clandestins, on les reconduit à la frontière. Ne faites pas cette grimace. C'est fini, maintenant. Qui se préoccupe encore de savoir qui m'a donné ? Buvons à l'avenir !

– A l'avenir ! renchérit Pym, et ils vidèrent leurs vodkas.

Hé ! qu'est devenu le chef-d'œuvre de la littérature ? »,
demanda-t-il dans l'euphorie secrète de son absolution.

Axel rit de plus belle. « Ce qu'il est devenu ? Mon Dieu,
il est parti ! Quatre cents pages de philosophie immortelle,
Sir Magnus. Imaginez la *Fremdenpolizei* s'y retrouvant au
milieu de tout ça !

– Vous voulez dire qu'ils l'ont gardé – qu'ils l'ont volé ?
C'est scandaleux !

– Peut-être ne me suis-je pas montré très poli envers les
bourgeois suisses.

– Mais, vous l'avez réécrit depuis ? »

Rien n'aurait pu éteindre son rire. « Le réécrire ? Il aurait
été encore deux fois plus mauvais. Mieux vaut l'enterrer
avec Axel H. Vous avez toujours *Simplicissimus* ? Vous ne
l'avez pas vendu ?

– Bien sûr que non. »

Il y eut un silence. Axel sourit à Pym. Pym sourit à ses
propres mains, puis leva les yeux vers Axel.

« Et nous voilà ici tous les deux, commenta-t-il.

– Exactement, répliqua Axel.

– Je suis le lieutenant Pym et vous êtes l'ami si intelligent
de Jan.

– Exactement », répéta Axel, sans cesser de sourire.

Ayant ainsi, selon lui, habilement aplani la seule difficulté qui aurait pu les séparer, le prédateur du renseignement qu'était Pym entreprit d'amener tout en finesse la
question pertinente de savoir ce qu'était devenu Axel depuis
son expulsion, ce qu'avaient été ses domaines d'action, et
par extension – Pym l'espérait – quelles cartes il détenait
dans sa main et quel prix il demandait pour les céder aux
Anglais plutôt qu'aux Américains ou, pis encore, aux Français. Sur ce terrain, Pym ne rencontra d'abord aucune inhi-
bition fâcheuse chez son interlocuteur puisque celui-ci, sans
doute par déférence pour la situation de lieutenant de Pym,
sembla se résigner au rôle passif. Pym ne pouvait pas non
plus ne pas remarquer que son vieil ami avait adopté, pour
lui faire le récit de ses tribulations, l'humilité familière de
celui qui ne se sent pas à sa place parmi des gens trop bien

pour lui. Les Suisses l'avaient raccompagné jusqu'à la frontière, dit-il – et pour faciliter les choses, il indiqua même le poste frontière exact, au cas où Pym voudrait vérifier. Ils l'avaient remis aux mains de la police ouest-allemande qui, après le passage à tabac rituel, l'avait à son tour remis aux Américains, lesquels l'avaient de nouveau frappé d'abord pour s'être enfui, ensuite pour être revenu et enfin, naturellement, pour être le criminel de guerre sanguinaire qu'il n'était pas mais dont il avait bien légèrement usurpé l'identité. Les Américains le renvoyèrent en prison et préparèrent de quoi lui intenter un nouveau procès : ils firent venir de nouveaux témoins trop effrayés pour ne pas le reconnaître, ils fixèrent la date du jugement, mais Axel n'arrivait toujours pas à joindre qui que ce soit pouvant témoigner en sa faveur, ou assurer qu'il était bien Axel et non quelque monstre nazi. Pis encore, à mesure que les preuves devenaient de plus en plus minces, raconta Axel avec un sourire d'excuse, ses aveux devenaient de plus en plus cruciaux et ils se mirent à le battre de plus en plus fort pour les obtenir. Il n'y eut cependant pas de procès. Les crimes de guerre, même fictifs, commençaient à passer de mode, aussi les Américains finirent-ils par le jeter dans un train pour le livrer aux Tchèques qui, de peur d'être en reste, le rouèrent de coups pour le double crime d'avoir combattu aux côtés des Allemands pendant la guerre puis de s'être laissé prendre par les Américains après.

« Puis le jour est venu où ils ont arrêté de me battre et m'ont laissé sortir, dit-il en souriant et en ouvrant une fois encore les mains dans le vide. Je crois d'ailleurs que je peux remercier mon cher et défunt père pour cela. Vous vous souvenez, n'est-ce pas, du grand socialiste qui s'était engagé dans la brigade Thälmann, en Espagne ?

– Évidemment », assura Pym, et, alors qu'il observait les mains nerveuses d'Axel gesticuler et ses petits yeux noirs pétiller, il s'imposa soudain à l'esprit du jeune homme qu'Axel avait écarté l'Allemand qui était en lui pour ne plus laisser s'épanouir que le Slave. « Je suis alors devenu un aristocrate, raconta Axel. Dans la Tchécoslovaquie nouvelle, je devenais Sir Axel, tout d'un coup. Les vieux socialistes

521

avaient aimé mon père. Les jeunes avaient été mes camarades d'école et appartenaient déjà à l'appareil du parti. Ils ont demandé à mes geôliers : "Pourquoi frappez-vous Sir Axel ainsi ? C'est une tête, alors arrêtez de le tabasser et laissez-le sortir. D'accord, il s'est battu pour Hitler. Il le regrette. Maintenant, de toute façon, il va combattre pour nous, n'est-ce pas, Axel ?" Et moi, j'ai répondu : "D'accord, pourquoi pas ?" Alors ils m'ont envoyé à l'université.

– Mais pour étudier quoi ? questionna Pym, épaté. Thomas Mann ? Nietzsche ?

– Mieux que ça. Comment se servir du parti pour réussir. Comment s'élever dans l'Union de la jeunesse. Briller au sein des comités. Comment purger les facultés et les étudiants, comment exploiter ses amis et la réputation de son père. Quels culs botter et quels autres lécher. Quand il convient de trop parler et quand il faut fermer sa gueule. J'aurais peut-être mieux fait d'apprendre ça plus tôt. »

Conscient qu'il approchait du cœur du problème, Pym se demanda si le moment n'était pas venu de prendre des notes, mais il décida de ne pas interrompre le flot de paroles d'Axel.

« L'autre jour, quelqu'un a eu le culot de me traiter de titiste, reprit Axel. C'est la nouvelle insulte depuis 1949. » Pym se demanda secrètement si c'était la raison pour laquelle Axel était passé à l'Ouest. « Savez-vous ce que j'ai fait ?

– Non, quoi ?

– Je l'ai dénoncé.

– Non ! A quel sujet ?

– Je ne sais même pas. Quelque chose de grave. L'important, ce n'est pas ce que vous dites, c'est à qui vous le dites. Vous devriez savoir ça. Vous êtes un grand espion, d'après ce que j'ai entendu dire. Sir Magnus des services secrets britanniques. Félicitations. Vous croyez que le caporal Kaufmann est bien, là-bas ? Vous devriez peut-être lui porter quelque chose ?

– Je m'occuperai de lui plus tard, merci. »

Il y eut un blanc pendant que chacun savourait à sa façon l'effet de cette petite note de discipline. Ils portèrent un nouveau toast, se saluant d'un hochement de tête pour se souhaiter mutuellement bonne chance. Cependant, Pym se sentait en lui-même bien moins à l'aise qu'il ne le laissait paraître. Ses assises vacillaient et il devinait des complications sous-jacentes.

« Bien, mais quelle profession exactement avez-vous exercée, ces derniers temps ? questionna Pym qui luttait pour reprendre l'ascendant. Comment se fait-il qu'un sergent du QG de la région militaire sud se retrouve tout près de la zone soviétique autrichienne pour préparer sa défection ? »

Axel était occupé à allumer un nouveau cigare et Pym dut attendre quelques instants sa réponse.

« Un sergent, je ne sais pas. Dans mon unité, nous n'avons que des aristos. Comme vous, je suis aussi un grand espion, Sir Magnus. C'est une industrie en pleine expansion, en ce moment. Nous avons bien fait de la choisir. »

Éprouvant soudain le besoin de soigner son apparence, Pym lissa ses cheveux en arrière en un geste pensif qu'il travaillait depuis quelque temps déjà. « Mais vous avez toujours l'intention de passer dans notre camp – en admettant bien sûr que nous puissions vous offrir ce que vous attendez ? », s'enquit-il avec une politesse plutôt brutale.

Axel balaya d'un geste une idée aussi saugrenue. « J'ai payé pour en arriver là, comme vous. Voilà, ce n'est peut-être pas parfait, mais c'est mon pays. J'ai franchi ma dernière frontière. Il va bien falloir qu'ils me supportent. »

Pym eut la sensation d'une rupture dangereuse. « Mais puis-je vous demander alors ce que vous faites ici, si vous ne voulez pas passer à l'Ouest ?

– J'ai entendu parler de vous. Le grand lieutenant Pym de Div. Int. et, plus récemment, de Graz. Linguiste. Héros. Amant. L'idée que vous puissiez un jour m'espionner m'a terriblement excité. Et que moi je vous espionne aussi. C'était magnifique de penser que nous nous retrouvions dans notre vieux grenier ensemble, avec juste une toute petite cloison pour nous séparer. Toc ! Toc ! Je me suis dit qu'il fallait absolument que je vous revoie. Que je vous serre la main. Que je vous offre à boire. "Peut-être que nous pourrions remettre un peu d'ordre dans le monde, comme nous le faisions au bon vieux temps."

– Je vois, commenta Pym. Magnifique.

– "Peut-être que nous pourrions unir nos cerveaux. Nous sommes tous deux raisonnables. Peut-être qu'il n'a plus envie de faire la guerre. Peut-être que moi non plus. Peut-être sommes-nous tous les deux fatigués de jouer les héros. Les hommes bons se font rares." Voilà ce que j'ai pensé, et aussi : "Combien de personnes au monde ont-elles serré la main de Thomas Mann ?"

– Personne sauf moi, répliqua Pym en éclatant sincèrement de rire, et ils burent encore.

– Je vous dois tant, Sir Magnus. Vous étiez si généreux. Je n'ai jamais connu de meilleur cœur. Je vous criais après, je vous injuriais. Et vous, que faisiez-vous ? Vous me teniez la tête pendant que je dégueulais. Vous me prépariez du thé et nettoyiez le vomi et la merde dont je m'étais souillé. Vous alliez me chercher des livres – va-et-vient continuel entre la maison et la bibliothèque – pour me les lire toute la nuit durant. "J'ai une dette envers cet homme, ai-je pensé. Je lui dois bien un coup de pouce ou deux dans sa carrière. Faire pour lui quelque chose qui me coûte. Si je peux l'aider à atteindre une position influente dans le monde ce serait déjà bien. Aussi bien pour le monde que pour lui. Rares sont ceux qui arrivent à des positions influentes aujourd'hui. Je vais inventer une histoire et puis j'irai le voir. Je lui serrerai la main. Et je lui dirai : Merci, Sir Magnus. Je lui apporterai un cadeau pour m'acquitter de ma dette et pour l'aider un peu dans sa carrière." C'est ce que je me suis dit. Parce que j'aime cet homme, vous comprenez ? »

Il n'avait pas apporté de grand chapeau de paille rempli de paquets multicolores, mais il tira de sa mallette un classeur qu'il tendit à Pym par-dessus la table.

« C'est un très beau coup que vous faites là, Sir Magnus, déclara-t-il fièrement tandis que Pym soulevait la couverture. J'ai dû beaucoup espionner pour vous obtenir cela. Prendre beaucoup de risques. Cela ne fait rien. Je crois que c'est plus intéressant que Grimmelshausen. Si jamais on découvre ce que je viens de faire, je peux tout aussi bien vous donner mes couilles en souvenir. »

Pym ferma les yeux puis les rouvrit aussitôt, mais il se retrouva bien dans cette même grange, au cours de cette même nuit. « Je suis un sergent tchèque petit et gras, plutôt porté sur la vodka, est en train de lui expliquer Axel pendant que Pym tourne comme dans un rêve les pages de son cadeau. Je suis un bon soldat Schweik. Vous avez lu ce livre ? Mon nom est Pavel, vous entendez ? Pavel.

– Bien sûr que nous l'avons lu. C'était génial. Tout cela est-il vraiment authentique, Axel ? Il ne s'agit pas d'une plaisanterie ou quoi que ce soit de ce genre ?

– Vous pensez vraiment que le gros Pavel prendrait des risques pareils pour vous apporter une plaisanterie ? Il a une femme qui le bat, des enfants qui le détestent, des patrons russes qui le traitent plus mal qu'un chien. Vous m'écoutez ? »

Pym écoute, oui, avec la moitié de sa tête. Et il lit.

« Votre bon ami Axel H. n'existe pas. Vous ne l'avez jamais rencontré cette nuit. Autrefois, bien sûr, à Berne, vous avez connu un soldat allemand plutôt mal en point qui écrivait un grand livre et s'appelait peut-être bien Axel, Axel quelque chose, non ? Mais Axel a disparu. Un sale type avait dû le dénoncer mais vous n'avez jamais su exactement ce qui s'était passé. Ce soir, vous parlez avec le gros sergent Pavel des services de renseignements tchèques, et celui-là aime l'ail, la baise, et il aime trahir ses supérieurs. Il parle tchèque et allemand, et les Russes lui font jouer les sous-fifres parce qu'ils se méfient des Autrichiens. Une semaine, il traîne du côté de leur quartier général de Wiener Neustadt à jouer les garçons de courses et les interprètes ; la semaine suivante, il se gèle le cul dehors, sur la limite de la zone, en quête de petits espions. La semaine d'après, il est de retour dans sa garnison tchèque de la région sud où il se fait une fois encore mener à la baguette par des Russes. » Axel martèle le bras de Pym. « Vous voyez cela. Faites bien attention. C'est une copie de son livret de solde. Regardez-la bien, Sir Magnus. Concentrez-vous. Il vous l'a apportée parce qu'il ne s'attend pas que l'on puisse croire à ce qu'il raconte s'il ne présente pas d'*Unterlagen* pour prouver ses dires. *Unterlagen*, vous vous souvenez ? Des papiers ? C'est ce que je n'avais pas à Berne. Prenez-la, Sir Magnus. Montrez-la à Membury. »

Pym lève à contrecœur les yeux de sa lecture, juste assez longtemps pour remarquer la liasse de feuilles de papier luisantes qu'Axel lui fait admirer. A cette époque, une photocopie, cela représente quelque chose : des photos à partir de plaques sensibles assemblées en un livret à feuilles mobiles grâce à des lacets passés dans les trous. Axel le pousse contre Pym et parvient à l'arracher momentanément au classeur pour lui montrer le portrait du prétendu propriétaire : un petit homme porcin, mal rasé, aux yeux bouffis et à la lippe boudeuse.

« C'est moi, Sir Magnus, dit Axel en frappant assez fort sur l'épaule de Pym pour attirer son attention, exactement comme il le faisait à Berne. Regardez-le bien, voulez-vous ? C'est un type avide et crasseux. Il pète, il se gratte la tête et il pique les poulets de son commandant. Mais il n'aime pas que son pays soit occupé par une bande de Ruskoffs puants qui se pavanent dans les rues de Prague et le traitent de sale petit Tchèque, et il n'aime pas non plus qu'on l'envoie en Autriche au moindre caprice de je ne sais qui pour lécher les bottes de tout un tas de Cosaques bourrés. Il a donc un certain courage quand même, vous me suivez ? C'est un brave petit couard dégueulasse. »

Pym interrompt à nouveau sa lecture pour formuler cette fois une réflexion d'ordre bureaucratique dont il ne tardera pas à avoir honte. « Tout cela est bien beau, magnifiquement inventé, Axel, mais que suis-je censé faire de ce sympathique personnage ? demande-t-il d'un ton de tristesse raisonnable. On attend de moi que je ramène un transfuge, pas un livret de solde. Ils veulent un corps bien vivant, là-bas, à Graz. Et je n'en ai pas, si ?

– Pauvre imbécile ! s'exclame Axel qui feint d'être exaspéré par la stupidité de Pym. Pauvre petit Anglais naïf ! Vous n'avez donc jamais entendu parler de transfuges en place ? Pavel est un transfuge ! Il passe à l'adversaire mais il reste où il est. Il reviendra ici dans trois semaines pour vous apporter d'autres documents. Il ne trahira pas une seule fois, mais, si vous vous montrez à la hauteur, vingt, cent fois ! C'est un gratte-papier du Renseignement, un courrier, un homme de terrain de troisième classe, un homme à tout faire, un sergent du service de chiffrement et un maquereau. Comprenez-vous ce que cela sous-entend du point de vue de l'accès aux choses ? Il vous fournira encore et encore des tas de renseignements inespérés. Les amis qu'il a dans les unités basées à la frontière l'aideront à traverser sans problème. La prochaine fois que vous vous rencontrerez, vous aurez des questions de Vienne à lui poser. Vous serez la pierre angulaire d'un commerce fantastique : "Pourriez-vous nous obtenir ceci, Pavel ? Qu'est-ce que cela veut dire, Pavel ?" Et si vous êtes assez courtois, si vous venez seul et lui apportez quelques jolis présents, peut-être qu'il vous répondra.

– Et ce sera vous, n'est-ce pas ? Je vous verrai ?

– Vous verrez Pavel.

– Mais Pavel, ce sera vous ?

– Écoutez-moi, Sir Magnus. » Axel écarte la mallette qui est posée entre eux deux, puis il met brutalement son verre à côté de celui de Pym et approche sa chaise si près que son épaule touche celle du jeune homme et que ses lèvres arrivent tout contre l'oreille de celui-ci. « Êtes-vous très, très attentif maintenant ?

– Mais, bien sûr.

– Parce que vous êtes si merveilleusement stupide que je me demande si vous ne feriez pas mieux d'abandonner la partie. » Pym sourit exactement comme il souriait autrefois quand Axel lui expliquait en quoi il était un *Trottel* de ne pas comprendre Kant. « De toute sa vie, Axel ne pourra jamais revenir sur ce qu'il a fait pour vous ce soir. Je risque ma tête pour vous, Sir Magnus. De la même façon que Sabina vous a donné son frère, Axel vous donne Axel. Vous comprenez ? Ou bien êtes-vous trop bête pour reconnaître que je remets mon avenir entre vos mains ?

– Je n'en veux pas, Axel. Vous feriez mieux de le reprendre.

« – C'est trop tard. J'ai dérobé les documents, je suis venu ici et vous les avez lus ; vous savez ce qu'ils contiennent. La boîte de Pandore ne se referme pas. Votre charmant commandant Membury... ces brillants aristos de Div. Int. – aucun d'entre eux ne doit jamais être au courant. Vous me suivez bien ? »

Pym hoche la tête de haut en bas puis la secoue de droite à gauche. Pym fronce les sourcils, sourit et s'efforce par tous les moyens de ressembler au sage et digne gardien de la destinée d'Axel.

« En échange, vous devez me jurer quelque chose. Je vous ai dit tout à l'heure de ne rien promettre. Eh bien, maintenant, je vous demande le contraire. A moi, Axel, vous devez me promettre loyauté et fidélité. Le sergent Pavel, c'est autre chose. Vous pouvez trahir et inventer le sergent Pavel autant que vous voulez puisqu'il n'est, de toute façon, qu'une invention. Mais moi, Axel... l'Axel qui est ici – regardez-moi – je n'existe pas. Ni pour Membury, ni pour Sabina ni même pour vous. Même lorsque vous vous retrouverez seul à vous ennuyer, même si vous avez besoin d'épater quelqu'un, ou d'acheter quelqu'un ou encore de vendre quelqu'un, je ne fais pas partie des pièces de votre jeu. Si les gens de chez vous vous menacent, s'ils vous torturent, vous devrez continuer à nier mon existence. Si dans cinquante ans on vous crucifie, mentirez-vous toujours pour moi ? Répondez. »

Pym trouva encore le temps de s'émerveiller : après avoir nié avec tant d'énergie l'existence d'Axel pendant de longues années, il lui fallait maintenant promettre de la nier encore et encore. Il devait en outre être extrêmement rare de se voir proposer une deuxième chance de prouver sa loyauté après avoir échoué si lamentablement la première fois.

« Oui, je le promets, répondit Pym.

– Vous promettez quoi ?

– Je vous garderai secret. Je vous enfermerai dans ma mémoire et je vous en donnerai la clé.

– Pour toujours. Et pareil pour Jan, le frère de Sabina.

– Pour toujours. Et pareil pour Jan. C'est la répartition générale des forces soviétiques en Tchécoslovaquie que vous m'avez donnée, commenta Pym, en transe. Si c'est authentique.

– C'est un peu daté mais vous, les Anglais, savez apprécier les antiquités à leur juste valeur. Les cartes que vous avez à Vienne et à Graz sont encore plus anciennes. Et elles ne sont pas aussi authentiques que celles-ci. Vous aimez bien Membury ?

– Oui, je crois. Pourquoi ?

– Moi aussi. Vous vous intéressez aux poissons ? Vous l'aidez à refaire l'empoissonnement du lac ?

– Parfois, oui.

– C'est un travail important. Faites-le avec lui. Aidez-le. Nous vivons dans un monde pourri, Sir Magnus. Quelques poissons heureux le rendront meilleur. »

Il était six heures du matin quand Pym s'en alla. Kaufmann s'était depuis longtemps endormi dans la Jeep. Pym distinguait ses bottes posées sur le marchepied. Pym et Axel avancèrent jusqu'à la pierre blanche, Axel s'appuyant sur son bras comme il avait coutume de le faire lorsqu'ils allaient se promener sur les bords de l'Aare. Arrivé à la pierre, Axel se baissa pour cueillir un coquelicot, un joli *poppy* rouge, qu'il tendit à Pym. Puis il en ramassa un deuxième pour lui mais, après réflexion, l'offrit aussi au jeune homme.

« Il y en a un qui me représente et un qui vous représente, Sir Magnus. Aucun d'eux ne sera jamais remplacé. Vous êtes le gardien de notre amitié. Transmettez mes amitiés à Sabina. Dites-lui que le sergent Pavel l'embrasse comme il sait le faire pour la remercier de son aide. »

Un homme qui détient une source hautement estimée est un homme admiré et un homme bien nourri, Tom ; Pym le découvrit rapidement au cours des semaines suivantes. Des officiers haut gradés viennent le voir de Vienne et l'emmènent dîner dans le seul but de l'approcher et de jouir par procuration de sa réussite. Membury suit, César apathique et débonnaire qui rapetisse son Antoine, se tire le lobe de l'oreille en rêvant à ses chers poissons et n'adresse pas ses sourires aux bonnes personnes. D'autres officiers, un peu

moins gradés mais encore importants, modifient leur jugement sur Pym du jour au lendemain et lui envoient des
messages mielleux par courriers interzones. « Marlène vous
transmet toutes ses amitiés et regrette sincèrement que vous
ayez dû quitter Vienne sans lui avoir dit au revoir. Il a
semblé un moment que j'allais devenir votre officier traitant, mais le destin en a décidé autrement. M. et moi-même
espérons bien participer dès que le ministère de la Guerre
donnera son autorisation. » Pym devient une idole, et le
connaître suffit à faire de vous un initié : « Quel travail
fantastique a fait le jeune Pym... Si ça ne tenait qu'à moi,
je lui donnerais tout de suite sa troisième ficelle, appelé du
contingent ou pas. » « Vous auriez dû entendre Londres sur
le brouilleur, ils ne se tiennent plus. » Sur l'ordre de Londres, rien de moins, le sergent Pavel reçoit le nom de code
de Greensleeves et Pym des félicitations. De voluptueuses
interprètes tchèques sont fières de lui et savent le lui montrer
par des moyens très raffinés.

« Tu ne dois jamais me dire ce qui s'est passé, c'est une
règle, ordonna Sabina en le mordant presque à mort entre
ses lèvres tristes et charnues.

– Je ne dirai rien.

– Est-il beau, l'ami de Jan ? Est-il séduisant ? Comme
toi ? Il me plairait tout de suite ou non ?

– Il est grand, il est beau et très intelligent.

– Sexy aussi ?

– Très sexy.

– Homosexuel, comme toi ?

– Complètement. »

La description lui plut, et ce d'une manière profondément
satisfaisante.

« Tu es un type bien, Magnus, lui assura-t-elle. Tu as
bon goût de protéger cet homme comme mon frère. »

Puis vint le jour où le sergent Pavel devait faire sa
deuxième apparition. Comme Axel l'avait prédit, Vienne
lui avait préparé toute une série de questions concernant sa
première livraison. Pym les avait notées dans un petit calepin qu'il prit avec lui. Il emporta aussi des sandwiches de
pain noir au saumon fumé et un excellent sancerre de la

part de Membury. Il apporta des cigarettes, du café, des chocolats à la menthe Naafi et tout ce que les experts en gastronomie de Div. Int. trouvèrent à lui donner pour remplir le ventre d'un brave transfuge en place. C'est donc en mangeant le saumon fumé et en buvant de la vodka qu'ils clarifièrent les points importants.

« Alors, que m'avez-vous apporté, cette fois-ci ? s'enquit joyeusement Pym lorsqu'ils furent arrivés à une pause naturelle de la conversation.

– Rien, répondit tranquillement Axel qui se resservit de la vodka. Laissons-les un peu saliver. Cela leur donnera meilleur appétit encore la prochaine fois. »

« Pavel a une crise de conscience, expliqua Pym le lendemain à Membury, suivant ainsi à la lettre les instructions d'Axel. Il a des problèmes conjugaux et sa fille couche avec un officier russe peu recommandable chaque fois que Pavel est envoyé en Autriche. Je ne l'ai pas forcé. Je lui ai dit que nous étions là, qu'il pouvait nous faire confiance et que nous ne voulions pas ajouter encore à ses problèmes. Je crois qu'au bout du compte il nous remerciera d'avoir agi ainsi. Cependant, je lui ai quand même posé nos questions sur la concentration de blindés à l'est de Prague, et il a été assez intéressant. »

Un colonel de Vienne était présent. « Qu'est-ce qu'il a dit ? demanda le colonel, suivant Pym attentivement.

– Il a dit que, d'après lui, c'était pour garder quelque chose.

– Une idée de ce que ça peut être ?

– De l'armement sans doute. Peut-être des fusées.

– Cultivez-le », conseilla le colonel, et Membury vida l'air de ses joues, ressemblant soudain au père orgueilleux qu'il était devenu.

Lors de leur troisième rencontre, la source Greensleeves perça à jour le mystère de la concentration de blindés et apporta en sus un descriptif de toutes les forces aériennes soviétiques en Tchécoslovaquie datant du mois de novembre précédent. Enfin, de presque toutes les forces. Quoi qu'il en soit, Vienne n'en revint pas, et Londres autorisa un paiement en deux petites barres d'or à la condition que l'estampille des Poids et Mesures britanniques en soit effacée afin d'en masquer l'origine. On put donc qualifier le sergent Pavel d'homme intéressé, et tout le monde s'en sentit soulagé. Durant plusieurs mois, Pym courut ainsi entre Axel et Membury tel un maître d'hôtel écartelé entre deux patrons. Membury se demanda s'il ne devrait pas rencontrer Greensleeves personnellement : Vienne semblait trouver que c'était une bonne idée. Pym essaya de négocier, mais revint avec la triste nouvelle que Greensleeves n'acceptait de discuter qu'avec lui. Membury se retira donc. C'était la saison de la ponte pour les truites. Vienne convoqua Pym et le traita royalement. Des colonels, des généraux de l'armée de l'air, des personnalités de la marine se disputaient chacun les droits qu'ils prétendaient avoir sur lui. Mais c'était bien Axel, comme le destin ne tarda pas à le prouver, qui était son seul propriétaire, son unique patron.

« Sir Magnus, chuchota Axel. Il s'est passé quelque chose de terrible. » Son sourire avait perdu de l'assurance. Ses yeux étaient hagards et soulignés de profonds cernes. Pym avait apporté ses habituelles et luxueuses gourmandises, mais il les refusa en bloc. « Il faut que vous m'aidiez, Sir Magnus, dit-il en jetant des regards effrayés vers la porte de la grange. Vous êtes mon seul espoir. Aidez-moi, bon Dieu ! Vous savez ce qu'ils font aux gens comme moi ? Ne me regardez pas comme ça ! Trouvez quelque chose pour changer ! C'est votre tour, maintenant ! »

Je suis en ce moment même dans la grange, Tom. Je ne l'ai pas quittée pendant trente et quelques années. Le plafond à moulures de Miss Dubber a disparu, ne laissant plus que les vieilles poutres et les chauves-souris pendues la tête en bas au toit. Assis ici, je sens la fumée de son cigare et je vois les cavités de ses yeux sombres se creuser à la lueur de la lampe à pétrole tandis qu'il chuchote le nom de Pym comme l'invalide qu'il avait été : mettez-moi de la musique, apportez-moi des tableaux, du pain, donnez-moi des secrets. Mais sa voix n'exprime aucun apitoiement sur soi-même, ni supplication ni regret. Cela n'a jamais été dans la manière d'Axel. Lui exige. Il est vrai que sa voix peut être douce.

Mais elle laisse toujours transparaître au moins de la puissance. Il est maître de lui, comme toujours. Il est Axel, tout lui est dû. Il a violé des frontières et a été battu. De moi, je ne pense rien. Ni maintenant, ni alors.

« Ils arrêtent mes amis maintenant, vous comprenez ? Deux types de notre groupe ont été tirés du lit hier matin, à Prague. Un autre a disparu en se rendant à son travail. J'ai dû leur parler de nous. C'était la seule manière. »

La portée de sa déclaration met un moment avant d'atteindre la perception inquiète de Pym. Même à ce moment-là, sa voix conserve des accents hébétés : « De nous ? De moi ? Qu'avez-vous dit, Axel ? Et à qui ?

– Pas de détails. Juste sur le principe. Rien de grave. Je n'ai pas mentionné votre nom. Tout va bien. C'est juste un peu plus compliqué, cela demandera plus de manipulations que prévu. Je me suis montré plus rusé que les autres. Au bout du compte, cela peut nous servir.

– Mais que leur avez-vous dit à *notre* sujet ?

– Rien. Écoutez. Pour moi, ce n'est pas la même chose. Les autres, ils travaillent dans des usines, des universités, ils n'ont pas de porte de sortie. Dès qu'on les torture, ils disent la vérité et c'est cette vérité qui les tue. Mais moi, je suis un grand espion, j'ai une position en béton, comme vous. Je n'ai qu'à leur dire : "Bien sûr que je passe la frontière. C'est mon boulot. Je vais chercher des renseignements, vous vous rappelez ?"... Je joue l'indignation. Je demande à voir mon officier supérieur. Ce n'est pas un mauvais type, cet officier. Pas à cent pour cent, mais peut-être à soixante. En tout cas, il hait les Ruskoffs aussi. Alors je lui ai dit que j'étais en train de ferrer un traître britannique. "Un gros poisson. Un officier. Je ne vous en avais pas encore parlé à cause de tous les titistes qui infestent notre organisation. Faites en sorte que je n'aie plus la police militaire sur le dos et je partagerai le butin avec vous quand je l'aurai pressé un peu." »

Pym n'essaye même plus de parler. Il ne prend pas la peine de demander ce qu'a répondu l'officier supérieur, ni dans quelle mesure la vie réelle d'Axel peut être comparée avec la vie fictive du sergent Pavel. Les cellules de son corps semblent mourir une à une, celles de la tête, du bas-ventre, de la moelle des os. Toutes ses pensées amoureuses liées à Sabina deviennent soudain aussi dépassées que des souvenirs d'enfance. Il n'y a plus au monde que Pym, Axel, et la catastrophe. Il se transforme en vieillard à mesure qu'il écoute. La sénilité s'empare peu à peu de lui.

« Il a dit que je devais lui apporter des preuves, répète Axel.

– Des preuves ? marmonne Pym. Quelle sorte de preuves ? Des preuves ? Je ne comprends pas.

– Des renseignements. » Axel frotte l'index contre son pouce, exactement comme E. Weber l'avait fait autrefois. « Du flouze. Du produit. De l'argent. Quelque chose qu'un traître anglais comme vous serait censé me donner avec un petit chantage. Il n'est pas obligatoire que ce soit le secret de la bombe atomique, mais il faut que ce soit du bon matériel. Assez bon pour qu'il se tienne tranquille. Pas de la camelote, vous comprenez ? Lui aussi a des officiers supérieurs. » Axel sourit, mais d'un sourire dont je préfère ne pas me souvenir, même aujourd'hui. « Il y a toujours un type au-dessus de vous sur l'échelle, n'est-ce pas, Sir Magnus ? Même quand on croit être arrivé en haut. Et même quand on y arrive effectivement, ils sont là, juste en dessous, pendus à vos bottes. Cela se passe toujours ainsi dans un système comme le nôtre. "Pas de faux documents, m'a-t-il dit. Il peut s'agir de n'importe quoi du moment que c'est de qualité. A ce moment-là, nous pourrons régler votre histoire." Volez quelque chose pour moi, Sir Magnus. Si ma liberté vous importe, trouvez-moi quelque chose de formidable. »

« On dirait que vous avez vu des fantômes, remarque le caporal Kaufmann au moment où Pym remonte dans la Jeep.

– C'est l'estomac », répond Pym.

Mais pendant le retour jusqu'à Graz, Pym commence à se ressaisir. La vie est un devoir, se dit-il. Le problème est simplement de déterminer quel est le créancier qui réclame le plus fort. La vie est une longue prière. La vie, c'est de veiller sur ses semblables quitte à en mourir.

534

Il y eut bien une demi-douzaine de Pym reconstitués qui errèrent dans les rues de Graz cette nuit-là, Tom, et il n'en est pas un seul dont il me faille aujourd'hui avoir honte ou que je n'embrasserais pas avec bonheur comme un fils perdu qui reviendrait après avoir payé sa dette envers la société, s'il venait précisément maintenant frapper à la porte de Miss Dubber en me disant : « Papa, c'est moi. » Je ne crois pas qu'il y eut de toute sa vie une nuit où il pensa aussi peu à lui pour ne se préoccuper que de ses devoirs envers les autres, que cette nuit-là où il arpenta la capitale de son royaume sous l'ombre de la gloire en ruine des Habsbourg, s'arrêtant tantôt devant le portail couvert de verdure des immenses quartiers conjugaux de Membury, tantôt devant l'entrée peu engageante de l'immeuble de Sabina tout en dressant ses plans et en leur adressant des promesses rassurantes. « Ne vous inquiétez de rien, dit-il à Membury tout au fond de son cœur. Vous n'aurez à souffrir d'aucune humiliation, votre lac continuera de se peupler et votre antenne restera sûre tant qu'il vous plaira de vous en occuper. Les Seigneurs du Pays continueront de vous respecter et de voir en vous le génie en chef de l'opération Greensleeves. » « Je veille sur tes secrets, murmura-t-il en direction de la fenêtre sombre de Sabina. Les services que tu rends aux Anglais, Jan ton frère héroïque, l'opinion exaltée que tu as de ton amant Pym, ces secrets sont en sûreté. Je chérirai tout cela comme je chéris ton corps si doux et chaud plongé dans son sommeil agité. »

Il ne prit aucune décision parce qu'il ne concevait aucun doute. Le croisé solitaire avait identifié sa mission, l'espion habile se chargerait des détails et le complice fidèle ne trahirait plus jamais son ami contre l'illusion de servir les besoins de la nation. Ses amours, ses obligations, ses allégeances n'avaient jamais été aussi claires. Axel, je vous dois tout. Ensemble, nous pouvons changer le monde. Je vous offrirai des présents comme vous m'en avez offert. Plus jamais je ne vous renverrai dans les camps. S'il envisagea d'autres solutions, il les rejeta aussitôt, les jugeant toutes désastreuses. Au cours des mois précédents, Pym l'inventif avait fait du sergent Pavel un symbole de joie et d'admiration dans les souterrains de Graz, de Vienne et de Whitehall. Il avait employé tout son talent à transformer le petit héros coléreux amateur de femmes et d'alcool et capable d'actes de courage à la Don Quichotte en véritable légende. En admettant que Pym eût été prêt à trahir une fois encore la confiance d'Axel, comment eût-il pu se résoudre à aller voir Membury pour lui dire : « Le sergent Pavel n'existe pas, mon commandant. Greensleeves est en fait mon ami Axel, et il attend de nous que nous lui fournissions de vrais secrets britanniques » ? Les yeux si bons de Membury s'écarquilleraient, son visage innocent se couvrirait de rides de tristesse et de désespoir. La confiance qu'il mettait en Pym s'évanouirait instantanément et sa réputation avec : Membury à la potence, Membury à la porte ; que Membury, sa femme et toutes ses filles soient renvoyés chez eux. La catastrophe serait pis encore si Pym s'aventurait à trouver un compromis en plaquant les problèmes d'Axel sur l'imaginaire sergent Pavel. Il avait aussi envisagé cette scène-là. « Les allées et venues du sergent Pavel ont été remarquées, mon commandant. Il a raconté à la police secrète tchèque qu'il avait un agent anglais de ce côté-ci de la frontière. Nous devons donc lui donner de quoi étayer son histoire. » Div. Int. n'avait en aucun cas le droit d'employer des agents doubles. Graz encore moins. Déjà, un transfuge en place, cela débordait un peu le règlement. Seule l'insistance de Greensleeves à ne traiter qu'avec Pym avait empêché que Londres ne se charge depuis longtemps de l'opération, et les bavardages allaient déjà bon train pour savoir à qui reviendrait Pavel quand Pym aurait terminé son service. Dans ces circonstances, faire d'Axel, ou du sergent Pavel, un agent double déclencherait toute une série de conséquences immédiates, plus funestes les unes que les autres : Membury perdrait Greensleeves au profit de Londres ; le successeur de Pym découvrirait la supercherie en moins de cinq minutes ; Axel serait une fois de plus trahi et ses chances de survie deviendraient bien compromises ; enfin les Membury seraient pour le moins postés en Sibérie.

Non, Tom. Tandis qu'il passait cette nuit capitale à marcher sous un ciel d'idéaux inaccessibles, évitant le lit de

Sabina tant son âme était pure, Pym ne se torturait pas l'esprit à décider comment sortir d'un tel dilemme. Il n'interrogeait pas sa conscience immortelle en prévision de ce que les puristes pourraient appeler un acte de trahison. Il n'envisageait pas que demain puisse être le jour de son exécution irrévocable le jour où pour Pym il n'y aurait plus d'espoir, mais où ton père, Tom, allait naître. Il regardait l'aube se lever sur un jour de beauté et d'harmonie. Un jour où un mauvais dossier pourrait être métamorphosé en bon, un jour où il tiendrait en main le destin de tous ceux qui comptaient sur lui, un jour où les électeurs de sa circonscription secrète tomberaient à genoux pour remercier Pym et son Créateur de l'avoir fait naître afin de veiller sur eux. Il était radieux, il exultait. Il laissait son bon cœur et la foi qu'il avait en lui-même lui redonner courage. Le croisé secret venait de poser son épée sur l'autel et transmettait des messages fraternels au dieu de la guerre.

« Axel, mais passez donc à l'Ouest ! avait supplié Pym. Oubliez le sergent Pavel. Vous pouvez devenir un défecteur ordinaire. Je vous protégerai. Je vous obtiendrai tout ce dont vous aurez besoin. Je le promets. »

Mais Axel se montrait aussi dépourvu de crainte qu'il était déterminé. « Ne me demandez pas de trahir mes amis, Sir Magnus. Je suis le seul qui puisse les sauver. Ne vous ai-je pas déjà dit que j'avais franchi ma dernière frontière ? Si vous m'aidez, nous pouvons remporter une grande victoire. Revenez ici mercredi, à la même heure. »

Mallette à la main, Pym se dirigea d'un pas vif vers le dernier étage de la villa puis déverrouilla la porte de son bureau. Je suis un lève-tôt, tout le monde le sait. Pym aime travailler de bon matin, Pym est zélé, Pym a déjà abattu toute une journée de travail alors que nous en sommes encore à nous raser. Le bureau de Membury n'est séparé du sien que par une grande porte à deux battants. Pym les pousse et pénètre à l'intérieur. La sensation de bien-être qui l'étreint devient intolérable : c'est un mélange étourdissant de détermination, de justice et de soulagement. Je suis béni. Le bureau métallique de Membury n'a rien d'un bureau de

Reichskanzlei. Il est équipé d'un fond en tôle dont le canif militaire suisse de Pym connaît bien les quatre vis. Dans le troisième tiroir en partant du haut, côté gauche, Membury conserve ses ouvrages de référence indispensables : les ordres en vigueur pour cette unité, *Les Poissons saumonés du monde*, un annuaire téléphonique, *Lacs et Plans d'eau d'Autriche*, la répartition générale des forces des services secrets à Londres, une liste des principaux aquariums et un plan de Div. Int., à Vienne, indiquant toutes les unités et leurs fonctions sans qu'aucun nom ne soit mentionné. Pym glisse une main dans le bureau. Ce n'est pas une invasion. Ce n'est pas une vengeance. Aucune initiale ne sera gravée au canif dans la paroi. Je suis ici pour donner une caresse. Classeurs, fascicules à feuilles volantes. Instructions particulières des transmissions marquées « Top secret, à protéger », que Pym n'a jamais vues. Je ne suis pas ici pour voler mais pour emprunter. Il ouvre sa mallette et en tire un appareil photo Agfa de l'armée à l'objectif duquel est fixé un ruban gradué d'une trentaine de centimètres. Il s'agit du même appareil qu'il utilise pour photographier les documents originaux qu'Axel lui apporte mais ne peut lui laisser. Pym règle l'appareil et l'installe sur le bureau. Je suis fait pour cela, se dit-il, pas pour la première fois. Au commencement était l'espion.

Dans une chemise cartonnée où la mention « Vertébrés » a été barrée, il choisit une Répartition des forces de Div. Int. Axel la connaît de toute façon. Le document est néanmoins impressionnant avec ses tampons « Top secret » imprimés en haut et en bas et toutes les autres mentions qui en assurent l'authenticité. Si ma liberté vous importe, trouvez-moi quelque chose de formidable. Il le photographie une fois, puis une deuxième, et se sent comme dégrisé. Il y a trente-six poses sur cette pellicule. Pourquoi chipoter et ne lui en apporter que deux ? Je pourrais faire réellement quelque chose pour notre compréhension mutuelle. Axel, vous méritez mieux que ça. Il se souvient d'une évaluation récente de la menace soviétique par le ministère de la Guerre. Quand ils auront lu ça, ils auront tout lu. L'étude se trouve dans le tiroir du haut, avec le *Manuel des mam-*

mifères aquatiques, et elle commence par un sommaire de toutes les conclusions. Pym en photographie chaque page et termine gentiment sa pellicule. Axel, j'y suis arrivé ! Nous sommes libres. Nous avons mis un peu d'ordre dans le monde, comme vous l'aviez dit ! Nous sommes des hommes du milieu – nous avons fondé un pays à nous avec les peuples de deux puissances !

« Promettez-moi de ne plus jamais m'apporter de renseignements aussi importants, Sir Magnus, lui dit Axel lors de leur rencontre suivante. Car si vous continuez, ils vont me nommer général et nous ne pourrons plus nous voir. »

Cher père – écrivit Pym au *Majestic Hotel* de Karachi où son père vivait présentement pour raisons de santé –, merci pour tes deux lettres. Je suis si content de savoir que tu as la cote avec l'Aga Khan. Je crois pouvoir dire que je ne me débrouille pas mal ici. Tu serais fier de moi.

14

Quand, à l'âge de seize ans, Mary Pym décida qu'il était temps de perdre sa virginité, elle simula une forte crise d'étourdissements adolescents et se fit mettre au lit par l'infirmière au lieu d'aller jouer au hockey. Elle resta donc allongée à l'infirmerie à contempler le mur jusqu'à ce que sonnent les coups de trois heures lui indiquant que l'infirmière venait de partir pour ne reprendre son service qu'à cinq heures. Elle patienta encore cinq minutes exactement d'après sa montre de communion, retint sa respiration pendant trente secondes, ce qui l'aidait toujours à se donner du courage, descendit discrètement l'escalier de pierre de la porte de service, puis passa devant la cuisine et la buanderie avant de traverser un carré d'herbe humide pour gagner une vieille serre de bouturages en brique où l'aide-jardinier avait installé un lit de fortune avec des couvertures et des sacs de jute. Le résultat se révéla plus spectaculaire que l'idée qu'elle s'en faisait et, à la réflexion, ce qui lui plut le plus ne fut pas tant l'acte lui-même que l'attente : le fait d'être allongée audacieusement sur la couche, sa jupe ramenée sur sa taille, en sachant très bien que rien ne pourrait plus l'arrêter maintenant qu'elle s'était décidée ; la sensation de liberté qu'elle avait éprouvée en pénétrant dans le monde du péché.

C'était exactement ce qu'elle ressentait maintenant, assise modestement au rang du milieu, dans le salon surchargé de Caroline Lumsden, parmi les peintures chinoises criardes, les abominables tables thaï et les étagères couvertes de bouddhas industriels, à écouter Caroline se prendre pour la reine d'Angleterre en marmonnant le compte rendu de la dernière réunion de la branche viennoise de l'Association des épouses de diplomates comme une sorte de chant du cygne caverneux. J'y arriverai, se dit Mary avec un calme parfait. Si cela ne marche pas d'une manière, cela marchera d'une autre. Elle regarda par la fenêtre. Georgie et Fergus jouaient les amoureux dans leur Mercedes de location garée de l'autre côté de la rue, et ils feignaient d'examiner ensemble un plan de la ville pour mieux surveiller la porte d'entrée des Lumsden et la Rover que Mary avait laissée dans l'allée. J'emprunterai la porte de service. Ça a marché autrefois, ça marchera aujourd'hui.

« Il a donc été décidé à l'unanimité, se lamentait Caroline, que le rapport des inspecteurs du *Foreign Office* sur le coût de la vie locale était à la fois injuste et orienté, et qu'un sous-comité des Finances serait immédiatement constitué, sous la direction, je suis heureuse de vous l'apprendre, de Mrs. McCormick » – bruissements respectueux. Ruth McCormick était l'épouse du ministre chargé des Affaires économiques et ne pouvait donc être qu'un génie de la finance. Personne ne mentionna le fait qu'elle se tapait l'attaché militaire hollandais. « Le sous-comité relèvera le détail de tous nos problèmes et, cela fait, soumettra une objection écrite à notre association mère de Londres afin qu'elle parvienne par les voies adéquates au chef de l'Inspection lui-même. »

Crépitement d'applaudissements soprano de quatorze paires de mains féminines, y compris celles de Mary. Magnifique, Caroline, magnifique. Dans une autre vie, vous serez la jeune diplomate pleine d'avenir et ce sera au tour de votre mari de rester au foyer et de vous imiter.

Caroline est passée à la rubrique Divers. « Lundi prochain, nous avons notre déjeuner transatlantique hebdomadaire chez Manzi. Midi et demi pile, quatre cents schillings par personne à payer comptant s'il vous plaît, ce qui comprend deux verres de vin. Je vous supplie de ne pas être en retard car il a fallu déployer des trésors de diplomatie pour que Herr Manzi nous donne un salon particulier. » Silence. Vas-y, dis-le, imbécile, l'exhorta mentalement Mary. Peine perdue. Plus tard. « Ensuite, vendredi, soit dans une semaine exactement, Marjory de Weever nous fera avec support de diapositives un cours absolument fascinant sur l'aérobic qu'elle a enseigné avec succès à une classe de tous niveaux confondus au Soudan, où son mari était ministre plénipotentiaire. N'est-ce pas, Marjory ?

– Enfin, il était plutôt chargé d'affaires, en réalité, rugit Marjory depuis le premier rang. Mais sur quatorze mois, l'ambassadeur n'a été là que trois mois. Brian n'a d'ailleurs pas été payé plus pour autant, mais là n'est pas la question. »

Pour l'amour de Dieu ! pensa furieusement Mary. Maintenant ! Mais elle avait oublié que le bonhomme de Penny Sharlow venait de recevoir une saloperie de médaille.

« Et je suis certaine que nous avons toutes envie de féliciter Penny pour le soutien formidable qu'elle a apporté à James pendant toutes ces années, car je parie que, sans elle, il n'aurait jamais rien obtenu du tout ! »

Il s'agissait apparemment d'une plaisanterie à en croire les trop rares rires hystériques qui fusèrent et que Caroline calma d'un regard funèbre se perdant à mi-distance. Elle prit alors sa voix de deuil officiel.

« Et vous, Mary, très chère... vous m'avez assuré que vous vouliez bien que j'évoque ce triste événement » – Mary baissa vivement les yeux sur ses genoux : « Je suis certaine que toutes ici se joindront à moi pour vous dire combien nous sommes désolées par la mort de votre beau-père. Nous savons à quel point Magnus a été affecté par la nouvelle et nous espérons sincèrement qu'il s'en remettra vite et sera au plus tôt de retour parmi nous avec cette bonne humeur que nous trouvons toutes si rafraîchissante. »

Murmures de sympathie. Mary bredouilla un remerciement et se pencha légèrement en avant. Elle perçut le silence anxieux tandis que toutes attendaient qu'elle relève la tête, mais elle la garda baissée. Elle se mit à trembler et fut étonnée de voir de vraies larmes arroser ses poings bien serrés. Elle émit un petit sanglot et, du fond de son obscurité volontaire, entendit la femme du gardien de la chancellerie, la joyeuse Mrs. Simpson, lui dire « Allons, mon petit », tout en passant un bras énorme sur ses épaules. Elle suffoqua à nouveau, repoussa à contrecœur la bonne Mrs. Simpson et se mit péniblement debout, incapable d'arrêter ses larmes : larmes pour Tom, larmes pour Magnus, larmes pour s'être fait déflorer dans la serre de bouturage et je parie que je suis enceinte. Elle laissa Mrs. Simpson lui prendre le bras puis secoua la tête en bredouillant : « Ça va, maintenant. » Elle gagna l'entrée mais s'aperçut que Caroline Lumsden l'avait suivie jusque-là. « Non, merci... vraiment, je ne veux pas m'allonger... j'aurais plutôt envie d'aller marcher un peu... vous pourriez me donner mon manteau, s'il vous plaît ?... bleu, avec un col de fourrure fauve... je préfère rester seule, si cela ne vous dérange pas... vous avez été très aimable... Oh, mon Dieu, je vais me remettre à pleurer.... »

Une fois dans le grand jardin qui s'étendait derrière la maison des Lumsden, elle erra, toujours voûtée, le long du sentier qui s'enfonçait sous les arbres. Arrivée là, elle précipita le mouvement. L'entraînement, songea-t-elle avec gratitude, en ouvrant le portail du fond : il n'y a rien de tel pour vous calmer. Elle se dirigea d'un pas vif vers l'arrêt du bus. Il en passait un toutes les quatorze minutes. Elle avait vérifié.

« Quelle bonne idée de leur part ! s'écria Mrs. Membury avec une intense satisfaction tout en remplissant le verre de Brotherhood de vin de sureau maison. Oui, je trouve vraiment cela sage et avisé. Je n'aurais jamais cru que le ministère de la Guerre pourrait imaginer une chose pareille. Et toi, Harrison ? Il n'est pas sourd, expliqua-t-elle à Brotherhood alors qu'ils patientaient. Juste un peu lent. N'est-ce pas, chéri ? »

Harrison Membury avait quitté le cours d'eau, au fond du jardin, où il était en train de couper des roseaux, et il portait toujours son treillis militaire. A soixante-dix ans, il demeurait massif et bondissant, et son visage exprimait encore quelque chose d'enfantin avec ses joues roses et rebondies, et ses cheveux de soie blanche. Il était installé en bout de table et faisait passer sa part de gâteau maison avec du thé qu'il buvait à une énorme tasse de grès portant l'inscription Gramps. Il bougeait, évalua Brotherhood, deux fois moins vite exactement que sa femme, et parlait deux fois moins fort.

« Oh, je ne sais pas, répondit-il alors que tout le monde avait déjà oublié la question. C'est qu'on trouvait des types vraiment intéressants un peu partout. Ici et là. »

« Posez-lui des questions sur les poissons et vous aurez des réponses bien plus rapides, dit Mrs. Membury en trottant vers un coin de la pièce pour sortir quelques albums perdus au milieu des œuvres complètes d'Evelyn Waugh. Comment vont les truites, Harrison ?

– Oh, parfaitement bien, répondit Membury avec un grand sourire.

– C'est que nous n'avons même pas la permission de les manger, vous savez. Seul le brochet en a le droit. Et maintenant, cela vous amuserait-il de regarder mes photos ? Enfin, je veux dire, est-ce que ce sera une histoire illustrée ? Non, ne me dites rien. Cela multiplie les coûts par deux. C'est ce qu'ils disaient dans l'*Observer*. Les illustrations doublent le prix d'un livre. Mais moi, je trouve que cela les rend deux fois plus attirants aussi. Surtout quand il s'agit de biographies. Je n'arrive à m'intéresser à une biographie que si je peux voir les gens dont on parle. Pour Harrison, c'est différent. Lui, c'est un cérébral et moi je suis une visuelle. Et vous, vous êtes quoi ?

Je crois que je pencherais plutôt de votre côté », répliqua Brotherhood avec un sourire, continuant de jouer son rôle laborieux.

Ils habitaient un de ces villages à moitié urbanisés qui avaient été créés au XVIIe siècle aux alentours de Bath et où les catholiques anglais d'une certaine classe s'étaient rassemblés dans l'exil. La maison se trouvait à la limite de la campagne. C'était une toute petite demeure de grès agrémentée d'un jardin en pente très étroit qui descendait jusqu'à un bout de rivière, et ils étaient tous installés dans la cuisine encombrée, sur des chaises à dossiers ronds, au milieu de vaisselle sale et de tout un bric-à-brac vaguement votif : une plaque de céramique ébréchée à l'effigie de la Sainte Vierge en provenance de Lourdes ; une croix de jonc dépenaillée coincée derrière la cuisinière ; un mobile d'enfant en papier représentant des anges qui tournaient dans le courant d'air ; une photographie de Ronald Knox. Des petits-enfants crasseux venaient les regarder parler avant que leurs mères, de grandes bringues, ne les chassent. On sentait un désordre bienveillant et permanent de toute la maison qu'envahissait le doux frisson de la persécution religieuse. Un soleil matinal blanc perçait la brume de Bath. Des gouttières, parvenait un bruit d'eau qui s'écoulait lentement.

« Vous êtes universitaire ? s'enquit soudain Membury depuis l'autre bout de la table.

– Chéri, je te l'ai dit, monsieur est historien.

– Pour être honnête, je suis un militaire en retraite, monsieur, répliqua Brotherhood. J'ai eu de la chance d'obtenir ce travail. Je serais sans doute déjà complètement oublié si cela ne s'était pas présenté.

– Et quand le livre doit-il sortir ? hurla Mrs. Membury comme si tout le monde était sourd. Il faut que je le sache des mois à l'avance pour que je puisse me mettre sur la liste de Mrs. Lanyon. Tristram, arrête de tirer là-dessus. Nous avons un bibliobus ici, alors vous comprenez... Magda, ma chérie, occupe-toi de Tristram ou il va arracher une page à l'histoire. Il passe une fois par semaine et c'est une vraie bénédiction quand on a la patience d'attendre un peu. Tenez, voici la villa où Harrison avait son bureau et où tout le monde travaillait pour lui. Le corps principal date de 1680, l'aile est récente. Disons XIXe. Voilà son étang. Il l'a complètement empoissonné. La Gestapo avait balancé des grenades dedans et fait sauter tous les poissons. C'était bien d'eux, ces porcs.

– D'après ce que m'ont dit mes patrons, mon travail sera d'abord réservé au personnel interne de la maison, expliqua Brotherhood. C'est seulement ensuite qu'ils en publieront une version expurgée pour le grand public.

– Vous n'êtes pas du MRD, l'infanterie, c'est ça ? demanda Mrs. Membury. Non, ce n'est pas possible. Mr. Marlow, n'est-ce pas ? Enfin, quoi qu'il en soit, je trouve qu'ils ont été bien inspirés. C'est tellement logique de venir voir ceux qui sont encore là avant qu'ils ne passent l'arme à gauche.

– Dans quel corps serviez-vous ? questionna Membury.

– Contentons-nous de dire que je suis allé un peu par-ci par-là, suggéra Brotherhood avec une discrétion appuyée tout en rajustant ses lunettes de lecture.

– Le voilà, dit Mrs. Membury en martelant d'un doigt minuscule une photo de groupe. Ici. C'est le jeune homme dont vous parliez. Magnus. C'est lui qui a vraiment accompli le travail le plus remarquable. Là, c'est le vieux *Rittmeister*, quel ange c'était. Harrison, comment s'appelait le garçon de service, déjà – celui qui aurait dû devenir novice s'il n'avait pas été si bête ?

– J'ai oublié, dit Membury.

– Et qui sont les filles ? insista Brotherhood en souriant.

– Oh, mon pauvre, elles causaient toutes sortes de problèmes. Toutes plus écervelées les unes que les autres, et quand elles n'étaient pas enceintes, elles faisaient des fugues avec de mauvais garçons ou finissaient pas se taillader les poignets. J'aurais pu ouvrir une consultation Marie Stopes [1] à plein temps, à l'époque, si nous avions été pour le contrôle des naissances. Maintenant, nous sommes un peu entre les deux. Nos filles prennent la pilule mais elles tombent quand même enceintes par erreur.

– Elles travaillaient pour nous comme interprètes, déclara Membury en se bourrant une pipe.

– Y avait-il une interprète impliquée dans l'opération Greensleeves ? interrogea Brotherhood.

– Inutile, répondit Membury. Le type parlait allemand. Pym traitait donc seul avec lui.

– Complètement seul ?

– Complètement. Greensleeves insistait là-dessus. Pourquoi ne pas le demander à Pym directement ?

– Mais qui a pris la suite quand Pym est parti ?

– Moi », répondit fièrement Membury, balayant quelques grains de tabac mouillé du devant de son pull-over informe.

Il n'y a rien de tel qu'un calepin à dos rouge pour remettre de l'ordre dans une conversation par trop décousue.

1. Marie Stopes (1880-1958) prôna la réforme sociale et le contrôle des naissances en Angleterre. *(NdT.)*

Après en avoir posé un avec ostentation au milieu des reliefs de plusieurs repas et secoué le bras droit en guise de prélude à une attitude qu'il qualifiait d'officielle, Brotherhood tira un stylo de sa poche avec autant d'emphase qu'un gendarme de village sur le lieu du délit. Les petits-enfants avaient été écartés. Au premier étage quelqu'un essayait de produire de la musique religieuse avec un xylophone.

« Le mieux serait de tout noter en gros, de sorte que je puisse ensuite revenir sur les détails, proposa Brotherhood.

– Excellente idée, commenta Mrs. Membury. Écoute, Harrison, mon chéri.

– Malheureusement, comme je vous l'ai déjà dit, la quasi-totalité de la matière première concernant Greensleeves a été détruite, perdue ou mal classée, ce qui fait peser une responsabilité plus lourde encore sur les épaules des rares témoins oculaires, c'est-à-dire vous. Allons-y maintenant. »

Après cet avertissement presque menaçant, la raison l'emporta pendant un moment durant lequel Membury évoqua avec une précision étonnante les dates et la nature des principaux triomphes de l'opération Greensleeves ainsi que le rôle tenu par le lieutenant Magnus Pym, du corps des renseignements. Brotherhood notait tout avec application, n'intervenant que rarement, et il ne s'interrompait que pour mouiller son pouce afin de tourner les feuilles de son calepin.

« Harrison, mon chéri, tu redeviens lent, le pressait de temps à autre son épouse. Marlow n'a pas toute la journée devant lui. » Et, une fois :

« Marlow doit rentrer à Londres, chéri. Ce n'est pas un poisson. » Mais Membury continuait à nager à son propre rythme, décrivant tantôt les installations militaires soviétiques dans le sud de la Tchécoslovaquie ; tantôt la procédure laborieuse à laquelle il avait fallu se plier pour soutirer des coffres de guerre de Whitehall les petites barres d'or que Greensleeves exigeait en paiement ; tantôt les accrochages qu'il avait eus avec Div. Int. afin d'éviter l'exploitation abusive de son agent préféré. Et Brotherhood, malgré le petit enregistreur niché dans sa poche, prenait tout en notes devant eux : les dates à gauche, les éléments au centre.

« Greensleeves n'a-t-il jamais eu d'autre nom de code,

à aucun moment ? demanda-t-il en passant, sans cesser d'écrire. Il arrive que des sources soient rebaptisées pour raison de sécurité ou parce que le nom a déjà été repéré.

– Réfléchis, Harrison », insista Mrs. Membury.

Membury ôta la pipe de sa bouche.

« Source Wentworth ? », suggéra Brotherhood en tournant une page.

Membury fit non de la tête.

« Il y avait aussi une source.... » Brotherhood eut une hésitation, comme si le nom venait de lui échapper. « Serena, c'est cela, non ?... ou non, plutôt... Sabina. Source Sabina, qui opérait à Vienne. A moins que ce ne soit à Graz ? Peut-être que c'était à Graz, mais avant que vous n'y fussiez. De plus, il était assez courant à l'époque de mêler prénoms masculins et féminins quand il s'agissait de noms de code. Méthode de désinformation classique d'après ce qu'on m'a dit.

– Sabina ! s'écria Mrs. Membury. Pas notre Sabina, quand même ?

– Il parle d'une source, chérie, la rassura Membury, intervenant beaucoup plus vite qu'à l'accoutumée. Notre Sabina était interprète, ce n'était pas un agent. C'est tout à fait différent.

– En tout cas, notre Sabina était absolument...

– Elle n'avait pas de rôle de source, l'interrompit fermement Membury. Allons, ne joue pas les commères. Poppy.

– Je vous demande pardon ? questionna Brotherhood.

– Magnus voulait l'appeler Poppy. C'est ce que nous avons fait pendant quelque temps. Source Poppy. Ça me plaisait assez. Mais il y a eu le 11 novembre [1] et un crétin de Londres a décrété que Poppy aurait constitué une insulte aux victimes de guerre – les poppies sont réservés aux héros, pas aux traîtres Tout à fait typique. Le mec a peut-être même eu de l'avancement pour avoir trouvé ça. Quelle bouffonnerie ! J'étais furieux et Magnus aussi. "Poppy est un héros", disait-il. Cela m'a fait plaisir qu'il dise ça. C'était un gentil garçon.

---

1. En Grande-Bretagne pour la commémoration de l'armistice *(Poppy Day)*, on offre et met un peu partout des coquelicots, souvent factices. *(NdT.)*

« – Le squelette est là, non ? fit Brotherhood en contemplant ses notes. Si nous mettions un peu de chair autour, maintenant ? » Il lisait le plan qu'il avait préparé avant d'arriver sur les premières pages de son calepin. « Personnalités, j'ai l'impression que nous avons déjà abordé le sujet. Valeur, ou manque de valeur, des appelés pour l'effort des services de renseignement en temps de paix, les conscrits constituaient-ils une aide ou une gêne ? Nous verrons cela plus tard. Que sont-ils devenus après ? Ont-ils obtenu des situations intéressantes dans les domaines qu'ils ont choisis ? En effet, vous avez très bien pu rester en rapport avec eux, mais le contraire est encore plus vraisemblable. Là encore, ce sera plutôt à nous qu'à vous de traiter ces questions.

– Certainement, mais pourrait-on savoir ce qu'est devenu Magnus ? s'enquit Mrs. Membury. Harrison a été tellement malheureux qu'il ne nous ait jamais écrit. Et moi aussi. Il ne nous a même jamais fait savoir s'il s'était converti. Nous sentions qu'il en était vraiment à deux doigts. Il n'aurait eu besoin que d'une petite poussée supplémentaire. Harrison est resté exactement comme cela pendant des années. Il a fallu que le père D'Arcy lui en dise, des choses, avant qu'il ne se décide à voir la lumière, n'est-ce pas, chéri ? »

La pipe de Membury s'était éteinte et il en examinait le foyer d'un air désappointé.

« Je n'ai jamais aimé ce type, expliqua-t-il avec une sorte de regret un peu gêné. Il ne me faisait pas bonne impression.

– Chéri, ne sois pas bête. Tu adorais Magnus. Tu l'avais pratiquement adopté. Tu le sais très bien.

– Oh, Magnus était un garçon formidable. Je parle de l'autre type. La source. Greensleeves. Pour être franc, il me faisait un peu l'effet d'un imposteur. Je n'ai rien dit à l'époque – cela ne paraissait pas utile. Pourquoi se plaindre quand Div. Int. et Londres ne cessaient de nous faire des ronds de jambe ?

– Ridicule, commenta Mrs. Membury avec une grande détermination. Marlow, ne l'écoutez pas. Chéri, comme d'habitude tu te montres encore trop modeste. Tu étais la cheville ouvrière de l'opération. Marlow écrit l'historique de tout cela, mon chéri. Il va parler de toi. Tu ne vas quand même pas tout lui gâcher, n'est-ce pas, Marlow ? C'est une manie, en ce moment. Il faut toujours qu'on rabaisse tout. J'en suis malade. Regardez ce qu'on a dit de ce pauvre capitaine Scott à la télévision. Papa connaissait Scott. C'était un homme adorable. »

Membury continua comme si elle n'avait rien dit. « Tous ces généraux de Vienne qui repartaient gais comme des pinsons. Les tonnerres d'applaudissements du ministère de la Guerre ; je n'avais pas de raison de tuer la poule aux œufs d'or puisqu'ils étaient tous si contents, non ? Le jeune Magnus jubilait. Je ne voulais surtout pas lui gâcher son plaisir à lui.

– Et puis il s'instruisait, souligna Mrs. Membury. Harrison s'était arrangé pour qu'il aille voir le père Moynihan deux fois par semaine. Il s'occupait aussi du ticket de la garnison. Il étudiait le tchèque. On ne peut pas faire tout ça en un jour.

– Ah, mais c'est très intéressant, ça. Il apprenait donc le tchèque. Était-ce parce qu'il avait une source tchèque ?

– C'est parce que cette petite friponne de Sabina voulait lui mettre le grappin dessus, répliqua Mrs. Membury, mais cette fois-ci, son mari n'hésita pas à parler en même temps qu'elle.

– La matière qu'il apportait me semblait tellement tape-à-l'œil, disait-il sans se laisser décourager. Cela faisait très bien sur l'assiette, mais dès qu'on commençait à s'y attaquer, il n'y avait pas grand-chose. C'est l'impression que j'avais. » Il émit un petit rire étonné. « C'est comme quand on essaye de manger un brochet. Il n'y a que des arêtes. Un rapport arrivait, vous le regardiez et vous vous disiez que ça avait l'air formidable. Mais dès que vous vous mettiez à l'examiner plus attentivement, ça devenait ennuyeux. Oui, ça c'est sûrement vrai, d'ailleurs nous le savions déjà... Oui, ça, c'est possible mais nous ne pouvons pas le vérifier parce que nous n'avons rien sur cette région. Je ne voulais rien dire mais je pense que les Tchèques pouvaient très bien tirer toutes les ficelles du jeu. J'ai toujours eu le sentiment que c'est pour cette raison que Greensleeves ne s'est plus jamais montré après le retour de Magnus en Angleterre. Il n'était pas si certain de pouvoir berner quelqu'un de plus vieux. Ce n'est pas très gentil de ma part, sans doute. Je ne suis qu'un barjot du brochet, n'est-ce pas, Hannah ? C'est comme ça qu'elle m'appelle. Un barjot du brochet. »

La description les amusa tant tous les deux qu'ils éclatèrent de rire et que Brotherhood fut contraint de se joindre à leur hilarité jusqu'à ce que le vieux couple soit à nouveau en mesure d'entendre ses questions.

« Vous voulez dire que vous n'avez jamais rencontré Greensleeves ? Il n'est pas venu aux rendez-vous ? Pardonnez-moi, monsieur, dit-il en consultant son carnet, mais n'avez-vous pas dit vous-même que c'était vous qui aviez repris la source Greensleeves quand Pym a quitté Graz ?

– Si, effectivement.

– Et vous assurez maintenant ne l'avoir jamais rencontré ?

– C'est la pure vérité. Je ne l'ai jamais vu. Il m'a fait poireauter près de l'autel, pas vrai Hannah ? Elle m'avait fait mettre mon plus beau costume, m'avait emballé toutes ces stupides friandises qu'il était censé aimer – comment cela avait-il commencé, Dieu seul le sait –, et il n'a pas montré le bout de son nez.

– Harrison s'est sans doute trompé de soir, dit Mrs. Membury avec un nouvel éclat de rire. Harrison s'emmêle toujours les pédales avec les dates et les heures, n'est-ce pas, chéri ? C'est qu'il n'a jamais été formé pour faire du renseignement, vous comprenez ? Il était bibliothécaire à Nairobi. Un très bon bibliothécaire. Et puis il a fait la connaissance de quelqu'un sur le bateau et il s'est laissé embringuer là-dedans.

– Pas pour très longtemps, ajouta joyeusement Membury. Kaufmann était venu avec moi. C'était le chauffeur. Un garçon charmant. Bref, il connaissait le lieu de rencontre comme les doigts de sa main. Je ne me suis pas trompé de soir, chérie. C'était le bon, j'en suis sûr. J'ai passé toute la nuit assis dans une grange déserte. Pas un mot de lui, rien. Nous n'avions aucun moyen de pouvoir mettre la main sur lui, tout se passait toujours dans le même sens. J'ai mangé

551

un peu de cette nourriture ridicule ; j'ai bu un peu de son alcool, ça, c'était agréable. Puis je suis rentré. J'ai refait la même chose le lendemain et la nuit suivante encore. J'attendais au moins un message, un coup de fil, comme la première fois. Silence absolu. On n'a plus jamais reçu de ses nouvelles. Nous aurions dû faire une passation de pouvoir en règle en la présence de Pym, je sais, mais Greensleeves ne voulait pas en entendre parler. Une vraie prima donna, comme tous les agents. Une seule personne à la fois. Règle inviolable. » Membury but distraitement au verre de Brotherhood. « Ils étaient furieux à Vienne. Ils m'ont tout mis sur le dos. Alors j'ai fini par leur dire que, de toute façon, ce n'était pas vraiment une bonne affaire, mais ça ne m'a pas exactement aidé. » Il émit à nouveau un bel éclat de rire. « Je crois que c'est à ça que je dois d'avoir été foutu à la porte. On ne me l'a jamais dit, mais je parierais que ça y a pas mal contribué ! »

Mrs. Membury avait préparé un risotto au thon parce que c'était vendredi, et un gâteau au chocolat décoré de cerises auquel Membury n'eut pas le droit de toucher. Après le déjeuner, Brotherhood et elle allèrent se poster au bord de la rivière pour regarder Membury, tout content, couper ses roseaux. Des filets et des cordons bien tendus traversaient toute la largeur du cours d'eau. Au milieu des bacs de reproduction, une vieille barque sombrait au bout de ses amarres. Le soleil, maintenant dégagé de la brume, jetait une lumière vive.

« Parlez-nous donc de cette vilaine Sabina, maintenant », suggéra astucieusement Brotherhood, profitant de ce que Membury ne pouvait les entendre.

Mrs. Membury brûlait d'impatience. Une vraie coquette, assura-t-elle. « Un coup d'œil sur Magnus et elle s'est tout de suite vue avec un passeport britannique, un gentil petit mari britannique et plus de soucis à se faire jusqu'à la fin de ses jours. Mais je ne suis pas mécontente de dire que Magnus était un peu trop malin pour elle. Il a dû la remettre à sa place. Il n'a jamais rien dit à ce sujet, mais c'est ce que nous avons cru comprendre. Un jour à Graz. Le lendemain, envolée.

– Et où est-elle allée ? demanda Brotherhood.

– Elle serait rentrée en Tchécoslovaquie, enfin, c'est ce qu'elle a dit. Nous, nous pensons surtout qu'elle est partie la queue entre les jambes. Elle a laissé un mot à Harrison disant qu'elle avait le mal du pays et qu'elle allait retrouver son ancien petit ami malgré ce régime épouvantable. Comme vous pouvez l'imaginer, ça n'a pas beaucoup plu à Londres. On ne peut pas dire que cela ait fait remonter la cote de Harrison non plus. Ils ont prétendu qu'il aurait dû prévoir le coup et agir en conséquence.

– Je me demande ce qu'elle a pu devenir, murmura Brotherhood sur un ton rêveur d'historien plongé dans le passé. Vous ne vous souvenez pas de son nom de famille, par hasard ?

– Harrison ! Quel était le nom de famille de Sabina ? »

La réponse franchit les eaux avec une promptitude surprenante « Kordt. K-O-R-D-T. Sabina Kordt. Une très belle fille. Charmante.

– Marlow demande ce qu'elle est devenue ?

– Allez savoir. La dernière fois que nous avons entendu parler d'elle, elle avait changé de nom et s'était trouvé une place dans un ministère tchèque. Un transfuge a assuré ensuite qu'elle n'avait jamais cessé de travailler pour eux. »

Mrs. Membury ne fut pas tant stupéfaite que confortée dans son jugement. « Voilà comme tu es ! Mariés depuis cinquante ans, trente et quelques années de passées depuis l'Autriche, et il ne me dit même pas que cette fille a refait surface en Tchécoslovaquie au service d'un de leurs ministères ! Je suppose que, si ça continue, il va m'apprendre qu'il a eu lui aussi une liaison avec elle. Presque tout le monde lui est passé dessus, alors ! Voilà, mon cher, alors c'était bien une espionne, n'est-ce pas ? C'est clair comme le jour. Ils ne l'auraient jamais reprise là-bas s'ils ne l'avaient pas manipulée depuis le début, ils sont bien trop vindicatifs. On dirait que Magnus a bien fait de s'en débarrasser, non ? Vous êtes sûr que vous ne voulez pas rester pour le thé ?

– Si je pouvais vous prendre quelques-unes de ces vieilles photos, dit Brotherhood. Votre contribution vous vaudra des remerciements dans le livre, naturellement. »

Mary connaissait parfaitement la technique. A Berlin, elle avait bien vu Jack l'utiliser une douzaine de fois et elle l'avait même aidé à plusieurs reprises. Au camp d'entraînement, on appelait ça le rabattage au papier : comment arriver à entrer en contact avec quelqu'un en qui l'on n'a pas confiance. A la seule différence qu'aujourd'hui c'était Mary le gibier, et c'était son mystérieux correspondant qui ne lui faisait pas confiance :

> J'ai des informations qui pourraient nous conduire à Magnus. Suivez, je vous prie, les instructions suivantes : un matin entre dix heures et midi, asseyez-vous dans le hall de l'hôtel Ambassador. Un après-midi entre quatorze et dix-huit heures, allez prendre un café au *Mozart*. Un soir entre vingt et une heures et minuit, le salon de l'hôtel Sacher. Mr. König passera vous chercher.

Le *Mozart* était à moitié vide. Mary avait choisi une table centrale, bien en évidence, et s'était commandé un café et un cognac. Ils m'ont vue arriver, et maintenant ils s'assurent que je n'ai pas été suivie. Feignant de consulter son agenda, elle étudia discrètement les gens qui l'entouraient ainsi que les chars à banc et les fiacres garés sur la place, de l'autre côté des grandes vitres, en quête de tout ce qui pouvait évoquer un poste d'observation. Quand on a vécu ce que j'ai vécu, tout devient suspect, pensa-t-elle : les deux bonnes sœurs qui se concentrent sur les cours de la bourse affichés dans la vitrine de la banque, ou le groupe de jeunes cochers en melon qui piétinent en regardant passer les filles. Dans un coin du café, un gros bourgeois viennois semblait lui témoigner un certain intérêt. Je devrais porter un chapeau, se dit-elle. Je ne suis pas une dame respectable. Elle se leva, se dirigea vers le présentoir à journaux et, sans réfléchir, prit *Die Presse*. Voilà, je n'ai plus qu'à le rouler sous mon bras et à sortir dehors les pieds déchaussés, songea-t-elle stupidement en l'ouvrant à la page cinéma.

« Frau Pym ? »

Une voix féminine. Une poitrine féminine. Un visage de femme souriant avec déférence. Il s'agissait de la caissière.

« Oui », répondit Mary en lui rendant son sourire.

La jeune femme tira de derrière son dos une enveloppe qui portait au crayon la mention Frau Pym. « Herr König a laissé ce message pour vous. Il est désolé. »

Mary lui donna cinquante schillings et ouvrit l'enveloppe.

« Prière de régler votre addition et de sortir du café tout de suite. Tournez à droite dans Meysedergasse et restez sur le trottoir de droite. Quand vous atteindrez la zone piétonnière, tournez à gauche et restez sur la gauche. Marchez lentement, en faisant du lèche-vitrines. »

Elle mourait d'envie d'aller aux toilettes mais craignait que ce ne soit mal interprété par son suiveur. Elle fourra donc le message dans son sac, termina son café et porta l'addition à la caisse, où la jeune fille lui sourit à nouveau.

« Ils sont bien tous pareils », décréta la caissière tandis que la monnaie dévalait la rampe en cliquetant.

« Je ne vous le fais pas dire », répliqua Mary. Elles se mirent à rire.

Au moment où elle quittait la salle, un couple de jeunes gens entra et elle eut le sentiment qu'il s'agissait d'Américains déguisés. Mais beaucoup d'Autrichiens avaient cette allure-là. Elle prit à droite et tomba tout de suite sur la Meysedergasse. Les deux bonnes sœurs regardaient toujours les cours de la bourse. Elle avança le long du trottoir de droite. Il était quinze heures vingt et la réunion des Épouses devait se terminer sans faute à dix-sept heures afin que ces dames puissent revêtir leurs robes décolletées et prendre leurs sacs à paillettes pour se rendre au marché aux bestiaux du soir. Mais même une fois que toutes seraient parties et que seule la voiture de Mary resterait encore garée dans l'allée des Lumsden, Fergus et Georgie penseraient certainement que leur protégée s'attardait un peu pour prendre tranquillement un verre avec Caroline. Si j'arrive à être de retour pour six heures moins le quart, j'ai encore une chance, décida-t-elle. Elle s'arrêta devant une boutique de lingerie féminine et n'eut plus qu'à admirer la guêpière de pute qui ornait la vitrine. Qui peut bien acheter ce genre de trucs ? Bee Lederer, je parie. Elle espérait que quelque chose allait bientôt se produire, avant que l'ambassadrice ne sorte du magasin avec une brassée de dessous coquins, ou qu'un célibataire oisif ne commence à la draguer.

« Frau Pym ? Je viens de la part de Herr König. Suivez-moi, s'il vous plaît. Vite. »

La fille était jolie, mal habillée et plutôt nerveuse. Lui emboîtant le pas, Mary se crut revenue à Prague, lorsqu'elle allait voir des artistes peintres mal vus par les autorités. La petite rue qu'elles empruntèrent, d'abord bourrée de boutiques, devenait soudain très morne. Mary savait tous ses sens en éveil. Elle huma une odeur d'épicerie mêlée au froid et à de la fumée de tabac. Elle jeta un coup d'œil à l'intérieur d'un magasin et reconnut l'homme du café *Mozart*. La fille tourna à gauche, puis à droite et encore à gauche. Où suis-je ? Elles arrivèrent à une petite place pavée. C'est la Kärntnerstrasse. Non, pas du tout. Un hippie prit Mary en photo et voulut lui donner sa carte. Mary l'écarta du bras. Un petit ours de plastique rouge ouvrait la bouche pour réclamer une participation à quelque œuvre de charité. Un groupe pop asiatique jouait une chanson des Beatles. A l'autre bout de la place, la route partait à double voie et une Peugeot brune était garée du côté le plus rapproché, un homme assis au volant. Les voyant approcher, il leur ouvrit la portière arrière. La fille maintint la portière et ordonna à Mary de monter. Mary obéit et la fille l'imita. Ce doit être le Ring, pensa Mary. En tout cas, ce n'était pas une portion du Ring qu'elle connaissait. Elle remarqua qu'une Mercedes noire semblait les suivre. Fergus et Georgie, pensa-t-elle, sachant très bien que ce ne pouvait être eux. Le chauffeur regarda des deux côtés puis fonça droit sur le terre-plein central. Bang ! voilà pour les pneus avant, bang ! ça c'est mon dos que vous venez de briser. Des klaxons retentirent de partout et la fille lança un regard inquiet par la vitre arrière. Ils quittèrent alors la route à deux voies, dévalèrent une petite rue, traversèrent une place et foncèrent jusqu'à l'Opéra où l'auto s'immobilisa. La portière de Mary s'ouvrit. La fille lui ordonna de descendre.

A peine Mary eut-elle posé le pied sur le trottoir qu'une autre femme passa précipitamment devant elle et prit sa place. La voiture s'éloigna rapidement ; c'était la plus belle substitution que Mary eût jamais vue. Une Mercedes noire la suivait toujours, mais Mary eut l'impression que ce n'était pas la même. Un jeune homme élégant et quelque peu embarrassé lui faisait franchir une porte immense donnant sur une cour.

« Prenez l'ascenseur, je vous prie, Mary, lui indiqua le jeune homme avec cet accent américain qu'ont parfois les Européens, en lui tendant un bout de papier. Porte six, s'il vous plaît. Six. Vous vous y rendez seule. Vous avez enregistré ?

– Six », répondit Mary.

Il sourit. « Quand on a peur, il arrive qu'on oublie tout.

– Bien sûr », dit-elle. Elle se dirigea vers la porte et il lui sourit encore en agitant la main. Elle poussa le battant et découvrit le vieil ascenseur qui attendait, grilles grandes ouvertes, et un vieux portier qui lui souriait aussi. Ils ont tous fait la même école de charme, pensa-t-elle. Elle pénétra dans la cabine et demanda « Six, s'il vous plaît » au portier qui l'expédia aussitôt vers l'étage voulu. Tandis que la porte d'entrée sombrait sous elle, elle aperçut une dernière fois le jeune homme, toujours souriant dans la cour, et deux jeunes filles assez élégantes elles aussi qui consultaient un morceau de papier juste derrière lui. Le bout de papier qu'elle-même tenait à la main indiquait : « six Herr König ». Curieux, se dit-elle en le glissant dans son sac, moi, ce serait plutôt l'inverse. Je n'oublie plus rien quand j'ai la trouille. Le numéro d'immatriculation de la voiture, par exemple. Ou celui de la seconde Mercedes. Les mèches de cheveux teintes en noir sur la nuque du chauffeur. Opium, le parfum que répandait la fille, celui que Magnus veut toujours me rapporter quand il prend l'avion. La grosse bague en or avec son sceau rouge à la main gauche du jeune homme.

La porte numéro six était grande ouverte. Une plaque de cuivre indiquait : « Interhansa Austria AG ». Elle entra et la porte se referma derrière elle. Une fille encore, mais pas jolie. Une fille massive et renfrognée dotée d'un faciès plat de Slave et de manières rebelles, chargées de ressentiment. D'un air peu amène, elle fit signe à Mary d'avancer. Mary pénétra dans un salon très sombre et ne vit personne. A l'autre bout de la pièce, elle repéra une autre porte, à double battants, ouverte elle aussi. Tout l'ameublement cherchait à imiter le vieux style viennois. Fausses commodes anciennes et faux tableaux à l'huile défilaient à mesure qu'elle avançait. Des appliques en toc se tendaient vers elle depuis les motifs du papier peint imitation impérial. Tout en marchant, elle sentit une nouvelle bouffée de désir érotique l'envahir, comme à la réunion des Épouses. Il va m'ordonner de me déshabiller et j'obéirai. Il va m'emmener sur un lit à baldaquin rouge et me fera violer par ses laquais pour son seul plaisir. Cependant, la seconde pièce ne contenait aucun lit à baldaquin, ce n'était qu'un salon semblable au premier et il comprenait un bureau, deux fauteuils et une pile de vieux numéros de *Vogue* posée sur une table basse. Sinon, elle était encore déserte. Prise de colère, Mary fit volte-face dans l'intention d'insulter la jeune Slave au visage plat. Mais c'est lui qu'elle découvrit soudain à sa place. Il se tenait en effet dans l'encadrement de la porte, en train de tirer sur un cigare, et elle resta un instant étonnée de ne pas en sentir la fumée quoi qu'elle sût instinctivement que rien chez cet homme ne pourrait jamais la surprendre. L'instant suivant, l'arôme du tabac avait effleuré sa narine, et elle serrait la main dolente de son hôte comme si c'était la manière dont ils se saluaient toujours lorsqu'ils se rencontraient en grande tenue dans les salons de Vienne.

« Vous êtes une femme courageuse, fit-il remarquer. Vous attend-on de bonne heure ou qu'est-il prévu ? Que pourrions-nous faire pour vous faciliter la vie ? »

Voilà qui est parfait, pensa-t-elle, submergée par un soulagement absurde. La première chose qu'il convient toujours de demander à un agent, c'est pendant combien de temps on va l'avoir à sa disposition. La deuxième vise à savoir s'il a besoin d'aide immédiate. Magnus est en de bonnes mains. Mais elle le savait déjà.

« Où est-il ? », questionna-t-elle.

Il possédait cette autorité qui donnait droit à l'échec. « Si seulement nous le savions, comme nous serions heureux tous les deux ! acquiesça-t-il comme si la question de la jeune femme n'avait été qu'une exclamation de désespoir, et il lui indiqua d'un mouvement de ses longues mains sur quel siège s'installer. Nous, songea-t-elle. Nous sommes égaux, et pourtant, c'est vous qui commandez. Pas étonnant que Tom ait eu le coup de foudre pour vous.

Ils se tenaient l'un en face de l'autre, elle sur le sofa couleur or, lui sur le fauteuil du même or. La jeune Slave leur avait apporté un plateau de vodka, de cornichons et de tranches de pain noir, et la dévotion qu'elle avait pour cet homme était presque obscène tant elle minaudait et jouait les coquettes. C'est une de ses Martha, se dit Mary, se référant au nom que Magnus donnait à ses secrétaires d'antenne. Il servit deux bonnes rasades de vodka, tenant à chaque fois le verre très soigneusement. Il but à la santé de Mary en la regardant par-dessus le bord du verre. Magnus fait cela aussi, songea-t-elle. Et c'est de vous qu'il l'a appris.

« A-t-il téléphoné ? demanda-t-il.

– Non, il ne peut pas.

– Non, évidemment, lui accorda-t-il d'un air compréhensif. La maison est sur écoute et il le sait. A-t-il écrit ? »

Elle fit non de la tête.

« C'est plus sage. Ils le cherchent partout. Ils sont absolument furieux contre lui.

– Pas vous ?

– Comment pourrais-je l'être alors que je lui dois tant ? Le dernier message que j'ai reçu de lui me disait qu'il ne voulait plus me voir. Il disait qu'il était libre maintenant, et me faisait ses adieux. J'ai ressenti comme un véritable pincement de jalousie. Quelle était cette liberté dont il jouissait soudain et qu'il ne pouvait partager avec nous ?

– Il m'a dit la même chose, à propos du fait qu'il était libre. Je crois qu'il l'a dit à plusieurs personnes. A Tom aussi. »

Pourquoi suis-je en train de vous parler comme si nous étions amants de toujours ? Quelle sorte de pute suis-je donc pour être prête à me débarrasser de mes serments de fidélité comme de mes vêtements ? S'il s'était penché vers elle pour lui prendre la main, elle l'aurait laissé faire. S'il l'avait attirée à lui...

« Il aurait dû me suivre quand je le lui ai dit, remarqua-t-il sur ce même ton de reproche philosophique. "C'est terminé pour nous, Sir Magnus", lui ai-je répété – pardonnez-moi, c'est ainsi que je l'appelle.

– A Corfou, nota Mary.

– A Corfou, à Athènes, partout où j'ai pu lui parler. "Suivez-moi. Nous sommes finis vous et moi. Il est temps que les anciens laissent le terrain à une nouvelle génération angoissée." Il ne voulait pas comprendre. "Voulez-vous ressembler à ces malheureux comédiens sur le retour qu'il faut littéralement arracher à la scène ?" Il n'a pas voulu m'écouter. Il était absolument certain qu'on l'innocenterait.

– Cela a failli se faire, peut-être même que ça s'est fait. C'est ce qu'il croyait.

– Brotherhood a gagné un peu de temps et c'est tout. Jack lui-même ne pouvait pas retenir la meute indéfiniment. En outre, Jack est passé du côté des méchants maintenant. Il n'est pire fureur que celle d'un protecteur trahi. »

Mary crut une fois encore reconnaître Magnus. C'est donc cet homme qui a inculqué son style à Magnus, pensat-elle. Le style qu'il voulait à tout prix rendre dans son roman. Cet homme lui a enseigné à être au-dessus des faiblesses humaines et à rire de lui-même tel un dieu, afin de faire obstacle aux élans morbides. Il a fait pour Magnus tout ce qu'une femme aurait adoré qu'on fasse pour elle.

« Son père semble avoir été quelqu'un d'assez mystérieux, dit-il en allumant un autre cigare. Que faut-il en penser, d'après vous ?

– Je ne sais pas. Je ne l'ai jamais rencontré. Et vous ?

– De nombreuses fois. En Suisse, quand Magnus était étudiant, son père était un grand capitaine de vaisseau qui avait coulé avec son navire. »

Elle rit. Seigneur, j'ai vraiment envie de rire. C'est moi maintenant qui m'imprègne de son style.

« Mais oui. Ensuite, quand j'ai à nouveau entendu parler

de lui, il était devenu grand baron de la finance. Ses tentacules s'étendaient à toutes les grandes banques européennes. Il avait miraculeusement réchappé de la noyade.

– Oh, mon Dieu ! », s'exclama-t-elle. Et d'éclater à nouveau d'un rire cathartique et incontrôlé.

« Comme j'étais encore allemand à l'époque, j'ai éprouvé un grand soulagement. Le naufrage de son père m'avait donné jusque-là très mauvaise conscience. Savez-vous ce qui, chez votre mari, nous donne tellement mauvaise conscience ?

– Ses possibilités », répondit-elle sans réfléchir avant de boire un long trait de vodka. Elle tremblait et avait les joues en feu. Il l'observait tranquillement, l'aidant ainsi à recouvrer son calme.

« Vous êtes son autre vie, déclara-t-elle enfin.

– Il m'a toujours affirmé que j'étais son plus vieil ami. Si vous connaissez une autre version, je vous supplie de ne pas m'enlever mes illusions. »

Elle reprenait ses sens. La pièce se clarifiait et ses idées avec. « Je croyais que ce privilège était réservé à quelqu'un qui s'appelle Poppy, dit-elle.

– Où avez-vous entendu ce nom ?

– Il figure dans le grand livre qu'il est en train d'écrire. "Poppy. Mon destin. Chère âme sœur."

– C'est tout ?

– Oh non. Il y en a beaucoup plus. Poppy a droit à un bon passage toutes les cinq pages. Poppy ceci, Poppy cela. Quand ils ont découvert l'appareil photo et le carnet de chiffrement, il y avait aussi là des coquelicots séchés, comme des souvenirs. »

Elle avait espéré le déconcerter mais ne tira de lui qu'un petit sourire de satisfaction.

« Je suis flatté. Poppy est le joli nom de code qu'il m'avait octroyé voilà bien des années. Je suis resté Poppy pendant la majeure partie de nos vies respectives. »

Elle ne put se résoudre à lâcher prise. « Mais qu'est-ce qu'il est au juste ? interrogea-t-elle. Serait-il communiste ? Ce n'est pas possible, ce serait vraiment trop ridicule. »

Il ouvrit ses longues mains. Il sourit encore, d'un sourire

communicatif où il faisait de ses propres interrogations un lien de complicité immédiat. Il paraissait invulnérable. « Je me suis moi-même posé cette question bien souvent. Alors, j'ai fini par me demander qui croyait encore au mariage de nos jours. Il cherche. N'est-ce pas suffisant ? Je suis certain que nous ne pouvons pas exiger davantage, dans notre profession. Vous imagineriez-vous mariée à un idéologue sédentaire ? J'avais un oncle qui était pasteur luthérien. Il nous ennuyait tous à mourir. »

Elle se sentait devenir plus forte. Moins déséquilibrée. Plus indignée. « Que faisait exactement Magnus pour vous ? demanda-t-elle.

– Il espionnait. De façon sélective il est vrai. Mais il trahissait indubitablement. Et parfois même avec la plus grande énergie – vous comprendrez sans peine ce que je veux dire. Dès que tout va bien et qu'il se sent heureux, il croit en Dieu et veut que chacun reçoive un présent. Dès que le moral baisse, il devient maussade et refuse d'aller à l'église. Ceux d'entre nous qui le dirigent doivent vivre avec ça.... »

Il ne m'est rien arrivé, pensa-t-elle. Elle se tenait assise, bien droite, à siroter de la vodka avec un parfait inconnu, chez lui. Il a prononcé la sentence, pensa-t-elle tranquillement, comme si elle assistait au procès de quelqu'un d'autre. Magnus est mort. Mary est morte. Leur mariage est mort. Tom est orphelin et se retrouve avec un traître pour père. Tout le monde va parfaitement bien.

« Mais moi, je ne le dirige pas », objecta-t-elle, le reprenant tout à fait calmement.

Il parut ne pas remarquer la nouvelle froideur que manifestait la voix de la jeune femme. « Laissez-moi me faire valoir un peu à vos yeux. J'ai beaucoup d'affection pour votre mari. »

J'espère bien, pensa-t-elle. Il nous a quand même sacrifiés pour vous.

« Je lui dois aussi beaucoup, continua-t-il. Je peux lui donner tout ce qu'il peut désirer pour le restant de ses jours. Je suis de loin préférable à Jack Brotherhood et à son service. »

Ce n'est pas vrai, pensa-t-elle. Ce n'est pas vrai du tout.

« Vous avez dit quelque chose ? », s'enquit-il.

Elle lui sourit tristement et fit non de la tête.

« Brotherhood cherche à retrouver votre mari pour le punir. Je me situe à l'inverse. Je cherche à le retrouver pour le récompenser. Tout ce qu'il nous permettra de lui offrir, nous le lui offrirons. » Il tira sur son cigare.

Vous n'êtes qu'un imposteur, pensa-t-elle. Vous avez séduit mon mari et vous vous prétendez son ami et le mien.

« Vous connaissez ce métier, Mary. Je n'ai pas besoin de vous dire qu'un homme dans sa position est extrêmement prisé. Pour être tout à fait honnête, nous ne pouvons pas nous permettre de le perdre. La dernière chose que nous voudrions, c'est de le savoir croupir à perpétuité dans une prison britannique, à raconter aux autorités tout ce qu'il a fait pour nous pendant plus de trente ans. Et nous n'avons pas vraiment envie non plus qu'il écrive un livre. »

Tu parles, pensa-t-elle. Et nous, qu'est-ce qu'on devient ?

« Nous préférerions de loin qu'il profite d'une retraite bien méritée parmi nous – distinctions, médailles, auprès de sa famille s'il le désire – en un lieu où nous pourrions encore le consulter au besoin. Je ne puis garantir que nous lui permettrons de mener la double vie à laquelle il s'est accoutumé, mais en dehors de cela, nous ferons de notre mieux pour satisfaire toutes ses exigences.

– Mais il ne veut plus de vous, non ? C'est pour cela qu'il se cache. »

Il tira de nouveau sur son cigare, agitant une main entre chaque bouffée afin de ne pas déranger son invitée. Mais la fumée la dérangeait quand même. Cette fumée l'accuserait, la dégoûterait et lui ferait honte jusqu'à la fin de sa vie. Il s'était remis à parler. Sur un ton raisonnable.

« Je dois avouer que je suis complètement à court d'idées. J'ai fait tout ce que j'ai pu pour brouiller les pistes afin de retrouver votre mari avant Brotherhood et les autres. Mais je n'ai toujours pas la moindre idée de l'endroit où il peut être, et je me fais l'effet d'un parfait imbécile.

– Qu'est-il advenu des gens qu'il a trahis ? demanda-t-elle.

– Magnus ? Il a horreur des effusions de sang. Il a toujours insisté sur ce point.

– Cela n'a jamais empêché personne de faire couler le sang. »

Il s'interrompit une fois de plus pour s'octroyer un petit instant de gravité intérieure. « Vous avez raison, dit-il enfin. Mais il a choisi une profession impitoyable. Je crains qu'il ne soit un peu trop tard pour remettre notre morale en question.

– Certains ne s'y sont pas encore faits », déclara-t-elle. Elle ne parvenait cependant pas à l'émouvoir. « Pourquoi m'avez-vous fait venir ici ? »

Elle croisa ses yeux et s'aperçut que même si rien n'avait changé dans son expression, son visage paraissait différent, ce qui se produisait parfois lorsqu'elle regardait Magnus.

« Avant votre arrivée, je me disais que votre fils et vous aimeriez peut-être commencer une vie nouvelle en Tchécoslovaquie et que Magnus pourrait alors avoir très envie de vous y rejoindre. » Il montra une serviette posée près de lui. « Je vous avais apporté des passeports et tout le cirque qui va avec. C'était stupide. Maintenant que je vous ai rencontrée, je me rends compte que vous n'êtes pas faite de l'étoffe des transfuges. Cependant, il m'apparaît toujours possible que vous sachiez où il se trouve et que vous ayez jusqu'à présent réussi à le taire parce que vous êtes une femme de caractère. Vous ne pouvez croire qu'il est mieux là où il est, à se terrer pour échapper à ses poursuivants, qu'il ne le serait avec moi. Alors, si vous savez où il se cache, je crois que le mieux serait de me le dire maintenant.

– Je ne le sais pas, répondit-elle, et elle ferma la bouche pour se retenir d'ajouter : et même si je le savais, vous seriez la dernière personne à qui je le dirais.

– Mais vous avez bien une idée, une théorie ? Vous n'avez sûrement pensé à rien d'autre depuis qu'il est parti. "Magnus, où es-tu ?" C'en est presque une obsession, non ?

– Je ne sais pas. Vous en savez plus que moi sur lui. »

Elle commençait à haïr son air de petit saint. Sa manière de réfléchir avant de lui parler, comme s'il se demandait si elle allait pouvoir comprendre sa prochaine question.

« Vous a-t-il jamais parlé d'une femme appelée Lippsie ? interrogea-t-il.

– Non.

– Elle est morte alors qu'il était enfant. Elle était juive. Tous ses parents et amis avaient été tués par les Allemands. Il semble qu'elle avait plus ou moins fait de Magnus sa raison de vivre. Puis elle a changé brutalement d'idée et elle s'est suicidée. Les raisons d'un tel acte sont, comme toujours avec Magnus, assez floues. Cela a néanmoins fourni un exemple singulier pour un enfant. Magnus est un imitateur de génie, même s'il n'en est pas vraiment conscient. J'ai parfois l'impression très nette qu'il est entièrement constitué de pièces rapportées, le malheureux.

– Il ne m'a jamais parlé d'elle », répéta-t-elle, têtue.

Il s'illumina. Exactement comme le faisait Magnus. « Allons, Mary. N'avez-vous pas, en guise de consolation, le sentiment que quelqu'un veille sur lui ? Je suis sûr que oui. J'ai toujours compris que Magnus ne se sent attiré que par les êtres humains et pas du tout par les idées. Il a horreur de la solitude parce que le monde lui paraît alors vide. Alors qui veille sur lui ? Essayons d'imaginer vers qui il aurait pu se tourner – je ne parle pas de femmes, vous comprenez. Seulement d'amis. »

Elle lissait sa jupe et cherchait son manteau des yeux. « Je vais prendre un taxi, annonça-t-elle. Inutile d'en appeler un. Il y a une station juste au coin de la rue. Je l'ai repérée en arrivant.

– Pourquoi pas sa mère ? Ce serait bien le genre de personne vers qui aller. »

Elle le dévisagea, n'en croyant pas ses oreilles.

« Il m'a parlé de sa mère pour la première fois il n'y a pas longtemps, expliqua-t-il. Il m'a dit qu'il avait recommencé à la voir. J'ai été surpris. Flatté aussi, je l'avoue. Il l'a dénichée je ne sais où et l'a mise dans une maison de retraite. La voit-il souvent ? »

Elle eut la présence d'esprit nécessaire. Juste à propos, elle sentit toute sa ruse revenir au galop. Magnus n'a plus de mère, imbécile. Elle est morte, il l'a à peine connue et il s'en moque éperdument. La seule vérité que je puisse assurer à son propos, et je suis prête à le jurer sur mon lit de mort, c'est que Magnus Pym n'est pas et n'a jamais été le fils adulte de quelque mère que ce soit. Mais Mary garda la tête froide. Elle ne lui lança pas la moindre insulte, ne prit pas un air méprisant ni n'éclata de rire en apprenant avec soulagement que Magnus avait menti avec le même aplomb à son plus cher et plus vieil ami qu'à son épouse, son fils et son pays. Elle s'exprima tout à fait naturellement, tranquillement, comme sait le faire tout bon espion.

« Il aime bien bavarder de temps en temps avec elle, bien sûr », concéda-t-elle. Elle saisit son sac et jeta un coup d'œil dedans comme pour s'assurer qu'elle avait bien l'argent du taxi.

« Mais n'aurait-il pas pu se rendre dans le Devon pour passer quelque temps avec elle ? Elle lui a été si reconnaissante de l'avoir enfin ramenée au bord de la mer. Magnus se sentait tellement fier d'avoir joué les magiciens pour elle. Il ne pouvait plus s'arrêter de raconter les balades merveilleuses qu'ils avaient faites ensemble sur la plage. L'habitude qu'il avait prise de la conduire à l'église le dimanche et de lui faire son jardinage. Peut-être qu'il n'est occupé qu'à des activités aussi innocentes que celles-ci.

– Mais c'est le premier endroit où ils sont allés voir, mentit Mary en refermant son sac. Ils ont complètement bouleversé la pauvre vieille dame. Comment puis-je vous joindre si j'en ai besoin ? Je lance un journal par-dessus le mur ? »

Elle se leva. Il se leva aussi, mais avec moins d'aisance. Son sourire ne s'était pas altéré, ses yeux exprimaient toujours le même mélange de sagesse, de tristesse et de gaieté que Magnus enviait tant.

« Je ne pense pas que vous aurez besoin de moi, Mary. Et peut-être êtes-vous dans le vrai quand vous dites que Magnus ne veut plus me voir. Pourvu qu'il veuille voir quelqu'un d'autre. C'est la seule chose dont nous devons nous préoccuper si nous l'aimons. Il y a tant de manières de se venger du monde. Il arrive que la littérature n'y suffise pas. »

L'altération qu'elle perçut dans sa voix atténua momentanément sa hâte de s'en aller.

« Il trouvera une solution, fit-elle avec insouciance. Il en trouve toujours.

– C'est bien ce que je crains. »

Il la reconduisit vers la porte d'entrée, lentement à cause de sa claudication. Il appela l'ascenseur et lui tint la grille ouverte. Elle pénétra dans la cabine. La dernière vision qu'elle eut de lui fut hachée par les barres métalliques. Il la regardait. Elle recommençait déjà à l'aimer et mourait de peur.

Elle avait mis au point ce qu'elle allait faire. Elle avait son passeport et sa carte de crédit sur elle. Elle les avait vus en jetant un coup d'œil à l'intérieur de son sac. Ce plan lui était venu parce qu'il correspondait aux exercices d'entraînement qu'elle avait suivis dans de petites villes anglaises puis, plus tard et avec quelques variantes, à Berlin. Le soir tombait sur le monde des mortels. Dans la cour, deux prêtres conversaient à voix basse, leurs têtes penchées l'une vers l'autre, tout en balançant leur bréviaire derrière leur dos. La rue fourmillait de petits commerces. Une centaine de personnes pouvaient la surveiller, et quand elle entreprit de passer en revue les possibilités, ce nombre parut se confirmer. Elle imagina une sorte de chasse à courre viennoise dont Nigel était le grand veneur, Georgie et Fergus les piqueurs, et le petit Lederer barbu le maître d'équipage tandis que des meutes de Tchèques menaient une poursuite acharnée. Le pauvre vieux Jack, lui, privé de cheval, se traînait à l'horizon, loin derrière.

Elle choisit l'*Imperial*, que Magnus aimait tant pour sa magnificence. « Excusez-moi, je n'ai pas de bagages mais je voudrais une chambre pour la nuit », dit-elle au réceptionniste aux cheveux d'argent en lui tendant sa carte de crédit. L'employé, qui la reconnut aussitôt, lui demanda : « Comment va votre mari, madame ? »

Un chasseur la conduisit à une chambre splendide du premier étage. La 121, celle que tout le monde demande, pensa-t-elle. Cette même chambre où je lui ai offert pour son anniversaire un superbe dîner et une nuit d'amour. Le souvenir ne l'émut pas le moins du monde. Elle appela le réceptionniste et le pria de lui réserver une place sur le vol du lendemain matin à destination de Londres : « Bien sûr, Frau Pym. » De la fumée, se rappela-t-elle. C'est comme cela qu'on appelait les fausses pistes. Elle s'assit sur le lit et écouta les bruits de pas se raréfier dans le couloir à mesure que l'heure du dîner approchait. Une porte à double battant haute de trois mètres cinquante. Un tableau d'Eckenbrecher intitulé *Soir sur le Bosphore*. « Je t'aimerai jusqu'à ce que nous soyons tous les deux trop vieux », lui avait-il déclaré, la tête posée sur ce même oreiller. « Et puis je t'aimerai encore après. » Le téléphone sonna. C'était le réceptionniste qui lui annonçait qu'il ne restait plus que des premières. Prenez une première alors, lui commanda Mary. Elle retira ses chaussures et les ramassa avant d'ouvrir doucement la porte pour regarder dehors. Si j'ai l'impression qu'on m'observe, je porterai mes souliers à cirer. Un brouhaha de voix et de musique enregistrée lui parvenait. Une bouffée de sauce au fenouil émanait de la salle à manger. Du poisson. Ils font si bien le poisson. Elle arriva sur le palier, attendit, mais personne ne se montra. Des statues de marbre. Des portraits de nobles portant favoris. Elle remit ses chaussures, monta un étage par l'escalier puis appela l'ascenseur et descendit au rez-de-chaussée, dans un petit couloir écarté de la réception. Un passage un peu sombre menait à l'arrière de l'hôtel. Elle l'emprunta, se dirigeant vers une porte de service tout au bout. Celle-ci était entrouverte. Elle la poussa, présentant déjà un sourire d'excuse. Un vieux serveur mettait la touche finale à un dîner en chambre particulière. Une autre porte était ouverte derrière lui et donnait sur une petite rue. Lançant un joyeux *« Guten Abend »* à l'adresse du serveur, elle sortit vivement par la seconde porte et s'enfonça dans l'air frais pour héler un taxi. « Wienerwald », annonça-t-elle par l'interphone, « Wienerwald ». « Wienerwald », l'entendit-elle répéter dans son micro. Rien ne les suivit. Aux abords du Ring, elle lui donna cent schillings, descendit promptement à un passage piéton et prit un second taxi pour l'aéroport où elle s'enferma pendant une heure avec un livre dans les toilettes pour dames en attendant le dernier vol à destination de Francfort.

Plus tôt, ce même soir.

La maison était flanquée d'une jumelle, parfaitement identique, et s'adossait à un remblai de chemin de fer, exactement comme l'avait décrite Tom. Une fois encore, Brotherhood repéra les lieux avant de s'en approcher. La route était aussi rectiligne que les rails et paraissait tout aussi longue. Rien sinon le soleil couchant automnal ne venait troubler l'horizon. Il y avait la route, il y avait le remblai avec ses poteaux télégraphiques et une grande citerne, puis il y avait cet immense ciel de l'enfance loqueteuse de Brotherhood, ce ciel qui s'emplissait toujours de nuées blanches provoquées par les trains à vapeur qui cahotaient au milieu des marais jusqu'à Norwich. Les maisons étaient toutes bâties sur le même modèle et, alors qu'il les examinait, Brotherhood trouva soudain – mais sans comprendre vraiment pourquoi – leur symétrie harmonieuse. C'est l'ordre des choses, pensa-t-il. Ce sont ces rangées de petits cercueils anglais que je croyais protéger. De bons Blancs en rangs bien ordonnés. Le numéro 75 avait remplacé son portail de bois par du fer forgé où l'on pouvait lire « Eldorado » en écriture cursive. Au numéro 77, on avait bétonné l'allée en la parsemant de petits coquillages. Au 79, destination de Brotherhood, un pavillon britannique flottait crânement au bout d'un beau mât blanc planté tout contre la limite du territoire. De profondes traces de pneus creusaient la petite allée de gravier. Une grille d'interphone était encastrée dans le mur, juste à côté du bouton de sonnette reluisant. Brotherhood pressa ce dernier et attendit. Un tonnerre de parasites l'accueillit, suivi par une voix masculine plutôt sifflante.

« Qui c'est, bon Dieu ?

– Vous êtes bien Mr. Lemon ? s'enquit Brotherhood par l'interphone.

– Et si je vous réponds que oui ? fit la voix.

– Je m'appelle Marlow. Je me demandais si nous ne

569

pourrions pas avoir une petite conversation strictement personnelle. C'est pour un service.

– J'en ai déjà un : trois pièces, parfait état, merci. Allez vous faire foutre. »

Le rideau à filet de la grande baie vitrée s'écarta suffisamment pour que Brotherhood puisse entrevoir un petit visage lumineux, cuivré et très ridé qui l'observait dans l'ombre.

« Laissez-moi présenter les choses autrement alors, fit Brotherhood plus doucement, toujours dans l'interphone. Je suis un ami de Magnus Pym. »

Nouvel assaut de parasites tandis que la voix semblait reprendre des forces à l'autre bout du fil. « Pourquoi ne pas l'avoir dit tout de suite ? Entrez donc et venez prendre un petit verre. »

Syd Lemon était alors un tout petit homme plutôt épais et tout de brun vêtu, comme un lapin. Ses cheveux bruns, sans la moindre mèche blanche, étaient soigneusement séparés par une raie au milieu de son crâne. Sa cravate brune s'ornait de têtes de chevaux qui contemplaient son cœur d'un air dubitatif. Il portait un cardigan brun impeccable et un pantalon brun parfaitement repassé, et le bout de ses souliers bruns brillait comme des marrons d'Inde. Au milieu d'un labyrinthe de rides cuites au soleil, deux yeux vifs d'animal pétillaient joyeusement même si le souffle, lui, paraissait faire défaut. Il s'appuyait sur une canne d'épine noire à embout de caoutchouc et, quand il marchait, balançait ses hanches étroites comme pour faire des effets de jupe.

« La prochaine fois que vous sonnerez ici, dites simplement que vous êtes anglais », conseilla-t-il en le conduisant dans son entrée minuscule et immaculée. Brotherhood remarqua sur les murs des photographies de courses de chevaux et de Syd Lemon jeune portant la grande tenue d'Ascot. « Après, vous annoncez ce qui vous amène et je vous envoie encore vous faire voir ailleurs, dit-il en éclatant de rire avant de pivoter sur lui-même et de lancer un clin d'œil à son visiteur afin de lui montrer qu'il plaisantait.

« Alors, comment va notre gaillard ? demanda-t-il.

– Il est en pleine forme », répliqua Brotherhood.

Syd s'assit alors brusquement sur un siège à haut dossier puis s'appuya prudemment en avant sur sa canne telle une minuscule douairière, inclinant son corps à la recherche d'un angle à peu près supportable. Brotherhood nota les cernes qui soulignaient ses yeux et le voile de transpiration sur son front.

« Vous devrez vous charger du service, aujourd'hui, monsieur, car je ne suis pas tout à fait dans mon assiette, dit-il. Là-bas, dans le coin. Soulevez le couvercle. Je prendrai un petit scotch pour me remettre d'aplomb. Et vous, servez-vous. »

Un épais tapis marron courait d'un mur à l'autre. Un tableau figurant un paysage suisse blafard était accroché au-dessus d'une cheminée de brique près de laquelle trônait un bar à liqueurs en ronce de noyer. Dès que Brotherhood eut commencé à soulever le couvercle, une boîte à musique se déclencha, pour le plus grand plaisir de Syd.

« Vous connaissez, non ? demanda-t-il. Écoutez ça. Refermez le couvercle... Voilà... rouvrez-le maintenant. C'est reparti.

– C'est *"Underneath the Arches"*, commenta Brotherhood avec un sourire.

– Bien sûr. C'est son père qui me l'a donné. "Syd, qu'il m'a dit. Je ne peux pas te payer une montre en or pour le moment et j'ai bien peur qu'il n'y ait un léger problème de liquidités pour ta pension. Mais j'ai un petit meuble qui nous a donné pas mal de plaisir au fil des années et qui doit bien valoir deux ou trois sacs. J'aimerais que tu le prennes en gage temporaire d'amitié." Alors Meg et moi y sommes allés avec la camionnette avant que les artistes de la saisie ne puissent mettre la main dessus. Ça se passait il y a cinq ans. Il en avait acheté six comme ça chez Harrods à l'intention de ses agents. Il ne restait plus que celui-ci. Il ne m'a jamais demandé de le lui rendre, pas une fois. "Alors, Syd, elle marche toujours cette boîte à musique ? qu'il me demandait. C'est sur un vieux violon qu'on joue les plus beaux airs, tu sais. Et moi aussi, je peux encore surprendre." Un peu qu'il pouvait. Il n'y avait pas une seule serrure en

sûreté tant qu'il était dans le coin. Jusqu'au dernier jour.
J'ai pas pu aller à l'enterrement. J'étais mal fichu. C'était
comment ?

– On m'a dit que c'était magnifique, assura Brotherhood.

– J'espère bien. Il a marqué son temps. Ce n'était pas
n'importe qui qu'on enterrait, vous savez. Cet homme avait
serré la main des plus grands Seigneurs de ce Pays. Il
appelait le duc d'Édimbourg "Philip". Est-ce qu'il y a eu
des articles quand il est mort ? J'ai bien regardé dans quelques journaux mais je n'ai pas vu grand-chose. Alors je me
suis dit qu'ils gardaient sans doute ça pour les suppléments
du dimanche. On ne peut jamais savoir avec Fleet Street.
J'aurais bien été faire un tour là-bas si j'avais été mieux
foutu, et je leur aurais donné la pièce pour être sûr qu'ils
en parleraient. Vous ne seriez pas un flic, monsieur ? »

Brotherhood se mit à rire.

« Vous avez l'air d'un flic. J'ai fait de la taule pour lui,
vous savez. On a été pas mal à en faire d'ailleurs. "Lemon",
qu'il m'a dit – il m'appelait toujours par mon nom de
famille quand il voulait vraiment quelque chose, je n'ai
jamais compris pourquoi. "Lemon, ils vont me coincer à
cause de ma signature sur ces papiers-là. Mais si je disais
que ce n'est pas ma signature et si toi tu disais que tu l'as
contrefaite, ni vu ni connu, hein ?" "Ben, je lui ai dit, vu
et connu, moi je vais l'être et ça va me coûter un max de
taule." Et j'ai même dit : "Si la taule pouvait rendre sage,
j'aurais de quoi devenir sage comme Mathusalem !" Mais
je l'ai quand même fait, remarquez. Je ne sais pas pourquoi.
Il m'a promis qu'il me filerait cinquante mille livres quand
je sortirais. Je savais très bien qu'il ne le ferait pas. J'imagine qu'on peut appeler ça de l'amitié. Un bar à liqueurs
comme ça, on ne pourrait plus sauver sa peau avec, de nos
jours. A lui. Et à la bonne vôtre.

– Santé, répliqua Brotherhood qui but sous le regard
approbateur de Syd.

– Mais qui êtes-vous donc, si vous n'êtes pas un flic ?
Vous n'êtes pas un de ses amis farfelus du *Foreign Office* ?
Vous n'avez pas vraiment l'air d'un farfelu. Vous me faites
plutôt l'effet d'un boxeur si vous n'êtes pas flic. Vous

n'avez jamais touché à ça, au combat ? On avait toujours les meilleures places. On était là le soir où Joe Baksi a réglé son compte à ce pauvre Bruce Woodcock. Il a fallu qu'on prenne un bain après tellement il y avait de sang partout. Puis on est allé faire un tour à l'*Albany Club* et on a trouvé Joe qui était au bar, frais comme un gardon, une Beauté de chaque côté. Et Rick lui a demandé : "Pourquoi ne l'as-tu pas terminé tout de suite, Joe ? Pourquoi t'as fait traîner comme ça, round après round ?" C'est qu'il avait la parole vraiment facile. Alors Joe lui a répondu : "Écoute Rickie, je ne pouvais pas. Je n'ai pas eu l'estomac, faut le reconnaître. A chaque fois que je le cognais, il faisait ooooh... oooh, comme ça, alors moi, je n'arrivais pas à lui filer le coup de grâce, faut le reconnaître." »

Tout en continuant d'écouter, Brotherhood laissa son regard s'attarder sur l'empreinte d'un meuble absent dans un coin de la pièce. La trace était carrée, soixante centimètres sur soixante environ, et le meuble avait été assez lourd pour faire apparaître la trame sous le poil du tapis. « Magnus était-il avec vous, ce soir-là ? demanda-t-il d'un ton enjoué afin de ramener délicatement la conversation sur le but de sa visite.

– Il était trop jeune, monsieur, répondit résolument Syd. Et bien trop sensible. Rickie l'aurait bien emmené, mais Meg a dit non. "Laissez-le-moi, qu'elle a dit. Vous, les garçons, vous pouvez sortir et vous amuser comme ça vous plaît. Mais Titch va rester ici avec moi. On va aller au ciné et on passera une bonne petite soirée tous les deux, voilà." Et quand Meg décidait quelque chose comme ça, il n'y avait pas à revenir dessus, pas question. Sans elle, je serais complètement fauché aujourd'hui. Je lui aurais absolument tout donné, à Rick. Mais Meg, elle, elle a mis un peu de côté. Elle connaissait son Syd. Et elle connaissait son Rickie aussi – trop bien, même, que je me dis quelquefois. Pourtant, on ne peut pas le lui reprocher. C'était un escroc, vous comprenez. On était tous un peu escrocs, mais lui, il l'était vraiment beaucoup. Il m'a fallu longtemps pour m'en rendre compte. Malgré tout, si jamais il revenait, je parie qu'on referait tous la même chose. » Il rit, et cela parut le faire souffrir. « On referait la même chose et même pire encore, j'en mettrais ma main au feu. Il y a un problème avec Titch ?

– Pourquoi y en aurait-il un ? questionna Brotherhood, arrachant son regard au coin de la pièce.

– A vous de me le dire. C'est vous le flic, pas moi. Vous pourriez diriger une prison avec une gueule pareille. Je ne devrais pas vous parler. Je le sens. Un jour, je suis allé au bureau. Audley Street. Mount Street. Chester Street. Old Burlington. Conduit. Park Lane. Les meilleures adresses, toujours. Tout avait l'air normal. Rien de changé, tout en ordre. La réceptionniste qui trônait toujours à son bureau comme une Mona Lisa. "Bonjour, Mr. Lemon." "Bonjour, mon chou." Mais j'ai senti. Je l'ai vu sur sa figure. J'ai entendu ce silence. Coucou, que je me suis dit. Voilà les flics. Ils ont une petite conversation avec Rickie. Du vent, Syd. Exit par la porte de derrière. Je ne me suis jamais trompé. Pas une fois. Même s'il a fallu que je fasse encore douze mois sans sursis quand ils m'ont pincé, j'ai toujours eu du pif pour sentir quand les emmerdes commençaient.

– Quand l'avez-vous vu pour la dernière fois ?

– Il y a bien deux ans. Peut-être un peu plus. Il est resté à l'écart quand Meg est partie. Je ne sais pas pourquoi. J'aurais cru qu'il viendrait plus souvent mais il n'en a pas eu envie. J'imagine qu'il n'aimait pas beaucoup qu'on meure comme ça devant lui. Il n'aimait pas que les gens soient pauvres, qu'ils n'aient plus rien à espérer. Il s'est présenté aux élections législatives, vous savez ? Et il aurait sûrement réussi si on s'y était mis une semaine plus tôt. Comme avec ses chevaux. Ils partaient toujours trop tard. Bien sûr, il téléphonait de temps en temps. Il adorait le téléphone, depuis toujours. Jamais content si le bigophone ne sonnait pas.

– Je parlais de Magnus, expliqua patiemment Brotherhood, de Titch.

– Je m'en doutais », assura Syd. Il eut une quinte de toux. Son whisky restait posé devant lui sur la table mais, quoiqu'il fût à portée, il n'y avait pas touché. Il ne boit plus, songea Brotherhood. C'est pour le décorum uniquement. La quinte s'arrêta enfin et le laissa complètement essoufflé.

« Magnus est venu vous voir, dit Brotherhood.

– Vraiment ? Je n'ai pas remarqué. Quand ça ?

– En allant voir Tom. Après les funérailles.

– Ah, et comment ça s'est passé ?

– Il est venu en voiture. Il s'est assis un peu avec vous. Vous avez parlé du bon vieux temps. Il l'a raconté au petit Tom après. "J'ai passé un bon moment avec Syd, lui a-t-il dit. C'était comme au bon vieux temps." Il voulait que tout le monde le sache.

– C'est lui qui vous a dit ça ?

– Il l'a dit à Tom.

– Mais pas à vous. Sinon, vous n'auriez pas eu à venir ici. J'ai toujours compris ça. Je ne me suis jamais trompé. "Si les flics te demandent quelque chose, c'est parce qu'ils ne savent pas. Alors ne dis rien. Et s'ils te demandent quelque chose qu'ils savent déjà, c'est pour essayer de te coincer, alors ne dis rien non plus." Je répétais la même chose à Rickie, mais il ne voulait pas m'écouter. C'était peut-être d'avoir été franc-maçon. Il avait l'impression que plus il parlait, plus il devenait invulnérable. C'est comme ça qu'ils le coinçaient neuf fois sur dix. Il se donnait lui-même. » Il s'interrompit à peine. « Vous me dites ce que vous voulez, et moi je vous dis d'aller vous faire foutre. Qu'est-ce que vous en pensez ? »

Un long silence s'ensuivit, mais le sourire patient de Brotherhood ne faiblit pas. « Dites-moi une chose. Que fait ce drapeau anglais juste devant chez vous ? proposa-t-il. Cela a-t-il une signification ou bien n'est-ce qu'une grosse fleur pour le jardin ?

– C'est un épouvantail pour faire peur aux étrangers et aux flics. » Comme s'il allait montrer une photo de famille, Brotherhood sortit sa carte verte, celle qu'il avait présentée à Sefton Boyd. Syd tira une paire de lunettes de sa poche et lut le bout de carton des deux cotés. Un train passa tout près dans un vacarme affolant, mais il ne parut pas entendre.

« C'est pas une arnaque ? demanda-t-il.

– Je suis du même bord que ce drapeau, déclara Brotherhood. Alors, peut-être que c'est une arnaque.

– Peut-être. Tout est possible.

– Vous étiez dans la VIIIe armée, n'est-ce pas ? J'ai même cru comprendre que vous aviez ramassé une petite médaille à El Alamein. Mais peut-être que c'était bidon aussi ?

– Peut-être.

– Magnus Pym est dans le pétrin, déclara Brotherhood. Et pour être parfaitement honnête avec vous, ce que j'essaie toujours d'être avec les gens, il semble avoir momentanément disparu. »

Le petit visage de Syd s'était tendu. Sa respiration se fit plus pénible encore et plus précipitée. « Mais qui l'a fait disparaître ? Vous ? Il n'a pas fait de bêtises avec les garçons de Muspole, si ?

– Qui est Muspole ?

– Un ami de Rickie. Il connaissait des gens.

– Il a pu être enlevé, il a pu se cacher. Il jouait un jeu dangereux avec de très vilains étrangers.

– Des étrangers, hein ? Eh bien, il avait le don des langues, pas vrai ?

– Il travaillait sous couverture. Pour son pays. Et pour moi aussi.

– Alors ce n'est qu'un petit con, lâcha Syd, fâché, en extirpant un mouchoir parfaitement repassé de sa poche pour essuyer son visage luisant de sueur. Je n'ai aucune patience avec lui. Meg le voyait bien. Il va mal tourner, qu'elle disait. Ce garçon a une âme de flic, tu peux me croire. C'est un mouchard-né. Il est venu au monde comme ça.

– Il ne s'agissait pas de moucharder mais de risquer sa peau, corrigea Brotherhood.

– C'est vous qui le dites. C'est peut-être ce que vous pensez. Eh bien, vous avez tort. Ce garçon n'était jamais content. Le bon Dieu lui-même n'était pas assez bon pour lui. Demandez à Meg. Non, vous ne pouvez pas. Elle est partie, maintenant. C'est qu'elle était fine, Meg. C'était une femme, mais elle avait l'œil plus sûr que vous et moi et la moitié du monde réunis. Il a voulu jouer sur les deux tableaux au lieu de rester au milieu, je sais. Meg l'avait prévu.

– Comment était-il quand il est venu vous voir ?

– En pleine santé. Comme tout le monde. Du rose sur ses vilaines petites joues. Je sais toujours quand il veut quelque chose. Il devient particulièrement charmant, comme son père. Je lui ai même dit qu'à le regarder le deuil lui réussissait plutôt. Il n'a pas voulu relever. "La cérémonie était magnifique, Syd. Tu aurais apprécié." C'est ce qu'il m'a assuré. Un peu de poudre aux yeux pour commencer, je sais. "Les gens avaient beau être pressés comme des sardines, l'église était trop petite pour contenir tout le monde." "Foutaises", que j'ai dit. "Je t'assure, Syd, la place était noire de monde et la foule faisait la queue jusque dans la rue. Il devait bien y avoir un millier de personnes. Si les Irlandais avaient voulu poser une bombe là, ils auraient privé le pays de ses plus brillants cerveaux." Et moi, je lui ai demandé si Philip était là. "Bien sûr qu'il y était." Enfin, je crois qu'il ne pouvait pas y être, non ? Sinon, ça aurait été dans le journal et à la télé. Mais peut-être qu'il y est allé incognito. J'ai entendu dire que ça se faisait beaucoup maintenant, grâce aux Irlandais. Il avait un ami avant. Kennie Boyd. Même que sa mère était une lady. Rick avait eu une petite histoire avec sa tante. Il a pu aller voir le jeune Kennie. C'est possible. »

Brotherhood le détrompa d'un signe de tête.

« Belinda ? Ça a toujours été une chic fille, même s'il l'a vraiment grugée depuis le début. Belinda serait toujours prête à le recevoir. »

Brotherhood secoua encore la tête.

« Quand même, un millier de personnes à l'enterrement, s'étonna Syd. Ça devait être des créanciers surtout. On ne pleure pas Rick, pas vraiment. Pour être franc, on pousse même un petit soupir de soulagement. Et puis on jette un coup d'œil dans le portefeuille et on remercie cette brave Meg de s'être arrangée pour qu'il vous reste encore de quoi vivre. Ça, évidemment, je ne l'ai pas dit à Titch. Ça n'aurait pas été de circonstance. Mais Philip y était-il ? Savez-vous d'une manière ou d'une autre si Philip y est allé ?

– Non, il a menti », répondit Brotherhood.

Syd parut choqué. « Ah, c'est un peu dur à encaisser. Ça, c'est bien des manières de flic. Alors disons que Magnus m'a embobiné, comme son père le faisait.

– Pourquoi ? », questionna Brotherhood.

Syd n'entendit pas.

« Que voulait-il ? insista Brotherhood. Pourquoi se serait-il donné tant de mal pour vous embobiner ? »

Syd en faisait un peu trop. Il fronça les sourcils, se retroussa les lèvres, épousseta le bout de son nez hâlé. « Il voulait mon bien, non ? dit-il avec une gaieté forcée. Il voulait me bercer avec de belles paroles. "Je vais aller remonter un peu ce vieux Syd, lui redonner un peu le moral." Oh, nous avons toujours été de bons amis. De grands amis. C'est que j'ai bien souvent été un père pour lui. Et Meg a été une mère vraiment fantastique. » Peut-être l'âge lui avait-il fait perdre l'art de mentir. Ou peut-être n'avait-il jamais été doué pour cela. « Il voulait juste faire une bonne action, c'est tout. Un peu de réconfort, rien de plus. Je te réconforte et tu me réconfortes. Il a toujours bien aimé Meg vous comprenez. Même si Meg n'était pas dupe. Il est quand même fidèle. Je lui reconnais ça.

– Qui est Wentworth ? », demanda Brotherhood

Le visage de Syd s'était refermé comme une porte de prison. « Qui est qui, mon vieux ?

– Wentworth.

– Non, non. Je ne pense pas. Je ne crois pas que je connaisse de Wentworth. Plutôt un endroit. Pourquoi, il y a un Wentworth qui lui chercherait des ennuis ou quoi ?

– Sabina. Vous a-t-il déjà parlé d'une Sabina ?

– C'est un cheval de course, non ? On n'a pas parlé d'une Princesse Sabina pour la Gold Cup de l'année dernière ?

– Qui est Poppy ?

– Et voilà. Magnus serait-il à nouveau en train de jouer avec les Beautés ? Remarquez, il ne serait pas le fils de son père s'il ne le faisait pas.

– Qu'est-il venu faire ici ?

– Je vous l'ai déjà dit. Pour le réconfort. » Puis, comme attiré par une sorte de magnétisme cruel, le regard de Syd dériva irrésistiblement vers l'endroit où s'était tenu le meuble avant de revenir, par trop effrontément, vers Brotherhood. « Bon, prononça Syd.

– Dites-moi une chose, vous voulez bien ? demanda Brotherhood. Qu'y avait-il dans ce coin-là ?

– Où ça ?

– Là.

– Rien.

– Un meuble ? Des souvenirs ?

– Rien.

– Quelque chose qui aurait appartenu à votre femme et que vous auriez vendu ?

– A Meg ? Même si je crevais de faim, je ne vendrais jamais rien ayant appartenu à Meg.

– Mais qu'est-ce qui a laissé ces traces alors ?

– Quelles traces ?

– Là, celles que je désigne. Sur le tapis. Qu'est-ce qui les a faites ?

– Les fées. En quoi ça vous regarde ?

– Qu'est-ce que ça a à voir avec Magnus ?

– Rien. Je vous l'ai dit. Et ne répétez pas tout le temps la même chose. Ça m'énerve.

– Où est-il ?

– Parti. Mais ce n'est rien. Rien du tout. »

Abandonnant Syd sur son siège, Brotherhood monta quatre à quatre l'escalier étroit. La salle de bains lui faisait face. Il jeta un coup d'œil à l'intérieur puis passa à la chambre à coucher principale, sur la gauche. Un divan rose à fanfreluches occupait presque toute la pièce. Brotherhood regarda en dessous, souleva les coussins, les tâta. Il ouvrit en grand la garde-robe et écarta des rangs de manteaux en poil de chameau et de robes coûteuses. Rien. Il y avait une deuxième chambre de l'autre côté du palier, mais elle ne contenait aucun meuble lourd de soixante centimètres sur soixante, juste des monceaux de très belles valises de cuir blanc. Une fois redescendu au rez-de-chaussée, il inspecta la salle à manger et la cuisine puis, par une fenêtre, le minuscule jardin qui s'arrêtait au remblai de chemin de fer. Il n'y avait ni cabane ni garage. Il revint au salon. Un autre train passait. Il attendit que le bruit se fût dissipé avant de parler. Syd était toujours assis, très crispé et penché en avant, étreignant à deux mains le pommeau de sa canne d'épine noire et le menton appuyé passivement dessus.

« Et les marques de pneus dans votre allée ? questionna Brotherhood. Ce sont les fées aussi qui les ont faites ? »

Syd se décida à parler. Ses lèvres restaient serrées et chaque mot semblait une souffrance. « Me jurez-vous, flic, me donnez-vous votre parole de scout que c'est vraiment pour son pays ?

– Absolument.

– Et ce qu'il a fait, même si je n'y crois pas et ne veux pas savoir, est ou pourrait être antipatriotique ?

– Ça pourrait. Mais pour l'instant, le plus important pour nous tous, c'est de le retrouver.

– Et vous irez en enfer si jamais vous me mentez ?

– Si je mens, je vais en enfer.

– J'espère bien, poulet. Parce que j'aime ce garçon mais que je n'ai jamais causé de tort à mon pays. Il est venu ici pour m'embobiner, c'est vrai. Il voulait le cartonnier. Le vieux cartonnier vert que Rick m'avait confié quand il est parti faire tous ses voyages. "Rick est mort, maintenant, tu peux me donner ses papiers, qu'il m'a dit. Tout va bien, c'est légal. Ils sont à moi maintenant. Je suis son seul héritier, non ?"

– Quels papiers ?

– La vie de son père. Toutes ses dettes. Ses secrets, pourrait-on dire. Rickie les conservait toujours dans ce cartonnier spécial. Ce qu'il nous devait à tous. Un jour, il allait nous payer tous de nos peines et nous ne manquerions plus jamais de rien. J'ai d'abord dit non. J'avais toujours refusé du vivant de Rick et je ne voyais pas en quoi la situation avait changé. "Il est mort, j'ai dit. Laisse-le donc en paix. Tu sais que tu n'aurais pas pu trouver meilleur pote que ton vieux père, alors arrête donc de poser des questions et occupe-toi de ta propre vie." Il y a des trucs vraiment pas beaux dans ce cartonnier. Wentworth, par exemple. Je ne connais pas les autres noms que vous avez cités. Mais peut-être qu'ils sont dedans aussi.

– Peut-être.

– Il m'a titillé pendant un bon moment et j'ai fini par lui dire de le prendre. Si Meg avait été là, il ne l'aurait jamais obtenu, héritier légal ou non, mais elle n'est plus là. La vérité, c'est que je ne pouvais pas lui dire non. Je n'ai jamais pu. Pas plus que je ne le pouvais avec son père. Il voulait écrire un livre. Ça ne m'a pas beaucoup plu non plus. "Ton père s'est toujours méfié des livres, Titch, tu le sais, je lui ai dit. Il a fait l'école de la vie, lui." Il ne m'écoutait pas. Il n'écoute jamais quand il veut quelque chose. "Bon, j'ai fait. Prends-le. Peut-être que ça t'aidera à te libérer de lui. Fourre-le dans ta bagnole et fiche-moi le camp. Je vais chercher le gros Mick à côté, il t'aidera à le porter." Il n'a pas voulu. "Je ne peux pas le mettre dans cette voiture, il a expliqué. Elle ne va pas au même endroit que le cartonnier." Alors moi je lui ai répondu : "Bon, alors laisse-le où il est et ferme-la."

– A-t-il laissé quelque chose d'autre ici ?

– Non.

– Avait-il une mallette avec lui ?

– Oui, un truc noir un peu farfelu avec l'insigne de la reine dessus et deux serrures.

– Combien de temps est-il resté ?

– Assez longtemps pour m'avoir. Une heure, une demi-heure, comment savoir ? Il n'a même pas voulu s'asseoir. Il ne pouvait pas. Il n'a pas arrêté de marcher d'un côté puis de l'autre, là, avec sa cravate noire et sans cesser de sourire. Il regardait tout le temps par la fenêtre. "Hé ! que je lui ai même dit, quelle banque viens-tu de dévaliser ? Dis-le-moi que j'aille retirer mes sous tout de suite." D'habitude, il rigolait à des blagues comme celle-ci. Là non, mais il souriait toujours. Les enterrements, ça doit vous faire des effets bizarres des fois, non ? Enfin, j'aurais autant aimé qu'il arrête de sourire.

– Et alors il est parti. Avec le cartonnier ?

– Bien sûr que non. Il a envoyé le camion, vous savez, non ?

« – Oh oui, bien sûr », répondit Brotherhood en se maudissant pour sa stupidité.

Il s'était assis tout près de Syd et avait posé son verre près du whisky intact de son hôte, sur la table indienne de cuivre martelé que Syd frottait jusqu'à ce qu'elle brille comme le soleil d'Orient. Syd s'exprimait véritablement à contrecœur et sa voix devenait à peine audible.

« Ils étaient combien ?

– Deux mecs.

– Leur avez-vous proposé une tasse de thé ?

– Évidemment.

– Vous avez vu leur camion ?

– Évidemment. Je les attendais, non ? Un camion, c'est une vraie distraction par ici, vous savez.

– Le nom de la société ?

– J'en sais rien. Ce n'était pas écrit. C'était juste un camion ordinaire. Plutôt un véhicule de louage.

– Quelle couleur ?

– Vert.

– Loué à qui ?

– Comment je pourrais le savoir, moi ?

– Vous n'avez rien signé ?

– Moi ? Ça ne va pas, non ? Ils ont eu leur thé, ils ont chargé leur truc et ils ont décampé.

– Où l'emportaient-ils ?

– Au dépôt, sans doute, non ?

– Où se trouvait le dépôt ?

– A Canterbury.

– Vous êtes sûr ?

– Évidemment, que je suis sûr. Canterbury. Livraison pour Canterbury. Et puis ils se sont plaints du poids. C'est ce qu'ils font toujours, pour essayer de tirer un meilleur pourliche.

– Ont-ils dit que la livraison était pour Pym ?

– Canterbury, je vous ai dit.

– Ils n'avaient donc pas de nom du tout ?

– Lemon. Passer chez Lemon, livrer à Canterbury. Je suis Lemon. La réponse est donc Lemon.

– Avez-vous relevé le numéro du camion ?

– Oh, oui. Je l'ai même écrit. C'est mon péché mignon, les numéros de camions. »

Brotherhood parvint à sourire. « Pouvez-vous au moins vous souvenir de quelle marque de camion il s'agissait ? demanda-t-il. Signes particuliers, petits trucs à noter ? »

Il ne s'agissait là que d'une question anodine, posée sur un ton anodin. Brotherhood lui-même n'en attendait pas grand-chose. C'était le genre de questions qui laissent un trou si on ne les pose pas mais qui ne rapportent rien quand on les pose : elles font simplement partie de l'attirail de l'enquêteur. Ce fut pourtant la dernière que Brotherhood put poser à Syd en cette fin de soirée automnale, et ce fut également la dernière de sa chasse courte mais désespérée après Magnus Pym, car il n'eut plus ensuite qu'à se concentrer sur des réponses. Quoi qu'il en soit, Syd refusa tout net d'y répondre. Il allait parler mais changea abruptement d'avis et ferma la bouche avec un petit « pop ». Son menton se souleva de ses mains, sa tête se redressa puis, petit à petit, ce fut son corps tout entier qui s'arracha à son siège pour se mettre debout, obéissant semblait-il à un lointain clairon qui l'appelait à une ultime parade. Son dos se tendit et il porta sa canne à son côté.

« Je ne veux pas que ce garçon fasse de la prison, prononça-t-il d'une voix voilée. Vous m'entendez ? Et ce n'est pas moi qui vais vous aider à l'y mettre. Son père a fait de la prison. J'ai fait de la prison. Et je ne veux pas que le garçon en fasse. Ça me gêne. Ne prenez pas ça mal, flic, mais barrez-vous. »

C'est fini, songea calmement Brotherhood en embrassant du regard la table de conférence bondée des quartiers réservés de Brammel, au cinquième étage. C'est mon dernier festin en votre compagnie. Quand je sortirai par cette porte, je ne serai plus qu'un fils de garde-chasse, âgé de soixante ans. Une douzaine de paires de mains gisaient sous le plafonnier, semblables à des cadavres attendant d'être identifiés. A sa gauche s'impatientaient les manches en laine peignée coupées sur mesure du représentant du *Foreign Office*, un certain Dorney. Des lions héraldiques figuraient sur ses boutons de manchettes en or. Juste après Dorney reposaient les ongles impeccables de son maître Brammel, dont il n'était nul besoin de souligner l'appartenance ancestrale au Mid-Surrey. Tout de suite après Bo venait Mountjoy, du cabinet du Premier ministre. Et enfin le reste de la troupe. Vu l'état de détachement croissant dans lequel il se trouvait, Brotherhood n'arrivait plus à mettre des voix sur ces mains. Mais cela n'avait plus vraiment d'importance parce que, ce soir, ils n'étaient plus qu'une seule et unique voix, une seule main cadavérique. Ils forment à eux tous la corporation que je croyais autrefois plus forte que la somme de ses composantes, pensa Brotherhood. Au cours de ma vie, j'ai assisté à la naissance de l'avion à réaction, de la bombe atomique et de l'ordinateur, et à la mort de la société britannique. Nous n'avons plus rien à faire disparaître à part nous-mêmes. L'air confiné de minuit avait des relents de décrépitude. Nigel lisait l'acte de décès.

« Ils ont attendu devant chez les Lumsden jusqu'à six heures douze, puis ils ont téléphoné d'une cabine située au bout de la rue. Mrs. Lumsden leur a répondu qu'elle-même et sa domestique cherchaient justement Mrs. Pym partout. Mary était sortie pour marcher un peu dans le jardin et n'était pas rentrée. Cela faisait plus d'une heure qu'elle était dehors. Le jardin était désert. Lumsden, lui, se trouvait à la Résidence. Apparemment, l'ambassadeur l'a demandé.

– J'espère que personne ne va essayer de faire porter la responsabilité de tout ceci aux Lumsden, déclara Dorney.

– Je suis sûr que non, assura Bo.

– Elle n'a laissé aucun message et n'a rien dit à personne, reprit Nigel. Elle avait paru préoccupée toute la journée, mais cela semblait bien naturel. Nous avons vérifié les listes d'embarquement des compagnies aériennes, et avons découvert qu'elle avait réservé une place pour demain matin sur le vol à destination de Londres de la British Airways. Elle a donné comme adresse l'*Imperial Hotel* de Vienne.

– Pour ce matin, corrigea quelqu'un, et Brotherhood vit la montre en or de Nigel s'incliner vers les yeux de celui-ci.

– Le vol de ce matin, alors, concéda Nigel avec irritation. Quand nous sommes allés voir à l'*Imperial* elle n'était pas dans sa chambre, et quand nous avons fait une nouvelle vérification à l'aéroport, nous avons constaté qu'elle avait pris une place sans réservation sur le dernier vol de la journée, Lufthansa à destination de Francfort. Malheureusement, l'avion s'était déjà posé à Francfort lorsque nous avons obtenu cette information. »

Elle vous a bernés, pensa Brotherhood avec une satisfaction qui frisait la fierté. C'est une fille très bien et elle connaît les règles du jeu. « Dommage que vous n'ayez pas vérifié le vol de Francfort dès la première fois où vous vous êtes rendus à l'aéroport, n'est-ce pas ? fit hardiment un incrédule depuis l'autre bout de la table.

– Bien sûr que c'est dommage, fit sèchement Nigel. Mais si vous aviez écouté un peu plus attentivement, vous m'auriez entendu préciser qu'elle avait pris une place non réservée. Son nom n'a donc été porté sur la liste officielle d'embarquement qu'au tout dernier moment.

– Tout cela me fait quand même l'effet d'un beau cafouillage, dit Mountjoy. N'y a-t-il pas une liste d'embarquement officieuse ? »

Non, songea Brotherhood. Il ne s'agit pas d'un cafouillage. Pour cafouiller, il aurait d'abord fallu avoir des ordres. Là, ce n'est que de l'inertie, du quotidien. Ce qui a été autrefois un grand service n'est plus aujourd'hui qu'une sorte d'hybride impossible à bouger – moitié bureaucratie, moitié flibuste, et qui fait à chaque fois valoir les arguments de l'un pour démolir l'autre.

« Bon, où est-elle ? demanda une voix.

– On ne sait pas, répondit Nigel avec satisfaction. Et à moins de demander aux Allemands – et, en passant, aux Américains – de fouiller tous les hôtels de Francfort, ce qui paraîtrait pour le moins aléatoire, je ne vois vraiment pas ce que nous pourrions faire de plus. Ni même ce que nous aurions pu faire. Sincèrement.

– Jack ? », interrogea Brammel.

Brotherhood entendit sa propre voix résonner dans l'obscurité, et la trouva soudain vieillie. « Comment savoir ? dit-il. Elle est sans doute bien peinarde à Prague, à l'heure qu'il est. »

Nigel à nouveau. « Pour autant qu'on sache, elle n'a rien fait de répréhensible. Nous ne pouvons pas la retenir prisonnière contre sa volonté, vous savez. C'est une citoyenne libre. Et si son fils décidait d'aller la rejoindre là-bas la semaine prochaine, nous ne pourrions pas faire grand-chose non plus pour l'en empêcher. »

Mountjoy évoqua un sujet d'inquiétude encore antérieur. « Je crois vraiment que cette interception téléphonique à l'ambassade américaine est d'une grande importance. Cette Mrs. Lederer qui, depuis Vienne, prend la peine de hurler à son mari, ici, à Londres, cette histoire de message échangé entre deux personnes dans une église. C'est quand même de notre église qu'elle parlait. Et Mary y était. N'aurions-nous pas dû tirer quelques déductions de tout cela ? »

Nigel répondit sans hésiter : « Nous l'avons su beaucoup trop tard. Les transcripteurs n'ont rien vu de particulièrement intéressant dans cette communication, et c'est parfaitement compréhensible ; ils ne nous l'ont transmise que vingt-quatre heures après le coup de fil en question. L'information qui aurait pu nous mettre en alerte – à savoir que Mary avait été vue qui sortait peut-être d'un appartement sûr tchèque où le fameux Petz et cætera avait déjà séjourné – nous est en fait parvenue avant l'interception téléphonique. On peut difficilement nous reprocher de ne pas avoir mis la charrue avant les bœufs, non ? »

Personne ne semblait savoir s'il fallait le leur reprocher ou non. Mountjoy décréta qu'il était temps de prendre position. Dorney renchérit : devait-on oui ou non recourir aux services de la police, faire circuler la photo de Pym et advienne que pourra ? A ces paroles, Brammel reprit soudain vie.

« Si nous faisons cela, alors autant fermer boutique tout de suite, déclara-t-il. Nous sommes si près du but. Nous brûlons, n'est-ce pas, Jack ?

– Je crains que non, répondit Brotherhood.

– Mais bien sûr que si !

– Nous n'en sommes qu'aux devinettes. Il nous faut le camion de déménagement et ce ne sera pas si simple. Il aura pris des intermédiaires, des relais. La police sait comment traiter ce genre de choses. Nous n'avons aucune chance. Il se fait appeler Canterbury. C'est du moins ce que nous pensons. C'est parce qu'il s'est toujours servi de noms de lieux comme couverture jusqu'à présent. C'est un tic chez lui. Colonel Manchester, Mr. Hull, Mr. Gulworth. D'un autre côté, il est très possible que le cartonnier ait été transporté à Canterbury et que Pym se trouve là-bas. Ou encore que le cartonnier ait bien été transporté à Canterbury, mais que Pym n'y soit pas. Il nous faut une petite place au bord de la mer et une maison occupée par une femme qu'il aime. Ce ne doit être ni en Écosse ni au pays de Galles parce qu'il n'a cessé de dire qu'elle se trouvait là. Nous ne sommes pas en mesure de ratisser toutes les villes maritimes du Royaume-Uni. La police, si.

– Il est fou, commenta un spectre.

– Oui, il est fou. Il nous trahit depuis plus de trente ans et nous n'avons jusqu'à présent jamais pu le faire enfermer. C'est notre erreur. Alors nous ferions aussi bien de reconnaître qu'il arrive parfaitement à jouer les sains d'esprit quand il en a besoin et qu'il connaît les ficelles du métier sur le bout des doigts. Quelqu'un brûle-t-il un peu plus que moi ? »

La porte s'ouvrit et se referma. Kate se tenait devant eux avec une brassée de classeurs rayés de rouge. Elle était pâle et avait des mouvements très assurés de somnambule. Elle posa un classeur devant chaque invité.

« Ça arrive tout juste de Sig Int précisa-t-elle, pour Bo seulement. Ils ont étudié les transcriptions tchèques avec le *Simplicissimus*. Les résultats sont positifs. »

A sept heures du matin, les rues de Londres avaient beau être désertes, Brotherhood marchait comme si elles grouillaient de monde, le dos raide parmi les faibles et les épaves, homme décidé au milieu de la foule. Un policier solitaire lui dit bonjour. Brotherhood était bien le genre de personnage que les policiers saluaient. Merci, monsieur l'agent, répondit-il mentalement en prenant une allure plus décidée encore. Vous venez de sourire à celui qui a donné son amitié au plus grand traître de demain – celui qui s'est battu contre toutes les critiques lancées envers son ami jusqu'à ce qu'elles deviennent irréfutables, puis qui s'est battu contre les défenseurs de ce même ami lorsque la vérité lui est devenue insupportable. Comment se peut-il que je commence à le comprendre ? s'étonna-t-il, émerveillé par sa propre tolérance. Comment puis-je, dans mon cœur sinon dans ma tête, sentir un véritable courant de sympathie pour celui qui tout au long de sa vie a transformé mes succès en échecs. Il m'a fait payer ce que je lui ai fait faire.

Tu l'as bien cherché, avait dit Belinda. Alors comment se faisait-il que, comme lorsque son bras avait été déchiqueté par une balle, la douleur ne venait toujours pas ?

Il est à Prague, pensa-t-il. Toute cette chasse des derniers jours, c'était un coup monté des Tchèques pour qu'on regarde du mauvais côté pendant qu'ils le mettaient à l'abri. Mary ne serait jamais allée là-bas si Magnus ne l'y avait pas précédée. Mary ne serait jamais allée là-bas. Point.

Le pouvait-elle ? Ne le pouvait-elle pas ? Il n'en savait rien et n'aurait pu croire quiconque aurait prétendu le savoir. Abandonner Plush et tout ce qui faisait d'elle une Anglaise ? Pour Magnus ?

Elle ne pourrait jamais.

Elle le pourrait pour Magnus.

Pour elle, Tom passerait en premier.

Elle resterait.

Elle emmènerait Tom avec elle.

J'ai besoin d'une femme.

Un café demeurait ouvert toute la nuit au coin de Half Moon Street et, en d'autres petits matins, Brotherhood s'y serait arrêté pour laisser les prostituées fêter son chien. Brotherhood à son tour aurait fait fête à ces dames, leur aurait payé un café et aurait bavardé avec elles parce qu'il aimait bien leur savoir-faire, leur courage, et leur mélange de sagesse et de stupidité. Mais sa chienne était morte et, pour le moment, son sens de l'humour aussi. Il déverrouilla sa porte et se dirigea aussitôt vers le placard où était rangée la vodka. Il s'en servit la moitié d'un grand verre qu'il vida d'un coup, comme ça, tiède. Il se fit couler un bain, alluma la radio et l'emporta dans la salle d'eau avec lui. Les informations n'étaient que catastrophes partout, mais on ne mentionnait aucun couple de diplomates britanniques ayant fait surface à Prague. Quand les Tchèques voudront lâcher le morceau, ils le feront à midi pour être sûr de faire la une des informations télévisées du soir et des journaux du lendemain. Il commença à se raser. Le téléphone sonna. C'est Nigel qui appelle pour dire que nous l'avons trouvé : il était à son club depuis le début. C'est l'officier de service qui m'annonce que le ministère des Affaires étrangères de Prague a convoqué les correspondants de presse étrangers pour midi. C'est Steggie, pour me dire qu'il aime les hommes forts.

Il éteignit la radio, se rendit, nu, dans le salon, décrocha le combiné et fit « Oui ? » avant d'entendre un petit ping, puis plus rien. Il serra les lèvres pour se contraindre à ne pas parler. Il priait. Indubitablement, il priait. Parle, suppliait-il. Dis quelque chose. Enfin, il entendit trois petits coups brefs produits par une pièce de monnaie ou une lime à ongles contre le micro. Procédure de Prague. Cherchant aussitôt un objet métallique, il aperçut son stylo posé sur le bureau et parvint à l'attraper sans lâcher le téléphone. Il frappa une fois en réponse : Je suis prêt. Deux autres coups, puis trois. Restez où vous êtes, disait le message. J'ai des informations à vous transmettre. Il frappa quatre coups de son stylo sur le micro et entendit deux coups en réponse avant que son interlocuteur ne raccroche. Il fit courir ses doigts sur ses cheveux coupés en brosse. Il porta la vodka sur son bureau et s'assit, puis enfouit son visage dans ses mains. Reste en vie, pria-t-il. C'est le réseau. C'est Pym qui remet tout en ordre. Ne fais pas l'idiot. Je suis là, si c'est ce que tu veux savoir. Je suis là et j'attends ton prochain signal. Ne rappelle que quand tu seras prêt.

La sonnerie hurla de nouveau. Il prit le combiné mais ce n'était que Nigel. Le signalement de Pym et une photographie venaient d'être envoyés à tous les postes de police du pays, dit-il. La Firme se branchait uniquement sur les lignes téléphoniques opérationnelles. Bo avait donné l'ordre de déconnecter toutes les lignes de Whitehall. Côté presse, les contacts se bousculaient déjà au portillon. Pourquoi m'a-t-il appelé ? s'interrogea Brotherhood. Se sent-il seul ou bien veut-il me donner l'occasion de lui dire que je viens de recevoir un drôle de coup de fil d'un Joe utilisant la procédure de Prague ? C'est le drôle de coup de fil, décida-t-il.

« Un mauvais plaisant vient juste d'appeler en faisant le signal d'appel tchèque, déclara-t-il. Je lui ai demandé en code de parler, mais il n'a pas voulu. Dieu seul sait de quoi il peut s'agir.

– Bon, s'il en sort quoi que ce soit, faites-le-nous savoir immédiatement. Servez-vous de la ligne opérationnelle.

– Vous l'avez déjà dit », répliqua Brotherhood.

L'attente à nouveau. Passer en revue tous les Joe qui s'étaient jamais aventurés en territoire interdit. Prends ton temps. Avance doucement et sans t'affoler. Aie confiance. Ne cours pas. Choisis ta cabine. Il entendit qu'on frappait à la porte. Merde, un représentant. Kate a pris une overdose. C'est ce crétin d'Arabe du dessous qui croit encore que ma baignoire fuit chez lui. Il enfila une robe de chambre, ouvrit la porte et découvrit Mary. Il la tira à l'intérieur et claqua la porte. Il ne sut jamais ce qui l'avait pris ensuite. Soulagement ou fureur, remords ou indignation. Il la gifla puis la gifla à nouveau et, en temps normal, l'aurait emmenée directement au lit.

« Il y a un endroit qui s'appelle Farleigh Abbott, près d'Exeter, dit-elle.

– Et alors ?

– Magnus lui a dit qu'il avait placé sa mère dans une maison de retraite tout près de la mer, dans le Devon.

– Il l'a dit à qui ?

– A Poppy. Son officier traitant tchèque. Ils étaient étudiants ensemble à Berne. Il pense que Magnus va se tuer. Je m'en suis brusquement rendu compte. C'est bien ce qu'il y avait dans le carbonisateur, avec les listes. Le pistolet de l'antenne, non ?

– Comment sais-tu que c'est Farleigh Abbott ?

– Il a parlé de sa mère dans le Devon. Il n'a pas de mère. Le seul endroit qu'il connaisse dans le Devon, c'est Farleigh Abbott. Il disait toujours : "Quand j'étais dans le Devon." Ou bien alors : "Partons en vacances dans le Devon." Et c'était toujours Farleigh Abbott. Nous n'y sommes jamais allés en fin de compte, et il a cessé d'en parler. Rick l'emmenait souvent là-bas après l'école. Ils allaient pique-niquer et faire du vélo dans les dunes. C'est l'un de ses endroits idylliques. Il est là-bas avec une femme. Je le sais. »

15

Tu imagines, Tom, quel orgueil gonflait le cœur juvénile de notre brillant amant et officier de renseignement quand il célébra la fin de ses deux années de bons et loyaux services passées sous notre drapeau dans la lointaine Autriche, et se prépara à retrouver la vie civile anglaise. Ses adieux à Sabina ne se révélèrent pas aussi déchirants qu'il l'avait craint car, à mesure qu'approchait le jour du départ, elle se mit à affecter une indifférence toute slave.

« Je serai une femme heureuse, Magnus, et tes épouses anglaises ne me feront pas la tête. Je serai économiste, et je serai une femme libre, pas la courtisane d'un soldat frivole. » Personne n'avait jamais accusé Pym de frivolité auparavant. Elle partit même en congé avant lui, afin d'aller au-devant des souffrances de la séparation. Elle est courageuse, se dit Pym. Ses adieux à Axel, quoique alourdis par des rumeurs de purges imminentes, furent eux aussi relativement faciles.

« Sir Magnus, quoi qu'il m'arrive, nous aurons fait du bon travail ensemble, assura Axel alors qu'ils se faisaient face dans la lumière crépusculaire, devant la grange qui était devenue le second foyer de Pym. N'oubliez jamais que vous me devez deux cents dollars.

– Je n'oublierai pas », assura Pym.

Il entama le long chemin qui le séparait de la Jeep du caporal Kaufmann. Il voulut se retourner pour adresser un dernier signe à Axel, mais celui-ci avait déjà disparu dans les bois.

Les deux cents dollars en question étaient là pour lui

rappeler l'intimité grandissante des derniers mois de leurs relations.

« Mon père me réclame encore de l'argent, avait avoué un soir Pym alors qu'ils photographiaient un carnet de chiffrement emprunté au casier à cricket de Membury. La police birmane a l'intention de l'arrêter.

– Alors, envoyez-lui cet argent », avait répondu Axel en rembobinant sa pellicule. Il fourra la pellicule dans sa poche et inséra une nouvelle bobine dans l'appareil. « Combien veut-il ?

– De toute façon, je ne les ai pas. Je ne suis qu'un simple gradé à treize schillings par jour, pas un millionnaire. »

Axel avait paru se désintéresser du problème et la conversation avait ensuite porté sur le sergent Pavel. Axel décréta qu'il était temps de mettre en scène une nouvelle crise dans la vie de Pavel.

« Mais il en a déjà eu une le mois dernier, avait protesté Pym. Sa femme l'avait foutu dehors parce qu'il buvait trop et nous avons dû l'aider à l'amadouer.

– Il nous faut une crise, avait répété obstinément Axel. Vienne commence un peu trop à trouver que la collaboration du sergent va de soi, et je me moque du ton des questions que cela va provoquer. »

Pym trouva Membury assis à son bureau. Le soleil de l'après-midi donnait sur tout un côté de sa tête amicale tandis qu'il lisait un livre sur les poissons.

« J'ai bien peur que Greensleeves ne veuille un supplément de deux cents dollars comptant, annonça Pym.

– Mais mon cher, nous lui avons déjà donné beaucoup d'argent ce mois-ci ! Que veut-il donc faire de ces deux cents dollars, maintenant ?

– Il faut qu'il paye un avortement à sa fille. Le médecin n'accepte que des dollars américains et cela devient urgent.

– Mais sa fille n'a pas encore quinze ans. Qui est le responsable ? On devrait le jeter en prison.

– C'est le capitaine russe du quartier général.

– Quel cochon ! L'abominable porc.

– Et Pavel est catholique, lui aussi, ne l'oubliez pas, lui rappela Pym. Pas très bon catholique, je vous l'accorde, mais cela lui pose quand même pas mal de problèmes de conscience. »

Le lendemain soir, Pym posait deux cents dollars sur la table de la grange. Axel les repoussa vers lui.

« C'est pour votre père, dit-il. C'est un prêt que je vous fais.

— Je ne peux pas accepter. Ce sont des fonds opérationnels.

— Plus maintenant. Ils appartiennent au sergent Pavel. » Pym ne prenait toujours pas l'argent. « Et le sergent Pavel vous les prête parce qu'il est votre ami, dit Axel en arrachant une feuille à son calepin. Tenez, faites-moi une reconnaissance de dette. Signez là, et peut-être qu'un jour je vous demanderai de me rembourser. »

Pym s'en allait le cœur léger, persuadé que Graz et toutes ses responsabilités, comme Berne auparavant, cesseraient d'exister dès qu'il aurait passé le premier tunnel.

Lorsqu'il déposa les armes à la base du corps de renseignement du Sussex, Pym se vit remettre la lettre suivante, portant la mention PRIVÉ ET CONFIDENTIEL, par l'officier de démobilisation :

> Groupe de recherche gouvernemental d'outre-mer
> P.O. Box 777, The Foreign Office, London S.W.1
> Cher Pym,
> Des amis communs en Autriche m'ont transmis votre nom en m'assurant que vous pourriez être intéressé par un emploi à long terme. Si c'est le cas, voudriez-vous déjeuner avec moi au *Travellers'Club* le vendredi 19 de ce mois à midi quarante-cinq pour une petite conversation informelle ?
> (Signé) SIR ALWYN LEITH, C.M.G.[1]

Durant plusieurs jours, une mystérieuse faiblesse empêcha Pym de répondre. Il me faut de nouveaux horizons, se dit-il. Ils sont bien gentils, mais limités. Un matin qu'il se

---

1. Compagnon de l'ordre de Saint-Michel et de Saint-George. *(NdT.)*

sentait plus fort, il écrivit pour dire qu'il regrettait, mais qu'il envisageait d'entrer dans les ordres.

« Il reste toujours la Shell, Magnus, dit la mère de Belinda, qui avait pris l'avenir de Pym fort à cœur. Belinda a un oncle qui travaille à la Shell, n'est-ce pas, chérie ?

– Mais il veut faire quelque chose de valable, maman, s'emporta Belinda qui tapa du pied et fit trembler la table du petit déjeuner.

– Il est temps que quelqu'un s'y mette », lança le père de Belinda de derrière son *Telegraph*, et il trouva cela tellement drôle qu'il se mit à rire et à rire encore entre ses dents écartées tandis que sa fille, furieuse, fonçait dans le jardin.

Non moins désireux d'aider Pym, Kenneth Sefton Boyd semblait un candidat nettement plus intéressant : il venait de faire un héritage et proposait à Pym d'ouvrir un night-club avec lui. Sans faire part de cette offre à Belinda, qui avait des idées bien arrêtées sur les night-clubs et les Sefton Boyd, Pym prétexta un rendez-vous à son ancienne école et se rendit au domaine que la famille possédait en Écosse. Jemima vint le chercher à la gare. Elle conduisait cette même Land Rover par la vitre de laquelle elle lui avait fait des grimaces lorsqu'ils étaient enfants. Elle était plus belle que jamais.

« C'était comment, l'Autriche ? demanda-t-elle alors qu'ils cahotaient joyeusement dans les Highlands pourpres en direction d'un château victorien proprement monstrueux.

– Génial, répondit Pym.

– Tu as passé tout ton temps à faire de la boxe et à jouer au rugby ?

– Pas vraiment tout mon temps », confessa Pym.

Jemima lui jeta un regard d'intérêt appuyé.

Les Sefton Boyd vivaient dans un monde dépourvu de parents. Un domestique à la mine désapprobatrice leur servit le dîner. Ils jouèrent ensuite au trictrac jusqu'à ce que Jemima se sente fatiguée. La chambre de Pym se révéla aussi vaste qu'un terrain de football, et aussi froide. Dormant d'un sommeil léger, il s'éveilla bientôt pour voir un point rouge flotter dans l'obscurité comme une luciole. La flammèche descendit, puis disparut. Une forme pâle s'avança vers lui. Une odeur de cigarette et de pâte dentifrice parvint à ses narines ; il sentit le corps nu de Jemima l'envelopper doucement puis les lèvres de Jemima se poser sur les siennes.

« Ça t'embête si on te fout à la porte vendredi ? demanda Jemima tandis qu'ils prenaient tous les trois le petit déjeuner au lit sur un plateau apporté par Sefton Boyd. Il y a Mark qui arrive pour le week-end.

– Qui est Mark ? s'enquit Pym.

– Eh bien, c'est quelqu'un que je dois en quelque sorte épouser, expliqua Jemima. En fait, je me marierais bien avec Kenneth, si je pouvais, mais il est tellement conventionnel pour ce genre de choses. »

Renonçant aux femmes, Pym écrivit au British Council pour se proposer de porter la culture anglaise chez les primitifs, puis à son ancien professeur Mr. Willow, pour lui demander une place de professeur d'allemand. « La discipline de l'école me manque énormément et j'ai l'impression de lui devoir quelque chose depuis que mon père a négligé de payer ma pension. » Il écrivit à Murgo en lui annonçant son désir de suivre une retraite prolongée, mais il eut la sagesse de rester vague au sujet des dates. Il écrivit aux catholiques de Farm Street dans l'intention, assura-t-il, de poursuivre l'instruction religieuse qu'il avait commencée à Graz. Il écrivit à une école anglaise de Genève et à une école américaine d'Heidelberg, puis à la BBC, le tout dans un esprit de totale abnégation. Il écrivit aux quatre grandes écoles d'avocats de Londres pour se renseigner sur les possibilités d'inscription. Une fois qu'il se fut ainsi entouré d'une pléthore de choix, il remplit un énorme questionnaire détaillant la vie brillante qu'il avait menée jusque-là et le porta au département d'information et de prospective d'Oxford afin d'élargir encore l'éventail. La matinée était ensoleillée et la vieille cité universitaire l'étourdit de souvenirs insouciants du temps où il mouchardait les communistes. Son interlocuteur avait tout d'un original, pour ne pas dire d'un fou complet. Il remonta ses lunettes sur son nez puis les planta dans ses mèches grisonnantes comme un pilote de course efféminé. Il offrit à Pym du sherry et lui mit une main sur les fesses pour le pousser vers une grande fenêtre qui donnait sur une rangée de HLM.

« Que diriez-vous d'une existence passée dans une usine répugnante ? suggéra-t-il.

– L'usine m'irait assez, répondit Pym.

– Surtout si vous mangez avec les ouvriers. Vous aimez manger avec les ouvriers ?

– En fait, je ne me préoccupe pas beaucoup de ces questions de classe, monsieur.

– Comme c'est charmant. Et cela vous plaît d'avoir du cambouis jusqu'aux coudes ? »

Pym assura qu'en fait le cambouis ne le gênait pas non plus, mais il se laissait déjà entraîner vers une autre fenêtre donnant sur des toits en flèche et une pelouse.

« J'ai un emploi de bibliothécaire subalterne au British Museum et un poste de troisième assistant greffier à la Chambre des Communes, qui correspond à la version prolétarienne de la Chambre des Lords. J'ai quelques bricoles au Kenya, en Malaisie et au Soudan. Mais je n'ai plus rien aux Indes, on me les a prises. Vous aimez l'étranger ou avez-vous horreur de ça ? »

Pym assura que l'étranger, c'était génial et qu'il était allé à l'université à Berne. Son interlocuteur parut décontenancé. « Je croyais que vous aviez fait vos études ici.

– Ici aussi, expliqua Pym.

– Ah. Et aimez-vous le danger ?

– En fait, j'adòre ça.

– Mon pauvre garçon. Cessez de répéter "en fait" tout le temps. Et seriez-vous prêt à jurer une fidélité à toute épreuve à quiconque se montrerait assez téméraire pour vous employer ?

– Certainement.

– Êtes-vous prêt à adorer votre pays quoi qu'il fasse, et à le jurer devant Dieu et le parti tory ?

– Je le jure, assura Pym en riant.

– Croyez-vous aussi que le fait d'être né anglais revienne

à avoir décroché le gros lot dans cette grande loterie qu'est la vie ?

– Eh bien, oui, pour être honnête, cela aussi.

– Alors faites-vous espion, suggéra son interlocuteur qui sortit de son bureau un formulaire de candidature qu'il présenta à Pym. Jack Brotherhood vous transmet ses amitiés et se demande vraiment pourquoi vous n'avez pas cherché à le joindre, et pourquoi vous n'avez pas voulu déjeuner avec son charmant recruteur ? »

Je pourrais, Tom, t'écrire des essais entiers sur le plaisir voluptueux de passer une interview. Au premier rang des arts d'adoption que Pym maîtrisa et dont il ne cessa d'améliorer le maniement durant toute son existence se situe incontestablement l'entretien. En ce temps-là, nous n'avions pas de bureau des Champions de l'artifice – comme ton oncle Jack se plaît à les appeler. Nous n'avions personne qui ne fût lui-même citoyen du monde du secret, doué de l'innocence sereine des privilégiés. L'expérience qui les rapprochait le plus de la vie se résumait à la guerre, aussi ne voyaient-ils en la paix que sa perpétuation par d'autres moyens. Pourtant, ils avaient mené dans le monde réel des existences si protégées, si irresponsables, si fragiles dans leur simplicité, si limitées dans leurs rapports avec les autres, qu'il leur fallait des troupes entières d'intermédiaires pour communiquer avec la société qu'ils croyaient sincèrement défendre. Pym s'assit devant eux, calme, réfléchi, résolu, modeste. Pym se composait visage après visage, affectant tantôt le respect, tantôt la crainte, le zèle, la sincérité passionnée ou une bonne humeur des plus spirituelles. Il fit montre d'une surprise délicieuse lorsqu'il apprit que ses professeurs avaient une excellente opinion de lui, et serra la mâchoire en une expression de mâle fierté en entendant que l'armée l'aimait aussi. Il ne formula que peu d'objections et ne se vanta que modérément. Il fit le tri entre les croyants et ceux qui ne croyaient qu'à moitié et n'eut de repos que lorsqu'il les eut tous convertis en membres à vie du fan-club de Pym.

« Parlez-nous donc de votre père, maintenant, Pym, vous voulez bien ? lui demanda un monsieur à la moustache tombante qui n'était pas sans lui rappeler désagréablement Axel. Il me fait l'impression d'un personnage haut en couleur. »

Pym sourit tristement, tâtant le terrain, puis il se troubla, juste ce qu'il fallait, pour se reprendre aussitôt.

« J'ai bien peur qu'il ne soit parfois un peu trop haut en couleur, monsieur, prononça-t-il dans un gargouillement de rire viril. A vrai dire, je ne le vois pas souvent. Nous sommes toujours amis, mais je préfère prendre un peu mes distances par rapport à lui. En fait, je n'ai pas le choix.

– Oui. Eh bien, je ne vois vraiment pas comment nous pourrions vous reprocher les péchés de votre père, n'est-ce pas ? déclara avec indulgence le même examinateur. C'est votre candidature que nous examinons, pas celle de votre papa. »

Que savaient-ils exactement sur Rick, et dans quelle mesure s'en préoccupaient-ils ? Aujourd'hui encore, je ne puis avoir aucune certitude car le problème ne fut plus jamais soulevé par la suite et je suis certain qu'il était déjà oublié quelques jours après l'intégration de Pym. C'est que les gentlemen anglais ne font pas entre eux de discrimination en matière d'extraction, mais seulement d'éducation. Ils durent, occasionnellement, entendre parler d'une des nouvelles débâcles si pittoresques de Rick et peut-être même se permirent-ils un sourire amusé. Sans doute leurs contacts commerciaux leur glissèrent-ils, de temps à autre, un mot ou deux à ce sujet. Mais j'ai le sentiment qu'ils considéraient plutôt Rick comme un atout. Des origines entachées par quelques épisodes délictueux n'ont jamais fait de mal à un jeune espion, pensaient-ils. « Il a été à dure école, se disaient-ils. Ça peut servir. »

La dernière question de l'entretien et la réponse de Pym résonneront à tout jamais dans ma tête. C'est un militaire en complet de tweed qui la posa.

« Écoutez-moi, jeune Pym, demanda-t-il avec un mouvement en avant de sa tête bucolique. Vous passez pour être une sorte de tchécophile. Vous parlez un peu la langue, vous connaissez bien les gens. Que pensez-vous de toutes ces purges et de ces arrestations qui se produisent là-bas ? Ça vous ennuie ?

– Je trouve ces purges proprement abominables, monsieur. Mais elles sont inévitables, répondit Pym en fixant son regard le plus grave sur une étoile lointaine et inaccessible.

– Pourquoi inévitables ? insista le militaire, comme si rien ne pouvait l'être.

– Leur système est pourri. Il est plaqué sur une société terrible. Il ne peut survivre que par l'exercice de l'oppression.

– Oui, oui. Soit. Mais que feriez-vous à ce sujet, que feriez-vous ?

– A quel titre, monsieur ?

– En tant qu'un d'entre nous, imbécile. En tant qu'officier de nos services. N'importe qui peut parler. Nous, on agit. »

Pym n'eut pas besoin de réfléchir. Sa sincérité manifeste parlait déjà pour lui : « Je jouerais leur jeu, monsieur. Je les diviserais en les montant les uns contre les autres. Je répandrais des rumeurs, de fausses accusations, des soupçons. Je laisserais les loups se dévorer entre eux.

– Vous voulez dire que cela ne vous gênerait pas que de malheureux innocents soient mis en prison par leur propre police ? Vous êtes un peu dur, non ? Un peu immoral ?

– Pas si cela peut raccourcir la vie de ce système. Non, monsieur, je ne pense être ni dur ni immoral. Et je ne suis pas non plus persuadé de l'innocence des hommes dont vous parlez. »

Dans la vie, dit Proust, on finit toujours par faire ce qu'on fait le moins bien. Je ne saurai jamais ce que Pym aurait pu faire de mieux. Il accepta la proposition de la Firme. Il ouvrit son *Times* et découvrit avec un détachement similaire l'annonce de ses fiançailles avec Belinda. Voilà, je suis casé, songea-t-il. Si la Firme se charge d'une partie de moi-même et Belinda de l'autre, je ne manquerai plus jamais de rien.

Porte maintenant ton regard sur le premier grand mariage de Pym, Tom. Il se déroule pratiquement sans sa participation, au cours des derniers mois de sa formation, entre une séance d'homicide silencieux et un séminaire de trois jours intitulé « Connaître son ennemi » et dirigé par un jeune instructeur vibrant de l'École de sciences politiques de Londres. Imagine l'amusement de Pym à être ainsi « préparé » à la vie maritale. Le jeu. Le sentiment d'irréalité débridée. Il poursuit le fantôme de Buchan dans les marais d'Argyll. Il se balade en canot pneumatique et accoste de nuit des plages sableuses pour trouver des chocolats chauds qui l'attendent dans les quartiers généraux de l'ennemi vaincu. Il saute d'avion, s'immerge dans des encres secrètes, apprend le morse et lance des messages radio scatologiques dans l'air écossais vivifiant. Il observe des avions Mosquito qui planent dans l'obscurité trente mètres au-dessus de sa tête et lâchent des caisses pleines de cailloux en fait de marchandises. Il joue en secret au chat et à la souris dans les rues d'Édimbourg, photographie des citoyens innocents à leur insu, tire de vraies balles sur des cibles mobiles dans des salons reconstitués et plonge son couteau au niveau du diaphragme dans des sacs de sable qui se balancent, tout cela pour l'Angleterre et son bon roi Henri. Dès qu'intervient un moment de calme, on l'envoie dans cette ville si bien fréquentée de Bath afin d'améliorer son tchèque aux pieds d'une vieille dame appelée Frau Kohl qui habite une maison en arc de cercle à la splendeur déchue. Devant une tasse de thé et des muffins grillés, Frau Kohl lui montre les albums photographiques de son enfance à Carlsbad, maintenant rebaptisée Karlovy Vary.

« Mais vous connaissez très bien Karlovy Vary, Mr. Sanderstead ! s'exclame-t-elle quand Pym étale un peu trop ses connaissances. Vous y êtes allé, ou quoi ?

– Non, répond Pym. Mais j'ai un ami qui connaît. »

Puis retour à la base quelque part en Écosse pour reprendre le fil rouge de la violence qu'on a tissé dans toutes les matières nouvelles qui lui sont inculquées. Il ne s'agit pas seulement de violence physique, mais du viol de la vérité, de l'amitié et, si besoin est, de l'honneur dans l'intérêt de la mère patrie, l'Angleterre. Nous sommes ceux qui se tapent le sale boulot pour que les âmes pures puissent dormir sur leurs deux oreilles. Pym, bien sûr, a déjà entendu ces arguments dans la bouche des Michael, mais il lui faut maintenant les réentendre débités par ses nouveaux patrons qui viennent en pèlerinage depuis Londres pour mettre la jeunesse inexpérimentée en garde contre les étrangers rusés auxquels elle aura bientôt affaire. Te souviens-tu de ta propre visite, Jack ? Une vraie nuit de gala, juste avant Noël : le grand Brotherhood arrive ! Nous avions accroché des banderoles aux poutres du plafond. Tu trônais à la table du personnel d'encadrement de notre excellente cantine pendant que nous, les jeunots, nous dévissions le cou pour entrevoir l'un des champions du grand jeu. Après dîner, nous avons formé un demi-cercle autour de toi, étreignant tous notre verre de porto offert par l'État, et tu nous as raconté de beaux actes de bravoure. Puis nous avons gagné nos lits en rêvant de te ressembler un jour ; hélas, nous ne vivrions jamais la jolie petite guerre que tu avais connue et en vue de laquelle on ne cessait cependant de nous faire répéter. Te rappelles-tu que le matin, avant de partir, tu es passé voir Pym qui était en train de se raser, et que tu l'as félicité pour son superbe parcours ?

« Et tu vas épouser une gentille fille, en plus, as-tu dit.

– Oh, vous la connaissez ? a demandé Pym.

– Je n'ai reçu que de bons rapports », as-tu répondu avec suffisance.

Puis tu es parti, certain d'avoir projeté encore un peu de poudre dans les yeux de Pym. Et tu avais raison, Jack. Tu y étais arrivé. Mais ce qui part au quart de tour avec Pym a souvent tendance à retomber ensuite, et il se sentit irrité de savoir que son mariage imminent avait déjà reçu l'aval de la Firme alors que lui-même attendait toujours le sien.

« Mais que faites-vous exactement dans la vie, mon garçon ? Je ne comprends pas très bien, lui demanda, non pour la première fois, le père de Belinda alors qu'ils discutaient des invitations.

– Je travaille dans un laboratoire de langues subventionné par le gouvernement, répondit Pym, suivant en cela les instructions de la Firme en matière de couvertures. Nous mettons au point des échanges universitaires avec divers pays et nous organisons des cours à l'intention des participants.

– Moi, j'ai plutôt l'impression qu'il s'agit des services secrets », répliqua le père de Belinda avec ce curieux rire fêlé qui sous-entendait toujours qu'il en savait trop.

A sa future épouse au contraire, Pym racontait tout ce qu'il savait de son travail et plus encore. Il lui montra comment il pouvait lui sectionner la trachée-artère d'un seul coup et lui arracher les yeux sans la moindre difficulté avec deux doigts seulement. Il lui indiqua comment broyer les petits os du pied de quelqu'un qui chercherait à l'embêter par-dessous la table. Il lui révéla tout ce qui faisait de lui un héros secret de l'Angleterre, qui veillait sur le monde sans aide aucune.

« Mais tu as tué combien de gens ? lui demanda sévèrement Belinda, excluant ceux qu'il avait simplement estropiés.

– Je n'ai pas le droit de le dire, répondit Pym qui, crispant la mâchoire, porta son regard sur les déserts arides du devoir.

– Bien, ne dis rien alors, le pria Belinda. Et n'en parle surtout pas à papa, sinon il va tout répéter à maman. »

> Chère Jemima – écrivit Pym en dernier recours –, une semaine avant le grand jour. Il paraît si curieux que nous nous mariions tous les deux dans moins d'un mois avec quelqu'un d'autre. Je ne cesse de me demander si nous ne commettons pas une bêtise. Ce travail que je fais m'ennuie à mourir et je pense à en changer. Je t'aime.
>
> MAGNUS

Pym attendit avec impatience le courrier et scruta les marais qui entouraient le camp d'entraînement dans l'espoir de voir foncer une Land Rover qui viendrait le sauver. Mais rien ne vint et, la veille de son mariage, il se retrouva à nouveau seul, marchant toute la nuit dans les rues de Londres en se répétant qu'elles lui rappelaient Karlovy Vary.

Et quel époux il fit, Tom ! Quel mariage cela donna ! Des prêtres d'une humilité sans pareille, la grande église, célèbre pour son immuabilité et ses précédents succès, la réception frugale dans un hôtel de Bayswater accueillant comme une tombe et là, au centre de la foule, notre prince charmant en personne, qui bavardait avec esprit en compagnie des têtes couronnées de la banlieue. Pym n'oublia aucun nom, se montra disert et volontiers précis à propos des laboratoires de langues subventionnés par le gouvernement, et gratifia Belinda de tendres regards appuyés. Jusqu'au moment où quelqu'un coupa la bande son, réduisant Pym lui-même au silence, et où tous les visages de son public se détournèrent mystérieusement de lui pour chercher la cause de la perturbation. Soudain, les portes de communication, auparavant verrouillées, furent ouvertes au fond de la salle par des mains invisibles. Et Pym sut tout de suite, instinctivement, il sut au rythme des événements, à la pause, à la manière dont les gens s'écartèrent devant un espace vide, que quelqu'un venait de frotter la lampe d'Aladin. Deux serveurs entrèrent avec la grâce propre au personnel bien payé, porteurs de plateaux de bouteilles de champ encore bouchées et de plats de saumon fumé, bien que la mère de Belinda n'eût pas commandé de saumon fumé et eût décrété que le champagne ne serait servi qu'au moment du toast aux mariés. Ce fut ensuite comme si recommençaient les élections de Gulworth parce que apparut d'abord Mr. Muspole, suivi par un type maigre, balafré, et que chacun se posta de part et d'autre des battants pour laisser passer Rick, en grande tenue d'Ascot, le dos arqué et les bras grands ouverts, un Rick qui souriait à tout le monde à la fois. « Salut, fils ! Tu ne reconnais pas ton vieux copain ? C'est ma tournée, les enfants ! Où est donc la jeune mariée ? Bon Dieu, fils, mais c'est une beauté ! Allons, mon petit, venez. Embrassez donc votre vieux beau-père ! Bon sang, mais c'est qu'elle a ce qu'il faut où il faut, fils. Où l'avais-tu cachée pendant toutes ces années ? »

Les prenant chacun par un bras, Rick conduisit les mariés devant l'hôtel où, garée en plein passage, attendait une Jaguar flambant neuve, peinte en jaune libéral, le capot orné de rubans blancs nuptiaux, le siège passager débordant d'un monceau de gardénias blancs de chez Harrods et

Mr. Cudlove installé derrière le volant, un œillet à la boutonnière de son uniforme couleur de mûre.

« Tu en as déjà vu des comme ça, fils ? Tu sais ce que c'est ? C'est le cadeau que vous fait ton vieux père, et tant que je serai épargné, personne ne viendra jamais vous la prendre. Cuddie va vous conduire où vous voudrez et vous la laissera, n'est-ce pas, Cuddie ?

– Je vous souhaite à tous les deux toute la réussite possible dans la voie que vous avez choisie, monsieur », déclara Mr. Cudlove tandis que ses yeux fidèles s'emplissaient de larmes.

Du long discours de Rick, je me souviens seulement qu'il était beau et modeste, dépouillé de toute hyperbole, et qu'il disait en substance que quand deux jeunes êtres s'aimaient, nous les vieux, qui avions déjà eu notre temps, devions nous effacer, parce que si quelqu'un avait mérité d'être heureux, c'étaient bien eux.

Pym ne revit jamais la Jaguar, et il ne revit pas Rick avant très longtemps non plus, parce que lorsqu'ils ressortirent de l'hôtel, la voiture jaune et Mr. Cudlove avaient disparu cependant que deux inspecteurs de police en civil repérables à vingt mètres s'entretenaient à voix basse avec le directeur hébété de l'établissement. Mais je dois te dire, Tom, que cela avait été le plus beau de nos cadeaux de mariage, hormis peut-être le petit bouquet de coquelicots que jeta dans les bras de Pym, sans la moindre note d'explication, un homme en imperméable Burberry d'aspect polonais alors que le couple s'éloignait dans le crépuscule pour une semaine de lune de miel à Eastbourne.

« Qu'on le mette sur le terrain pendant qu'il est encore vierge », décrète Personnel qui a tendance à parler des gens comme s'ils ne se tenaient pas en face de lui, de l'autre côté de son bureau.

Pym est formé. Pym est complet. Pym est armé, Pym est prêt, et il ne subsiste plus qu'une seule question. De quel manteau convient-il de le couvrir ? Quel déguisement devra dissimuler la charpente secrète de sa maturité ? Par une série d'entretiens à peine ébauchés rappelant l'interview du

605

département d'information et de prospective d'Oxford, Personnel lui ouvre les portes les plus insensées. Pym serait pigiste. Mais pouvait-il écrire et serait-on prêt, Fleet Street, à le publier ? Avec une candeur désarmante, Pym est alors lâché dans les bureaux de la plupart de nos plus grands journaux nationaux dont les rédacteurs en chef prétendent niaisement ne pas savoir d'où il vient ni pourquoi, alors que Pym sera toujours pour eux la créature de la Firme et que Pym pensera la même chose d'eux. Il est déjà à mi-chemin de la célébrité grâce au *Telegraph* quand un petit génie du cinquième étage trouve une meilleure idée : « Écoutez donc, ça vous dirait de revenir à vos anciennes amitiés avec les cocos ? De jouer sur vos vieux engagements et de vous faire une place dans le gratin de la gauche internationale ? Il y a longtemps que nous voudrions lancer une pierre dans cette mare-là.

– Ça a l'air passionnant », répond Pym qui se voit vendre *Le Marxisme aujourd'hui* à des coins de rues pour le restant de ses jours.

Un projet plus ambitieux consiste à le mener au Parlement où il pourrait garder un œil sur certains de ses petits camarades députés : « Avez-vous une préférence pour un parti en particulier ou bien ne faisons-nous pas les difficiles ? demande Personnel qui n'a pas encore quitté la tenue de tweed de son week-end dans le Wiltshire.

– J'aimerais autant que ce ne soient pas les libéraux, si cela vous est égal », répond Pym.

Mais en politique rien ne dure et, une semaine plus tard, Pym est promis à l'une des banques privées dont les directeurs passent leurs journées à entrer et sortir de la Centrale de la Firme, pleurnichant au sujet de l'or russe et de la nécessité de défendre nos routes commerciales contre les bolcheviks. Pym est invité à déjeuner à l'Institut des directeurs par une succession de capitaines de la finance qui pensent avoir peut-être une ouverture pour lui.

« J'ai connu un Pym, un jour, lui dit l'un d'eux après deux ou trois verres de cognac. Il avait de sacrés bureaux quelque part dans Mount Street. Le type le plus fort dans sa partie que j'aie jamais connu.

– Et il faisait quoi, monsieur ? s'enquiert poliment Pym.

– De l'escroquerie, répond l'autre avec un rire chevalin. De la famille ?

– Ce doit être mon vilain tonton, un parent éloigné », réplique Pym en riant lui aussi avant de regagner précipitamment le sanctuaire de la Firme.

Et la danse continue ainsi. Dans quelle mesure tout cela était bien sérieux, je ne le saurai jamais car Pym n'est pas encore, à cette époque, initié à ces délibérations de coulisses même si ce n'est pas faute de fouiller dans quelques tiroirs de bureau ou autres placards métalliques fermés à clé. Enfin, soudain, le ton change.

« Écoutez, lui dit Personnel en essayant de dissimuler son exaspération. Pourquoi diable ne nous avez-vous pas rappelé que vous parliez tchèque ? »

Moins d'un mois plus tard, Pym est attaché à une société d'ingénierie électrique de Gloucester en tant que stagiaire au département gestion, aucune expérience préalable nécessaire. Le P.-D.G. de l'entreprise – il ne le regrettera jamais assez – est allé à l'école avec le patron en exercice de la Firme et a commis l'erreur d'accepter une série de contrats gouvernementaux intéressants à une époque où il en avait besoin. Pym est affecté au service des exportations avec pour consigne d'étendre le marché à l'Europe de l'Est. Sa première mission sera pratiquement sa dernière.

« Bon, pourquoi n'iriez-vous pas tâter un peu les Tchèques pour sonder le marché ? », propose sans enthousiasme l'employeur fictif de Pym. Puis, dans sa barbe : « Et je vous en prie, rappelez-vous que si vous vous laissez embringuer dans quoi que ce soit, cela n'aura rien à voir avec nous, d'accord ? »

« Juste un petit aller et retour », annonce gaiement l'officier traitant de Pym dans la propriété sûre de Camberwell où les bébés-agents reçoivent leurs instructions avant d'aller percer leurs premières dents. Il donne à Pym une machine à écrire portable dont le chariot recèle de petites cavités cachées.

« Ça va vous paraître idiot, objecte Pym, mais je ne sais pas taper.

– Tout le monde peut taper un minimum, réplique l'officier traitant. Entraînez-vous pendant le week-end. »

Pym s'envole pour Vienne. Souvenirs, souvenirs. Pym loue une voiture. Pym passe la frontière sans la moindre difficulté, s'attendant à trouver Axel prêt à l'accueillir de l'autre côté.

La campagne était autrichienne et magnifique en diable. De nombreuses granges se dressaient au bord de nombreux lacs. A Plzeň, Pym alla visiter une usine déprimante en compagnie d'hommes au visage carré. Le soir, il resta prudemment à l'hôtel, sous la surveillance de deux policiers camouflés qui se contentèrent d'un café chacun jusqu'à ce qu'il aille se coucher. Ses visites suivantes se situaient dans le Nord. Sur la route d'Ústí, il croisa des camions de l'armée et mémorisa les insignes de leurs unités. A l'est d'Ústí, il y avait une usine que la Firme soupçonnait de fabriquer des conteneurs à isotopes. Pym n'avait pas une idée très claire de ce que pouvait être un isotope ni de ce dans quoi on pouvait l'enfermer, mais il fit des principaux bâtiments un croquis qu'il dissimula dans sa machine à écrire. Le lendemain, il se rendit à Prague et attendit à l'heure fixée sur un banc de la fameuse cathédrale Tyn dont une fenêtre donne sur l'ancien appartement de Kafka. Touristes et fonctionnaires défilaient sans sourire.

« K... *se mit donc lentement en mouvement*, lut Pym, assis dans la nef, au troisième rang en partant de l'autel. *Il se sentait un peu perdu en traversant sous les yeux du prêtre ces longues rangées de bancs vides*[1]. »

Éprouvant le besoin de se reposer, Pym s'agenouilla et pria. Toussant et grognant, un gros homme se glissa auprès de lui et s'assit. Pym sentit une odeur d'ail et pensa au sergent Pavel. Il écarta légèrement les doigts pour repérer les signes convenus : une tache de peinture blanche sur l'ongle gauche, une traînée de bleu sur le poignet gauche,

---

1. Extrait du *Procès* de Kafka, traduction d'Alexandre Vialatte. *(NdT.)*

une masse de cheveux noirs mal peignés, un manteau noir. Mon contact est artiste peintre, comprit-il. Pourquoi n'y ai-je pas pensé avant ? Cependant, Pym ne se rassit pas, pas plus qu'il ne sortit le petit paquet de sa poche pour le placer entre eux deux sur le banc. Il resta agenouillé et ne tarda pas à comprendre pourquoi il l'avait fait. Un bruit de pas militaires s'approchait de lui en remontant la nef. Les pas s'interrompirent. Une voix masculine prononça : « Veuillez-nous suivre, s'il vous plaît », en tchèque. Le voisin de Pym se remit debout avec un soupir de résignation et les suivit lentement vers la sortie.

« Pure coïncidence, assura l'officier traitant, visiblement amusé, lorsque Pym fut rentré. Ce n'est pas la première fois qu'il travaille pour nous. Ils l'ont embarqué pour un interrogatoire de routine. Il n'intervient que toutes les six semaines. Ça ne leur a même jamais traversé l'esprit qu'il pouvait faire du ramassage clandestin. Surtout pas avec un garçon de votre âge.

– Vous ne pensez pas qu'il a... enfin qu'il leur a avoué ? demanda Pym.

– Ce vieux Kyril ? Il vous aurait donné ? Vous plaisantez. Ne vous inquiétez pas. Vous aurez droit à une nouvelle tentative dans quelques semaines. »

Rick ne fut pas content du tout d'apprendre la contribution de Pym au marché de l'exportation britannique, et il le lui dit lors d'une de ses échappées clandestines d'Irlande où il avait établi ses quartiers d'hiver en attendant que s'apaisent quelques petits malentendus avec Scotland Yard, et qu'il se soit imposé dans la toute nouvelle profession si prisée de la rentrée en possession de propriétés situées dans le West End.

« Un boulot de représentant de commerce – mon propre fils ? s'exclama-t-il, à l'inquiétude des tablées voisines. Vendre des rasoirs électriques à une bande de communistes étrangers ? Nous avons déjà fait ce genre de choses, fils. C'est fini. Pourquoi crois-tu que je t'aie payé des études ? Où est passé ton patriotisme ?

– Il ne s'agit pas de rasoirs électriques, père. Je vends

des alternateurs, des oscillateurs et des bougies d'allumage. Comment est le vin ? »

L'hostilité qu'il éprouvait à l'encontre de Rick était pour Pym une notion nouvelle et vertigineuse. Il ne la libérait qu'avec prudence mais avec une excitation croissante. Quand ils mangeaient ensemble, il insistait pour payer afin de savourer l'air désapprobateur de Rick qui supportait mal de voir son propre fils donner du bon argent quand une simple signature aurait amplement suffi.

« Tu ne t'es pas laissé entraîner dans un racket quelconque, là-bas, n'est-ce pas ? demanda Rick. Les portes de la tolérance ne peuvent s'ouvrir indéfiniment, même pour toi, fils, tu sais. Qu'est-ce que tu as en tête ? Raconte. »

La pression sur le bras de Pym s'était soudainement accentuée. Il le prit à la rigolade, en souriant joyeusement « Eh, papa, tu me fais mal », protesta-t-il, mi-figue, mi-raisin. Il sentait surtout l'ongle du pouce de Rick qui s'enfonçait dans une artère. « Serais-tu assez gentil pour arrêter ? demanda-t-il. C'est vraiment désagréable. » Rick était trop occupé à retrousser les lèvres et à branler du chef. Il assurait que c'était une honte d'avoir toujours tout sacrifié à son fils pour se voir en retour traité comme une « malheureuse nounou ». Il voulait dire paria, mais jamais son esprit n'avait envisagé les choses avec une telle clarté. Pym posa le coude sur la table et détendit complètement le bras, se laissant porter par l'étreinte de Rick – ballottant d'un côté puis de l'autre. C'est alors qu'il raidit brusquement le bras, exactement comme on le lui avait appris, et cogna le dessus des jointures de Rick sur le bord de la table, faisant tressauter les verres et tomber les couverts par terre. Rick ramena à lui sa main endolorie et adressa un sourire résigné à ses sujets qui festoyaient autour de lui. Puis il tapota de sa main valide le bord de son verre de Drambuie afin d'indiquer qu'il en réclamait un autre. Tout comme il faisait savoir en délaçant ses chaussures qu'on devait lui apporter ses chaussons. Ou bien en s'allongeant sur le dos, genoux écartés, après un long banquet, qu'il éprouvait des appétits d'ordre charnel.

Pourtant, rien n'est jamais définitif avec Pym, et une étrange tranquillité ne tarde pas à remplacer sa nervosité première alors qu'il continue ses missions secrètes. Ce pays d'ombre et de silence qui lui était apparu à première vue si menaçant devient peu à peu un ventre secret où se cacher, et non plus un lieu d'angoisse. Il lui suffit de traverser la frontière pour que les murs de ses prisons britanniques s'effacent : plus de Belinda, plus de Rick, et presque plus de Firme non plus. *Je suis représentant en électronique. Je suis Sir Magnus en liberté.* Ses nuits solitaires passées dans des villes de province dépeuplées, durant lesquelles un aboiement de chien suffisait au début à le précipiter en sueur, à sa fenêtre, lui inspirent maintenant un sentiment de sécurité. Cette atmosphère d'oppression généralisée qui pèse sur le pays tout entier l'enveloppe aujourd'hui de son étreinte mystérieuse. Même les murs carcéraux de sa *Public School* n'avaient jamais réussi à le mettre autant en confiance. Traversant en voiture ou en train vallées fluviales et montagnes surmontées de châteaux de Bohème, il vogue dans des royaumes de telle satisfaction intérieure que les vaches elles-mêmes lui semblent ses amies. *Je m'installerai ici,* décide-t-il. *C'est à ce pays que j'appartiens. Quel imbécile je faisais d'avoir pu penser qu'Axel voudrait jamais le quitter !* Il commence à apprécier ses conversations guindées avec les fonctionnaires. Son cœur bondit dès qu'il parvient à leur arracher un sourire. Il s'enorgueillit de voir son livre de commandes se remplir lentement, se sentant une responsabilité toute paternelle vis-à-vis de ses oppresseurs. Quand il ne les écarte pas de sa pensée, ses détours opérationnels tiennent sans problème sous le vaste parapluie de sa générosité : « *Je suis le champion du milieu de terrain* », se dit-il, reprenant une vieille expression d'Axel tout en délogeant une pierre mobile d'un mur afin de récupérer un paquet et de le remplacer par un autre. « *Je soulage un pays blessé.* »

Malgré cet autoconditionnement préliminaire, il lui fallut attendre six autres voyages avant de pouvoir faire sortir Axel de l'ombre de son existence périlleuse.

« Mr. Canterbury ! Vous vous sentez bien, Mr. Canterbury ? Répondez !

– Mais oui, je me sens bien, Miss D. Je me sens toujours bien. Que se passe-t-il ? »

Pym ouvrit la porte. Miss Dubber se tenait dans l'obscurité, ses cheveux pris dans des papillotes et serrant Toby dans ses bras pour se rassurer.

« Vous tapez tellement du pied, Mr. Canterbury. Vous grincez des dents. Il y a une heure, vous chantonniez. Nous avions peur que vous ne soyez malade.

– Qui ça, nous ? s'enquit vivement Pym.

– Toby et moi, gros nigaud. Qu'est-ce que vous croyez, que j'ai un amant ? »

Pym referma alors la porte devant elle et se dirigea vivement vers la fenêtre. Une camionnette garée, apparemment verte. Une voiture, garée elle aussi, sans doute blanche ou grise, immatriculée dans le Devon. Un laitier en avance et qu'il n'avait jamais vu. Il retourna à la porte, colla son oreille contre le panneau et écouta. Un craquement. Un bruit de mules. Il rouvrit la porte. Miss Dubber avait déjà parcouru la moitié du couloir.

« Miss D. ?

– Oui, Mr. Canterbury ?

– Quelqu'un vous a-t-il interrogé à mon sujet ?

– Pourquoi donc, Mr. Canterbury ?

– Je ne sais pas. Cela arrive parfois. Alors oui ou non ?

– Vous devriez dormir, à l'heure qu'il est, Mr. Canterbury. Je me moque de savoir si le pays a besoin de vous, il pourra bien attendre une journée de plus. »

La ville de Strakonice est plus célèbre pour ses fabriques de motocyclettes et de fez orientaux que pour un quelconque joyau culturel. Pym se rendit là-bas parce qu'il était allé alimenter une boîte aux lettres morte à Pisek, à dix-neuf kilomètres au nord-est, et que la Firme avait pour règle de ne jamais signaler sa présence dans une ville cible où une boîte aux lettres morte devait être vidée. Il poursuivit donc sa route jusqu'à Strakonice, épuisé et déprimé comme à chaque fois qu'il s'acquittait de son travail pour la Firme, et prit une chambre dans un vieil hôtel agrémenté d'un escalier monumental avant d'aller faire un tour en ville en se forçant à admirer les boucheries anciennes de la grande place, l'église Renaissance transformée, d'après son guide, en baroque, et l'église Saint-Wenceslaus qui, quoique gothique à l'origine, avait pris une allure XIXe. Après avoir épuisé ces merveilles, se sentant plus las encore à cause de la chaleur de cette journée estivale, il monta pesamment l'escalier jusqu'à sa chambre en regrettant qu'il ne le mène pas à l'appartement de Sabina à Graz, du temps où il était un jeune agent double sans le sou et sans le moindre souci au monde.

Il enfonça sa clé dans la serrure, mais la porte n'était pas verrouillée. Cela ne le surprit pas outre mesure car il était encore assez tôt pour que les femmes de chambre puissent ouvrir les lits et que les hommes de la police secrète puissent jeter un dernier coup d'œil. Pym entra et discerna, à demi dissimulé par un rayon de soleil oblique tombant de la fenêtre, la silhouette d'Axel qui l'attendait comme le font les vieux, sa tête en forme de dôme collée au dossier du siège et légèrement tendue de côté afin qu'il puisse distinguer, parmi les zones d'ombre et de lumière, qui pénétrait dans la pièce. Et de toutes les leçons de combat à mains nues de la Firme, de toutes les leçons de lutte au couteau ou de tir de contact, aucune n'avait enseigné à Pym comment ôter la vie à un ami décharné assis derrière un rayon de soleil.

Axel avait la pâleur de la prison et pesait quelques kilos de moins. D'après le souvenir qu'il avait conservé de lui lors de leur séparation, Pym n'aurait pas cru qu'il pût avoir la moindre chair à perdre. Mais as de la purge, interrogateurs et geôliers avaient réussi à lui en prendre par poignées. Ils lui en avaient ôté sur le visage, les poignets, les articulations des doigts et des chevilles. Ils avaient vidé le peu de sang qui lui restait aux joues. Ils l'avaient même dépouillé d'une dent, quoique Pym ne s'en aperçût pas tout de suite car Axel avait les lèvres serrées, un index pareil à une baguette pressé contre elles en guise d'avertissement tandis qu'il désignait de l'autre main les murs de la chambre d'hôtel pour indiquer qu'il y avait des micros branchés. On lui avait également écrasé la paupière droite, qui tombait maintenant sur son œil comme un bandeau, ajoutant encore à son air de pirate. Mais son manteau, malgré tout, pendait encore de ses épaules telle une cape de mousquetaire, sa moustache fleurissait et il avait récupéré quelque part une magnifique paire de bottes, solides, avec des semelles épaisses comme des marchepieds de voitures anciennes.

« Magnus Richard Pym ? demanda-t-il sur un ton exagérément bourru.

– Oui ? répondit enfin Pym après un ou deux essais infructueux.

– Vous êtes accusé d'espionnage, de provocation à l'égard du peuple, d'incitation à la trahison et de meurtre. De sabotage aussi, pour le compte des puissances impérialistes. »

Axel était toujours tranquillement installé dans son fauteuil, mais il claqua soudain des mains avec une vigueur insoupçonnable qui fit résonner la grande chambre et impressionna sans nul doute les micros. Il produisit ensuite le grognement de quelqu'un qui vient de recevoir un puissant coup dans l'estomac. Puis il fouilla dans la poche de sa veste et détacha de la doublure un petit pistolet automatique qu'il montra bien à Pym tout en posant à nouveau un doigt sur ses lèvres.

« Face au mur ! aboya-t-il en se mettant difficilement debout. Les mains sur la tête, espèce de sale porc fasciste ! Marche. »

Plaçant doucement une main sur les épaules de Pym, Axel le dirigea vers la porte. Pym sortit devant lui dans le couloir sombre. Les deux hommes en chapeau et solidement bâtis ne lui prêtèrent aucune attention.

« Fouillez sa chambre ! leur ordonna Axel. Voyez ce que vous pouvez trouver, mais ne prenez rien ! Examinez surtout sa machine à écrire, ses chaussures et la doublure de sa valise. Ne quittez sa chambre que quand je vous en donnerai personnellement l'ordre. Descendez les marches lentement, commanda-t-il à Pym en lui enfonçant le canon de son revolver dans le creux des reins.

– C'est une honte, répliqua faiblement Pym. J'exige de voir un consul britannique immédiatement. »

Au bureau d'entrée, la réceptionniste tricotait comme une enragée. Axel poussa Pym devant elle, le conduisant à une voiture qui attendait dehors. Un chat jaune s'était abrité juste au-dessous. Axel ouvrit la portière côté passager et fit signe à Pym de monter puis s'installa derrière le volant après avoir chassé le chat d'un coup de pied. Il démarra.

« Si vous collaborez à fond avec nous, il ne vous sera fait aucun mal, annonça Axel de sa voix officielle en lui désignant une concentration de petits trous grossiers dans le tableau de bord. Mais si vous tentez de vous enfuir, vous serez abattu.

– Tout ceci est ridicule et scandaleux, marmonna Pym. Mon gouvernement mettra tout en œuvre pour que les responsables soient punis. »

Mais une fois encore, ses mots ne présentaient plus du tout la note d'assurance qu'ils avaient eue dans les baraquements d'Argyll, où lui et ses collègues s'étaient entraînés à savoir se défendre lors d'un interrogatoire.

« Vous êtes surveillé depuis l'instant où vous avez pénétré sur notre territoire, lui dit Axel bien haut. Tous vos mouvements et contacts ont été observés par des protecteurs du peuple. Vous n'avez pas d'autre solution que de reconnaître immédiatement les crimes qui vous sont imputés.

– Le monde libre considérera cet acte insensé comme une preuve supplémentaire de la brutalité du régime tchèque », assura Pym, sentant ses forces lui revenir. Axel hocha la tête d'un air approbateur.

Les rues étaient désertes, les vieilles maisons aussi. Ils arrivèrent dans ce qui avait été autrefois une riche banlieue de villas patriciennes. Des haies partant dans tous les sens en dissimulaient les fenêtres du bas. Les grilles de fer, assez larges pour laisser passer un attelage, étaient bloquées par des masses de lierre et de barbelés.

« Descendez », commanda Axel.

Le soir à peine tombé était magnifique. La pleine lune jetait une lumière blanche et irréelle. Tout en regardant Axel refermer la voiture, Pym respira une odeur de foin et perçut la rumeur des insectes. Axel le conduisit sur un sentier étroit qui séparait deux jardins et ils marchèrent jusqu'à une brèche dans la haie d'ifs qui s'élevait à leur droite. Là, Axel prit Pym par le poignet et lui fit franchir le passage. Ils se retrouvèrent sur la terrasse de ce qui avait dû être un très beau jardin. Un château flanqué de nombreuses tours s'élevait derrière eux. Devant, à demi enfoui dans un bosquet de rosiers, se dressait un pavillon d'été décrépi. Axel lutta contre la porte, mais celle-ci refusa de céder.

« Donnez un coup de pied dedans, s'il vous plaît, sir Magnus, demanda-t-il. Nous sommes en Tchécoslovaquie. »

Pym lança son pied contre le panneau. La porte s'ouvrit et ils entrèrent. Sur une table rouillée attendaient l'indispensable bouteille de vodka et un plateau de pain noir et de cornichons. De la bourre grise s'épanchait des housses éventrées des chaises d'osier.

« Vous êtes un ami très dangereux, Sir Magnus, se plaignit Axel en étendant ses jambes maigres afin d'examiner ses bottes de luxe. Mais pourquoi donc n'avez-vous pas pris de pseudonyme ? J'ai parfois l'impression que vous n'êtes venu au monde que pour être mon mauvais ange.

– Ils ont dit qu'il valait mieux que je reste moi-même, expliqua stupidement Pym tandis qu'Axel ouvrait la bouteille de vodka. Ils appellent ça une couverture. »

Ensuite, durant un long moment, Axel parut incapable de penser à quoi que ce soit d'utile à dire, et Pym ne se sentit pas en droit d'interrompre sa rêverie. Ils étaient assis épaule contre épaule, jambes parallèles, comme un couple de retraités sur une plage. A leurs pieds s'étendaient des champs de blé jusqu'aux abords d'une forêt. Une montagne de voitures fracassées, plus que Pym n'en avait jamais vu sur les routes tchèques, envahissait la partie la plus basse du jardin. Des chauves-souris tournoyaient harmonieusement au clair de lune.

« Savez-vous que c'était la maison de ma tante ? dit Axel.

– Eh bien non, en fait, je ne le savais pas, répondit Pym.

– Alors, je vous l'apprends. Ma tante était une femme intelligente. Elle m'a raconté un jour comment elle avait annoncé à son père qu'elle allait épouser mon oncle. "Mais pourquoi veux-tu l'épouser ? lui a demandé son père. Il n'a pas d'argent. Il est tout petit et toi aussi, tu es petite. Vos enfants seront des nabots. Il ressemble aux encyclopédies que tu me fais acheter tous les ans. Elles sont jolies comme ça, mais on n'a plus envie de les rouvrir une fois qu'on a vu ce qu'il y a à l'intérieur." Il avait tort. Ils ont fait de grands enfants et elle a été très heureuse. » Il s'interrompit un très bref instant. « Ils veulent que je vous fasse changer, Sir Magnus. C'est la seule bonne nouvelle que j'aie à vous donner.

– Qui ça, ils ?

– Les aristos pour qui je travaille. Ils pensent que je devrais vous montrer les photographies de nous deux sortant de la grange en Autriche et vous faire écouter les enregistrements de nos conversations. Ils disent que je devrais vous brandir sous le nez cette reconnaissance de dettes que vous m'avez signée pour les deux cents dollars que nous avions soutirés à Membury à l'intention de votre père.

– Et que leur avez-vous répondu ? questionna Pym.

– J'ai dit que je le ferai. Ces types-là ne lisent pas Thomas Mann. Ils sont très grossiers. C'est un pays foncièrement grossier, comme vous vous en êtes sans doute rendu compte au cours de vos séjours ici.

– Pas du tout, protesta Pym. J'aime ce pays. »

Axel but un peu de vodka et contempla les montagnes. « Et ce n'est pas vous qui améliorez les choses. Votre détestable petit service se mêle vraiment beaucoup des affaires de mon pays. Qu'êtes-vous exactement ? Les valets des Américains ? Que cherchez-vous donc, à monter ainsi de fausses accusations, à semer la suspicion dans nos rangs et à séduire nos intellectuels ? Pourquoi faire en sorte que des gens soient battus pour rien alors que quelques années de prison suffiraient amplement ? Ne vous enseigne-t-on aucune vérité là-bas ? Êtes-vous totalement dépourvu du sens de la vérité, Sir Magnus ?

– Je ne savais pas que la Firme faisait des choses pareilles, dit Pym.

– Quoi ?

617

– Qu'elle se mêlait de tout. Qu'elle était responsable de la torture de certains. Il doit s'agir d'une autre section. La nôtre n'est qu'une sorte de service postal pour petits agents. »

Axel soupira. « Peut-être que votre service ne fait rien de tout ça. Peut-être. Peut-être que toute notre propagande imbécile a fini par me faire un lavage de cerveau. Peut-être que je vous accuse à tort. A la nôtre.

– A la nôtre, répéta Pym.

– Bon, que vont-ils trouver dans votre chambre ? interrogea Axel lorsqu'il se fut allumé un cigare et en eut tiré quelques bouffées.

– Pratiquement tout, je suppose.

– C'est-à-dire ?

– Des encres secrètes. Des pellicules.

– Les pellicules de vos agents ?

– Oui.

– Développées ?

– J'imagine que non.

– De la boîte aux lettres morte de Pisek ?

– Oui.

– Alors ce n'est même pas la peine que je les développe. Ce n'est que de la camelote. De l'argent ?

– Oui, un peu.

– Combien ?

– Cinq mille dollars.

– Carnets de chiffrement ?

– Un ou deux.

– Autre chose que j'ai pu oublier ? Pas de bombe atomique ?

– Un appareil photo déguisé.

– C'est ça, la boîte de talc ?

– Quand on arrache le papier du couvercle, il se transforme en objectif.

– Rien d'autre ?

– Un plan de fuite en soie. Dans une de mes cravates. »

Axel tira une nouvelle fois sur son cigare, ses pensées dérivant apparemment fort loin. Il cogna soudain du poing sur la table de fer. « Il faut que nous nous sortions de tout ceci, Sir Magnus ! Il faut que nous montions les échelons. Nous devons nous aider mutuellement à devenir nous-mêmes des aristos et à foutre les autres dehors. » Il plongea le regard dans l'obscurité qui s'épaississait. « Vous me rendez les choses si difficiles, vous savez ? Quand je croupissais dans cette prison, je n'ai pas pensé que du bien de vous, Sir Magnus. Il est vraiment très difficile d'être votre ami.

— Je ne vois pas pourquoi.

— Oh, oh ! Il ne voit pas pourquoi ! Il ne voit pas que quand l'audacieux Sir Magnus Pym demande un visa de travail, les pauvres Tchèques eux-mêmes peuvent regarder dans leurs registres et découvrir qu'un gentleman du même nom a été un espion militariste, fasciste et impérialiste en Autriche et qu'il avait pour complice une sorte de chien errant appelé Axel. » Sa colère rappela à Pym les jours de fièvre qu'Axel avait passés à Berne. Sa voix avait pris le même tranchant déplaisant. « Connaissez-vous donc si mal les habitudes du pays que vous espionnez que vous ne compreniez pas ce que peut signifier pour quelqu'un comme moi d'être allé dans le même continent que quelqu'un comme vous, sans même parler d'avoir été votre complice dans une histoire d'espionnage ? Ne savez-vous vraiment pas que dans ce monde de délateurs et de calomniateurs, je pourrais littéralement mourir à cause de vous ? Vous avez lu George Orwell n'est-ce pas ? Les gens dont il s'agit ont le pouvoir de réécrire le temps qu'il a fait hier !

— Je sais, dit Pym.

— Alors savez-vous aussi que je pourrais être irrémédiablement contaminé, comme tous ces malheureux agents et informateurs que vous arrosez d'argent et d'instructions ? Ignorez-vous donc que vous les envoyez à l'échafaud, à moins qu'ils ne soient déjà des nôtres ? Je suppose que vous savez quand même ce qu'ils vont faire de vous, mes aristos, à moins que je n'arrive à me faire entendre — si nous ne trouvons pas d'autres moyens d'assouvir leur appétit ? Ils vont vous arrêter et vous montrer à la presse mondiale avec vos associés et vos agents stupides. Ils projettent de monter un nouveau procès spectaculaire et d'en pendre quelques-uns. Une fois qu'ils auront commencé, ce sera pure négligence s'ils ne me pendent pas aussi. Axel, le laquais impérialiste qui a espionné pour votre compte en Autriche ! Axel, l'écrivain titiste, trotskiste et revanchard qui était votre complice à Berne ! Ils préféreraient un Américain, mais en attendant, ils se contenteront de pendre un Anglais pour patienter jusqu'au gros morceau. » Il se rejeta en arrière, sa fureur calmée. « Il faut que nous nous sortions de tout ça, Sir Magnus, répéta-t-il. Il faut que nous nous élevions, haut, très haut. J'en ai plus qu'assez des mauvais supérieurs, de la mauvaise nourriture, des mauvaises prisons et des mauvais tortionnaires. » Il aspira une bouffée rageuse de son cigare. « Il est temps que je m'occupe de votre carrière et que vous vous occupiez de la mienne. Et convenablement cette fois-ci. Plus de ces reculs bourgeois devant les gros coups. Nous sommes des professionnels, cette fois-ci, nous nous attaquons directement aux plus gros diamants, aux plus grosses banques. Et je ne plaisante pas. »

Axel fit brusquement pivoter sa chaise afin de se retrouver face à Pym, puis il se rassit en riant et tapota vivement l'épaule du jeune homme du dos de la main, pour le remonter un peu.

« Vous avez bien reçu les fleurs, Sir Magnus ?

– Elles étaient extra. Quelqu'un nous les a données dans le taxi au moment où nous quittions la réception.

– Elles ont plu à Belinda ?

– Belinda n'a jamais entendu parler de vous. Je ne lui ai rien dit.

– Comment avez-vous expliqué ces fleurs, alors ?

– Je lui ai dit que je ne savais vraiment pas qui ça pouvait être. Qu'on s'était sans doute trompé de mariage.

– Très bonne idée. Comment est-elle ?

– Extra. C'était déjà ma petite fiancée quand nous étions gosses.

– Je croyais que votre fiancée d'enfance était Jemima.

– Oui, mais Belinda aussi.

– En même temps... toutes les deux ? Eh bien, vous avez eu une sacrée enfance », commenta Axel en riant à nouveau avant de remplir le verre de Pym.

Pym réussit à rire aussi, et ils trinquèrent.

Enfin Axel se mit à parler, doucement, tendrement, sans ironie ni amertume, et il me semble qu'il a parlé trente ans durant car ses paroles résonnent aussi clairement à mon oreille aujourd'hui qu'à l'époque, malgré les stridulations des cigales et les piaillements de chauves-souris.

« Sir Magnus, vous m'avez trahi dans le passé mais, plus grave encore, vous vous êtes trahi vous-même. Vous mentez même quand vous dites la vérité. Vous êtes fidèle et vous êtes affectueux. Mais envers quoi ? Envers qui ? Je ne connais pas toutes les raisons de cette situation. Votre père grandiose. Votre mère aristocratique. Un jour, peut-être, vous m'expliquerez. Et peut-être aussi qu'il vous est arrivé de mal placer votre amour. » Il se pencha en avant et son visage exprimait une bonté, un attachement véritable tandis qu'un sourire de patience chaleureuse éclairait son regard. « Vous avez pourtant une morale. Vous cherchez. Ce que j'essaie de vous expliquer, Sir Magnus, c'est que, pour une fois, la nature a produit une association parfaite. Vous êtes un espion trop parfait. Il ne vous manque plus que la cause. Et je l'ai. Je sais que notre révolution est encore jeune et que ce ne sont pas toujours les bons qui la conduisent. En poursuivant la paix, nous faisons trop la guerre. En poursuivant la liberté, nous construisons trop de prisons. Mais au bout du compte, ce n'est pas grave. Parce que je sais une chose. Tout ce cirque qui a fait de vous ce que vous êtes : les privilèges, le snobisme, l'hypocrisie, l'Église, l'école, les pères, les systèmes de classes, les mensonges historiques, les petits seigneurs de campagne, les petits seigneurs du monde des affaires et toutes les guerres avides qui en ont résulté, nous allons balayer cela à tout jamais. Pour votre bien. Parce que nous édifions une société qui ne produira jamais de petits personnages aussi tristes que Sir Magnus. » Il tendit la main. « Voilà, je l'ai dit. Vous êtes un type bien et je vous aime. »

Je me souviendrai toujours de ce contact. Il me suffit pour le revoir de regarder ma propre paume : un contact sévère, franc et indulgent. Puis le rire : un rire du cœur, comme toujours, dès qu'il avait cessé d'être tacticien pour redevenir mon ami.

16

Comme il est typique, Tom, qu'en contemplant toutes les années qui ont suivi notre rencontre dans le pavillon d'été tchèque je ne voie rien d'autre que l'Amérique, l'Amérique, ses côtes dorées miroitant à l'horizon comme une promesse de liberté après la répression de notre Europe troublée puis bondissant vers nous dans la joie estivale de notre réussite ! Pym a encore devant lui plus d'un quart de siècle à servir ses deux maisons selon les règles les plus exigeantes de sa loyauté omnivore. L'adolescent attardé qu'il était, tout entraîné, marié et rompu à l'exercice sur le terrain qu'il fût, devait encore attendre de devenir un homme, en admettant qu'on puisse un jour percer le code génétique qui indique la fin de l'adolescence d'un Anglais moyen et le début de sa vie d'homme. Une demi-douzaine de villes européennes dangereuses allant de Prague à Berlin et de Stockholm à la capitale occupée de son Angleterre natale séparent les deux amis de leur objectif. Elles ne m'apparaissent pourtant aujourd'hui que comme des étapes où nous pouvions nous réapprovisionner, faire une petite révision générale et prendre la position des étoiles avant de repartir. Et imagine un instant, Tom, l'autre affreuse possibilité : la peur de l'échec qui soufflait, aussi glacée qu'un vent sibérien, dans nos dos découverts. Rends-toi compte de ce qu'aurait pu signifier, pour deux hommes comme nous, d'avoir vécu nos vies d'espions sans jamais avoir espionné l'Amérique !

Il convient de préciser rapidement, au cas où il subsisterait quelques doutes dans ton esprit, qu'après l'épisode du pavillon d'été, le chemin de Pym était tracé. Il avait confirmé son vœu et, selon les principes que ton oncle Jack et moi avons toujours respectés, il n'y avait plus d'échappatoires possibles, Tom. Pym était pris, harponné, engagé. Terminé. Après la grange en Autriche, oui, il y avait bien eu un passage de lassitude, mais jamais la moindre perspective de rédemption. Et tu as vu comme il a essayé – faiblement je te l'accorde – de laisser une fois pour toutes derrière lui le monde secret pour affronter les périls du monde réel. Sans grande conviction il est vrai. Mais il a quand même tenté le coup, tout en sachant qu'il serait à peu près aussi utile dans ce monde-là qu'un poisson échoué sur une plage en train de crever par excès d'oxygène. Quoi qu'il en soit, après le pavillon d'été, le message que lui adressait Dieu était clair : plus de dérapages ; stabilisez-vous dans votre position naturelle et dans l'élément que la nature vous a assigné. Pym n'eut pas besoin de se l'entendre répéter.

« Mais va donc tout avouer ! » lui cries-tu, Tom. « Rentre à Londres au plus vite, va voir Personnel, purge ta peine et repars de zéro ! Évidemment, Pym pensa à tout cela. Dans la voiture qu'il conduisit jusqu'à Vienne, dans l'avion qui le ramena en Angleterre et dans la navette Heathrow-Londres, Pym ne cessa de se torturer l'esprit à propos de ces questions car ce fut l'une des rares occasions où il découvrit sa vie étalée dans sa tête comme une bande dessinée aux couleurs vives. Mais où commence-t-elle ? se demanda-t-il, non sans raison. Avec Lippsie, dont il était encore déterminé, dans ses moments de cafard noir, à se reprocher la mort ? Avec les initiales de Sefton Boyd ? Avec la pauvre Dorothy qu'il avait rendue folle ? Avec Peggy Wentworth lui crachant sa fiente à la figure, mais victime elle aussi ? Ou bien le jour où il avait pour la première fois forcé la serrure du cartonnier vert de Rick ou le bureau de Membury ? Quels systèmes de sa vie proposes-tu exactement qu'il porte au regard culpabilisant de ses admirateurs ?

« Eh bien, démissionne ! File chez Murgo ! Demande un poste de prof à Willow ! » Pym songea aussi à toutes ces possibilités. Il envisagea une demi-douzaine de trous sombres où il aurait pu enterrer ce qui lui restait de vie et dissimuler son charme coupable. Mais aucun d'entre eux ne le tenta plus de cinq minutes.

Les hommes d'Axel l'auraient-ils réellement dénoncé s'il avait fui en rompant les amarres ? J'en doute, mais la question n'est pas vraiment là. Le problème, c'est que très souvent Pym aimait la Firme tout autant qu'il aimait Axel. Il adorait la confiance bourrue et entière qu'elle mettait en lui, le mauvais usage qu'elle faisait de lui, son tweed et ses bourrades paternelles, son romantisme plein de failles et son intégrité empreinte de malice. Il avait envie de sourire chaque fois qu'il pénétrait dans ses *Reichskanzleis* et ses palais sûrs en recevant le salut sans humour de ses portiers vigilants. La Firme représentait pour lui son foyer, son école et sa cour, alors même qu'il la trahissait. Il avait sincèrement le sentiment qu'il pouvait lui apporter beaucoup, comme il pouvait apporter beaucoup à Axel. Il se voyait en imagination à la tête de caves bourrées de bas nylon et de chocolat de marché noir, en quantité suffisante pour que personne ne manque de rien en cas de pénurie – et les services de renseignement ne sont rien d'autre qu'un marché noir institutionnalisé de denrées périssables. Mais cette fois-ci, c'était Pym lui-même qui était le héros de la légende. Nul Membury ne se dressait entre lui et la confrérie.

« Supposez, Sir Magnus, que, lors d'une virée solitaire à Plzeň, vous arrêtiez votre voiture pour prendre deux ouvriers en stop et les rapprocher de leur usine. Vous feriez ce genre de choses, non ? » avait suggéré Axel au petit matin, dans le pavillon d'été, après avoir remonté le moral de Pym.

Celui-ci concéda que c'était possible.

« Et supposez, Sir Magnus, que braves comme ils sont, ils vous confient en chemin les craintes qu'ils ont à manipuler des matériaux radioactifs sans protection suffisante. Dresseriez-vous l'oreille ? »

Pym rit et lui accorda que oui, certainement.

« Supposez maintenant qu'avec votre esprit d'à-propos et votre générosité vous releviez, Sir Magnus, les noms et adresses de ces deux hommes en leur promettant une livre ou deux de bon café anglais la prochaine fois que vos affaires vous conduiront dans cette région ? »

Pym assura qu'il n'y aurait pas manqué.

« Imaginez enfin, continua Axel, qu'après avoir laissé ces deux ouvriers à l'extérieur de la zone protégée où ils travaillent, mû par votre courage, votre sens de l'initiative et toutes les qualités propres à un officier – vous les avez sûrement –, vous gariez votre auto dans un petit coin discret pour gravir cette colline. » Axel lui indiquait la colline en question sur une carte d'état-major qu'il avait apportée et étendue sur la table de fer. « Et que vous photographiiez l'usine depuis le sommet en vous dissimulant dans un bosquet de tilleuls dont on découvrira par la suite que les branches basses déparent légèrement vos clichés. Vos aristos admireraient-ils votre entreprise ? Applaudiraient-ils le grand Sir Magnus ? Ne lui commanderaient-ils pas de recruter les deux ouvriers bavards afin d'obtenir de plus amples détails sur la production et les objectifs de l'usine ?

– Très certainement, répondit Pym avec vigueur.

– Félicitations, Sir Magnus. »

Axel laissa tomber la pellicule dans la main déjà ouverte de Pym. Pellicule de la Firme elle-même. Enveloppée de vert anonyme. De celles que Pym dissimule dans sa machine à écrire. Pym la remet à ses maîtres. Le miracle ne s'arrête pas là. A peine le film passe-t-il entre les mains des spécialistes de Whitehall que l'on découvre qu'il s'agit de l'usine même dont les Américains ont pris des photos aériennes tout récemment. Feignant quelques scrupules, Pym fournit une description de ses deux informateurs innocents et, jusqu'à présent, fictifs. Les noms sont enregistrés, mis sur fiches, vérifiés, traités et colportés au bar des officiers supérieurs. Jusqu'au jour où, suivant les lois divines de la bureaucratie, ils font l'objet d'une réunion spéciale.

« Écoutez, jeune Pym, qu'est-ce qui vous fait penser que ces types ne vont pas vous dénoncer la prochaine fois que vous allez débarquer chez eux ? »

Mais Pym est d'humeur à faire face aux questions, il a un large public et se sent invincible. « Ce n'est qu'une conviction, monsieur, rien de plus. » Compter un, deux, lentement. « J'ai l'impression qu'ils avaient confiance. Je pense qu'ils vont se taire et qu'ils espèrent bien que je vais passer un soir, comme je le leur ai promis. »

Et, bien évidemment, les événements lui donnent raison, n'est-ce pas, Jack ? N'écoutant que son courage, notre héros retourne en Tchécoslovaquie et sans tenir compte des risques se rend directement chez eux – comment pourrait-il échouer puisque c'est Axel lui-même qui l'accompagne et fait les présentations ? Il n'y aura pas de sergent Pavel cette fois-ci. Une troupe fixe de comédiens loyaux et délurés vient de naître. Axel en est le producteur et ces deux-là en sont les membres fondateurs. Le réseau se met dangereusement et douloureusement en place, sous l'égide de Pym, tête froide s'il en est. Pym, dernier héros des couloirs souterrains ; celui qui a fabriqué Conger.

Rien ne peut plus s'opposer aux systèmes de sélection naturelle de la Firme, accélérés par l'insistance de Jack Brotherhood.

« Entré au *Foreign Office* ? répète le père de Belinda avec un étonnement aussi excessif qu'artificiel. Muté à Prague ? Comment êtes-vous arrivé à ça en partant d'une société d'électronique qui bat de l'aile ? Je dois reconnaître que c'est très fort.

– J'ai en fait un contrat de travail. Ils ont besoin de quelqu'un qui parle tchèque, explique Pym.

– Il est chargé de relancer le commerce britannique, papa. Mais tu ne pourrais pas comprendre, tu n'es qu'un agent de change, intervient Belinda.

– Enfin, ils pourraient au moins lui trouver une meilleure couverture, non ? », dit le père de Belinda en éclatant de son rire si irritant.

Dans le nouvel appartement sûr et secret entre tous de la Firme, Pym et Axel trinquent à la nomination de Pym au poste de deuxième secrétaire commercial et responsable des visas à l'ambassade britannique. Pym remarque avec plaisir qu'Axel a repris un peu de poids. Les marques de souffrance s'estompent sur son visage émacié.

« Au pays de la liberté, Sir Magnus.

– A l'Amérique », renchérit Pym.

Mon cher père,

Je suis si heureux que tu approuves ma nomination. Malheureusement, je ne suis pas encore en position de persuader le Pandit Nehru de t'accorder une audience pour que tu puisses lui soumettre ton projet de coupe de football, même si j'imagine sans peine l'impulsion que cela pourrait donner à l'économie indienne en difficulté.

Alors il n'y avait pas de vrais Joe du tout ? demandes-tu, Tom, sur un ton déçu. Ce n'était que de la frime ? Mais non, c'étaient de vrais Joe. Ne crains rien ! C'étaient même les meilleurs Joe qu'on puisse avoir. Et chacun d'eux profita des progrès de Pym dans le métier et admira Pym comme celui-ci admirait Axel. Axel et Pym, eux, admiraient les vrais Joe mais à leur manière, les considérant comme les ambassadeurs inconscients de l'opération, ceux qui attestaient sa bonne marche et son intégrité. Et nos deux compères faisaient tout ce qui était en leur pouvoir pour les protéger et leur obtenir de l'avancement, prétextant que toute amélioration de leur condition se répercutait en bien sur le réseau. Ils les firent passer clandestinement en Autriche afin qu'ils y soient formés et réhabilités. Ces vrais Joe étaient nos mascottes, Tom. Nos stars. Nous fîmes en sorte qu'ils ne manquent plus jamais de quoi que ce soit tant que Pym et Axel seraient là pour veiller sur eux. Et c'est bien pour cela que tout a mal tourné. Mais plus tard.

Jack, je voudrais pouvoir te décrire convenablement le plaisir qu'on éprouve à être bien dirigé. Rien sur le plan de la jalousie ou de l'idéologie. Axel cherchait tout autant à exacerber l'amour de Pym pour l'Angleterre qu'à lui faire aimer l'Amérique, aussi – et ce durant toute notre association – son génie a-t-il consisté en partie à vanter les libertés de l'Occident en sous-entendant tacitement qu'il était au pouvoir de Pym – sinon de son devoir d'homme libre – d'apporter un peu de cette liberté à l'Est. Oh, tu peux rire, Jack ! Et tu peux agiter ta chevelure grise devant la profondeur de l'innocence de Pym ! Mais n'imagines-tu pas à quel point il fut facile à Pym de prendre un pays si petit et démuni sous sa protection quand le sien était si avantagé, si triomphant et bien né ? Et aussi, de son point de vue, si absurde ? De porter à cette malheureuse Tchécoslovaquie une affection de riche protecteur, pour l'amour d'Axel ? De pardonner à l'avance ses écarts ? Et de les mettre sur le compte des nombreuses trahisons perpétrées contre elle par sa sœur l'Angleterre ? Cela t'étonne-t-il réellement que Pym, en faisant alliance avec l'interdit, se soit une fois de plus libéré de ce qui le retenait ? Que lui qui avait tant aimé franchir de multiples frontières prenne maintenant autant de plaisir à en franchir d'autres, avec Axel pour lui montrer comment marcher et où traverser ?

« Je suis désolé, Bel, disait Pym à Belinda alors qu'il l'abandonnait une fois de plus à son jeu de Scrabble dans leur petit appartement sombre du ghetto diplomatique de Prague. Je dois monter dans le Nord. Je serai parti un jour ou deux. Allons, Bel. Bisou. Tu ne préférerais quand même pas être mariée à un petit employé de bureau, non ?

– Je ne trouve pas le *Times,* lui dit-elle en le repoussant. Je suppose que tu l'as encore laissé dans cette foutue ambassade. »

Mais quel que fût l'état des nerfs de Pym quand il arrivait au rendez-vous, Axel le calmait à chaque rencontre. Il ne le bousculait jamais. Toujours, il faisait preuve de respect pour les maux et les humeurs de son agent. Ce n'était pas immobilité d'un côté et tout mouvement de l'autre, Tom, loin de là. Les ambitions d'Axel s'attachaient tout autant à Pym qu'à lui-même. Pym n'était-il pas son bol de riz, sa bonne fortune dans tous les sens du terme, son passeport pour les privilèges et le statut d'aristo très bien payé du Parti ? Oh, comme il étudia Pym ! Avec quelle délicatesse il sut l'amadouer et le séduire ! Avec quelle méticulosité il revêtait toujours les tenues que Pym espérait lui voir porter : tantôt le manteau du père sage et solide que Pym n'avait jamais eu, tantôt l'habit de souffrance ensanglanté qui constituait l'uniforme de son autorité, tantôt la soutane du seul confesseur de Pym, son Murgo absolu. Il lui fallut apprendre tous les codes de Pym, toutes ses échappatoires. Il lui fallut déchiffrer Pym plus vite qu'il ne pouvait se déchiffrer lui-même. Il lui fallut le gronder et lui pardonner comme des parents qui ne lui claqueraient jamais la porte à la figure, rire quand Pym se sentait mélancolique et attiser la flamme de toutes les croyances de Pym quand celui-ci était abattu et disait : Je ne peux pas, je suis seul et j'ai peur.

Surtout, il lui fallut maintenir l'esprit de son agent constamment en alerte malgré la tolérance apparemment illimitée de la Firme, car comment aurions-nous pu oser croire, l'un et l'autre, qu'au coin de ces chers bois si tranquilles d'Angleterre ne se dissimulait pas quelque jeu magistral ? Pendant que Pym ne cessait de lui fournir ses montagnes de renseignements.

Imagine quel casse-tête ce fut pour Axel de faire admettre à ses supérieurs qu'ils n'étaient pas victimes d'une monumentale machination impérialiste ! Les Tchèques t'admiraient tant, Jack. Les plus vieux te connaissaient depuis la guerre. Ils connaissaient tes talents et les respectaient. Ils savaient le danger qu'il y a, journellement, à mésestimer la finesse d'un adversaire. Axel dut plus d'une fois lutter pied à pied avec eux. Il lui fallut convaincre les bourreaux mêmes qui l'avaient torturé, les empêcher d'enlever Pym et de lui faire subir un de ces petits traitements qu'ils savaient si bien s'administrer les uns aux autres afin de tirer de lui une fois pour toutes une véritable confession. « Oui, je suis l'homme de Brotherhood », voulaient-ils l'entendre crier. « Oui, je suis ici pour introduire de la désinformation dans vos rangs. Pour détourner votre attention de nos opérations antisocialistes. Oui, Axel est mon complice. Prenez-moi, pendez-moi, tout mais pas ça ! » Mais Axel l'emporta. Il supplia, il gueula et tapa sur la table, et quand on projeta de nouvelles purges pour expliquer le chaos laissé par les dernières, il réduisit ses ennemis au silence en les menaçant de dénoncer leur mauvaise appréciation de l'écroulement inévitable de l'impérialisme. Et Pym l'aida dans toutes les étapes de cette entreprise. Il prit à nouveau place à son chevet – même s'il ne s'agit là que d'une image –, lui redonna nourriture et courage, veilla sur son moral. Il pilla pour lui les archives de l'antenne. Il le tranquillisa à force d'exemples illustrant outrageusement l'incompétence universelle de la Firme. A lutter ainsi pour leur survie mutuelle, Pym et Axel finirent par se rapprocher encore, chacun déposant aux pieds de l'autre les fardeaux irrationnels de son propre pays.

Et une fois de temps en temps, pour marquer la fin d'une grande bataille ou la réussite d'un grand coup, Axel revêtait son costume de libertin et organisait une petite descente nocturne dans ce qui constituait pour lui un modeste équivalent local de Saint-Moritz, un petit château blanc des monts des Géants réservé par son service aux gens particulièrement bien vus. La première fois qu'ils s'y rendirent, ce fut pour fêter un anniversaire et ils eurent droit à une limousine aux vitres fumées. Il y avait tout juste deux ans que Pym était à Prague.

« J'ai décidé de vous présenter un nouvel agent tout à fait excellent, Sir Magnus, annonça-t-il alors qu'ils zigzaguaient joyeusement sur la route couverte de gravillons. Le réseau Watchman manque terriblement de renseignements industriels. Les Américains se sont engagés à ruiner notre économie, mais la Firme ne fait rien pour soutenir leur optimisme. Que diriez-vous d'un petit responsable de notre grande Banque nationale de Tchécoslovaquie ayant accès à certains de nos secteurs les plus mal gérés ?

– Où suis-je censé l'avoir dégotté ? », répliqua Pym avec prudence car il s'agissait là d'une décision délicate nécessitant une interminable correspondance avec la Centrale avant que ne puisse être enregistré le recrutement d'une nouvelle source potentielle.

Le couvert était dressé pour trois et le candélabre allumé. Les deux hommes avaient fait une longue promenade à pas lents dans les bois et prenaient maintenant l'apéritif devant le feu en attendant leur invité.

« Comment va Belinda ? », s'enquit Axel.

C'était un sujet qu'ils abordaient rarement : Axel ne supportait pas les associations ratées.

« Très bien, merci, comme toujours.

– Ce n'est pas ce que nous disent nos microphones. Ils disent que vous vous battez comme chien et chat jour et nuit. Nos hommes commencent même à être complètement déprimés à force de vous écouter.

– Dites-leur que ça va s'arranger, si c'est ça qui les inquiète », répondit Pym dans un rare accès d'amertume.

Une automobile montait la colline. Ils entendirent les pas du vieux serviteur traversant l'entrée puis le cliquetis des verrous.

« Je vous présente votre nouvel agent », annonça Axel.

La porte s'ouvrit violemment et Sabina entra. Un peu plus forte peut-être, au niveau des hanches ; un ou deux plis durs de responsabilité marquant la mâchoire, mais toujours sa délicieuse Sabina quand même. Elle portait une robe noire stricte à petit col blanc et de gros souliers noirs dont elle devait être très fière car ils étaient ornés de barrettes à brillants verts et avaient le lustre du faux daim. Elle se redressa vivement lorsqu'elle aperçut Pym et le contempla d'un regard soupçonneux. Durant un instant, toute son attitude manifesta la plus totale désapprobation. Puis, à la joie du jeune homme, elle éclata de son rire de Slave folle et courut le couvrir de son corps, un peu comme à Graz lorsqu'elle lui avait donné sa première leçon très particulière de tchèque.

Voilà, Jack. Sabina monta et monta encore les échelons puis finit par devenir l'agent principal du réseau Watchman ainsi que la chérie de ses officiers traitants britanniques successifs. Tu la connaissais soit sous le nom de Watchman Un, soit comme l'intrépide Olga Kravitsky, secrétaire de la Commission interne de Prague pour les questions économiques. Nous l'avons mise à la retraite anticipée, si tu te souviens bien, alors qu'elle attendait son troisième enfant d'un quatrième mari, et nous avons donné un dîner en son honneur à Berlin-Ouest, profitant de ce qu'elle assistait à sa dernière conférence des banquiers du Comecon à Potsdam. Axel l'a gardée un peu plus longtemps avant de se résoudre à suivre notre exemple.

« Je viens d'être muté à Berlin, dit Pym à Belinda dans un jardin public discret, à la fin de son deuxième séjour à Prague.

631

– Pourquoi me dis-tu ça ? l'interrogea Belinda.

– Je me demandais si tu voudrais venir », répondit Pym, et Belinda se remit à tousser de cette toux inextinguible qu'elle devait sans doute au climat de Prague.

Belinda rentra à Londres et s'inscrivit à une école de journalisme, préférant laisser de côté les méthodes d'homicide silencieux. A trente-sept ans, elle choisit de se lancer sur le chemin hasardeux des grandes causes libérales à la mode, où elle rencontra plusieurs Paul et finit par en épouser un pour mettre au monde une fille insoumise qui critiqua tout ce qu'elle faisait et la réconcilia en quelque sorte avec ses propres parents. Pym et Axel, eux, s'embarquèrent pour la seconde étape de leur pèlerinage. A Berlin, un avenir plus radieux les attendait, et une trahison mûrie.

a.b.s. Colonel Evelyn Tremaine, D.O.S.
Pioneer Corps, retraité
P.O. BOX 9077
Manille.

A son Excellence
Sir Magnus Richard Pym, Décorations,
Ambassade de Grande-Bretagne,
Berlin.

Mon cher Fils,

Juste un mot qui, j'espère, ne portera pas Atteinte à ton Ascension vers le Sommet, car Nul ne doit attendre de Gratitude avant que ne vienne son tour de se présenter devant Notre Père à tous, ce qui, pour moi, ne saurait tarder. La Science Médicale n'en étant ici qu'à un Stade Primitif, il semble cependant que ce Cruel été doive être le Dernier de ton Serviteur, malgré le Sacrifice déjà fait de l'Alcool et d'autres Réconforts. Si tu Envoies quoi que ce soit pour un traitement ou pour les Funérailles, établis bien le chèque et l'enveloppe au nom du Colonel, pas au Mien car le Nom de Pym est Persona non Grata chez les Autochtones et que je serai peut-être déjà Mort.
En Priant d'Étre Épargné

RIK T. PYM

P.-S. On m'assure qu'on peut trouver de l'Or 916 à très bas prix à Berlin, la valise diplomatique étant toujours disponible pour les Haut Placés qui cherchent une occasion de Récompense informelle. Perce Loft est toujours à la même adresse et te seconderait moyennant dix pour cent, mais surveille-le.

Berlin. Quelle nid d'espions, Tom ! Quel cartonnier rempli de secrets disponibles et inutiles, quel endroit merveilleux pour tous les alchimistes, faiseurs de miracles et joueurs de flûtes enchantées qui prirent jamais le manteau et se détournèrent des contraintes si désagréables de la réalité politique ! Et toujours, au milieu, ce bon grand cœur américain qui martelait bravement ses rythmes honorables au nom de la liberté et de la démocratie, et qui délivrait enfin les peuples.

A Berlin, la Firme avait des agents influents, des agents de rupture, de subversion, de sabotage et de désinformation. Nous en avions même un ou deux qui nous fournissaient des renseignements, quoiqu'ils fussent plutôt mal considérés et qu'on les gardât plus par tradition que pour leur véritable valeur professionnelle. Nous avions des spécialistes des tunnels et des passeurs, des écouteurs et des faussaires, des instructeurs et des recruteurs, des chasseurs de têtes, des courriers, des observateurs, des séducteurs, des assassins, des aérostiers, des artistes du déguisement et des gens qui lisaient sur les lèvres. Mais les Américains avaient toujours plus que les Britanniques, les Allemands de l'Est cinq fois plus que les Américains et les Russes dix fois plus que les Allemands de l'Est.

Pym se retrouva devant tant de merveilles comme un gosse lâché dans une confiserie, ne sachant pas sur quoi se précipiter en premier. Quant à Axel, qui entrait et sortait de la ville muni d'un nouveau faux passeport à chaque visite, il passait discrètement derrière lui avec son panier. Dans des appartements sûrs et des restaurants sombres, nous prenions des repas tranquilles durant lesquels nous échangions nos marchandises et des regards de contentement incrédules dignes de montagnards qui ont enfin atteint le sommet tant convoité. Cependant, nous ne perdions jamais de vue le sommet plus haut encore qu'il nous restait à escalader tandis que par-dessus les chandelles nous levions nos vodkas à nos santés respectives en murmurant : « A l'année prochaine en Amérique ! »

Et les comités, Tom ! Berlin n'était pas assez sûr pour les abriter. Nous nous rassemblions donc à Londres, dans les salles impériales chargées de dorures qui convenaient à des joueurs de l'échiquier mondial. Et quel tableau représentatif des nouveaux dirigeants hardis, multiples et brillamment inventifs de notre société nous formions, Tom. Car nous vivions là les années nouvelles de l'Angleterre, une époque où il convenait que les talents cachés du pays sortent de leurs coquilles et soient enfin armés pour servir la nation. A bas les espions aux vues étroites ! entendait-on crier. Assez d'inceste. A Berlin, nous devons ouvrir la porte au monde réel des professeurs d'université, des ténors du barreau et des journalistes. Il nous faut des banquiers, des syndicalistes, des industriels, des types qui mettent leur fric là où ça rapporte et qui savent ce qui fait tourner le monde. Nous avons besoin de députés qui nous donnent le souffle de la tribune et qui sachent prononcer les mots qu'il faut quand il s'agit de l'argent des contribuables !

Et qu'arriva-t-il à ces hommes avisés, Tom, à ces sages nouveaux venus, ennemis des coups de tête, à qui l'on avait confié la garde de la guerre secrète ? Ils foncèrent là où les espions eux-mêmes auraient hésité à poser le pied. Trop longtemps frustrés par les entraves du monde visible, ces brillants esprits soudain libérés tombèrent du jour au lendemain amoureux de la moindre conspiration, aussi malhonnête et expéditive qu'elle pût être.

« Savez-vous ce qu'ils ont imaginé, maintenant ? enragea Pym qui arpentait le tapis de l'appartement de fonction de Lowndes Square qu'Axel avait loué pour la durée d'une conférence anglo-américaine sur l'action officieuse.

– Calmez-vous, Sir Magnus. Prenez un autre verre.

– Me calmer ? Alors que ces dingues proposent sérieusement de se fourrer dans une zone de contrôle soviétique, d'attirer un Mig en espace aérien américain et de le faire sauter en plein ciel pour, si par hasard le pilote survivait, lui donner le choix entre un procès pour espionnage ou une déclaration publique de défection devant micros ? C'est le spécialiste des questions de défense du *Guardian* qui parle, merde ! Il va déclencher une guerre ! C'est ce qu'il cherche ? Ça lui donnerait enfin des sujets d'articles. Et il était appuyé par le neveu de l'archevêque de Canterbury et par le directeur général adjoint de la BBC. »

Mais il en aurait fallu davantage à Axel que les pruderies de Pym pour ébranler l'amour qu'il portait à l'Angleterre.

Par la vitre de la Ford sans chauffeur que Pym avait empruntée au garage de la Firme, il admira Buckingham Palace et frappa discrètement dans ses mains en apercevant le pavillon royal qui flottait dans un faisceau de lumière.

« Retournez à Berlin, Sir Magnus. Un jour, ce sera la bannière étoilée. »

Son appartement de Berlin se situait à mi-chemin de Unter den Linden, au dernier étage d'une immense demeure Biedermeier qui avait miraculeusement échappé aux bombes. Sa chambre donnait sur le jardin, aussi n'entendit-il pas leur voiture s'arrêter, mais il perçut leur pas chaussé de crêpe dans l'escalier, et cela lui rappela la *Fremdenpolizei* grimpant discrètement l'escalier de bois des Ollinger au petit matin, en ces heures encore obscures que les policiers aiment tant. Pym sut que c'était la fin, même si, l'ayant déjà envisagée de bien des manières, il ne s'était pas attendu qu'elle arrive de cette façon. Les hommes de terrain sentent ce genre de choses et apprennent à se fier à leur instinct, et Pym en était un avant tout. Il sut donc que c'était la fin mais ne fut ni surpris, ni déconcerté, simplement très calme. Une seconde lui suffit pour sortir du lit et filer dans la cuisine où il avait caché les pellicules destinées à son prochain rendez-vous avec Axel. Le temps que ses visiteurs sonnent à la porte, il avait déjà déroulé les six bobines en pleine lumière pour les exposer puis s'était débarrassé du bloc de papier inflammable qu'il conservait dans de la toile cirée à l'intérieur de la chasse d'eau. Dans cette acceptation lucide de son destin, il pensa même à une solution plus radicale, car Berlin n'était pas Vienne, et il conservait un pistolet dans sa table de nuit et un autre dans l'entrée, au fond d'un tiroir. Mais quelque chose dans le ton d'excuse sur lequel ils murmurèrent « Herr Pym, réveillez-vous, s'il vous plaît » par la fente de la boîte aux lettres l'en dissuada, et quand il reconnut par le judas optique la silhouette bienveillante du lieutenant de police Dollendorf accompagnée d'un jeune sergent, il eut honte à l'avance du choc qu'il pourrait leur causer en choisissant cette solution. Ainsi, ils optent pour la manière douce, songea-t-il en ouvrant la porte : on répartit d'abord ses petits louveteaux autour du bâtiment, puis on envoie M. Bon Gars par la porte d'entrée.

Comme la plupart des gens de Berlin, le lieutenant Dollendorf était un client de Jack Brotherhood et se faisait de petits suppléments en regardant de l'autre côté pendant que des agents se bousculaient pour traverser dans les deux sens le fructueux tronçon de Mur qui dépendait de son autorité. C'était un bon Bavarois qui aimait ses aises, était doté d'appétits typiquement bavarois et qui sentait en permanence la *Weisswurst*.

« Pardonnez-nous, Herr Pym. Excusez le dérangement, aussi tard », commença-t-il avec un sourire forcé. Il était en uniforme. Son arme n'avait pas bougé de son étui. « Notre Herr Kommandant demande que vous veniez immédiatement au quartier général pour une question personnelle extrêmement urgente », expliqua-t-il, toujours sans esquisser le moindre geste vers son revolver.

La voix de Dollendorf exprimait la résolution tout autant que la gêne, et son sergent surveillait attentivement le puits de l'escalier. « Le Herr Kommandant m'a assuré que tout pourrait s'arranger discrètement, Herr Pym. Il voudrait pouvoir agir avec toute la délicatesse possible. Il n'a pas essayé de joindre vos supérieurs, insista Dollendorf en voyant Pym hésiter. Le Kommandant a beaucoup de respect pour vous, Herr Pym.

– Je dois m'habiller.

– Oui, mais faites vite, si cela ne vous dérange pas, Herr Pym. Le Kommandant voudrait que cette affaire soit réglée avant qu'il ne doive l'abandonner aux mains de l'équipe de jour. »

Pym se retourna et se dirigea prudemment vers sa chambre. Il s'attendait à entendre les policiers le suivre ou bien lui aboyer un ordre, mais ils préférèrent rester dans l'entrée, à contempler les gravures représentant les « Cris de Londres », cadeau de la section Logement de la Firme.

« Puis-je me servir de votre téléphone, Herr Pym ?

– Je vous en prie. »

Il s'habilla en laissant la porte ouverte, espérant surprendre la conversation. Mais tout ce qu'il put saisir se limita à « Tout est en ordre, Herr Kommandant. Notre homme arrive immédiatement ».

Ils descendirent le large escalier à trois de front puis se dirigèrent vers une voiture de police garée tout près et dont les feux clignotaient. Rien derrière, pas le moindre passant tardif dans la rue. Il reconnaissait bien là les Allemands : eux seuls étaient capables d'avoir ratissé tout le quartier avant de l'arrêter. Pym prit place à l'avant, avec Dollendorf. Le sergent s'était assis, très tendu, derrière. Il était deux heures du matin et il pleuvait. De gros nuages noirs bouillonnaient dans un ciel rougeâtre. Personne ne parlait plus.

Jack m'attendra au poste de police, se dit Pym. Ou bien la police militaire. Ou encore Dieu.

Le Kommandant se leva pour le recevoir. Dollendorf et son sergent avaient disparu. Le Kommandant se considérait comme un homme d'une subtilité proprement extraordinaire. C'était un personnage grand, gris, qui creusait le dos et vous dévisageait d'un regard insistant cependant que dans sa bouche étroite les mots crépitaient à une vitesse hallucinante. Il se carra dans son fauteuil et joignit l'extrémité de ses doigts. Il s'adressa sur un ton monotone et crispé à une gravure de son village natal de Prusse orientale accrochée au mur juste au-dessus de Pym. Il parla, selon l'estimation tranquille de Pym, pendant environ six heures sans la moindre pause et sans même reprendre une seule fois son souffle, ce qui, pour le Kommandant, ne représentait qu'un petit échauffement avant d'entamer une discussion sérieuse. Le Kommandant dit qu'il était un homme du monde et un père de famille, familier de ce qu'il appela le « cercle intime ». Pym assura qu'il respectait tout à fait cela. Le Kommandant dit qu'il n'avait la fibre ni didactique, ni politicienne quoiqu'il fût démocrate-chrétien. Il était évangéliste, mais que Pym se rassure, il n'avait rien contre les catholiques romains. Pym certifia qu'il n'en aurait pas attendu moins de sa part. Le Kommandant dit que les méfaits couvraient un spectre qui allait de l'erreur humaine pardonnable au crime prémédité. Pym le lui accorda et perçut des pas dans le couloir. Le Kommandant supplia Pym de garder à l'esprit que les étrangers éprouvaient souvent un sentiment d'impunité lorsqu'ils envisageaient ce qu'on pouvait considérer comme un acte criminel dans un pays autre que le leur.

« Puis-je vous parler franchement, Herr Pym ?

– Je vous en prie, répondit Pym qui commençait à avoir l'affreuse prémonition que ce n'était pas lui mais Axel qu'on avait arrêté.

– Quand on me l'a amené, je l'ai regardé. Je l'ai écouté. Et j'ai dit : "Non, ce n'est pas possible. Pas Herr Pym. Cet homme est un imposteur. Il joue de certaines connaissances haut placées." Cependant, à mesure que je l'écoutais, j'ai décelé, comment dirais-je, une certaine hauteur de vue, une énergie, une intelligence, j'ajouterais même un certain charme. Après tout, cet homme est peut-être ce qu'il prétend être. Seul Herr Pym pourra nous le dire, ai-je décidé. » Il pressa un bouton sur son bureau. « Puis-je le confronter avec vous, Herr Pym ? »

Un vieux geôlier apparut, qui se dandina devant eux le long d'un couloir de brique peinte empestant le phénol. Il déverrouilla une grille et la referma derrière eux. Il en ouvrit une autre. C'était la première fois que je voyais Rick en prison, Tom, et je me suis par la suite arrangé pour que ce soit la dernière. Durant toutes les années qui suivirent, Pym lui envoya en effet de la nourriture, des vêtements, des cigares et, en Irlande, du Drambuie. Pym vida son compte en banque pour lui, et, eût-il été millionnaire, il se fût ruiné plutôt que de le revoir ainsi enfermé, ne fût-ce qu'en imagination. Rick était assis dans un coin, et Pym sut tout de suite qu'il s'était installé là afin d'avoir la vue la plus large possible sur la cellule car, d'aussi loin qu'il le connût, Rick avait toujours eu besoin de plus d'espace que Dieu ne lui en avait octroyé. Il tenait sa grosse tête penchée en avant, son visage exprimait une tristesse de forçat et je jurerais qu'assourdi par ses propres pensées il ne nous avait pas entendus arriver.

« Père, appela Pym. C'est moi. »

Rick s'approcha des barreaux et posa chacune de ses mains sur une tige métallique, de part et d'autre de sa tête. Il regarda d'abord Pym, puis le Kommandant et enfin le geôlier, sans comprendre la position de Pym. Il avait une expression endormie et coléreuse.

« Alors, ils t'ont eu aussi, hein, fils ? déclara-t-il, non sans une certaine satisfaction me sembla-t-il. J'ai toujours été convaincu que tu étais sur un coup. Tu aurais mieux fait de faire ton droit, comme je te l'avais dit. » Puis la vérité commença lentement à lui apparaître. Le geôlier déverrouilla la grille et le bon Kommandant fit : « S'il vous plaît, Herr Pym » en s'écartant pour le laisser passer. Pym enlaça Rick, mais délicatement, au cas où il aurait été battu et en serait resté endolori. Peu à peu, Rick parut reprendre vie.

« Dieu du ciel, fils, mais qu'est-ce qu'ils me veulent ? Un honnête homme ne peut-il donc plus traiter quelques affaires dans ce pays ? Tu as vu ce qu'on me donne à manger, ici ? Des saucisses allemandes ! Où partent nos impôts, je me le demande ? Pourquoi donc avons-nous fait la guerre ? A quoi ça sert d'avoir un fils à la tête du *Foreign Office* s'il ne peut même pas empêcher ces sales brutes d'Allemands de malmener son vieux père ? »

Mais Pym était déjà en train de l'embrasser, de lui taper sur les épaules et de lui dire que c'était bon de le revoir, malgré les circonstances. Rick se mit donc à pleurer et le Kommandant se retira discrètement dans une autre pièce pendant que les deux copains réunis se fêtaient l'un et l'autre comme s'ils s'étaient mutuellement sauvés.

Je ne voudrais pas te décevoir, Tom, mais j'ai franchement oublié – délibérément peut-être – les détails des transactions berlinoises de Rick. Pym s'était attendu à son propre procès, pas à celui de Rick. Je me souviens de deux sœurs de noble origine prussienne qui habitaient une vieille demeure de Charlottenbourg, parce que Pym alla les voir pour leur rembourser les tableaux évidemment fictifs que Rick leur vendait, la broche de diamants qu'il s'était proposé de faire nettoyer pour elles, et les manteaux de fourrure qu'il avait envoyé faire recouper à Londres par un tailleur de ses amis qui, avait assuré Rick, ne demanderait aucun paiement en retour car il l'adorait. Je me rappelle aussi que les sœurs en question avaient un neveu véreux impliqué dans un sombre trafic d'armes et que, quelque part dans l'histoire, Rick avait un avion à vendre, le chasseur bombardier le meilleur et le mieux conservé qu'on puisse imaginer, pour ainsi dire à l'état neuf. Et pour autant que je sache, l'appareil avait été repeint pas ces libéraux de toujours qu'étaient les Balham, garagistes à Brinkley, et il était garanti pouvoir emmener tout le monde jusqu'au paradis.

C'est aussi à Berlin, Tom, que Pym séduisit ta mère et la ravit à leur patron commun, Jack Brotherhood. Je ne suis pas certain que ni toi ni qui que ce soit d'autre ayez le droit de savoir par quel hasard il en arriva là, mais je vais quand même essayer de t'aider du mieux que je le pourrai. Les motifs de Pym n'étaient pas très purs, je ne le nierai pas. L'amour, ou ce qu'il y en eut, ne vint que plus tard.

« On dirait que Jack Brotherhood et moi partageons la même femme », annonça Pym à Axel d'un ton espiègle lors d'une conversation téléphonique de cabine à cabine.

Axel voulut savoir tout de suite de qui il s'agissait.

« Une aristo, répondit Pym, la voix toujours badine. L'une des nôtres. Église et grande famille d'espions, si cela vous dit quelque chose. Ses liens familiaux avec la Firme remontent à Guillaume le Conquérant.

– Est-elle mariée ?

– Vous savez que je ne couche jamais avec des femmes mariées à moins qu'elles n'y tiennent absolument.

– Est-elle amusante ?

– Axel, nous parlons d'une dame.

– Je veux dire, est-elle sociable ? s'impatienta Axel. Serait-ce ce qu'on pourrait appeler une geisha diplomatique ? Est-ce une bourgeoise ? A-t-elle des chances de plaire aux Américains ?

– Je vous dis que c'est une Martha de première classe, Axel. Elle est belle, riche et terriblement britannique.

– Alors elle nous vaudra peut-être notre billet pour Washington », décréta Axel qui avait peu de temps auparavant exprimé quelques inquiétudes quant au nombre de femmes qui défilaient dans la vie de Pym.

Peu après, Pym reçut un conseil similaire de la part de ton oncle Jack.

« Mary m'a dit ce qu'il y a entre vous, Magnus, déclarat-il en prenant Pym à part de la manière la plus avunculaire qui soit. Si tu veux mon avis, tu peux chercher longtemps avant de trouver mieux. C'est l'une des meilleures filles que nous ayons et il est temps que tu commences à soigner un peu ton honorabilité. »

C'est ainsi que docilement, puisque ses mentors poussaient tous deux dans la même direction, Pym fit de Mary, ta mère, sa partenaire dûment épousée à la Haute Table de l'alliance anglo-américaine. Et franchement, après tout ce qu'il avait déjà dû accepter, cela apparut comme un sacrifice tout à fait raisonnable...

> Tiens-lui la main, Jack – écrivit Pym. Il est ce que j'avais de plus cher au monde.

> Pardonne-moi, Mabs – écrivit Pym. Ma chère, chère Mabs, pardonne-moi. Si l'amour est ce que nous pouvons encore trahir, souviens-toi que je t'ai trahie bien des jours.

Il commença un mot à l'adresse de Kate mais le déchira. Il griffonna « Chère Belinda » et s'arrêta, soudain effrayé par le silence qui l'entourait. Il regarda vivement sa montre. Cinq heures. Pourquoi les cinq coups ne sonnaient-ils pas ? Je suis devenu sourd. Je suis mort. Je suis dans une cellule capitonnée. De l'autre côté de la place, le premier son de cloche retentit. Un. Deux. Je peux l'interrompre quand je veux, pensa-t-il. Je peux l'arrêter au premier coup, au deuxième, au troisième. Je peux prendre n'importe quelle fraction de n'importe quelle heure et la figer à tout jamais. Ce que je ne peux pas faire, c'est faire sonner minuit quand il est une heure. Ça, c'est du ressort de Dieu, pas du mien.

Une immobilité hébétée avait envahi Pym, l'immobilité même de la mort. Il s'était de nouveau posté à la fenêtre et regardait les feuilles mortes traverser la place déserte. Tout ce qu'il voyait semblait englué dans une torpeur menaçante. Pas un visage aux fenêtres, pas une porte ouverte. Pas un chien, pas un chat, pas un écureuil ni un enfant braillard. Ils ont pris le maquis. Ils attendent les brigands qui viennent de la mer. Pourtant, dans sa tête, il se tient debout dans un appartement en sous-sol d'un vieil immeuble de bureaux, à Cheapside, et il regarde les deux Beautés fatiguées qui, agenouillées, épluchent vivement les derniers dossiers de Rick, léchant le bout de leurs doigts crochus pour les activer dans leur chasse aux documents. Les feuilles de papier s'entassent en piles de plus en plus hautes et virevoltent dans les airs comme des pétales tourbillonnants tandis qu'elles fouillent et rejettent ce qu'elles viennent de piller en vain : relevés bancaires douloureux, reçus, lettres de créanciers furieux, garanties, sommations, lettres d'amour débordant de reproches. La poussière que tout cela soulève emplit les narines de Pym, le bruit des tiroirs métalliques évoque pour lui le grincement des grilles de sa prison, mais les Beautés semblent ne rien remarquer. Ce ne sont que des veuves avides saccageant les dossiers de Rick. Au milieu des débris, parmi les placards et tiroirs grands ouverts, trône le dernier bureau de *Reichskanzlei* de Rick, ses serpents s'enroulant autour de ses pieds bombés comme des jarretières dorées. La dernière photographie du grand TP en habit de maire est accrochée au mur, et, sur la cheminée, au-dessus d'un âtre bourré de faux boulets de charbon et des derniers mégots de cigares de Rick, se dresse le buste en bronze de votre fondateur et président-directeur général lui-même qui darde ses dernières parcelles de rectitude. Juste derrière Pym, sur la porte ouverte, figure la plaque récapitulative de la dernière douzaine de sociétés de Rick, mais tout contre le bouton de sonnette, une affichette signale : « Pour appeler, sonnez ici. » C'est que quand Rick ne sauvait pas l'économie nationale du désastre, il travaillait comme portier de nuit pour tout le pâté de maisons.

« A quelle heure est-il mort ? demande Pym avant de se rappeler qu'il le sait déjà.

– Le soir, mon chou. A l'ouverture des pubs, répond l'une des Beautés sans retirer sa cigarette de la bouche tout en déversant une nouvelle brassée de papiers sur le tas à jeter.

– Il prenait un petit verre à côté, précise la seconde Beauté qui, pas plus que l'autre, n'a interrompu son travail un seul instant.

– Et qu'y a-t-il, à côté ? insiste Pym.

– La chambre à coucher, fait la première Beauté en écartant un nouveau classeur.

– Qui était avec lui ? questionna Pym. C'était vous ? Qui était avec lui, s'il vous plaît ?

– Nous y étions toutes les deux, mon chou, répond la seconde. On faisait un petit câlin, si tu veux savoir. Ton papa aimait bien prendre une petite goutte et ça le rendait toujours amoureux. On a eu un très bon dîner, assez tôt parce qu'il avait des engagements, un steak aux oignons ; il avait eu une petite engueulade avec les services du téléphone à cause d'un chèque qu'il avait envoyé par la poste. Il était déprimé, pas vrai, Vi ? »

Plutôt à contrecœur, la première Beauté suspend ses recherches. Sa copine fait de même. Elles ne sont plus soudain que deux bonnes Londoniennes comme il faut, au visage bienveillant et au corps lourd et usé.

« C'était terminé, pour lui, mon chou, dit la première en repoussant une mèche de cheveux de son poignet replet.

– Qu'est-ce qui était terminé ?

– Il a dit que s'il ne pouvait plus avoir le téléphone, alors il s'en irait. Il a dit que c'était le téléphone qui le retenait à la vie, et que s'il ne pouvait plus l'avoir, c'était comme un châtiment qu'on lui infligeait : comment aurait-il pu traiter ses affaires sans un bigophone et une chemise propre ? »

Prenant le silence de Pym pour un reproche, sa compagne prend les devants. « Ne nous regarde pas comme ça, mon chou. Ça faisait longtemps qu'on lui avait donné tout ce qu'on avait. On s'est chargé du gaz, de l'électricité, on lui faisait à bouffer, pas vrai, Vi ?

– On a fait tout ce qu'on a pu, renchérit Vi. Et on lui a même donné un peu de réconfort.

– Il y a des jours où on a fait plus de clients pour lui que ce que la nature voudrait qu'on fasse, pas vrai, Vi ? Des fois, on allait jusqu'à trois passes par jour rien que pour lui.

– Et même plus que ça, certifie Vi.

– Il a vraiment eu de la chance de vous avoir, assure Pym avec sincérité. Merci du fond du cœur d'avoir veillé sur lui comme ça. »

Cela leur fait plaisir et elles lui sourient timidement.

« Tu n'aurais pas une bonne bouteille dans cette grosse mallette noire que tu traînes, mon chou, par hasard ?

– Je crains que non. »

Vi va dans la chambre. Par la porte ouverte, Pym reconnaît le grand lit impérial de Chester Street, au capitonnage maculé et tout abîmé par les ans. Le pyjama de soie de Rick est étendu sur le couvre-lit. Pym respire l'odeur de la lotion corporelle de Rick et celle de son huile capillaire. Vi revient avec une bouteille de Drambuie.

« A-t-il parlé de moi, les derniers jours ? demande Pym alors qu'ils boivent.

– Il était très fier de toi, mon chou, déclare l'amie de Vi. Très fier. » Mais ses propres paroles ne semblent pas la satisfaire. « Mais ce qu'il voulait, c'était te rattraper. C'est pratiquement la dernière chose qu'il a dite, pas vrai, Vi ?

– On le tenait dans nos bras, repartit Vi en reniflant. On pouvait voir à sa respiration qu'il en avait plus pour longtemps. Il a dit : "Dites-leur que je leur pardonne, au service des téléphones. Et dites à mon fils Magnus que nous serons bientôt ambassadeurs tous les deux."

– Et ensuite ? insiste Pym.

– Sers-nous donc une nouvelle tournée de Napoléon, Vi, reprend l'amie de Vi, qui pleure elle aussi, maintenant. Mais ce n'était pas de la fine Napoléon, c'était du Drambuie. Et puis il a dit : "Il y a assez dans tous ces dossiers pour que vous ne manquiez de rien jusqu'à ce que vienne votre heure de me rejoindre, les filles."

– Et puis il s'est juste endormi, ajoute Vi dans son mouchoir. On n'aurait vraiment pas dit qu'il était mort s'il n'y avait pas eu le cœur. »

Du bruit se fait entendre derrière la porte. Trois coups retentissent. Vi entrebâille d'abord le battant puis l'ouvre en grand, reculant d'un air désapprobateur pour laisser passer Ollie et Mr. Cudlove armés de seaux de glace. Les ans n'ont pas été cléments pour les nerfs d'Ollie, et les larmes qui perlent au coin de ses yeux sont teintées de mascara. Mr. Cudlove, lui, est resté le même, jusqu'à sa cravate noire de chauffeur. Passant son seau dans sa main gauche, il saisit la main droite de Pym en une étreinte des plus viriles. Pym les suit le long d'un étroit couloir décoré de photos de tocards. Rick est allongé dans la baignoire, une serviette enroulée autour des reins et ses pieds marbrés croisés l'un sur l'autre comme en une sorte de rite oriental. Ses mains s'incurvent, ses doigts se courbent, il semble prêt à haranguer son Créateur.

« C'est juste qu'il ne restait plus le moindre sou, monsieur, murmure Mr. Cudlove pendant qu'Ollie vide la glace dans la baignoire. Pour tout dire, impossible de mettre la main sur le moindre penny, monsieur. Je pense que certaines dames ont dû se servir.

– Pourquoi ne lui avez-vous pas fermé les yeux ? demande Pym.

– Pour tout dire, on l'a fait, monsieur, mais ils n'arrêtaient pas de se rouvrir, et cela ne nous a pas paru très respectueux. »

Sur un genou, devant son père, Pym fait un chèque de deux cents livres et manque de le rédiger en dollars.

Pym se rend Chester Street. La maison appartient à quelqu'un d'autre depuis des années, mais ce soir, elle se dresse dans la nuit comme si elle attendait les huissiers de saisie. Pym s'approche avec précaution. Une veilleuse brûle sur le perron malgré la pluie. Juste à côté, semblable à un cadavre d'animal, gît un vieux boa mauve demi-deuil pareil à celui dont tante Nell s'était servie pour boucher les cabinets des Glades, il y a si longtemps. Appartient-il à Dorothy ? A Peggy Wentworth ? Est-ce partie de quelque jeu d'enfants ? Aurait-il été déposé là par le spectre de Lippsie ?

Aucun carton n'accompagne ces plumes trempées de pluie. Aucun ravisseur n'y a joint ses exigences. Le seul indice se résume à un mot, « Oui », écrit à la craie sur la porte d'un trait tremblotant, comme un signal de sécurité dans une ville cible.

Tournant le dos à la place déserte, Pym, énervé, se rendit dans la salle de bains où il entrouvrit la lucarne qu'il avait, plusieurs années auparavant, badigeonnée de peinture verte pour la tranquillité d'esprit de Miss Dubber. Par un interstice pas plus large qu'un canon de revolver, il examina les jardins voisins et les trouva eux aussi inhabituellement déserts. Pas de Stanley, le berger allemand du numéro huit, généralement attaché au réservoir d'eau de pluie. Pas de Mrs. Aitken, la femme du boucher qui passait toutes ses heures de veille auprès de ses roses. Il referma bruyamment la lucarne et se pencha au-dessus du lavabo pour s'asperger le visage d'eau, puis il fit la grimace à sa propre image jusqu'à ce qu'il obtienne un grand sourire faux. Le sourire de Rick, celui qui le rabaissait lui, celui qui se voulait si joyeux qu'il n'y avait plus place pour un clignement d'œil. Celui que Pym détestait le plus.

« Un feu d'artifice, fils », prononça Pym en imitant le débit de Rick dans toute son horreur. « Tu te souviens comme tu aimais ça, les feux d'artifice ? Tu te souviens de ce 5 novembre, pour la procession de ce bon vieux Guy Fawkes [1], quand le bouquet du feu d'artifice, ça a été les initiales de ton vieux père, R.T.P., s'inscrivant en lettres de feu dans le ciel d'Ascot ? A la bonne heure. »

A la bonne heure, répéta Pym en son âme.

Pym s'est remis à écrire. Allègrement. Nul stylo n'est capable d'endurer un tel effort. Les lettres libres et insouciantes courent sur le papier. Cascades lumineuses, fusées, étoiles et bandes rouges et blanches sifflent au-dessus de sa tête. Mille postes de radio déversent leur musique autour

---

1. Chef de la Conspiration des poudres (1605) dont on fait brûler l'effigie lors d'une fête annuelle. (NdT.)

de lui, des visages inconnus lui rient au nez et il leur rend leurs rires. C'est le 4 juillet. C'est, à Washington, la nuit entre toutes les nuits. Les Pym version diplomatique sont arrivés voici une semaine car Pym a été nommé chef d'antenne adjoint. L'île de Berlin a enfin sombré dans les profondeurs. Il leur a fallu se défaire du charme qui les retenait à Prague, puis à Stockholm, à Londres. Le chemin de l'Amérique était semé d'embûches, mais Pym a tenu la route, Pym y est arrivé, il a pris ses fonctions et s'élève presque jusqu'à la ténèbre rougeoyante que les comètes, gerbes et bombes lumineuses ne cessent de déchirer d'éclairs blancs. La foule se presse autour de lui et il en fait partie, les hommes libres de la terre l'ont accepté parmi eux. Il ne fait qu'un avec tous ces joyeux enfants attardés qui célèbrent leur indépendance par rapport à des choses qui ne les ont jamais entravés, Le *Marine Band*, le *Breckenbridge Boys Choir* et le *Metropolitan Area Symposium Choral Group* l'ont courtisé et y ont gagné une admiration sans borne. Soirée après soirée, Magnus et Mary ont été célébrés par la moitié des aristos des renseignements de Georgetown, ont mangé de l'espadon aux chandelles dans des cours de brique rouge, ont bavardé sous des lampes accrochées à des branches, ont embrassé et été embrassés, ont serré des mains et se sont gavés de noms propres, de potins et de champagne. J'ai beaucoup entendu parler de vous Magnus... Bienvenue à bord, Magnus ! Ciel, mais serait-ce votre femme ? C'est tout simplement criminel ! Jusqu'au moment où Mary, inquiète pour Tom – le feu d'artifice l'a complètement excité –, se décide à rentrer, accompagnée de Bee Lederer.

« Je te rejoins bientôt, ma chérie, lui murmure Pym à l'instant où elle part. Il faut que je passe chez les Wexler, sans ça ils vont croire que je leur fais la gueule. »

Où suis-je ? Dans le Mall ? Sur la Colline ? Pym n'en a aucune idée. Les bras et cuisses dénudés des jeunes Américaines, leurs seins sans entraves se frottent joyeusement contre lui en passant. Des mains amicales lui ouvrent le passage ; des rires, des bouffées de hasch et un vacarme assourdissant emplissent la nuit brûlante. « Comment tu t'appelles, mec ? T'es anglais ? Hé, laisse-moi te serrer la pince... Prends donc un petit coup de ça ! » Pym ajoute une rasade de bourbon au mélange impressionnant qu'il a déjà avalé. Il gravit une pente mais ne peut déterminer si c'est de l'herbe ou de l'asphalte qu'il a sous les semelles. La Maison-Blanche rutile à ses pieds. Juste en face, inondée de lumière, se dresse l'aiguille blanche du Washington Monument qui ouvre sa voie illuminée vers les étoiles inaccessibles. De part et d'autre de Pym, Jefferson et Lincoln occupent leur petit morceau de Rome éternelle. Il les aime tous les deux. Tous les patriarches et pères fondateurs de l'Amérique sont miens. Il arrive au sommet de la colline. Un Noir lui offre du pop-corn. C'est chaud et salé, comme sa propre sueur. Plus loin, dans la vallée, les batailles inoffensives d'autres feux d'artifice lancent leurs gerbes et leurs bombes dans le ciel. La foule se fait plus dense sur les hauteurs, mais on lui sourit toujours, on s'écarte encore pour le laisser passer tout en poussant des « Oh ! » et des « Ah ! » à chaque nouvelle phase, en se lançant des paroles d'amitié et en entonnant des chants patriotiques. « Hé, mec, pourquoi tu danses pas ? », lui demande une jolie fille en riant. « Oh, euh, je vous remercie, ce sera avec plaisir, laissez-moi seulement le temps de retirer ma veste », répond Pym. Trop de mots, elle a déjà trouvé un autre partenaire. Il hurle. Au début, il ne s'en rend pas vraiment compte, mais il arrive à un endroit plus calme et sa voix lui parvient soudain avec une netteté déconcertante. « Poppy ! Poppy ! Où êtes-vous ? » Généreusement, les bonnes gens qui l'entourent reprennent en cœur : « Allons, Poppy, dépêche-toi, ton petit ami t'attend ! » « Amène-toi, Poppy, salope, où t'es passée ? » Derrière lui et au-dessus, les fusées se transforment en cascades continues contre les nues écarlates qui tourbillonnent. Devant lui une immense ombrelle dorée s'ouvre, embrase toute la colline blanche et illumine les rues qui se vident. Des instructions résonnent au loin dans la tête de Pym. Il déchiffre les numéros des rues et des portes. Il trouve l'entrée qu'il cherche et, dans un ultime accès de bonheur, sent la main osseuse et familière se refermer sur son poignet tandis que la voix familière le gronde.

« Votre amie Poppy ne pourra pas venir ce soir, Sir Magnus, lui dit doucement Axel. Alors seriez-vous assez aimable pour cesser de crier son nom ? »

Épaule contre épaule, les deux hommes sont assis sur les marches du Capitole et contemplent, tout en bas dans le Mall, les innombrables milliers de personnes qu'ils ont prises sous leur protection. Axel a un panier contenant une bouteille de vodka glacée dans une Thermos, et les meilleurs cornichons et pain noir qu'on puisse trouver en Amérique.

« Nous y sommes, Sir Magnus, souffle-t-il. Nous sommes enfin chez nous. »

Mon cher père,

Je suis très heureux de pouvoir t'annoncer ma nouvelle nomination. Le titre de conseiller culturel ne signifiera peut-être pas grand-chose pour toi, mais c'est un poste qui vous donne ici une position très respectée et qui me permet même d'avoir accès à la Maison-Blanche. J'ai également la fierté de détenir ce qu'on appelle un passe cosmique, ce qui signifie qu'absolument aucune porte ne me sera plus jamais fermée.

17

Bon Dieu, Tom, qu'est-ce qu'on s'est amusés ! Quelle superbe et folle lune de miel de la dernière heure, même si les nuages s'amoncelaient déjà !

Tu serais bien excusable de penser que les obligations d'un chef d'antenne adjoint sont, quoique importantes, inférieures à celles de son patron. Mais il n'en est rien. Le chef d'antenne de Washington flotte dans les sphères du renseignement diplomatique. Il a pour mission de masser le cadavre des relations spéciales et de convaincre tout le monde, y compris lui-même, qu'il est vivant et se porte bien. Chaque matin, le pauvre Hal Tresider se levait tôt, enfilait un costume tropical taché de sueur et sa vieille cravate de soie puis prenait son vélo et pédalait vigoureusement vers les salles féeriques et humides du Comité en laissant ton père libre de piller les archives de l'antenne, de superviser les postes de San Francisco, Boston et Chicago, ou encore de filer en Amérique centrale, en Chine ou au Japon afin d'assurer la protection d'un agent de terrain en transit. Une autre de ses attributions consistait à trimbaler des savants britanniques au teint grisâtre dans les centres de la haute technologie américaine, là où les secrets scientifiques dont on traite à Washington trouvent prétendument leur origine. Puis il emmenait les malheureux dîner, Tom, alors que bien d'autres les auraient laissés moisir dans leur hôtel. Il consolait ces exilés privés de femmes et ridiculement sous-payés. Il les abreuvait d'un jargon appris à la hâte, leur parlait d'ogives, de force gravitationnelle, de rayon de courbure et de communications sous-marines, et leur empruntait leurs documents de travail pour les leur rendre le lendemain matin. « Oh, mais ça a l'air intéressant. Ça vous embêterait que j'y jette un petit coup d'œil pour notre attaché naval ? Cela fait des années qu'il talonne le Pentagone pour l'avoir et ils n'ont jamais voulu le lui montrer. »

L'attaché naval avait alors droit à son coup d'œil. Londres y avait droit aussi et Prague également, car à quoi servirait un passe cosmique s'il n'y avait pas un public cosmique à toucher ?

Pauvre Hal, si vertueux et flegmatique ! Avec quelle méticulosité Pym a trahi votre confiance et mis fin à vos ambitions innocentes ! Ce n'est pas grave. Si les Chefs-d'œuvre en péril ne veulent pas de vous, vous pourrez toujours vous rabattre sur le Royal Automobile Club ou sur une des vieilles corporations de la Cité londonienne.

« Dites donc, Pymmie, il y a un de ces épouvantables groupes de physiciens qui va visiter le Laboratoire d'armes de Livermore, le mois prochain, m'appreniez-vous d'un ton d'excuse et de défi mêlés. Vous ne croyez pas que vous pourriez y faire un saut pour leur donner à boire, à manger, et veiller à ce qu'ils ne se mouchent pas dans la nappe ? Mais pourquoi faut-il donc que ce service se comporte toujours comme une bande d'officiers de sécurité aux pieds plats ? Je ne comprends vraiment pas. Je ferais bien d'écrire à Londres à ce sujet quand j'arriverai à trouver quelques minutes. »

Jamais pays ne fut plus facile à espionner, Tom, aucune nation ne s'est montrée plus prodigue de ses secrets, plus prompte à les éventer, à les partager, à les confier ou à les mettre trop tôt au rebut de l'obsolescence américaine planifiée. Je suis trop jeune pour savoir s'il a jamais existé une époque où les Américains étaient capables de freiner leur admirable passion de la communication, mais j'en doute. Il est certain que les choses se sont dégradées depuis 1945, car il devint vite apparent que des informations qui, dix ans auparavant, auraient coûté des milliers de dollars en monnaie sonnante et trébuchante aux services d'Axel se trouvaient depuis le milieu des années 70 pour quelques cents dans le *Washington Post*. Nous aurions pu nous en irriter si nous avions été plus mesquins : il n'est en effet rien de plus vexant pour un espion que d'apporter une information formidable sur les bureaux de Prague ou de Londres puis de lire la même dans *Aviation Weekly* une semaine plus tard. Mais nous ne nous plaignions pas. Il y avait assez pour tout le monde dans le grand verger de la technologie américaine, et plus personne ne viendrait jamais à manquer de quoi que ce soit.

Quelques flashes, Tom, quelques petits carreaux de couleur pour ta mosaïque, voilà tout ce qu'il me reste à te donner maintenant. Imagine les deux amis qui s'ébattent sous un ciel de plus en plus menaçant, essayant de profiter des derniers rayons de soleil avant la fin du jeu. Imagine-les volant comme des enfants, se doutant bien que la police les attend au tournant. Pym n'est pas tombé amoureux de l'Amérique en un soir, Tom, ni même en un mois, malgré le superbe feu d'artifice du 4 juillet. En fait, sa passion naquit et grandit avec celle d'Axel. Sans Axel, peut-être n'aurait-il pas vu la lumière. Tu le croiras ou non, mais Pym s'embarqua bien décidé à tout critiquer. Ce monde était trop jeune pour lui, l'autorité y faisait trop défaut. Il n'y trouvait pas de points d'appui, pas de jugements arriérés contre lesquels se révolter. Ce peuple vulgaire et jouisseur, tellement franc et fort en gueule, paraissait trop libéré de tout complexe pour sa propre vie involutée si bien protégée. Ils aimaient leur prospérité avec trop d'ostentation et se montraient trop souples et mobiles, trop peu esclaves des lieux, des origines et des classes. Ils n'avaient aucun sens de ce silence imposé qui avait constitué tout au long de son existence la musique de fond des inhibitions de Pym. Il est vrai qu'en comité ils se conformaient assez vite à des types précis et devenaient les petits princes querelleurs des pays européens qu'ils avaient laissés derrière eux. Ils pouvait alors vous entraîner dans un complot à faire rougir les Vénitiens du Moyen Age. Ils pouvaient se muer en Hollandais butés, en sombres Scandinaves ou en membres sanguinaires de quelque tribu balkanique. Mais à peine se retrouvaient-ils entre eux qu'ils redevenaient américains, bavards et désarmants, mettant Pym au défi de découvrir une cible à trahir.

Pourquoi ne l'avaient-ils pas touché ? Pourquoi ne l'avaient-ils pas entravé, effrayé, écartelé ? Il se prit à regretter les rues sombres et désertes de Prague, l'étreinte rassurante des chaînes. Il aurait voulu pouvoir retourner dans son école carcérale. Il aurait préféré n'importe quoi à ces merveilleux horizons qui conduisaient à des vies qu'il n'avait pas vécues. Il aurait voulu espionner l'espoir lui-même, regarder le soleil se lever par le trou de la serrure et nier les possibilités qui lui avaient échappé. Et, durant tout ce temps, ironie du sort, l'Europe cherchait à le coincer. Il le savait. Axel le savait aussi. Un an ne s'était pas écoulé que les premiers murmures insidieux de suspicion avaient atteint leurs oreilles. Ce fut pourtant cette intimité même qu'il se mit à entretenir avec la mort qui permit à Pym de rejeter ses *a priori* négatifs et qui le poussa à aller de l'avant, comme Axel ne cessait de le lui conseiller : Ça suffit, sortez maintenant. Une mystérieuse gratitude envers cette Amérique si juste et son châtiment imminent l'envahit alors qu'elle pesait de plus en plus sur lui, pareille à une géante troublée qui aurait tenu dans son grand poing tendre les preuves toujours plus nombreuses de sa duplicité.

« Certains aristos de Londres et de Langley commencent à s'inquiéter de nos réseaux tchèques, Sir Magnus, l'avertit Axel dans son anglais sec et figé lors d'une rencontre éclair dans le parking du stade Robert F. Kennedy. Ils commencent à discerner de malencontreuses combinaisons.

– Quelles combinaisons ? Il n'y a pas de combinaisons.

– Ils ont remarqué que les réseaux tchèques fournissent de très bons renseignements quand c'est nous qui les dirigeons, et presque rien quand ce n'est plus nous. C'est ça, le schéma. Ils ont des ordinateurs aujourd'hui. Il ne leur faut pas cinq minutes pour tout jeter en vrac et chercher le fil conducteur. Nous avons été imprudents, Sir Magnus. Nous étions trop gourmands. Nos parents avaient raison. On n'est jamais aussi bien servi que par soi-même.

– Jack Brotherhood est tout aussi capable que nous de diriger ces réseaux. Les principaux agents sont authentiques, ils lui transmettent tout ce qui leur tombe sous la main. Tous les réseaux finissent par s'essouffler un jour ou l'autre. C'est normal.

– Oui, mais ces réseaux ne s'essoufflent que quand nous ne sommes pas là, Sir Magnus, insista patiemment Axel. C'est ce qu'on a découvert à Langley. Et ça les tracasse.

– Donnez de meilleures informations aux réseaux alors. Dites-le à Prague. Expliquez à vos aristos qu'il nous faut un gros coup. »

Axel secoua tristement la tête. « Vous connaissez Prague, Sir Magnus. Vous connaissez mes aristos. Celui qui est absent est celui contre lequel ils conspirent. Je n'ai pas le pouvoir de leur faire entendre raison. »

Pym envisagea calmement les options qui lui restaient. Pendant le dîner, dans leur belle maison de Georgetown, tandis que Mary jouait son rôle de gracieuse hôtesse, de gracieuse lady anglaise, de gracieuse geisha diplomatique, Pym se demanda s'il n'était pas temps de persuader Poppy de passer quand même une dernière frontière. Il se vit pur de tout péché, mari, fils et père en règle, enfin. Il se rappela une vieille ferme que lui et Axel avaient admirée en Pennsylvanie, ses champs ondulés, ses clôtures de pierre, et les pur-sang qui se dessinaient tout près dans la brume matinale arrosée de soleil. Il se souvint de l'église blanchie à la chaux, si lumineuse et chargée d'espérance après les cryptes moisies de son enfance, et il imagina la famille Pym recyclée dans le travail de la terre, en train de prier pendant qu'Axel, installé sur la balancelle du jardin, écosserait les petits pois du déjeuner en buvant de la vodka.

Je devrais vendre Axel à Langley pour acheter ma liberté, pensa-t-il tout en émerveillant une brave dame aux dents nacrées avec une anecdote spirituelle. Je devrais négocier une amnistie administrative pour moi et faire remettre mon dossier en ordre.

Il ne l'a jamais fait. Il ne le ferait jamais. Axel était à la fois son gardien et sa vertu, il était l'autel sur lequel Pym avait déposé ses secrets et sa vie. Il était devenu cette partie de Pym que personne d'autre ne possédait.

Dois-je te dire, Tom, comme le monde paraît précieux et lumineux quand on sait que ses jours sont comptés ? A quel point la vie s'épanouit et s'ouvre à nous pour nous prier d'entrer juste au moment où l'on pensait que personne ne voulait plus de nous ? Quel paradis devint l'Amérique une fois que Pym sut sa tête mise à prix. Toute son enfance qui lui revenait par bouffées ! Il emmena Mary en balade à Winterthur, le pays des châteaux, et rêva de la Suisse et d'Ascot. Il erra dans le beau cimetière d'Oak Hill à Georgetown et s'imagina avec Dorothy aux Glades, confiné dans le verger humide où son visage coupable restait caché aux passants. Minnie Wilson fut notre boîte aux lettres à Oak Hill, Tom. Notre toute première boîte américaine – va donc la voir un jour. Elle repose sur un socle rugueux, non loin de la terrasse, petite fille du XIXᵉ siècle enveloppée dans son drap de marbre. Nous laissions nos messages dans une cavité couverte de feuilles située entre le dos de Minnie et son protecteur, un certain Thomas Entwhistle, mort à un âge plus avancé. Le doyen du cimetière reposait plus haut, près de l'allée de gravier où Pym garait sa voiture diplomatique. C'est Axel qui le trouva, et il s'assura que Pym le trouverait aussi. Il s'agissait de Stefan Osusky, cofondateur de la République tchécoslovaque et mort en exil en 1973. Aucune offrande secrète à Axel n'eût paru complète sans une prière silencieuse en guise de salut à notre frère Stefan. Après Minnie, à mesure que le volume de nos affaires grandissait, nous fûmes contraints de trouver des postiers plus proches du centre-ville. Nous choisîmes des bronzes de généraux oubliés, principalement français, qui avaient combattu aux côtés des Américains dans le seul but de contrarier les Anglais. Nous adorions leurs chapeaux mous, leurs télescopes et leurs chevaux, ainsi que les fleurs rouges qui s'étendaient uniformément à leurs pieds. Leurs champs de bataille étaient des squares herbeux fréquentés par des étudiants oisifs, et nos boîtes aux lettres pouvaient aller du canon massif qui les protégeait aux conifères rabougris dont les branches basses faisaient de pratiques nids bruns d'aiguilles de sapin. Mais l'endroit qu'Axel préférait entre tous était le tout nouveau *National Air and Space Museum*, où il pouvait admirer tout son saoul le *Spirit of Saint Louis* et le *Friendship 7* de John Glenn puis toucher du bout de l'index la relique de la lune avec la même dévotion que s'il prenait de l'eau bénite dans un bénitier. Pym ne le vit jamais faire ces choses-là. Il en entendit seulement parler par la suite. Ils laissaient en effet leurs paquets dans des casiers séparés du vestiaire, puis ils échangeaient les clés dans l'obscurité de la salle de projection Samuel P. Langley pendant que le public retenait sa respiration et étreignait les rampes, complètement étourdi par les frissons du vol simulé que leur offrait l'écran.

Et loin des yeux et des oreilles de Washington, Tom, que pourrais-je te proposer ? Silicon Valley, peut-être, et le petit village espagnol au sud de San Francisco où les moines de Murgo nous chantaient des plains-chants après dîner. Ou bien le paysage de mer morte de Palm Springs où les petites voitures de golf avaient des grilles de Rolls Royce, où les monts de Moab donnaient sur les stucs pastel et les bassins rocheux artificiels de notre motel fortifié, et où des Mexicains clandestins arpentaient les pelouses, armés de sacs à dos, pour ramasser les feuilles invisibles qui auraient pu offenser la sensibilité de nos camarades millionnaires. J'imagine l'extase d'Axel en apercevant les climatiseurs extérieurs qui humidifiaient l'air désertique et soufflaient une brume microscopique sur les corps recouverts de boue verte qui lézardaient au soleil. Dois-je te raconter le dîner de la Palm Springs Humane Society pour l'adoption des chiens, auquel nous avons assisté pour fêter l'acquisition par Pym des tout derniers plans de l'ogive destinée aux bombardiers Stealth ? Te dire comment les chiens pomponnés, enrubannés, étaient menés sur la scène afin d'être proposés à des dames profondément charitables et maternelles qui sanglotaient comme s'il s'était agi d'orphelins vietnamiens ? Dois-je te parler de cette station de radio qui claironnait la Bible à longueur de journée et représentait le Dieu chrétien comme le champion de la richesse puisque la richesse était l'ennemie du communisme ? « L'antichambre de Dieu », voilà comment on appelle Palm Springs. Une piscine pour cinq habitants et, à deux heures de route de là, tournent les plus grosses usines de mort du monde. Ses principales industries sont la charité et la mort. Cette nuit-là, sans que ni les gangsters à la retraite ni les comédiens séniles qui en font un service de gérontologie s'en doutent, Pym et Axel ajoutèrent l'espionnage à la liste de ses réalisations.

« Nous ne volerons plus jamais aussi haut, Sir Magnus, lui dit Axel en examinant admirativement la livraison de Pym dans le silence de leur suite à six cents dollars la nuit. Je crois que nous devrions nous aussi prendre notre retraite. »

Dois-je te parler de Disneyland et d'une autre salle de projection équipée d'un écran circulaire nous montrant le rêve américain ? Puis-je te convaincre que Pym et Axel versèrent des larmes sincères en regardant les réfugiés des persécutions européennes débarquer sur le sol américain pendant que le commentateur parlait de la Nation des nations et du pays de la Liberté ? Nous y croyions, Tom. Et Pym y croit encore. Jamais de toute sa vie Pym ne se sentit plus libre que la nuit où mourut son père. Tout ce qu'il arrivait encore à aimer en lui-même se retrouvait chez ceux qui l'entouraient. Cette volonté de se livrer à des étrangers. Cette ruse qui n'était là que pour protéger l'innocence des autres. Cette imagination qui séduisait mais ne possédait jamais. Cette prédisposition à être influencé par tout sans jamais cesser d'être souverain. Axel lui aussi aimait les autres, mais il était beaucoup moins sûr que ce sentiment fût réciproque.

« Wexler est en train de constituer une commission d'enquête, Sir Magnus, lui apprit-il un soir qu'ils dînaient dans la dignité coloniale de l'hôtel *Ritz* de Boston. De vilains transfuges leur ont raconté des histoires. Il est temps que nous nous retirions. »

Pym ne répondit rien. Ils se promenèrent dans le parc et contemplèrent les bateaux-cygnes sur le plan d'eau. Ils prirent place dans un pub irlandais dépouillé à l'atmosphère tendue, où l'on sentait grouiller des crimes que les Anglais avaient oublié. Mais Pym se refusait toujours à parler. Pourtant, quelques jours plus tard, alors qu'il passait voir à Yale un professeur anglais qui fournissait de temps à autre quelques tuyaux à la Firme, il se retrouva devant une statue de

Nathan Hale, ce héros américain qui fut pendu pour espionnage par les Anglais. Il avait les mains liées derrière le dos. Ses dernières paroles étaient gravées sur le socle : « Je regrette seulement de n'avoir qu'une seule vie à perdre pour mon pays. » Pym se sentit ensuite déprimé pendant plusieurs semaines.

Pym parlait. Pym ne tenait pas en place. Pym se trouvait quelque part dans la chambre, les bras collés aux flancs, les paumes grandes ouvertes comme celles de quelqu'un qui voudrait voler ou nager. Il tombait à genoux, faisait rouler ses épaules contre le mur. Il s'accrochait au cartonnier vert et le secouait, et celui-ci oscillait comme une horloge de grand-père près de l'écraser sous son poids, le carbonisateur posé dessus glissant et tressautant en lui disant : « Prends-moi. » Pym jurait, dans sa tête. Pym parlait, dans sa tête. Il aurait voulu que tout se calme autour de lui mais les choses refusaient de le laisser tranquille. Il était de nouveau assis devant son bureau et la sueur coulait sur le papier. Il écrivait. Il se sentait serein mais la chambre, elle, continuait de s'agiter et gênait sa prose.

Boston à nouveau.

Pym a visité le demi-cercle d'or qui s'étire le long de la route 128 : Bienvenue sur l'autoroute de la technologie américaine. C'est un endroit qui évoque un peu un crématorium sans cheminée. Des usines et des laboratoires bas et discrets se dissimulent parmi les bouquets d'arbres et les vallons aménagés en parcs. Pym a exploité les connaissances d'une délégation britannique et pris quelques photos interdites à l'aide d'un appareil caché dans sa mallette. Il a eu un déjeuner privé chez un grand patriarche de l'industrie américaine, un certain Bob dont l'indiscrétion est bien connue. Ils sont restés un moment sous la véranda et ont considéré le jardin de pelouses en terrasses qu'un Noir était en train de tondre mollement avec une tondeuse à trois lames. Après déjeuner, Pym se rend à Needlham où Axel l'attend près d'un coude de la Charles River qui leur sert de Aare locale. Un héron plane au-dessus du courant bleu-vert. Des buses à queue rousse les fixent du regard depuis des arbres morts. Les deux hommes s'enfoncent profondément dans les bois.

« Alors, que se passe-t-il ? dit enfin Axel.

– Pourquoi faudrait-il qu'il se passe quelque chose ?

– Vous êtes tendu et vous ne parlez pas. Il est donc raisonnable de penser qu'il se passe quelque chose.

– Les debriefings me rendent toujours nerveux.

– Pas à ce point-là.

– Il ne voulait rien me dire.

– Bob ne voulait pas ?

– Je lui ai demandé comment se présentait le contrat de réarmement du Nimitz. Il m'a répondu que sa société faisait de grands progrès en Arabie Saoudite. Je l'ai questionné sur ses discussions avec l'amiral de la flotte du Pacifique. Il m'a demandé quand j'allais me décider à emmener Mary passer un week-end dans le Maine. Son visage n'était plus le même.

– Comment ça ?

– Il était fâché. On l'avait mis en garde contre moi. J'ai l'impression qu'il est plus fâché contre eux que contre moi.

– Quoi d'autre ? insiste patiemment Axel qui sait qu'avec Pym il reste toujours une autre porte à ouvrir.

– J'ai été suivi jusque chez lui. Une Ford verte, vitres fumées. Il n'y avait nulle part où attendre et les suiveurs américains ne vont pas à pied, alors ils sont repartis.

– Quoi d'autre ?

– Arrêtez de me demander "quoi d'autre" comme ça !

– Quoi d'autre ? »

Un gouffre immense de méfiance et de prudence les sépara soudain.

« Axel », finit par prononcer Pym.

Il était rare que Pym l'appelle par son nom ; les convenances de l'espionnage l'en empêchaient généralement.

« Oui, Sir Magnus ?

– Quand nous étions à Berne, tous les deux. Quand nous étions étudiants. Vous n'en étiez pas un, si ?

– Pas un étudiant ?

– Vous n'espionniez personne ? Ni les Ollinger, ni le

659

Cosmo, ni moi ? Personne ne vous dirigeait à l'époque ? Vous n'étiez que vous-même, n'est-ce pas ?

– Je n'espionnais pas. Personne ne me dirigeait. Je n'appartenais à personne.

– C'est vrai ? »

Mais Pym savait déjà qu'il ne mentait pas. Il le sut au rare éclat de colère qui brilla dans les yeux d'Axel. A la nuance de mépris et de solennité qui passa dans sa voix.

« C'était votre idée, de faire de moi un espion, Sir Magnus. Cela n'a jamais été la mienne. »

Pym le regarda allumer un nouveau cigare et remarqua comme la flamme de l'allumette tremblait.

« C'était l'idée de Jack Brotherhood », corrigea-t-il.

Axel tira des bouffées de son cigare et ses épaules se détendirent peu à peu. « Cela n'a pas d'importance, dit-il. Cela ne compte plus à notre âge.

– Bo a autorisé un interrogatoire musclé, lâcha Pym. Je rentre à Londres dimanche pour affronter les fauves. »

Qui pouvait parler d'interrogatoire à Axel ? D'interrogatoire musclé par-dessus le marché ? Qui oserait comparer les effets de robe nocturnes de quelques avocats parfaitement bien élevés de la Firme dans un appartement sûr du Sussex avec les coups, les électrochocs et les privations qui avaient été le lot injuste d'Axel pendant vingt ans ? Je rougis maintenant à la simple idée d'avoir prononcé le mot devant lui. En 1952, comme je l'appris plus tard, Axel avait dénoncé Slansky et réclamé la peine de mort contre lui – pas très haut parce qu'il était lui-même déjà à moitié mort.

« Mais c'est épouvantable ! s'était écrié Pym. Comment pouvez-vous servir un pays qui vous a fait une chose pareille ?

– Ce n'était pas épouvantable du tout, merci. J'aurais dû le faire plus tôt. J'ai assuré ma survie et Slansky serait mort que je le dénonce ou pas. Réservez-moi de la vodka. »

En 1956, ça avait été de nouveau très mal pour lui : « Cette fois-ci, ça a posé moins de problèmes, expliqua-t-il. J'ai dénoncé Tito mais personne n'a pris la peine d'aller le tuer. »

Au début des années 60, alors que Pym se trouvait à Berlin, Axel avait moisi pendant trois mois dans une prison moyenâgeuse à l'extérieur de Prague. Je n'ai jamais très bien compris ce qu'Axel avait dû promettre cette fois-là. C'était l'année où l'on purgeait les staliniens, sans grand enthousiasme il est vrai, et où Slansky fut réhabilité, ne fût-ce qu'à titre posthume. (Tu te rappelleras cependant qu'on ne le blanchissait pas vraiment de ses crimes même si on lui reconnaissait une certaine innocence d'intention.) Quoi qu'il en soit, Axel en revint vieilli de dix ans et affecté durant plusieurs mois d'un léger défaut de prononciation qui ressemblait fort à un bégaiement.

A côté d'une telle expérience, l'interrogatoire de Pym paraissait bien gentillet. Jack Brotherhood était là pour le défendre. Personnel s'empressa auprès de lui comme une vraie mère poule, lui assurant qu'il ne s'agissait que de répondre à quelques questions. Un larbin au menton fuyant attaché au Trésor ne cessait d'avertir mes tortionnaires qu'ils risquaient de dépasser leurs attributions, et mes deux gardiens tenaient absolument à me parler de leurs enfants. Après cinq jours et cinq nuits de ce traitement, Pym se sentit aussi remonté qu'après des vacances à la campagne, et ses interrogateurs s'occupaient déjà de quelqu'un d'autre.

« Ça s'est bien passé, chéri ? lui demanda Mary, une fois à Georgetown, après une matinée au lit qui lui avait fait un peu oublier la tension.

– Très bien, répondit Pym. Tu as une bise de Jack. »

Mais en marchant jusqu'à l'ambassade, il remarqua une nouvelle flèche blanche tracée à la craie sur la brique d'un certain magasin de spiritueux, ce qui correspondait au signal d'Axel lui indiquant de ne pas chercher à le joindre jusqu'à nouvel ordre.

Il est maintenant temps que je te raconte ce que faisait Rick, Tom, car il lui restait un dernier tour à jouer avant la fin. Le meilleur, tu t'en doutes. Rick se mit à rapetisser. Il renonça à la démesure qui avait toujours été son mode de vie et vint me voir, pleurant et gémissant comme un animal martyrisé. Et plus il devenait petit et fragile, moins Pym se sentait en sécurité. C'était comme si la Firme et Rick s'associaient pour le cerner, chacun d'eux prenant un air de chien battu et de profond regret tandis que Pym, pareil à un équilibriste sur un fil, se retrouvait soudain sans le moindre point d'appui. Pym implora mentalement ton grand-père, Tom. Il lui cria : Reste mauvais, reste monstrueux, tiens la route, n'abandonne pas ! Mais Rick revenait à la charge, minaudant et se traînant comme un miséreux, conscient que son pouvoir s'était renforcé maintenant qu'il était faible. « C'est pour toi que j'ai fait tout ça, fils. C'est grâce à moi que tu as pu trouver ta place parmi les Seigneurs de ce Pays. Tu n'aurais pas quelques piécettes pour ton vieux père ? Ça te dirait, un mixed grill ou bien aurais-tu trop honte pour sortir ton vieux copain ? »

Il frappa son premier coup le jour de Noël, moins de six semaines après que Pym eut reçu des excuses en règle de la Centrale. Georgetown disparaissait sous cinquante centimètres de neige et nous avions invité les Lederer à déjeuner. Mary apportait les plats quand le téléphone sonna. L'ambassadeur Pym acceptera-t-il de prendre un appel du New Jersey ? Mais oui.

« Allô, fils. Qu'est-ce que tu fais de beau dans le monde ?

– Je le prends en haut, fait Pym à Mary d'un ton sinistre, et tous adoptent un air entendu : le monde du secret ne connaît pas de repos.

– Joyeux Noël, fils, déclare Rick dès que Pym a décroché le combiné de la chambre.

– Joyeux Noël à toi aussi, père. Mais qu'est-ce que tu fais dans le New Jersey ?

– Dieu est le douzième joueur de l'équipe de cricket, fils. C'est Dieu qui nous indique comment garder le coude gauche bien haut tout au long de l'existence, personne d'autre.

– C'est ce que tu as toujours dit, mais ce n'est pas la saison du cricket. Tu as bu ?

– Il est l'arbitre, le juge et le jury réunis en un seul, n'oublie jamais cela, fils. On ne peut pas berner Dieu. Jamais. Alors, tu es content que je t'aie fait faire des études ?

– Je ne suis pas en train de berner Dieu, père, j'essaye de passer les fêtes avec ma famille.

– Dis bonjour à Miriam, dit Rick, et l'on perçoit une protestation étouffée avant que Miriam ne prenne l'appareil.

– Bonjour, Magnus, dit Miriam.

– Bonjour, Miriam, répond Pym.

– Bonjour, répète Miriam.

– On te nourrit bien, dans ton ambassade, fils, ou bien est-ce que c'est salade américaine et compagnie ?

– Nous avons une excellente cantine pour le personnel, mais pour l'instant, j'essaye de déjeuner chez moi.

– De la dinde ?

– Oui.

– Avec de la sauce anglaise à la mie de pain ?

– J'espère.

– Mon petit-fils va bien, n'est-ce pas ? Il a le front des Pym, non, celui que je t'ai donné et dont tout le monde parle ?

– Il a un très beau front.

– Des yeux bleus, comme les miens ?

– Les yeux de Mary.

– J'ai entendu dire qu'elle était de première, fils. J'ai eu des renseignements de première sur elle. On dit qu'elle a un beau bout de propriété dans le Dorset qui vaut un joli petit pacson.

– C'est en gérance », réplique sèchement Pym.

Mais Rick commence déjà à sombrer dans le gouffre de l'apitoiement sur soi-même. Il pleure. Ses sanglots deviennent de plus en plus forts. En fond sonore, Miriam pleure aussi en une plainte aiguë qui évoque un chien enfermé dans une grande maison.

« Chéri ? s'enquiert Mary quand Pym reprend sa place de chef de famille. Magnus ? Qu'est-ce que tu as ? Que se passe-t-il ? »

Pym secoue la tête, souriant et pleurant à la fois. Il saisit son verre de vin et le lève.

« Aux amis absents, clame-t-il. A tous nos amis absents ! » Puis, plus tard, au seul bénéfice de sa femme : « Rien qu'un très, très vieux Joe, chérie, qui a réussi à retrouver ma trace pour me souhaiter de bonnes fêtes de Noël. »

663

Aurais-tu pu supposer, Tom, que le pays le plus grand du monde puisse être trop petit pour abriter en même temps un fils et son père ? C'est pourtant ce qui arriva. Que Rick choisisse d'aller partout où il pourrait bénéficier de la protection de son fils était très naturel, j'imagine, et, après l'épisode berlinois, sans doute inévitable. Je sais maintenant qu'il se rendit d'abord au Canada, se fiant à tort aux liens indestructibles du Commonwealth. Les Canadiens se lassèrent assez rapidement de lui et, lorsqu'ils menacèrent de le rapatrier en Angleterre, il laissa un petit acompte sur une Cadillac et fit route vers le sud. A Chicago, l'enquête montre qu'il succomba aux nombreuses offres alléchantes de marchands de biens lui proposant d'emménager dans les nouvelles cités qui s'étendaient à l'extérieur de la ville et d'y séjourner gratuitement pendant trois mois, le temps d'être séduit. Un certain colonel Hanbury résida à Farview Gardens, un Sir William Forsyth habita Sunleigh Court et réussit même à prolonger son séjour en entamant des négociations interminables pour acheter le hangar à l'intention de son maître d'hôtel. Comment l'un ou l'autre arrivait à se procurer des liquidités demeure, comme toujours, un mystère, même s'il ne fait aucun doute qu'il y avait quelques Beautés reconnaissantes aux alentours. Le seul indice est une lettre irritée des administrateurs du club hippique local avertissant Sir William que ses chevaux seraient les bienvenus dès qu'il aurait réglé ses frais d'écurie. Cependant, Pym n'avait encore que vaguement conscience de ces remous lointains et ses fréquentes absences de Washington lui donnaient un sentiment trompeur de sécurité. Mais quelque chose, dans le New Jersey, transforma définitivement Rick et fit qu'à partir de ce moment-là Pym devint son seul centre d'activité. Le même vent d'expiation soufflait-il sur les deux hommes en même temps ? Rick était-il réellement malade ? Ou pressentait-il simplement, comme Pym, un jugement imminent ? En tout cas, Rick se croyait malade. Il pensait pour le moins qu'il fallait qu'il le soit :

Suis contraint d'utiliser en permanence une grosse canne de marche (vingt-neuf dollars comptant) à cause de mon Cœur et d'autres Maux encore – écrivit-il. Mon médecin arrive à m'éviter le Pire et assure qu'un régime modeste (aliments naturels et Champagne uniquement, le vrai, pas le californien) pourrait Prolonger cette existence Ingrate et me permettre de repousser de quelques Mois le Moment Fatidique.

Je suis sûr qu'il se mit à porter des lunettes noires comme tante Nell. Et quand il eut maille à partir avec la justice de Denver, le médecin de la prison eut un tel choc en l'examinant qu'il le fit relâcher dès que Pym eut payé les frais médicaux.

Après Denver, tu as décidé que tu étais déjà mort et tu t'es mis à me hanter avec ta fragilité, n'est-ce pas ? Je ne pouvais plus marcher dans une ville sans craindre de rencontrer ton fantôme pathétique. Je ne pouvais plus entrer dans un appartement sûr ou en sortir sans m'attendre à te voir posté devant la porte, exhibant ta petitesse volontaire et délibérée. Tu savais où je serais avant même que j'y sois. Tu pouvais dégotter un billet de train et faire dix mille kilomètres dans le seul but de me montrer à quel point tu étais devenu petit. Alors je n'avais plus qu'à t'emmener dans les meilleurs restaurants de la ville pour te payer ton festin et me vanter de mes attributions diplomatiques tout en écoutant tes propres forfanteries. Je t'arrosais de tout l'argent dont je disposais, priant pour que cela te permette d'ajouter quelques Wentworth de plus à la liste de ton cartonnier. Mais même alors que je te prodiguais mes caresses, que j'échangeais avec toi des sourires lumineux, que je te prenais les mains et feignais de te suivre dans tes projets imbéciles, je savais que le génie de l'escroquerie t'avait quitté. Tu n'étais plus rien. Ton manteau s'enroulait maintenant autour de mes épaules, ne laissant plus de toi qu'un petit homme nu et faisant de moi le plus grand escroc que je connaisse.

« Pourquoi ces types ne te font-ils pas chevalier, alors, fils ? On me dit que tu devrais être sous-secrétaire permanent maintenant. Tu n'aurais pas un cadavre dans ton placard, par hasard ? J'aurais peut-être intérêt à aller faire un petit tour à Londres pour dire deux mots à ces garçons du service Personnel. »

Comment faisait-il pour me retrouver ? Pourquoi ses systèmes de renseignements fonctionnaient-ils mieux que ceux des chiens de l'Agence qui devenaient de plus en plus des compagnons aussi importuns que réguliers ? Je crus d'abord qu'il engageait des détectives privés. Je commençai à relever tous les numéros des voitures suspectes et les heures de toutes les erreurs téléphoniques, en essayant de repérer ce qui était attribuable à Langley. Je sondai ma secrétaire : personne ne l'avait empoisonnée pour obtenir des informations en se faisant passer pour mon vieux père malade ? Je finis par découvrir que l'employé chargé des déplacements du personnel de l'ambassade avait l'habitude de jouer au billard dans un petit hôtel maçonnique du quartier le plus minable de la ville. Rick l'avait trouvé là et lui avait monté une superbe fiction : « J'ai le palpitant mal en point, avait-il dit au nigaud. Ça pourrait m'emporter du jour au lendemain, vous comprenez. Mais surtout, n'en parlez pas à mon fils. Je ne veux pas lui causer de soucis, il en a déjà bien assez comme ça. Le mieux, ce serait que vous me passiez un coup de fil à chaque fois que mon garçon quitte la ville pour me dire où il va, comme ça je saurai où le joindre quand je sentirai la fin approcher. » Et nul doute qu'il devait y avoir une montre en or quelque part. Et des places pour la finale du Championnat de l'année prochaine. Et la promesse qu'il passerait voir la chère vieille mère du pauvre garçon dès qu'il rentrerait au pays prendre un bon petit bol d'air anglais.

Mais ma découverte arriva trop tard. Nous avions déjà fait San Francisco, Denver et Seattle, et Rick s'était à chaque fois trouvé là, à pleurer et rapetisser sous mes yeux, à tel point qu'il ne resta bientôt plus de Rick que ce qu'il devait à Pym ; et il ne resta plus de Pym, me semblait-il alors que je tissais mes mensonges, distribuais mes flatteries et me parjurais devant une succession de tribunaux irréguliers, qu'un escroc défaillant qui titubait sur ce qui subsistait de sa crédibilité.

Voilà donc ce qu'il en était, Tom. La trahison est une occupation très répétitive, aussi ne t'ennuierai-je pas plus avec ça. Nous sommes arrivés au bout de l'histoire, même si, vu d'ici, cela ressemble plutôt à un début. La Firme éloigna Pym de Washington et le muta à Vienne afin qu'il puisse reprendre ses réseaux en main et que l'armée croissante de ses accusateurs puisse resserrer sur lui l'étau de ses combinaisons informatiques. Il ne pouvait plus être sauvé. Pas à la fin. Poppy le savait. Pym aussi, bien qu'il ne voulût jamais l'admettre. Rien qu'une dernière supercherie, ne cessait de se répéter Pym : une dernière escroquerie va me sortir de là. Poppy le pressait, le suppliait, le menaçait. Pym ne voulait rien entendre : Laissez-moi tranquille, je vais gagner, ils m'aiment, j'ai donné ma vie pour eux.

Mais à la vérité, Tom, Pym préférait en fait tester les limites de la tolérance de ceux qu'il aimait. Il préférait attendre ici l'arrivée de Dieu, assis dans cette chambre située tout en haut de la pension de Miss Dubber, en contemplant les jardins qui s'étendaient jusqu'à la plage où les meilleurs copains qui soient avaient lancé leur ballon de football d'un bout à l'autre du monde puis avaient traversé la mer sur leurs superbes bicyclettes Harrods.

18

Exactement comme avant le feu d'artifice à Plush, songea Mary en tentant de percer l'obscurité de la place. On n'attend plus que Tom pour allumer le feu de joie. Ses yeux s'attardèrent sur le kiosque à musique vide par le pare-brise de leur voiture, et elle imagina qu'elle voyait les derniers membres de sa famille et leurs domestiques entassés dans le vieux pavillon de cricket. Les pas étouffés étaient ceux des gardes-chasses qui se pressaient autour de son frère Sam, rentré pour sa dernière permission. Elle s'imagina entendre la voix de son frère, un peu trop militaire à son goût et encore éraillée après la tension de l'Irlande. « Tom ? appelle-t-il. Où est passé ce coquin de Tom ? » – Rien ne bouge. Tom s'est fourré sous le manteau en mouton retourné de Mary ; il garde la tête plaquée contre la cuisse de sa mère, et rien, sinon Noël, ne pourrait l'en décoller. « Allez, Tom Pym, c'est toi le plus jeune, crie Sam. Où est-il ? L'année prochaine, tu seras trop vieux ! Tom ? » Puis l'abandon brutal. « Et puis merde. On prend quelqu'un d'autre. » Tom est humilié, les Pym sont en disgrâce, Sam, comme d'habitude, est fâché de ce que Tom n'ait pas envie de faire sauter tout l'univers. Un enfant plus courageux craque l'allumette et le monde s'enflamme. Les fusées militaires de Sam zèbrent l'air en salves impeccables. Tout le monde se sent petit en regardant le ciel nocturne.

Elle était assise à côté de Brotherhood qui lui tenait le poignet comme l'avait fait l'accoucheur peu avant qu'elle ne mette au monde son petit trouillard. Pour la rassurer. Pour la calmer. Pour lui dire : « C'est moi qui commande ici. » L'auto était garée dans une petite rue. Un car de police attendait juste derrière, et, derrière lui, une caravane d'environ six cents voitures et autres cars de police, ambulances, fourgons radio et camions porteurs de bombes garés à la queue leu leu et tous occupés par les amis de Sam qui discutaient sans bruit, le regard fixe. Du côté de Mary, une boutique à l'enseigne du « Nain gourmand » présentait une vitrine illuminée et un gnome en plastique poussant une brouette chargée de bonbons poussiéreux. Juste après, on tombait sur un hospice de granit sur la façade duquel, au-dessus d'une porte funèbre, on pouvait lire l'inscription : Bibliothèque municipale. En face se dressait une affreuse église baptiste qui vous indiquait bien qu'on ne venait pas prier Dieu pour s'amuser. C'était au-delà de l'église que s'étendait le square de Dieu, Son kiosque à musique et Ses araucarias et, entre le quatrième et le cinquième arbre en partant de la gauche – elle avait vérifié une vingtaine de fois –, à environ trois quarts de leur hauteur, il y avait cette petite fenêtre arrondie, éclairée derrière ses rideaux orange, dont mes hommes me disent, madame, que ce doit être la chambre de votre mari quoique, d'après notre enquête, celui-ci se fasse appeler ici Canterbury et soit très apprécié de la communauté locale.

« Tout le monde l'apprécie », coupa sèchement Mary.

Mais le commissaire s'adressait à Brotherhood. Il parlait par la vitre baissée et s'en remettait à Brotherhood puisque ce dernier était en quelque sorte le gardien de Mary. Et elle savait que le commissaire avait reçu l'ordre de lui parler le moins possible, ce qui lui était visiblement difficile. Le fait que ce soit Brotherhood qui se chargeât de répondre pour elle semblait d'ailleurs le maximum que le commissaire pouvait endurer sans que ses tympans éclatent. Le commissaire était un homme du Devon, bon père de famille et traditionnel en diable. Je suis si affreusement contente que ce soit quelqu'un du Devon qui l'arrête, pensa cruellement Mary en imitant mentalement le gazouillis snobinard de Caroline Lumsden. J'ai toujours pensé que c'était tellement plus délicieux d'être fait prisonnier par un homme du cru.

« Vous êtes sûre que vous ne voulez pas venir dans la salle paroissiale, madame ? lui demandait le commissaire pour la centième fois. Il fait beaucoup plus chaud dans la salle paroissiale et c'est plein de gens agréables. C'est cosmopolite, avec les Américains.

– Elle est mieux ici, lui répondit doucement Brotherhood.

– Seulement, à dire vrai, nous ne pouvons pas autoriser ce gentleman à mettre le contact, vous comprenez, madame. Et s'il ne peut pas mettre le contact, cela veut dire que vous n'aurez pas de chauffage, si vous voyez ce que je veux dire.

– Je voudrais que vous vous en alliez, dit Mary.

– Elle est très bien comme elle est, assura Brotherhood.

– Seulement, ça pourrait durer toute la nuit, vous voyez, madame. Ça pourrait même durer toute la journée de demain. Si notre ami décide de faire traîner les choses, enfin, vous voyez.

– Nous verrons bien à ce moment-là, répliqua Brotherhood. Pour l'instant, c'est ici qu'elle sera quand vous aurez besoin d'elle.

– Je crois bien que non, monsieur, pas quand nous entrerons en tout cas, si nous devons en arriver là. Pour tout dire je crains qu'il ne faille alors la mettre en lieu plus sûr, et vous aussi d'ailleurs. Seulement, tous les autres sont là-bas, dans la salle paroissiale, si vous me suivez, monsieur, et le commissaire principal dit que tous les non-combattants doivent rester là-bas à ce stade des opérations, y compris les Américains.

– Elle ne veut pas être avec les autres, dit Mary avant que Brotherhood pût ouvrir la bouche. Et elle n'est pas américaine. C'est sa femme. »

Le commissaire s'éloigna et revint presque immédiatement. Il joue les messagers. Ils l'ont choisi pour ses manières doucereuses.

« Message du toit, monsieur, annonça-t-il sur un ton d'excuse en s'accroupissant à nouveau auprès de la vitre de Brotherhood. Sauriez-vous par hasard, s'il vous plaît, le type exact et le calibre de l'arme que notre ami est censé avoir en sa possession ?

– Un automatique standard Browning 38. Un vieux modèle. Il n'a pas dû être nettoyé depuis des années.

– Une idée concernant le type de munitions, monsieur ?

C'est seulement qu'ils aimeraient bien connaître la portée, vous voyez.

– Courte portée, à mon avis.

– Mais pas de dum-dum ou ce genre de choses, à votre avis ?

– Mais pourquoi donc voudrait-il se servir de dum-dum ?

– Moi, je ne sais pas, monsieur. On dirait que les informations sont aussi précieuses que des paillettes d'or dans cette affaire, à la façon dont on nous les transmet. Je n'ai pas vu autant de lèvres serrées dans une seule pièce depuis, oh, depuis fort longtemps. Combien de munitions pensez-vous que notre ami ait sur lui ?

– Un chargeur, peut-être deux. »

Mary se sent soudain furieuse. « Mais pour l'amour de Dieu ! ce n'est pas un maniaque ! Il ne va pas déclencher...

– Déclencher quoi ? demanda le commissaire, dont les bonnes manières avaient tendance à s'évanouir dès qu'on lui manquait de respect.

– Contentez-vous de prévoir qu'il a un chargeur plus un autre de rechange, répliqua Brotherhood

– Bon, eh bien, peut-être pourriez-vous encore nous dire si notre ami est bon tireur ? suggéra le commissaire comme pour s'avancer en terrain plus sûr. Vous ne pouvez pas leur reprocher de poser cette question, n'est-ce pas ?

– Il a passé sa vie à s'entraîner pour se maintenir au plus haut niveau, répondit Brotherhood.

– Il est fort, renchérit Mary.

– Et comment savez-vous cela, madame, si je peux me permettre cette simple question ?

– Il apprend à Tom à tirer avec une carabine à air comprimé.

– Sur des rats, des choses de ce genre ? Ou des cibles plus grosses ?

– Uniquement des cibles de papier.

– Vraiment ? Et il obtient des scores élevés, madame ?

– C'est ce que dit Tom. »

Elle regarda Brotherhood et sut ce qu'il était en train de penser. Qu'on me laisse aller le chercher, pistolet ou pas. Elle n'était pas loin de penser la même chose : Magnus,

671

sors de là et arrête de te ridiculiser comme ça ! Le commissaire s'était remis à parler, s'adressant cette fois-ci directement à Brotherhood.

« Il reste encore un point d'interrogation concernant la façon dont on doit disposer les hommes, monsieur, dit-il comme si tout cela n'était pas très raisonnable mais qu'il fallait bien leur faire plaisir. Et puis il y a cette espèce de boîte que notre ami garde avec lui. J'en ai bien essayé dans la salle paroissiale, mais elles ne sont pas exactement pareilles, alors on m'a conseillé de vous demander. Évidemment, nos garçons comprennent qu'ils n'ont pas le droit d'en savoir trop à ce sujet, mais ils aimeraient bien que vous éclairiez quand même leur lanterne sur la puissance du contenu de la boîte en question.

– C'est un carbonisateur, ça se détruit tout seul, expliqua Brotherhood. Ce n'est pas une arme.

– Ah, mais cela pourrait-il être utilisé comme une arme, au cas où ça tomberait entre les mains d'un déséquilibré par exemple ?

– Pas à moins qu'il ne mette quelqu'un à l'intérieur, répondit Brotherhood, ce qui déclencha un bon rire campagnard chez le commissaire.

– Je la resservirai aux gars, promit-il. Ça leur fera du bien d'entendre une petite blague, là-haut, ça les détendra. » Il baissa la voix, espérant n'être entendu que de Brotherhood. « Notre ami s'est-il déjà servi de son arme sous le coup de la colère, monsieur ?

– Ce n'est pas son arme.

– Vous ne répondez pas tout à fait à ma question, monsieur, si ?

– A ma connaissance, il n'a jamais été un fou de la gâchette.

– Notre ami ne se met jamais en colère, dit Mary.

– A-t-il jamais retenu qui que ce soit prisonnier, monsieur ?

– Nous », répondit Mary.

Pym avait préparé le chocolat au lait puis avait posé le châle neuf sur les épaules de Miss Dubber quoique celle-ci lui eût assuré ne pas avoir froid. Pym avait haché le somptueux morceau de poulet qu'il avait acheté pour Toby au supermarché et, si elle l'avait laissé faire, il aurait bien nettoyé aussi la cage du canari – le canari lui était particulièrement cher depuis le soir où il l'avait retrouvé mort après que Miss Dubber était allée se coucher, et où il s'était débrouillé avec Mr. Loring, l'oiselier, pour le remplacer sans que la vieille dame s'en aperçoive. Mais Miss Dubber ne voulait plus le voir s'agiter. Elle voulait qu'il s'asseye auprès d'elle, là où elle pourrait le regarder pendant qu'il lui lirait la dernière lettre de tante Al qui était arrivée hier du Sri Lanka, Mr. Canterbury, mais cela ne vous a jamais intéressé.

« Ce serait ce même Ali, le blanchisseur qui lui avait volé sa dentelle l'an dernier ? s'étonna-t-elle en le coupant brusquement. Pourquoi continue-t-elle à l'employer s'il la vole ? Je pensais que nous n'entendrions plus parler de lui.

– J'imagine qu'elle lui a pardonné, répliqua Pym. Il avait tant de femmes à nourrir, si vous vous rappelez. Elle n'a sans doute pas supporté l'idée de le mettre à la rue. » Pym trouvait sa propre voix belle et claire. Que c'était bon de parler tout haut.

« Comme je voudrais qu'elle revienne, déclara Miss Dubber. Une chaleur pareille, ça ne doit pas être très sain pour elle après toutes ces années.

– Oui, mais il faudrait qu'elle fasse elle-même son lavage, n'est-ce pas, Miss D. ? », fit remarquer Pym. Et son sourire le réchauffa tout autant que la vieille demoiselle.

« Vous vous sentez mieux, maintenant, n'est-ce pas, Mr. Canterbury. Je suis tellement contente. Je ne sais pas ce que c'était, mais vous en êtes débarrassé à présent. Vous pouvez vous reposer.

– De quoi ? demanda doucement Pym toujours souriant.

– De ce que vous faisiez pendant toutes ces années. Vous pouvez bien laisser quelqu'un d'autre s'occuper du pays pendant quelque temps. Il vous a laissé beaucoup de travail à faire, le pauvre monsieur qui est mort ?

– Oui, je crois qu'on peut dire cela. C'est toujours difficile quand il n'y a pas eu de passation de pouvoirs en règle.

– Mais tout va aller bien maintenant, n'est-ce pas ?

– Ça ira vraiment bien si vous me promettez de prendre ces vacances, Miss D.

– Seulement si vous venez avec moi.

– Mais c'est impossible ! Je vous l'ai dit ! J'ai déjà pris tous mes congés ! »

Sa voix avait gravi des accents plus aigus qu'il ne l'aurait voulu. Miss Dubber le dévisagea et Pym lut de la peur dans son regard, de cette peur qu'il décelait en elle depuis l'arrivée du cartonnier vert, ou chaque fois qu'il lui souriait ou la cajolait un peu trop.

« Eh bien je ne partirai pas, décréta-t-elle d'un ton acerbe. Je n'aime pas mettre Toby en prison, Toby n'aime pas aller en prison et nous n'allons quand même pas faire ça simplement pour vous faire plaisir, n'est-ce pas, Toby ? C'est très aimable de votre part, mais n'en parlons plus. C'est tout ce qu'elle raconte ?

– Le reste porte sur les émeutes raciales. Elle croit qu'il y en a d'autres qui se préparent. J'ai pensé que cela ne vous plairait pas.

– Vous avez raison. Cela ne me plairait pas, répliqua fermement Miss Dubber qui le regarda traverser la pièce, plier la lettre puis la mettre dans le pot à gingembre. Vous me lirez la suite demain matin, cela m'impressionnera moins. Pourquoi la place est-elle si calme ? Pourquoi Mrs. Peel n'a-t-elle pas allumé la télévision ? C'est l'heure où elle regarde ce présentateur dont elle est complètement amoureuse.

– Elle a dû aller se coucher, dit Pym. Encore un peu de chocolat, Miss D. ? », proposa-t-il en se dirigeant vers l'arrière-cuisine. Les rideaux étaient fermés, mais il y avait juste à côté de la fenêtre un ventilateur en plastique transparent que Pym avait installé dans la cloison de bois. Il colla son œil dessus et examina rapidement la place sans y découvrir le moindre signe de vie.

« Ne soyez pas bête, Mr. Canterbury, répondait Miss Dubber. Vous savez très bien que je n'en reprends jamais. Venez donc regarder les informations. »

Tout au bout de la place, à l'ombre de l'église, une petite lumière clignotait.

« Pas ce soir, Miss D., si cela ne vous dérange pas, lui cria-t-il. Je ne me suis occupé que de politique toute la semaine. » Il ouvrit le robinet et attendit que le chauffe-eau datant de la guerre de Crimée se déclenche pour rincer les deux tasses. « Je vais aller me coucher et laisser un peu le monde en paix, Miss D.

– Eh bien vous feriez mieux de répondre au téléphone d'abord, répondit-elle. C'est pour vous. »

Elle avait dû décrocher tout de suite parce qu'il n'avait pas entendu la sonnerie parmi les crachements du chauffe-eau. C'était la première fois qu'on l'appelait ici. Il revint dans la cuisine et elle lui tendit le combiné, son expression de frayeur à nouveau plaquée sur le visage, l'accusant tandis qu'il saisissait l'objet d'une main ferme. Il porta l'écouteur à son oreille et annonça : « Canterbury. » On raccrocha, mais il continua d'écouter et adressa un petit sourire confiant à un coin de la cuisine de Miss Dubber, quelque part entre l'image du pèlerin gravissant péniblement une colline, juste à côté des crochets, et celle de la petite fille au lit, les cheveux bien brossés, qui s'apprêtait à manger un œuf à la coque.

« Merci, dit-il. Merci beaucoup, Bill. C'est vraiment très gentil de votre part. Et de celle du ministre aussi. Remerciez-le pour moi, je vous prie. Déjeunons ensemble pour fêter ça la semaine prochaine, d'accord, Bill ? C'est moi qui invite. »

Il raccrocha. Il avait la figure en feu et ne savait plus trop ce qu'il devait lire sur le visage de Miss Dubber ni si elle s'apercevait de la douleur qu'il ressentait dans le cou et les épaules, et dans le genou droit aussi, celui qu'il s'était foulé en faisant du ski à Lech avec Tom.

« Le ministre a l'air plutôt content du travail que j'ai fait pour lui, annonça-t-il, un peu à l'aveuglette. Il voulait que je sache que mes efforts avaient servi à quelque chose. Là, c'était son secrétaire particulier. Bill. Sir William Wells. Un ami à moi.

– Je vois, fit Miss Dubber sans le moindre enthousiasme.

– A vrai dire, le ministre n'est pas tellement du genre à faire des compliments. Il n'est pas très communicatif. Difficile à contenter. On ne l'a pratiquement jamais entendu féliciter quelqu'un de sa vie. Mais nous lui sommes tous très dévoués. Nous l'apprécions avec tous ses défauts, pour tout dire. Nous l'aimons bien malgré tout, vous comprenez. Nous avons tous décidé qu'il faisait partie du grand théâtre de la vie plutôt que de voir en lui une espèce de monstre, vous me suivez ? Bien, je suis fatigué, Miss D Il est temps de vous mettre au lit. »

Elle n'avait pas bougé. Il se força plus encore à parler.

« Ce n'était pas lui qui téléphonait, bien sûr. Il a une session de nuit. Il sera sûrement coincé là-bas pendant un bon moment. C'était son secrétaire particulier.

– Vous me l'avez déjà dit.

– Vous savez ce qu'il m'a affirmé ? "Ça va vous valoir une médaille, mon cher Pym. Le vieux a même souri." C'est comme cela qu'il appelle le ministre. Devant lui, c'est "Sir William", mais il devient "le vieux" dès qu'il a le dos tourné. Ce serait bien d'avoir une rondelle, n'est-ce pas, Miss D. ? On la mettrait sur la cheminée. On la ferait briller pour Pâques et pour Noël. Notre médaille personnelle. Remportée sur les lieux mêmes. Si quelqu'un a mérité de l'avoir, c'est bien vous. »

Il s'interrompit un instant parce qu'il en disait trop, parce qu'il avait la bouche sèche et qu'il avait le pire mal de gorge et d'oreilles de toute son existence. Je devrais vraiment aller me faire faire un check-up dans une de ces cliniques privées. Au lieu de parler, il se pencha donc au-dessus de la vieille demoiselle, bras tendus pour l'aider à se relever et lui donner le gros bisou qu'elle affectionnait tant avant d'aller se coucher. Mais Miss Dubber ne se laissa pas faire. Elle ne voulait pas de la bise.

« Pourquoi vous faites-vous appeler Canterbury si votre nom est Pym ? questionna-t-elle sévèrement.

– C'est mon prénom. Pym. Comme Pip. Pym Canterbury. »

Elle réfléchit un long moment. Elle examina les yeux trop secs de Pym, ses joues agitées de spasmes – allez donc savoir pourquoi. Et il s'aperçut qu'elle n'appréciait pas du tout ce qu'elle voyait et qu'elle allait se fâcher. Mais il se força à lui sourire et l'implora avec tout ce qui restait de vie en lui, et elle le récompensa d'un petit hochement de tête approbateur.

« Eh bien, nous sommes trop vieux maintenant pour passer aux prénoms, Mr. Canterbury », déclara-t-elle. Puis elle leva enfin les bras de sorte qu'il put les saisir doucement, juste au-dessus des coudes, et il dut faire bien attention à ne pas la tirer trop fort tant il était impatient de la serrer contre lui avant de gagner le lit qui était le sien.

« Enfin, je suis contente pour cette médaille, annonça-t-elle tandis qu'il la conduisait dans le couloir. J'ai toujours admiré les hommes qui avaient des médailles, Mr. Canterbury. Quoi qu'ils aient pu faire pour les avoir. »

C'était l'escalier des maisons de son enfance, aussi le gravit-il d'un pas léger, oubliant tous ses maux et élancements. Même s'il dispensait une lumière affreuse, l'abat-jour en forme d'étoile de Bethléem était un vieil ami des Glades. Tout me réussit, remarqua-t-il. Quand il ouvrit la porte de sa chambre, chaque chose lui souriait et lui lançait des œillades : une vraie surprise-partie. Les paquets étaient bien tels qu'ils les avait préparés, mais ça ne faisait jamais de mal de vérifier. Il les examina donc un à un. Une enveloppe pour Miss Dubber : beaucoup d'argent et d'excuses. Une enveloppe pour Jack : pas d'argent et, en y repensant, pas beaucoup d'excuses non plus. Poppy : comme vous me paraissez curieusement lointain, enfin. Ce cartonnier imbécile : je ne comprends pas pourquoi il m'a tant obnubilé pendant toutes ces années. Je ne l'ai même pas ouvert. Le carbonisateur : quel poids pour si peu de secrets. Rien pour Mary, mais il n'avait vraiment plus grand-chose à lui dire : « Désolé de t'avoir épousée par intérêt. Je suis content d'avoir quand même réussi à t'aimer un peu en chemin. Les risques du métier, ma chère. Tu es une espionne aussi, tu t'en souviens ? Sans doute meilleure que Pym, si l'on y réfléchit. La classe finit toujours par ressortir au bout du compte. » Seule l'enveloppe de Tom le préoccupa et il en

677

déchira le rabat scellé car il eut le sentiment qu'un dernier mot d'explication s'imposait.

« Tu vois, Tom, je suis une passerelle », écrivit-il d'une main qui lui parut d'une pesanteur irritante. « Je suis la passerelle que tu dois franchir pour aller de Rick à la vie. »

Puis il ajouta ses initiales, ce qu'on devrait toujours faire après un post-scriptum, rédigea une nouvelle enveloppe et jeta l'autre dans la corbeille à papiers parce qu'on lui avait enseigné très tôt que le désordre était frère de l'insécurité.

Il transporta ensuite avec effort le carbonisateur du cartonnier sur lequel il était posé jusqu'au bureau, le désarma à l'aide des deux clés attachées à sa chaînette, et en sortit d'abord les dossiers qui étaient trop secrets pour être classés et qui donnaient tout un tas d'informations fantaisistes sur les réseaux que Poppy et lui avaient eu tant de mal à fabriquer. Il les fourra aussi dans la corbeille. Cela fait, il sortit le revolver, le chargea et l'arma, le tout assez rapidement, puis le plaça sur le bureau en songeant à toutes les fois où il avait porté une arme sans jamais s'en servir. Il perçut comme un grattement venant du toit et supposa que c'était un chat. Il secoua la tête, d'un air de dire, ah ! ces sacrés chats, ils grimpent partout maintenant et ne laissent plus la moindre chance aux oiseaux. Il consulta sa montre en or en un mouvement ample et se souvint que c'était Rick qui la lui avait donnée et qu'il pourrait oublier de l'ôter avant d'entrer dans la baignoire. Il la retira donc tout de suite et la posa sur l'enveloppe de Tom, dessinant tout à côté une face de lune rigolarde, ce qui était leur signal convenu pour se dire de sourire. Il se déshabilla, rangea soigneusement ses vêtements sur le lit puis enfila son peignoir et prit ses deux serviettes sur le valet, la grande pour le bain et la petite pour la figure et les mains. Il glissa le revolver dans la poche de son peignoir, laissant le cran de sécurité ôté car la règle voulait, les instructeurs le répétaient assez, qu'une arme inoffensive fût plus dangereuse qu'une arme prête à servir. Il n'avait que le couloir à traverser, mais le monde est devenu tellement violent qu'il vaut mieux prendre ses précautions. Au moment d'ouvrir la porte de la salle de bains, il eut la mauvaise surprise de trouver le bouton de porcelaine plus ou moins coincé et très difficile à ouvrir. Saleté de poignée. Regardez-moi ça. Il lui fallut s'y prendre à deux mains pour le faire tourner. De plus, un imbécile avait dû laisser du savon dessus car ses paumes ne cessaient de glisser et cela l'obligea à utiliser une serviette pour l'agripper. Ce doit être cette chère vieille Lippsie, pensa-t-il avec un sourire : toujours perdue dans son monde à elle.

Se postant une dernière fois devant la glace, il arrangea avec soin les serviettes autour de sa tête et de ses épaules, la plus petite en turban et la plus grande comme un châle car s'il y avait une chose que Miss Dubber ne supportait pas, c'était bien la saleté. Puis il porta son arme à son oreille droite, ne sachant plus, comme on peut le comprendre en de telles circonstances, si la détente du Browning 38 automatique avait un butoir. Alors il s'aperçut qu'il s'était penché bizarrement : non pas en s'éloignant de l'arme mais en s'en rapprochant, comme quelqu'un d'un peu sourd qui tend l'oreille.

Mary n'entendit jamais la déflagration. Le commissaire était de nouveau accroupi auprès de la vitre de Brotherhood, pour l'informer cette fois-ci qu'une ruse avait confirmé la présence de Magnus et qu'il avait ordre de rassembler sans retard tous les non-combattants dans la salle paroissiale. Brotherhood n'était pas d'accord, et Mary avait toujours les yeux fixés sur les quatre hommes qui dansaient le quadrille des grands-mères parmi les cheminées, de l'autre côté de la place. Cela faisait maintenant une demi-heure qu'ils déroulaient des cordes entre eux et adoptaient les poses classiques du déplacement furtif. Et Mary les haïssait, tous autant qu'ils étaient, avec une force qu'elle n'aurait pas crue possible. Une société qui admire ses troupes de choc ferait mieux de faire sacrément attention où elle met les pieds, avait coutume de dire Magnus. Le commissaire confirmait qu'il n'y avait pas d'autre locataire masculin que le prétendu Canterbury, et il demandait à Mary si elle voulait bien se tenir prête à parler d'un ton conciliant à son mari au téléphone, au cas où cela se révélerait nécessaire au cours des opérations. Et Mary lui répondait : « Bien sûr que je serai prête » en un chuchotement provocant qui visait à faire cesser toute cette absurdité grandiloquente. Dans son souvenir, toutes ces choses se passaient ou bien venaient juste de se passer quand Brotherhood ouvrit violemment la portière du conducteur, envoyant le commissaire dinguer d'un côté, une botte à tout jamais figée dans l'encadrement de la vitre. Elle eut ensuite la vision de Jack de face qui courait vers la maison, comme un jeune homme ; elle avait en fait souvent rêvé de lui en train de courir comme cela, mais, dans son rêve, la maison était toujours Plush et il venait lui faire l'amour. Pourtant, avec tout le vacarme qui l'entourait, il demeurait immobile. Des lumières s'allumaient partout, des ambulances se précipitaient sur les lieux sans savoir, apparemment, où ces lieux se trouvaient, des policiers et des hommes en civil tombaient les uns sur les autres et les imbéciles du toit hurlaient des choses aux imbéciles de la place, et l'Angleterre était sauvée de périls dont elle ne se savait même pas menacée. Mais Jack Brotherhood se tenait au garde-à-vous, tel un centurion mort à son poste, et tout le monde regardait une petite dame très digne descendre en robe de chambre les marches de sa maison.

Du même auteur

Chandelles noires
Gallimard, 1963
et « Folio » n° 2177, 1990
et coll. « Bouquins », œuvres t.1

L'Espion qui venait du froid
Gallimard, 1964
et « Folio » n° 414, 1973
et coll. « Bouquins », œuvres t.1

Le Miroir aux espions
Robert Laffont, 1965
et « Le Livre de poche » n° 2164, 1982

Une petite ville en Allemagne
Robert Laffont, 1969
et « 10 / 18 » n° 1542, 1983
et coll « Bouquins », œuvres t.2

Un amant naïf et sentimental
Robert Laffont, 1972
et « Le Livre de poche » n° 3591, 1974
et coll. « Bouquins », œuvres t.3

L'Appel du mort
Gallimard, 1973
et « Folio » n° 2178, 1990
et coll. « Bouquins », œuvres t.1

La Taupe
Robert Laffont, 1974
coll. « Bouquins », œuvres t.1
et « Le Livre de poche » n° 4747, 1976
rééd. Seuil, 2001
et « Points », n° P921

Comme un collégien
Robert Laffont, 1977
coll. « Bouquins », œuvres t.1

et « Le Livre de poche » n° 5299, 1979
rééd. Seuil, 2001
et « Points », n° P922

Gens de Smiley
Robert Laffont, 1980
coll. « Bouquins », œuvres t.2
et « Le Livre de poche » n° 5575, 1981
rééd. Seuil, 2001
et « Points », n° P923

La Petite fille au tambour
Robert Laffont, 1983
et « Le Livre de poche » n° 7542, 1989
et coll. « Bouquins », œuvres t.2

Le Bout du voyage
théâtre
Robert Laffont, 1987
et « Bouquins », œuvres t.2

La Maison Russie
Robert Laffont, 1987
et coll. « Bouquins », œuvres t.3
Gallimard, « Folio » n° 2262, 1991
et « Le Livre de poche », n° 14112, 1997

Le Voyageur secret
Robert Laffont, 1990
et « Le Livre de poche », n° 9559, 1993

Une paix insoutenable
essai
Robert Laffont, 1991
et « Le Livre de poche » n° 9560, 1993

Le Directeur de nuit
Robert Laffont, 1993
et « Le Livre de poche », n° 13765, 1995

Notre Jeu
Seuil, 1996
et « Points » n° P330

Le Tailleur de Panama
Seuil, 1998
et « Points », n° P563

Single & Single
Seuil, 1999
et « Points », n° P776

La Constance du jardinier
Seuil, 2001

COMPOSITION : I.G.S. CHARENTE-PHOTOGRAVURE À L'ISLE-D'ESPAGNAC

GROUPE CPI

Achevé d'imprimer en juin 2002 par
BUSSIÈRE CAMEDAN IMPRIMERIES
à Saint-Amand-Montrond (Cher)
N° d'édition : 47992/2. - N° d'impression : 022849/1.
Dépôt légal : mai 2002.
Imprimé en France